KB137841

문학 연구와 종교적 상징

한국문학과종교 총서 2

문학 연구와 종교적 상징

한국문학과종교학회 편

도서출판 동인

학회 설립목적

지금은 절대적 의미나 가치 등이 부정되는 포스트모던 시대이다. 절대적 가치나 의미가 부정되는 것은 사람들이 그동안 믿고 의지해왔던 진리와 중심 가치들이 인간의 실존의 삶 속에서 그 실효성을 상실해 버리고 있다는 절박한 인식 때문이다. 우리는 이제 어떤 텍스트도 진리의 특권적 담보자로 자처하거나 인정될 수 없는 언어과잉의 해체론적 글들 속에서 우리들의 삶의 의미, 곧 우리들의 삶의 문제에 대한 궁극적 해답을 찾기를 기대하고 있다. 그러나 우리가 여기서 간과해서는 안 될 것은 이러한 포스트모던 사고의 근저에, 인간의 궁극적 문제에 대한 끈질긴 탐구의 결과, 마침내 해답이 없다는 결론에 도달한 인간들의 절망이 깔려있다는 사실이다. 두 번의 세계대전과 미국과 소련을 축으로 한 긴 냉전의 시대가 보여준 증오 그리고 소련의 사회주의 체제가 어느 날 갑자기 무너지는 충격 앞에서 인간의 힘에 의하여 창조될 수 있는 지상의 유토피아에 대한 환상을 잃어버린 서구의 지식인들의 정신의 공백상태가 초래한 절망감이 이러한 사고의 근저에 깔려 있다. 제2차 세계대전에서 독일인들에 의하여 자행된 그리고 배트남과 캄보디아 등의 내란에서 자행된 수많은 양민과 연약한 부녀자와 어린이의 학살은, 그동안 이성중심주의에 기초를 두고 세워진 세계질서와 그것의 정통성에 대한 깊은 회의를 우리에게 안겨주었다. 포스트구조주의나 포스트모더니즘은 우리의 실존의 문제에 대한 해답이 아니다. 그것은 지금까지의 철학을 비롯한 인문학과 사회학의 모든 지식들을 속속들이 꿰뚫고 있는 듯 보이지만 기실은 인간과 인간의 이성의 능력에 대한 또 다른 회의를 보여 줄 뿐이다. 그것은 계몽주의 이후 진행되어온 서구 사회의 근대화와, 이성적 합리적 통치에 의해 사회를 합리적으로 재편할 수 있다는 거대한 역사적 기획 그리고 이성을 통하여 이룩된 20세기의 과학문명과 그것을 이룩한 인간에 대한 가장 철저한 반성이다. 그러나 그 뿐이다. 포스트모더니즘의 어디에도 우리의 실존의 문제에 대한 해답은 없다. 하지만 어떤 의미에서, 포스트모더니즘은 인간의 궁극의 관심의 문제에 대한 해답을 얻기 위한 긴 고뇌와 투쟁의 과정에서 우리가 꼭 겪어야 할 과정이기도 하다. 진정한 자아에 도달하기 위하여 우리는 철저한 자기반성 곧 자기부정을 필요로 한다. 20세기의 역사 속에서, 포스트모더니즘이 보여준 것과 같은 정도의, 인간과 인간의 능력에 대한 철저한 자기 부정이 또 있었던가?

포스트모더니즘은 기존의 모든 진리나 중심 가치를 해체시켜 초토화시키고 있는 것으로 보인다. 그러나 기실은 모더니즘이나 포스트모더니즘이 모두 "해체될 수 없는 중심"에 대한 깊은 회의와 강렬한 열망을 동시에 가지고 있다. "해체될 수 없는 중심", 현실에서 실현가능한 실존적 진리에 대한 갈망이 없다면, 포스트모더니스트들이 현재의 중심을 그렇게 끈질긴 연구와 노력을 다하여 파괴하려들지 않았을 것이며, 그 난해성 때문에 접근하기 어려운 포스트모더니즘이 지금 우리가 느끼는 만큼의 지적 호응을 받았을 리도 없다. 핫산(Ihab Hassan)은 바쓰(John Barth)나 버로우즈(William Burroughs)와 같은 포스트모더니스트들에게 있어 "해체"라는 것은, 한편으로는 부정이며 자기 파괴적, 악마적, 허무적인 것이지만, 다른 한편으로는 "있는 그대로의 삶 혹은 존재에 대한 긍정이며 자기 추방, 자기 추월이며 존재에 대한 새로운 의미를 세우는 신성한 의식 그리고 어떤 절대적인 것에의 추구"라고 말하고 있으며, "부정을 통한 긍정, 해체를 통한 재창조" 같은 역설적 예술 이론은 핫산과 같은 비평가들에게는 포스트모더니즘의 전형적 규범이었다.

이러한 관점에서 보면 모더니즘과 포스트모더니즘은 형식과 반 형식, 창조와 해체, 중심과 중심부재, 정지와 변화, 은유와 환유 등의 대립되는 성격들에도 불구하고, 치열한 변증법적 대결의 과정을 통하여 마침내 "해체될 수 없는 유연한 중심"이라는 합(合)에 도달하려는 공동의 지적 노력의 이항(異項)에 불과하다.

학술지 『문학과 종교』는 경직되어 있지 않은 이 “유연한 중심”에 대한 탐구를 “궁극적 관심”으로 가지는 문학작품을 찾아내어, 그러한 작품들이 보여주는 종교적 · 정신적 차원을 학술적 관점에서 논의하기 위하여 창간되었다. 따라서 『문학과 종교』에 게재되는 논문들은 자연스럽게 궁극적 중심을 탐구하는 긍정적이거나 부정적인 모든 시도들을 그 내용으로 하게 될 것이다. 그 가운데는 문학작품에 대한 종교적 접근뿐만 아니라 포스트모더니즘이나 페미니즘, 문화연구, 영상(film) 등의 분야에서 인간 실존의 궁극적 의미를 찾는 모든 진지한 노력들이 포함될 것이다.

발간사

한국문학과종교학회는 학회지 『문학과 종교』를 창간한지 올해로 20년을 맞이하게 되었다. 돌아 보건데, 1992년 12월에 창립된 학회가 처음으로 정기간행물인 학회지를 발간하게 된 것은 그로부터 3년이 지난 1995년 9월이었다. 그 후, 해마다 한 권의 학회지를 출간하다가 2000년에 연 2회 발간하기 시작하였고, 이어 2008년에 연 3회, 그리고 2014년부터 연 4회를 발간하고 있다. 2015년도 전반기에 간행된 학회지를 포함하여 창간 20주년을 맞이하는 이 시점까지 발간된 학회지의 수는 총 44권여에 이르고 있다.

한국문학과종교학회는 2005년 창간 10주년을 기념하기 위해 7월 충남대에서 "한국문학과종교 국제학술대회"(6월 30일~7월 1일, 주제: 「고통의 자유」["Freedom of Suffering"])를 성공적으로 개최하였다. 본 학회는 창간 10주년 기념사업의 일환으로 총서 발간을 기획하여 2008년 12월 『한국문학과종교 총서 1』 발간을 성공적으로 마친 바 있다. 이 총서는 문학과 종교 간의 학제 간 연구 업적을 주제별 영역으로 대별하여 10년간 학회가 축적해온 괄목할만한 논문을 엄정하게 선별하여 일반 독자에게도 읽혀질 수 있도록 수정하고 보완하여 발행한 것이다.

문학과 종교의 학제 연구는 본 학회의 목적에 따라 초월적 신에 대한 단순한 믿음이 아닌 인간 의식의 심층적 차원에서 이루어지는 "궁극적 관심"(ultimate concern)을 종교라고 정의한 폴 틸리히(Paul Tillich)를 인유하며, 문학 작품을 인간의 "궁극적 관심"에 대한 예술적 형상화의 산물로 보고 있다. 이에 다양한 언어로 쓰인 문학 작품들 속에서 궁극적 관심의 내용을 탐색하는 일을 연구의 목표로 삼고 1992년 이래로 많은 학문적 성과를 쌓아왔다. 이 성과를 인정받아 본 학회의 학술지 『문학과 종교』는 2003년도 상반기 학술진흥재단에서 실시한 학술지 평가에서 등재후보로 선정되었고, 2005년도에는 한국연구재단에서 등재지로 선정되었다. 미래의 문학연구는 아방가르드 문학과 비평이론에 대한 단순한 섭렵의 차원을 뛰어넘어 보다 본질적으로 현실을 직시하고 진술할 수 있는 방향으로 전환되어야 하겠다. 실존적 문제에 대한 탐색이야말로 인간의 "궁극적 관심"이라면, 본 학회의 관심은 해외 유관 단체의 관심과도 학문 연구의 맥을 함께 하고 있다. 미국에서는 1997년부터 MLA 산하에 『문학과 종교』(*Literature and Religion*) 분과가 본격적으로 활동하고 있다. 영국에서도 1987년 이후 옥스포드사에서 연 4회 출판하는 저널 『문학과 신학』(*Literature and Theology*)을 중심으로 문학, 종교, 문화에 대한 연구가 활발하게 이루어지고 있다.

이러한 국내외의 학문적 성과에 대하여 미국의 저명 학술지 『기독교와 문학』(*Christianity and Literature*)의 편집자인 로버트 스나이더(Robert Snyder) 교수와 영국 글라스고우 대학교(Glasgow U)의 "문학, 신학, 예술 연구소"(Center for the Study of Literature, Theology, and the Art)의 소장인 데이비드 재스퍼(David Jasper) 교수 등으로부터 많은 관심을 받았다. 한국문학과종교학회의 구성원은 영문학자, 국문학자, 그리고 다양한 세계문학 연구가뿐만 아니라, 문학에 관심이 있는 신학자, 종교학자, 성직자, 현역 작가들을 포함하고 있다. 우리 학회는 주 전공 분야의 정체성을 유지하면서 학제 간의 공통 주제를 함께 탐구해 나갈 수 있는 학술단체이다. 학회에서는 "문학과 종교" 관련 연구 활동에 있어서 다양한 관점을 적극 수용해 왔다. 향후 우리 학회의 학술지 『문학과 종교』는 좀 더 내실 있는 국제 저널로 도약할 것이며, 그간 학문의 뜻을 함께 하는 연구자들의 적극적인 참여를 지속적으로 확대해 왔다. 문학과 종교의 학제 연구는 문학의 장르나 공적 영역에서의 종교 주제에만 한정된 것은 아니다. 인접 학문인 철학, 역사, 문화, 순수과학, 제도 종교 경전, 종교문학, 종교사상, 종교철학, 종교현상학, 종교심리학, 종교사회학, 토속 신앙, 샤머니즘, 전설, 신화, 신비주의, 영성주의 등 동서양의 고전에서부터 우리 시대의 철학, 정치, 사회, 문화에 그 나름의 다양한 사상까지 포함하고 있다.

학회지 발간 20주년을 맞이하는 2015년 올해, 한국문학과종교학회는 창간 20주년 기념사업으로 "한국문학과종교학회 국제학술대회" 개최와 총서 2권 및 단행본을 발간하고자 한다. 국제학술대회는 7월 8일(수)에서 9일(목)까지 서강대학교에서 「젠더 스토리와 종교」("The Story of Gender and Religion") 주제로 발표 논문이 34편에 이른다. 전체적으로 해외 초청 석학 14편(10개국), 국내 해외 석학 3편(3개국), 국내 학자 20편으로, 직접 참여 인원은 발표자 34명과, 토론자 68명, 사회자 35명, 총 137명에 이른다. 이번 "젠더 스토리와 종교"라는 주제의 학술대회는 점점 더 중요한 문화사회적 이슈로 거론되는 젠더의 문제를 스토리와 종교라는 매우 인문학적인 틀에서 살펴보는 것을 주제로 선정하여 전문층에게만 전유되던 무거운 인문학적 주제를 보다 보편적이고 대중적인 키워드로 확장하려고 한다. 그리하여 서구 중심의 기독교나 가톨릭과 같은 개별적으로 국한된 종교의 범위가 아니라 전 종교적 차원에서 문화와 종교적 배경, 언어를 불문하고 다양한 배경의 학자들과의 학문적 소통의 장을 마련하고자 한다.

그리고 총서 제2권의 경우 총서에 수록될 논문은 지난 20년에 걸쳐 학회지에 게재된 논문 중에서 문학과 종교 간의 학제 간 연구를 다룬 논문들을 우선적으로 선정하였다. 그리하여 여러 차례의 토론을 거쳐 총서 제1권을 토대로 총서 제2권에 수록할 논문을 선정하고자 그 선정기준을 정하였다. 첫째, 선정대상 논문은 창간호부터 2015년 3월 31일까지 학회지에 발간된 논문으로 한정한다. 둘째, 각 필자의 논문은 한 편을 초과하지 않는다. 셋째, 새로운 자료 발굴, 접근방법이나 해석의 독창성, 논의의 명료성을 우선한다. 넷째, 게재논문의 자구수정을 허용하되 논문의 책임은 전적으로 필자가 진다.

위의 선정에 입각하여 2015년 1월에 최종적으로 총서 제2권에 수록될 논문 26편이 선정되었다. 총서 제2권은 『문학 연구와 종교적 상징』 타이틀로 모두 3부로 나누어져 있다. 제1부에는 5편의 논문이 수록되어 있고, 각각의 논문은 「문학과 종교, 그 관계의 안팎」 부제로 문학과 종교 간의 학제적 연구의 방향, 현대 문화 연구에서의 문학과 종교적 관점, 작가론, 해석학, 문학문화 연구를 실어 다양하고 새로운 관점에서 문학과 종교의 주제를 논하고 있다. 제2부는 10편의 논문이 수록되어 있고, 각 논문은 「한국문학 연구와 종교적 상징」 부제로 국문학 관련 논문을 수록하고 있다. 제2부는 김현승, 고진하, 이광수, 김동리, 황순원, 김은국, 박상륭, 박경리 등 한국 현대시와 소설에 나타난 종교적 상상력과 상징, 혹은 함축을 다양한 측면에서 다루고 있다. 마지막으로 제3부는 11편의 논문을 수록하고 있으며, 각 논문은 「세계문학 연구와 종교적 상징」 부제로 영국문학, 미국문학, 유럽문학 관련 주제에 걸쳐 있다. 제3부는 초서, 블레이크, 워즈워스, 휘트먼, T. S. 엘리엇, 베케트, 로렌스, 엘리아데, 호건 등에 관한 논문으로 동서양의 작품에 나타나는 종교현상학과 종교문화의 특징을 밝히는 데 초점을 두고 있다.

총서 제2권이 발간되기까지 문학과 종교 연구의 발전과 학회발전을 위한 일념으로 옥고를 써 주신 필자들께 이 자리를 빌려 깊이 감사를 드린다. 또 총서발간을 위해 많은 시간과 정력을 아낌없이 쏟아주신 발간위원들에게도 심심한 사의를 표한다. 특히 총서 제2권이 나오기까지 애써 주신 김용성 부회장과 김주언 연구이사, 그리고 실무 작업을 한 김영희 총무이사에게 고마움을 표한다. 끝으로 본 학회의 학회지 발간 10주년 기념사업으로 총서 1권을 발간해 준 동인출판사 이성모 사장이 총서 제2권의 출판도 맡아주신 것에 대해 깊이 고마움을 표한다.

2015년 3월

한국문학과종교학회장 양병현

독자에게

현대 기술과 과학의 급속한 발달은 인간에게 물질적 풍요를 불러왔지만, 기계 문명에 밀려나는 인간존재에 관한 위기의식과 문제점들을 우리에게 과제로 남긴다. 최근 대니얼 벨(Daniel Bell)을 포함한 여러 학자들은 문화적 위기를 느끼는 현대인을 위하여 문학과 종교로부터 새로운 동기를 찾기도 한다. 그들은 문학이나 종교가 서로 대체할 수 없는 고유의 영역을 지니고 있음에도 불구하고, 문학이 사회에서 약화된 종교의 기능과 역할을 보조해왔다고 믿는다. 즉 문학이 문화에서 종교와 더불어 상호 긍정적 의미를 가질 수 있고, 문학이 종교를 통해 훨씬 더 삶의 세계에 접근할 뿐만 아니라, 종교는 문학을 통해 구체적인 표현 양식을 제공받을 수 있기 때문이다. 따라서 문학과 종교에 관한 논의는 현대인의 인격적인 삶을 모색하고 인간의 상상력을 통한 종교성을 새로운 이슈로 만드는 새로운 문화의 시작점이 될 수 있다.

한국문학과종교학회는 문학에 나타난 종교성과, 종교에 나타난 문학성에 대한 관심을 학문적으로 탐구할 목적에서 1992년 창립된 국내 유일의 학회이다. 인간의 삶과 정신에 대하여 연구자들이 문학에 나타난 종교적, 근원적 물음을 탐구하는 동시에, 종교텍스트의 문학성에 주목하며 종교텍스트와 문학텍스트의 소통 가능성을 탐구한다. 또한 이를 통해 문학과 종교를 교차하는 통섭적 연구를 시도하며, 양자 학문 '사이'에서 혹은 문학과 종교를 통합하는 문제들을 학문적 성과로 산출하는 학회지로써 도약하고 있다. 최근 한국문학과종교학회의 연구 성과는 국내 학계를 넘어 세계 학계와 적극적으로 공유하는 단계를 추구한다. 유관 국제학회와의 지속적인 학문적 연대를 강화하면서 홈페이지를 통한 해외 DB 네트워크를 하고 있다. 특히 한국학, 중국학, 일본학, 영문학, 불문학, 독문학, 스페인학, 인도학, 중앙아시아학 등 세계문학과 종교학, 종교현상학, 종교심리학, 종교사회학, 인류학, 민속학, 샤머니즘 등에 걸쳐 문학의 종교적 체험에 대한 학제 간 연구를 통합할 전문학술지의 성격을 갖추었기에, 단순히 해외 문학비평이론, 작가들, 작품들을 분석하고 연구하는 차원을 넘어, 세계인들의 모든 문학과 그들의 문화에 기초한 종교성을 공감하고 공유하고, 재현과 분석으로 발전시키는 과제를 적극 수용하고 있다.

학술지 1년 4회 발행, 매월 연구회 개최, 한국영어영문학회와 종교학회 학술대회 세션구성으로 관련 학회와의 연계강화, MLA 논문 작성법과 영문표기법의 통용으로 국제화에 앞장서는 학회가 되었고, 한국을 대표하는 학회지가 되도록 부단한 노력을 경주하고 있다. 이를 위해 불철주야 애쓰신 양병현 회장님과 김용성 부회장님께 감사를 드리며, 『한국문학과종교 총서 2』가 여러분의 삶에 환한 빛을 비추는 책이 되기를 소망한다.

한국문학과종교학회 총서간행위원회
김용성 김영희 김치헌 김주언 배상

| 차 례 |

▪ 학회 설립목적 … 5

▪ 발간사 … 8

▪ 독자에게 … 12

제1부 문학과 종교, 그 관계의 안팎

1. 문학과 종교 그리고 문화의 관계에 대한 학제적 연구
   — T. S. 엘리엇의 '종교문화론'을 중심으로 / 이준학 … 19
2. 포스트모던 시대 비극과 종교 / 양병현 … 47
3. 바흐친의 초기 미학에 나타난 유신론적 테마
   — 작가론을 중심으로 / 김영숙 · 이용권 … 78
4. 폴 리쾨르의 해석학적 상상과 성경해석 / 윤원준 … 100
5. 로티와 문예문화 / 노양진 … 122

제2부 한국문학 연구와 종교적 상징

6. 김현승 시에 나타난 성경수용의 제 양상과 특징 / 김인섭 … 137
7. 고진하의 『우주배꼽』에 나타난 '신체,'
   상징에서 은유로의 이행 / 박선영 … 159
8. 『무정』에 나타난 기독교의 표층구조와 심층구조 / 한승옥 … 187
9. 성서적 모티프와 작가의 종교의식
   — 김동리의 「마리아의 회태」, 「목공 요셉」, 「부활」을 대상으로 / 방민화 … 206
10. 황순원의 『나무들 비탈에 서다』에 나타난 예레미야의 표상 / 노승욱 … 223
11. 김은국의 『순교자』 다시 읽기 / 조회경 … 241
12. 『아겔다마』와 복음서의 상호 텍스트성과 기독교적 상상력 / 차봉준 … 258

13. 박경리 『토지』에 나타난 동학
－소멸하지 않는 민족 에너지의 복원 / 박상민 … 277
14. 최인훈 소설에 나타난 기독교 비판의 의미 / 정재림 … 296
15. 김훈 소설에서 바다가 의미하는 것
－『흑산』을 중심으로 / 김주언 … 311

제3부 세계문학 연구와 종교적 상징

16. 사무엘 베케트의 『막판』에 나타난
종말론적 비전으로서의 파루시아 / 김용성 … 331
17. 17세기 퀘이커리즘과 여성의 글쓰기 / 홍옥숙 … 365
18. 바다의 상징적 의미－초서의 작품을 중심으로 / 이인성 … 387
19. 블레이크의 예언 시에서 불의 이미지 읽기 / 강옥선 … 407
20. 워즈워스의 자연관에 내포된
종교와 과학의 형이상학적 관계 / 김희선 … 426
21. 휘트먼의 『풀잎』에 나타난 성서적 이미저리
－종교적 자아와 기독교 휴머니스트 이미지를 중심으로 / 박선희 … 454
22. T. S. 엘리엇의 작품에 나타난
신에게 도달하는 세 가지 길에 대한 고찰 / 김신표 … 477
23. 로렌스의 『채털리 부인의 연인』에
나타난 숲과 자궁의 의미 상관성 / 서명수 … 503

24. 엘리아데의 『젊음 없는 젊음』에 나타난 종교적 상상력 연구
　－종교심리학적 재평가 / 안 신 … 521

25. 북미 인디언의 여성주의적 영성과 상징
　－린다 호건의 『파워』에서 / 김영희 … 542

26. 종교 경전의 성상적 차원과 수행적 차원 / 유요한 … 559

제1부

문학과 종교, 그 관계의 안팎

1

문학과 종교 그리고 문화의 관계에 대한 학제적 연구

−T. S. 엘리엇의 '종교문화론'을 중심으로

| 이준학 |

I. 문학 · 종교 · 문화는 서로 어떻게 관련되는가?

독일 출신의 신학자이며 종교 철학자였던 폴 틸리히는 종교를 초월적 존재에 대한 믿음의 관점에서 정의하지 않고, 의식의 깊이의 차원에서의 인간의 "궁극적 관심"(ultimate concern)(Tillich 7-8)[1]이라고 정의하였다. 한편 문학은 "창조적 상상력을 통한 허구적 글쓰기"이면서 동시에 작가의 다양한 "궁극적 관심의 예술적 형상화"의 산물이다(이준학 65-66). 물론 이때의 궁극적 관심은 권력이나 물질, 명예나 지위 등 삿된 것들에 대한 관심이 아니라 진실하고 참된 것에 대한 관심일 것이다. 여기서 우리가 알 수 있는 것은 문학과 종교가 참된 것에 대한 궁극적 관심을 통하여 깊은 동질성을 획득하게 된다는 것이다.

문화는 인간이 만들어 생활하는 삶의 양식이다. 리차드 니버(Richard

* 본 논문은『문학과 종교』11.2 (2006): 123-51에「문학과 종교 그리고 문화의 관계에 대한 학제적 연구−T. S. 엘리엇의 '종교문화론'을 중심으로−」로 게재되었음.

1) 이때 궁극적 관심은 어떤 특수한 경전이나 교리가 주는 표준에 따라야 하는 편파적, 조건적 관심이 아니라 궁극성(ultimacy)이라는 표준에 의해서만 제한을 받는 무조건적이며 전체적인, 인간의 모든 유한성을 초월한 관심이다. 인간의 궁극적 관심이 참된 것이 되기 위해서는 주관성과 함께 객관성을 가져야 하며, 이 객관성은 그 관심이 갖는 궁극성−불멸성, 영원성 등을 지닌−에 의하여 증명된다.

Niebuhr)는 문화란 인간이 자연 위에 씌운 "인공적인 제2의 환경"(40)이라고 말한다. 문화는 인간이 만든 언어, 관습, 이념, 신념, 전통, 사회조직, 전해 받은 공예품, 기술의 진전 그리고 가치 등으로 구성되어 있다. 문화는 인간이 어떤 목적을 가지고 노력해서 이루었다는 점에서 자연과 구별된다(41). 엘리엇은 문화를 탄생으로부터 무덤에 이르는, 아침부터 밤과 잠 속에까지 이르는 "한 곳에 모여 사는 어떤 개개의 민족의 생활양식"(the way of life)(*NDC* 120)이라고 말한다. 물론 각 민족이 자연 위에 인공적으로 만든 생활양식이다. 이러한 의미의 문화는 인간이 의식과 목적을 가지고 성취하였다는 의미에서 인간의 성취이다. 무엇인가를 성취하려면 그것에 깊은 관심을 가져야한다. 더 나은 삶의 환경, 더 질 높은 삶의 양식을 획득하기 위하여 인간은 그것에 대하여 궁극적 관심을 가져야 한다는 것이다. 왜냐하면 가장 넓고 깊은 의미에서 더 나은 삶의 환경이나 삶의 질로 이루어지는 삶의 양식은 인간의 궁극적 관심일 수밖에 없으며, 이 궁극적 관심은 앞에서 살펴본 것처럼 폴 틸리히가 말하는 인간의 종교이다. 다시 말하면 인간이 성취하는 각 시대의 문화는 인간이 지향하는 각 시대의 참된 궁극적 관심에 따라 점진적으로 생성되고 발전한다.

이러한 관점에서 보면 문학과 종교와 문화는 삶에 대한 궁극적 관심을 통하여 깊은 동질성을 갖게 된다. 그래서 틸리히는 "종교란 문화의 실체이며, 문화는 종교의 형식"(Tillich 42)이라고 말하며, 엘리엇은 "어떤 문화도 종교와 함께가 아니면 나타난 적도 발전한 적도 없다. . . . 문화가 종교의 산물로 나타나거나 종교가 문화의 산물로 나타난 것"(Tillich 15)이라고 기술하였다. 엘리엇은 더 나아가 "우리는 소위 한 민족의 문화와 종교는 같은 것의 다른 면이 아닌가 하고 물을 수 있을 것이며, 근본적으로 말하자면 문화는 한 민족의 종교의 육화(incarnation)가 아닌가 하고 물을 수 있을 것"(*NDC* 28)이라고까지 말하고 있다. 종교와 문화의 이론을 이해하기 위해서는, 종교와 문화는 관계는 있으나 두 개의 분리된 것으로 보거나 동일한 것으로 보는 과오를 피해야 한다고 말하면서도(*NDC* 33) 계속해서 "문화의 발전은 종교의 발전의 원인으로 여겨지며, 종교의 발전은 문화의 발전의 원인으로 생각된다"(*NDC* 28)고 말한 것이나, "우리들의 문화의 부분인 것은 동시에 우리가 생활해 온 종교의 한 부분"(*NDC* 13)이라고 말한 것은, 엘리엇이 인간의 삶에 대한 궁극적 관심을 통하여 두 분야가 얼마나 깊은 관계를 가지고 있는지를 확연히 인식하고 있음을 보여준다. 그러나 엘리엇이 이상적으로 추구하는 사회모델에서 더욱 핵심이 되는 것은 종교이다. 버나드 버곤지(Bernard Bergonzi)는 엘리엇의 사회모델에서 생기를 주는 힘은 종교라고 말하면서, 문화를 상이한 요소들의 결합이상(more than a collection of disparate elements)으로 만들어 주는 것도 바로 종교라고 말한다(157).

> 문화란 사람들이 만든 예술 속에서, 사회체계 속에서, 습관과 관습 속에서, 종교 속에서 뚜렷하게 드러나는 것이다. 그러나 이런 요소들을 모두 합친 것이 문화인 것은 아니다. 물론 우리는 편의상 자주 그렇게 말하기는 한다. 그러나 이런 요소들은 인간의 몸을 분석할 수 있듯이 단지 문화를 분석할 수 있는 부분들일 뿐이다. 마치 인간이 그의 몸을 구성하는 여러 부분들의 집합 이상이듯이, 문화도 문화 속의 예술이나 관습 그리고 종교적 신앙의 집합 이상의 것이다.

> That culture is made visible in their arts, in their social system, in their habits and customs, in their religion. But these things added together do not constitute the culture, though we often speak for convenience as if they did. These things are simply the parts into which a culture can be anatomized, as a human body can. But just as a man is something more than an assemblage of the various constituent parts of his body, so a culture is more than the assemblage of its arts, customs, and religious beliefs. (Eliot, *NDC* 120)

엘리엇은 인간이 그의 몸을 구성하는 다양한 부분들의 집합 이상이 되는 것은, 전통적으로 종교나 형이상학이 영혼(soul)이라고 여겨온 것이 인간 속에 있기 때문이듯이, 문화가 상이한 요소들의 집합 이상이 되는 것은 문화 속에 문화의 영혼이라고 할 수 있는 종교가 있기 때문이라는 것이다. 종교는 문화 속에 포괄되면서 동시에 모든 문화현상의 심층의 차원에서 인간의 영혼이 인간에게 하는 것과 같은 역할을 한다. 앞에서 살펴본 것처럼 엘리엇은 『문화의 정의에 대한 노트』(*Notes towards the Definition of Culture*)의 첫 장에서 한 민족의 문화를 그 민족의 "종교의 육화"라고 기술하고 있다. 종교가 실체(substance)가 되고 문화가 그 형식이 되는 이러한 문화를 버곤지는 "종교-문화"(religion-culture)라고 부른다(58). '한 민족의 모든 생활양식'으로서 이 '종교문화'의 개념은 엘리엇의 『이신을 찾아서』(*After Strange God*)에 펴져있는 '전통'의 개념 속에서 이미 예견되어져 왔으며, 『기독교 사회의 이상』(*The Idea of a Christian Society*) 속에 나타난 대규모의 사람들 속에서 습관적으로 그리고 무의식적으로 행해지는 종교적 관행 속에 이미 예견되어졌던 것이다.

여기서 필자가 상기해두고 싶은 것은, 서두에서 필자가 종교를 편협한 의미의 종교 곧 성직자와 경전과 교리를 갖춘 어떤 특수한 집단, 특수한 상징물들을 전시해 놓은 성전과 의식, 특수한 생활태도 그리고 교파와 종파에 가담하는 것 등의 개념으로 사용하지 않고, 폴 틸리히의 포괄적이고 진보적인 정의를 사용하였다는 것이다. 틸리히는 "종교는 가장 넓은 의미에서 그리고 가장 근본적 의미에서 인간의 궁극적 관심"이라고 정의하였는데, 어떤 의미에서 엘리엇은 인간의 궁극의 문제에 대한 관심을 그의 시와 시극을 통하여 지속적으로 추구해온 시인이다. 엘리엇의 '종교문화'에서 종교는 물론 기본적으로 좁은 의미의 종교, 곧 기독교와 관련된 것으로만 해석되고 있으나, 필자는 그것을 더 넓고 근본적인 의미의 종교와 관련시킴으로서, 엘리엇의 '종교 문화론'의 더 깊고 포괄적인 의미를 탐색해 보려 한다. 필자의 이러한 생각은 신학자이며 종교철학자인 틸리히와 시인이며 신실한 종교인이었던 엘리엇의 종교와 문화의 관계에 대한 생각이 매우 유사하다는 데 근거하고 있다. 두 번째로는 엘리엇이 틸리히의 대표적 저작인 세 권으로 된 『조직신학』(*Systemic Theology*)의 첫 권을 두 번이나 읽고, 1954년 3월 22일자 편지로 틸리히에게 진지한 독후감을 써 보냈으며, 두 사람이 1938년에서 1947년까지 지속된, 구미의 기독교 지식인들의 모임인 "무트"(The Moot)에서 계속 만났으며(Dale 140-41), 틸리히가 기독교의 상징들을 철학적으로뿐 아니라 예술적 상징으로 표현하려는 엘리엇의 노력에 대하여 깊은 찬사를 보냈다(Brown 39)는 기록에도 힘입은 바 크다. 1950년부터 50년대 중반을 통하여 당시 하버드 대학의 신학자였던 폴 틸리히의 저서들을 읽고, 엘리엇은 1927년의 독신서약을 비롯한 1950년대 이전의 엄격한 금욕생활로부터 벗어났으며 그에게 깊은 행복을 선사한 두 번째 결혼을 할 수 있었다고 한다 (Gordon 238-40).

II. 종교-문화(Religion-Culture) 속에서 문학의 성격과 역할

위에서 말한 넓은 의미의 종교의 관점에서 보면, 엘리엇의 '종교-문화'는 인간에게 궁극적인 관심이 되는 것을 추구하는 문화가 될 것이다. 인간에게 궁극적 관심의 대상이 되는 것은 무엇인가? 그것은 말할 것도 없이 인간의 행복이다. 행복의 기본요건은 무엇인가? 그것은 마음의 평안이다. 마음의 평안은 어디에서 오는가? 그것은 공정(公正)에서 나온다.[2] 공정은 모든 사람이 차별됨이 없이 대우받는 것을 의미한다. 모든 인간이 차별되지 않고 동등한 대우를 받는 공정의 기준은 무엇일까? 그것은 바로 진리의 근본적 성격인 보편성(the universal) 또는 일반성(the general)일 것이다. 소수의 특수한 사람들이 아니라 '대다수의 사람들 그리고 가능하면 모든 사람들에게 수긍이 되고 수용되어지는 성질을 지니는 어떤 것'이 공정의 기준이다.

그의 논문 「종교와 문학」에서 엘리엇은 종교 문학(religious literature)을 세 가지로 분류하면서 이류시(minor poetry)로 분류되는 종교시 또는 봉헌시(devotional poetry)에 대하여 언급하고, 이런 시를 쓰는 시인들의 중요한 특질로써 우리가 일급의 시인들에게서 기대하는 "일반적 의식(general awareness)"(*SE* 391)의 결여를 크게 강조하고 있다. 이때의 종교 시인들은 모든 주제를 종교적 정신(religious spirit)으로 다루는 시인들이 아니라, 시의 주제 중에서도 제한된 부분만을 취급하는 시인으로서, 인간의 중요한 정열이라고 생각되는 것을 도외시하고, 그것으로 인하여 자신의 그러한 정열에 대한 무지를 폭로하는 시인이다. 여기서 '종교적 정신'이라고 말할 때의 종교적이란 말은 편협하거나 특별한 의미의 종교와 관련된 것이 아니라 보편적 일반적 의미의 종교와 관련된 말이며, 이러한 보편적 일반적인 것에 대한 정열은 인간의 중요한 정열(major passions)로 분류된다. 엘리엇은 헨리 본(Henry Vaughan)이나 로버트 사우스웰(Robert Southwell), 조지 허버트(George Herbert)—그에 대한 평가를 엘리엇은 후에 일류시인으로 바꾸었다(*SE* 391)—그리고 조지 홉킨스(George Hopkins) 등

---

2) 여불위(呂不韋)의 『呂氏春秋』는 음악에 관하여 말하는 가운데, "음악에는 그 방도가 있는데, 음악은 반드시 평안에서 나오며, 평안은 공정에서 나오고, 공정은 도(道)로부터 나온다"(務樂有術, 必由平出, 平出於公, 公出於道)고 말하고 있다(220).

을 일반적 의식이 결여된 이류시인으로 분류하면서, 그들은 단테나 꼬르네이유(Corneille), 라신느(Racine) 등이 기독교의 주제를 다루지 않는 희곡(plays)에서조차 위대한 기독교적 시인이라고 하는 그런 의미로서는 위대한 종교시인이라고 할 수 없다고 말한다(*SE* 390-92). '기독교의 주제를 다루지 않는 작품에서조차 위대한 기독교적 시인'이라고 말하는 것은 단테나 라신느 같은 일급의 작가들이 기독교 정신을 기독교라는 특별한 범주 속에서 편협하게 다루지 않고 보편적 일반적 정신으로 승화시켜 창조적으로 다루었다는 것을 의미한다. 엘리엇은 그가 원하는 문학을 계획적이거나 도전적이기보다는 "무의식적으로(unconsciously) 기독교적인 문학"(*SE* 392)이라고 말하였다. 이 말은 특수한 종교로서의 기독교 정신을 계획적으로 문학으로 형상화하거나 기성의 종교문학에 도전한다는 야심을 가지고 쓴 작품보다는, 종교에 대한 특별한 의식 없이 썼으면서도 기독교 정신을 일반적 의식으로 형상화시킨 결과를 보여주는 작품을 그가 높이 평가한다는 것을 의미한다. 이러한 문학은 무의식적으로 인간의 궁극적 관심을 추구한 문학이며, 궁극적으로 인간이 원하는 평안의 질서에 대한 갈망을 무의식의 상태에서 본능적으로 추구한 문학이다.

인간의 궁극적 관심의 기본적 성격이 되는 이러한 보편성의 원리에 합당하면서, 인간의 삶의 실존 현장에서 인간이 추구하는 행복을 위하여 가장 중요한 것은 무엇일까? 그것은 우리의 일상의 삶에서 다양한 형태의 고통이 사라지는 것일 것이다. 고통없음(aponia), '이해를 초월한 평화'가 행복을 갈망하는 인간이 원하는 가장 중요한 요구인 것이다. 그러나 인간이 사는 세계에서 완전히 고통을 제거할 수 있는 방법은 아직도 발견되지 않고 있다. 엘리엇의 초기 작품들인 「프루프록의 연가」("The Love Song of J. Alfred Prufrock")나 「작은 노인」("Gerontion"), 『황무지』(*The Waste Land*) 그리고 「텅 빈 사람들」("The Hollow Men") 등에 이르는 모든 작품의 심리적 주제는 바로 이 해답 없는 상태의 세계와 인간에 대한 회의이다.

인간 실존의 고통 문제에 대한 가장 고전적 질문은 구약성서의 욥기(Job)에 가장 적나라하게 나타나고 있다. 삶의 정점에서 예기하지 못했던 온갖 불행과 고통의 시련을 겪게 되지만 마침내 모든 고난을 참고 견디내어 끝에는 자신이 잃었던 모든 것을 회복하여 이전의 행복과 번영을 다시 누리게 되는, 한 선량한 인간에 대한 전설을 사용하고 있다. 이 이야기는 얼핏 보면 보상받는 신뢰와 인내에 관한 이야기로 읽힐 수 있을 것이다. 그러나 저주와 고통을 받는 과정에서 그를 위로하기 위해 찾아온 세 친구와 나누게 되는 진지하고 아픈 대화를 검토해 보면, 주인공이 자신의 죄 없음과 부당한 고통에 대하여 신에게 얼마나 신랄하게 항의하고 반항하고 있는지를 볼 수 있게 된다.

욥은 만일 그가 순결하고 바르다면 지금 고통을 받고 있지 않을 것이라는 두 번째 방문자 빌닷(Bildad)의 변론을 무시한다. 그는 자신이 "사람이 하느님과 쟁변하려 할지라도 천 마디에 한 마디도 대답하지 못하리라"(9:30)[3]는 것을 알고 있으며, 신은 "측량할 수 없는 큰 일을, 셀 수 없는 기이한 일을 행하시는 줄"(9:10) 알고 있지만, 신이 인간의 일을 다루는 방식에 대하여 불만이 있음을 강렬하게 토로한다.

> 가령 내가 의로울지라도 내 입이 나를 정죄하리니,
>   가령 내가 순전할지라도 나의 패괴함을 증거하리라.
> 나는 순전하다마는 내가 나를 돌아보지 아니하고,
>   내 생명을 천히 여기는구나.
> 일이 다 일반이라 그러므로 나는 말하기를,
>   하느님이 순전한자나 악한 자나 멸망시킨다 하나니.
> 홀연히 재앙이 내려 도륙될 때에 무죄한자의
>   고난을 그가 비웃으시리라
> 세상이 악인의 손에 붙이웠고 재판관의 얼굴도
>   가리워졌나니 그렇게 되게 한 이가 그가
>   아니면 누구이뇨?

> Though I am innocent, my own mouth
>   would condemn me;
> though I am blameless, he would
>   prove me perverse.
> I am blameless; I regard not myself;

3) 여기서 인용하는 욥기의 우리말 번역은 모두 기독 지혜사에서 출판한 『라이프 성경』을 이용한 것이다.

I loathe my life.
It is all one; therefore I say,
he destroys both the blameless and the wicked.
When disaster brings sudden death,
he mocks at the calamity of the innocent.
The earth is given into the hand of the wicked;
he covers the faces of its judges—
if it is not he, who is it? (Job 9:20-24)

욥은 신에게 그 책임이 있다고 생각한다. 그는 대담하게 더 나아가 "하느님은 나처럼 사람이 아니신즉 내가 그에게 대답함도 불가하고 대질하여 재판할 수도 없고 / 양척 사이에 손을 얹을 판결자도 없구나"(9:32-33)라고 안타까워함으로써 암시적으로 신과 고통 받는 인간인 자신 사이에서 불편부당하게 시비를 가려줄 중재자를 요청하고 있다.

욥은 그의 무죄 주장을 오만이라고 나무라는 세 번째 방문자인 소발(Zophar)과의 변론 후에 "참으로 나는 전능자에게 말씀하려 하며, 하느님과 따져보고 싶다"(13:3)고까지 말하며 "그가 나를 죽이시리니 내가 소망이 없노라. 그의 앞에서 내 행위를 변백하리라"(13:15)고 강력하게 주장한다. 신이 그를 죽일지라도 그의 억울함을 계속 진언하며 "신에 대항하여 신에게"(against God to God)(Daiches 13) 자신의 입장을 개진하기로 결의하고 있다. 그러나 갑자기 폭풍 가운데 신이 나타나서 "무지한 말로 이치를 어둡게 하는 자가 누구냐"(38:2)라고 일갈하며, "내가 땅의 기초를 놓을 때 네가 어디 있었느냐. . . . 누가 그 도량을 정하였었는지. . . . 그 주초는 무엇위에 세웠으며 그 모퉁이 돌은 누가 놓았었느냐"(38:3-6)로 시작되는 불가사의한 신의 작업에 대하여 묻기 시작하자 욥의 태도는 완전히 돌변하고 만다. 신은 그에게 "네가 내 심판을 폐하려느냐, 스스로 의롭다 하여 나를 불의하다 하느냐"(40:8)고 묻는다. 욥은 즉각 "무지한 말로 이치를 가리우는 이가 누구이니까, 내가 스스로 깨달을 수 없는 일을 주께서 말하였나이다"(42:3)라고 대답하며 "그러므로 내가 스스로 한하고 티끌과 재 가운데서 회개하나이다"(42:6)라고 항복한다. 그러자 신은 욥의 세 친구에게 그들이 신을 가리켜 말한 것이 신의 종 욥의 말같이 정당하지 못하였다고 책망하고, 욥을 위하여 그 전의 소유보다 갑절이나 많은 것을 돌려준다. 그러나 여기서 우리가 간과해서는 안 될 것은, 이야기의 행복한 결말에도 불구하고, "죄 없는 자가 왜 고통을 받아야하는지"에 대한 대답은 없었다는 것이다. 욥의 윤리적 질문에 대한 신의 대답은 우주의 창조에 대한 신의 설명으로 대치되어 있을 뿐, "욥의 질문에 대한 유일하고 진정한 해답은 '대답이 없다'(no answer)는 것이다"(Daiches 24). 또 욥의 세 친구의 말들이 정당하지 못하였다는 책망은 그들의 말 곧 '악한 자는 벌을 받으며, 의로운 자는 보상 받는다'거나 '번창은 덕의 표시이고 고통은 죄의 표시'라는 주장이 모두 신과 관련하여 옳지 못한 언급이라는 의미가 된다. 이러한 신의 대답과 행동은 결국 신의 창조의 신비와 모순을 강조하는 셈이 된다. 신은 무지한 이치로 말하는 욥을 꾸짖으면서 동시에 신에 대하여 그가 한 말이 옳다고 칭찬함으로써 분명한 모순을 드러내고 있다. 이 모순은 신조차도 그의 죄 없는 피조물인 인간이 실존의 상황에서 받는 고통의 이유에 대하여 납득할만한 해답을 할 수 없음을 보여준다. 후에 17세기의 밀턴(Milton)은 그의 『실낙원』(*Paradise Lost*)에서 인간이 신의 명령에 복종하지 않고 신이 준 '자유의지'를 남용하여 죄를 지음으로써 스스로 고통을 자초하였다고 신의 길의 정당성을 증명하려 하지만, 남용될 수 있는 자유의지를 인간의 속성 속에 부여한 것은 신의 솜씨의 결과이다. 인간이 실존 상황에서 받는 고통의 정당성을 논리적으로 증명하는 일은 신학의 오랜 난제이며 아직도 완전한 해답을 얻지 못한 문학과 종교 그리고 신학연구의 중요한 과제이다.

III. 문학과 종교에 있어서의 고통의 문제

도저히 제거될 수 없는 인간 실존의 고통의 문제는 위대한 작가들의 끊임없는 관심의 대상이었다. 도스토예프스키는 많은 작품들 속에서 이 문제를 다루고 있으며 특히 『까라마조프 씨네 형제들』 속에서는 둘째 아들 이반의 입을 통하여 이 문제를 깊이 있게 탐색하고 있다. 이반은 사냥을 좋아하는 퇴직한 장군의 사냥개들 중 한 마리의 다리를 실수로 절게 만들었다는 이유로 추운 날 어머니가 보는 앞에서 여덟 살짜리 아이를 발가벗겨 강제로 개들 앞에서 도망치게 만듦으로써 뒤쫓아 간 개들의 이빨에 갈가리 찢겨 죽는 처참한 어린아이의 이야기를 소개하였다(도스토예프스키 540-41). 그리고 세상의 악과 죄 없는 아이들의 고통을 방관하는 신의 존재에 대하여 의문을 제기하며 신이 만든 세계의 불합리성을 들어서 그 세계를 받아들일 수 없다고 말한다. 그는 신의 존재 여부는 삼차원의 관념밖에 지니지 못한 인간의 두뇌로는 엄두도 낼 수 없기 때문에 신의 존재를 인정하며, 인정할 뿐 아니라 신의 예지도 목적도 인정한다고 말한다. 그는 신의 세계가 존재한다는 것을 알고 있지만, 신의 의의도 질서도 믿고, 언젠가 인간을 하나로 결합시켜 준다는 영원한 조화도 믿고 있지만, 악과 죄 없는 아이의 고통이 방관되는 신이 창조한 세계, 신의 세계는 인정할 수 없다고 말한다. 신이 정의의 근원이면서 동시에 전능하시다면 악을 행한 자는 벌을 받고 선을 행한 자는 보상을 받아야 한다. 그러나 신이 만든 세계 속에 악은 방치되고 죄 없는 자들이 고통을 받고 있다. 이러한 정의와 힘(justice and power) 사이의 불균형은 이반으로 하여금 신을 인정하면서도 신이 만든 세계를 부정하게 만든다. 이반은 가령 평행선이 일치하는 것을 내 눈으로 직접 본다 하더라도 자기는 신의 세계를 용납할 수 없다고 말한다(도스토예프스키 524-25). 그는 현실 속에 신의 의지에 의해서도 해결될 수 없는 깊은 모순이 존재하고 있음을 뼛속 깊이 인식하고 있다. 이것은 신의 존재에 대한 이론적인 부정보다도 훨씬 신랄한 부정이다. 전능하시며 선이신 신이 세계를 창조했다면 왜 악은 존재하며, 신이 사랑과 자비의 근원이라면 왜 신은 순결한 어린아이의 고통을 방치하고 있는 것인가? 이것이 바로 이반으로 하여금 신에 의해 창조된 세계, 부정과 의미 없는 고통이 넘치는 세계를 거부하게 만드는 이유이다. 이러한 사고의 바탕 위에서 그 유명한 명제, "신이 없다면 모든 것이 허용된다"는 이반의 무서운 선언이 탄생하는 것이다.

인간의 궁극적 관심인 행복을 방해하는 실존의 고통에 대한 관심은 엘리엇의 시와 시극 속에도 외로움과 회의의 이미지 그리고 외로움과 회의의 상황들을 통하여 간접적으로 표출되고 있다. 엘리엇은 "내 자신의 신앙은 결코 제거될 희망조차 없는 회의에 사로잡혀 있다"(Bergonzi 113)고 말한 적이 있는데, 엘리엇을 이러한 깊은 회의에 빠지게 한 원인은 『황무지』(*The Waste Land*)의 제2부에서 야만적인 왕에 의해 능욕당한 뒤 새가 된 필로멜(Philomel)의 울음 속에 가장 극적으로 표출된 인간실존의 고통이다. 세상에 만연한 악과 고통을 피하기 위하여 인간들은 외면으로만 세상과 만날 뿐 내면은 항상 이 세상으로부터 스스로를 유리시키려 한다. 이 '스스로의 유리'야말로 현대인의 소외의 내면적 원인이다. 소외된 인간이 느끼는 것은 무엇인가? 그것은 뼈저린 외로움과 고통이며 인간이 사는 세상에 대한 회의는 바로 이 외로움에서 시작되는 것이다. 프루프록 그룹의 시들 속의 "수술대 위에 에테르로 마취된 환자"나 "좁은 골목"에 사는 "셔츠 바람으로 창가에 기대 선 외로운 사내" 같은 이미지, 그리고 "싸구려 일박여관과 톱밥 깔린 식당," "빈 터," "어렴풋한 맥주의 쉬어빠진 냄새," "죽은 제라늄," "공장마당에 부서진 용수철," "모든 더 낡은 밤의 냄새들," "지하실의 부엌" 그리고 "하녀들의 습습한 영혼" 등의 이미지나 "인어들 . . . 나는 그들이 나를 향해 노래하리라고는 생각지 않는다"에 이르기까지, 그리고 인간의 외로움을 너무나 뛰어나게 형상화시킨 "나는 바다 밑을 어기적거리는 엉성한 게다리나 되었을 것을"과 같은 구절 속에 자신을 타인에게 이해시킬 수도, 타인을 이해할 수도 없는 데서 생기는 소외감과 외로움이 암시되어 있다. 『황무지』 속에도 "부서진 형상들의 무더기," "사람마다 자기 발치만 보며 걸었다," "당신 머릿속에 아무것도 없다는 거예요?" "나는 무(nothing)에서 무를 연결할 뿐" 등의 허무와 외로움의 이미지가 가득하다.

엘리엇은 인간의 실존에 대한 통일된 조망을 보여주고 있는(Smidt 182-84) 그의 최대의 종교시인 『네 개의 사중주』(*Four Quartets*)를 통해서 인간 삶의 궁극의 문제에 대한 해답이 사랑임을 암시하고 있지만 고통과 사랑의 관계를 주제로 한 마지막 시인 「리틀 기딩」("Little Gidding")의 제4부에서 그는 이 사랑의 실체가 고통이라고 쓰고 있다.

> 그럼 고통을 만든 것은 누구입니까? 사랑입니다.
> 사랑은 인간의 힘으로는 벗길 수 없는
> 견딜 수 없는 불꽃의 셔츠를 짠
> 손의 배후에 있는
> 낯선 이름입니다.
>
> Who then devices the torment? Love.

Love is the unfamiliar Name
Behind the hands that wove
The intolerable shirts of flame
Which human power can not remove ("Little Gidding")

엘리엇은 그의 시극 『대성당의 살인』(*Murder in the Cathedral*)에서 12세기의 순교자 베켓(Thomas Becket)의 순교사건을 통하여 사랑의 실천이 고통임을 확인하며, 메티이슨(Mathiessen)은 "사랑은 본질적으로 해방이 아니라 고통"(19)이라고 말한다. 진정한 사랑이 항상 고통을 동반한다는 것은 사랑에 대한 추상적 논리의 결과가 아니라 사랑에 대한 절실하고 구체적인 경험의 피할 수 없는 결론이다. 인간의 세계 속에서 진정으로 누구를 사랑한다는 것은 깊은 의미에서 세상의 악으로부터 그를 안전하게 지켜준다는 것이며, 악으로부터 안전하게 지킨다는 것은 악과의 투쟁을 전제로 하는 것이다. 악과의 투쟁은 고통이다. 그러나 인간은 누구에 대한, 무엇에 대한 사랑 없이는 견딜 수 없는 존재이며 그래서 그의 존재양식은 운명적으로 고통인 것이다. 우리는 당연히 질문하게 된다. 왜 진정한 사랑의 실천에 고통이 따르는가? 고통은 왜 생기는 것인가? 고통의 근원은 어디에 있으며 왜 그것은 모든 시대와 공간을 통하여 끊임없이 계속되는 것인가? 이 질문은 우리 뿐 아니라 엘리엇 자신이 절망적으로 던졌던 인간의 실존의 상황에 대한 구체적 질문이며, 이 문제를 그는 『가족의 재회』(*The Family Reunion*)의 극적 상황을 통하여 집중적으로 추구하고 있다. 그는 이 작품 속에서 현대인들이 겪는 끝없는 고통의 이유가 모든 시대와 공간을 통하여 모든 인간의 실존 속에 작용했던 "일반적인 인간의 죄성"(the universal sinfulness in men)이라고 밝히고 있다. 이 대답이야말로 인간의 고통의 뿌리에 대한 엘리엇의 깊은 탐구의 결론으로 보이며, 『가족의 재회』는 그의 이러한 결론의 난해한 예술적 형상화의 결과이다.

"일반적인 인간의 죄성"이란 말은 보편적으로 모든 인간들이 지니는 죄를 지을 수 있는 성질을 의미한다. 인간은 정신과 육체로 구성되어서 정신 속에는 높고 낮은 앎에 대한 갈망에서 연유되는 온갖 죄성이 들어있으며, 육체에는 본능에서 연유되는 여러 형태의 죄성이 포함되어 있다. 고전학문인 철학이나 윤리학으로부터 현대의 학문인 심리학이나 사회학 그리고 정신분석학에 이르는 여러 학문들이 분석해 볼 수 있는 죄성은 몹시 복잡하고 다양하며 복합적일 것이다. 인간은 모두 이런 죄성을 자신의 부모로부터 유전적으로 물려받으며 생명이 있는 한 이 죄성으로부터 자유로울 수 없다. 우리나라의 불교 소설 중 최고의 업적으로 평가되는 김성동의 『만다라』는 이 죄성으로부터 자유로울 수 없었던 한 파계승의 자살에 이르는 진리탐구의 과정과, 깨달음에 도달하기 위하여 교단이 정한 온갖 계율을 지키면서도 이 파계승이 누리는 자유로부터 결코 자유로울 수 없었던 또 다른 스님의 치열할 구도의 과정을 그리고 있다. 파계승 지산은 속계와 선계를 넘나드는 온갖 방황과 뼈를 깎는 노력에도 불구하고 몸이 지닌 죄성으로부터 벗어날 수 없음을 깨닫고 마침내 자살에 이른다. 파계승 지산에 대한 절(寺)에서의 온각 구박에도 불구하고 그의 진리에 대한 열정과 정신을 읽고 그를 변명해 주고 보호해 주던 법운도, 개정되기 이전의 『만다라』(1979)에서는 죄성을 자극하는 세속으로 돌진하여 중생을 구하기 위해 피안으로 가는 기차표를 용감히 찢어버리지만, 개정된 『만다라』(2005) 속에서는 이러한 돌진의 무모성을 깨닫고 마침내 피안으로 가는 기차를 타고 만다. 법운의 이러한 행위는 인간이, 아무리 수도자라 하더라도, 세속의 삶 속에서 일반적인 죄성을 극복하고 고통으로부터 자유로워진다는 일이 얼마나 지난의 일인지를 우리에게 보여준다. 지산이 죽은 후 괴로워하는 법운에게 지산이 만들어 준 조그만 인불(人佛)은 “몸을 바꿔, 금생엔 틀렸다구”(212)라고 말한다.

인간은 아무도 실존의 삶 속에서 고통으로부터 자유로울 수 없다. 그리고 이러한 사실을 앎에도 불구하고 인간은 끊임없이 이 실존의 고통으로부터 벗어나기를 꿈꾼다. 왜냐하면 인간은 가능하다면 무슨 수를 써서라도 행복해지고 싶기 때문이다. 인간의 고통을 근원적으로 해결해 주겠다고 나선 것이 종교라면, 이 고통의 원인을 밝혀 보겠다는 것이 문학이다. 인간이 자연의 동물의 삶에서 벗어나 인간다운 삶, 행복한 삶을 위하여 인공적인 제2의 환경을 만든 것이 문화라면 인간이 창조하는 문화는, 최선을 다하여, 바로 인간의 행복을 방해하는 고통을 없애거나, 그것이 불가능하다면 최소한 그 고통을 최소화하는 방향으로 만들어지고 발전해야 한다. 문학과 종교 그리고 문화의 학제적 연구의 핵심적 의의는 바로 이 고통과 관련된 문학과 종교 그리고 그 문화의 의미를 인식하고 재확인하는 데 있다. 엘리엇의 '종교 문화론'은 인간의 '궁극적 관심'인 종교가 문화의 중심이 되고, 문학은 종교의 영혼을 가지고 지어지는 문화의 실상을 인간 실존의 고통에 천착하여 매순간 기록함으로써, 문화의 영혼인 종교를 끊임없이 갱생시키고 깨어있게 하는 선순환의 논리를 제공한다.

IV. 신의 도시가 아니라 인간의 도시에서 종교・문화사회의 모형: T. S. 엘리엇의 예－『기독교 사회의 이상』

19세기의 낭만주의 시의 거장인 윌리엄 워즈워드(William Wordsworth)는 그의 유명한 『서정 민요집』(*Lyrical Ballads*)의 서문에서 "시인은 인간에게 직접적인 기쁨을 준다는 필연성의 제한 아래서만 시를 쓴다"(Enright 173)고 말하였으나, 현대는 시인에게 인간 실존의 삶의 갈등 현장에 대하여 더 많은 앎을 요구한다. 크리언스 브룩스(Cleanth Brooks)는 예술의 역할에 대하여 다음과 같이 쓰고 있다.

> 예술가의 역할은 세계에 대한 앎을 제공하는 것이다. 임상적인 거리를 두고 본 객관적 대상물이나 단순한 기구로서 본 세계가 아니라 우리들 자신이 포함된 세계－한편으로는 우리들 자신의 투사이면서 다른 한편으로는 우리들의 충돌과 갈등의 현장인 세계에 대한 앎을 표현하는 것이다. 우리들로 하여금 세계의 실상을 보게 함으로써 예술가는 동시에 우리들로 하여금 우리 자신의 실상을 보도록 만든다. 오래전에 코울리지(Coleridge)가 말한 것처럼, 시인의 임무는 우리의 주의를 "무감각한 관습으로부터" 깨우쳐내고, 우리 앞의 세계를 가리고 있는 "친숙함이라는 엷은 막"을 떼어내어, 우리에게 "실체에 대한 새로운 비전"을 제공하는 것이다.

> That role is to give us an awareness of our world, not as an object viewed in clinical detachment, not as mere mechanism, but of our world as it involves ourselves－in part a projection of ourselves, in part an impingement upon ourselves. In making us see our world for what it is, the artist also makes us see ourselves for what we are. As Coleridge long ago observed, the poet's task is to awake the mind's attention "from the lethargy of custom," to

remove "the film of familiarity" that obscures the world before us, and to give us a renewed vision or reality. (Brooks 132)

우리가 그 안에 포함되어 있으면서 그 속에서의 우리들 삶의 갈등과 고통의 투사물이기도 한 세계는 우리들 삶의 실존의 현장이다. 실존의 현장은 인간이 그의 유한성과 운명에 의해 실존의 고통에 노출되는 적나라한 삶의 현장이다. 시인이나 작가 같은 예술가가 창조하는 문학은 이 현장이 일상에서 보여주는 친숙함의 막을 떼어내고 고통의 실체에 대한 새로운 앎을 제시하여야 한다. 물론 문학이 실존의 고통에 대한 해답을 제시해 주는 것은 아니다. 문학은 실존의 상황이 주는 고통을 있는 그대로 느끼게 하고 이 고통으로부터 탈출을 갈망하도록 자극하지만 구체적으로 어떻게 해야 될지를 말해주는 것은 아니다. 작품 속에서 절실하게 느낀 고통과, 이 고통에 공감하면서 느낀 고통 없는 상태에 대한 해답을 궁리하는 일은 다른 영역, 곧 종교의 일이다. 인간의 탐욕에 의해 오염되고 왜곡된 종교가 아니라 우리를 우리 존재의 신비 앞에 무릎 꿇게 하고 인간 실존의 고통의 문제를 해결하기 위해 끊임없이 자신을 던지는 종교 말이다.

종교가 이러한 문제를 심각하게 깨닫고 있는지에 대하여 오스틴 파러(Austin Farrer)는 상당히 회의적이다.

이 시대 종교의 가장 중요한 난점은 . . . 아무도 사물을 깊이 응시하지 않는다는 것이다. 그것을 숙고하려들지 않으며 그 일이 무엇인지 이해하려 하지 않고, 가능한 한 개인적 실존의 심오한 현실을 탐구하려고도 하지 않는다. 우리의 정신은 인간의 지식으로부터 우리의 창조자에 대한 지식으로 고양되는 것이다. 그러나 이 고양은 사물들을 분석할 수 있거나 그것들을 기술적으로 조작하거나 혹은 집단으로 분류할 수 있는 그런 종류의 지식을 통하여 일어나는 것이 아니다. 우리가 사물들을 사랑하고 그것들로 우리의 마음과 감각을 채우며, 그것들의 존재가 주는 침묵의 힘과 위대한 존재에 대하여 무엇인가를 느낄 때, 그리고 우리가 갖는 사물에 대한 이해로부터, 고양은 일어난다. 왜냐하면 어떤 존재의 창조적 힘이 모든 것보다 더 고상하고 풍부하며 강력하게 나타나는 것은 바로 이 이해 속에서이기 때문이다.

And the chief impediment to religion in this age, I often think, is that no-one ever looks at anything at all: not so as to contemplate it, to apprehend what

> it is to be that thing, and plumb, if he can, the deep fact of its individual existence. The mind rises from the knowledge of creatures to the knowledge of their creator, but this does not happen through the sort of knowledge which can analyze things into factors or manipulate them with technical skill or classify them into groups. It comes from the appreciation of things which we have when we love them and fill our minds and senses with them, and feel something of the silent force and great mystery of their existence. For it is in this that the creative power is displayed of an existence higher and richer and more intense than all. (Farrer 37-38)

'우리가 사물들을 사랑한다'거나 '우리가 갖는 사물에 대한 이해로부터 고양이 일어난다'고 할 때, 그 이해나 사랑은 결국 인간 실존의 삶의 고통에 대한 것이다. 인간의 실존의 고통에 대한 이해와 사랑을 통하여 우리의 창조적 힘은 더 풍부하고 강력하게 나타난다.

"신을 가지지 않을 것이라면 . . . 사람들은 히틀러(Hitler)나 스탈린(Stalin)에 대하여 존경을 바쳐야 한다"(*ICS* 23-24)고 평소의 그답지 않게 단호하게 주장했던 엘리엇은, 1939년에 출판된 『기독교 사회의 이상』(*The Idea of a Christian Society*)에서, 비록 불완전하며 '신의 도시'(City of God)처럼 보이긴 하지만(Bergonzi 129), 기독교를 모델로 하여 그가 이상적으로 생각하는 종교-문화 사회의 모형을 제시하고 있다. 이 모형은 세계 제2차 대전 무렵에 유럽에서 맹위를 떨치던 파시즘에 대한 대안으로 위기의식 속에 만들어진 것이지만, 이 모형이 제시하는 사회는, 한편으로 인간 실존의 고통을 경감시키거나 가능하다면 소멸시킬 수 있는 이상적 구조나 제도를 추구하는 문화를 지향하는 사회로 보이며, 앞에서 우리가 언급한 그의 '종교문화론'과 관련하여 종교라는 말이 의미하는바, '인간의 궁극적 관심을 추구하는' 내용과 상당히 근사한 구도를 가지고 있다. 그는 먼저 그가 말하는 '기독교사회'(Christian Society)를 설명하기 위하여 세 가지 구분을 제시하고 있다. '기독교 국가'(Christian State), '기독교 공동체'(Christian Community) 그리고 '기독교인들의 공동체'(Community of Christians)가 그것이다. 기독교 국가에 대하여 설명하면서 그는 이 국가의 지도자들은 그들의 수월성은 고사하고 기독교인이라는 자격 때문에 선출되지는 않는다고 말한다. 기독교인들이 지도자가 되는 것이 물론 이점은 있겠지만, 고위직에 있는 사람들이 모두 헌신적이고 정통적인 기독교인들이라 할지라도 그들의 임무를 수행함에 있어 비기독교인들과 크게 다를 것이라고 기대해서는 안 되기 때문이다(*ICS* 26-27). 그는 기독교 국가의 정체에 대하여 언급하면서 그것이 특별한 정치형태가 아니고 기독교 사회에 알맞은 국가, 특정의 기독교 사회가 스스로 발전한 국가를 의미한다고 말한다(*ICS* 12). 기독교 국가에서 중요한 것은 정치가들의 기독교성이 아니라, 그들이 국가의 번영과 발전을 위하여 '기독교 구조'(Christian Framework)안에서 그것에 맞추어 행동하는 것이다. 그들도 비기독교적 행위를 할 수도 있다. 그러나 비기독교적 원칙에 따라 그들의 행동을 변호해선 안 된다(*ICS* 27). 중요한 것은 기독교 구조를 수립하는 것이지 국가의 일에 대하여 기독교 원칙을 적용하는 것이 아니다. 테리 이글턴(Terry Eagleton)은 "기독교 사회(Christian Society)라는 말을 통하여 엘리엇이 의미하는 바는 그 사회의 무의식적 리듬이 기독교의 가치를 '육화시키는(incarnate)' 사회"(281)라고 말하였는데, 엘리엇이 말하는 '기독교 구조'는 바로 기독교 가치가 일상의 삶 속에 구체적으로 무의식적으로 구현되는 구조이다. 기독교 가치의 핵심은 무엇인가? 그것은 "이웃을 내 몸과 같이 사랑하는 것"(Mar. 12:31)이다. '이웃을 내 몸처럼 사랑한다는 것'은 동료 인간을 나 자신을 배려하듯 세밀하고 따뜻하게 배려한다는 것이다. 이러한 '사랑'의 구조 속에서는 누가 형식적으로 기독교 신앙인인가 아닌가는 궁극적으로 크게 의미가 없다. 왜냐하면 사회적인 의미에서 '기독교 구조'를 추구하는 목표는 실존의 삶 속에서 사랑이 실천되는 사회를 만드는 것인데, '기독교 구조'의 내용인 사랑이 사회 속에서 실천된다면, 기독교라는 종교형식을 세운 목표는 이루어진 것이기 때문에 결국 형식적으로 기독교인인가 아닌가는 부차적 문제가 되기 때문이다. 그러나 형식은 내용을 담는 그릇이다. 내용의 실천을 위해서는 먼저 구조와 형식을 구축해야하며 이것을 위하여 무엇보다도 중요한 것이 기독교 교육이다. 그러나 기독교 교육의 주요목표는 기독교인을 만드는 것보다 사랑이라는 기독교 범주(Christian categories) 안에서 사고할 수 있게 만드는 것이다. "회의적이고 무관심한 정치인이라 할지라도 기독교 구조 안에서 일하는 정치인이 세속의 구조

안에서 일하면서 헌신적인 기독교인보다 낫다'(*ICS* 28)고 그는 잘라 말한다. 여기서 우리가 알 수 있는 것은 그가 사회나 그 사회 구성원의 변화를 염두에 두고, 그러한 변화에도 흔들리지 않을 구조 곧 사랑의 실천이 기초가 되는 기독교의 틀의 확립에 큰 의미를 부여하고 있다는 것이다.

'기독교 공동체'에 대하여 언급하면서 그는 그것이 기독교 원리에 근거하여 수립된 조직이어야 하나 구성원 모두가 '기독교 신앙인'(believers)일 필요는 없다고 말한다. 엘리엇은

> 대부분의 사람들에게 있어서 종교란 무엇보다도 먼저 태도나 관습이 문제여야 하며, 종교가 속한 사회의 생활과 일 그리고 즐거움들과 융화되는 것이어야 할 뿐 아니라, 고유한 종교적 감정은 일종의 가정적 사회적 감정의 확장 내지는 신성화여야 한다.
>
> For the great majority of the people . . . religion must be primarily a matter of behavior and habit, must be integrated with its social life, with its business and its pleasure, and the specifically religious emotions must be a kind of extension and sanctification of the domestic and social emotions. (*ICS* 30)

고 말했는데, 이 말은 종교와 일상의 삶과의 긴밀성과 융화의 필연성에 대한 엘리엇의 사고 핵심을 표현하고 있는 말이면서 동시에 종교란 근본적으로 어떤 형식이나 교리의 수행보다는 먼저 개인이 속한 가정이나 사회의 삶 속에서 평안과 화합의 기쁨을 주는 것이어야 함을 강조하는 말이다. 기독교 공동체의 구성원 모두가 교회를 다니며 교회가 요구하는 신앙의 형식을 지키는 사람이 아니더라도, 자신과 자신의 가족의 생활이나 일 그리고 즐거움을 누리는 데 있어 자신이 속한 공동체와 융화된다면 그가 형식적으로 기독교 신앙인인가 아닌가는 문제될 것이 없다. 누가 종교인인지 아닌지에 대하여 판단할 때 우리는 겉으로 드러난 것－어느 종교의 형식을 외면적으로 지키는 것－만을 보고 판단하는 경우가 많다. 그러나 그것은 "형식적인 외적 표시와 내적인 정신적 은총의 혼돈"(Williams 1 재인용)[4]일 수 있다. 외적으로는 종교의 형식을 지키지 않으

4) Loane, M., *The Queen's Poor* (London: Edward Arnold, 1906), 26.

면서도 내적으로는 자신이 속한 공동체가 신봉하는 종교의 가치를 수용하고 무의식적으로 그 진리에 따라 살아가고 있다면 그는 그 종교가 이상적으로 추구하는 종교 사회의 시민으로서 충분한 자격이 있는 것이다. 형식상으로는 기독교인이면서 비기독교인과 같은 생활을 하는 사람이 얼마나 많은가?

그러므로 기독교인들은 구성원 모두가 기독교인인 사회가 아니라, 공동체의 덕(virtue)과 안녕(well-being)의 추구가 허용되고, 볼 수 있는 눈을 가진 사람들에게 초자연적인 목표 곧 은총이나 축복이 허용되는 사회로 만족할 수 있을 것이라고 말한다(*ICS* 33-34). 어느 종교나 신봉자들에게 지키기를 요구하는 형식은 수없이 많다. 그러나 모든 종교의 진정한 핵심은 그 종교가 속한 사회나 국가 그리고 세계의 구성원 모두가 서로 덕을 추구하고 서로의 안녕을 빌며 서로가 베푸는 덕을 통하여 행복을 모두 함께 누리는 것이다. 이 덕과 안녕을 구성원들이 누리는 사회는 인간 실존의 고통이 없는 사회 아니면 최소한 그 고통이 크지 않아 견딜 만한 사회, 종교의 핵심인 인간의 사랑과 행복 곧 인간의 궁극적 관심이 구체적 삶 속에 실현되는 사회이다. 종교가 그 이상 무엇을 바랄 수 있겠는가.

"기독교인들의 공동체"(Community of Christians)는 교회나 어떤 국지적 집단이 아니라, 특별히 지적으로 정신적으로 출중하면서, 의식적으로 사려 깊게 실천하며 사는, 목사나 평신도가 같이 포함된 공동체를 말한다(*ICS* 35). 이들은 집단적으로 국가의 의식과 양심을 형성해 내는 사람들이다(*ICS* 42). 엘리엇은 기독교 사회에서 교회의 기능에 대하여 언급하면서 교회는 기독교 사회의 이들 세 가지 요소들과 어떤 관계를 가져야 된다고 말한다. 특히 '기독교인들의 공동체' 구성원들과 관계를 가져야 하며, 교리와 신앙 그리고 도덕의 문제에 있어 국가 안에서 교회는 마지막 권위를 가져야 한다고 말한다. 교회는 국가의 정치의 태만이나 단점을 꾸짖는 과정에서 국가와 갈등을 일으킬 수도 있으며, 때로 교회의 권력자들이 '기독교인들의 공동체'나 교회내의 집단으로부터 공격을 받을 수도 있다. 왜냐하면 어떤 조직이나 항상 부패의 위험에 처할 수 있으며, 내부로부터 개혁의 필요성에 직면할 수 있기 때문이다(*ICS* 47-48). 엘리엇은 세속의 생활과 정신생활이 조화와 통일을 이루어야 함을 강조하면서도, "기독교 사회 속에는 항상 긴장이 있을 것이며, 이 긴장은 기독교 사회의 이상에 필수적인 것"(*ICS* 55)이라고 강조한다. 긴장은 서로 다른 생각들 사이의 갈등에서 생기는 것이다. 엘리엇은 후에 『문화의 정의에 대한 노트』에서 통일 속에서도 이념들 사이의 끊임없는 갈등이 필요하다고 말한다. 왜냐하면 끊임없이 출현하는 그릇된 이념에 대항해서 진리가 확정되고 명백해지기 위한 유일한 길은 바로 이 그릇된 이념들과의 투쟁뿐이기 때문이다(*NDC* 82).

'기독교 국가'와 '기독교 공동체' 그리고 '기독교인들의 공동체'의 구분되면서도 서로 긴밀하게 관련되는 요소로 구성되는 기독교 사회의 취지와 대의는 사실 1933년에 발표된 논문 「가톨릭 교리와 국제질서」("Catholicism and International Order")에 이미 분명하게 드러나 있다. 이 논문은 3년 후에 그의 저서 『고대와 현대의 논문들』(*Essays Ancient and Modern*)속에 수록되었는데, 이 논문 속에서 엘리엇은 자유주의자들을 암시하는 '이 세상의 공동의 일들과 내세의 일들이 서로 아무 관련이 없다고 믿는 사람들'이라는 표현 속에 간결하게 자유주의(liberalism)에 대한 불신을 드러내고 있으며, '피조물들에 대한 과도한 사랑'이라는 표현 속에 인본주의(humanitarianism)에 대한 불만을 드러내고 있다. 그는 '이성(Reason)이라는 속이는 여신'이 아니라 자연의 법칙(natural law)을 인지하게 하는 바른 이성의 능력을 추구한다. 그는 권위와 계급조직, 규율이나 질서의 관념이 잘못 적용될 경우 절대주의나 있을 수 없는 신권정치(theocracy)로 우리를 오도할 수 있다는 것을 알고 있었으며, 인간성이나 형제애 또는 신 앞에서 모두의 평등의 관념이 기독교인들을 사회주의자가 될 수밖에 없다고 확신하게 만들 수도 있다는 것도 알고 있었다(*EAM* 118). 그는 가톨릭의 이념이 인간의 타락뿐 아니라 인간의 이상주의도 인식하고 있다고 쓰고 있는데, 높은 이상, 절대적 이상을 가톨릭교회는 가져야 하지만 동시에 지나치지 않는 '적절한 기대'를 할 줄도 알아야 한다고 쓰고 있다. 그는 가톨릭 이념이, 예를 들자면, 지역정치와 세계질서의 이상 같은 상반되는 사고를 상보적으로 포괄할 수 있으리라고 기대하기도 한다. 그는 공통의 관심사보다는 관심들의 균형에 그리고 종교적 윤리보다는 신중하게 고려된 윤리에 더 무게를 둔다(*EAM* 122). 그는 얕은 재주나 첨단의 새로움보다 지혜와 위대한 정신들에 의하여 역사 속에서 성취된 지식을 더 선호한다. 엘리엇에게 있어 전통을 존중한다는 것은 현재의 문제들을 등한시하는 것을 의미하는 것이 결코 아니다. 그는 이 세상의 구조를 재구성하는 방법을 탐구하는 자신을 다른 사람들이 도와주기를 청하는데, 그는 이 방법을 이해하여 세상에서 정의와 평화를 다소라도 실천하는 것이 기독교 생활의 발전과 영혼의 구원을 위하여도 도움이 되리라고 생각한다(*EAM* 132). 그는 또 사회가 물질적 조건들에 의하여 도덕적으로나 정신적으로 아주 깊이 영향을 받으며, 사회가 단편적으로 그리고 근시안적 목표를 가지고 세운 구조에 의해서까지도 타격을 받고 있다는 것을 잘 알고 있었다(*EAM* 133-34).

그러나 이상과 현실에 대한 엘리엇의 이러한 동시적 관심의 표현에도 불구하고 엘리엇의 사회비평의 결점으로 지적될 수 있는 것은 이상과 현실 사이의 불균형이며, 그래서 1934년에 출간된 『이신을 좇아서』(*After Strange God*)는 민족과 민족이 포괄하고 있는 상황들로부터 어떤 먼 거리를 가지고 있으며, 이 저서는 그래서 현실에 충분히 적응하는 데 실패한 이상주의를 표현하고 있다 (Kojecky 128-29). 이러한 불균형의 또 다른 예는 1937년에 방송된 「세계에 대한 교회의 메시지」(“The Church’s Message to the World”)로서 이 방송에서 엘리엇은 ‘세상에 간섭해야 하는 교회의 일’을 자극적으로 주장하고 있으며, 국민 다수의 기독교적 지향(orientation)과 전사회의 생활에 대한 교회의 지배를 요구하고 있다(Kojecky 129).

그러나 『기독교 사회의 이상』에서 그는 이 이상사회의 지도자가 기독교인이라는 자격 때문에 선출되지는 않는다고 말하며, ‘기독교 공동체’속에서 구성원 모두가 ‘기독교 신앙인’일 필요는 없다고까지 후퇴함으로써 이상과 현실 사이에서의 그의 불균형(imbalance)을 상당부분 바로 잡아가고 있다. 진보주의자들은 그를 비난하는 이유로 삼고 있지만, 그는 과도한 자유주의나 인본주의 그리고 과학적 이성에 대한 맹신 등의 위험을 이미 확실하게 간파하고 있었으며, 근본적으로 인간의 행복을 위하여 사고되고 추구된 이러한 이념과 도구들을 본래의 목표에 어울리도록 적절하게 사용할 수 있는 방법을 찾으려 하였다. 그는 이것을, 독단과 편견이 배제된 종교를 영혼을 지닌, 이상적 기독교 문화의 구조 속에서 추구할 수 있으리라고 생각하였으며, 가능한 착오와 실수를 줄이기 위하여 '기독교인들의 공동체'와 '기독교 공동체'를 구분하고 교회와 '기독교 국가'를 구분하여 각기의 구성과 소임을 분명하게 나누어, 서로 간의 균형과 팽팽한 긴장의 관계를 유지하는 가운데 그 목표를 달성할 수 있으리라고 생각한 것이다.

'기독교 구조'(Christian framework)에 대한 언급에서 기독교 국가에 실제로 적용할 수 있음직한 구조에 대한 세밀한 설명이 부족하기는 하지만, 엘리엇의 '기독교 사회의 이상'은 그 용어의 개념적 성격을 우리가 이해하고 포용한다면, 그것이 설사 분명히 기존의 사회조직에 비하여 생소한 것이라 할지라도, 인간의 궁극적 관심으로서의 고통이 더 많이 감소될 수 있는 '종교-문화의 모델'로서 우리가 깊이 고려해 볼 수 있는 취지와 대의 그리고 기본적 틀을 가지고 있음을 부정하기 어려울 것이다. 그의 이상국가의 지도자가 꼭 기독교인일 필요는 없다는 주장이나, 기독교 공동체 구성원 모두가 기독교 신앙인일 필요는 없다는 주장, 그리고 서로 다른 이념들 사이의 갈등의 필요성에 대한 주장 등은 그의 이상적 기독교 사회가 적어도 기독교 독재사회를 지양하는 보편성을 추구하고 있음을 증명해 주고 있기 때문이다.

엘리엇의 이상적 종교-문화 사회에 대한 이러한 일련의 균형 잡힌 구상은 캠브리지 대학교의 코퍼스 크리스티 칼리지(Corpus Christi College)에서 행한 강연들을 통하여 형성된 것이지만, 출판 연대로 보아 1936년에 태동하여 1938년부터 1947년까지 지속된 'The Moot'라는 기독교 지식인들의 모임에 그가 열심히 참석하고 다양한 견해를 지닌 신학자와 정치인들 그리고 여러 분야의 학자들을 만나면서 수정되고 다듬어진 것으로 보인다(Kojecky 130-40). 나치즘이나 스탈린주의(Stalinism) 같은 "혁명적인 정치적 행동에 대하여 계속 의심을 가져온 엘리엇은 전체주의의 기미가 있는 어떤 것들에 대하여도 건강한 혐오의 태도를 견지하였으며, 이러한 점에서 그는 이 모임의 짧은 역사를 통하여 유용하고 엄격한 감시인의 역할을 수행하였다"(Asher 85). 이러한 목표를 위하여 그리고 신에 대한 신앙이 유지되고 "세계를 자살로부터 구하기 위하여"(*SE* 387), 엘리엇은 'The Moot'가 창립되기 이전인 1937년에 이미 "교회, 공동사회, 국가"(Church, Community, and State)라는 교회협회의 모임에 참가하고 있었으며,

『기독교 사회의 이상』은, 어떤 의미에서, 신을 부정하는 전체주의적인 혁명적 정치행동이 종식되고 마침내 "사람들이 신이 죽은 것이 아니고 단지 눈에 보이지 않았을 뿐이라는 것을 알게 되었을 때"(Asher 84-85)에 대비하여 엘리엇과 그와 비슷한 생각을 가진 사람들이 만든 새로운 사회에 대한 청사진이었던 것이다.

앞에서 우리는 종교를 문화의 영혼이라고 말하였는데, 엘리엇이 기독교를 모형으로 하여 제시한 그의 이상적 종교가 그 영혼이 되어 이룩하고 발전시킬 종교-문화는 적어도 논리적으로는 종교의 이름으로 타인의 자유를 과도하게 구속하거나 모든 가치를 획일화시키는 전체주의적 성격을 갖게 되지는 않을 것이다. 이런 문화 속에서는 속되거나 삿된 것에 대한 관심보다는 참되고 진실한 것에 대한 관심이 자연스럽게 부흥될 것이며, 이러한 문화 속에서 문학은 더 이상 폭력이나 후회 없는 권력을 미화하거나 본능이나 악을 달콤하거나 매혹적인 것으로 둔갑시키지는 않을 것이다.

여기서 우리가 간과해서는 안 될 것은 엘리엇의 이러한 종교문화론의 근저에 전체주의에 대한 큰 두려움과 함께, 인간 실존의 끝없는 고통의 현실에 대한 그의 깊은 고뇌와 회의 그리고 아픔과 갈등이 깔려 있다는 것이다. 그는 젊은 시절부터 자신의 이러한 고뇌와 갈등을 효과적으로 표출하기 위하여, 기존의 보수적 시단으로부터 받는 비난과 냉소를 감수하며 혁신적 시의 기교를 개발하였으며, 간접적이고 암시적이며 주지적이고 포괄적인 상징기법을 통하여, 본질적으로 평안과 행복, 덕과 안녕을 추구하는 인간 실존의 삶 속에서의 좌절과 실패, 외로움과 고통을 예술적으로 형상화하였다. 신선하고 놀라운 충격을 주었던 「프루프록의 연가」나 「작은 노인」 그리고 1922년에 발표되어 세계의 시단에 큰 화제를 불러 일으켰던 그의 대표작 『황무지』를 비롯하여, 「재의 수요일」("Ash Wednesday") 그리고 『대성당의 살인』, 『칵테일 파티』(*The Cocktail Party*), 『비서』(*The Confidential Clerk*) 등을 비롯한 성공적인 시극작품들이 바로 그 예이다. 시와 시극을 통한 이러한 문학 활동을 통하여 심화된 그의 인간 실존의 고통에 대한 의식이 바로 그의 종교문화론의 뿌리에 깊이 자리 잡고 실존의 고통이 사라지거나 감소된 미래의 이상적 사회를 향하여 그를 계속 밀어올리고 있었던 것이다.

V. 이상적 종교는 문화의 영혼이다. 문학은 인간고통의 예술적 형상화를 통하여 죽어가는 종교의 생명력을 회복시키는 촉매가 되어야 한다.

문학과 종교가 문학의 자유로운 성격과 종교의 규범적 성격 때문에 서로 배타적인 관계를 가지고 있었다면, 종교와 문화는 각기 그 초월적 성격과 인간적 성격 때문에 대립되는 관계를 가져온 것이 사실이다. 특히 종교와 대중문화는 각기 그 내세적 성격과 현세적 성격 때문에 증오의 관계를 가지고 있었던 것도 사실이다. 그러나 모든 것이 빠르게 변화해 가는 세계 속에서 이들의 관계는 그 근본적 성격의 차이에도 불구하고 점차 조화의 관계로 발전해오고 있다. 슐츠(Quentin J. Schultze) 교수는 그의 논문 「천사와 악마에 감동되어: 종교와 대중문화의 사랑과 증오의 관계」("Touched by Angels and Demons: Religion's Love-Hate Relationship with Popular Culture")에서 "종교와 문화는, 오랫동안 서로 구애하고 비판하는, 사랑과 증오의 관계를 공유하여 왔다"(39)고 말하였으며, 데이빗 제스퍼(David Jasper) 교수는 그의 저서 『문학과 종교연구서설』(*The Study of Literature and Religion: An Introduction*)에서 "문학과 종교는 각기 자기들의 독립성을 유지하고 있으나 둘 다 각기 다른 쪽을 비판하면서 또 필요로 하고 있다"(35)고 말한다. 어떤 의미에서, 문학과 종교 그리고 종교와 문화는 오랫동안 서로 비판하면서 동시에 서로를 필요로 하는 상보적 관계를 유지하여 왔다고 말해 볼 수 있을 것이다. 특히 신의 존재에 대하여 심각한 의문이 제기된 두 번의 세계대전을 거치면서 종교가 인간의 세속 세계에 대하여 더욱 깊은 관심을 갖게 되면서 이러한 상보적 관계는 더욱 돈독한 것이 되고 있다. 특히 세 분야가 모두 심층의 차원에서 인간의 궁극의 문제에 대하여 사고하고 탐구하지 않을 수 없는 영역이기 때문에 이 세 분야의 관계에 대한 학제적 연구는, 그것이 비록 아직 초보의 단계에 있을 지라도, 충분히 생산적이고 의미 있는 일이 될 것이다.

본 논문은 이러한 점에 착안하여, 이 세 분야의 연구의 근본적 성격인 보편성과 이 보편성의 바탕위에 탐구 되어야 할 인간의 궁극적 관심으로서 실존의 고통의 문제에 대한 탐색의 의의와 필요성을 20세기 최고의 시인의 한 사람이며 탁월한 문명비평가였던 T. S. 엘리엇의 종교문화론에 착안하여 고찰해 보려 하였다. 그의 종교문화론은 비록 기독교라는 특정 종교에 근거를 둔 시대에 뒤떨어진 것으로 보이는 보수적 경향의 사고이긴 하지만, 그것이 가진 보편적 성격 때문에 현대 문화의 진정한 발전을 위하여 충분히 참고 될 가치가 있는 의미 있는 연구 대상이다.

급변하는 21세기 현대 문명 속에서 세계 종교의 운명에 대하여 우려의 목소리들이 있다. 20세기에 일어난 아우쉬비츠(Auschwitz)와 트레브린카(Treblinka) 그리고 히로시마와 나가사키에서의 참혹한 살육사건과 최근 뉴욕의 세계무역센터와 워싱턴의 펜타곤에 가해진 이슬람의 지하드공격(jihad-attacks) 같은 끔찍한 테러 등에 대하여 신정론(theodicy)적인 해답이 주어지지 않는 한 종교는 점차 쇠퇴하게 되거나, 종교적 이념이나 가치가 완전히 소멸하지는 않는다 하더라도, 새로운 야만의 상태로 퇴행할 수도 있다는 견해도 있다(Bachika 83). 하지만 이와는 반대로, 최근의 페미니즘이나 문화연구, 비평연구나 담론분석 그리고 해체론 등을 연구하는 많은 학자들은 종교적인 것들과의 대화를 다시 시작하였으며, 토마스 핀천(Thomas Pynchon)이나 토니 모리슨(Tony Morrison) 등을 비롯한 많은 재능 있는 작가들이 기존의 종교와 같은 것은 아니지만 다른 종류의 종교적 각성을 작품을 통해서 재현시키고 있다(McClure 334). 니체의 '신의 죽음'의 선고 이래 처음으로 진지하게 시작되는 지식인들의 종교와의 대화 재개(reopening)나 전통의 종교와는 다른 종류의 종교적 각성의 예술적 형상화는, 콜롬비아 대학의 에드워드 사이드(Edward Said) 교수가 그의 『세계, 텍스트 그리고 비평가』(*The World, the Text, and the Critic*)의 말미에서 언급했듯이, 세계의 지성들의 정신의 고갈과 위로에 대한 갈망 그리고 현대의 문명에 대한 실망에서 연유하는 것이다(291). 다른 말로 하면 지식인들의 종교와의 대화의 재개는, 그동안 인간이 자신의 힘으로 쌓아올린 행복의 바벨탑이 무너지고, 자신의 힘만으로는 그것을 다시 세울 수 없다는 절망감의 표현이다. 본 논문이 탐색해 온 문맥의 범위에서 말하자면, 종교의 도움 없는 인간의 노력이나 지성의 힘만으로는 인간이 현실의 실존 상황에서 겪는 어쩔 수 없는 고통으로부터 벗어날 수 없다는 것을 현대의 문명이 절실하게 깨닫게 되었다는 것의 표시이다.

대부분의 문화는 고통 없는 삶과, 그래서 의미 있고 가치 있는 삶에 대한 욕구에서 만들어진 것이다. 서양의 유대와 그리스 로마 문명이 바로 이러한 인본주의적 문화의 산물이었으며, 이슬람 문화나 인도의 힌두문명, 중국의 도교-유교-불교 문명 그리고 인간역사의 모든 다른 문화들이 그러하였다. 인간은 모두 고통 없는 상태에서 사랑하고 사랑받고 싶으며, 아름다움과 이해, 의미 있는 경험과 활동, 자기표현 그리고 자아 충족에 대한 욕구를 가지고 있었으며, 이러한 욕구들의 총체가 곧 인간 문화의 표현이었다(Adams 9). 그리고 문학은 바로 이러한 인간들의 자연스런 욕구의 발로와 그것의 성취와 실패, 도전과 좌절 그리고 거기서 스며 나온 기쁨과 분노, 슬픔과 고통의 진실한 예술적 형상화의 산물이다.

이러한 맥락에서 보면 문학과 종교 그리고 문화는 인간의 궁극적 관심인 고통 없는 실존의 상태에 대한 끊임없는 갈망과 좌절의 역사 위에, 부단히 서로 사랑하고 증오하면서 존재할 수밖에 없는 태생적 유사성을 지니고 있다고 말하지 않을 수 없을 것이다. 따라서 이 세 분야의 관계에 대한 학제적 연구는 삶 속에서 인간의 고통을 완화하고, 엘리엇이 말한 인류 공동체의 '덕과 안녕'을 도모하는 데 기여할 수 있을 것으로 보이며, 모든 중심가치가 부정되고 의심의 대상이 되고 있는 포스트모던 시대에 새로운 대안을 찾는 과정에서 긍정적 역할을 할 수 있을 것으로 보이는 것이다.

인용문헌

김성동. 『만다라』. 서울: 한국문화사, 1979. Print.

______. 『만다라』. 서울: 청년사, 2005. Print.

도스또예프스키, 표도르 미하일로비치. 『카라마조프 씨네 형제들』. 이대우 역. 서울: 열린책들, 2000. Print.

여불위. 『여씨춘추』. 김권 역주. 1권. 서울: 민음사, 1993. Print.

Adams, E. D. *Religion and Cultural Freedom*. Philadelphia: Temple UP, 1993. Print.

Asher, Kenneth. *T. S. Eliot and Ideology*. New York: Cambridge UP, 1995. Print.

Bachika, Reimon, ed. *Traditional Religion & Culture in New Era*. New Brunswick: Transaction, 2002. Print.

Begonzi, Benard. *T. S. Eliot*. London: Macmillan, 1972. Print.

Brooks, Cleanth. *The Hidden God: Studies in Hemingway, Faulkner, Yeats, Eliot, and Warren*. New Heaven: Yale UP, 1963. Print.

Brown, D. Mackenzie, ed. *Ultimate Concern: Tillich in Dialogue*. New York: Harper, 1965. Print.

Daiches, David. *God and Poets*. Oxford: Clarendon, 1984. Print.

Dale, Alzina Stone. *T. S. Eliot: The Philosopher Poet*. Wheaton: Shaw, 1988. Print.

Eagleton, Terry. "Eliot and a Common Culture." *Eliot in Perspective: A Symposium*. London: Macmillan, 1970. 281. Print.

Eliot, T. S. *Essays Ancient and Modern*. London: Faber, 1936. Print. (*EAM*로 약기함)

______. *The Idea of a Christian Society*. London: Faber, 1962. Print. (*ICS*로 약기함)

______. *Notes Towards the Definition of Culture*. London: Faber, 1972. Print. (*NDC*로 약기함)

______. *Selected Essays*. London: Faber, 1976. Print. (*SE*로 약기함)

Enright, D. J. and Chickera Ernest De, ed. *English Critical Texts*. London: Oxford UP, 1971. Print.

Farrer, Austine Marsden. *Reflective Faith: Essays in Philosophical Theology*. London: SPCK, 1972. Print.

Gordon, Lyndall. *Eliot's New Life*. Oxford: Oxford UP, 1988. Print.

Kojecky, Roger. *T. S. Eliot's Social Criticism*. London: Faber, 1971. Print.

McClure, John A. "Post-Secular Culture: The Return of Religion in Contemporary Theory, and Literature." *Cross Current* 47 (1977): 332-37. Print.

Niebuhr, Richard. *Christ and Culture*. Trans. KIM Jae-Joon. Seoul: Christian Literature Soc., 1989. Print.

Schultze, Quentin J. "Touched by Angels and Demons: Religion's Love-Hate Relationship with Popular Culture." *Religion and Popular Culture: Studies on the Interaction of World View*. Ed. Daniel A. Stout and Judith M. Buddenbaum. Ames: Iowa UP, 2001. 39. Print.

Smidt, Kristian. *Poetry and Belief in the T. S. Eliot*. Oslo: Jacob Dybwad, 1949. Print.

Tillich, Paul. *Theology of Culture*. New York: Oxford UP, 1964. Print.
Williams, S. C. *Religious Belief and Popular Culture in Southwark C 1880-1939*. Oxford: Oxford UP, 1999. Print.

2

포스트모던 시대 비극과 종교

| 양병현 |

I. 서론: 포스트모던 시대 문학과 종교

포스트모던 문화(Postmodern Culture) 혹은 포스트모던 개념이 이제는 한 시대의 유물로 여겨질 정도로 포스트모더니즘(Postmodernism)은 지식분야에서 뜨거운 관심과 논쟁으로부터 멀어져 보인다. 그러나 이러한 포스트모더니즘에 대한 논쟁이 모두 가라앉았다고 보기 어렵다. 여전히 이에 대한 문제점과 이에 도전하는 새로운 이론과 사상이 계속 제기되고 있기 때문이다. 또한 미해결된 혹은 그 자체가 열려있기 때문에 미완성일 수밖에 없는 포스트모더니즘을 새로운 시각으로 논의하기 때문이다. 이런 점에서 오늘날 서구문화는 여전히 위기를 맞고 있다고 생각하기 쉽지만, 달리 보면 이러한 위기라는 생각이 새로운 사회적 요구를 가리킨다. 그 중에서 문학과 종교가 어떤 커다란 위기를 맞고 있다고 생각되기도 한다. 이 또한 사실 최근 문화연구 혹은 문화학(Cultural Studies)이라는 범주아래 서구문학이나 종교, 혹은 철학 연구가 자체 고유의 영역을 벗어나 사회와 역사의 관심에 따라 폭넓게 비판적으로 다루어지고 현실은 사회와

---

* 본 글은『문학과 종교』4 (1999): 97-127에「포스트모던 비극과 종교 - 낭만적 실용주의 전망을 중심으로」로 게재되었음.

역사의 틀에서 문학, 철학, 종교를 찾고 있기 때문이다. 특히 인문학과 사회과학 연구 자체가 크게는 문화 연구의 틀에서 현대문화의 위기와 새로운 가능성을 다양하게 다루고 있다. 이처럼 서구문화에 대한 위기의식과 후기 산업사회의 발달과 정보기술의 확대는 학문의 경계를 무너뜨리고, 특정한 영역이 지배적으로 남는 욕구를 좌절시킨다.

지식의 각 분야도 상당히 평준화되면서 폭넓게 분화되어 가고 있고, 전문영역이라 할 수 있는 분야 자체도 대중을 향해 열린 공간으로 분화되어 가고 있는 상황이다. 따라서 '영역'이라는 용어 자체가 기존문화의 위기를 증거하고 있고 경우에 따라서는 특정집단의 '이데올로기'(ideology) 의혹을 사고 있다. 예를 들어 문학이 문학이기를 요구할 때 그것은 미학에 대한 고유의 판단 양식을 독점적으로 갖기를 희망한다고 볼 수 있고, 종교가 종교이기를 강조할 때 그것은 종교가 갖는 구원의 형식과 종교적인 양식을 배타적으로 생각하고 있다고 여겨진다. 이처럼 문학과 종교에 대한 자율적 기능의 주장은 정치적, 경제적, 사회적 관점에서 다소 '헤게모니'(hegemony) 의혹을 사고 있다. 하지만 이러한 헤게모니 의혹조차 위기를 극복하고 새로운 형태의 문화를 창조하려는 사회적 욕구일 수도 있다. 그러므로 서구문화에 대한 위기의식은 특히 문학에서는 재현 미학을 포기하게 하고 종교에서는 현실 삶을 구원한다는 형이상학적인 진실이 더 이상 진리일 수 없다는 사실은 오늘날의 사회 욕구의 단면이다. 그만큼 포스트모던 문화, 혹은 탈현대 문화에 대한 논쟁은 가라앉기보다 다양한 사회적 욕구를 반영하며 다양하게 쟁점화되고 있다.[1]

본 글은 그러한 포스트모던 문화 속에서 문학과 종교의 기능이 어떤 가능성으로 다가올 수 있을 것인가를 진단해본다. 사실상 문학이나 종교가 서로 대체할 수 없음에도 불구하고 문학이 약화된 종교의 기능과 역할을 해왔다고 믿어왔다.[2] 달리 말하면 비극문학이 포스트모던 문화에서 종교와 더불어 상호 긍정적 의미를 가질 수 있다는 뜻이다. 무엇보다 현대문화에서 비극의 정체성과 종

1) 포스트모던 문화는 용어상 탈현대 문화와 별 차이 없이 사용되고 있다. 여기에서도 포스트모던 문화는 현대문화를 모던문화로 보고 이에 따른 탈현대 문화를 포스트모던 문화로 보고 싶다. 이에 대한 개념정리는 이후 다시 정리가 될 것이다.

2) 양병현, 「현대비평의 이해 및 역할」, 『문학과 종교』 1.1 (1995): 155-233.

교의 가능성을 낭만적 실용주의 입장에서 찾고자 한다. 우선 포스트모던 문화 속에서 문학과 종교가 자체의 양식을 실현하기 어려울 때 그 형태는 어떻게 정리될 것인가를 생각해본다.

모더니티(modernity)와 포스트모더니티(postmodernity)간의 관계로부터 현대 문화의 위기가 연속되고 있다고 본 다니엘 벨(Daniel Bell)은[3] 모더니즘을 "자기충족과 권력부여에 대한 개인의 탐색 문화"로 설명하고, 반면에 포스트모더니즘은 "순수한 고의성과 개인행위의 본능적인 충동의 찬양"으로 규정한다(317). 벨은 두 문화 사이를 구분하며 경계를 인위적으로 설정하던 입장으로부터 오히려 모더니즘 문화의 궁극적인 한계에 포스트모더니즘 문화가 자연스럽게 이어져 왔다는 지적을 한다. 따라서 포스트모더니즘은 자기 질서의 세계를 구축하고자 한 모든 개인의 노력을 소진한 이후인 '삶의 허무주의'를 철저하게 반영하는 새로운 사회적 욕구이기도 한다. 물론 벨은 이러한 전위적인 모더니즘 정신이 시간이 지나면서 사라져 가는 현실을 안타까워한다. 이런 점에서 그는 신보수주의 성격을 드러내고 있다. 우선 그는 그리스 시대의 문화를 신경쇠약의 증후로 보고 오늘날의 포스트모더니즘 역시 자기 확신의 상실, 인생에서 희망의 상실, 그리고 정상적인 인간의 노력과 믿음의 상실 등 신경쇠약의 증후를 보이는 문화 현실로 간주한다.

이러한 배경에는 포이에르바하(Ludwig Feuerbach, 1804-72)처럼 종교의 초자연적인 구원기능을 더 이상 신뢰하지 않았던 서구 지식인들의 진단이 있고, 마르크스(Karl Marx)처럼 진리란 계급의 진리 이상일 수 없고 "모든 진리는 가면을 썼거나 부분적인 진리"라는 합리주의 유산도 있다(Bell 393). 이렇게 인간의 이성을 신뢰하고 그것이 낳은 합리주의 정신을 기초로 한 모더니즘으로부터 벨은 역설적으로 희망을 새로운 가능성으로 본다. 다시 말하면 모던 정신은 기존의 보편적 질서를 수용하고 기존의 계시론적 희망을 추구하는 낡은 이데올로기이지만, 달리 보면 기존 문화를 해체하고 반항하는 낭만적 실용주의 정신에 기초해 있다. 이는 인간 개개인의 진실한 의식은 강조하지만, 의식 세계와 상충

---

3) Steven Seidman, *Culture and Society: Contemporary Debates* (Cambridge: Cambridge UP, 1990)를 참조. 여기서는 제프리 C. 알렉산더 · 스티븐 사이드만 편, 『문화와 사회: 현대적 논쟁의 조명』, 남은영 · 윤민재 공역 (서울: 사회문화연구소, 1995)에 실린 역서를 인용한다.

되는 삶의 세계를 항상 거리를 두고 보는 자세가 옳다고 보기 때문이다. 이처럼 모더니스트들은 한편으로 진지한 정신의 소유자이고, 다른 한편으로 신화와 유토피아를 무한히 창출해 낼 수 있다는 생각에서 새로운 지적 낭만을 가지고 있다. 따라서 개개인의 경우 금욕적이거나, 자체 지적인 세력을 형성하며 스스로 고립하기도 한다. 하지만 이것은 모던 정신 스스로의 전위적인 성격 때문이며 끝이 없이 진행되는 실험 과정을 실용적으로 시행하고 있기 때문이다. 결국 서구문화는 유토피아나 신화를 만들어 가던 고전적인 자유주의자들이 사라지고, 모든 개개인의 욕망을 수용할 수 있는 복지국가, 혹은 탈집중화된 권력에 대한 희망, 정치적 다원주의를 향하면서, 이데올로기의 종언을 유용하게 현실에 추구한다. 이처럼 실용주의 입장에서 보면 모던 정신의 끝에는 포스트모던 정신이 함께 고리처럼 사회의 욕구에 연결되어 있다는 생각을 갖게 한다.

또한 포스트모던 정신은 다양한 방식을 가지고 과거와는 다른 인종주의 및 민족주의 색깔과 같은 국지적 문화를 어떻게 현실적으로 수용하며 지속시킬 수 있을 것인가와 같은 실용주의 정신을 보인다. 즉, 전환기에 또 다른 정치사회 및 문화 형태가 이러한 포스트모던 의식에 의해 소생할 수 있을 것인가 하는 문제의식이다. 이는 사회적 평등이나 넓은 의미에서 자유를 추구하던 모던적 반항 정신과 이를 지식인들에 의해 진보적인 개념으로 받아들이던 이전 시대에 비추어 볼 때 기존 형태의 이데올로기를 무용하게 본 것이다. 상대적으로 대중 이데올로기라는 새로운 형태의 문화의식을 옳게 보고, 이의 유용성을 기존 문화 의식과 갈등에서 찾고 있다. 이처럼 지식인 중심으로부터 대중 이데올로기로 변화되어 가면서 어떤 민주적인 제도를 자발적으로 구축할 수 있을 것인가, 혹은 대중들을 쉽게 조작할 수 있는 여러 의사소통 매체들이 있을 경우 또 다른 엘리트 계급인 새로운 지식인들의 역할을 어떻게 현실적으로 찾아야 할 것인가 하는 문제가 제기되고 있다.

벨은 포스트모던 정신에 의해 문화적 위기를 느끼는 현대인을 위해 문학과 종교로부터 새로운 가치를 찾는다. 왜냐하면 문학이 종교를 통해 훨씬 삶의 세계에 접근할 수 있을 뿐만 아니라 종교는 문학을 통해 구체적인 표현 양식을 제공받을 수 있다고 보기 때문이다. 이처럼 모던 정신에는 신화를 만들고 유토피아에 대한 끝없는 실험정신이 있지만, 역설적이게도 개개인의 의식 속에는 어떤 사회적 욕구라 할 시대적 질서와 이성에 대한 신념이 실천적으로 자리하고 있다. 포스트모던 정신은 이러한 질서와 이성에 대한 신념까지 해체하고 붕괴시키면서 본능에 대한 숭배, 비합리주의의 신봉, 편협함에 대한 반항, 살아 있는 자의 생명에 대한 숭고함, 지식체계에 대한 거부, 미래에 대한 불확실성을 강조하며 사회적 욕구라 할 새로운 신념이 실천적으로 자리한다. 이 점에서 포스트모던을 도덕적 질서의 쇠퇴로 보아야 하는 것인가, 아니면 새로운 도덕 질서를 재구성하는 사회적 실천행위로 보아야 하는 것인지에 대한 논의는 문학과 종교에 관한 새로운 욕구와 관련이 깊어 보인다.

II. 포스트모던 비극

지금까지 우리는 모더너티의 한계에 의해 비로소 포스트모더너티의 정신을 이해하고 새로운 사회적 욕구를 모색할 수 있다는 낙관적인 생각을 하였다. 그러나 이 욕구 또한 인간의 욕망에 대한 비관적인 시각 때문에 포스트모던 정신의 윤리의식 부재가 문제가 되고 있다. 포스트모던 의식은 자연에 대한 기술의 도전과 욕망의 문화가 무한궤도로 질주하고, 결국 인간의 종말에 대한 비극을 탐색하게 된다는 비판이 제기되고 있다. 이는 새로운 사회적 욕구에도 불구하고 이 욕구의 문제 때문에 매우 역설적이고 아이러니컬하다. 모던 정신은 이러한 아이러니컬한 포스트모던 정신을 거울처럼 들여다 볼 수 있다는 역설적인 문제 제기 때문에 새로운 가능성으로 해석되고 있다. 그래서 인간의식의 자유와 해방정신을 무한하게 추구하는 듯이 보이는 포스트모던 문화로부터 도덕성을 회복할 가능성은 모더너티의 한계에도 불구하고 그 모더너티로부터 포스트모던 문제에 대한 해결을 찾으려고 한다. 이 해결을 위해 미학과 종교적인 차원에서 포스트모더니티의 문제를 재논의할 수 있다고 생각하는 것이다.

벨은 막스 베버(Max Weber)가 주장하였던 두 가지 종교적 방향을 해결로 제시한다. 한 가지는 캘비니즘(Calvinism)이 추구하였던 금욕주의이고, 다른 한 가지는 프로테스탄트(Protestant) 윤리로 인간의 자기표현과 자기만족, 즉 인간의 탐욕성에 둔 자본주의 비판이다(431-44). 벨은 "문화영역은 자기표현과 자기

만족의 하나"(433)라고 정의한다. 다시 말하면, "개인들이 문화대상의 가치를 결정하는 데 있어 객관적인 기준보다, 만족, 정서, 느낌을 판단의 척도로 받아들인다는 점이 반제도적이고 도덕률폐기론적(antinomian)이라는 것이다"(Bell 433). 벨은 개인이 좋고 나쁜 도덕적 판단을 넘어 가장 극단적인 형태로 자기를 표현할 수 있는 미학 양식, 즉 시, 연극, 회화를 문제 삼았다. 이것이 문화 민주화에 공헌을 하게 되며, 모든 개인들이 스스로의 잠재력을 실현할 수 있는 최선의 길이 되지만, "개인의 의식은 결국 사회나 현 문화 체계 혹은 정치사회와 갈등"(433)을 일으키는 요인이 된다. 이는 탐욕으로 출발한 현대 자본주의 기술과 경제의 "끝없는 프론티어" 정신, 즉 "끝없는 파우스트 충동"에 대해 어떤 부도덕성을 깨닫게 한다. 결국 도덕과 미학은 개인의 자율성을 강조하는 모더니즘 문화로부터, 또한 끝없는 쾌락을 추구하는 포스트모더니즘 문화를 제어할 수단으로 종교를 찾게 된다. 이에 대한 여러 증거는 빅토리안 시대 이후 영미 작가군에서 얼마든지 예를 들 수 있을 것이다.

대표적으로 새뮤얼 베케트(Samuel Beckett)는 부조리 작가다. 그의 미학 세계는 인간의 모순된 삶의 여러 양식이 기괴하게 그려져 있고, 허무주의와 패배주의, 퇴폐주의가 자리 잡고 있다. 삶의 긍정은 찾아 볼 수 없고, 침묵 속에 인간은 무의식의 충동과 이유 없는 반항과 분노에 가라앉아 있다. 이처럼 예술을 위해 퇴폐와 허무주의를 그린 모더니즘은 부조리문학과 함께 대항문화의 줄기를 형성하고 있다. 하지만 새로운 문화의 질서와 그 욕구는 자기만족을 위한 탐색과 개성의 표현으로 승화되어 있다. 이러한 정당성은 개인의 자율성과 이단의 이름아래 기존의 정통을 공격하게 된다는 벨의 지적은 설득력이 있다. 달리 말하면 이 시대의 욕구는 포스트모던 정신의 부조리와 허무주의에 기초할 수밖에 없다는 것이다. 역설적이게도 실존의 위기라고 생각하는 오늘의 현대인에게 '종교는 무엇을 제공할 수 있을 것인가' 하는 문제를 던진다. 여기에서 현대인은 무엇인가 '신성한 것을 회복'하려는 노력으로 돌아갈 수 없을까하는 실천적 자기반성을 갖게 된다.

따라서 포스트모더니즘 내부에서부터 오히려 자성의 목소리가 나오게 되고, 벨 같은 일부 지성인은 자기를 무한정 표현하고자 하는 쾌락과 욕망을 제한하고 자연, 문화, 비극을 겸허하게 받아들여야 한다고 주장하고 있다. 한마디로 요약하면 '제한'이라는 어휘를 새롭게 발견함으로써 인간의 무한한 파우스트(Faust)적 충동이 갖는 오만을 경계하고, 경제와 기술은 자체논리를 떠나 길들여져야 할 필요가 있다는 실천적 욕구이다. 이처럼 모더너티 문화는 포스트모던 시대에 문학과 종교의 기능을 어디에서 재구성할 수 있을 것인가를 찾아보게 하는 가능성으로 재등장하게 된다.

벨의 신보수주의 생각은 포스트모더너티보다 모더너티의 한계를 극복하려면 포스트모더너티의 정신을 이해하고 정당한 길을 모색할 수 있을 때 모더너티가 유용한 자신이 된다는 것이다. 그러나 이 둘 모두에서 인간의 욕망에 대한 비관적인 시각이 공존하고 있다. 필자는 결국 인간의 종말에 대한 비극을 탐색하는 벨의 신중한 자세에서 무엇인가 문학이 이 비극의 이야기를 계속해야하는 필요를 본다. 종교는 인간이 두려움과 공포로부터 벗어날 수 없다는 사실과, 비극은 초월주의 없이 가능하지도 않다는 사실에서부터 시작한다. 그래서 현대문화의 특징이 된 인간의식의 자유와 해방정신은 포스트모더너티로부터 도덕성을 회복할 가능성은 적고, 오히려 모더너티의 한계를 도덕적으로 재구성하는 데서 그 해결점을 유용하게 찾을 수도 있다.

그러나 포스트모더너티의 조건과 모더너티의 실험정신이 보여주는 한계는 분명한 차이가 있다. 둘은 융합할 수 없는 영역이 있기 때문이다. 즉, 주제나 양식이나 매체에 있어서 공유되지 않는 부분이 있다고 믿기에, 포스트모더너티는 모더너티와 서로 반대의 입장에 서 있다고 보는 것이다. 따라서 이러한 소위 포스트모더너티, 정확하게 말하면, 반모더너티 입장에서 모더너티 정신을 새롭게 활용하려는 실용주의 움직임이 있어 왔다. 우리는 전자나 후자 모두 한편으로는 인간의 욕망은 끝이 없다는 시각과, 다른 한편으로는 유토피아적 환상을 버릴 수 없다는 시각, 즉 현대문화를 접근하는 유용한 두 가지 형태의 양식을 목격한다. 다시 말하면, 현대철학이 예술과 종교를 보다 과학적이고 합리적으로 진행하고 계획하고 있는 곳에서, 반대로 철학의 진리보다는 개개인의 욕망을 보다 진실하게 수용하거나 감각적이고 불합리한 체험 자체를 정당화하는 곳에서 전혀 다른 담론이 등장한다. 하지만 우리는 이렇게 다르게 보이는 두 담론에서도 삶의 이야기를 다르게 찾아보게 된다. 한편은 쾌락의 세계를, 다른 한편은 진보의 세계를 서로 다르게 정당화하고 있지만, 모두 다 현재 살고 있는 삶 자체를 떠날 수는 없기 때문이다.

벨과는 달리 포스트모더니티 조건을 긍정적으로 설명하고 있는 쟝 프랑시스 료따르(Jean-Francis Lyotard)를 통해 포스트모던의 문화가 안고 있는 비극성과 종교의 가능성을 탐색해보고자 한다(445-60). 우선 료따르는 포스트모더니티를 메타내러티브(metanarrative)에 대한 의혹에서 찾고 있다. 여기에서 메타내러티브란 모던적 서술행위를 가리킨다. 이야기가 모던적 형식을 띨 경우 그것은 서사적이며 지시적이며 규범적이며 기술적으로 진행되고 있음을 말한다. 료따르가 말하는 포스트모던 사회는 규범이 지배하고 지시하는 영역에서 보다 언어요소들이 실용주의에 적합하도록 요구되는 형태이다. 즉, 사회나 문화가 여러 요소들의 이질성에 기초하여 있고, 어떤 결정이 지엽적으로 유도되는 제도에 근거할 때 수행능력이 최대화될 수 있다는 생각이다. 이는 포스트모던 조건이 탈정당화하고 탈중심적이라는 것을 전제하고 있고, 무엇이 옳고 그름을 판단하는 데 있지 않다는 실천적 사고에 두고 있음을 알 수 있다. 이와 같은 도덕률폐기론적 사고는 근본적인 면에서 낭만적 실용주의와 유사하게 보이며, 체제중심을 거부하고, 합의를 수반하는 모든 제도나 형식을 부정한다고 보아야 한다. 여기에는 또한 논의의 합의보다 차이를 강조하며 감수성을 세련되게 하고 공통분모가 없는 상태에서 인간의 능력을 강화시키는 특성을 가정한다. 료따르는 이를 "전문가의 상동성(homology)" 혹은 동일형에서 찾는 것이 아니라 천재의 창조적 능력을 권장하는 "발명가의 背理(paralogy) 혹은 反理의 원칙"으로 규정하고 있다(446). 달리 말하면 엘리트계급이나 지식인들의 규범에서 오는 지시적 기준보다 인간의 자의식의 욕망을 무한히 표현할 수 있는 가능성에 초점을 맞춘다. 결국 사변적인 모든 행위를 의심하고, 나아가 모든 영역을 해방시키고 자유롭게 하는 탈경계 혹은 무한경계의 특성을 사회 욕구로 선호하게 된 것이다.

료따르에 의하면 서구 계몽주의는 인간이 자아 해방을 궁극적으로 추구하지만 결국은 역설적인 측면까지 실현시키고자 하는 욕망으로 현대인에게 나타난다는 것이다. 이것은 벨이 언급하던 모더니티의 실험정신이 사회적으로 소진된 이후의 결과에서 나타나는 현상이다. 다만 료따르는 인간이 자기 실존적 체험을 현실 삶에서 적극적으로 실현할 수 있는 조건을 포스트모던 정신이 적극 반영하고 있다고 한다. 따라서 료따르의 포스트모더니즘은 반모던 의식으로부터 다르게 성장한 새로운 실천적 의식이며 문화 형식이다. 료따르가 말한 반모던 의식이란 인간이 삶의 세계에서 만족을 찾지 못하고 다른 세계에서 행복을 구하려는 입장을 반대하는 태도이다. 삶에서 찾는 만족이란 모든 철학, 과학, 그리고 예술의 단계에서 추구하는 노력을 일단은 회의하고, 심지어 이러한 추상적인 삶을 패러디하는 데서 출발한다.

그러나 엄격한 의미에서 료따르가 지적한 반모던 의식은 단순하게 모더니티의 개념의 연장이라 말할 수 없다. 오히려 반모던 의식은 모더니티의 내적인 모순에서 스스로 발생한 새로운 지적 욕구를 말한다. 예를 들어 전위적인 초현실주의나 미래파의 예술은 삶의 세계와 단절된 세계에서 유토피아적 행복을 약속하는 다소 모순된 행위를 가리키기는 한다. 예술이 삶의 세계에서 변화하고 삶의 세계로부터 행복을 추구하지 못한다면 모더니티의 예술가들이나 과학의 전문가들이 추구하던 인간 미래에 대한 낙관은 오히려 비관적일 수밖에 없다. 이 점을 료따르는 의심하고 있던 것이고, 삶의 현장을 벗어나 인간이 비극을 피하는 모순에서 비극은 더욱 아이러니컬하게 삶의 세계에 미완성으로 그대로 머물러 있던 셈이다. 그는 이를 모던적 "테러"로 간주하고 있다. 포스트모던 정신은 모든 요인들을 일상생활 속에서 실천적으로 받아들이고, 심지어 도덕적이며 심미적인 요인들과도 상호작용하며 긍정적으로 형성하는 가치를 포함한다고 료따르는 믿고 있다. 결국 포스트모던 정신은 욕망의 소진을 전제로 하지 않는다. 지식의 보유는 고갈될 수 없다고 말하기 때문이다. 이처럼 포스트모던 의식에는 새로운 정의와 새로운 진실에 대한 욕망이 있고, 미지의 욕망에 대한 다양한 인간의 기대와 실천의식이 정치사회의 역학관계에서 모두가 존중하는 청사진을 그리고 있다. 삶의 비극은 이 점에서 욕망의 무한실현의지와 현실사이의 괴리로부터 도덕성과 책임성을 회복할 여지를 제공한다.

벨과 료따르와 더불어 이 시대의 문화현상에 관한 또 다른 논객은 위르겐 하버마스(Jurgen Habermas)이다(Habermans 3-14; 하버마스 461-77). 벨의 신보수주의는 모더너티 정신이 고갈되면 결국 포스트모더너티라는 지적 허무주의가 온다는 다소 부정적인 시각에서 왔다. 이와는 달리 료따르의 경우 반모더니즘 혹은 후기 모더니즘 정신으로 포스트모더너티를 긍정적으로 규정한다. 이는 포스트모더너티가 현대문화의 특색을 단적으로 나타내고 있고, 오늘날 우리의 삶을 보다 그러한 틀에서 긍정적으로 보여주려는 자세이다. 아무튼 부정적인 벨이나 긍정적인 료따르 모두에게 모더너티는 구시대의 전유물인 점은 분명하다. 그러나 하버마스는 료따르의 포스트모더너티의 문제점을 극복할 수 있다고 보고 모더니즘의 긍정적인 정신을 다시 이 시대에 실천적으로 회복하고자 한다. 보는 입장에 따라서는 하버마스가 벨의 부정적 입장을 더욱 확고하게 실용주의 측면에서 다시 전개시킨 것처럼 보인다. 하버마스에 따르면, "포스트모더너티는 반모더너티로서 자신을 분명하게 표현하였다"(461)라고 현대문화의 명백한 새로운 욕구를 증언한다. 이처럼 그는 이 시대에 대한 독일 예술을 진단하면서 지적 영역에 침투한 여러 정서적인 흐름인 "포스트 계몽주의," "포스트모더너티," 그리고 "포스트 역사의 이론"들을 확고하게 논의의 대상으로 부상시킨다. 이는 포스트모더너티가 "모더너티의 전통을 희생"(461)하고 아방가르드를 형성하고 있다는 하버마스의 진단을 단적으로 보여주는 실례들이라 하겠다. 하버마스는 모더너티 대 포스트모더너티 관계를 "모던"은 시대를 초월하여 항상 "새로운 것"을 의미하면서도 항상 "고전적인 것과 은밀한 관계"를 가지고 있기 때문에, "모던"의 의미를 새롭지만 과거, 즉 역사의 확대라는 실용주의 측면에서 설명한다(463). 즉, 모던적인 것은 시간을 지속적으로 거치면서 고전으로 자리잡게 되고, 그러면서도 고전과의 고정된 역사적 준거를 탈피하며 과거시대의 권위로부터 고전의 힘을 빌려오지 않는 전통이 있다. 반면에 그는 "포스트모던"은 모던 정신이라 할 "새로운 것"을 지향하는 긍정적인 방향을 오히려 부정적으로 대응한, 문화부정의 잘못된 프로그램의 결과로 형성된 사생아로 간주하고 있다.

하버마스는 포스트모더니즘이 지나치게 주관화하면서 그릇된 방향으로 전개되어 가고 있는 상황을 묵과하기 어려웠을 것이다. 소위 신마르크스주의자로 알려진 하버마스에게 과거는 현재와의 관계에서 이데올로기 비판이 필요하고도 충분하게 이루어진 후에야 새로운 과정으로 변형을 모색할 수 있다는 사실이다. 모던은 이렇게 그 자체가 전위적 특성으로 인하여 항상 전통을 규범화하는 기능에 대해 저항하며, 규범적인 모든 것에 저항하는 경험으로 존재한다. 이처럼 하버마스는 모더너티의 변증과정을 의식의 미학으로 보면서도 이를 삶의 현장으로 받아들인다. 그래서 새로운 문화와 과거 문화 간의 충동과 긴장을 긍정적으로 고려하고, 이 둘의 변증을 미학적인 차원에서보다는 현실 삶의 체험으로 끌어내린다.

이와 비슷한 모던 정신으로 낭만주의 정신을 예로 들 수 있다. 낭만주의 정신 또한 모던 경향을 보인다. 그러나 이때는 그것이 고전적인 것에 대한 저항으로 인해 전위적인 특성을 보여주기 때문에, 이 점에서 낭만주의 정신도 모더너티하다고 할 수 있다. 하지만 시대의 삶의 욕구에 부응하기보다 어떤 초월적 이상을 지향하고 있다고 보는 측면에서 이를 별도로 하버마스는 낭만적 모더니즘으로 지칭하고 있다(462). 그럼에도 불구하고 19세기 낭만주의 정신 자체가 특수한 역사적 속박으로부터 자유로운 해방을 지향하고 있기 때문에 급진 모더너티가 출현하게 되고, 결과적으로 전통을 승화하기보다 현재와의 충돌을 강조하는 우를 범했다는 하버마스의 지적을 받는다(462). 다시 말하면 낭만적 모더니즘은 사회의 현대화에 기여한 바가 전혀 없다는 것이다. 이에 따르면 모더너티 문화가 급진화될수록 사회의 현대화는 그만큼 감소하게 되고, 삶의 세계와 분리되는 급진 문화가 발생하게 되어, 벨이 지적한 것처럼 예술은 삶의 세계를 벗어나 예술 고유의 세계를 지향하게 된다. 결국 현대 문화의 탄생이 사회화 과정에 적극 참여하지 못할 때 그것은 추상화되고 부정적으로 자리 잡게 되며 도덕률폐기론의 결과를 낳는다. 이 점에서 도덕성과 실용성의 결합이 부족한 점이 포스트모던 문화의 속성이라면, 그것은 모던적 개념이 바르게 승화하지 못하였다는 증거일 수 있다. 이 점에서 "**낭만주의적 포스트모던 정신**"(필자의 용어)의 성장은 신보수주의를 다시 키울 수밖에 없는 한계를 보여주는 반증이다.

우리는 여기서 하버마스가 지적한 것처럼 예술세계를 포함해서 현대문화를 사회의 현대화에 기여할 수 있도록 일상의 실천 개념으로 상호작용시킬 필요가 있다. 하버마스의 경우 세 자율적인 분야인 과학, 도덕, 그리고 예술 사이에 상호의사소통을 확립시키는 것이다. 과학의 문제는 기술의 발전을 도모하는 현대 자본주의 문제와 궤도를 함께 하고 있다는 사실이다. 그리고 도덕적인 책임성의 문제는 과학이나 예술 모두 삶의 세계에 보다 실천적으로 작용할 필요가 있다. 또한 예술이 보여주는 심미주의는 초월주의적 이상을 지향하면서도 우리들의 삶을 언어로 표현할 수 있어야 한다. 결국 문학은 그 심미적인 특성이 있다고 하더라도 일차적인 언어로 자연을 상대하고 일상적인 언어로 우리 사회를 이야기할 수 있는 형식이어야 한다는 의미일 것이다. 문화가 사회로부터 격리될 때 올 수 있는 현상은 초현실주의나 퇴폐주의에서 볼 수 있었던, 즉 예술이 삶으로부터 소외되어 제어할 수 없는 폭발적인 에너지로 변할 때 나타나는 경향이 있다. 다시 말해 예술이 자체의 완전한 자율 세계로 고립되면 자아를 더욱 고통스럽게 만든다는 사실이다. 무엇보다 일상의 실천을 강조하는 합리적인 모더니티와는 달리, 낭만적 포스트모더니티는 삶의 실천을 벗어나려는 측면에서 오히려 역설적으로 비극을 심화시킨다.

어떤 면에서 하버마스의 비판은 베버의 프로테스탄트(Protestant) 자본주의 윤리가 문화에서 사라진다면, 오로지 만족을 위한 끝없는 프론티어적 인간의 욕망만이 우리를 지배할 것이라는 우려일 것이다. 그에게는 생활세계가 전통을 벗어나는 경우 더욱 빈곤해질 것이라는 위협감이 더 컸을 것이다. 그래서 포스트모던 비극은 합리주의로의 복귀보다 종교적인 차원의 어떤 의식이 필요하다고 여겨지게 된다. 예를 들어, 청교도 정신이 사라져 버린 자본주의 사회는 과학에 대한 신뢰와 기술의 합리주의 발전만이 우선적인 관심으로 떠오르게 되었다. 이 경우 도덕성과 삶의 실천이 상호 융화할 수 있는 기반이 상실되어 갔다고 볼 수 있다. 또한 종교와 철학의 형이상학에 대한 불신과 그 진리에 대한 철저한 해체가 오히려 인간은 욕망을 극한적으로 실현하고자 희망하게 되고, 결국 계몽주의 이성에 대한 불신을 낳게 되었다. 오늘날 포스트모던은 한편으로 더욱 비극을 거부하고, 그 비극 극복을 위한 종교적인 합리성까지 거부하고 있다.

하버마스는 전통에 대한 긍정적 해석을 검토하였지만 벨과 달리 종교에 대한 향수는 없어 보인다. 베버가 지적한 것처럼 종교가 문화의 중심체를 형성하지 못하게 되고, 과학, 도덕, 예술의 자율적인 영역이 종교를 대체하게 되면서 문화적 모더너티를 주도하게 되었다는 사실을 인식한 이후에, 하버마스는 이들 상호간의 의사소통 관계를 중요시하였다. 그리고 그는 사회 제도에 대해 비판 이데올로기 문화를 강조하였다. 문제는 이러한 하버마스의 모더너티 중심의 사고가 료따르적 포스트모더너티 정신을 해결하였다기보다는 배타적으로 받아들인 점이다. 료따르의 포스트모더너티에는 그래도 인간의 감성에 대한 긍정적인 시각이 깔려 있다. 낭만주의 정신이 극대화되면 탈도덕적 특성이 나타나지만, 반대로 어떤 면에서 자아의 적극적 실현은 현대 삶에 부응하기 위한 가장 충실한 인간의 욕구일 수 있다는 점이다. 이를 쾌락의 추구로 간주할 경우가 문제이다. 쾌락의 추구는 전통 문화에 대한 진지한 활동을 벗어나 오로지 놀이문화만이 남게 될 것이라는 우려가 남는다. 따라서 패러디 문화, 혹은 아이러니 문화, 혹은 삶의 세계를 적극적으로 개입하는 이면에 개인의 삶을 제어하는 모든 것에 대한 불신과 풍자를 지나친 위협으로만 볼 수도 없다. 새로운 문화의 재구성은 이전시대의 모순으로부터 어떤 새로운 비전을 찾으려는 노력이라 볼 수 있고, 있는 그대로 삶의 가치관을 찾으려는 노력이라 볼 수도 있다. 그럼에도 다른 한편으로 지나친 세속주의와 물질주의를 경계하고 초월적인 종교적 차원을 기대하려는 심리가 작용할 수도 있다. 또한 종교적인 차원이 인간의 의식 속에 문화의 한 형식으로 자리하고 있는 한, 경건함에 대한 인간의 욕망도 비등할 것이라는 기대도 있다.

이제 종교가 더 이상 낡은 형식일 수 없다면, 그 형식은 당연히 인간의 세속적인 욕망까지 승화시킬 수 있어야 할 것이다. 이때의 종교는 "새로운 것"을 지향할 수 있어야 하고, 동시에 포스트모던적 변증의 과정에서 인간의 욕망을 만족시킬 수 있는, 그러면서도 도덕성과 현실성을 융화할 수 있는 형태임이 분명할 것이다. 그러기 위해서는 삶의 세계로부터 종교적인 의미를 찾아야 하고, 문학은 그 이야기 형식을 제공할 수 있어야 할 것이다. 문학은 끝없는 놀이의 형태로 존속하면서도 진지하고 경건한 세속의 삶을 그려내야 할 것이다. 여기에 사회와 세상, 그리고 삶을 승화할 비극 문화가 필요해지는 타당성이 있다. 하버마스의 모더너티 정신, 즉 비판적 계몽주의 기획을 포스트모던적 실용주의 정신과 조화를 이룰 새로운 형태는 '문학이 종교적인 정신과 함께 할 때 이루어질 것'으로 생각이 된다. 더욱이 도덕성이 있는 실용주의 정신은 계몽적인 이성과 낭만적 반이성이 조화를 이룰 때이다. 소위 낭만적 실용정신을 회복한다면, 전통 문화의 부분이었던 종교가 현실 체험을 초월적으로 성취할 수 있게 해주고, 특히 현실 세계의 안과 밖을 자유스럽게 넘나드는 '승화된 인간주체를 회복'시킬 수 있을 것으로 여겨진다.

따라서 모든 기존의 표현 양식이 지녔던 진지함을 상실하고 경계의 영역을 부정하는 행위에는 무엇이든지 제한을 가지지 않으려는 욕망의 표출이 있다. 자아실현을 끝없이 극대화하려는 이러한 움직임은 쾌락추구의 사르트르(Jean-Paul Sartre)적 주체를 중심으로 형성되는 것이다.[4] 이러한 경향은 비극적인 요소를 제거하려는 인간의 기본적인 본능의 소산이고, 잘해야 인간의 의식을 벗어나지 않는 자기 경험에 초점을 맞춘다. 이러한 자세는 인간이 사회적인 동물이라는 사실과 문화를 생성하려는 실천적인 욕망을 가지고 있다는 사실을 간과하기 때문이다. 하지만 문화 양식을 새롭게 창조하려는 욕망과 사회와의 건설적인 타협이라는 고전적인 주제는 결코 사라진 적이 없다. 문제는 여기서 무한정 쾌락을 용인하는 형태로 문화가 갈 수 없고 이러한 움직임을 무한정 허용하는 사회도 없다는 사실이다. 사회와 문화는 서로 유기적인 관계와 기능적인 관계를 유지하려 하면서도 자체의 자율적인 특성과 본질을 보유하고 있다. 또한 두 개의 영역이 고정되어 있지 않다는 사실도 분명하다. 그러기에 우리는 보다 삶에 대한 진지함이 요구되기 마련이고, 인간의 만족은 어느 정도 제한되기 마련이다. 이처럼 삶의 세계에 대한 우리의 진지한 자세는 늘 필요해진다. 그리고 현대문화가 우리의 일차적인 삶의 체험에 기초할 때, 포스트모던적 쾌락과 모던적 유의미성이 융화될 수도 있다. 여기에 또한 하버마스에 의해 제기된 신사회운동(New Society Movement)을 자아실현의 이상적인 토대로 여길 수도 있다. 이때 사회와 문화는 상호 유기적이며 자율성의 기능을 확대 재생산할 수 있다.

---

4) Susan Sontag에 의하면, 인간이 겪는 실존적 고통에 대한 사르트르식 해결은 우주를 常食("cosmophasy"), 즉 의식에 의해 세계를 삼키는 행위이다. 이 점은 결국 자아의 끝없는 욕망을 가리키며, 이것이 "새로운 것"과 쾌락추구의 연장에 서 있다는 사실을 보여준다(Sontag 98).

무엇보다 '포스트모던적 비극'이라는 용어가 생소하면서도 두 말이 갖는 함축성에서 모순을 쉽게 발견할 수 있다. 포스트모던적 의미가 모던적 유토피아를 거부하거나 탈진한 상태에서만 올 수 있다고 본다면, 이 개념은 비극이라는 용어와 어울릴 수가 없다. 또한 인간의 자유가 자아실현의 최대 만족에서 올 수 있고, 그 행로는 멈출 수 없이 전개되기 마련이라면, 우리의 문화는 비극을 더 이상 수용하기 어려운 이유를 가진다. 비극이 없을 수 없다면 그것은 비극을 초월하기보다 비극을 희극적으로 처리하려는 욕망의 분출이 올 것이다. 여기에는 심리적 위기가 있을 수 없고 도덕성도 자리하기 힘들다. 오히려 비극은 자아의 위선일 수도 있다. 삶의 세계와 자아 사이의 긴장이 계속되기 마련이라면, 고통이 만족으로 이전되는 자체가 위기가 될 수 있을 것이다. 고통은 그대로 고통일 수밖에 없고, 실존적 허무도 그대로 남기 마련이다. 종교와 예술이 포스트모던 정신에도 적용될 수 있는 부분이 있다면, 그것은 삶의 고통과 두려움이 결코 사라지지 않는다는 사실이다. 이처럼 회의와 고통을 거부하지 않고, 자아와 세계와의 실천적인 융합을 추구하려면 이에 대한 새로운 사회적 욕구를 이야기로 계속할 수 있어야 한다.

III. 낭만적 실용주의

포스트모던 비극과 종교에 대한 심층적인 논의는 모두 낭만적 실용주의라는 전망에서 정당하게 모색되어 진다. 이제까지 낭만적이라는 의미는 포스트모던적 쾌락을 지시하고자 하였고, 실용주의라는 용어는 모던적 유의미성을 보존하고자 하였다. 다시 말하면 끝없이 지속하려는 자아실현의 궁극적인 욕망은 삶의 세계에서 실현되어야 한다는 의미이다. 만족스럽지 못한 삶의 세계라면 자아는 위기를 느낄 것이고, 이때 욕망은 만족으로 움직이려 할 것이며, 욕망의 충동은 제한적이나마 세계를 자신에게 유리하도록 전환하려할 것이다. 언어는 이러한 체험의 과정을 이야기하는 매체가 되고 인간의 욕망과 세계에 대한 상징을 담는다. 어떤 의미에서 낭만적 실용주의는 포스트모던의 희극정신을 지향하고 있지만, 이는 역설적으로 비극을 보존하고 있는 것이기도 하다. 낭만주의는 이 비극을 삶의 현장에서 극복하려는 초월정신을 보여준다. 여기에서 종교가 새로운 형태를 갖추게 된다. 비극과 이에 대한 초월의 체험은 삶 속에서 해탈의 정신을 가리키고, 또한 세계 안에서 자아의 해방과 세계에 대한 능동적 대응으로 볼 수 있다.

우선 포스트모던 비극과 종교의 특성을 살펴보기 위해 리처드 로티(Richard Rorty)의 새로운 실용주의를 보고자 한다. 그는 1996년 한국 방문 중에 연세대학교 초청 세미나에서 「낭만적 다신주의로서의 실용주의」("Pragmatism as Romantic Polytheism")를 발표한 적이 있다.[5] 한 가지 흥미로운 부분은 이 논문 시작 부문에서 1911년 르네 베르뗄로(Rene Berthelot)라는 사람이 파리에서 쓴 『낭만적 공리주의: 실용주의적 조류에 관한 연구』(*Un Romantisme Utilities: Etude sur le Mouvement Pragmatiste*)라는 저서를 언급한 것이다. 이외에도 베르뗄로가 두 권의 책을 더 출간했다고 썼지만, 필자의 관심은 위 첫 번째 중에서 특히 미국의 실용주의자들인 윌리엄 제임스(William James), 존 듀이(John Dewey), 그리고 니체(F. Nietzsche) 및 베르그송(Henri Bergson), 그리고 가톨릭 모더니스트들의 사상들이 서로 비슷하다는 인상을 기록한 부분이다. 로티는 자신의 논문에서 베르뗄로가 이들을 같은 지적 조류에 속하는 것으로 다룬 최초의 사람이었다고 언급한다. 베르뗄로는 확고한 데카르트주의자로 이 모든 사상가들을 싫어하였지만, 실용주의의 낭만적 뿌리를 에머슨(R. W. Emerson), 쉘링(F. Schelling), 횔더린(F. Holderlin)에서 찾고, 실용주의의 공리주의적 뿌리를 다윈과 스펜서(Edmund Spenser)의 영향에서 찾았다. 로티에 따르면, 실용주의의 낭만적 뿌리와 공리주의적 뿌리가 서로 수렴할 수 없을 정도로 그 거리가 큼에도 불구하고 실용주의라는 측면이 공통되어 있고, 이를 근거로 낭만적 공리주의가 고유한 형태를 갖추게 되었다고 본다. 필자의 관심은 낭만적 공리주의가 갖고 있는 양면성이다. 실용주의 자세 속에 감추어진 낭만주의의 개인주의적이고 사적인 자기중심사고는 실상 상대적으로 공리주의에 대한 이율배반적인 모

---

5) 본 글에서는 연세대학교 철학연구소가 번역한 로티의 논문을 인용하거나 참고한다. 그리고 인용문을 직접 표시하지 않는 경우에도 대체적으로 번역문의 용어를 그대로 사용한다. 로티의 논문이 발표된 출전은 알 수 없으나 최근 로티에 관한 서적이 국문으로 출간되고 있다. 이번 로티의 논문(1996년 12월 13일) 발표는 연세대학교 철학연구소가 주관한 것이다. 최근 그의 저서를 완역한 김동식 · 이유선 역, 『우연성, 아이러니, 연대성』 (서울: 민음사, 1996)을 참고하기 바란다. Richard Rorty, *Contingency, Irony, and Solidarity* (Cambridge: Cambridge UP, 1989).

순이다. 사적인 동시에 공익을 위한 사고의 양태는 어떠한 것일까.

물론 여기에서 사회는 끊임없이 진보하고 있다는 진보사회학자이고 역사주의 사회학을 펼쳤던 다윈주의적 스펜서로부터 공리주의(Utilitarianism)를, 그리고 자존정신을 강조하며 과거로부터 이상적인 위대한 정신을 완결시키려는 에머슨으로부터 낭만주의를 함께 실용주의 측면에서 관찰할 수는 있다. 인간의 정신과 행위는 사회와 더불어 유용한 측면에서 작용하게 될 것이라는 실용주의 특성을 이들로부터 발견하려는 자세는 결국 어떠한 인간의 행위나 사고도 스스로의 이익에 따라 움직여진다는 사실을 말해준다. 무엇보다 니체를 독일의 실용주의자로 분류하면서 그의 조망주의(perspectivism)를 '실용주의적 진리론'으로 전환시킨 사람이 베르뗄로가 처음이었다는 로티의 언급에서, 진리는 상대적이며 개개인의 차이를 인정하는 자아 중심의 실존주의 사고를 확인하는 것은 무리가 아니다. 삶의 세계를 벗어난 진리는 수용할 수 없다는 사실과, 인간은 생리상 진리를 "인식"할 기관을 갖고 있지 않다는 니체의 지적, 또한 인간은 스스로의 이익을 위해 자신을 "유용"할 줄 안다는 니체의 인용에서도 다윈적인 견해를 발견할 수 있었던 사람이 베르뗄로라고 로티는 언급하고 있다. 로티에 따르면 다윈적 견해란 특성상 사고와 행위를 일치시키는 것으로 "생각한다는 것은 행동을 위한 것이다"라는 제임스의 주장과도 일치하고 있다. 또한 진리란 "믿어서 좋은 것"(good in the way of belief)(1)이라는 제임스의 믿음과 니체의 생각은 동일한 배후에 놓여 있다. 니체나 제임스, 혹은 낭만주의자들을 실용주의자로 다시 분류할 경우, 그것은 니체가 말한 인간이란 "영리한 동물"이라는 개념에서 출발한다. 결국 인간에게 유용한 것이 진리이고, 옳다고 생각하는 것이 믿음의 근거가 될 때, 이 또한 인간의 만족과 쾌락추구라는 기본 본능에서 출발한다. 로티는 밀(J. S. Mill)의 "인간의 행복에 대한 욕구 외에는 아무런 윤리적 동기는 없다"는 말에서 제임스와 니체를 자연스럽게 동일시한다. 이들로부터 '진리'와 '옳음'이라는 용어상의 차이에도 불구하고 인간의 행복추구나 욕망에 대한 성취를 보편화시킨 로티는 낭만적 실용주의라는 용어를 매우 적절하게 대변하고 있다.

종교와 문학 역시 그것이 행복추구나 인간의 욕망을 만족시키는 수단으로 본다면, 이들이 갖는 '진리'나 '옳음'도 실용주의 측면에서 정당화된다고 여겨진다. 공리주의가 낭만주의에 대한 저항으로 생긴 것이라면, 공리주의는 낭만주의를 회피하였다기보다 이를 보강하고 확대하였다는 것이 옳은 판단이다. 이러한 예는 빅토리안 시대에 활동하였던 밀이나 시인 테니슨(Alfred Tennyson)과 아놀드(Matthew Arnold)에게서 쉽게 찾을 수 있다. 보다 객관적인 과거의 자료와 전통, 혹은 신화에 의존하였던 테니슨과 아놀드이지만, 그들 역시 쇠퇴하여 가는 서구 문화에 대한 위기로부터 궁극적인 무엇인가를 실용적인 차원에서 찾았을 것이다. 그것은 문화의 기록이라 할 수 있었던 문학으로부터 이상 정신을 확인하고, 정신의 위기를 만족시킬 궁극적인 근거를 찾고자 한 욕망 분출의 결과이다.

로티의 '문학이 종교를 대신할 수 있다'는 생각도 공리주의의 특성을 보여준다. 물론 이것이 "최대 다수의 최대 행복"을 추구하는 벤담의 공리주의는 아니다. 하지만 빅토리안 시대의 밀이나 아놀드에게 시의 사회적 기능은 종교라는 문화적 중심체가 상실된 시대에, 철학이나 종교의 기능을 실천할 실용주의적 공리주의 정신을 나타내고 있었다. 로티는 시를 이상적인 것의 원천으로써 종교를 대치할 수 있다는 그러한 사고, 즉 낭만주의 시학을 다신론으로 전환시키려는 자세 자체를 유용하게 보고 있다. 따라서 낭만주의 시학이 그 주관적인 특성에도 불구하고, 또한 공리주의 측면에서 상당한 취약성을 보여줌에도 불구하고, 문화의 중심체로 중요하게 기능하고 있다는 점이 고려된다. 적어도 빅토리안 시대는 문학이 종교의 특성을 표현할 수 있는 훌륭한 매체임을 입증하려 한 셈이다. 오히려 낭만주의 시학이 공리적 취약성에도 불구하고 개개의 다양한 차이들(혹은 여러 이상들[ideals])을 보여주고 제시할 수 있는 면에서 로티의 다신론은 어느 정도 범신론에 가깝다. 여기에는 제임스처럼 종교적 경험의 다양성이 강조되는데, 이는 인간 체험의 숭고함과 경건함을 예찬하고 세속적인 인간의 행복을 말하고 있기 때문이다. 결국 낭만주의 시학은 "유용"한 측면에서 볼 때 "신적인 것"(the divine)들을 지향하고 있다. 니체 역시 인간의 행복을 디오니스적 이상에서 추구하였던 면에서 "유용" 혹은 "진리"를 차별화시키고 이상화시켰다고 볼 수 있다. 니체 또한 이런 면에서 낭만적 실용주의 자세를 견지하고 있는 것이다.

또한 로티는 민주주의를 설명하는 곳에서 기존의 종교였던 기독교가 대중화되고, 계층적, 배타적 요소들이 제거되어 가는 과정을 지적한다(3). 전자의 경우가 바로 니체였고, 후자가 듀이였다. 정치적인 측면에서 종교적 믿음까지 계층 간의 경계를 허물어주는 실용주의와 혼합될 가능성을 지적한 듀이에게서 공리주의를 찾게 되는 반면에, 니체는 인간 누구나 바라는 욕구가 오로지 행복말고는 아무 것도 없다는 점에서만 공리주의자였다는 것이 로티의 지적이다. 로티는 낭만적 공리주의, 실용주의, 그리고 다신론이 민주주의를 선호하든 멸시하든 이 양자 모두와 관련이 매우 깊다는 사실을 보여주려 한다. 모두가 진리를 믿기에 "좋은" 것이 "옳다"는 생각과, 서로를 동일시하는 실용주의 견해를 지닌다. 그러나 이런 낭만주의 시학에서 지나치게 약점으로 지적되는 것이 있다면, 그것은 비합리주의적 이상주의일 것이다. 정치적인 측면에서도 이러한 비합리주의가 공리주의를 지향할 경우 파시즘으로 가게 된다는 지적이 있다. 이러한 반민주적 결과들은 니체나 듀이가 원하는 것은 아니었지만, 인간 개인의 행복에 대한 욕구와 좋은 것이 옳다는 생각은 좋은 실용주의, 혹은 좋은 민주주의라는 소박한 생각에서 비롯되었으리라 믿는다.

이들 이후 20세기 전반과 후반에 걸쳐 각각 서구의 지성 세계를 양분한 듯한 엘리엇(T. S. Eliot)이나 자끄 데리다(Jacque Derrida)의 경우는 민주주의에 대한 불신이 있다. 이들의 생각에 듀이나 니체의 소박한 마음은 더 이상 수용되기 어려웠다. 그만큼 문화나 사회가 "새로운 것"을 추구할 정도로 환경이 변화되어 있었고, 사회는 피폐와 전쟁으로 인한 황폐함이 만연했다. 인간의 욕망에 대한 낙관주의보다 불신이 깔려있던 시대에 살았던 엘리엇의 경우 민주주의를 불신한 배경으로 대중의 비판능력에 대한 회의가 있었다. 그의 유럽 문화나 전통, 나아가 유럽 정신에 대한 선호는 엘리트 정신에 그 뿌리를 두고 있기 때문에, 오늘날 인종편견주의자, 혹은 반유태주의자, 혹은 파시즘을 선호한 자로 분류되기도 한다. 그러나 엘리엇 역시 미국 실용주의자들의 영향을 받아서 "좋은" 시의 사회적 선 기능을 강조하였다. 엄격한 의미에서 그는 모던 정신을 토대로 예술이 갖는 유토피아 사고를 가지고 있었다. 엘리엇과는 다르지만 데리다의 경우도 시대적 환경이 다르기 때문에 대중 중심의 민주주의에 대한 불신이 있었다. 데리다는 대중 민주주의란 개인 각각의 차이에 의해서보다 언제든지 대중 매체에 의해 "옳다"는 생각을 가질 수 있도록 조작되기도 한다는 지적을 하였다.6)

이미 언급한 하버마스는 이데올로기 종언을 떠나 사회 개량이라는 "새로운" 동시에 "좋은" 이데올로기를 언급하고 있다. 이런 면은 다윈이나 스펜서의 사회 진보주의 측면과 유사하다고 생각되어진다. 물론 하버마스는 사회나 문화에 대한 이데올로기 비판 능력을 먼저 강조하였지만, 현 사회가 새로운 이상을 가진 사회체계로 능동적으로 변화해 갈 수 있다는 생각에는 그 역시 공리주의를 기초로 실용주의를 지향하고 있다. 다만 하버마스는 지나친 주관주의가 가져올 수 있는 사적인 악과 지나친 체계중심을 경계하고 있다. 이에 따르면 만족을 해소하려는 움직임 자체가 결국 사회나 문화를 "유용"하게 변화시키는 동력이 된다는 것이다. 이처럼 문화의 자율성을 인정하고 그 문화 속에서 문학이나 종교의 책임성이 제기되고, 이러한 문제가 정치적인 것과 별개일 수 없다는 지적은 로티뿐만 아니라 하버마스, 니체, 듀이, 엘리엇, 데리다 등 정도의 차이는 있지만 모두가 인간의 기본적인 욕망이 삶의 세계를 유용한 방향으로 변화시킬 수 있다는 사실을 확인시켜준다.

실용주의 측면에서 비극에 대한 포스트모던적 정의가 필요할지 모른다. 비극 형식은 아리스토텔레스 이후 삶의 모방이라는 전통적인 개념과 양식에 있는 것이 사실이다. 잘 짜인 구성을 통해 일련의 사건 속에서 인간은 두려움과 동정이라는 형식을 통해 감정의 정화를 경험할 수 있다. 비극에 대한 정의가 다양하게 전개될 수 있으나, 비극이 갖는 감정의 치료 효과가 현대인에게도 설득력이 있다는 뜻이다. 비극을 통해 억압된 감정이 정당하게 출구를 찾고 공감을 가짐

6) 최근 데리다의 저서인 *The Other Heading: Reflections on Today's Europe*, Trans. Pascale-Anne Brault and Michael B. Naas (Bloomington: Indiana UP, 1992)는 민주주의의 반민주성을 논하고 있다. 민주주의가 위험할 소지가 있다는 생각은 언제든지 언론 매체에 의해 대중의 비판기능이 상실될 수 있는 취약성이 있다는 데리다의 지적이다. 개인의 판단 능력이 없다는 말이 아니라 판단 자체가 "좋고" "옳다"는 쪽으로 쉽게 유도된다는 사실이며 이에 대한 자정 능력이 상실되어 스스로 인식하지 못하는 상태다. 따라서 해당 저서는 현대 유럽의 정치문화가 안고 있는 민주주의의 허상을 보여주려는 데리다의 노력이라 할 수 있다.

으로써 현대인에게 만연된 소외의 감정과 의사소통의 방법을 확인하는 것이다. 그것은 우리의 만족을 극대화하는 형식일 수 있다. 이는 프로이트적 무의식의 충동을 실현하고, 꿈을 통해 현실의 불만족을 치료하는 유용한 방법론과 유사하다. 키에르케고르(Søren Kierkegaard)에게는 두려움과 떨림을 가져다주는 한계상황이 인간 실존을 가장 고통스럽게 체험할 수 있는 감정이었다. 우리는 비극의 요소가 예술상 잘 조직된 형식을 통해 분출될 수 있다는 믿음에서보다, 인간의 본능적인 충동을 만족시키는 차원에서 비극이 필요하다는 것을 인정하여야 할 것이다. 무엇보다 비극은 인간의 감정과 불가분의 관계를 가지고 있어 인간을 정의하는 데 피할 수 없는 부분이기도 하다. 또한 인간의 운명에 대한 새로운 이야기도 계속될 것이다.

"새로운 것"에 대한 인간의 본능적 욕구는 그 표현을 위한 출구를 항상 찾기 마련이고 문화는 이에 따라 끊임없이 이 욕구를 반영하면서 사회에 전향적으로 작용하게 되어 있다. 영원하게 계속되는 그 욕구란 한때 반항과 자유정신에 의해 낭만주의가 계몽주의에 부과한 새로운 정신이었으며, 그것은 비극의 탄생이기도 하다. 니체가 아폴로(Apollo) 문화의 승리를 인간 비극의 탄생으로 정의하고 있지만, 새롭게 보면 디오니소스(Dionysos)적 쾌락 역시 니체의 비극을 단적으로 증명하고 있다. 쾌락은 비극이 가져다주는 슬픔이나 고통이 없고 만족을 모르기 때문이다. 채워지지 않는 만족이 비극의 근원일 수 있다. 불만족과 불평, 그리고 세계와의 불일치한 삶이 현실로부터 고통을 수반한다는 사실은 디오니소스의 상대적인 비극이 된 셈이고, 아름다움에서 즐거움을 찾던 아폴론적 희극 또한 삶의 세계에서 오는 비극을 피할 수 없다.

데이빗 클렘(David E. Klemm)의 경우 하버마스와 하이데거(Martin Heidegger)에서도 낭만적 실용주의 정신을 찾게 해준다. 그는 우선 "비극을 피할 수 있는 두 가지 방법"을 제안한다. 그 대안으로 이 두 철학자가 희극을 제안하고 있어서이다. 그 이유는 현대 문화에서 종교와 문학이 그 중심 역할을 상실하고 있다는 생각에서 비롯된다. 클렘은 이 들의 비극을 피하는 두 가지 방법을 반박한다. 하이데거나 하버마스 모두 비극을 피하고자 하는 희극인이라는 점은 같다. 그러나 하버마스가 아폴론 문화의 계승을 통해 전통적인 철학을 갖고 비극을 피하려 한 사실과는 달리, 상대적으로 하이데거는 디오니소스 문화를 통해 비극을 피하려 한 사실이다. 두 사람의 상대적인 위치는 어떤 의미에서 각각 모던적 책임성과 포스트모던적 쾌락을 대변한다고 하겠다. 사실 계몽주의 이후 서구 문화에 대한 위치를 다르게 설명한 두 사람은 비극에 대한 치명적인 오해를 불러일으켜서 이후 포스트모던적 패러디를 잘못 이해하도록 만들었다. 클렘에 따르면 하버마스는 하이데거가 정의한 비극을 잘못 해석하여 그 비극을 극복하고 승리하는 방법을 찾았다. 하이데거가 자신의 비극적 환경을 결코 인정하지 않았던 점을 묵과한 것이다. 이를 하버마스는 잘못 해석하여 하이데거가 비극을 규정하고 있다고 생각한다. 결국 하버마스는 하이데거의 비극을 잘못 해석하게 되었다는 것이 클렘의 주장이다. 이것은 하버마스같은 학자가 하이데거를 잘못 해독하였다기보다 하이데거 초기의 철학 패러다임을 기초로 하여 그들 나름의 사고를 현실 삶에 나름 유용하게 해독한 것이다.

구체적으로 살펴보면 하버마스의 경우 모더니티를 철학적인 문제로 첫 번째 인식한 사람이 헤겔이었다. 문화개혁과 문예부흥이라는 측면에서 모더니티를 본 사람이 헤겔이었고 계몽주의 이후 주관성의 원칙을 체계적이고 광범위하게 표현한 사람은 칸트였던 셈이다. 개인의 절대적인 가치를 예찬하고, 이성에 입각한 도덕 및 전통의 자율성에 대한 저항과 비판을 정립한 두 사람, 칸트와 헤겔이 모더니티의 철학적 토대를 이루었다고 하버마스는 보았다. 이 외에도 니체가 제기한 디오니소스적 포스트모던 정신을 비합리적이고 비이성적이며 신비적인 특성으로 설명하면서, 스스로 아폴론 문화의 합리주의 전통을 유용하게 활용하였던 사람도 하버마스였다. 이 점은 이성의 회복을 좋게 보았으며, 신계몽주의 정신을 대변하는 입장에서 이러한 이성을 토대로 디오니소스의 광기를 해방시키고자 하였던 것이다(Klemm 11).

이러한 신보수주의 관점에 따라 하버마스는 하이데거를 유용하게 접근하였다. 하버마스에 따르면, 하이데거는 상실된 종교에 대한 대응으로 니체로부터 신비적인 디오니소스 세계를 받아들인다. 이 점에서 하이데거는 니체가 철학 대신에 신화를 택했던 것과는 반대로 신화를 철학으로 유용하게 대치하려 하였다. 그것도 상실된 신의 위치를 위하여 서구의 형이상학의 전통은 좋고 이 좋은 것이 옳다고 여겼다. 이러한 실용주의 자세는 니체의 허무주의를 극복하고자 한다. 클렘에 따르면, 자신의 후기의 글이라 할 수 있는 존재와 시간 논의에서 하이데거는 형이상학적인 기본 개념들이 역사상 존재한다는 가정을 하고 이를 토대로 자신의 철학적인 자세를 세우고 있다. 이처럼 역사상 기본 개념들을 직접 체험으로 현재화하게 된다는 주장을 폈을 때, 그것은 그 개념들이 이미 형성된 문화와 사회의 방향을 옳게 결정하고 있다는 것이 하이데거의 주장이다. 결국, 이러한 하이데거의 철학적 방법론은 실재한 형이상학적 개념들을 해석자의 주관에 의존한 실용적 낭만주의 자세라 할 수 있다(Klemm 11). 하버마스에게 이러한 초-개인적인 실체에 대한 하이데거의 확신은 현실의 상황을 벗어나고 있다는 점에서 디오니소스적 낭만주의를 추구하고 있다. 그리고 이 점에서 하이데거의 낭만적 실용주의가 시작되고 있다고 하버마스는 단정한다. 디오니소스적 쾌락은 비이성적이어서 현실에 대한 적절한 시각이 결여되어 있지만, 적어도 하이데거 입장에서는 체질적으로 계몽주의 이성은 비극을 수용하기 어렵다. 하버마스가 하이데거를 낭만적 실용주의자로 보는 시각은 자신을 계몽주의 방향으로 전환시킨 계기일지 모른다.

그러나 하이데거는 하버마스가 생각하는 것과는 달리 종교와의 특별한 관계에서 유럽의 형이상학을 좋게 보았고, 실제로 이를 옳다고 여겼다. 종교를 자신의 철학적 입장에 두고 있다는 뜻이다. 그럼으로써 주체가 어떻게 항상 현존하는 삶의 시간과 공간 내에서 자신을 이해할 수 있는 지를 보여주려 한 것이다. 주체의 존재 이해란 존재의 의미를 형이상학적이면서 동시에 현실적으로 확인하는 실용적인 작업일 수 있다. 그리고 낭만적 실용주의 주체는 "나"(I)이고 사회적인 차원에서 상호 주관성을 상대적으로 설정하는 과정이다. 이것은 형이상학적이면서 동시에 세계에 뿌리를 두고 있는 상태로써 의식의 실용화 차원일 수 있다. 여기에 하이데거의 존재론은 디오니소스의 측면에서 유용하게 신화적인 의미를 지니고 실용적 체험에서 종교적이다. 무엇보다 하이데거는 디오니소스의 쾌락을 형이상학 입장에서 거부한 것이다. 오히려 클렘에 따르면 아폴론 문화와 디오니소스 문화가 가져왔던 질서와 혼돈, 그리고 미와 파괴, 그리고 법과 무법이라는 이분법을 벗어나면서 하이데거는 새로운 단계의 생각을 가지게 되었다(14). 그것이 나름 실용주의 입장의 예술이었다(Klemm 16). 예술은 디오니소스적 무질서와 혼돈에 제재를 가하면서 창조적 에너지에 유용하게 형식을 제공한다는 사실이다. 아폴론 문화와 디오니소스 문화와의 긴장이 주체인 "나"의 존재에서 예술적으로 승화되면서 쾌락과 교화라는 한 차원 높은 가치를 부여받게 된다. 존재의 이름은 디오니소스가 아니었다. 그의 철학은 비극을 피한 포스트모던적 쾌락에 두고 있지 않았다. 그러나 하이데거가 가장 의존하였던 실체는 시적인 언어와 예술 작품이었고 거기에서 오는 진실이란 존재의 구조 안에서 본능과 충동이 좋게 표현되고 예술적 상징이 의미 체계에 동시에 부응하는 유용한 체험이다(Klemm 16).

사실상 하이데거는 자신이 인식하지 못한 낭만주의적 비극의 이야기를 하였던 셈이었다. 존재에 대한 철학적 진술이 사회 현실에 영향을 미칠 수 있을 거라는 생각은 철학자들이 할 수 있는 낭만이다. 삶의 세계에 대한 비극적 환경을 말할 수 있다는 것은 낭만이라기보다는 그 비극에 대한 사건과 행위를 지시하는 극적인 상황이라 할 수 있다. 삶이 극적일 수 없고 매일 똑같은 일들이 반복되며 사건들은 무의미하다고 인식하던 까뮈(Albert Camus)의 『시지푸스 신화』(*The Myth of Sisyphus*)나 사르트르의 『구토』(*Nausea*)에서도 행복에 대한 느낌이나 선택의 자유에서 오는 자기 인식의 과정은 낭만적이거나 혹은 실존적이지만 삶과 인간이 별개일 수 없음을 말해준다. 이러한 인식은 불합리하고 부조리한 삶이 계속되고 있고 세계가 그대로 이어지고 있다는 낭만적 실용주의의 한 형태이다. 이 점에서 하이데거 역시 비극에서 오는 지혜를 삶 자체에서 얻기보다 비극적인 상황 자체를 수용하고 다른 차원에서 이의 실용적 대체를 찾았던 듯싶다. 그것은 시나 예술이 어떤 삶의 질서를 부여해 준다고 생각하고 있기 때문이고, 또한 삶 자체에서 겪는 일차적인 현실을 이차적인 차원에서 해결하려는 실용주의 자세를 보여주기 때문이다. 이처럼 우리가 아는 비극은 삶의 세계 안에서 변화를 거듭하는 우리네 인생에 대한 이야기나 사건이다. 운명의 변화나 상황의 반전, 인간의 약점과 오류에서 일어나는 삶에 대한 두려움 등, 인간 실존에 대한 비극적인 공포와 공감, 그리고 이에 대한 감동적인 드라마가 어떠한 철학적인 지혜에 의해서도 벗어날 수 없는 사회 실체이다. 이처럼 느껴진 삶에서 인간은 그것을 낭만적으로 초월하는 방법을 배우게 된다. 현실에 대한 비판적인 삶의 공간에서 우리의 제한된 인간성과 주어진 시간을 극복해 나가는 사람들의 이야기나 사건 안에서 쾌락과 즐거움은 더욱 낭만적 실용주의 의미를 제공한다 하겠다.

하이데거나 하버마스 모두 이 부분에서 삶의 비극을 회피한 듯싶다. 하나는 매우 이성적인 측면을 앞세우고 다른 하나는 이성과 감성을 융합하면서도 시적인 욕망과 책임성을 동시에 수반하려는 나름 유용한 측면을 호소한 점이다. 구체적으로 앞에서 하버마스가 비합리적이고 비이성적인 삶의 여러 사건들을 포스트모던 유형의 삶의 양식이라 규정하고, 이를 소위 반모던적 정신의 소산이라 간주하는 자세는 개개인의 삶이 우리의 의식을 지배하게 되면 사회의 힘이 약화된다고 보기 때문이었다. 그가 옳다고 본 것은 자기비판과 규범의 원칙이었다. 이러한 원칙에 의해서만 비로소 문화적 행위를 정당화할 수 있게 되고 삶의 파편들로부터 사회적인 힘을 결속시킬 수 있다고 생각하였다. 이 점은 우리의 이성을 올바르게 회복하고, 보다 합리적으로 삶의 세계를 극복하고 비판 능력을 실용적으로 진보시켜야 한다는 생각이 차지하고 있다. 이와는 다르지만 하이데거는 신화의 형식을 통하여 우리의 비합리성과 신비성을 실용적으로 수용하려 노력하였다. 시와 예술이 갖는 창작의 힘이 우리의 의식에 대한 책임성과 동시에 새로운 것에 대한 실용적 욕망을 충족시킬 수 있음도 그가 보여준 면이다. 여기에서 하이데거는 시와 예술이 미치는 사회적 정화 능력을 좋게 보았다. 시와 예술에 대한 정당성이 삶 자체의 비극을 통하기보다 비극을 회피하는 매체로 전락된 측면을 현실적으로 접근하였다. 어떤 의미에서 시와 예술은 우리의 욕망을 유용하게 만족시킬 수 있고, 그 만족을 표현할 수 있는 실존의 공간이고 체험을 승화시킬 수 있는 매체이기 때문이다. 따라서 하이데거의 존재와 시간은 오히려 철학적인 측면을 실용화 한 시적 체험에 의해 정당화하였다고 생각할 수 있다. 철학을 피하려는 곳에 신화를 끌어들이고, 다시 실존철학으로 되돌아가는 낭만이 엿보인다. 즉 철학에서 찾고 있던 존재에 대한 보편성과 영원한 도덕적 질서에 대한 낭만적 회귀이다. 디오니소스의 쾌락이 정서적인 측면을 고려해 실용적 측면에서 추구된다면 시공 안에 있는 개개인의 삶의 비극은 결코 해소되지 않을 것이다. 종교적인 진단은 이러한 비극에 대하여 실용적인 차원에서 불가분적으로 개입된다.

IV. 결론: 포스트모던 실용 정신

현대문화에 대한 종교적인 진단이 매우 유용한 측면만 있는 것은 아니다. 종교가 인간의 삶의 조건을 만족스러운 목표로 하고 있다는 사실은 어떤 면에서 낭만적 실용주의 정신을 반영하고 있다. 지금까지는 종교의 세속화 과정을 종교의 타락으로만 생각하거나 종교의 상실로 여기는 비실용적 생각이 지배적이었다. 국가의 개념이 중요시되면서 국가가 종교로부터 분리되고 종교의 기능을 국가가 대신하게 되면서 종교가 사적인 영역으로 전락한 사실도 현실에 맞춘 종교의 실용화 측면이 강하다. 그러나 종교나 국가가 인간의 기본적인 욕망을 행복 실현이라는 실용주의 정신에 두고 있다면, 이러한 자세는 필연적으로 두 제도는 없어지기보다 사회의 욕구에 맞추어 변화하지 않을 수 없을 것이다. 그리고 사회에 대한 판단에 인간의 이성이 작용하는 한 그 사회 자체의 형이상학적인 실체나 엄격성보다 실용주의 입장을 떠날 수 없을 것이다. 세속화의 사회적 근원은 이런 사회적 욕구에 대한 인간의 필요가 그 기초가 되어 있다는 평범한 사실을 올바르게 인식할 필요가 있다. 니체나 듀이를 포함하여 모던 문화의 기초를 닦았던 19세기 및 20세기 초 철학자들, 특히 야스퍼스(David Jaspers)나 키에르케고르 등이 여전히 종교 문화의 필요성을 역설하고 있지만, 이는 보다 종교의 세속화가 현대인의 실용적 욕구와 필요에 의해서 진행된 사실을 말하고 있다. 피터 버거(Peter Berger)는 종교의 세속화에 대한 사회적 근원이 인간의 합리주의 사고와 더불어 종교의 합리화와 사유화에 있다고 진단한다(325-37). 그럼에도 불구하고 보편성과 현실성을 토대로 종교가 다원화되어 가고, 다양한 심리적인 만족, 특히 마음의 평화를 제공하는 방향으로 종교가 효율적인 변화를 거듭하였다고 버거는 지적한다. 결국 종교의 탈독점화를 사회심리 과정일 뿐만 아니라 사회구조 과정인 것으로 설명하고 있다. 종교가 이렇게 어떤 확실성을 제공하는 의미로 개인들의 주관적인 의식 내부로부터 "고양"되면서 사회화하도록 변화되었던 사실을 기억할 필요가 있다. 이때 "고양"이라는 사회적 의미 역시 근본적으로는 개개인의 어떤 실존적, 심리적 관점에서 찾아야 한다는 생각이다. 이러한 변화는 낭만적 실용주의 맥을 벗어나 설명될 수 없을 것이다.

포스트모던문화 속에서 차지하게 될 종교의 형태는 신성한 영역이 외적인 요인에서 보다 내적인 요인으로 작용하는 측면에서 전개될 것이라 생각하는 사람들이 있다. 여전히 신성한 것, 종교적인 영역이 인간의 내부에 본능적으로 차지하고 있다는 것은 제임스나 니체 등을 통해, 좋은 것이 유용하다는 사고에서 어느 정도 언급한 바 있다. 볼프강 슐흐터(Wolfgand Schluchter)는 이런 종교의 가능성을 조심스럽게 점친 사람 중의 하나다. 슐흐터는 베버가 프로테스탄트 윤리와 자본주의 정신이 필요한 배경에 인류의 미래에 대한 다음과 같은 의혹을 들고 있다며 이에 공감한다. 그에 따르면 우리가 기술적, 과학적 문명화의 끝에 행복하게 살 수 있을 것인가 아니면 새로운 예언가가 출현할 것인가는 아무도 모른다는 것이다. 혹은 오래된 사상과 이상으로부터 위대한 재탄생이 있을 것인가, 아니면 급진적인 인간이 자기존중으로 인하여 그 곳에서 기계처럼 굳어 버리지 않을 것인가 등은 누구도 알지 못할 것이라는 베버의 염려를 슐흐터는 상기시킨다(354). 이러한 사실은 우리가 종교의 문제를 탐탁하게 생각하지 않을지라도 종교가 메시아적인 미래를 주기를 희망하는 근거가 된다는 실용적인 필요에 의해서이다.

삶의 비극은 여러 요소에서 올 수 있다. 오늘날 시장경제체제의 도입은 인간의 합리성과 이성을 위협하고 있다. 이윤추구와 시장의 법칙과 원리는 인간의 이성을 파괴할 수 있을 정도로 우리의 사고를 현실적으로 개입시키고 있다. 우리의 이상이 어떤 현상을 지배하게 될 수 있는 범위를 벗어나 우리도 알 수 없는 어떤 경제체제나 논리에 종속을 받도록 강요되기도 한다. 신자유주의 시장경쟁이 소위 이데올로기 종언을 가져온 점은 이제 평범한 사실이 되어버렸다. 본능과 쾌락, 물질 추구는 이성에 대한 신뢰를 그만큼 약화시켰고, 오히려 인간의 욕망을 제어하는 악으로 인식되기도 한다. 과학의 기술 개발은 인간의 욕망을 극대화하는 방향에서 멈추지 않을 것이라는 우려도 있다. 이러한 극단적인 인간성의 추구는 결국 생산보다 파멸을 가져오리라는 예상이다. 여기에 우리는 새로운 실용주의 자세를 요구받고 있다. 이러한 상대적인 위협을 화해할 수 있는 여지는 "유용"하다는 것이 "옳다"는 가치관이다. 낭만적 실용주의라 할 수 있는 이러한 가치 개념은 많은 작가나 철학자 혹은 종교인에게서 보듯이 인간의 욕구를 실현시키면서 역사나 사회에 유용하게 작용하도록 비판과 창조를 수반해 왔다. 여기에 낭만적 초월성은 감각에 지배받는 포스트모던 의식을 또한 극복할 동력으로 작용할 것이고, 동시에 보다 가치 있게 삶의 비극을 극복할 수 있으리라 생각한다.

따라서 낭만적 초월성이 현실에 대한 비극을 극복할 수 있다고 전제하는 경우는 실용주의 측면에서 초월성을 지향하고 있기 때문에 비극 자체를 회피한다고 볼 수 없다. 이는 실용주의 자세가 비극을 실제로 체험하고 변화시키는 힘으로 작용하고, 심리적인 위기가 사회적인 차원에서 승화되고, 사회를 비판하고 변화시키는 원동력으로 작용할 수 있기 때문이다. 이때 낭만적 초월성은 종교성을 가리킬 수 있는 인간의 숭고하고 경건한 삶의 체험을 보여주고 있다. 여기에는 포스트모던적 쾌락과 감각, 그리고 물질 사상이 시처럼 승화되면서 삶에 대한 진지함과 긴장이 그대로 보일 수 있는 비극이 존재한다.

종교나 문학은 이제 다원주의를 수용하기에 이르렀다. 삶이 고정될 수 없고, 어떤 고정된 패러다임도 모든 우리의 삶의 양식을 옳게 표현할 수 없기 때문이다. 종교는 다양화되어 있고, 어떤 가치관도 절대적인 잣대를 가질 수 없게 되었으며 누구나 자기의 종교와 가치가 "차이"대로 존중받는 문화 속에서 살고 싶어 한다. 종교도 이제는 시장 개념이 도입되고 경영마인드에 의해 체계를 가지고 조직적으로 움직이는 세상이 되었다. 이처럼 포스트모더니즘은 다양한 욕구를 충족시키고 실천할 수 있도록 우리의 삶과 사회에 요구하는 문화 양식으로 되어 있다. 무엇인가 우리에게 "유용"한 것은 "옳"다는 생각은 비록 최대 다수의 최대 행복이라는 공리주의를 지향한다 할지라도, 어떠한 파시즘의 정치 형태나 사회 제도도 결코 우리 개개인에게 유용하지 않다고 여겨지기 때문에, 결과적으로 우리 모두의 쾌락을 위한 욕구는 만족시켜 줄 수는 없다. 이러한 심리적인 위기와 사회의 긴장은 계속되기 마련이어서 이후 문화는 이러한 욕망과 욕구를 유용하게 표현하는 사회적 행위를 지속하게 될 것이다. 그렇다고 다원이나 스펜서처럼 사회진보를 생존의 법칙으로 수용하는 것은 아니다. 거기에는 초월을 향한, 그리고 이상을 향한 그 무엇인가가 항상 세속적인 것과 긴장을 유지하고 있는 연유에서다.

신을 표현하는 문학에서조차 신은 기존의 형이상학적인 실체로서, 보다 상징으로서 초월의 세계를 인식하는, 보다 이상적인 것으로 플라토닉 이데아(Platonic Idea) 같은 상징으로 표현될 수 있다. 상징은 문자 그대로 신을 가리키는 것이 아닐 수 있다. 기독교적 신을 부정하는 불교를 포함한 동양 종교의 부처의 마음이나 유교의 현자의 마음처럼, 어떤 구체적인 형태나 상징이 아닐 수도 있다. 해탈의 정신, 자아의 완전한 해방, 도의 정신, 군자의 도 등 우리에게 익숙한 상징 언어와 체험에서 어떤 초월성을 기대할 수 있다. 이러한 형식으로부터 삶의 변화나 인간의 운명을 표현할 수 있고, 특히 인간이 삶에 대한 두려움을 극복하는 자체가 문학의 어떤 형식에서든 이야기될 수 있다는 사실을 기대할 수 있을 것이다. 심지어 부조리 문학에서도 모던 정신과 포스트모던 정신, 그리고 실용주의 정신이 확인될 수 있기에, 열린 공간과 개방성의 측면에서 대중 문학과 대중문화, 종교의 역할, 그리고 문학의 여러 기능을 유용한 것이 옳다는 전제 하에 가정해본다.

인용문헌

문화와 사회 연구회 편. 『현대와 탈현대: 전환기의 사회인식과 그 탐색』. 서울: 사회문화연구소, 1994. Print.

박봉랑. 『신의 세속화』. 서울: 대한기독교, 1992. Print.

박상선 편역. 『포스트모던의 예술과 철학』. 부산: 열음사, 1992. Print.

송옥 외 공역. 『비극과 희극, 그 의미와 형식』. 로보트 코리간 편. 서울: 고려대학교 출판부, 1995. Print.

안정수. 『마르크스와 프로이트를 넘어서: 건강한 사회건설을 위한 인간학적 기초』. 서울: 을유문화사, 1993. Print.

이창우 옮김. 『현대사상의 거목들: 니체, 사르트르, 프로이트, 키에르케고르』. 반 리이센

외 공저. 서울: 종로서적, 1992. Print.

임헌규 · 곽영아 · 임찬순 공역. 『현대유럽철학의 흐름: 모더니즘에서 포스트모더니즘까지』. 리차드 커니 지음. 서울: 한울, 1995. Print.

알렉산더, 제프리 C. · 스티븐 사이드만 편. 『문화와 사회: 현대적 논쟁의 조명』. 남은영 · 윤민재 공역. 서울: 사회문화연구소, 1995. Print. Trans. of *Culture & Society: Contemporary Debates*. Ed. Jeffrey C. Alexander and Steven Seidman. New York: Cambridge UP, 1990.

Bell, Daniel. *Cultural Contradictions of Capitalism.* New York: Basic, 1978.

[벨, 다니엘. 「모더니즘, 포스트모더니즘, 그리고 도덕적 질서의 쇠퇴」. 『문화와 사회: 현대적 논쟁의 조명』. 제프리 C. 알렉산더 · 스티븐 사이드만 편. 남은영 · 윤민재 공역. 서울: 사회문화연구소, 1995. 392-403. Print.]

Berger, Peter. *The Sacred Canopy: Elements of a Sociological Theory of Religion.* New York: Doubleday, 1968.

[버거, 피터. 「세속화의 사회적 근원」. 『문화와 사회: 현대적 논쟁의 조명』. 제프리 C. 알렉산더 · 스티븐 사이드만 편. 남은영 · 윤민재 공역. 서울: 사회문화연구소, 1995. 325-37. Print.]

Derrida, Jacque. *The Other Heading: Reflections on Today's Europe*. Trans. Pascale-Anne Brault and Michael B. Naas. Bloomington: Indiana UP, 1992. Print.

Foster, Hal. *Postmodern Culture*. London: Pluto, 1983. Print.

Harbermas, Jurgen. "Modernity vs. Postmodernity." *New German Critique* 22 (1981): 3-14.

[하버마스, 위르겐. 「모더너티 대 포스트모더너티」. 『문화와 사회: 현대적 논쟁의 조명』. 제프리 C. 알렉산더 · 스티븐 사이드만 편. 남은영 · 윤민재 공역. 서울: 사회문화연구소, 1995. 461-77. Print.]

Heidegger, Martin. *Poetry, Language, Thought*. Trans. and Intro. Albert Hofstadter. New York: Harper, 1971. Print.

Jasper, David, ed. *Postmodernism, Literature, and the Future of Theology*. New York: St. Martin's, 1993. Print.

Kierkegaard, Soren. *Fear and Trembling*. England: Penguin, 1987. Print.

Klemm, David E. "Two Ways to Avoid Tragedy." *Postmodernism, Literature and the Future of Theology*. Ed. Daivd Jasper. New York: St. Martin's, 1993. Print.

Lyotard, Jean-Francois. *The Postmodern Condition*. Minneapolis: U of Minnesota P, 1984. [료따르, 장 프랑시스 「포스트모던의 조건」. 『문화와 사회: 현대적 논쟁의 조명』. 제프리 C. 알렉산더 · 스티븐 사이드만 편. 남은영 · 윤민재 공역. 서울: 사회문화연구소, 1995. 445-60. Print.]

Rorty, Richard. *Contingency, Irony, and Solidarity*. Cambridge: Cambridge UP, 1989. Print.

Selden, Raman. *The Theory of Criticism: from Plato to the Present.* London: Longman, 1988. Print.

Sontag, Susan. *Against Interpretation and Other Essay*. New York: Anchor, 1966. Print.

3

바흐친의 초기 미학에 나타난 유신론적 테마

-작가론을 중심으로

| 김영숙 · 이용권 |

I. 들어가는 말

바흐친의 미학 연구는 결코 쉽지가 않다. 일반적으로 미학을 '예술에 있어서의 미의 본질과 그 원리와 구조'를 탐구하는 학문이라고 규정할 때 미학의 대상 범위는 예술 영역으로 한정되어야 마땅하나 바흐친(Mikhail Bakhtin: 1895-1975)의 경우 관심 영역이 매우 다양하여 논의의 범위를 정하기가 쉽지 않다. 더군다나 바흐친의 미학은 단순히 문학 이론의 차원을 넘어서 존재론, 철학적 인식론 그리고 윤리론의 영역으로까지 확장되기 때문에 일반적인 소설론이나 미학 이론에 익숙한 독자들은 그의 광범위한 미학적 담화에 당혹감을 느끼게 된다.[1] 바흐친 미학 연구의 또 다른 난점은 그의 미학 이론이 보여 주는 역동성

---

* 본 논문은 『문학과 종교』 13.2 (2008): 169-200에 「바흐친의 초기 미학에 나타난 유신론적 테마- 작가론을 중심으로」로 게재되었음.

1) 이는 애초의 바흐친의 고민은 삶과 예술이 동일한 인간 문학의 영역이면서도 왜 서로 괴리되어야 하는가 하는 문제로부터 시작되었고, 그 해답을 서로에 대한 '책임'에서 찾은 것에서 연유한다. 그는 '삶과 예술이 서로의 과제를 가볍게 해주고, 서로의 책임을 벗겨주는' 역할을 해야 한다고 주장한다. "내가 예술에서 체험하고 이해한 모든 것이 삶에서 무위로 남지 않게 하려면 나는 그것들에 대해 나 자신의 삶으로써 책임을 져야 한다. 그러나 책임은 죄과와도 결합되어 있다. 삶과 예술은 서로에 대해 책임을 져야 할 뿐만 아니라 서로에 대한 죄과도 떠맡

과 유연성에 있다. 그는 문학을 항상 개방적이고 미완성된 역동적 실체로 파악하였고 문학 연구에 있어 어느 특정한 학파나 이데올로기의 고정된 틀에 매이지 않았으며 현대 문학 이론과 서구 사상가들의 사상을 대부분 포괄하고 있다. 따라서 그는 기호학 이론가들로부터는 기호학자로, 구조주의 이론가들로부터는 구조주의자로, 또한 형식주의자들로부터는 그들의 이론을 대변하는 대표적인 이론가로 간주되기도 한다.

그러나 이 모든 수식어들 가운데 가장 논쟁적인 것은 유신론자라는 평가와 마르크스주의자라는 주장이 양립한다는 것이다. 바흐친은 유신론자인가? 아니면 유물론자인가? 바흐친 자신이 이 질문에 답할 아무런 객관적 자료－이를 테면 자서전적 고백이나 편지 같은－도 남기지 않았기 때문에 이 논쟁은 명쾌한 해답이 없는 난제로 남아있다. 몇몇 학자들은 바흐친이 소비에트 이후 마르크스주의적 입장으로 전환하기 시작했다고 평가하며 1929년 이후에 쓰인 글들이 마르크스주의적 입장을 피력하고 있다고 주장한다. 실제로 볼로쉬노프의 이름으로 출판된 『마르크스주의와 언어철학』(1929)의 첫 부분에서 저자는 마르크스주의적 입장에서 언어철학을 논의하기 위해 집필하였다고 밝히고 있다. 더군다나 그 후에 쓰인 라블레에 대한 논문 『프랑수아 라블레의 작품과 중세 및 르네상스의 민중문화』(1965)에서 보여준 반교권적 입장과 그 이후의 저서에서 나타난 문학의 사회적-역사적 기능 강조, 언어와 소설 이론에 대한 관심 등은 바흐친 초기의 형이상학적 태도가 유물론적 일원론의 세계관으로 전환되었다는 주장에 힘을 실어준다.

하지만 최근 들어 1960년대 이후에 집필된 글들이 속속히 출간되면서 바흐친 저작의 중기에 해당하는 시기[2) 즉, 1929년부터 1960년 후반까지의 글을 재

아야 한다."

2) 클라크와 홀퀴스트는 바흐친 지적 삶의 시기 구분을 다음과 같이 4시기로 나눈다: 신칸트주의와 독일 현상학의 영향을 받은 소위 말해 '철학적 기간'인 제1기(1918-24), 형이상학과 결별을 하고 프로이트의 정신 분석, 형식주의, 마르크스주의, 언어 철학에 심취했던 제2기(1925-29), 역사학의 관점에서 소설 이론을 전개했던 제3기(1930-59), 형이상학으로 돌아와 사회적, 역사학적 관점에서 형이상학을 조망하게 되는 제4기(1960-75). 한편, 토도로프는 이를 크게 6단계로 세분하고 있다: 1) 1926년 이전, 2) 1926-29년, 3) 1929-35년, 4) 1936-41년, 5) 1942-52년, 6) 1953-75년. 필자는 논지를 전개의 편의상 1929년 이전까지의 전기, 1929-60년까지의 중기,

해석해야 하는 입장에 놓이게 되었다. 왜냐하면 바흐친이 후기의 일련의 저서에서 형이상학적 문제를 사회적-역사적 관점에서 재조명하기 시작한 단초들이 발견되기 때문이다. 즉, 그는 텍스트와 문화의 문제에 주목하면서, 사람과 문화를 초월성을 지닌 것으로 보고, 이를 열려있으며, 되어가는 중인 것으로, 결정되지 않고, 미리 정해지지 않은 것으로, 또한 죽음과 재탄생이 가능한 것으로 본다. 이를 근거로 할 때 바흐친의 종교에 대한 관심은 출판과 언론의 자유가 극도로 제한된 소비에트 시절에 잠시 숨겨졌을 뿐 실제로 계속적인 발전선상에 있었음을 알 수 있다.[3)]

한편, 바흐친 저작의 형이상학적 요소를 연구하는 비평가들[4)]의 주장을 뒷

1960-75년까지의 후기로 나누기로 하겠다.

3) 루스 코츠 교수는 바흐친 초기 미학부터 후기의 에세이와 노트에 이르는 전 저작을 기독교적 세계관의 큰 담론인 '창조, 타락, 구원'의 틀에서 해석하면서 1930년대 이후 바흐친의 태도를 '침묵' 혹은 '신, 작가 숨기기'로 평가한 바 있다. 그는 1929년 볼로쉬노프의 이름으로 출판된 『마르크스주의와 언어 철학』(1929)은 외면적으로는 마르크스주의적 입장을 견지하고 있는 것 같으나 실제 책의 내용은 정통 마르크스주의적 입장과는 거리가 멀며 단지 '언어 철학'만이 기술되었다고 주장한다. 또한 라블레에 대한 논문 『프랑수아 라블레의 작품과 중세 및 르네상스 민중 문화』에서 보여준 반교권적 경향도 기독교 초기의 진정한 인간성 회복 및 권위주의와 억압으로부터의 자유를 갈구하고자 하는 예술적 의도를 가지고 기술되었다고 평가하고 있다. 보다 자세한 내용은 다음을 참조하라: Ruth Coates, *Christianity in Bakhtin: God and the Exiled Author* (Cambridge: Cambridge UP, 1998).

4) 이러한 입장을 견지하는 러시아권 학자들의 대표적인 글로는 М. М. Бонецкая, "Бахтин в двадцатые годы", *М. М. Бахтин: pro et contra*, Спб., 2002; С. Г. Бочаров, "Об одном разговоре и вокруг него", *Литературное новое обозрение*, 1993, No. 2; С. Л. Братченко, "Концепция личности: М. Бахтин и психоло гия", *М. Бахтин и философская культура XX века*, Спб., 1991; И. А. Есау лов, "Полифония и соборность (М. М. Бахтин и Вяч. Иванов)", *Бахтинск ий тезаурус*. М., 1997; О. Ильинский , "Религиозные взгляды раннего Бахтина", *Русское возрождение*, Ивю-Йорк-Москва-Париж, 1985, No. 31; К. Г. Исупов, "Альтернатива эстетической антропологии: М. М. Бахтин и П. А. Флоренский ", *Бахтинский сборник I*, М., 1990; В. Н. Трубин, "Ка рнавал. Религия. Политика. Теософия", *Бахтинский сборник I*, М., 1990; Т. В. Шелипанов, В. В. Прозерский , М. М. "Бахтин и традиции русской философско-эстетической мысли начала XX в.", *Бахтинский сборник I*, М., 1990. 등이 있다. 한편, 영미권에서는 다음과 같은 연구가들의 글이 이러한 경향을 이끌고 있다: R. Coates, *Christianity in Bakhtin: God and the Exiled Author* (Cambridge: Cambridge UP, 1998); A. Mikhailovic, *A Corporeal Words: Mikhail Bakhtin's Theology of Discourse*

받침할만한 전기적 사실들과 지인들의 증언이 속속히 소개되고 있다.[5] 20년대 바흐친의 많은 친구들이 종교적 서클에 참여하고 있었고 그 중 몇 명은 비공식적인 교회에 다녔다. 또한 1929년 인텔리겐치야들과 종교지도자들이 대거 체포되던 시기에 바흐친은 '젊은이들을 타락시켰다'는 이유로 체포되어 유형을 가게 된다. 바흐친과 가까운 친분을 유지했던 바짐 꼬쥐노프(Vadim Kozhinov)는 그와 바흐친 사이에 있었던 신앙적 대화에 관해 다음과 같이 회상한다. "나는 1960년대에 사란스크에서 바흐친과 신과 창조에 대해 몇 시간이고 대화를 나누었던 것을 기억한다. 그가 얼마나 영감에 차 얘기했던지 숙소로 돌아온 후에도 놀라움에 차 잠을 이룰 수 없었다. 그것은 내가 일찍이 경험한 적이 없었던 영적 상태였다." 그는 또한 바흐친은 "신앙인이 아닌 사람은 결코 위대한 인물이 될 수 없는데 그 이유는 종교만이 인간에게 영혼의 자유를 선사해줄 수 있기 때문이라고 선언했다"는 것이다. 뿐만 아니라 그가 작가들의 요양소인 말레예브카(Maleevka)에서 바흐친을 만났을 때 바흐친이 베르자예프의 사상에 관한 자신의 견해를 밝히면서 "베르자예프는 신이 사람을 필요로 한다고 했지만 나는 사람이 신을 필요로 한다고 생각한다"고 말했다는 것이다(Кожнов 128-29). 바흐친이 소비에트 정권하에서 자신이 지닌 종교적인 확신들을 공개적으로 표현할 수 없었고 종교적 문제들을 자주 토론할 수 없었지만 바흐친의 모든 사상의 중심축에는 러시아 정교가 자리 잡고 있었으며, 바흐친과 솔직히 대화를 나누어 본 지인들은 그런 사실들을 금방 알 수 있었다고 그는 말한다.

한편, 세르게이 보차로프(Sergei Bocharov)도 "바흐친 미학의 종교적인 측면은 심오하지만, 소비에트 시기라는 외적인 상황 때문에 감추어져서 천명되지 않은 채 암시적인 테마로만 남았다"라고 주장했다. 그는 바흐친이 도스토예프스키를 연구하면서 도스토예프스키가 평생토록 가장 고뇌하며 관심을 가졌던 문제, 즉 신의 존재를 그 자신이 솔직하게 말하지 못하고 얼버무리거나 끊어버릴 수밖에 없었던 점을 안타깝게 여겼다고 증언했다(Бочаров 71-72). 이러한

(Evanson: Northwestern UP, 1997); *Bakhtin and Religion: A Feeling for Faith,* Ed. Susan M. Felch and Paul J. Contino (Evanston: Northwestern UP, 2001).

5) 보다 자세한 내용은 다음의 논문을 참조하라: 김영숙 · 이용권, 「초기 바흐친의 존재론과 정교적 인간관」, 『노어노문학』 19.3 (2007): 145-66.

전기적 사실과 증언들은 바흐친이 외면적으로는 마르크스주의자로 살았으나 그의 사상의 내면적 본질은 정교적 신앙과 깊이 관련되어 있음을 말해 주는 단서가 될 수도 있을 것이다(Там 76).[6]

이러한 증언들이 신뢰할 만함에도 불구하여 여전히 이를 뒷받침할만한 객관적 논리가 요구되는 것은 사실이다. 따라서 필자는 초기의 대표적인 저작인 『미학적 행위에서 작가와 주인공』에 나타난 초기 바흐친의 철학적 사유와 미학 체계를 러시아 정교의 교리와 비교, 연구하여 이 두 사상체계 사이에 깊은 연관성이 있다는 것을 논증하고자 한다. 작가성을 중심으로 한 기존의 연구들과 달리 본 연구는 러시아 정교의 입장에서 텍스트 내적인 분석을 시도한다는 점에서 변별성을 가진다고 하겠다. 본론에서는 바흐친 초기 미학에 나타난 작가의 형상에 나타난 유신론적인 모티프를 러시아 정교의 신의 형상과 비교하여 살펴보고, 결론에서는 중기 이후의 작가적 형상의 변화와 그 의미에 관해 간략하게나마 언급하도록 하겠다. 논의의 범위를 초기 미학에 한정한 것은 전(全) 시기의 미학의 흐름을 논한다는 것이 필자의 능력을 넘어서는 일이기도 하거니와 자칫하면 방만한 논의로 논지를 흐릴 수도 있다는 판단 때문이다. 초기 이후의 작가적 형상의 변화의 문제와 형이상학적 모티프의 운명을 연구하는 작업은 차후의 연구 과제로 남기기로 하겠다.

II. 작가의 정의와 속성

바흐친에 의하면, 문학 예술작품은 다음의 세 가지 요소로 이루어진다고 보았다. 첫째, 세계에 대한 작가의 태도를 표현하는 예술적 수단이 되는 질료(말), 둘째, 예술적 목적이자 살아있는 주인공의 인식적, 윤리적 긴장을 의미하는 내

---

6) 바흐친은 1961년 6월 사란스크에서 보차로프, 꼬쥐노프, 가체프(G. D. Gachev)와 만난 자리에서 '나는 마르크스주의자가 아니다'라고 말했다, 그 후 1974년 11월 21일 보차로프가 바흐친에게 "미하일 미하일로비치! 마르크스주의에 경도된 적이 없습니까?"라고 묻자, "아니오. 그런 적은 없습니다. 정신분석학이나 심령학에는 관심을 가진 적이 있으나 마르크스주의에는 결코 경도된 적이 없습니다"라고 대답했다. 볼로쉬노프 이름으로 출간한 『마르크스주의와 언어철학』은 외면상 마르크스주의적 입장에서 쓰인 것 같지만 실제로는 자신의 문제의식을 언어철학에 담아 밝히고 있다고 볼 수 있다.

용, 셋째, 예술적인 바라보기와 세계 완성의 방법으로서의 형식이 그것이다. 중요한 것은 예술 작품이 단순히 이러한 요소들의 결합만이 아니며 이러한 요소들이 결합될 때 '창조적 구조'가 만들어지는데 이 때 필연적인 것이 '타자의 시각'이라고 바흐친은 보았다. 그는 공상의 세계나 일상적 삶의 세계가 예술 세계와 다른 것을 예로 들어 이를 설명한다. 공상이나 일상의 세계에서는 나는 나 자신을 내적으로 체험하므로 나 자신을 조형적-회화적 관점에서 볼 수가 없으나 일단 여기에 '타자의 시각'이라는 새로운 요소가 도입되면 자신의 외적 형상을 생생하고 시각적인 전체의 일부분으로 만들어 미학성을 획득할 수 있다. 이 때 이 예술 세계는 질료의 비공간적인 특징을 극복하고 가치 중심에 살아있는 육체를 지닌 공간적 세계, 그 중심인 영혼을 지니고 있는 시간적 세계 그리고 시공간과 의미가 상호 침투하는 통일성을 지닌 의미론적 세계로 미학적으로 재창조 되는 것이다(*A&H* 210-13, 57).[7] 결국, 예술의 창조적 구조를 보증하는 가장 중요한 요소는 '타자의 시각' 곧 작가가 되는 셈이다. 여기서 작가는 존재론에서 나의 존재에 필수불가결한 요소였던 '타자'의 미학적 이름이기도 하다. 따라서 바흐친의 미학 이론에서 작가는 예술적 구조에 미학성을 부여하는 타자로서 중요한 위치를 차지하고 있다고 할 수 있다. 앞으로 자세히 살펴보게 되겠지만 바흐친은 타자를 '허위적인 타자'와 '절대적인 타자'로 구분하고 있으며 이 중 절대적 타자가 '신의 존재'를 암시하고 있어 그의 미학 체계는 전체적으로 형이상학적인 어조를 띄게 된다.[8]

그렇다면 작가란 어떤 존재인가? 전통적으로 작가는 작중 인물들에게 전지전능한 권력을 행사하며 자기표현을 요구하는 존재이다. 바흐친의 작가 역시

---

7) 이하 바흐친의 『미학적 행위에서 작자와 주인공』의 인용은 *Автор и герой в эстетической деятельности* (Спб., 2000)를 사용하며 괄호 안에는 이 저서의 영문 약자를 사용하여 *A&H* (*Author and Hero in Aesthetic Activity*)와 쪽수를 표기한다.

8) 실제로 바흐친의 저서 『미학적 행위에서 작가와 주인공』에서 기독교에 관해 직접적으로 인용한 곳은 단 두 곳에 지나지 않는다. 첫째는 기독교적 이타주의에서 나와 타자의 불평등에 대해 언급하면서 '나'의 형식과 '타자'의 형식이 근본적으로 다름을 설명할 때이고(기독교적 윤리는 '나와 타자의 원칙적인 불평등'을 전제로 한다. 즉, 자기 자신이 아닌 타인을 사랑해야 하며, 자신에게 관대해서는 안 되지만 타인에게는 관대해야 한다), 둘째는 '역사 속에서 인간 육체의 가치가 지닌 종교-윤리적인 문제와 미적인 문제'를 논하면서 타자를 향한 '나 자신을 위한 나'가 복음서의 그리스도의 형상에서 비로소 나타났다고 설명하는 부분에서이다.

주인공의 형상이나 작품 전체에 통일성을 부여하고 주인공과 그가 속한 세계를 포함하고 완성하는 자이다.

> 작가란 완결된 전체(주인공 전체와 작품의 전체)의 긴장된 적극적 통일성의 담지자로서 각각의 그 개별 요소에 대해 경계이월적인 자이다. . . . 작가의 의식은 의식의 의식이다. 즉, 주인공의 의식과 그의 세계를 포함하는 의식으로서, 주인공의 의식에 대해 원칙적으로 경계이월적인 계기로 작용함으로써 이 주인공의 의식을 포함하고 완성한다. (*A&H* 39)

그러나 바흐친의 작가의 속성은 전통적인 그것과 여러 면에서 구별된다. 바흐친은 작가의 속성을 다음과 같이 설명한다. "작가는 각각의 주인공이 개별적으로, 또 모든 주인공이 함께 보고 아는 모든 것을 알 뿐만 아니라, 그들보다 더 많은 것을 보고 안다. 게다가 그는 그들이 원칙적으로 접근할 수 없는 어떤 것들을 보고 알고 있"고 또한 "작가는 창조적, 생산적 성격을 지닌다. 작가는 유일하게 능동적인 에너지이다"(*A&H* 39-40). 여기서 바흐친의 작가 앞에 사용된 '창조적이며,' '생산적이며,' '능동적'이라는 수식어와 '에너지'라는 말은 작가에게 신적 속성이 있음을 나타내는 단서가 된다. 바흐친은 '능동적인 에너지'라는 표현을 작가가 주인공을 만들어낼 때 주인공을 하나의 전체로 파악하는 능동적인 바라보기 구조, 주인공의 형상의 구조, 주인공을 드러내는 리듬, 억양 구조, 유의미한 계기들의 선택 등에 작가의 능동성이 드러난다는 의미로 사용하고 있다(*A&H* 35). 실제 삶에서도 인간이 외적으로 완결된 개성을 부여받기 위해서는 나 자신을 바라보고, 기억하며, 통합하는 타자의 능동성을 절대적이고 미학적으로 필요로 하는 것처럼, 예술 작품에서도 주인공을 완결하는 능동적인 타자의 역할을 해 줄 작가를 필요로 한다는 의미로 해석할 수 있다.

여기서 바흐친은 작가를 '에너지'로 묘사했는데 이는 동방 교회에서 말하는 신의 속성과 매우 유사하다. 정교 교리는 신을 '신적 본질과 그 에너지'로 나누어 설명한다. 즉, 하나님을 접근 불가능하고, 인식 불가능하며, 교제 불가능한 '본질'과 그 본질과 신성을 계시해 주는 '에너지'로 구분하는 것이다. 정교 신학자 블라지미르 로스끼는 이를 부정신학적[9] 맥락에서 다음과 같이 표현하고 있다(Ware 217).

> 하나님은 여러 다양한 관계 하에서 전적으로 접근 불가능한 동시에 접근 가능한 분이다. 그것은 바로 접근 불가능하고 인식 불가능하며 교제 불가능한 하나님의 본질을 '하나님의 활동들' 혹은 '본질과 분리될 수 없는 본질의 능력들'과 구별하는 것이다. 후자를 통해서 하나님은 외부로 나아가시며 스스로를 드러내시며 교제하려 하시며 스스로를 내어 주신다. (로스끼 93)

> 형언할 수 없는 방식으로 본질과 구분되는 에너지들에 대한 교리는 모든 신비적 체험의 실제적인 특징들에 대한 교리적 기초이다. 본질로서 근접할 수 없는 하나님은 그 자체로는 여전히 볼 수 없는 분으로 남아 있으면서도 '마치 거울 속에서와 같이' 그분의 에너지들 안에 현존하신다. . . . 본질과 에너지들 사이의 구별은 은총에 관한 정교회 교리의 기초로서 '신의 성품에 참여한 자'라는 베드로의 말이 지니는 참된 의미를 보존할 수 있도록 해준다. (로스끼 110-11)

III. 작가의 외재성

바흐친이 언급하는 작가의 가장 중요한 속성 중 하나는 외재성이다. '외재성'(outsideness[вненаходимость])이란 '어떤 사물에 대해 외부에 존재한다'는 의미인데 바흐친은 이를 다음과 같이 명쾌하게 정의 내리고 있다.

> 주인공과의 관계에서 작가의 이 외재성은 . . . 주인공 자신에게는 그 자신 안에서 접근 불가능한 모든 요소들(이를 테면 충분한 외적 형상, 외관, 그의 등 뒤의 배경, 죽음과 절대 미래의 사건들에 관한 그의 태도 등등)을 보완하게 하여 작가가 총체의 형성에 도달할 수 있도록 하며 주인공 자신의 앞으로의 삶의 의미, 성과, 결과, 성공 여부에 상관없이 주인공을 정당화하고 완결할 수 있도록 해준다. (*A&H* 41)

---

9) 부정신학이란 우리의 이해와 지식 너머에 존재하시는 하나님은 초월적인 분이시므로 우리는 그가 본질과 본성상 어떠한 분인지 알 수가 없다. 따라서 하나님에 대한 우리의 긍정적인 언술－그는 선하시며, 지혜로우시며 등등－은 신성의 내적 본성을 묘사하기엔 부적합하다. 다마스커스 요한에 의하면 이런 긍정적인 언술은 '본성이 아닌 본성 주변의 것'을 보여줄 따름이다.

> 예술가의 신성함은 그의 최상의 외재성에 있다. 외부에서 삶에 본질적으로 접근하는 것을 찾아내는 것이 예술가의 의무이다. . . . 세계의 이러한 외적인 결정성은 예술 속에서 최상의 표현, 확증을 남기고 항상 세계와 삶에 대한 감정적 사유를 낳게 된다. 작가는 세계의 능동적인 창조자로서 그가 창조하는 세계의 경계에 있어야 한다. 왜냐하면 그가 이 세계에 개입하는 것은 미학적 굳건함을 파괴하기 때문이다. (*A&H* 209-10)

바흐친은 작가가 주인공을 미적으로 정당화시키기 위해 외재성을 가져야 한다고 보았다. 그는 이 외재성을 공간적, 시간적, 가치 평가적, 의미적 측면으로 세분하는데 그의 논리를 분석해 보면, 이를 다시 세 층위, 즉 존재론적 측면, 미학적 측면, 형이상학적 측면에서 설명하고 있음을 알 수 있다. 이를 자세히 살펴보면 아래와 같다.

먼저 존재론적 층위에서 공간적 외재성의 의미를 살펴보면, 실제의 삶에서 나는 나 자신의 모든 것이 하나도 남김없이, 총체적으로 포함하는 세계를 만들 수 없다. 나는 자신의 머리를 사방으로 둘러보면서 그 중심에 내가 놓여 있으며 사방으로부터 나를 둘러싸고 있는 공간 속의 나의 전체에 대한 상을 가질 수는 있으나 실제로 그 공간에 둘러싸인 자기 자신은 보지 못한다. 반면 타자는 나의 모든 경계들을 분명하게 체험하며 나의 모든 것을 시각적, 촉각적으로 포착할 수 있다. 그는 외부 세계의 배경에서 나의 머리 윤곽선을 보며 세계 속에서 나를 경계 짓는 나의 신체의 선 하나하나를 본다. 따라서 공간적으로 나는 나를 전체적으로 보고 외적 정당화를 해 줄 타자를 필요로 하는 셈이다.

시간적으로도 나는 나의 영혼을 미적으로 정당화하고 완결할 수 없다. 오직 시간적 외재성을 확보할 때에만 영혼이 미적으로 파악될 수 있지만 나는 사실상 시간적 경계들 즉, 삶의 시작과 끝인 출생과 죽음을 체험할 수 없다. 나의 삶과 그 세계에 대해 어느 정도 이해 가능하고 일관성 있는 그림을 복원하는데 필수불가결한 출생, 혈통, 유년 시절의 가족과 민족적 삶의 사건 등과 같은 전기의 상당 부분은 타자들의 도움을 필요로 한다. 만일 타자들의 증언이 없다면 나의 삶은 완전성과 분명성을 결여할 뿐만 아니라 내적으로 분열되고 가치적인 전기적 통일성을 결여한 채 머물게 될 것이다. 이처럼 타자는 나의 영혼을 미적으로 완성하며 나의 개인적 삶의 플롯을 창조한다.

가치 평가적 차원에서도 나는 독립적일 수 없다. 존재론적인 인간은 자기 자신을 체험하기 시작하는 그 순간부터 외부에서 그에게 다가오는 인정과 사랑의 행위들을 만나게 된다. 아기는 그 자신과 그의 육체에 관한 모든 최초의 판단들을 어머니와 그에게 가까운 이들의 입(정서적, 의지적 태도)에서 얻는다. 사랑하는 사람들의 말이 그에게 형태와 이름을 부여하며 그가 처음으로 그 안에서 자기 자신을 어떤 존재로 발견하고 자각할 수 있도록 해준다. 아기 안에는 아기의 개성과 그에 맞서는 외부 세계의 미래의 염색체가 용해된 채로 잠복된 형태로 존재하는데 이 염색체가 열리도록 도와주는 것은 어머니의 사랑의 말과 행위이다. 아기가 가치론적으로 형성되는 것은 어머니의 포옹 때문이다. 유년시절부터 외부에서 인간을 형성하는 어머니와 주변타자들의 사랑은 그의 생애 전체에 걸쳐 내적인 육체의 살을 부여하며 그를 타자만이 실현할 수 있는 이 육체의 잠재적 가치의 소유자로 만들어 준다. 인간의 외적 육체 역시 타자를 통하여, 타자와의 관계 속에서, 가치론적 차원에서 살아가기 시작한다. 오직 타자만이 나를 껴안을 수 있고 사방에서 부여잡을 수 있는 것이며 오직 타자만이 나의 경계를 사랑스럽게 매만질 수 있기 때문이다. 이러한 행위 속에서 나의 외적 존재는 새로운 방식으로 살아가기 시작하며 어떤 새로운 종류의 의미를 획득하고 새로운 존재의 차원으로 태어나게 된다. 이러한 점에서 인간의 정신뿐만 아니라 육체도 자기 충족적이지 않으며 타자의 인정과 의미 부여의 행위를 필요로 한다고 할 수 있다.

의미론적 차원에서도 나는 나의 외부에 존재하는 타자의 시각을 필요로 한다. 인간은 끊임없이 의미를 추구하는 존재이다. 나는 나 자신의 존재 의의와 가치를 계속해서 묻는다. 그리고 나는 나 자신에게 있어서 '나는 어떠어떠한 사람이다'라고 말하며 자신을 결정하려고 시도한다. 그러나 바흐친에 의하면 이러한 자기 고백적인 설명은 원칙적으로 완결되거나 정당화될 수 없다. 왜냐하면 나 자신에 대한 판단이 이루어질 때 이미 '나의 명성' 혹은 '나에 대한 사람들의 견해' 등에 의한 타자의 미적 접근과 정당화가 이루어지게 되고 이것은 이미 그 순수성을 가리게 되기 때문이다. 이와 같이 나 자신이 이 세상에서 의미론적으로 정당화될 수 없다는 사실은 종교적 정당화의 필요로 전이 된다.

> 고백적인 자기 설명은 용서와 대속에 대한 필요성으로 자비와 은총에 대한 필요성으로 가득 차 있다. . . . 고독이 깊어지면 질수록 . . . 신에 대한 의존성이 더욱 더 분명하고 본질적이게 된다. 절대적인 가치적 무(無) 속에서는 어떤 발화도 불가능하고 의식 그 자체도 불가능하다. 신의 외부에서, 절대적인 타자성에 대한 신뢰 밖에서 자의식과 자기 발화는 불가능하다. 왜냐하면 . . . 신에 대한 신뢰가 순수한 자기의식과 자기표현의 내재적인 구성 요소이기 때문이다(내가 나 자신 안에서 현재하는 존재의 가치적 자기만족을 극복하는 곳에서, 나는 신을 가렸던 바로 그것을 극복하며, 내가 절대적으로 나 자신과 일치하지 않는 곳에서 신을 위한 장소가 열린다). (*A&H* 164-65)

바흐친은 이를 또 다른 말로 다음과 같이 표현하고 있다:

> 나 자신의 내적 삶의 총체의 특징, 그 현재적 결정성을 깨닫기 위해 나의 삶의 문맥 밖에 존재하는 본질적 의미의 중심점, 즉 살아있고 창조적이며 올바른 의미론적 구심이 반드시 필요하다. (*A&H* 136)

한편, 외재성을 미학적 층위와 형이상학적 층위에서 살펴보면 다음과 논할 수 있다. 첫째, 공간적 외재성의 경우, 예술가는 인간 존재를 미적 평면으로 옮길 때 질료의 한도 내에서 인간의 외면 역시 옮겨와야 한다. 왜냐하면 인간의 외적 신체는 주어진 것이고 그의 외적 경계들도 주어진 것이며 존재의 필수불가결한 요소이기 때문이다. 결국, 인간의 외적 신체의 경계들은 미적으로 받아들여지고, 재창조되고, 가공되고, 정당화될 필요가 있으므로 예술가는 주인공의 바깥에 위치하여 주인공의 외면에 미적 가치를 부여하도록 해주어야한다. 이것이 작가가 반드시 주인공의 외부에 위치해야하는 이유이다.

바흐친의 작가가 주인공에 대해 공간적 외재성을 가지고 있는 것처럼, 기독교에서의 신도 피조된 인간 세계에 외재성을 지닌다. 신의 외재성은 그의 초월적 속성과 관련이 있다. 초월적이라는 말은 철학에서는 '인식이나 경험 밖에 존재함, 즉 경험 가능한 영역 밖에 있음'을 의미하며, 형이상학에서는 '어떤 한계나 표준을 뛰어 넘는 것'을 의미한다. '외부에 존재함'을 의미하는 미학에서의 외재성은 형이상학적 언어로는 '초월성'으로 표현될 수 있다. 바흐친이 "작가의 신성함은 그의 외재성에 있다"고 한 표현은 이러한 의미에서이다. 기독교에서의 신은 초월적인 존재이며 자신의 창조물의 위, 바깥에 존재한다. 그는 신적 은혜와 신적 빛의 형태로 그리고 후에는 사람을 모습을 입은 그리스도의 모습으로 그의 피조물들에게로 내려온다.

둘째, 시간적 외재성의 경우이다. 인간의 육체는 작가가 지니는 공간적 외재성을 통해 미적 정당화를 얻지만 인간의 내적 실재인 영혼(душа)은 작가가 지니는 시간적 외재성을 통해 미학화 된다. 예술적 작품에서 작가는 주인공의 세계에 직접적으로 개입하지는 않으나 시간적으로 긴밀하고 유기적이며 가치적으로 주인공의 세계에 참여하여 그의 출생과 지속적 존재 행위, 죽음을 목격함으로써 그를 미학적으로 만든다. 주인공의 영혼을 미적으로 정당화하고 완결할 수 있는 것은 바로 작가 자신이다.

우주론적 차원에서 신은 인류에 대해 시간적 외재성을 지닌다. 시간 속에 포함된 인간은 시간 속에서 자신을 체험할 수 없다. 자기 자신은 어디까지나 초시간적인 존재이므로 시간 안에서의 자신을 체험할 수 없다. 하지만 자신이 창조한 시간의 처음과 끝을 보고 있는 신에게는 인간에게 절대적 미래까지도 자신이 창조한 시간의 일부분으로 파악된다. 따라서 신은 인간에 대해 시간적 외재성을 지니고 있다고 말할 수 있다. 플로렌스키(Florensky P. A.)는 이를 다음과 같이 표현하고 있다.

> 경험적인 개인(lichnost')은 시간 속에서 변화되고 발전된다. 왜냐하면 위격의 초시간적인 관점, 즉 시간에서 나오지는 않았으나 시간을 응시하는 <관객>이 있기 때문이다. (Булгаков 439)

여기서 플로렌스키가 제시한 '시간으로부터 나오지는 않았으나 시간을 응시하는 관객'은 시간을 포함하여 자신이 창조한 세계를 주목하고 있는 그리스도의 메타포이다. 그는 시간을 창조한 초월적인 존재이다. "태초에 말씀이 계시니라. 이 말씀이 하나님과 함께 계셨으니 이 말씀은 곧 하나님이시니라"(요 1:1). 이는 '공상되는 사건에 참여하지 않는 작가'라는 바흐친의 개념과도 일맥상통한다.

셋째, 가치론적 외재성의 경우이다. 예술 작품에서 작가는 주인공의 체험을 내적으로 주어진 결정성으로 체험하기 위해 매 체험이 실제로 통과했던 가치적 문맥의 경계들을 넘어가 다른 가치적 시야에 위치를 잡아야 한다. 왜냐하면 행위의 내적 과정이 고정되고 결정되고 사랑스럽게 통합되고 리듬에 의해 측정되기 위해서는 체험하는 영혼의 경계를 넘어서는 것, 곧 가치적 문맥이 필요하기 때문이다. 바흐친은 외부의 가치론적 구심점의 필요성을 설명하며 이를 그리스도의 육화의 필연성과 연결하여 해석한다.

> 어느 누구도 나와 타자를 향해 중립적인 위치를 차지할 수 없다: 추상적인 인식적 관점은 어떤 가치적 접근도 결여하고 있는데 왜냐하면 가치적 태도는 존재의 통일적 사건 속에서 유일한 위치를 차지하는 것을 요구하고 육체화 될 것을 요구하기 때문이다. 모든 가치 평가는 존재 속에 개인적인 위치를 차지하는 행위이다. 신조차도 자비를 베풀고 고통 받으며 용서하기 위해서는 육화되어야 했다. 이를테면 추상화된 정의의 관점으로부터 벗어나야 했다. (*A&H* 150-51)

바흐친은 가치론적 접근을 위해서는 반드시 외재적인 개인적 위치가 필요하다고 하면서 그리스도가 인류에게 가치론적으로 접근하기 위해 육화되어야 했음을 예로 들어 설명한다. 여기서 그리스도는 가치론적 외재적 위치를 지닌 인류를 위한 타자가 된다.

한편, 바흐친은 또 다른 곳에서 인간이 가치론적으로 정당화되기 위해서는 '신'이 필요함을 직접적으로 말한다.

> 하늘의 아버지인 신은 내 위에서 내가 자신에 대해 순수하게 머물면서 안으로부터 자신에게 은혜를 베풀 수 없고 원칙적으로 자기 자신을 정당화할 수 없는 그곳에서 나를 정당하게 심판해주고 내게 은혜를 베풀 수 있다. (*A&H* 82)

넷째, 의미론적 외재성의 경우이다. 앞에서 실제 삶에서도 나 자신의 내적 삶의 총체적 특징, 그 현재적 결정성을 깨닫기 위해서는 내 삶의 문맥 밖에 존재하는 본질적인 의미의 중심점, 즉 살아있고, 창조적이며, 올바른 의미적 구심점이 반드시 필요함을 살펴보았다. 만일 어떤 의미를 부여하는 권위적인 위치가 존재하지 않는다면 나 자신은 자의식과 연결되어 자기 자신 안으로 되돌아가게 될 것이며 이는 미학적으로 부당하다. 따라서 예술적 텍스트에서도 주인공의 앞으로의 삶의 의미, 성과, 결과, 성공 여부에 상관없이 주인공을 정당화하고 완결하는 외부의 의미론적 구심점이 될 작가를 필요로 하게 된다.

이는 형이상학적 층위에서도 마찬가지이다. 의미를 추구하는 존재인 인간은 매순간 자신의 존재 의미와 가치에 관해 자문한다. 이때 나의 존재 의미를 긍정하는 것은 나의 내부에서 일어날 수 없으므로 외부에 존재하는 의미론적 구심점이 필요하게 된다. 형이상학적 층위에서 이 의미론적 구심점은 신에 다름 아니다.

바흐친은 놀이와 예술의 차이점을 설명하면서 일상적 놀이와 미학성을 지닌 예술의 가장 큰 차이점이 관객에 있다고 하였다. 관객이 외재성을 가지고 미학적으로 완결성을 부여해 줄때 놀이는 미학성을 획득하게 된다. 이처럼, 존재론적 차원에서는 타자가 나의 삶을 미학적으로 완결시켜주고, 미학적 차원에서는 작가가 주인공의 형상에 미학성을 부여해주며, 형이상학적 차원에서는 신이 인류에게 정당성과 완결성을 제공해준다고 할 수 있다.

요약하면, 현존하는 존재에 미적 형식을 제공하는 필수불가결한 존재인 '능동적인 에너지'인 작가가 주인공에 대해 공간적, 시간적, 가치 평가적, 의미적 외재성을 가지고 주인공이 총체적 형성에 도달하고 정당화되고 완결될 수 있도록 도와줄 때 비로소 예술작품이 미학성을 획득하게 된다. 한편, 이를 형이상학적 영역에도 적용하면 초월적인 신이 인류 자신에게는 그 자신 안에서 접근 불가능한 요소들, 이를테면 공간적으로는 충분한 외적 형상과 외관과 그의 등 뒤의 배경을, 시간적으로는 출생과 죽음, 절대 미래의 사건에 대한 그의 태도 등을, 의미론적으로는 그가 이룬 성과, 업적, 성공 여부에 상관없이 그를 정당화하고 완결, 보완하며 그에게 삶의 의미를 부여하여 미적으로 총체적인 형상에 도달할 수 있게 한다고 할 수 있다.

IV. 작가의 주인공에 대한 관계

그렇다면 창조적이며, 전지하며, 능동적 에너지이며 외재성과 경계이월성을 지닌 작가는 주인공에 대해 어떠한 관계를 가지는가?

첫째, 작가는 주인공에게 타자적 관계를 갖는다. 우리 모두는 자기 자신을 볼 때 잠재적인 타자의 눈을 통해 본다. 심지어 거울로 내 자신의 외양을 비추어 볼 때도 그러하다. 거울은 '자기 객관화를 위한 재료'로 제공되지만 실제로 거울 앞에서 우리의 위치는 허위적이다. 왜냐하면 우리는 거울을 볼 때도 어떤 특정하지 않은 '잠재적인 타자' 속으로 자신을 감정이입하게 되고 그의 도움을 받아 우리는 자기 자신에 대한 가치론적 입장을 발견하려고 노력하기 때문이다. 이렇듯 우리가 우리 자신을 보기 위해 타인의 영혼의 스크린을 필요로 하게 된다. 작가는 주인공의 실패나 과거나 현재에 얽매이지 않고 그를 미적으로 정당화 시켜주는 '절대 타자'가 된다. 이는 작가가 주인공에게 '깨어지지' 않은 '찌그러지지' 않은 거울 곧, 권위 있는 타자가 된다는 의미이다. 작가는 '참된 얼굴'을 볼 수 없게 하는 '허위적인 타자'와는 대조되는 인물이다. 바흐친은 '허위적인 타자'와 '절대 타자'를 다음과 같이 구분하고 있다.

> 사실 우리가 잠재적인 타인의 가치 평가적인 영혼의 프리즘을 통해서 생동하는 외적 전체에 참여하는 살아있는 우리 자신의 외양을 관찰할 때 이 타자의 영혼은 어떤 자립성도 갖추지 못한 이를 테면, 노예의 영혼으로서 윤리적 존재-사건에는 절대적으로 낯선 허위 요소를 도입한다. . . . 분명한 사실은 이 허위적인 타자의 눈을 통해서는 결코 자신의 참된 얼굴을 볼 수 없으며 단지 자신의 가면만을 볼 수 있다는 것이다. 타자의 생생한 반응의 이 스크린은 육화되어야 하며 근본적이고 본질적이며 권위적인 독립성을 부여받아야 한다. 그것을 책임감 있는 작가로 만들어야 한다. . . . 이 때 타자의 가치론적 반응의 담지자는 특정 사람이 되어서는 안 된다. 왜냐하면 만약, 그러한 일이 벌어진다면 그는 나의 외적 형상을 밀어내고 그 자리를 차지할 것이기 때문이다. . . . 실제로 필요한 것은 공상하는 사건에는 참여하지 않는 작가이다. (*A&H* 57-58)

바흐친은 여기서 허위적인 타자는 윤리적 존재-사건에 허위적 요소를 도입하는 자립성을 갖추지 못한 노예의 영혼을 지닌 존재로, '절대 타자'는 이와 반대로 '육화된 근본적이고 본질적이며 권위적인 독립성을 지닌' 존재로 제시하고 있다. 바흐친은 '절대적인 타자'의 스크린으로 볼 때에만 자신의 참된 얼굴을 볼 수 있다고 주장한다. 이는 자신의 내재적 가치를 판단할 때 자신이 얼마나 많은 성과를 거두었는지, 남이 나를 어떻게 대하는지, 내가 얼마나 인기가 있고 성공했는지에 상관없이 내가 유일하며 나의 존재가 이 세상에서는 하나의 사건이라는 것을 인정해 줄 진정한 의미에서의 타자가 필요하다는 의미이다. 바흐친은 절대 타자는 공상되는 사건에는 참여하지 않는 작가이어야 함을 분명히 한다. 절대 타자의 조건이 '공상되는 사건에는 참여하지 않는 자'이어야 한다면 이는 미학적 층위에서는 '작가'이고, 형이상학적 차원에서는 '신'이어야 함은 반론의 여지가 없다.

둘째, 작가는 주인공에게, 신은 인간에게 인격적인 관계를 선물한다. 앞에서 살펴보았듯이, 작가는 주인공보다 월등한 의식을 지니고 있다. 작가는 유일하게 능동적이고 창조적인 에너지이며 주인공의 시각적 인식적 결핍을 보완하는 전지적 존재이다. 작가는 주인공을 창조하였고 그보다 월등한 의식을 소유하므로 주인공에게 개입할 수 있는 충분한 능력과 권리를 갖고 있음에도 불구하고 이 권리를 포기한다.

> 이것이 주인공과의 관계에서 작가의 외재성이며 애정을 갖고 주인공의 삶의 영역과 자신의 거리를 유지하는 것이며 주인공과 그의 존재의 모든 삶의 영역에 대한 정화이며 비참여적인 관찰자의 실제적인 인식과 윤리적인 행동에 따른 주인공의 삶의 사건들에 대한 공감적인 이해이자 완결이다. (*A&H* 42)

여기서 '애정을 갖고'라는 표현은 주인공에 대한 작가의 외재성이 거저 얻어지는 것이 아니라 '투쟁'을 통해 획득되기 때문이다. 바흐친은 다음과 같이 쓰고 있다.

> 주인공에 대한 작가의 외재성은 투쟁으로 획득되고 이 투쟁은 흔히 목숨을 건 투쟁이기 일쑤이며 주인공이 자서전적인 경우에 특히 그러하다. (*A&H* 42)

바흐친은 작가가 주인공에게 외재성을 지니기 위한 일정한 거리를 확보를 위해서는 이른바 '목숨을 건 투쟁'이 요구된다고 표현한다. 작가가 절대적, 권위적 위치로부터 자기 자신의 권리를 포기하는 것은 분명 자기 겸손이며 자기 비움이며 자기희생이다. 여기에 작가의 선, 곧 사랑이 있다. 이러한 작가의 자기희생은 케노시스적인[10] 동방 정교의 그리스도의 형상과 일치한다. "그는 근본 하나님의 본체시나 하나님과 동등됨을 취할 것으로 여기지 아니하시고 오히려 자기를 비워 종의 형체를 가져 사람들과 같이 되었고 사람의 모양대로 나타나셨으매 자기를 낮추시고 죽기까지 복종하셨으니 곧 십자가에 죽으심이라"(빌 2:6-8). 블라지미르 로스끼는 이를 다음과 같이 설명한다.

> 인격의 완전함은 자신을 포기하는 데 있다. 본질과 구별되는 것이요. '비본질'인 인격 자체는 자신을 위한 존재이기를 포기하는 데서 표현된다. 그것이 바로 성자의 위격의 자기 비움이요, 하나님의 '케노시스'이다. 알렉산드리아의 키릴로스는 모든 경륜의 신비는 하나님의 아들의 자기 비움과 낮춤에 있다고 말한다. 그것은 성부의 의지를 실현하기 위하여 십자가와 사망에 이르기까지 성부 하나님께 복종하심으로써 자기 자신의 의지를 단념하는 것이다. . . . 케노시스(낮춤, 겸비)는 세상에 보냄 받은 신적 위격, 즉 성부께서 그 원천이 되시며 삼위일체의 공통된 의지를 완수하실 위격의 존재 방식이다. "성부께서는 나보다 더욱 크시다"라는 그리스도의 말씀은 자기 자신의 의지에 대한 겸비적 포기의 표현이다. (175-76)

작가의 주인공에 대한 인격적 관계는 분명 정교에서 말하는 인간에 대해 인격적인 하나님의 형상과 유사하다. "하나님은 인격적 삼위이다. 행동하시는 하나님은 에너지의 하나님일 뿐만 아니라 인격적 하나님이다. 사람이 신적 에너지에 참여할 때 그는 어떤 막연하고 이름 없는 힘에 압도되는 것이 아니라 한 인격과 마주하는 것이다"(Ware 217).

그렇다면 이러한 '목숨을 건 투쟁'을 통해 작가가 주인공에게 주고자 하는 것은 무엇인가? 그것은 일정한 거리 곧, 외재적 위치로부터 확보되는 '존재의 긍정'이며 '개성의 독립'이며 '자유'에 다름 아니다.

---

10) 이러한 케노시스는 성령의 속성이기도 하다. 성자가 케노시스 안에서 신성을 나타내는 대신 '종의 모습'으로 나타났다면 성령은 그 은사가 완전히 우리의 것이 되고 우리의 인격에 적용되도록 하기 위해 자신의 위격을 신성 아래 숨기신다.

> 작가, 신이 이러한 자기희생을 통해 보증해주고자 하는 것은 다름 아닌 '자유'이다.

예술적 텍스트에서 자유는 자의식의 형태로 나타난다. 본래 주인공은 작가에게 의존적 존재이다. 그의 의식은 작가로부터 부여받은 것이며, "그의 의식은 마치 선물처럼 다른 적극적인 의식, 즉 작가의 창조적 의식에서 그에게 내려오며 그의 의식, 감정, 그리고 세계에 대한 욕망은 마치 반지와도 같이 작가의 의식에 에워싸여 있다"(*A&H* 40). 발화 역시 작가로부터 온 것이다. 그러나 작가는 주인공 각자에게 '작가가 고의로 파괴할 수 없는 나름대로의 법칙과 논리'요 독립성의 원천인 자의식을 부여해주어 주인공이 작가로부터 완전히 독립되어 존재할 수 있도록 해준다. 이는 정교 교리인 신이 인간에게 부여한 '자유 의지'와 일맥상통한다.

> 피조물의 자유를 해체하지 않으면서도 자신의 의지를 성취시키고 이 타락한 우주를 통치하기 위해 하나님은 자신의 섭리 안에서 인간의 자유를 흔쾌히 승인하시고 이 자유의 결과들 안에서 행동하시며 자신의 행위들을 피조물들의 행동들과 관련하여 조성하신다고 우리는 말할 수 있다. (로스끼 169-70)

신에 의해 창조된 인간은 그의 의식, 감정, 의지 면에서 신의 형상으로 창조되었으나 신에 의해 '자유 의지'를 부여 받음으로 인해 인간 고유의 독립성을 보장받게 된다. 결국, 주인공은 자의식으로, 인간은 자유 의지로 작가나 신에게서 분리된 객체로서의 완전한 독립성을 갖게 되며 이는 작가와 신의 '자기희생' 곧 '인격적 사랑'을 통해서만 가능한 것이다.

V. 나가는 말

요약하면, 바흐친은 작가를 '창조적이며, 생산적이며, 유일하게 능동적인 에너지'라고 보았는데 이는 정교 교리에서 신을 '신적 본질과 그 에너지'로 분리하여 설명하는 것과 일맥상통한다. 또한 바흐친은 작가가 주인공을 미적으로 정당화시키기 위해 공간적, 시간적, 가치 평가적, 의미적 외재성을 가져야 한다고 보았는데 이는 형이상학적 층위에서 인류에 대한 공간적, 시간적, 가치 평가적, 의미적 외재성을 지닌 신의 초월적인 속성과 그 맥을 같이 한다.

한편 작가는 주인공에게 근본적이고, 본질적이며, 권위적인 독립성을 지닌 절대 타자로서 주인공의 '영혼의 스크린'을 통해 자신의 '참된 얼굴'을 보게 해주는 존재로서의 역할을 한다. 이와 마찬가지로 신은 인류에게 각각의 존재가 유일하며 이 세상에서 하나의 사건임을 인식 시켜주는 절대 타자가 된다. 또한 절대적 권위를 가지고 있음에도 불구하고 주인공의 개성의 독립과 자유를 위해 '목숨을 건 투쟁'을 하는 작가의 자기희생은 인류를 구속하기 위해 자기 비움을 보여준 그리스도의 형상과 중첩된다. 이렇듯 바흐친의 초기 미학에 나타나는 작가의 형상은 정교의 신적 형성과 많은 공통점을 가지고 있으며 이를 바탕으로 우리는 바흐친의 초기 미학이 유신론적 모티프를 지니고 있다고 결론을 내릴 수 있다.

그러나 이러한 작가의 형상은 중기로 오면서 적잖은 변화를 겪게 된다. 초기의 작가는 인격적이며, 능동적이며, 창조적이며, 선하며 주인공의 모든 것을 포용하지만, 중기로 오면서 작가와 주인공의 조화로운 공존은 모순과 긴장의 관계로 발전된다. 또한 주인공을 미적으로 완성하는 본질적 요소의 역할을 했던 초기의 작가는 이제 주인공을 최종화하거나 주인공을 침해할 수 있는 잠재적인 위협을 지닌 요소가 된다. 뿐만 아니라 초기에 초월적인 존재였던 작가는 주인공과 주체 대 주체로서 대화적으로 말을 건네고 있다. 주인공의 독립성과 내면적 자유를 보장해주던 작가의 외재성의 비중은 대화적 자세로 대치된다. 이전에 작가의 사랑이 자기희생을 통한 주인공의 자유의 보장에 있었다면 이제 작가의 선은 주인공이 자신을 설명하도록 내버려 두는 것에 있다. 작가의 초월성은 감소되고 다른 사람을 대신하는 언어의 선택자요 사용자로서 객관화된 언어로 말하게 된다. 초기에 인격적이었던 작가는 이제 물질화, 객관화된다.

하지만 작가의 초월적 측면의 감소나 작가의 주인공에 대한 인격적 관계의 변화가 감지됨에도 불구하고 바흐친의 신에 관한 믿음이 사라졌다고 결론을 내리기는 어렵다. 왜냐하면 평생에 걸친 도스토예프스키 창작에 대한 집중과 그의 세계관에 관한 무언의 동의는 바흐친이 어떤 형태로든 유신론적인 세계관을 견지하고 있었음을 반증해 주기 때문이다. 또한, 후기의 저작에서 보이는 초수신자(수신자에 의해서 잘못되는 것을 두려워하는 화자에게 절대적으로 책임 있는 이해를 제공하는 제3자)는 초기 미학의 '절대 타자'의 변형, 발전된 모습이라고 할 수 있다(Coates 152-76).[11] 결국, 바흐친의 주요 관심사가 작가성에서 텍스트로, 개인에서 문화로 확대되었으나 '타자성,' '초월성,' '자유와 인격주의에 대한 가치 부여' 등과 같은 핵심 가치는 변함없이 계속 이어지고 있다고 할 수 있다.

그렇다면 『미학적 행위에서 작가와 주인공』에서 바흐친이 말하고자 했던 메시지는 무엇이었을까? 그것은 아마도 예술적 세계에서 주인공 스스로 독립하여 존재할 수 없듯이, 인간 역시도 자기 충족적일 수 없으며 자신의 미적 정당화를 위해 '절대 타자'가 필요하다는 사실이었을 것이다. 신으로부터의 가치론적 독립을 선언하는 반신학적 흐름이 대세였던 20세기의 문화적 풍토에서 인간 주체가 정체성과 궁극적 정당화를 갖기 위해서는 초월적 존재에 의존해야 한다는 메시지는 현실 감각이 뒤쳐진다고 비난 받을 수도 있을 것이다. 그러나 인간 존재의 공허와 무의미라는 막다른 골목에 이른 지금의 시점에서 각 개개인이 '반복될 수 없는 유일성을 지닌 존재이며 이 지상에서는 하나의 사건'이라는 사실, 그리고 내 안으로부터 나 자신을 사랑할 수도, 정당화할 수도 없는 곳에서 나를 사랑하고 정당화할 수 있는 '이상적인 우리를 위한 타자'가 '내 위의 아버지'로서 존재한다는 사실은 거부할 수 없는 미학적 복음임에 틀림없다.

---

11) 바흐친은 조심스럽게 초수신자가 신이거나 형이상학적인 것일 필요가 없다고 하면서 과학, 역사의 판단, 절대적 진리 등을 대안으로 제시한다. 하지만 그의 용어 '가장 높은 권위'(высшая инстанция)가 신학적 맥락에서 사용되었다는 점에서 루스 코츠 교수는 바흐친의 초수신자가 '신'이어야 한다고 주장한다.

인용문헌

강영안. 『주체는 죽었는가?: 현대 철학의 포스트모던 경향』. 서울: 문예, 2001. Print.

______. 『타인의 얼굴: 레비나스의 철학』. 서울: 문학과 지성사, 2006. Print.

김욱동. 『바흐친과 대화주의』. 서울: 나남, 1990. Print.

로스끼, 블라지미르. 『동방교회의 신비신학에 대하여』. 서울: 한장사, 2003. Print.

바흐친, M. 『도스또예프스끼의 시학: 도스또예프스끼 창작의 제문제』. 김근식 옮김. 서울: 정음사, 1988. Print.

______. 『말의 미학』. 김희숙 · 박종소 옮김. 서울: 길, 2006. Print.

이득재. 「바흐찐과 타자」. 박사논문. 고려대학교, 1996. Print.

클라크, K. · 홀퀴스트 M. 『바흐친』. 강수영 · 이득재 옮김. 서울: 문학세계사, 1993. Print.

Александрова, Р. И. “Категории <бытия> и <сознания> в нравственной философии М. Бахтина.” *М. Бахтин и философская культура XX века.* Спб.: n.p., 1991. Print.

Бахтин, М. М. *Автор и герой в эстетической деятельности.* Спб.: n.p., 2000. Print.

Бонецкая, М. М. “Бахтин в двадцатые годы.” *М. М. Бахтин: pro et contra.* Спб.: n.p., 2002. N. pag. Print.

Бочаров, С. Г. “Об одном разговоре и вокруг него.” *Новое литературное обозрение* 2 (1993): 71-83. Print.

Братченко, С. Л. “Концепция личности: М. Бахтин и психология.” *М. Бахтин и философская культура XX века.* Спб., 1991. 66-75. Print.

Булгаков, С. *Свет невечерный* . Москва: Фолио, 2001. Print.

Васильев, А. К. “Образ <другого> как проблема антропологии М. М. Бахтина.” *Философия М. М. Бахтина и этика современного мира.* Саранск. N.p. (1992): n. pag. Print.

Кожнов, В. В. “Бахтин и его читатели.” *Диалог. Карнавал. Хронотоп* 2-3 (1993): 128-29. Print.

Ильинский , О. “Религиозные взгляды раннего Бахтина.” *Русское возрождение.* Нью-Йорк, Москва, Париж 13 (1985): n. pag. Print.

Исупов, К. Г. “Альтернатива эстетической антропологии: М. М. Бахтин и П. А. Флоренский .” *Бахтинский сборник I.* М. 1990. Print.

Флоренски, П. А. *Столп и утверждене и истины.* М.: Правда, 1990. Print.

Эмерсон, К. “Русское православие и ранний Бахтин.” *Бахтински й сборник.* Вып. 2. М., 1992. Print.

Coates, R. *Christianity in Bakhtin: God and the Exiled Author.* Cambridge: Cambridge UP, 1998. Print.

______. “The First and the Second Adam in Bakhtin’s Early Thought.” *Bakhtin and Religion: A Feeling for Faith.* Ed. Susan M. Felch and Paul J. Contino. Evanston: Northwestern UP, 2001. Print.

Contino, P. J. and Felch, S. M. “Introduction: A Feeling for Faith.” *Bakhtin and Religion: A Feeling for Faith.* Ed. Susan M. Felch and Paul J. Contino. Evanston: Northwestern UP, 2001. Print.

Lock, C. “Bakhtin and the Tropes of Orthodoxy.” *Bakhtin and Religion: A Feeling for Faith.* Ed. Susan M. Felch and Paul J. Contino. Evanston: Northwestern UP, 2001. Print.

Mikhailovic, A. *A Corporeal Words: Mikhail Bakhtin’s Theology of Discourse.* Evanson: Northwestern UP, 1997. Print.

Poole, R. A. “The Apophatic Bakhtin.” *Bakhtin and Religion: A Feeling for Faith.* Ed. Susan M. Felch and Paul J. Contino. Evanston: Northwestern UP, 2001. Print.

Ware, Timothy. *The Orthodox Church.* London: Penguin, 1964. Print.

4

폴 리쾨르의 해석학적 상상과 성경해석

| 윤원준 |

I. 들어가는 말

언어로 이루어진 텍스트가 인간 삶에 지대한 영향을 미친다는 것은 오래전부터 알려진 사실이다. 소크라테스는 사회에 유해한 책들을 금지해야 한다는 주장까지 하였다. 언어와 삶 그리고 실재는 떨어질 수 없는 연관성을 가지고 상호작용을 하기 때문이다. 철학적 해석학에 대한 연구로 큰 영향을 끼친 폴 리쾨르(Paul Ricoeur: 1913-2005) 역시 언어와 텍스트가 인간에게 미치는 영향에 깊은 관심을 가지고 있다. 그에 의하면, 이 세상 속의 인간은 문화의 산물인 언어로 표현된 텍스트들을 탐구함으로써, 인간의 존재 의미를 더욱 잘 이해할 수 있다. 그리고 해석을 통해서 갖게 되는 자기 이해는 인간의 행동과 윤리에 영향을 주게 된다고 한다. 해석과정에서 리쾨르가 주목하여 강조하는 한 가지 요소는 상상이다. 저자의 의도와 저자의 세계로부터 분리된 텍스트가 독자에게 의미를 주기 위해서 기능하는 것이 상상이라는 것이다. 어떤 의미에서는 해석과정을 움직여가는 동력이 상상이라고 말할 수도 있을 것이다. 리쾨르는 철학자이면서

* 본 논문은 『문학과 종교』 14.3 (2009): 39-62에 「폴 리쾨르의 해석학적 상상과 성경해석」으로 게재되었음.

동시에 기독교인으로서 성경해석에도 깊은 관심을 표명한다. 그의 철학적 해석학이 적용된 성경해석은 기독교 신학계에 영향을 줌과 동시에 반발도 초래하였다. 일반 문학에 적용될 수 있는 일반해석학이 성경해석에 동일하게 적용될 수 있는가라는 점이 신학적 논의의 중심에 있다.

본 논문의 목적은, 첫째로 리쾨르의 해석학에서 상상이 어떠한 기능을 담당하는지를 살펴보고, 두 번째로 이러한 상상이 리쾨르의 성경해석에는 어떠한 모습으로 나타나는가를 고찰하며, 그리고 세 번째로 그에 대한 비판적인 신학적 주장을 통해 리쾨르의 해석학적 상상의 결과들을 점검해보는 것이다.

II. 리쾨르 해석학 속의 상상

1. 은유와 상상

은유에 대해서 이론적 고찰을 하였던 아리스토텔레스의 생각들을 살펴봄으로써, 리쾨르는 은유와 상상에 대한 자신의 생각을 펼쳐나간다. 아리스토텔레스는 은유를 명사(noun)에 발생한 어떠한 것이라고 생각했는데, 이러한 발생이 하나의 명사의 이름을 변환시키거나 옮겨버린다는 것이다(*RM*[1] 16-20). 이렇게 변환으로 이해된 은유에 대한 생각은 그 이후에 은유이론을 부정적인 방향으로 인도했다는 것이 리쾨르의 판단이다. 아리스토텔레스는 은유를 명사에만 나타나는 현상으로 국한함으로써 은유를 언어적 수사 형식 정도로만 만들고 말았다는 것이다. 즉 은유를 그림처럼 형상화하는 기능으로 축소했다는 것이다. 아리스토텔레스 이후에 나타나는 전통적인 생각들은 은유를 생각에 대한 치장하는 구실로서 제한하거나 수사적 기능으로 축소하는 것일 뿐이었다는 것이 리쾨르의 진단이다. 이러한 축소된 이해 속에서는 은유가 새로운 의미를 증가시킬 수 있는 가능성은 남아있지 않다(*RM* 45-46).

전통적인 은유에 대한 이해 대신에, 리쾨르는 리쳐즈(Ivor Armstrong Richards: 1893-1979), 막스 블랙(Max Black: 1909-88), 그리고 먼로 비어즐리

---

1) 이후 Paul Ricoeur의 *The Rule of Metaphor: Multi-Disciplinary Studies of the Creation of Meaning in Language*, Trans. Robert Czerny (Tronto: U of Tronto P, 1977)를 *RM*으로 표기.

(Monroe Beardsley: 1915-85) 등의 생각들을 받아들여서, 은유를 단지 하나의 단어의 영역에서 다루는 것이 아니라, 좀 더 넓게 단어를 결정하는 상호적 상황의 영역인 문장의 영역에서 다루기를 원한다(*RM* 4). 은유는 하나의 단어만이 아니라 문장이라는 것이다(*RM* 67). 그래서 하나의 은유적 선언(문장)은 그 단어에게 "틀"(frame)을 만들고, 단어는 문장을 집중(focalize) 시킨다고 리쾨르는 주장한다. 즉 은유는 단어적 성격과 문장적 성격을 둘 다 소유하고 있으며, 그것은 틀을 만듦과 집중화를 포함한다(*RM* 131-32). 이러한 구분은 리쾨르가 언어의 창조적인 기능으로서의 은유를 설명하는 데 중요한 구실을 하게 된다. 블랙으로부터 은유의 단어적 성격과 문장적 성격에 관해서 도입을 했다면, 비어즐리로부터 은유의 문자적 비합리성에 관한 설명을 리쾨르는 받아들인다. 비어즐리는 모든 단어들은 의미를 위한 두 계층을 지니고 있다고 생각한다. 첫 번째 계층은 올바르고 논리적인 단어 사용을 관장하는 의미론적 요소들로 이루어진다. 또 하나의 계층은 부수적인 의미를 가능케 하는 계층인데, 이것은 은유론적 해석을 가능케 한다. 만일 글을 읽는 독자가 글 중에서 논리적인 의미를 발견하지 못한다면, 독자는 첫 번째 단계의 상황에서 단어를 해석하는 것이 힘들다고 여기면서 다음 단계인 부수적인 의미를 가능케 하는 단계로 움직여간다는 것이다. 즉 첫 번째 계층에서 두 번째 계층으로 전환이 이루어지는 것이다. 비어즐리는 독자가 상황의 비합리성을 피하려는 경향을 가지고 있다고 생각했고, 이렇게 비합리성을 회피해서 은유적 의미로 변환하는 것을 은유적 비틂(metaphorical twist)이라고 불렀다(*RM* 96-97). 리쾨르는 여기에 더해서 은유적 비틂은 언어에 의해서 창조되어 뜻밖에 나타나는 의미를 지시하는 하나의 사건이라고 주장한다. 즉 은유적 비틂은 실재에 대한 새로운 창조적 기술(description)을 가능케 한다는 것이다(*RM* 99). 리쾨르에 의하면, 은유에 의해서 발생되는 실재에 대한 새로운 기술들은 독자로 하여금 새로운 세상, 새로운 실재를 볼 수 있는 눈을 열어 준다. 즉 은유는 그 속성이 '상상적'이라는 것이다.

은유에서 새로운 의미와 지시대상의 만들어짐에 대해서는, 상상에 대한 기존의 이론인 비존재에 대한 정신적 이미지화와는 거리가 먼 다른 종류의 상상에 의존한다고 리쾨르는 주장한다. 그는 이미지적인 상상이 아니라 언어적이고 창작적인 상상을 발견한다. 그러므로 그의 은유에 대한 이론은 상상에 대한 의미론적 설명을 가능케 한다. 또한 언어 속에 있는 실재를 재구성하는 창조적 역량을 그는 상상을 통해서 설명할 수 있다고 보는 것이다. 즉 상상이 언어적 구조로서 은유를 창조적이 되게끔 한다는 것이다. 리쾨르는 상상에 대한 기존의 이해에 세 가지 면에서 수정을 가하고 있다. 첫째, 리쾨르는 상상이 보는 것만이 아니라 생각하는 것에도 영향을 미친다고 주장한다. 생각이라는 것은 새로운 의미를 구성하는 의미론적 영역에 해당된다("MPC" 145-46). 이렇게 보는 것과 생각이 합쳐진 것을 통해서 상상은 은유 속에 문자적 의미와의 불일치를 넘어서 새로운 의미를 발견해 낸다. 서로 상이함에도 불구하고 상상력은 유사성을 발견한다는 것이다. 둘째, 상상의 기능이 기본적으로는 언어적이었지만, 이미지적인 혹은 그림적인 요소를 포함시켜야만 된다는 것이 리쾨르의 생각이다. 이때에 이미지적인 요소는 전통적인 이미지로서의 은유와는 다르게, 언어적 요소와 연결된 이미지를 말한다. 이전의 전통적 이론들이 비존재적인 것에 대한 이미지였다면, 리쾨르가 말하는 이미지는 언어적 요소들이 나타내는 것이다. 그래서 이것은 칸트가 말하는 도식화에 가까운 개념이다. 상상은 하나의 개념으로부터 하나의 이미지를 도식화한다. 즉 언어적 기능과의 관계성에서 상상은 하나의 "아이콘"을 생성하는 것이다. 이러한 아이콘적 기능은 언어적인 것과 비언어적인 것 사이에서 중재적 역할을 감당한다("MPC" 147-49). 셋째, 시적 언어가 지시하는 대상으로서의 실재가 일반 개념적 언어의 지시대상을 없애거나 중지시킨다. 이렇게 개념적 언어의 지시대상을 중지시키는 것이 상상이다. 그러므로 먼저 지시대상을 중지시키고 나서, 백지화된 논리 공간에 상상은 새로운 재기술을 시도할 수 있다는 것이다. 처음에 있었던 문자적 지시대상이 부정된 후에야, 시적 언어는 새로운 실재를 재구성하고 세계내 존재의 가능성을 내보이는 것이다. 이렇게 부정 후에 상상이 인간 가능성과 새로운 존재의 모습을 만들어낸다("MPC" 151-53). 이러한 상상의 변환의 능력을 설명하기 위해서 리쾨르는 은유를 넘어서 텍스트 해석과 지시대상의 문제로 생각의 지평을 넓혀간다.

2. 텍스트의 지시대상과 상상

리쾨르에 의하면, 담론은 어떤 것에 대해서 무엇을 말하는 것이기 때문에, 텍스트의 담론은 그것이 말하는 지시대상으로서의 언어 밖의 실재를 지시한다는 것은 당연한 것이다. 그러나 이러한 지시대상으로서의 실재는 텍스트 뒤에 있는 원래적 요소들, 즉 저자가 속한 세계의 요소들은 아니다. 왜냐하면, 텍스트는 더 이상 저자의 세계에 묶여있지 않고 텍스트 자체의 독자성을 획득했기 때문이다. 대신에 텍스트의 진정한 지시대상은 텍스트 앞에 있고, 그것은 텍스트가 제공하는 세계에 속해있다. 이러한 텍스트가 제공하는 세상은, 텍스트 자체의 장르, 스타일, 구성에 대한 구조적 분석을 통해서 가능하게 된다. 이것은 담론이 이중적으로 창조적임을 보여준다. 즉 담론은 텍스트의 창조적 세계와 텍스트에 대한 창조적 분석을 동시에 포함한다. 이것은 담론 안의 생산적인 상상의 역할임에 다름이 아니다("CL" 100). 그것이 시적 형태이든지, 혹은 이야기나, 혹은 다른 형태일지라도 상상이 심겨진 곳에서는, 상상이 하나의 세계를 제공하는 것이다("FF" 128).

또한 시적 언어는 저자가 허구적으로 창조하는 픽션을 통해서 실재를 재기술 한다고 리쾨르는 생각한다. 그런데 흥미로운 점은 픽션이 새로운 하나의 세계를 제공할 수 있는 것은 그것이 실재에 지시대상을 가지고 있지 않기 때문이라는 점이다. 허구적 이야기는 실제세계를 제한해버리고, 실재를 재구성하여 그것을 이해할 수 있는 가능한 방법들을 제공한다. 그러나 실재를 재기술하는 가능성과 능력은 오직 상상과의 관계를 통해서만 가능하게 된다. 은유에서 보이는 상상과 실재와의 관계는, 허구적 소설에서의 상상과 실재와의 관계에서도 비슷하게 나타난다는 것이다. 은유에서는 상상이 새로운 의미의 구성을 만드는 의미론적 변혁을 가져온다면, 허구적 소설에서는 상상이 실재의 전체적인 구성이 발생하는 플롯을 만들어낸다는 것이다(*HHS* 38-39). 리쾨르에 의하면, 내러티브는 일상적인 실재를 중지시키고 새로운 실재의 구성을 제공한다. 다른 모든 시적인 담론들이 그러하듯이, 내러티브도 텍스트의 지시대상들을 일상적 실재로부터 분리시킴으로써 새로운 실재를 제공한다. 그러나 시적 담론들 중에서, 이야기 형태의 담론은 분리된 지시대상이 플롯 속에 내재되었다는 것이다. 리쾨르는 그 분리된 지시대상을 내러티브 메트릭스라고 부른다(*FN* 194). 비록 구조적으로는 플롯이 텍스트의 내용에 속하지만, 플롯은 텍스트의 지시대상에 영향을 준다. 그 영향은 인간 실존의 한시적 양상을 형성함으로써 가능케 된다. 인간 경험을 말하기 위해서 필요한 모델로서의 가상적 세계를 플롯이 제공한다는 것이다("HET" 33). 리쾨르의 내러티브에 관한 논의에서 다시 아리스토텔레스의 미메시스(mimesis)[2] 이론이 실재의 창조적 재기술을 위한 역할을 이해하는 데 기여한다. 미메시스와 무토스(muthos)[3]는 서로 연결되어서 시적 모상이 하나의 이야기나 플롯 속에서 시작되게 한다. 시적인 담론은 인간의 삶이 마치 무토스가 전개되는 것처럼 볼 수 있게 만든다. 즉 미메시스는 무토스의 지시적 영역을 구성하는 것이다. 이러한 상상의 언어적이고 지시적 능력을 "은유적 진리"라고 부른다. 그러나 이러한 시적 진리는 실재에 상응하는 명제에 속하는 것이 아니라 실재의 표현(manifestation)에 속한다. 이러한 리쾨르의 주장은 상상의 중요성을 잘 보여준다(*PSE* 94). 상상을 통해 얻는 이미지는 단지 창조적인 은유의 의미를 확인하고 의미론적 영역에 머물고자 하는 것이 아니라는 것이다. 상상의 이미지는 실재에 대한 이전의 태도를 중지하고, 새로운 태도의 가능성을 열어놓게 된다. 다른 말로 하면, 현재의 정체된 상태를 지우고, 새로운 성격, 새로운 가치, 그리고 세상내 존재로서 새롭게 살아가는 방법을 위한 논리적 공

---

2) 미메시스(mimesis)의 문자적 의미는 '모방'으로 번역될 수 있다. 고대 그리스에서는, 문화는 동물 행위의 모방으로부터 발생했다는 주장도 있었다. 그리고 플라톤은 예술은 모방행위라고 생각하였고, 현실세계는 이데아의 모방, 즉 미메시스라고 생각했다. 플라톤 생각 속의 미메시스는 부정적인 색체가 강하다. 그러나 아리스토텔레스는 미메시스를 단순한 모방 혹은 복사가 아닌 좀 더 확장된 개념으로 사용했다. 즉 미메시스를 인간 실재에 대한 창조적인 재구성으로 본 것이다. 인간 실재가 이야기 속에서 창조적으로 재구성 될 때에, 즉 미메시스 될 때에, 인간 실재는 고상한 가치를 가질 수 있다는 것이 아리스토텔레스의 생각이다. 리쾨르는 이러한 아리스토텔레스의 생각을 받아들여서 그의 해석 이론에 사용한다.

3) 리쾨르가 그의 이론에서 사용하는 무토스(muthos)라는 단어 역시 아리스토텔레스의 생각에서 빌려온다. 아리스토텔레스 이전에 플라톤은 무토스를 로고스와 반대되는 개념으로 사용하였다. 즉 로고스(이성, 논리)와는 반대되는 허구로서의 신화를 무토스(muthos, myth)로 생각했다. 그러나 아리스토텔레스는 무토스를 사물과 현상에 대한 체계적인 구성 혹은 배열과 관계된 개념으로 사용한다. 즉 이야기를 전개하는 줄거리 구성을 무토스라고 이해하는 것이다. 그러므로 신화뿐만 아니라 모든 이야기의 줄거리 짜기를 무토스라고 부를 수 있다. 리쾨르 역시 무토스를 이러한 개념으로 사용한다.

간을 제공한다는 것이다. 시적 무토스가 구성하는 상상의 변환에 의해서 일반적 실재에게 사실상의 변환이 일어남을 리쾨르는 주장한다. 은유가 서술적인 동일화를 통해서 이질적인 여러 단계의 의미들을 연합시킨다면, 플롯은 다양한 요소들, 즉 결말, 원인, 인물, 사건들 등을 하나로 통합시키는 구실을 한다. 은유의 구실이나 플롯의 기능 속에서 공통적으로 발생하는 것은 상상을 통한 재창조이다. 은유나 내러티브 속에는 상상력의 미메시스적인 기능이 중요하게 작용하고 있다는 것이다. 그 기능은 실재를 "...처럼 보는" 기능이다. 그러나 은유에서와는 달리, 내러티브에서는 글 쓰는 자가 "...처럼" 보이는 실재를 플롯 속에 투사시킬 때에 일어난다고 리쾨르는 생각한다(*TN I* 45).

리쾨르에 의하면, 해석의 마지막 단계로서, 텍스트의 내용이 독자의 실존적 상황에서 독자의 것이 되는 단계를 '전유'라고 부른다. 그러므로 전유는 텍스트 속의 이질적인 그 무엇을 자신의 것으로 만드는 행위이다. 전유는 거리둠(소격화, 이질화)을 통해서 자기의 것으로 가질 수 있는 비판적 이해라고 할 수도 있다(*HHS* 183). 그러나 텍스트에서 무엇을 정확하게 자기 자신의 것으로 만드는가(전유)라는 질문이 남는다. 리쾨르에 의하면, 해석과정에서 해석자가 전유하는 것은 자신에 대한 새로운 이해이다. 모든 해석과정은 그러므로 텍스트가 속했던 과거의 문화시대와 해석자 사이의 거리와 떨어져 있음을 극복하는 것이라고 리쾨르는 이해한다. 그래서 모든 해석은 다른 것을 이해함으로써 자신을 이해하는 것이라는 것이다("EH" 101). 그러면 텍스트가 해석자에게 새로운 자신이해를 제공할 때에, 텍스트가 드러내는 것은 정확히 무엇인가? 이 대답을 위해서 리쾨르는 텍스트성의 지시기능으로 되돌아간다. 텍스트는 새로운 모습의 존재와 세계를 제공하며, 이렇게 제공된 새로운 세계는 존재론적 실험을 위한 장을 제공한다. 해석학적 상상력이 독자로 하여금 새롭고 다른 존재의 잠재성을 고려할 수 있게 한다는 것이다(*HHS* 112).

III. 리쾨르의 성경해석

1. 성경과 상상

리쾨르에 의하면, 이야기는 텍스트 속의 이야기로만 남아있는 것이 아니고, 실존적으로 전유되어서 새로운 실재를 구성하는 힘을 지닌다. 그렇다면 성경 속의 이야기들, 특히 신약성경 속의 예수 그리스도에 대한 복음서 이야기들은 어떤 의미에서, 그리고 어떻게 독자들에게 영향을 미치게 되는가? 자신이 개신교적 기독교인이라고 말하는 리쾨르에 의하면, 성경의 이야기들은 인간들에게 특별한 중요성을 가진다고 말한다. 그러나 성경 속 이야기의 특별함 역시 일반 해석학의 목적 즉 인간의 자기 이해와 자유를 제공한다는 것에서 벗어나지 않는다고 리쾨르는 생각한다. 성경의 이야기는 인간 삶의 가능한 실재, 새로운 실재의 가능성을 제공하는 것이다.

리쾨르에 의하면, 그리스도는 인간의 자신 이해를 변화시킬 수 있는 하나의 상징 구실을 한다. 그리고 성경 속의 예수에 관한 이야기들은 모든 인간들에게 보편적인 가치를 지닌다. 왜냐하면 그것들은 이 세상을 단지 인간의 자유와 전혀 관계없거나 무관심한 비인격적인 자연 시스템이 아니라, 인간의 자유와 아름답게 조화되는 신의 창조임을 보여주기 때문이다. 신의 창조 작품으로서의 세상이라는 비전은 세상 속에서의 인간이 자신뿐만 아니라, 이 세상을 보는 시야와 태도를 변화시킨다. 리쾨르에 의하면, 성경 속의 이야기들이 존재론적이거나 형이상학적 실재에 대한 정확한 기술이나, 형이상학적 질문들에 대한 답을 제공하는 것이 아니다("Jaspers" 640). 상상을 통한 전유, 즉 실제적 삶을 위한 재해석을 성경내용이 제공해 준다는 것이다.

성경 복음서의 이야기들의 세계는 시적 이야기들의 지시대상으로서의 세상이므로 상상적(imaginative)이다. 허구라는 말은 아니지만, 해석상의 상상의 산물로서의 지시대상인 것이다. 상상의 산물로서 가능한 세계나 드러남 혹은 열림을 리쾨르는 계시적이라고 생각한다. 계시의 주된 의미는 가능성으로서의 상상력이 실존으로 일어남이다. 혹은 실존의 가능성으로 열림이다(*PPR* 237). 이러한 계시적이고 상상적인 성경의 이야기는 "새로운 창조," "새로운 언약,"(a

New Covenant) 그리고 "하나님의 왕국"(the Kingdom of God)이라는 새로운 세계를 독자에게 제공한다(*EBI* 103; Vanhoozer 230에서 재인용). 이것이 인간이 바라볼 수 있는 희망으로서의 새로운 삶의 상징이 성경의 이야기를 통해 나타난다는 것이다. 독자가 해석과정 속의 상상의 전유를 통할 때에, 독자의 삶은 새로운 것을 바라봄으로 변화된다. 성경의 복음서에서 제공하는 내용들은 인간 존재의 온전함의 가능성들을 보여주는데, 이것은 상상을 통해서 가능한 것이지, 어떻게 살겠다 하는 의지를 통해서 가능케 되는 것이 아니다. 성경 해석상의 상상이 인간의 자기이해를 급진적으로 변화시킨다는 것이다(*EBI* 104).

리쾨르는 성경이 인간의 자기이해를 가능케 할 때에 다음의 두 가지 방법을 포함한다고 생각한다. 먼저, 성경복음서 내용 중의 예수의 고난과 부활에 대한 이야기는 희망을 제공한다. 즉 성경 이야기는 희망을 가능케 한다. 이전의 억압된 상황으로부터 더 자유롭고 행복한 세계로 향한 희망을 주는 것이다. 또한 성경은 자유 혹은 해방을 가능케 한다. 성경 이야기의 해석과정을 통해서 나타나는 창조적 상상력의 전유는 바로 자유의 모습이다. 그러므로 상상은 가능성의 힘이라고 리쾨르는 주장하는 것이다(Vanhoozer 234). 그러나 성경이 희망과 자유라는 인간 삶을 위한 가치를 제공함으로써, 인간의 자기이해의 가능성을 준다는 리쾨르의 주장을 수긍한다 해도 중요한 질문이 남는다. 그러면 성경만의 독특성은 무엇인가? 성경이 아닌 다른 텍스트들도 희망과 자유의 가능성을 제공할 수 있음을 감안할 때에, 성경만의 가치와 지위는 무엇인가? 리쾨르에게는 기독교적 가능성이 중요한 가능성이기는 하지만, 다른 텍스트에서 발견되는 가능성들과 완전히 다른 것은 아니다. 성경에서 발견되는 희망과 자유의 가능성은 보편적인 가능성일 뿐이다. 여기에서 좀 더 구체적인 여러 가지 질문들이 발생한다. 예수라는 인물의 대체 불가능한 역사적 독특성은 이미 존재하는 보편적인 가능성에 의해서 묻혀버릴 위험성은 없는 것인가? 성경 속의 이야기는, 특히 예수에 관한 기록들은 삶의 가능한 실재로서의 무엇을 제공하는 것인가? 예수는 단지 새로운 삶의 가능성을 보여주는 것인가? 만일 보여준다면, 그것은 다른 텍스트의 이야기들과 다른 전혀 새로운 것인가? 이미 존재하는 가능성을 보여주는 것인가 혹은 새로운 것을 만드는 것인가? 이러한 질문들은 해석학이나 문학에서보다는 신학에서 큰 문제로 대두될 것으로 보인다.

리쾨르가 이해하는 성경의 이야기들은 그러므로 역사적 사건에 대한 기록으로서의 계시이기보다 일반적 가능성에 대한 기술에 가깝다. 신학자 칼 바르트(Karl Barth: 1886-1968)의 용어를 빌린다면, 리쾨르가 이해하는 성경이야기는 신화(myth)의 영역에 해당되는 것처럼 보인다. 바르트에 의하면 신화는 어떤 시간 어떤 장소에서든지 신과 관련된 보편적 가능성에 대한 가정들과 기술들이다. 그러므로 "신화는 상상(추측)을 향한 전단계의 모습이고, 상상(추측)은 신화의 드러난 핵심이다"[4](Vanhoozer 238에서 재인용). 바르트의 배타적 신학 형태는 신화를 계시와 철저히 구분하였고, 신화는 계시의 범주에 속할 수 없었다. 리쾨르의 생각은 과거 사건으로서의 역사보다, 상상력으로 가능성의 미래를 열어가는 픽션에 강조점을 두고 있는 것이 분명하다. 기독교 성경의 기록들 역시 상상의 전유를 통한 새로운 미래에 대한 희망을 보인다는 것이다. 상상이 새로운 인간을 형성하는 힘이며, 이전 것에서 벗어나는 치료의 힘과 해방의 힘 역시 상상에서 비롯된다는 것이 리쾨르의 주장이다. 종교적으로 표현한다면 그것이 구원하는 혹은 구속하는 힘이다. 인간이 악 속에 있음에도 불구하고 성경에서 보는 것과 같은 타락 이전의 순수상태나 궁극적인 구원 혹은 해방의 이야기들은, 지금 현 상태의 모습을 긍정하고 실존을 받아들이는 것을 가능케 한다. 긍정하고 받아들임은 현 삶을 긍정하는 태도이다. 리쾨르는 긍정함을 "이론적으로나 실재적으로 우리에게 분리되어 있는 것으로 보이는 자유와 자연 사이를 궁극적으로 화해시키는 것"(*FN* 346; Vanhoozer 241 재인용)이라고 정의한다. 상상을 통해 갖게 되는 가능한 세계에 대한 비전은 인간의 삶을 긍정하게 한다는 것이다. 그러므로 리쾨르가 생각하는 자유는 궁극적 해방을 바라보면서 현 삶을 긍정하는 모습이다. 이러한 자유의 모습이 기독교 가르침의 핵심이지, 도덕적 완전함의 추구 같은 것이 기독교의 핵심이 아니라는 것이다. 리쾨르의 이러한 생각은 성경 속의 인물들에 관한 이야기의 의미를 그 만의 독특한 방식으로 해석하도

4) 바르트의 이 주장의 영역은 "Myth is the preparatory form of speculation and speculation is the revealed essence of myth" 이다. 바르트에 의하면 신화는 성경적 계시와는 결코 같을 수 없는 허망한 상상(speculation)의 전단계일 뿐이다. 그러므로 자연계시와 연결된 신화들이 만들어 내는 것은 구원을 이룰 수 없는 허망한 상상으로 귀결되고 드러난다는 것이다.

록 인도한다. 이러한 그의 해석을 통해서 그가 어떻게 상상을 구체적으로 성경 해석에 적용하는지 볼 수 있다.

2. 성경의 세 인물에 대한 해석

성경의 내러티브들 중에서 특히 리쾨르가 주의를 기울이는 내러티브들은 아담, 욥 그리고 예수에 관한 내러티브들이다. 리쾨르 생각에는 이 세 인물에 대한 내러티브들은 다른 내러티브들에게 의미를 제공할 수 있는 좀 더 중요한 위치를 갖는 이야기들이라고 생각한다(*SE* 306; Vanhoozer 241). 아담에 대한 이야기의 중요 기능은 인간의 원래 상태와 인간의 현실적 악의 상태를 구분하는 것이었다. 그래서 현재의 인간의 타락한 상태는 원래 인간의 존재론적 구성을 대변하는 것이 아니다. 인간의 본질적인 존재론적 구성은 인간의 원래 상태, 즉 타락 이전의 상태로 보아야만 한다. 인간은 원래 선하게 만들어졌고 운명되었으나, 현재 악을 향해서 기울어진 상태인 것을 말하는 것이 아담에 관한 이야기의 핵심이다(*SE* 234). 이러한 리쾨르의 이해는 신학 전통 속의 다른 주장들과 차이를 보인다. 전통적인 주장들 중의 하나는, 아담이야기는 그 내용이 본질적으로 비극적이라는 것이다. 타락으로 인한 인간의 근본 구조를 악과 죄책으로 묘사한다. 이러한 비극적인 시야로 볼 때에는 인간의 한계는 악과 동일시된다. 한계 지어진 인간 자체가 악일 때에는 더 이상 희망의 여지가 남아 있지 않게 된다고 리쾨르는 생각한다. 리쾨르에 의하면, 인간의 한계가 악이 아니라는 것은 창세기의 뱀의 존재가 보여준다는 것이다. 인간이 악을 행하기는 했지만, 악은 인간 밖에 이미 뱀의 모습으로 존재했었다. 이것은 악이 인간 한계와 동일시될 수 없다는 것을 가리킨다는 것이다. 그러므로 성경적 인간론은 비극적인 비전으로 끝나지 않는다(*SE* 313-14).

리쾨르가 반대하는 또 하나의 전통적인 해석은 윤리적 해석이다. 이 해석에 의하면, 신은 인간이 지켜야 할 법을 줄 뿐만 아니라, 그 법의 재판관이 된다. 인간의 행위에 따라서 신은 상과 벌을 주는 자이다. 시간과 역사는 보복과 대가를 요구하며, 인간은 신의 법을 지켜야 하는 존재이다. 그리고 악은 인간이 자유를 잘못 사용한 모습으로 묘사된다. 리쾨르에 의하면, 어거스틴의 원죄이론 역시 이러한 범주에 속하며, 칸트 역시 성경이야기를 윤리적으로 해석하는 잘못을 범했다. 어거스틴은 원죄이론을 통해서 급진적 악의 모습을 개념화시키고, 신적인 징벌을 합리화시켰다는 것이 리쾨르의 진단이다(*CI* 274). 만일 아담에 관한 이야기를 상징적으로 해석치 않으면, 이러한 윤리적 세계관으로 세상을 보는 해석으로 귀결될 것이라고 리쾨르는 생각한다. 비상징적 해석은 인간의 타락을 역사적이고 실재적 사건으로서 고통과 악 그리고 신적인 징벌을 세상 속으로 끌고 들어온 것으로 인도한다는 것이다(*SE* 321-30). 그러나 구약성경은 이러한 비상징적 해석을 억제한다고 리쾨르는 생각한다. 왜냐하면 구약성경의 지혜문학서들은 죄 없는 자들의 고통에 대해서 의문을 제기하면서, 윤리와 징벌적 세계관에 도전하고 있다는 것이다(*SE* 315-16). 그러므로 윤리적 해석이 아닌 상상력을 통한 창조적 재기술이 필요하다는 것이다.

리쾨르에 의하면, 상징적 상상력이 무시되는 윤리적 해석은 구약성경 속의 욥기에서 또 다른 문제점을 드러낸다. 그것은 죄 없는 자들이 당하는 고통의 문제이다. 신이 정의롭게 세상과 인간들을 다스린다면, 죄 없는 자들의 고통은 윤리적 해석에 입각한 세계관에 중대한 문제와 도전으로 다가온다. 이러한 윤리적 세계관에 대한 도전은 구약 성경의 욥기에서 분명하게 나타난다고 리쾨르는 주장한다. 욥기에서 욥의 친구들은 윤리적 세계관의 대변자들로 등장하며, 욥은 악을 행치 않았는데도 고통을 당하는 자로 묘사된다. 욥기에서 말하는 가장 주된 내용은, 윤리적 세계관에 대한 부정이라고 리쾨르는 생각한다. 욥은 윤리적 세계관을 뛰어넘어 새로운 믿음의 영역으로 들어가게 된다는 것이다(*SE* 321-22; Vanhoozer 243) 욥기에서의 신의 욥에 대한 대답들은 악과 고통의 개념적 설명을 제공하지 않지만, 욥의 세계관을 변하게 한다. 그리고 욥은 그러한 신의 말들을 통해서 삶을 긍정하며 받아들인다는 것이다. 비극적 해석과 윤리적 해석은 아담의 신화적 내러티브 속의 상징적 기능을 간과했기 때문에 발생한다는 것이 리쾨르의 생각이다. 그런 해석들은 개념화, 즉 비극적이고 악한 인간본성의 개념과 재판관으로서의 신의 개념들을 만들어내는 것이다. 그러나 상징은 개념화의 문제를 뛰어넘을 수 있다는 것이다.

악의 시작점에서 아담을, 악에 의해서 고통 받는 자로서 욥을 보았다면, 예수는 이 두 인물의 이분법을 초월하는 고난 받는 종의 모습으로 묘사된다. 고난 받는 종은 고통을 통해서 악을 대속할(redeem) 수 있는 행동을 한다. 리쾨르에 의하면, 고난 받는 종의 형상은 자발적으로 동의함을 통해서 고통을 의미 있게 하는 전혀 새로운 가능성을 보여준다는 것이다. 그것이 새로운 이유는 자발적으로 고통을 받아들여서 악을 초월했기 때문이다. 인간의 고통을 신적인 삶 속에 받아들임으로써 비극적 세계관을 넘어섰으며, 윤리적 세계관 역시 부정할 수 있었다는 것이다. 대가와 징벌을 요구하는 윤리적 세계관은 예수의 죽음을 법적 대속(penal substitution)과 같은 개념으로 이해하지만, 리쾨르는 윤리적 세계관이나 비극적 세계관을 초월하는 모습으로 예수의 죽음을 이해한다. 아담이나 예수에 관한 이야기들을 단지 개념적으로 해석하고 상징을 통한 상상을 배제할 때에는, 윤리적 세계관에 매일 수밖에 없다는 것이다. 그러므로 문자적 해석이 아니라 상징적 해석을 통해서만, 윤리적 세계관의 오류에서 벗어날 수 있다는 것이다. 이것이 리쾨르가 확신하는 신화의 상징적 기능이다. 그리고 상징은 추측(speculation)을 일으킨다(*SE* 235-36). 이러한 상징적 해석을 통한 아담과 예수의 이야기는 종말론적 비전을 제공한다고 리쾨르는 생각한다. 세계의 종말론적 비전은 비록 그것이 지금 실현되지 않았을지라도, 악의 현장과 상황에서 희망을 가질 수 있는 능력을 제공한다. 종말적인 새로운 변화는 현 상황을 긍정하고 받아들일 뿐 아니라, 미래 역시 긍정적으로 예상하며 바라본다는 것이다. 비록 현 상황의 악을 개념으로 설명하지는 못하지만, 절망으로부터 해방과 구원, 그리고 미래의 가능성을 향한 희망이 성경의 핵심적 내용이라는 것이다. 리쾨르에게는 이러한 가능성을 향한 희망을 가능케 하는 것이 상상의 힘이다. 상상이 제공하는 새로운 실재와 세계인 것이다.

그리고 예수의 이야기는 십자가의 죽음으로 끝나지 않는다는 것이 리쾨르가 중요하게 생각하는 또 하나의 핵심 내용이다. 죽음에 이어서 부활이 있는 것이다. 죽음으로 끝나지 않고 부활이 있음은 종말론적 새로워짐을 바라볼 수 있음을 상징한다. 그러므로 성경 속의 예수의 부활은 미래의 새로운 가능성, 새로운 세계, 현 삶의 긍정을 만들어내는 필수적인 부분이다("Hope" 58). 리쾨르 사상 속에서 보이는 가능성과 긍정에 대한 강조는 "...에도 불구하고"라는 표현 속에 잘 나타난다. "...에도 불구하고"는 죽음과 부활의 관계를 보여준다. 죽음에도 불구하고 부활이 있는 것처럼, 현 상황과 악에도 불구하고 희망이 있음을 리쾨르는 바라본다. 이러한 이유 때문에 예수이야기가 리쾨르에게 중요한 것이다. "...에도 불구하고" 살아가는 역량이 자유이고, 무의미 실패 파괴의 위협을 넘어서는 것이 희망이다(*CI* 409). 자유는 예수의 부활 구조에 실존적으로 속함이다. 예수의 부활은 과거의 역사적 사건으로서 의미가 있거나, 혹은 현재 실존 경험을 위해서라기보다는, 미래의 사건으로서 큰 의미가 있다고 리쾨르는 생각한다. 악이 있음에도 불구하고 그리고 죽음이 있음에도 불구하고, 희망과 부활을 바라보는 자신의 생각을 리쾨르는 넘쳐남의 경제(economy of superabundance)라고 부른다. 넘쳐흐르는 것은 신의 은혜에 해당될 것이다. 이것은 대가의 세계관이나 윤리적 세계관에서는 발견할 수 없는 것이다. 자유함은 인간 자신이 이러한 흘러넘침의 경제 속에 속해 있음을 아는 것이다(*CI* 410; Vanhoozer 246에서 재인용). 이 경제에 속했을 때에, 인간은 "...에도 불구하고"의 삶을 살아갈 수 있다는 것이다. 리쾨르에 의하면, 예수이야기는 흘러넘침의 경제의 모습으로서 미래를 바라보는 종말론적 희망을 가장 합당하게 보여준다는 것이다. 이러한 해석이 예수이야기 속의 상징을 상징으로 받아들이는 해석이라는 것이다.

상상을 통한 새로운 실재, 상징, 가능성을 성경에 적용했을 때에, 아직도 해결되지 않고 남아 있는 질문이 있다. 이러한 가능성과 상징이 상상속의 허구로 끝나지 않고 실재로 나타날 수 있는 것인가? 성경 속의 내용들이 단지 허구가 아니고 실제 역사와 연결점이 있다고 말할 수 있는 근거는 무엇인가? 상상을 통한 성경 속 이야기들의 해석이 실제 역사사건과 연결점이 없다면, 그것의 의미와 진리에 대해서 말할 수 있는 것인가? 리쾨르 역시 역사적 실재성을 전혀 무시하지는 않는다. 이 문제 때문에 리쾨르가 사용하는 단어가 증언(testimony)이다. 증언은 텍스트 속의 역사적 의존성을 보충할 수 있다고 리쾨르는 생각하는 것이다(*EBI* 109). 텍스트 속의 현실적이 아닌 이상적 요소들은, 어떤 인물이 그것이 자신의 세계라고 고백 혹은 증언함으로써 더 이상 이상적으로만 남아있지 않게 된다는 것이다. 증언은 단지 이상적이기만 했던 것을 실재하는 것으로 알아차릴 수 있게 기능한다는 것이다(*EBI* 151). 또한 리쾨르에 의하면, 증언은 절대에 대한 생각뿐 아니라 절대에 대한 경험 역시 생각해 볼 여지를 만든다는 것이다. 칸트의 비판적 철학의 제한 속에서는 이성이나 경험을 통해서는 절대에 다가갈 수 없었다. 더욱이 증언과 같은 것은 칸트에게는 지식과 이성의 범주에 속한다. 그러나 리쾨르는 칸트와는 다르게 절대는 경험할 수 있을 뿐만 아니라, 상징을 통해서 개념과 지식 이성의 영역을 넘어선다는 것이다. 리쾨르에 의하면, 예수의 부활 이야기는 희망이라는 빛 아래서 자유를 향한 증언이다. 그러나 리쾨르가 말하는 부활에 대한 증언은 인간 자신의 실존과 그 의미의 궁극적 원인을 알아차림에 가깝다. 인간 존재의 근원 자체가 자신으로부터가 아니라, 절대로부터 근거했음을 그리고 절대의 관대한 드러남이 기호로 가능케 되는 사건을 증언이라고 생각한다(*EBI* 111). 그러므로 성경의 증언에 대한 리쾨르의 생각은 일반적 역사적 실재에 대한 증언과는 차이가 있다.

증언을 이렇게 정의하면서도, 리쾨르는 어느 정도 역사적 지시대상과 연결시키는 노력을 어느 정도 하는 것은 사실이다. 그래서 성경 속의 증언은 무엇을 본 것에 대한 기술과 그것에 대한 고백을 포함한다고 주장한다. 그러므로 증언은 유사경험적(quasi-empirical)이라고 생각한다. 한 예로, "예수는 그리스도이다"라는 증언이 그러하다(*EBI* 139; Vanhoozer 259 참조). 주관적 고백과 객관적 기술이 분리되지 않고 혼합된 형태로서 증언이 되는 것이다. 즉 객관적 사건을 리쾨르는 기독교인의 자기이해를 위한 하나의 근거로서 인정하고 있다(*EBI* 114). 그러나 텍스트에서는 역사로서의 사건은 지나가고 사라졌으며, 기호와 의미만 남아있다. 그리고 그것이 역사적 실재 사건에 대한 증언인지, 혹은 허구에 대한 증언인지 구별한 방법 역시 정확하게 주어지지 않는다. 그래서 리쾨르가 언급하는 또 하나의 객관성은 증언한 사람들의 삶의 모습을 보는 것이다. 그들이 증언한 것을 위해서 목숨을 바치는 삶은 그들의 증언 내용이 실재임을 보여줄 가능성이 있다는 것이다(*EBI* 115-16). 그러나 이것 역시 가능성일 뿐이다. 그런 의미에서는 역사적 실재성은 아직도 증언에서 자신의 자리를 차지하지 못할 것처럼 보인다. 한 인간의 경험과 그것에 대한 증언은 객관적 역사성을 유지하기 힘들어 보인다. 리쾨르는 증언이라는 단어를 사용해서 유사경험적인 어느 정도의 역사적 실재성을 연결시키려고 시도하지만, 그렇게 효과적으로 보이지 않는다. 결국 시적 상상과 창조력, 그리고 그것이 만들어 내는 새로운 실재가 더 큰 비중으로 남을 수밖에 없다. 리쾨르에게 복음서 이야기들이 진실인 이유는 그것들이 역사적 사건들과 대응되기 때문이 아니고, 그것들이 인간 존재를 위한 핵심적 의미를 제공하기 때문이다. 이러한 리쾨르의 주장은 역사적 실재성을 강조하는 신학자들과 마찰을 일으킬 수밖에 없어 보인다.

3. 한스 프라이의 비판

리쾨르의 상상력의 강조는 성경을 문자적으로 해석함으로써 역사적 사실성을 지키고자 하는 학자들로부터 심한 비판을 받는다. 특히 예일대학의 바르트주의자 중의 한 명인 한스 프라이(Hans Frei: 1922-88)의 비판은 리쾨르의 해석학이 성경의 진정한 의미와 진리를 왜곡시킬 수 있다고 생각한다. 프라이의 비판을 통해서 리쾨르의 해석학 속의 상상의 기능이 포함하는 제한점을 살펴볼 수 있다. 리쾨르는 모든 문학 작품들에 적용될 수 있는 텍스트 해석에 관한 이론을 성경 텍스트에도 적용시킨다. 그래서 성경 역시 실존적 가능성과 인간이해를 위한 뛰어난 텍스트로 받아들인다. 리쾨르는 자신의 방법들이 칼 바르트의 성경해석학적 방법에 가깝다고 생각한다(*CI* 343-44). 그러나 프라이가 보기에는 리쾨르는 바르트와 전혀 다르다는 것이다. 리쾨르가 자신의 방법이 바르트와 가깝다고 주장한 이유는 해석과정에서 독자로서의 주체가 해석과정을 결정하는 중심축이 아니라, 독자는 언어와 텍스트의 제자이며 듣는 자일뿐임을 바르트로부터 배웠다고 주장한다("Myth" 27). 즉 루돌프 불트만(Rudolf Bultmann: 1884-1976)적인 실존주의적 해석은 그 중심축이 독자에게로 옮겨질 것인데, 리쾨르는 이러한 실존주의적 해석은 받아들일 생각이 없는 것이다. 성경이라는 텍스트에 적용시켜본다면, 리쾨르는 바르트처럼 성경 텍스트가 말하는 내용을 듣는 입장으로 남아있어야 한다는 것이다. 즉 성경이 중심축이 되는 것을 의미한다. 성경이 말하는 것을 믿음으로 수용하는 자세가 해석의 시작이라는 것이다.

그러나 프라이가 보기에는 리쾨르의 이러한 바르트와의 유사점은 피상적인 것일 뿐이다. 성경의 복음서들의 경우를 볼 때에, 리쾨르가 복음서들의 특별한 주제와 내용들에 주의를 기울이거나 그 내용들의 특수성을 감안하는 것이 아니라는 것이다. 즉 성경 내용들에 의거한 해석이 아니고 일반적인 텍스트이론 속에 성경해석을 한 부분으로 함몰시키고 말았다는 것이다. 이러한 리쾨르의 시도는 믿음을 가지고 성경을 이해하려는 시도가 아니고, 믿음을 가졌지만 그 믿음을 현대적 개념으로 재구성하는 시도일 뿐이라고 프라이는 생각한다. 이러한 해석의 결과는 성경의 여러 주제들, 예를 들면 구원, 십자가 사건, 부활 등은 단지 실제 사건이기보다 종교적 상징으로 받아들여질 뿐이다. 그래서 기독교의 진리에 대한 확증에 대한 관심보다는 종교적 의미성(meaningfulness)에만 집중하고 있다는 것이다(*Eclipse* 128; Vanhoozer 153). 프라이에 의하면, 기독교의 진리는 성경이야기의 문자적 의미(literal sense)를 가짐으로서 가능하다고 생각한다. 문자적 의미는 어떠한 다른 선험적 요구조건을 만들지 않고, 단지 텍스트 자체 해석을 위한 조건들을 결정함을 통해서 가능케 된다. 즉 성경은 그것을 해석할 수 있는 기준을 성경자체의 내용이 설정해야 한다는 것이다. 이러한 주장은 일반적 혹은 철학적 해석학을 성경해석에 그대로 적용할 때에는 불가능하게 된다. 프라이에 의하면 리쾨르가 이러한 잘못을 함으로써 중재적 신학자들이 했던 잘못을 반복하고 있다는 것이다(*Eclipse* 125). 리쾨르는 종교적 텍스트나 비종교적 텍스트의 구별 없이, 텍스트는 상상력이 개입된 해석과정을 통해서 독자의 새로운 자기이해와 새로운 실재를 열어준다고 생각한다. 성경의 세계 역시 새로운 가능한 세계를 열어주지만, 성경 텍스트가 열어주는 세계는 다른 텍스트와는 다른 기독교만의 독특한 세계를 열어준다는 것이다. 성경만이 열어주는 독특한 세계가 있다 할지라도, 리쾨르의 성경해석은 일반 텍스트 해석이론의 범주에서 벗어날 수 없는 것은 확실하다. 프라이가 보기에는 성경적 진리를 나타내주는 문자적 의미는 리쾨르의 일반해석학으로는 불가능한 것이다. 사실 프라이의 이러한 비판은 타당성을 지니고 있다고 할 수 있다.

그렇다면 프라이가 주장하는 해석방법은 구체적으로 어떠한 것인가? 프라이는 바르트를 따라서 성경해석의 주된 목적은 개념적 재기술이라고 생각한다. 리쾨르처럼 성경내용을 자기이해나 새로운 세계의 창조 등과 같은 것으로 전환시키는 것이 아니라, 성경 그 자체가 성경 속의 세계를 드러나게 함으로서 해석이 가능하다는 것이다. 그러므로 프라이에 의하면 복음서의 내용은 신화도 아니고 역사 자체도 아니다. 복음서 내용의 의미는 역사가 아니므로, 텍스트 밖의 역사적 지시대상이 아니고, 또한 복음서 내용의 의미는 신화가 아니므로 상징도 아니다. 복음서 내용의 의미는 단지 그 이야기가 말하는 그 줄거리 자체이다. 프라이는 그것을 "역사 같은"(history-like) 혹은 실제적인(realistic) 것이라고 부른다(*Eclipse* 273). 프라이에 의하면, 복음서에서의 사실적 내러티브는 예수를 구체적이고 독특한 한 인물로 묘사한다는 것이다. 그 인물의 말과 행동 그리고 주변의 사건들이 그의 독특함을 형성한다. 이 인물의 이러한 점은 다른 어떤 인물과도 대체 불가능한 독특함을 가지고 있다. 그리고 이러한 독특함이 성경을 단지 신화로 볼 수 없게 만드는 이유이다(*Eclipse* 59). 십자가 사건과 부활 역시 그 인물만의 독특성을 말한다. 그리고 죽음 이후에 나타나는 부활한 예수에 대한 이야기는 그가 부활한 자라는 것을 보여준다. 프라이에 의하면, 올바른 성경읽기는 그러므로 예수가 바로 부활한 그 인물, 즉 지금 살아서 존재하는 인물임을 보게 한다. 해석을 통해 예수가 누구인지 아는 것이 그가 부활해서 존재하는 것을 받아들이는 것과 같은 것이다(*Eclipse* 145; Vanhoozer 163 참조). 이것이 프라이가 말하는 사실적 혹은 "역사 같은" 해석의 결과이다. 일반적인 표현을 빌린다면, 이야기 내용을 믿는 믿음의 시야로 해석하는 것이 그가 말하는 사실적 해석일 것이다. 프라이에게는 그러므로 옳고 그른 해석을 가늠하는 기준이 어느 정도 있다고 할 수 있다. 그러나 프라이 주장에서 나타나는 심각한 문제는, 신화도 아니고 역사도 아닌 "역사 같은"이라는 범주가 보편적인 타당성을 획득할 수 있는가라는 것이다. 왜 성경해석에만 이러한 "역사 같은" 해석의 방법을 적용시켜야 하는지에 대한 기준도 불명확해 보인다. 어떤 한 특정한 텍스트를 위한 해석방법이 따로 존재한다면, 해석의 상대화와 고립화라는 난제를 직면하게 될 것이다. 프라이와는 대조적으로, 리쾨르의 해석방법은 보편성을 가진 일반적 해석방법을 제공할 수 있다는 장점이 있다. 그러나 리쾨르에게는 옳은 해석과 그른 해석을 판별한 기준은 프라이보다 불명확해 보인다. 다만 해석의 결과가 삶을 긍정하고 미래에 대한 희망을 주는가라는 것이 리쾨르 해석의 기준이 된다면 될 수 있을 것이다.

IV. 맺는 말

리쾨르는 그의 해석학에서, 텍스트로부터 어떻게 의미가 독자에게 만들어지는가라는 어려운 문제를 상상이라는 창조적 기능으로 설명한다. 리쾨르는 텍스트가 제공하는 세계는 저자의 의도, 저자가 속한 상황, 그리고 저자의 세계로부터 분리된 새로운 세계라는 주장을 타당성 있게 설파한다. 그리고 해석의 목적이 저자의 의도를 다시 파악하는 것이 아니고, 텍스트가 내보이는 세계를 전유하기 위한 것이라는 점을 올바르게 주장한다. 자율권을 가진 텍스트로부터 독자가 의미를 가지게 되는 해석과정의 영역을 해명한 것은 리쾨르만의 값진 업적이라고 말할 수 있다. 그의 해석학에서 텍스트가 가지는 자율권과 상상을 통한 해석방법은 독자들도 하여금 다양한 해석들을 가질 수 있게 허용한다. 상상은 창조성과 동시에 다양성을 제공하는 것이다. 이것은 종교적 텍스트 해석에 풍성한 다양성을 제공하기도 하지만, 동시에 종교적 교리의 단일성에 위협이 되기도 한다. 그러므로 리쾨르의 해석학적 상상은 양날선 칼과 같은 구실을 할 것으로 보인다. 한편으로는 다양하고 풍성한 해석으로 신의 계시를 더욱 다양한 방법으로 이해할 수 있는 기회를 제공할 수 있는 반면에, 또 한편으로는 다양한 해석들 중에서 신의 뜻에 합당한 해석과 그렇지 않은 해석을 구분할 명확한 기준이 없으므로, 종교자체를 하나로 묶는 통일성을 위협할 수가 있다. 그러나 현실적으로는 어느 누구도 신의 뜻에 합당한 해석 기준을 가질 수 없음을 시인해야 한다면, 리쾨르의 해석학은 약점이 있음에도 불구하고 다양하고 풍요로운 종교적 텍스트의 해석을 위해서 중요한 기여를 할 수 있을 것이다. 그러므로 종교적 텍스트 해석에서도 리쾨르가 말하는 상상적 요소를 무시할 수 없을 것처럼 보인다.

리쾨르가 주장하듯이 성경해석도 일반해석학의 범주에 속하게 하는 것은 당연해 보인다. 그러나 상상이 동원된 해석과정을 거친 여러 해석들 중에서 어느 것이 옳은 해석이냐 하는 질문에 대한 대답은 리쾨르가 하기 힘들다. 프라이가 지적하고 싶은 것이 이것일 것이다. 성경 내용을 믿지 않는 해석은 올바른 해석이 아니어야만 한다는 것이다. 사실 종교적 텍스트는 그 내용을 믿게 하기 위한 목적이 있다. 따라서 텍스트의 내용을 받아들임이 올바른 해석으로 인정된다. 예를 들면, 예수가 실제로 부활해서 존재함을 받아들이는 사실적 해석이 아닌 성경해석 방법은 잘못된 것이라는 것이다. 이러한 주장은 기독교 공동체 안에서는 올바른 주장일 수 있지만, 공동체 밖에서도 적용되어야 하는 보편적인 주장은 아닐 것이다. 프라이의 주장은 공동체 속에서의 해석방법으로는 합당하나 배타적일 가능성이 있다. 이러한 해석은 공동체만의 해석과 교조주의적 해석으로 흐를 위험이 있다. 즉 기독교라는 공동체를 밖에서 바라보는 비판의 기능을 상실할 수 있는 것이다. 반대로 리쾨르의 해석방법은 보편적 진리를 말하며, 하나의 공동체를 밖에서 비판할 수 있는 가능성을 열어둔다. 그러나 다원주의나 상대주의를 극복할 기준이 없어 보인다. 그러므로 두 가지 해석입장 중에 하나를 택하는 것보다는, 일반적 해석학에 특수한 종교적 해석학을 보충하는 것이 더욱 합당해 보인다. 비록 그것이 간단하고 쉬운 작업은 아니겠지만, 일반적 상상의 영역과 종교적 믿음의 영역을 상호보충하려는 시도 외에 다른 대안이 별로 없어 보인다.

또 한 가지 리쾨르의 해석학에서 생각할 문제는 상상의 역할과 한계에 대한 것이다. 그의 해석학적 상상이 도출해 내는 것은 삶의 긍정과 미래를 바라보는 희망이다. 리쾨르의 상상은 부정과 비관이 아니라 긍정이다. 아마도 리쾨르의 이러한 긍정은 기독교인으로서 신의 은혜와 풍성함의 경제 등에 대한 믿음 때문일 것이다. 그러나 텍스트 해석에서의 상상은 긍정과 희망의 상상만 가능할 것 같지 않다. 상상을 통한 부정과 절망과 악의 추구도 항상 가능하다. 악의 상징에 대한 언급은 있지만, 독자의 텍스트 해석과정에서 상상이 만들어내는 부정적 역할은 리쾨르 해석학에서 도외시 되고 있는 것처럼 보인다. 또한 그가 말하는 상상과 허구는 어느 정도의 차이가 있는 것인가? 리쾨르의 해석학에서 상상의 지시대상이 항상 허구인 것은 아니다. 그러나 상상의 지시대상이 역사적 사실성에 기초해야 된다는 필요성도 없다. 리쾨르 해석에 의하면, 예수의 삶과 십자가 사건도 역사적 사실이어야만 할 필요성이 있는 것은 아니다. 따라서 상상이 허구로 달려가는 것을 막을 장치가 별로 없어 보인다. 이것은 역사성을 중시하는 종교적 텍스트 해석에서는 받아들이기 힘든 부분이다. 그러나 그의 생각에서 보이는 아쉬운 점들이 있음에도 불구하고, 그가 이룬 해석학적 업적은 높은 평가를 받아야 마땅할 것이다.

인용문헌

Frei, Hans. *The Eclipse of Biblical Narrative*. New Haven: Yale UP, 1974. Print. (본문에서 *Eclipse*로 표기)

Ricoeur, Paul. "Creativity in Language." *The Philosophy of Paul Ricoeur*. Ed. Charles E. Reagan and David Stewart. Boston: Beacon, 1978. 120-33. Print. (본문에서 "CL"로 표기)

______. *Essays in Biblical Interpretation*. Ed. Lewis S. Mudge. Philadelphia: Fortress, 1980. Print. (본문에서 *EBI*로 표기)

______. "Existence and Hermeneutics." *The Philosophy of Paul Ricoeur*. Ed. Charles E. Reagan and David Stewart. Boston: Beacon, 1978. Print. (본문에서 "EH"로 표기)

______. *Freedom and Nature*. Evanston: Northwestern UP, 1966. Print. (본문에서 *FN*으로 표기)

______. *Hermeneutics and the Human Sciences: Essays on Language, Action and Interpretation*. Ed. John B. Thompson. New York: Cambridge UP, 1981. Print. (본문에서 *HHS*로 표기)

______. "Hope and the Structure of Philosophical Systems." *Proceedings of the American Catholic Association* 64 (1970): 55-69. Print. (본문에서 "Hope"로 표기)

______. "Myth as Bearer of Possible of Worlds." *Dialogues with Contemporary Continental Thinkers*. Ed. Richard Kerney. Manchester: Manchester UP, 1984. Print. (본문에서 "Myth"로 표기)

______. *Political and Social Essays*. Ed. David Stewart and Joseph Bien. Athens: Ohio UP, 1975. Print. (본문에서 *PSE*로 표기)

______. *Time and Narrative I*. Trans. Kathleen McLaughlin and David Pellauer. Chicago: U of Chicago P, 1984. Print. (본문에서 *TN I*로 표기)

______. *The Conflict of Interpretations*. Ed. Don Ihde. Evanston: Northwestern UP, 1969. Print. (본문에서 *CI*로 표기)

______. "The Function of Fiction in Shaping Reality." *Man and World* 12 (1979): 123-41. Print. (본문에서 "FF"로 표기)

______. "The Human Experience of Time and Narrative." *Research in Phenomenology* 9 (1979): 17-34. Print. (본문에서 "HET"로 표기)

______. "The Metaphorical Process as Cognition, Imagination, and Feeling." *On Metaphor*. Ed. Sheldon Sacks. Chicago: U of Chicago P, 1978. Print. (본문에서 "MPC"로 표기)

______. *The Philosophy of Paul Ricoeur*. Ed. Charles E. Reagan and David Stewart. Boston: Beacon, 1978. Print. (본문에서 *PPR*로 표기)

______. "The Relations of Jaspers's to Philosophy to Religion." *The Philosophy of Karl Jaspers*. Ed. P. A. Schilipp. New York: Tudor, 1957. Print. (본문에서 "Jaspers" 로 표기)

______. *The Rule of Metaphor: Multi-Disciplinary Studies of the Creation of Meaning in Language*. Trans. Robert Czerny. Tronto: U of Tronto P, 1977. Print. (본문에서 *RM*으로 표기)

______. *The Symbolism of Evil*. Trans. Emerson Buchnan. Boston: Beacon, 1967. Print. (본문에서 *SE*로 표기)

Vanhoozer, Kevin J. *Biblical Narrative in the Philosophy of Paul Ricoeur: A Study in Hermeneutics and Theology*. Cambridge: Cambridge UP, 1990. Print. (본문에서 Vanhoozer로 표기)

5

로티와 문예문화

| 노양진 |

I. 철학의 붕괴

서구의 지적 논의는 20세기 후반에 들어 또 하나의 '전환'을 맞게 되는데, 그것은 '상대주의적 전환'(relativistic turn)이다(노양진, 『상대주의의 두 얼굴』 22). 영어권을 중심으로 유지되어 왔던 '논리실증주의'의 지배적 구도가 무너지면서 상대주의적 이론들이 광범위한 지적 기류를 형성하게 된 것이다. 객관주의(objectivism)의 정형화된 표현의 하나인 논리실증주의의 붕괴에는 분석철학적 전통 안에서의 지속적인 내재적 비판과, 유럽을 중심으로 급속히 확산되기 시작한 포스트모던 철학자들의 급진적 주장이 결정적인 역할을 하였다. 로티(R. Rorty)는 전통적인 분석철학 진영에서 성장했으면서도 스스로 분석철학에 대한 전면적 도전을 통해 '포스트모더니즘'이라는 철학적 기류의 선봉에 서게 된다(McGowan ix-x).[1]

* 본 논문은 『문학과 종교』 7.1 (2002): 113-26에 「로티와 문학의 미래: 진리와 문학문화」로 게재되었음.

1) 맥고원(J. McGowan)은 포스트모더니즘을 1975년을 전후해서 출발했던 급진적인 '반토대주의적 문화 비판'으로 특징짓고, 그것을 크게 네 갈래 경향으로 구분한다. 푸코(M. Foucault)와 데리다(J. Derrida)가 주도하는 포스트구조주의, 로티와 리오타르(J. F. Lyotard)가 주도하는 신실용주의, 제임슨(F. Jameson)과 이글턴(T. Eagleton), 사이드(E. Said) 등이 주도하는 포스트마르

로티는 듀이(J. Dewey), 비트겐슈타인(L. Wittgenstein), 하이데거(M. Heidegger), 셀라스(W. Sellars), 쿤(T. S. Kuhn), 헤겔(F. Hegel), 가다머(H. G. Gadamer) 등 수많은 철학자들의 생각을 분방하게 흡수하고 인용하였다. 뿐만 아니라 자신의 주장 또한 매우 폭넓고 다양한 방식으로 제시하고 있어서, 그의 입장은 '신실용주의,' '반표상주의,' '반정초주의,' '철학 이후의 철학,' '자문화 중심주의,' '교화철학' 등의 다양한 이름으로 불린다.[2] 그러나 로티 자신이 체계적 이론 건설을 거부하고 있다는 점을 염두에 둔다면 이 이름들은 특정한 이론 체계를 가리키는 것이 아니라 그의 철학적 '태도'와 '성향'을 가리키는 것으로 이해되어야 할 것이다. 이 때문에 로티 철학의 성격을 한 마디로 요약하기는 어렵지만 로티 스스로 듀이나 제임스(W. James)에 의해 주창되었던 '실용주의'(pragmatism)로의 회귀를 천명한다. 그러나 전통적인 미국의 실용주의자들은 로티의 실용주의가 변질되었거나 왜곡된 것으로 간주하여 이 때문에 로티의 견해를 '실용주의' 대신에 흔히 '신실용주의'라고 부른다.

로티가 철학계의 주목을 받게 된 것은 급진적인 철학 비판과 함께 그가 제시하는 새로운 철학관 때문이다. 『철학 그리고 자연의 거울』에서 제기되는 로티의 철학 비판의 핵심적 표적은 근세의 '인식론'(epistemology)이다. 로티에 따르면 데카르트-로크-칸트 전통으로 불리는 인식론적 탐구는 매우 특수한 구도와 목표를 갖고 있다. 이 구도 안에서 우리는 이 세계의 관찰자로서 세계를 표상하는 존재이며, 진리란 정확한 표상을 말한다.

> 안다는 것은 마음의 밖에 있는 어떤 것을 정확히 표상한다는 것이다. 따라서 지식의 가능성과 본성을 이해한다는 것은 우리의 마음이 그러한 표상들을 구성하는 방식을 이해한다는 것이다. 철학의 주된 관심사는 표상에 관한 일반 이론이 되는 것이며, 그 이론은 문화의 영역을 실재를 잘 표상하고 있

크스주의, 그리고 현대 페미니즘이 그것이다.

2) 로티의 이러한 철학적 전향은 그의 대표적 저서인 『철학 그리고 자연의 거울』(*Philosophy and the Mirror of Nature*)에서 극적으로 표현되고 있으며, 후속적으로 발간된 *Consequences of Pragmatism; Contingency, Irony, and Solidarity; Objectivity, Relativism, and Truth; Essays on Heidegger and Others; Achieving Our Country; Philosophy and Social Hope* 등은 『철학 그리고 자연의 거울』에서 집약되고 있는 철학적 시각을 다양한 영역과 문제들에 확장시켜 논의하는 형태를 띠고 있다.

는 것, 덜 표상하고 있는 것, 그리고 전혀 표상하지 않는 것 . . . 으로 구분하게 된다. (『철학 그리고 자연의 거울』 11)

이러한 표상주의적 구도 안에서 인식의 주체인 우리는 순수한 '마음' – 로티에 따르면 발견된 것이 아니라 발명된 것으로서 – 의 존재로 특징지어진다. 여기에서 마음은 세계와 완전히 분리된 하나의 '거울'로서 세계를 정확하게 반영하는 역할을 한다. 이것이 로티가 깨뜨리려고 하는 '거울로서의 마음'(Mind as a Mirror)의 은유다.

철학이 다른 모든 탐구들에 대해 특권을 갖는 것은 바로 표상주의적 구도 안에서 '진리'를 추구하기 때문이다. 철학은 이 때문에 다른 모든 탐구들을 판정할 수 있는 최종적 판정자의 위치에 있는 것으로 자임한다. 그러나 로티에 따르면 이러한 인식론적 구도는 실현 불가능한 공허한 철학적 환상에 불과하다. 근세의 인식론자들은 흔히 '진리 대응설'이라고 불리는 진리 개념을 유지한다. 말하자면 우리의 표상 작용을 통해 주어진 '관념'이 세계의 '사실'에 대응하는지에 따라 진리가 판가름된다. 이러한 대응이 가능하기 위해서는 우리의 언어도 세계도 고정된 것이어야 한다. 그러나 로티의 분석에 따르면 언어와 세계는 모두 시간과 공간 안에 묶인 우연적인 것이며, 따라서 그것들 사이의 확정적 대응은 공허한 이론적 환상이라는 것이다. 말하자면 인식론은 우리에게 불가능한 진리를 추구하고 있는 것이다. 이러한 관점에서 로티는 우리의 세계, 언어, 그리고 자아의 본성을 모두 '우연성'(contingency)으로 특징짓는다.

인식론이라는 철학적 구도와 함께 진리 대응설이 포기되면 이제 철학에 남아 있는 것은 무엇일까? 로티는 이제 '절대적 진리'(Truth) 대신에 '진리들'(truths)에 관해서 이야기할 것을 권고하며, 이러한 진리 이야기들은 '지리산은 남한에서 가장 높은 산이다,' '한국에는 올해 황사가 심했다,' '아프리카에 에볼라가 확산되고 있다'와 같은 일상적인 문장들의 참/거짓의 문제일 뿐이라고 말한다. 단일한 절대적 진리 이야기는 이제 낡아서 쓸모가 없는 과거의 것이 되었으며, 따라서 로티는 단적으로 "이야기의 주제를 바꾸자"라고 제안한다.

로티에 따르면 이제 철학은 더 이상 진리를 독점하는 특권적 담론이 아니다. 철학은 이제 문학, 과학, 예술과 같은 '다양한 인간의 목소리들 중의 하나'

로서 더 나은 인간의 삶에 기여해야 한다(Bernstein 745-76). 풍부한 글쓰기와 날카로운 철학적 통찰을 수반한 로티의 이러한 주장은 한편으로는 지적 세계에 비상한 관심을 불러일으켰지만, 다른 한편으로는 사실상 '철학의 종언'을 선언하는 반역적 태도로 받아들여짐으로써 철학계의 강력한 반발의 대상이 되었다. 자신의 입장을 옹호하기 위한 로티의 수사와 논변은 포스트모던 철학자들에게서 공통적으로 드러나는 다분히 전략적인 측면들과 함께 이론적 편향과 과도성을 드러내고 있는 것으로 보인다. 그럼에도 불구하고 전통적인 철학적 탐구의 본성에 대한 그의 통찰은 전통적인 철학적 탐구들을 감싸고 있는 형이상학적 독단들과 객관주의적 환상들을 깨뜨리는 데 중요한 시각을 제공한다. 자신의 주장처럼 철학 비판의 목적이 '교화'(edification)를 통해 낡은 구분들이 "형편없는 것으로 보이도록 노력하고, 그렇게 함으로써 주제를 바꿔버리는 일"(로티, 『우연성 · 아이러니 · 연대성』 100)이라면 로티의 철학 비판은 적어도 그 범위 안에서 성공적인 셈이다.

II. 철학과 문학

로티는 『철학 그리고 자연의 거울』에서의 철학 비판에 이어 왕성한 저술 활동을 통해 '전통적인 의미에서의 철학'이 막을 내린 이후에 우리가 추구해야 할 지적 환경에 관해 폭넓은 논의를 전개한다. 앞서 지적했던 것처럼 로티가 이러한 작업을 통해 어떤 새로운 대안적 이론이나 체계를 겨냥하고 있는 것은 아니다. 대신에 그는 매우 다양한 주제들에 관해 산발적으로 자신의 생각을 쏟아내놓고 있는데, 이 과정에서 핵심적 주제의 하나로 떠오르게 된 것이 '문학'이다. 즉 로티는 르네상스 이후 서구의 지성사가 종교에서 철학으로, 다시 철학에서 문학으로 이행해 가고 있으며, 또 그래야 한다고 주장하고 있는 것이다.

이러한 새로운 문화 안에서 철학은 절대적 진리라는 특권을 잃고 문학이나 과학, 예술 등과 마찬가지로 하나의 장르로 내려앉게 된다. 로티의 이러한 주장은 적어도 전통적인 철학관에 묶여 있는 철학자들에게는 '만학의 여왕'에 대한 반역적 도전으로 받아들여질 수 있다. 실제로 로티의 이러한 태도에 강한 반감을 가진 철학자들은 로티의 자유분방한 해석적 태도에 대해 철학적 자질 부족에서 비롯된 것이라는 거친 비판을 서슴지 않는다. 그러나 인류의 문화사의 궤적을 잠시 살펴보면 이러한 로티의 주장은 별반 새로운 것이 없다. 인류의 역사의 초창기에 춤과 노래가 있었으며, 신화와 시가와 서사가 있었다. 서양에서든 동양에서는 오늘날 우리가 '철학'이라고 부를 수 있는 독립적인 장르가 등장한 것은 훨씬 후의 일이다. 그 모든 활동은 사실상 인간과 세계에 대한 관심과 탐구라는 주제로 수렴될 수 있으며, 오늘날 우리에게 주어진 분과들은 다양한 장르의 문제라고 말할 수 있다. 이러한 시각에도 본다면 로티의 제안은 미래를 향한 새로운 제안의 형태를 띠고 있지만 사실상 과거를 향한 회귀적 제안으로 읽힐 수도 있을 것이다.

철학과 문학의 예기치 않은 결별은 서구 지성사에서 선명하게 드러나는 이성과 감정의 구분과 밀접한 연관이 있는 것으로 보인다. 호머 이래로(아마도 이전부터) 매우 포괄적인 의미로 사용되던 '이성'(logos)은 그리스인들이 인간의 능력으로서의 '누스'(nous)라는 말을 발명하면서 철학적 사유의 배타적 주인공으로 자리 잡게 되었다(Frede 3). '애지(愛知)의 학'(philosophia)인 철학은 그 출발점에서 '이성'의 학으로 자리 잡았으며, 이러한 탐구는 감정이나 상상력과의 거리를 둠으로써 스스로의 위상을 정립했다.

이러한 이성주의적 전통은 플라톤에 의해 명확한 형태를 드러낸다. 플라톤은 두 가지 측면에서 시인을 자신의 공화국으로부터 추방하려했는데, 시인은 참된 지식을 제공하지 못하며, 따라서 진리를 포착할 수 없다고 보았기 때문이다(플라톤 601). 여기에서 문학이 거부되어야 할 부정적 활동으로 치부되는 데 기준이 되는 것은 '진리'이다. 신은 실재의 세계를 창조하며, 장인들은 그것들을 모방한 현실적인 물건들을 만들어 낸다. 시인은 그렇게 해서 만들어진 것들을 또 다시 모방하는 작업을 하고 있는 것이다. 한편 플라톤에 따르면 "신은 시인들로부터 이성을 빼앗아가며"(Plato 534) 시인은 다만 뮤즈의 힘에 의해 정열을 불러일으킬 뿐이다. 문학은 진리를 추구하는 이성의 편이 아니라 이성을 마비시키는 미혹의 원천이다. 여기에서 우리는 서구의 철학적 탐구가 이성에 의거한 진리중심주의로 접어들었다는 것을 알 수 있다. 철학은 이성의 편에 서게 되었으며, 문학은 감정과 상상력의 편에 서게 된 것이다.

이러한 맥락에서 전통적인 철학적 방법을 특징짓는 것은 상상력이나 감정에 대비되는 것으로서 '합리적 논증'일 것이다. 로티는 이러한 철학적 방법이 그 자체로 부당하다고 말하기보다는 우리가 추구하는 다양한 삶의 방식들을 이해하고 설명하는 데 유일한 최선의 방법일 수 없다는 사실을 드러내는 데 초점을 맞추고 있다. 로티는 소설이라는 장르가 갖는 유연성과 상상력의 가능성을 예로 들어 이 주장을 옹호한다. 즉 어떤 것을 동원해 논증을 하는 것이 중요한 것이 아니라 신빙성 있는 이야기를 짜냄으로써 그것이 과연 우리들의 신념과 욕구 중 충분히 많은 것들과 정합적으로 만들어질 수 있는지의 문제가 더 중요하다는 것이다(김동식 407-08). 이러한 시각에서 로티는 철학자의 임무는 블룸(H. Bloom)의 표현을 따라 '대담한 시인'(strong poet)이 됨으로써 시대를 이끌어 가는 새로운 은유들을 창조하는 일이라고 말한다(『우연성 · 아이러니 · 연대성』 1). 철학적 작업이 은유의 창조라는 로티의 주장은 진리란 "유동적인 한 무리의 [은유], 환유, 의인관들"(450)이라는 니체(F. Nietzsche)의 선언이나 "철학은 스스로를 잃어버린 은유화 과정"(211)이라는 데리다(J. Derrida)의 주장, 그리고 모든 철학적 개념들과 이론들이 은유적 구성물이라는 레이코프와 존슨(G. Lakoff and M. Johnson)의 주장[3]과도 쉽게 합치한다.

이들의 주장처럼 철학적 이론들이 은유들의 무리로 구성된 것이라면 이제 철학과 문학 사이의 전통적 구분은 새로운 국면을 맞게 된다. 즉 철학과 문학은 모두 특정한 무리의 은유들을 창조하는 작업일 뿐이다. 따라서 우리가 더욱 의미 있게 물어야 할 물음은 어떤 것이 진리인가가 아니라 어떤 은유가 우리의 더 나은 삶에 기여할 수 있는가이다. 이러한 시각은 물론 전형적으로 '실용주의적'이다. 즉 실용주의자에게 어떤 것이 우리의 더 나은 삶에 기여하는 것이라면 그 형식이나 장르는 부차적인 문제가 된다. 로티는 바로 특정한 구분이 과연 가능한가, 불가능한가를 묻는 대신에 그 구분이 오늘 우리에게 얼마나 쓸모 있는가를 묻으려고 하는 것이다.

사실상 로티의 비판이 아니라 하더라도 철학적 사유의 본성을 특징짓는 것

3) G. 레이코프 · M. 존슨, 『몸의 철학: 신체화된 마음의 서구 사상에 대한 도전』, 임지룡 외 역(서울: 박이정, 2002) 참조.

은 매우 당혹스러운 일의 하나가 되었다. 그것은 단일한 진리는 물론 체계화와 이론화를 거부라는 일련의 지적 논의들 때문이다. 아마도 이러한 논의의 혼란 속에서도 여전히 철학적 작업을 특징지을 수 있는 것은 그 사유 대상이 아니라 사유 방식의 특성일 것이다. 그것은 바로 '반성적(메타적) 사고'와 '고도의 일반성'이다. 물론 이러한 사유 방식은 철학이라는 분과에 국한된 것이 아니다. 인간과 자연을 탐구하는 모든 영역에서 이러한 사유는 가능하며, 따라서 분과학문 영역에서의 탐구가 일반적인 차원으로 확장된다면 결국 '철학적'이라는 영역과 맞닿게 될 것이다. 로티는 바로 이 지점에서 철학이나 문학이 선택하는 사유 방식보다는 그것이 불러오는 귀결 또는 유용성에 초점을 맞춤으로써 철학과 문학의 엄격한 구분을 최소화하려고 하는 것이다.

III. 문예문화의 미래: 은유와 자아창조

서구의 지성사를 바라보는 로티의 다양한 수사와 구분들은 정형화된 한 지점을 향해서 간다기보다는 과거의 서구 지성사를 지배해 왔던 커다란 패러다임들에 의해 묶여 있었던 것들을 해체함으로써 우리에게 새로운 태도를 갖도록 이끌어 간다. 로티가 해체하려는 일차적인 표적은 단일한 절대적 진리의 추구라고 할 수 있다. 서구 지성사에서 절대적 진리는 '종교'라는 이름으로, '철학'이라는 이름으로, 또는 '과학'이라는 이름으로 추구되어 왔다. 최근 한국에서의 특별강연에서 로티는 이러한 진리를 '구원적 진리'(redemptive truth)라는 말로 묶고 있으며, 이러한 구원적 진리의 추구를 포기한 새로운 시대를 '문예문화'(literary culture)로 특징짓는다(「구원적 진리」 9). 로티는 구원적 진리를 "우리가 무엇을 할 것인가에 대한 반성의 과정이 단번에 끝날 수 있다는 일련의 신념"(「구원적 진리」 7)이라는 말로 표현한다. 그러나 오늘날 발흥하는 문예문화 안에서 "존재란 무엇인가?" "참으로 실재하는 것은 무엇인가?" "인간은 무엇인가?"와 같은 나쁜 물음 대신에 "우리 인간이 어떠한 삶을 살 수 있는가에 대한 어떤 새로운 생각을 누가 지니고 있는가?"와 같은 재치 있는 물음을 물을 것을 권고한다(「구원적 진리」 11).

로티는 르네상스 이후 서구의 지식인들은 처음에는 신으로부터, 그 다음에는 철학으로부터, 지금은 문학으로부터 구원받으려고 한다고 말한다(「구원적 진리」 9). 로티에 따르면 계몽 사상가들은 데카르트, 홉스, 스피노자 등이 쓰고 있었던 종교의 가면을 벗겨 냄으로써 종교의 자리를 철학으로 채웠으며, 다시 키에르케고르와 니체, 그리고 세르반테스와 셰익스피어는 모두 철학의 자리를 문학으로 채우려고 했다. 또한 에머슨과 보들레르, 그리고 셸리가 모두 이러한 전환에 기여한 사람들이다.

로티는 종교적 구원과 철학적 구원을 넘어선 '문학적 지식인'의 이상을 블룸의 생각을 빌어 다음과 같이 말한다.

> 더 많은 책을 읽으면 읽을수록, 인간 삶의 더 많은 방식들을 고려할수록, 더욱 더 인간적이 될수록, 시간과 우연에서 벗어나려는 꿈을 덜 꾸고 싶어지고 우리 서로를 제외하고는 우리 인간들이 기댈 곳은 없다는 것을 더욱더 확신하게 된다. (「구원적 진리」 16)

이제 블룸과 로티의 입을 통해 절대적인 것에 대한 본성적 추구는 사적 영역으로 물러날 것이다. 절대적인 것에 대한 추구 없이 우리는 어떻게 여전히 낙관적일 수 있는가? 블룸은 물론 로티는 이러한 낙관적 권고가 우리 자신이 갖고 있는 상상력의 무한한 힘에 의해 가능하다고 말할 것이다. 이제 이러한 문화 안에서 상상력의 힘과 자아창조라는 새로운 가치가 우리를 이끌어 가는 중요한 안내자가 될 것이다. 로티는 우리를 넘어선 것들에 대한 의존이 더 이상 새로운 시대를 이끌어 가는 주도적 가치가 될 수 없다고 말하고 있는 것이다.

> 최고로 자유롭고, 여유롭고, 관대한 지구적 공동체에 얼마나 기여하느냐에 따라 사회적 유용성이 판단될 때, 유토피아 안에서 지식인들은 인간의 상상력이 낳은 산물을 판단할 수 있는 이 유용성 이외의 다른 어떤 기준이 존재한다는 생각을 버릴 것이기 때문이다. (「구원적 진리」 40)

'포스트모던'으로 분류되는 최근의 이론가들은 공통적으로 서구의 지적 전통에 대해 매우 급진적인 비판을 가하고 있으며, 이러한 흐름 속에서 이성 중심적인 서구의 지적 전통은 점차 와해되고 있다. 이들의 급진적인 논의와 함께 우리는 문학과 철학의 구분이 진리 탐구를 배타적 과제로 삼았던 철학 개념에서 비롯된다는 것을 알 수 있다. 로티는 바로 이러한 이성/진리 중심의 지적 전통을 근원적으로 거부함으로써 철학과 문학의 경계가 낡은 철학적 전통의 불필요한 부산물이라고 주장하는 것이다.

참/거짓의 문제에 묶여 있었던 폐쇄적인 철학적 탐구의 본성을 반성적으로 살펴볼 때 '문학'의 역할을 강조하는 것은 매우 자연스러운 일이다. 철학이 평면적인 진리 탐구에 묶여 인간 삶의 복합적이고 중층적인 본성을 외면하고 있었다는 점에 비추어 볼 때, 우리가 왜 우리의 사유가 더 문학적으로 확장되어야 하는지는 매우 분명해 보인다. 그러나 여기에서 로티가 말하는 '문학'이 단순히 특정한 글쓰기의 장르를 말하고 있지 않다는 것은 분명하다. 오히려 로티는 종교와 철학과 같은 단일한 진리가 포기된, 다원적 문화를 '문예적'이라고 부르고 있는 것이다.

로티의 철학 비판은 전통적인 정초주의적 철학에 대한 방법론적 비판으로 받아들여질 수 있으며, 그러한 제한성을 벗어나려는 치유적 시도로서 높이 평가되어야 할 것이다. 우리는 진리 탐구라는 배타적 허울에 묶인 철학을 '인문학'이라는 넓은 영역으로 끌어내야 할 이유가 있으며, 이러한 시각에서 본다면 철학은 굳이 문학과 구별되어야 할 이유가 없어 보인다. 그러나 이러한 전환의 필요성을 들어 모든 이론화와 체계화가 거부되어야 한다는 로티의 주장은 여전히 성급하고도 거친 것이다. 로티의 시도는 한쪽으로 기울어진 시소의 반대편에 올라섬으로써 균형의 필요성을 주장한다는 점에서 중요한 제안이지만 자신 혼자서 올라서 있는 시소는 또 다른 불균형을 불러옴으로써 우리의 시각을 가리게 된다는 평범한 사실을 간과해서는 알 될 것이다.

이러한 시각에서 로티의 주장을 좀 더 신중하게 살펴보면 우리는 로티가 제안하는 문예문화가 문학적 진리와 같은 또 다른 하나의 구원적 진리를 이야기하고 있는 것이 아니라 어떤 특정한 진리의 배타성을 거부함으로써 다원적 진리들의 가능성을 이야기하고 있다는 것을 알 수 있다. 이러한 문예문화 안에서 종교와 철학, 과학은 항구적으로 대체되고 소멸하는 것이 아니라 열려 있는 다원성의 일부로 읽힐 수 있을 것이다. 말하자면 '문예문화'는 문학의 구원이 아니라 상상력의 확장을 통한 다양한 자아창조의 길을 추구하는 열려 있는 문화적 태도를 가리키고 있는 말이다.

그러면 이러한 다원의 세계에서 우리는 좀 더 구체적으로 무엇을 할 수 있는가? 아마도 이러한 물음은 로티가 묘사하는 '자유주의적 반어주의자'(liberal ironist)의 모습을 통해 적절하게 답해질 수 있을 것이다. 로티에 따르면 자유주의자는 '잔인성이야말로 우리가 행하는 가장 나쁜 짓'[4]이라고 받아들이는 사람이다(『우연성 · 아이러니 · 연대성』 22). 로티는 우리가 왜 잔인성을 피해야 하는가라는 물음에 대해 문학작품들이 어떤 철학 이론들보다도 훨씬 더 효과적으로 답하고 있다고 본다. 로티는 우리가 덜 잔인하게 되는 데 도움을 주는 것들로 스토(H. Stowe)의 『엉클 톰스 캐빈』(*Uncle Tom's Cabin*), 위고(V. M. Hugo)의 『레 미제라블』(*Les Miserables*), 드라이저(T. Dreiser)의 『시스터 케리』(*Sister Carrie*), 홀(R. Hall)의 『고독의 우물』(*The Well of Loneliness*), 라이트(R. Wright)의 『흑인 소년』(*Black Boy*) 등의 소설을 들고 있으며, 이러한 시각에서 시대와 작가적 스타일의 차이에도 불구하고 『롤리타』(*Lolita*)의 나보코프(V. Nabokov)와 『1984년』(*Nineteen Eighty-Four*)의 오웰(G. Orwell)을 잔인성에 대한 반대자들로 한데 묶는다(『우연성 · 아이러니 · 연대성』 7-8).[5]

한편 반어주의자가 된다는 것은 자신의 '최종적 어휘'(final vocabulary)에 대해 근본적이고도 지속적인 의문을 제기할 수 있는 사람을 말한다(로티, 『우연성 · 아이러니 · 연대성』 145-46). 최종적 어휘란 우리의 행위나 신념, 삶을 정당화하기 위해 사용할 수 있는 최종적 근거를 말한다. 즉 반어주의자는 "자신의 가장 핵심적인 신념과 욕구들의 우연성을 직시하는 사람, 그와 같은 핵심적인 신념과 욕구들이 시간과 기회를 넘어선 무엇을 가리킨다는 관념을 포기해버릴 만큼 충분히 역사주의자이고 명목론자인 사람"(로티, 『우연성 · 아이러니 · 연대성』 22-23)이다. 즉 반어주의자는 자신의 믿음에 절대적인 근거나 본질이 있을 수 있다고 믿는 형이상학자에 반대하는 사람이며, 자신의 의지하는 믿

4) 로티는 이 표현을 슈클라(J. Shklar)에게서 가져온 것이라고 말한다.
5) 로티는 이 책의 「서론」에서 디킨스(C. Dickens), 슈라이너(O. Schreiner), 라이트(R. Wright), 그리고 라클로(C. de Laclos), 제임스(H. James) 등의 픽션이 우리가 겪고 있거나 겪을 수 있는 고통과 잔인성의 상세한 내용을 전해 준다고 말한다.

음의 궁극적 근거가 자신이 속해 있는 언어나 문화를 넘어서서 주어질 수 없다는 사실을 인정하는 사람이다. 이러한 입장을 로티는 '자문화중심주의'(ethnocentrism)라고 부른다. 아마도 이러한 다원주의적 세계 안에서 우리는 점차로 확장된 연대성을 추구할 수 있겠지만, 결코 과거의 철학이 추구했던 절대적이거나 보편적 진리의 가능성을 추구하지 않을 것이며, 또 우리 자신이 그러한 진리에 더 가까울 수 있다는 믿음 또한 포기할 것이다(*Philosophy and Social Hope* 82).[6)]

우리는 지난 세기 후반에 시작되어 점차 널리 확산되어 가는 로티의 목소리와 함께 새로운 세기를 맞고 있다. 아마도 새로운 세기에는 로티가 추구하는 다원주의는 점차 더 큰 폭의 지지를 얻게 될 것이다. 그러나 여기에서 지적되어야 할 것은 다원주의적 주장이 결코 로티가 생각하는 것처럼 낙관적인 귀결만을 불러오는 것은 아니라는 점이다. 로티는 계속되는 다원적 분기가 어느 지점에서 어떤 방식으로 제약되어야 할 것인지에 대해 아무런 말도 하지 않고 있다. 말하자면 극단적인 다원적 분기가 지속될 때 특정한 사람들의 특정한 취향이 우리가 감당할 수 없는 사적 심미주의나 퇴폐주의로 전락할 수 있기 때문이다. 그것은 선언적(宣言的) 주장으로 일관하는 로티에게 가장 중요하게 물어져야 할 철학적 물음이다.

로티는 절대적인 것의 붕괴에 너무나 많은 힘을 기울이면서 다원성을 어떻게 제약할 것인가라는 물음에 관해 철학적 진지함을 잃은 것으로 보인다.[7)] 이 때문에 로티가 말하는 진리와 의미와 경험과 도덕은 아무런 뿌리도 없이 떠도는 '우연들'의 이합집산으로 보이게 된다. 우리에게는 로티가 말하는 것보다도 훨씬 덜 우연적인 부분들이 있다. 그것은 우리의 '몸'이며, 또한 그것과 직접 상

---

6) 로티는 절대적 진리의 존재를 정면으로 부인하기보다는 설혹 절대적 진리 같은 것이 존재한다 하더라도 우리가 그것을 식별할 수 없는 존재라는 사실을 강조한다.

7) 필자는 로티가 앞세우는 '잔인성'이 다원적 분기 상황에서 우리가 더 이상 물러설 수 없는 제약을 이루고 있다고 본다. 로티는 그것을 단지 자유주의자가 공유하는 출발점으로 삼고 있으며, 그것이 왜 물러설 수 없는 제약이 되어야 하는지에 관한 논의를 피하고 있다. 어떤 담론의 우선성도 인정하지 않으려는 포스트모던 철학자에게 왜 잔인성이 우선적으로 고려되어야 하는지를 해명하는 것은 스스로의 포스트모던적 전략을 무너뜨린다는 것을 알고 있기 때문일 것이다.

호작용하는 물리적 세계다.[8] 그것은 다만 '우연'이라고 부르기에는 우리에게 너무나 기본적인 경험을 제공하는 안정적 조건이다. 이러한 세계의 안정성을 간과하고 '우연성'으로만 치닫는 로티의 행보는 지적 안이함 아니면 낙관으로 가려진 의도적인 '지적 전략'의 산물이라는 지적을 피할 수 없을 것이다.

인용문헌

김동식. 『로티의 신실용주의』. 서울: 철학과 현실사, 1994. Print.

노양진. 「로티의 듀이 해석」. 『로티와 과학과 철학』. 김동식 편. 서울: 철학과 현실사, 1997. Print.

______. 『상대주의의 두 얼굴』. 파주: 서광사, 2007. Print.

니체, 프리드리히. 『유고(1870-1873): 디오니소스적 세계관, 비극적 사유의 탄생 외』. 이진우 역. 서울: 책세상, 2001. Print.

레이코프, G. · M. 존슨. 『몸의 철학: 신체화된 마음의 서구 사상에 대한 도전』. 임지룡 외 역. 서울: 박이정, 2002. Print.

로티, 리처드. 『실용주의의 결과』. 김동식 역. 민음사, 1996. Print.

______. 『우연성 · 아이러니 · 연대성』. 김동식 · 이유선 역. 서울: 민음사, 1996. Print.

______. 『철학 그리고 자연의 거울』. 박지수 역. 서울: 까치, 1998. Print.

______. 「구원적 진리의 쇠퇴와 문학문화의 발흥: 서구 지식인이 걸어간 길」. 『구원적 진리, 문학문화, 그리고 도덕철학』. 서울: 아카넷, 2001. (「구원적 진리」로 표기). Print.

플라톤. 『국가: 정체』. 박종현 역주. 서울: 서광사, 1997. Print.

Bernstein, Richard. "Philosophy in the Conversation of Mankind." *Review of Metaphysics* 33 (1980): 745-75. Print.

Derrida, Jacques. *Margins of Philosophy*. Trans. Alan Bass. Chicago: U of Chicago P, 1982. Print.

Frede, Michael and Gisela Striker, eds. *Rationality in Greek Thought*. Oxford: Clarendon,

8) 이 문제에 관한 좀 더 상세한 논의는 노양진, 「로티의 듀이 해석」, 『로티와 과학과 철학』 김동식 편 (서울: 철학과 현실사, 1997) 참조.

1996. Print.

McGowan, John. *Postmodernism and Its Critics*. Ithaca: Cornell UP, 1991. Print.

Plato, Ion. *The Dialogues of Plato*. Trans. B. Jowett. Vol. 1. Oxford: Clarendon, 1871. Print.

Rorty, Richard. *Philosophy and the Mirror of Nature*. Princeton: Princeton UP, 1979. Print.

______. *Philosophy and Social Hope*. London: Penguin, 1999. Print.

제2부

한국문학 연구와 종교적 상징

6

김현승 시에 나타난 성경수용의 제 양상과 특징

| 김인섭 |

I. 들어가는 말

김현승 시인은 어려서부터 엄격한 기독교 신앙교육을 받아 일생 동안 성경을 가까이 하며 시를 써온 한국의 대표적인 기독교 시인 가운데 한 사람이다. 어려서부터 신앙교육을 받은 점, 일생 동안 성경을 가까이 한 점, 우리나라 대표적인 기독교 시인으로 평가받는 점 등은 윤동주 시인과 공유되는 측면으로서 두 시인의 성경 수용과정을 비교 연구할 경우, 의미 있는 논점을 얻을 수 있을 것으로 보인다. "생득적으로 기독교적 상상력을 모태로 한 작품 활동을 할 수 있는 근본토양"(유성호 8)을 공유하고 있기 때문이다.

김현승 시인은 한국 기독교 시인 가운데 성경인용 빈도가 가장 높은 시인이다. 기독교를 "하나님의 언어를 인간이 믿어 다시 언어로 고백하는 종교"(현길언 29)[1]라고 할 때, 성서를 인용하여 작품화한 시편들에서 긍정적이든 부정적이든 기독교 신앙에 대한 시인의 언어적 고백을 살펴볼 수 있다. 김현승은 기독

* 본 논문은 『문학과 종교』 19.3 (2014): 16-38에 「김현승 시에 나타난 성경수용의 제 양상과 특징」으로 게재되었음.

1) 현길언의 이 같은 규정은 신약성서의 "사람이 마음으로 믿어 의에 이르고 입으로 시인하여 구원에 이르느니라"(롬 10:10)는 구절을 근거로 하였다.

교 신앙에 대한 긍정적, 부정적 고백 사이에 뚜렷한 굴곡과 현격한 편차를 보여주었기 때문에 주목되는 시인이다. 성경수용에 대한 고찰은 김현승이 추구한 고독의 시정신을 새로운 관점에서 규명해볼 수 있는 좋은 기회가 될 것이다.

성경을 수용한 시들에서 성경은 인유(引喩)의 원천에 해당한다. "인유의 원천들은 현대시의 제재나 주제가 되기도 하고, 심지어 작품의 형식구조가 되기도 하면서 현대시인의 상상력을 자극하고 있다"(김준오 225). 기독교 시인들은 인유의 원천으로서 성서에 담겨 있는 기독교의 교리나 신앙의 근거들을 시인의 영적인 체험으로 육화하여 시적 상상력을 통해 표출한다. 시인의 상상력에 따라서는 인유의 차원을 넘어, 비유나 상징의 근거로 확대되기도 한다. 김현승 시인에게서 비유나 상징 등 성서인유의 차원을 넘어서는 시적 표현의 제 양상을 빈번하게 확인할 수 있다.

현재까지 한국기독교 시인들이 작품에 성경을 수용한 양상에 대한 고찰은 제대로 진행되지 않고 있다. 그 원인은 한 시인의 작품세계에서 성경수용의 빈도가 높지 않거나, 작품 해석이나 시 의식 해명에 유의미한 결과를 얻어내지 못한다고 보았기 때문일 수도 있다. 윤동주 시인의 경우 필자에 의해 논의된 바 있다(김인섭 75-103). 15% 정도에 불과한 성경 수용비율을 보이고 있으나 성경을 인용한 시편들은 그의 시 의식 변모과정에서 중요한 국면을 보이는 작품들이었으며, 성경인용 양상을 고찰하여 시의 깊이와 신앙의 수준이 조화를 이룬 시인으로 재평가할 수 있었다.

김현승 시인은 성경인용 비율이 높을 뿐만 아니라, 후기 시에 이르러 기독교신앙에 회의를 일으키고 '고독'이라는 독자적인 관념의 세계를 추구하여 성경 인용의 형태뿐만 아니라, 내용에 있어서도 일정한 변모를 띠고 있어 한국 현대시에서 보기 드물게 매우 다채로운 성경수용 양상을 보여준다. 성서의 어구와 문장, 사건과 일화를 인용하는 인유의 차원을 넘어, 시에서 비유적 표현으로 활용하기도 하며, 그의 시 세계에서 성경의 특정 어구나 표현이 반복적으로 쓰이면서 개인상징이 되거나 시인의 관용어구로 자리 잡기도 한다.

인용 내용에 있어서도 신과 신앙에 대하여 대립, 갈등, 저항의 긴장관계를 보여주고 있는 시편에서는 성경 원천이 반어적, 풍자적 표현으로 나타나기도

한다. 형태나 내용에 있어서 김현승 시에 나타난 성경수용의 제 특성을 정리해 볼 가치가 있다. 김현승 시는 성서를 폭넓고 심도 있게 수용하고 있어, 다른 기독교시인들의 성서수용 양상을 비교 검토해볼 수 있는 좋은 기준이 될 수 있다.

II. 본론

1. 김현승 시에 끼친 성경의 영향

김현승 시인은 그의 산문 「詩였던 예수의 言行」(1968)에서 "기본적으로 내 시에 아는 듯 모르는 듯 세력을 미치고 있는 것은 기독교의 성경일 것이다." (김현승 199)라고 한 바 있다. 자신에게 영향을 끼친 여러 시인들, 정지용, 김기림, 엘리엇, 발레리, 릴케, 엘뤼아르 등에 대해서 언급하면서 이들에게서 단편적으로 배우고 참고한 것들이 많기는 하지만, 무엇보다도 성경이 일생에, 시세계 전체에 지대한 영향을 끼쳤다고 스스로 고백하였다.

기독교 목사의 아들로 엄격한 신앙교육을 받으며 성장하였던 김현승은 부친의 권유로 기독교 학교인 평양의 숭실중학과 숭실전문에서 수학하는 동안에도 성경 과목을 공부한 바 있다. 사복음서의 '예수의 언행'을 어려서부터 읽었다고 한다. 구약의 신보다 신약의 예수에 대한 존경과 찬사는 유별나다.

> 신구약 성경이 신앙을 떠나서도 문학적으로 얼마나 훌륭하다는 것은 주지의 사실이지만, 그리고 구약의 시편들과 아가(雅歌)나 애가(哀歌)와 같은 것들이 훌륭하지만, 나는 그보다도 신약을 더 좋아하고 그 중에서도 특히 사복음(四福音)을 좋아한다. 그 이유는 사복음에는 예수의 행동과 말이 적혀 있기 때문이다. 예수의 말은 모두가 구체적이며 시적이다. 그의 행동도 그렇다. 그의 온 생활 자체가 시다. 나는 사복음을 읽으면, 예수의 말과 행동을 통하여 시를 읽는 느낌이 든다. (김현승 199)

라고 할 정도이다.

시인은 많은 산문을 남겼는데, 산문을 쓸 때에도 성경의 내용을 자주 인용하기도 하고[2], 학교 교육에 있어서 성경의 중요성[3]을 강조하기도 하였다. 성경

---

2) 산문 제목과 인용 성경내용을 예시하면 다음과 같다. 「詩였던 예수의 언행」(사복음서), 「기독

의 문장이나 표현은 간명하고 함축적이며, 뜻을 되새기며 음미하는 맛을 느낀다고도 하였다. "문장의 내용을 풀이해보면 . . . 내포되어 있다 . . . 사실이 간명하고도 함축성 있게 기록되어 있다"(「사표로서의 예수」 143), "이 성경 구절에서 우리가 주의할 것 . . . 않은 사실이다"(「기독교 문학에 관한 노우트」 153) 등, 몇몇 산문을 통하여 성경을 단순히 인용하는 범위를 넘어 성경 구절이나 내용을 정밀하게 독서한 모습을 엿볼 수 있다.

김현승의 꾸준하고 정밀한 성경독서 경험은 시인의 고백처럼 시 창작에도 알게 모르게 영향을 끼쳐 성경의 언어들은 시의 구절이나 행 등에 시의 언어로 체화되어 있다. 예수의 모든 말은 '구체적이고 시적이다'는 시인의 말과 상응하게, 성경은 자연스럽게 시적인 의장(意匠)을 갖추고 그의 시에 등장하게 된다. 예수의 언행이 들어 있는 신약의 사복음을 특히 좋아한다고 하였지만, 그의 시에서 구약과 신약의 비중은 경중을 나눌 수 없을 만큼 대등하게 인용되어 있다.[4]

성경에 대한 해박한 지식과 풍부한 소양은 광복 후[5] 본격적으로 시작활동을 재개한 이후부터 그의 말년의 시에 이르기까지 지속적으로 성경 인용이 이루어지는데, 시세계의 변모와 더불어 그 양상도 변화를 보인다. 특히, 후기 시에 이르러 신과 신앙으로부터 멀어져가면서부터는 성경의 언어나 양식들을 차용하면서 그 내용을 비판하거나 부정하는 표현들을 보이기도 한다. 시와 성경이 조화적, 모방적 관계를 벗어나 대립적, 반어적 관계에 놓일 때 역으로 깊이 있는 그의 성경수용의 면모를 보여주기도 한다.

교문학에 관한 노우트」(에베소서), 「사표로서 예수」(예수의 어린 시절, 다윗, 다니엘, 잠언), 「가장 단단하고 낮은 음성으로」(시편), 「나의 고독과 나의 시」(성경에 나타난 고독) 등이다.

3) "성경을 떠나서 그 어떠한 이념에다가도 바탕을 두고 기독교는 존립할 수가 없다"(김현승 137).

4) 인용출처로서 구약과 신약의 비중은 둘 다 33곳으로, 공교롭게도 같은 비중을 차지한다.

5) 광복 이전 일제강점기, 숭실전문 시절의 작품(16편)에는 성서인용이 나타나지 않는다. "바다에 던지는 그물"(「새벽은 당신을 부르고 있습니다」 1연 1행), "創造 이전의 푸른 湖水"(「엄마·밤」 1연 1행)와 같은 표현을 볼 수 있는데, 성경 문맥을 반영하여 시에 수용했다고 보기 어려운 면이 있다.

2. 성경의 시적 수용

(1) 인유의 양상

성경의 어구나 문장, 사건이나 일화 등을 시에서 인용하는 경우, 수사학적으로 '인유'에 해당한다. 인유의 시론적 개념은 "역사적이든 허구적이든 인물과 사건, 그리고 어떤 작품의 구절을 직접적이든 간접적이든 인용하는 것"(김준오 224)이다. 인유의 양상을 도표로 제시하면 아래와 같다. '핵심어'는 성경의 여러 군데에서 나타나는 관용적인 어휘들로서 그 자체로 성경의 문맥성을 지니고 있다. 어구 및 문장의 인용 예시는 편의상 구약과 신약을 구분하여 성경순서대로 배열하고 인용 작품의 행과 연만 병기하였다.[6)]

① 어구 · 문장의 인용

「구약」

핵심어	성경 출처	시작품
벌거벗은 수치(羞恥) · 무화과 나무	"눈이 밝아 벗은 줄을 알고 무화과나무 잎을 엮어 치마로 삼았더라"(창 3:7). "흰 옷을 사서 입어 벌거벗은 수치를 보이지 않게 하고"(계 3:18)	「인간은 孤獨하다」 9연 1·4연 「내가 묻힌 밤은」 6연 1-3행
엉겅퀴 · 가시덤불	"땅이 네게 가시덤불과 엉겅퀴를 낼 것이라"(창 3:18). "성에는 엉겅퀴와 새품이 자라서" (시 34:13)	「病」 7연 끝 행 「사탄의 얼굴」 6연 「흙 한 줌 이슬 한 방울」 2연 1·2행
사닥다리	"꿈에 본즉 사닥다리가 땅 위에 서 있는데 그 꼭대기가 하늘에 닿았고"(창 28:12)	「擁護者의 노래」 4연 1-3행 「宇宙人에게 주는 편지」 3연
성소에 밝힌 등불	"감람으로 짠 순수한 기름을 등불을 위하여 가져오고"(출 27:10)	「村 禮拜堂」 2연
머리와 꼬리	"너를 머리가 되고 꼬리가 되지 않게 하시며"(신 28:13)	「길」 4연

6) 지면 관계상, 성경을 인유한 작품의 도표에서는 핵심어의 성경출처만 밝히고, 해당 시작품은 작품명과 행 · 연만 표시하여 참고자료로 제시한다. 필요시 본문에 인유의 유형적 특징을 보여주는 몇몇 사례작품을 제시하여 구체적 이해를 돕고자 한다.

상수리나무 아래	"여호와의 성소 곁에 있는 상수리나무 아래에. . . ."(수 24:26)	「가을이 오는 달」 2연 3-6행
첫 열매	"밭의 모든 소산의 첫 열매들을 풍성히 드렸고"(대하 31:5) "첫 열매를 여호와의 전에 드리기로 하였고"(느 10:35)	「浪漫平野」 4연 2·3행 「감사하는 마음」 3연 7-9행
재에 누움	"재에 누운 자가 무수하더라"(에 4:3).	「가을의 素描」 끝 연
흙에 누움	"내가 이제 흙에 누우리니 주께서 나를 애써 찾으실지라도 내가 남아 있지 아니하리이다"(욥 7:21)	「어리석은 갈대」 첫 연 1-3행
독수리	"독수리가 공중에 떠서 높은 곳에 보금자리를 만드는 것이 어찌 네 명령을 따름이냐 그것이 낭떠러지에 집을 지으며 뾰족한 바위 끝이나 험준한 데 살며 거기서 먹이를 살피나니 그 눈이 멀리 봄이며 그 새끼들도 피를 빠나니 시체가 있는 곳에 독수리가 있느니라"(욥 39:27-29)	「나의 독수리는」 4연 「빛나는 祖國의 새 아침」 6연 1-4행
등불을 켬	"주께서 나의 등불을 켜심이여 . . . 내 흑암을 밝히시리이다"(시 18:28).	「나의 智慧」 첫 연 첫 행, 2연 3·4행
눈동자	"나를 눈동자 같이 지키시고"(시 17:8)	「不在」 첫 연
머리에 기름을 부음	"주께서 . . . 기름을 내 머리에 부으셨으니"(시 23:5)	「내가 묻힌 이 밤은」 끝 연 1행
잔이 넘침	"내 잔이 넘치나이다"(시 23:5)	「내일」 2연
얼굴빛	"주의 얼굴빛을 비추사 우리가 구원을 얻게 하소서"(시 80:3)	「渴求者」 4연 1·2행
천년이 지나간 어제 같음	"천 년이 지나간 어제 같으며"(시 90:4)	「내일」 2연
영원한 별	"지혜있는 자는 . . . 별과 같이 영원토록 빛나리라"(단 12:3)	「絶對고독」 3연 2행

「신약」

핵심어	성경 출처	시작품
나무뿌리에 놓인 도끼	"이미 도끼가 나무 뿌리에 놓였으니" (마 3:10)	「胴體時代」 4연
원수를 사랑하라	"너희 원수를 사랑하며"(마 5:43, 44)	「자화상」 5연
쉬게 하다	"내가 너희를 쉬게 하리라"(마 11:28)	「검은 빛」 5연

멍에	"내 멍에는 쉽고"(마 11:30)	「바람」 3연
칼집 속의 칼 빼어든 칼	"네 칼을 도로 칼집에 꽂으라"(마 26:52) "내 번쩍이는 칼을 갈며 . . . 내 대적들에게 복수하며"(신 32:41)	「忍耐」 1연, 3연 1행 「무기의 의미 II」 4연
장막을 치다	"여기 있는 것이 좋사오니 만일 주께서 원하시면 내가 여기서 초막 셋을 짓되"(마 17:4), "먼저 길을 가시며 장막 칠 곳을 찾으시고"(신 1:33)	「村 禮拜堂」 3연 4행 「정복자들에게」 4연 1·2행
열매로 알다	"그들의 열매로 그들을 알지니"(마 7:16)	「武器의 노래」 3연
떡을 달라는 아들에게 돌을 주랴	"너희 중에 누가 아들이 떡을 달라 하면 돌을 주며"(막 7:9, 10)	「슬픈 아버지」 3연 3·4행 「1960년의 연가」 7연 1행
참새 · 들풀	"땅에 떨어지지 아니하리라"(마 10:29) "들풀도 하나님이 입히시거든"(눅 12:28)	「事實과 慣習」 2연 1-3행
의인(義人) 은 없다	"의인은 없나니 하나도 없으며"(롬 3:10)	「希望에 살다가」 2연 1-3행
본향	"그들이 이제는 더 나은 본향을 사모하니 곧 하늘에 있는 것이라"(히 11:16)	「가로수」 3연 1-3행
하루가 천년 같다	"하루가 천 년 같고"(벧후 3:8)	「近況」 2연

어구나 문장의 인용 출처는 신약(13곳)보다 구약(21곳)의 비중이 높다. 구약 중에서는 시편의 빈도수가 높아 6곳에서 인용하였다. 신약에서는 사복음서가 9곳으로 압도적인 비중을 차지하며, 모두 예수가 가르친 말씀들이다.

가장 흔히 볼 수 있는 인용 유형은 성경의 어휘나 구절을 뜻이나 언어의 변형 없이 그대로 시행에 인용한 경우로서, 성경의 언어를 시인의 표현내용으로 그대로 대체하는 인용의 유형이다.

> "내 목숨의 가시덤불은 시들시들 마른다!" (「病」 7연 끝 행)
> "온 세계는 / 엉겅퀴로 마른 땅" (「흙 한 줌 이슬 한 방울」 2연 1-2행)
> "祭壇에 바칠 처음 익은 열매를 위하여 /씨를 뿌리는"
> (「낭만평야」 4연 2-3행)
> "원수는 / 내 칼을 갈게 하지만 . . . 나는 내 칼날을 칼집에 꽂아둔다."
> (「인내」 1연, 3연 1행)
> "주여, 당신의 장막을 예다 펴리이까." (「촌 예배당」 2연, 3연)

"의(義)로운 이는 한 사람도 / 없노라 하였거니와 / 누구 하나 우리의 꿈을 아는 이도 없이" (「희망에 살다가」 2연 1-3행)
"가장 아름다운 나무의 열매로 / 우리의 마음을 떠보시고"
(「무기의 노래」 3연)

반면, 성경에 등장하는 사물이나 원래의 뜻을 시적인 문맥에 따라 얼마간의 변형을 거친 표현들도 흔히 볼 수 있다. "아득한 길을 찾아 천국에까지 섬돌을 놓으려고"(「우주인에게 주는 편지」 3연)에서 천국에까지 놓으려는 섬돌은 야곱이 꿈에 본 '하늘 꼭대기까지 닿은 사닥다리'를 인용한 것이며, "우리는 어차피 / 먼 나라에 영혼을 두고 온 / 에트랑제"(「가로수」 3연 1-3행)에서 지상을 살아가는 '우리'의 존재는 '하늘에 있는 보다 나은 본향'(히 11:16)을 사모하는 사람들이라는 고백이 담겨 있다. 성경 표현의 엄숙성이나 경직성에 매이지 않은 자연스러운 시적 변형으로서, 성경의 언어가 시적인 표현으로 자리잡아가는 데 나타나는 가장 기초적인 변형이라 할 수 있다. "떡을 달라 조르는 아들에게 / 돌을 쥐어주는 모진 아버지의 슬픔"(「슬픈 아버지」 3연 3-4행)과 "빵을 부르짖는 아들에게 돌을 주지 않으시는 / 자비의 신"(「1960년의 연가」 7연 1행)처럼, 같은 성경구절 "떡을 달라는 자식에게 돌을 주랴"는 신과 인간의 대조적인 여건이나 능력 "지상의 아버지들의 슬픔과 전능한 신의 자비"를 드러내기도 한다.

형태적인 측면의 또 다른 양상은 성경의 둘 이상의 출처를 묶어 하나의 표현단위(행, 연)로 인용한 경우와, 반대로 성경에 등장하는 하나의 개념이나 사실을 여러 시적 표현 단위(행, 연)로 풀어서 서술한 경우들도 있다

나의 잔에는 / 천년의 어제보다 명일의 하루를 / 넘치게 하라. (「내일」 2연)
나는 벌거벗었다! / 이 어둠의 무게 앞에서는 내 羞恥의 衣裳도
한낱 바람에 나부끼는 언덕의 잎사귀일 뿐 (「내가 묻힌 밤은」 6연 1-3행)

앞의 「내일」이라는 시는, 인용의 원천으로 성경의 서로 다른 출처 "내 잔이 넘치나이다"(시 23:5)와 "천 년이 지나간 어제 같으며"(시 90:4)를 인용하여 하나의 연(聯)을 구성한 사례를 보여주고 있으며, 아래의 「내가 묻힌 밤은」은 반대의 경우로, 성경의 "벌거벗은 수치"(계 3:18)라는 하나의 개념을 2행에 걸쳐

시적 화자의 실존적 정황으로 풀어 서술하였다.

내용상의 뚜렷한 특징 가운데 하나는, 신과 신앙으로부터 멀어져 간 김현승의 후기 시들에서는 성경의 어구나 구절을 차용하면서 그 의미를 부정하거나 성경과는 대립적 의미내용으로 재문맥화한 경우를 흔히 볼 수 있다는 점이다.

① 나의 하루는 천년이 아닌 / 정확한 하루다! (「근황」 2연)
② 나는 네 눈동자 속에 / 깃들여 있지도 않고 (「不在」 첫 연)
③ 누구의 시킴을 받아 / 참새 한 마리가 땅에 떨어지는 것도 아니고 / 누구의 손으로 들국화를 어여삐 가꾼 것도 아니다. (「사실과 관습」 2연 1-3행)
④ 반짝이다 지치면 / 숨기여 편히 쉬게 하는 빛 (「검은 빛」 5연)
⑤ 나는 등불을 켠다 . . . 그리고 가없는 들을 비춘다.
거기서 길을 찾으려 한다. (「나의 지혜」 1연 1행, 2연 3, 4행)
⑥ 머리를 잃고 / 가는 꼬리를 휘저으며 간다. (「길」 4연)
⑦ 영원의 별들은 흩어져 빛을 잃지만 (「절대고독」 3연 2행)
⑧ "천국에서도 또 지옥에서도 / 가장 멀고 먼
내가 묻힌 흙에서" (「어리석은 갈대」 첫 연 1-3행)

①·②·③은 "아닌," "않고," "아니고," "아니다" 등 부정어(否定語)를 통해 성경의 사실이나 내용을 부정하였고, ④에서 쉬게 하는 주체는 "예수"(마 11:28)가 아니라 시인의 정신적 관념을 상징하는 "검은 빛"이 가지는 속성이나 능력으로 제시되어 있다. ⑤에서도 "나"는 등불을 켜는 주체로 등장하는데, "주께서 나의 등불을 켜심이여 . . . 내 흑암을 밝히시리이다"(시 18:28)라는 성경에서의 고백을 역전시켜 표현해 놓았다. ⑥은 "머리가 되고 꼬리가 되지 않게 하신다"는 약속을, ⑦은 "별과 같이 지혜로운 자는 영원히 빛나리라"는 성경적 진실을 각각 부정하였다. ⑧은 아예 신과의 부조화, 갈등 관계에 놓여 있던 구약성서 「욥기」의 주인공 욥이 처한 상황과 신과의 관계를 차용하여 시적 화자의 부정적 심사를 드러낸 사례이다.

형태상으로나 내용상으로 가장 독특한 인용의 사례는, 성경에 묘사된 장면 중 그 주요 특징적 요소들을 빌려와 시의 독특한 정서로 형상화한 경우이다. "독수리"의 생태와 속성을 묘사한 「욥기」(39:27-30)의 내용(앞 도표의 핵심어

"독수리"항 성경출처 참조)은, 날짐승(독수리)의 습성과 본능을 상세하게 묘사함으로써 인간의 지성이나 능력의 한계를 보여주고자 한 것인데, 김현승의 서로 다른 작품에서 두 번이나 인용된다. 1968년 원단(元旦)에 조국의 역사와 미래에 대해 긍정적인 희망과 다짐을 쓴 「빛나는 祖國의 새 아침」의 제6연 "독수리와 같이 自由의 가파로운 절벽에 / 우리의 용감한 새끼들을 기르고, / 벼랑에 피는 꽃과 같이 / 우리의 거룩한 生命을 지켜왔다."에서 전혀 새로운 문맥 속에 성경의 주요 심상어 절벽, 벼랑, 생명을 지킴을 인용한 바 있고, 「나의 독수리는」에서는 시 전편에 성경의 내용을 수용하면서 1연과 3연에서는 새로운 시상을 결합하여 독립된 한 편의 시를 다음과 같이 완성하였다.

> 아름다운 모든 천사(天使) / 모든 꽃송일
> 그 날개로 쓸어버리고, / 목이 메이도록 / 깨끗이 쓸고 //
> 거친 발톱으로 하늘가에 호올로 앉아, / 목이 타는 짐승들을 기다린다.
> 비틀거리며 아직도 꿈을 좇는 시체들을 / 기다린다. //
> 아름다운 모든 노래 / 흐느끼는 눈물들을
> 그 견고(堅固)한 날개로 쓸어 버리고, / 뉘우침도 없이
> 말끔히 쓸어 버리고, //
> 끊어진 절벽(絶壁) 위에 호올로 올라 / 벼락에 꺾인 가지 위에 집을 짓는다.
> 천길 낭떠러지에 / 외로운 목숨의 새끼들을 기른다.
>
> (「나의 독수리는」 1연, 3연)

여기서 독수리는 시인의 그 무엇을 대신해주는 대리대상물이다. 시인에 의해 '영혼의 새'로 명명된 바 있는 고독시편의 '까마귀'와 유사한 심상이다. 특히 독수리의 날개를 '견고(堅固)한'으로 수식하고 있는데, 천사를 거부하는 태도나 어투 등으로 미루어 독수리는 '견고한 고독'을 추구하는 시인의 자의식을 형상화한 것으로 읽을 수 있다. 인용을 넘어서 전혀 다른 문맥을 가진 한 편의 시를 창작하는 데까지 나아간 사례로 볼 수 있다.

② 사건 · 일화의 인용

핵심어	성경 출처	시작품
저주받은 뱀	"뱀에게 이르시되 . . . 배로 다니고 살아 있는 동안 흙을 먹을지니라"(창 3:14)	「길」 1·2연: "나의 길은 / 발을 여의고 / 배로 기어간다 / 오월의 가시밭길"(1연) "너의 길은 / 빵을 잃고, / 마른 혀로 입맞춘다 / 칠월의 황톳길을"(2연)
노아의 방주	"방주에 있던 자들만 남았더라"(창 7:23) "입에 감람나무 새 잎사귀가 있는지라"(창 8:11)	「크리스마의 母性愛」 첫 연: "소 오줌 똥 냄새 나는 / 컬컬한 방주(方舟) 속에서 / 우리를 새롭게 하시더니, / 비둘기 고운 부리로 물고 온 / 파란 감람나무 잎사귀처럼 / 우리를 새롭게 하시더니"
출애굽 사건	「출애굽기」 관련내용	「1960년의 연가」 첫 연: "샤론의 들꽃 짙은 / 가나안을 향하여 / 이스라엘 사람들을 바로의 강팍한 손아귀에서 건져내신 . . . 전능의 신이여"
기드온의 하나님	"여호와의 사자가 기드온에게 나타나 . . . 여호와께서 너와 함께 계시도다"(삿 6:12)	「1960년의 연가」 4연 3행: "기드온의 팔을 이스라엘 진중(陣中)에 높이 드신 당신은"
예수의 어린 시절	"내가 내 아버지 집에 있어야 될 줄을 알지 못하셨나이까"(눅 2:49)	「不在」 4연 1·2행: "네가 나를 찾았을 때 / 나는 성전에 있지 않았고"
사탄에게 시험받은 예수	"돌들로 떡덩이가 되게 하라"(마 4:3) "(성전 꼭대기에서) 뛰어내리라"(마 4:5-6)	「不在」 4연 3행, 5연 1·2행: "나는 또 돌을 들어 떡을 만든 것도 아니다. // 많은 사람들 가운데 / 내 튼튼한 발목으로 뛰어내리지도 않았고,"
이방인의 우상 숭배	"이방 사람들의 가증한 일을 본받아 그의 자녀들을 불사르고"(대하 28:3)	「누가 우리의 참 스승인가」 3연: "금과 은으로 우상(偶像)을 만든다. / 그러나 그러한 제단 앞에 / 우리의 어린 것들을 제물로 바치지는 않을 것이다."
요나의 기적	"요나가 밤낮 삼 일을 물고기 뱃속에 있으니라" (욘 1:17)	「이 어둠이 내게 와서」 첫 연: "이 어둠이 내게 와서 / 요나의 고기 속에 / 나를 가둔다. / 새 아침 낯선 눈부신 땅에 / 나를 배앝으려고"
바울의 회심	(행 22:6-16, 26:12-18)	「밤 안개 속에서」 4연 3행: "눈들은, 신앙(信仰)을 위하여 다시 한번 아름답고 고요하게 실명(失明)되어 간다."

사건이나 일화의 인용은 도표에서 보듯이 '저주 받은 뱀'의 이야기, 노아홍수 때의 방주, 출애굽사건, 기드온의 진중에 함께 하신 하나님, 자식을 불에 사르는 이방우상 숭배, 요나의 기적 등 구약성서의 이야기에 집중되어 있다. 신약에서는 예수와 관련하여 어린 시절의 일화(성전에서 아들을 찾게 된 부모들)와 공생애에 들기 전 사탄에게 시험받는 이야기, 그리고 사울의 회심이 등장한다. 요나의 기적을 제외하고는 구약의 사건이나 이야기들이 주로 국가나 역사, 시대와 공동체 등의 문제와 결부되어 표현되고 있음을 볼 수 있다. 「1960년의 연가」에서는 여러 번 절대자 신을 부르는데, "이스라엘 사람들을 바로의 강퍅한 손아귀에서 건져내신"(첫 연 3행) '전능의 신,' "기드온의 팔을 이스라엘 진중(陣中)에 높이 드신"(4연 3행) '당신' 등과 같이, 구약에 전하고 있는 사건이나 일화의 주인공이자 역사의 주관자임을 드러낸다. 1960년대 한국의 국가와 역사에도 임재하여 민족의 미래를 이끌어가 주길 바라는 마음을 표현하느라, 일화나 사건을 끌어들이고 있다.

「창세기」의 "저주받은 뱀"은 「길」이라는 시에서 뱀이 받은 형벌들, 배로 기어다니는 형벌(1연), 땅의 흙을 먹어야 하는 저주(2연)가 각기 인용되어 있다. 이 작품은 그의 시집 『견고한 고독』의 서두에 실린 첫 작품으로, 나-너, 그리고 그대-우리의 길이 각 연(1, 2연 / 3, 4연)의 주어로 등장한다. 고독을 추구하면서 현대인의 존재론적 숙명은 기독교의 원죄설에 입각하여 저주받을 수밖에 없다는 비극적인 인식을 토대로 한 것으로 보인다.

신약의 예수와 관련된 일화들은 시의 화자 '나'의 내면 의식과 결부되면서 부정적 의식을 드러내며 긴장관계를 보여준다. 「不在」라는 한 작품에 예수의 어린 시절 일화(부모가 성전에서 찾은 일)와 사탄의 시험 두 가지가 함께 인용되어 있으나, 원전의 의미를 부정하거나 사탄의 시험에 굴복하지 않은 태도를 보여주기는 하나, 절대자의 섭리나 간섭에 반발하는 부정적 태도를 보인다. 그리고 어둠의 이미지와 관련된 작품들, 즉 「어 어둠이 내게 와서」와 「밤 안개 속에서」 어둠에 갇힌 요나의 기적과 실명하는 바울의 회심 이야기가 등장하기도 한다.

사건이나 일화의 인용은 그 서사적 내용의 공유나 서술적 의미를 반영하는 경우는 찾아보기 어렵다. 사건(주로 기적)의 인용을 통해 이적을 일으키는 능력의 소유자, 신의 의지를 개념적으로 설명한다. 특히 신약의 사건은 화자의 의지나 내면적 상태를 드러내는데, 예수와 관련한 사건(사탄의 시험, 어린 시절의 언행)이 인용되어 성경내용을 부정하거나 비판적 거리를 두는 특성을 볼 수 있다.

성경을 수용하는 방식으로서 인유의 양상은 형태적인 측면뿐만 아니라, 인유의 기능적 측면을 살펴 성경과 문학(시)이 어떻게 문맥을 이중화하여 만나는지를 설명하는 고찰이 필요하다. 인유의 요소(원천)들이 애초에 놓였던 원래의 문맥과 이것들이 인용된 새로운 시적 문맥의 이중성에 대한 고찰이 그것이다. 요컨대 인유의 요소들이 과거의 원래 문맥에서 가지는 의미와 시에 도입된 새로운 문맥에서 가지는 새로운 의미의 병치적 융합이라는 측면을 설명하여야 한다(김준오 228). 인유의 과정에는 두 의미가 조화의 관계에 놓이는 경우와 대립의 관계에 놓이는 경우의 두 가지 형태가 존재한다는 사실에 주목하여, 한국의 기독교 시인들의 성경 수용양상을 상호 비교하는 기준으로 삼을 수 있으며, 한 시인의 시세계에서도 중요한 변모과정을 설명하는 논거가 될 수 있다.[7)]

(2) 비유의 양상

비유의 양상을 고찰하는 범위는 이미 비유의 표현 형태로 되어 있는 성경 구절들을 인용했거나, 성경의 어구나 구절을 시에서 새로운 비유의 매개로 삼아 독특한 비유를 획득했을 때 모두 비유적 측면에서 다루고자 한다.

7) 본고에서는 성경수용의 형태별 양상과 수사학적 차원의 유형적 분류 작업에 한정하였다. 인유 과정에 있어서 성경의 원래 문맥과 시에 수용된 새로운 문맥간의 상호관계를 본격적으로 검토하는 작업은 별도의 논의가 필요하다.

① 성경의 비유 수

핵심어	성경 출처	시작품
이슬	"너희의 인애가 아침 구름이나 쉬 없어지는 이슬 같도다" (호 6:4)	"우리들의 사랑조차 . . . 아침에 맺혀다 슬어지는 이슬을 보라 하시리이다" (「사랑을 말함」 4연)
골짜기의 백합화	"나는 사론의 수선화요 골짜기의 백합화로다"(아 2:1)	"나의 영혼, / 구비치는 바다와 / 백합의 골짜기를 지나"(「가을의 기도」 4연)
피는 백합화	"내가 이스라엘에게 이슬과 같으리니 그가 백합화 같이 피겠고"(호 14:5)	"들에 피는 노래와 우리들의 백합화 ―"(「눈물보다 웃음을」 4연 2행)
물가에 심겨진 나무	"그는 물가에 심어진 나무가 그 뿌리를 강변에 뻗치고 더위가 올지라도 두려워하지 아니하며 . . . 결실이 그치지 아니함 같으니라"(렘 17:8)	"목마른 것들을 머금어 주는 은혜로운 오후가 오면 / 너는 네가 사랑하는 어느 물가에 어른거린다. (「나무와 먼 길」 3연 1·2행)
목욕한 자	"예수께서 이르시되 이미 목욕한 자는 발밖에 씻을 필요가 없느니라"(요 13:10)	"슬픔은 나를 / 목욕시켜 준다, / 나를 다시 한번 깨끗하게 하여 준다"(「슬픔」 4연)
속죄양	"오직 흠 없고 점 없는 어린 양 같은 그리스도의 보배로운 피로 된 것이니라"(벧전 1:19)	"너이의 착한 울음소리와 먼 구름의 옷빛은 / 그렇잖아도 우리를 위하여 흘리는 / 너희의 피를 더욱 붉게 만든다" (「속죄양」 4연)
영생의 샘물	"나의 주는 샘물은 그 속에서 영생하도록 솟아나는 샘물이 되리라"(요 4:14)	"언제나 누구에게나 풍성히 솟는 샘물 . . . / 몇천(千) 몇만(萬)년 얼마나 많은 길손들이 저들의 무거운 멍에를 이 샘물 곁에 / 쉬고 갔을까"(「샘물」 1·2연)

성경에는 비유적 표현이 활발하다. 더군다나 신약의 예수는 비유를 들어 가르치기를 좋아하였다. 김현승 시에 수용된 구약의 비유들은 관용적인 표현 "쉬 없어지는 이슬"(『성경 관용어사전』 1023)을 비롯하여, "백합화," "물가의 나무" 등 자연과 식물 심상이 두드러진다. 대체로 원관념 "이스라엘을 아끼는 여호와," "여호와를 의지하는 자"보다 비유의 보조관념 "피는 백합화"(『성경 관용어사전』 479), "물가에 심어진 나무"(『성경 관용어사전』 419)의 심상 자체를 선호하여 인용하였다.

신약의 속죄양은 말할 것도 없이 예수를 가리키는 비유이다. 대체로 신약성서의 비유는 예수가 비유적으로 가르친 데서 비롯된다. 김현승 시에서 신약의 비유는 죄 사함과 관련한 "목욕한 자"(『성경 관용어사전』 390)의 비유, "예수가 주는 물은 솟아오르는 샘물"이라는 영생의 비유를 볼 수 있다. 영원한 샘물은 목마르지 않음, 영원한 생명 등의 함의를 가진다. 이 비유를 바탕으로 신앙귀의 이후인 1974년 11월「샘물」이라는 한 편의 시(전체 6연으로 된)를 창작하였다. 성경의 비유가 시작품의 모티브가 되어 새로운 시 창작의 원천이 되는 경우라 하겠다.

② 시에서의 비유

핵심어	성경 출처	시작품
상한 갈대	"상한 갈대를 꺾지 아니하며"(사 42:3)	"내가 다시 상(傷)한 갈대와 같은 나의 모국어(母國語)로 시를 쓰면 / 당신은 어느 구절(句節)에선 아마도 나의 눈물을 지워주고"(「내가 나의 母國語로 시를 쓰면」 끝 연 1, 2행)
도가니 (질그릇)	"도가니는 은을, 풀무는 금을 연단하거니와 여호와는 마음을 연단하시느니라"(잠 17:3) "우리가 이 보배를 질그릇에 가졌으니"(고후 4:7)	"비인 도가니 나의 마음을 울리실 줄이야"(「離別에게」 3연 3행) "내 마음의 오랜 도가니－이 질그릇 같은 것에 / 낡은 무늬인 양 / 눈물과 얼룩이라도 지워 가고자운 마음"(「고전주의자」 5연)
누룩	"내가 하나님의 나라를 무엇으로 비교할까 마치 여자가 가루 서 말 속에 갖다 넣어 전부 부풀게 한 누룩과 같으니라 하셨더라"(눅 13:20-21).	"내 조그만 마음은 . . . 누룩을 넣은 빵과 같이 / 아, 때로는 향기롭게 스스로 부풀기도 한다!"(「마음의 집」 3연) "고독은 신(神)을 만들지 않고, / 고독은 무한(無限)의 누룩으로 부풀지 않는다"(「고독한 理由」 첫 연)
좋은 땅 (沃土)	"더러는 좋은 땅에 떨어지매"(마 13:8)	"더러는 / 옥토(沃土)에 떨어지는 작은 생명이고저. . . . "(「눈물」 1연) "옥토(沃土)같은 가슴들에 숨쉬는 가슴들에 / 무덤을 파헤치고 간"(「눈물보다 웃음을」 5연 1, 2행) "옥토(沃土)같은 젊은 가슴에 뿌려진 / 진리의 꽃밭은 이윽고 피어나리니"(「飛躍」 끝 연 1, 2행) "내일의 옥토(沃土)같은 겨레의 가슴 깊이 뿌리는 정의(正義)의 씨앗들"(「成長」 9연 6, 7행)

시에서의 비유란, 성경을 수용한 내용이 단순한 시의 구절이나 문장으로 머무는 것이 아니라 시인의 비유적 표현의 보조관념이나 매개어가 되는 경우를 말한다. '상한 갈대,' '도가니,' '누룩,' '좋은 땅(沃土)' 등을 보조관념으로 한 비유적 표현들을 볼 수 있다.

'도가니(나의 마음),' '옥토(가슴들)'의 비유 항들은 김현승 시에서는 마음, 내면의 상태를 나타내는 관용적인 어구가 되다시피 했다. '도가니'의 원전으로서의 의미는 "흙 도가니에 일곱 번 단련한 은"(가스펠 서브 258)과 관련이 있는데, 시험이나 단련의 주제와 더불어 우리의 마음을 시험하시는 절대자와의 관계에서 '도가니'는 화자의 '마음'을 비유하는 말로 변형되어 굳어졌다. '옥토'의 경우는 1950년대 그의 대표작으로 알려진 「눈물」의 첫 연에서 "더러는 / 옥토에 떨어지는 작은 생명이고저. . . ."에서 '눈물'의 비유로 쓰이면서 복합적인 의미부여과정을 겪는다. 자식을 잃은 슬픔을 가리키는 '눈물'은 '작은 생명'으로 비유되고, '작은 생명'은 '좋은 땅(옥토)'이라는 성경의 문맥에 의해 '씨앗'을 암시하며, 결국 좋은 땅은 여러 '토양' 중의 하나인데, 씨 뿌리는 비유에서 '씨 뿌리는 자'와 '씨'는 변함이 없는데 토양의 형태는 변화한다는 것(리런드 라이컨 326-27)을 의미한다. 네 가지 토양 가운데 하나만이 결실을 얻는데 그 토양이 '좋은 땅'이며, 김현승의 시에서는 한자어 '옥토(沃土)'로 쓰이면서 '가슴들,' '젊은 가슴,' '겨레의 가슴' 등을 원관념으로 가진다.

성서 특유의 문맥을 동반하는 '누룩'은 화자의 단단한 내면세계의 풍성함을 비유하기도 하고, 시인이 추구하는 '고독'의 부풀지 않는 성격을 역으로 드러내기 위해 비유의 매개로 등장하기도 한다.

1952년에 쓰인 「내가 나의 母國語로 시를 쓰면」에서는 독특한 비유를 볼 수 있는데, "내가 다시 상(傷)한 갈대와 같은 나의 모국어(母國語)로 시를 쓰면 / 당신은 어느 구절(句節)에선 아마도 나의 눈물을 지워주고"(『김현승시전집』 595)에서 '상(傷)한 갈대'는 '나의 모국어'를 비유하는 보조관념이다. 이 시에서뿐만 아니라 1950년대 중기의 김현승 시에서 시어로서 '모국어'는 다양한 문맥에 여러 번 등장하는데, 대표작으로 잘 알려진 「가을의 기도」(1956. 11.)의 첫 연에서는 "낙엽들이 지는 때를 기다려 내게 주신 / 겸허(謙虛)한 모국어로 나를 채우소서"(『김현승시전집』 137)라는 널리 알려진 구절도 있다. '모국어'라는 시어의 시적 의미가 분명치 않았는데, 성경 수용과 그 비유적 결합에 의해 원관념이 모처럼 확정되어 있음을 볼 수 있다. 시를 창작하는 재료로서 '모국어'는 김현승에게 있어서는 신 앞에 항상 겸허한 언어이며, 상한 갈대를 꺾지 않는, 상한 갈대처럼 좌절과 절망의 어느 순간에 눈물을 닦아주는 절대자의 위로와 사랑을 받을 수 있는 시인의 가장 큰 정신적 매체이다. 성경에서 "상한 갈대를 꺾지 아니하다"는 관용어에서 '상한 갈대'는 꺾어졌으나 아주 잘려지지 않은 갈대로서, 많은 결점과 부족함이 있는 자, 생활의 고통으로 상처입고 부서진 자, 혹은 힘겹고 연약한 신앙을 소유한 자 등을 일컫는다(가스펠 서브 20). 그의 '모국어'는 시를 쓰는 언어이자, 신과 소통, 교감하는 언어적 회로이며, 고백과 더불어 신의 위로와 보호를 받는 중기 시의 시적 세계관과 태도를 잘 보여주는 시어이다.

시에서 비유가 탄생하는 여건은 서로 다른 사물들 사이에서 동일성을 찾아내는 성숙한 마음, 즉 현실의 복잡성을 관조할 수 있는 마음의 전형적 직분이라고 한다(김준오 177). 성서수용에 의한 비유적 표현의 획득은 신앙과 문학에 대한 성숙한 마음, 거리를 유지하며 양자를 관조할 수 있는 마음의 여부에 달린 것이다. 성경 수용을 통한 비유의 획득은 성서수용의 시적 깊이를 보여준다고 할 수 있다.

(3) 상징의 양상

'상징의 양상'으로 논의를 묶은 데는 개인적 상징과 한 시인의 관용어의 차원을 함께 다루기 위해서이다. 개인적 상징은 "어떤 시인이 자기의 여러 작품에서 특수한 의미로 즐겨 사용하는 상징"(김준오 212)을 말한다. 어떤 시어든지 시인 특유의 표현으로 자리 잡으면 그 시인의 관용어구라 부를 만하다. 개인적 상징이나 시인 특유의 관용적 표현은 같은 성격의 언어들이라 할 수 있다.

핵심어	성경 출처	시작품
밀알 (묻히는 씨앗)	"한 알의 밀이 땅에 떨어져 . . . 죽으면 많은 열매를 맺느니라" (요 12:24) "네가 뿌리는 씨가 죽지 않으면 살아나지 못하겠고"(고전 15:36)	"해마다 사월의 훈훈한 땅들은 / 밀알 하나이 썩어 / 다시 사는 기적을 우리에게 보여줍니다"(「復活節에」 6연 2-3행) "은밀한 곳에 풍성한 生命을 기르시려고 / 적은 꽃씨 한 알을 두루 찾아 / 나의 마음 저 보랏빛 노을 속에 고이 묻으시는"(「내가 가난할 때」 4연) "한 톨의 밀알보다 작은 내 최후의 고백(告白)으로 / 나는 묻혀야 할 것이다, 이 밤의 뼈속 깊이. . . ."(「내가 묻힌 이 밤은」 5연 4, 5행) "이제는 떨어지는 꽃잎보다 / 고요히 묻히는 씨를 / 내 오른 손바닥으로 받는다"(「轉換」 2연 8-10행)
가난한 과부의 동전	"한 가난한 과부는 와서 두 렙돈 곧 한 고드란트를 넣는지라"(막 12:42) "과부는 그 가난한 중에서 자기의 모든 소유 곧 생활비 전부를 넣었느니라"(막 12:44)	"과부는 / 과부의 엽전 한푼으로 / 부자는 / 부자의 많은 보석(寶石)으로"(「감사」 8연) "사랑의 동전 한 푼 / 내 맑은 눈물로 눈물로 씻어 (중략) 당신 앞에 드리니"(「사랑의 동전 한 푼」 4연) "빵 없는 아침에도 / 가난한 과부들은 / 남은 것을 모아 드리었다"(「감사하는 마음」 4연 3-5행)
타는 혀	"내 혀를 서늘하게 하소서 내가 이 불꽃 가운데서 괴로워하나이다" (눅 16:24)	"한방울의 눈물이 / 그 맑은 아침이슬로 / 타는 혀끝을 적시워 주는"(「健康體」 3연) "타는 혀로 물든 여기 지옥(地獄)의 계절(季節)에선 / 눈물의 아침이슬 하나만 같지 못할 때"(「渴求者」 7연 4, 5행) "꽃봉오리도 / 머리를 들다 / 머리를 들다 / 타는 혀끝으로 잠기고 만다!"(「흙 한 줌 이슬 한 방울」 3연 4-7행)
피와 살	"떡을 가지사 . . . 이것은 내 몸이니라 하시고 또 잔을 가지사 . . . 나의 피 곧 언약의 피니라"(마 26:26-28) "내 살을 먹고 내 피를 마시는 자는 내 안에 거하고 나도 그의 안에 거하나니"(요 6:56)	"아아, 우리의 더운 피와 우리의 마른 살을 / 떼어 나눈 우리의 어린 것들"(「누가 우리의 참 스승인가」 9연 1·2행) "이 마른 떡을 하룻 밤 / 네 살과 같이 떼어 주며"(「堅固한 고독」 3연 4·5행) "떡을 떼어 살을 먹고 / 술을 딸아 피를 마신다 . . . 밖에는 눈이 나려 성탄절을 꾸민다"(「사행시」 2연) "크리스마스에는 술들을 마신다, / 그 술이 또 누구의 피가 될지도 모르고. / 크리스마스에는

		칠면조(七面鳥)를 잡는다, / 그 살이 또 누구의 살일지도 모르고"(「기쁨의 題目을 기뻐하라」 4연 5-8행)
썩을 것, 썩지 않을 것	"죽은 자의 부활도 그와 같으니 썩을 것으로 심고 썩지 아니할 것으로 다시 살아나며" (고전 15:42)	"썩어버릴 육체의 꽃일망정"(「사랑을 말함」 1연) "죽음이란 썩을 것이 썩는 곳-"(「돌에 사긴 나의 詩」 4연) "흙 속에 묻힌 뒤에도 그 뒤에도 / 내 고독은 또한 순금(純金)처럼 썩지 않으련가." (「고독의 純金」 2연 4·5행)
무덤	① 빈 무덤(예수의 부활): "돌이 무덤에서 굴려 옮겨진 것을 보고 들어가니 주 예수의 시체가 보이지 아니하더라"(눅 24:2, 3) ② 예수의 재림: "무덤 속에 있는 자가 다 그의 음성을 들을 때가 오나니"(요 5:28) ③ 부활과 영생: "땅의 티끌 가운데에서 자는 자 중에서 많은 사람이 깨어나 영생을 받는 자도 있겠고"(단 12:2)	"당신은 지금 무덤 밖 / 온 천하에 계십니다. 충만합니다"(「復活節에」, 3연) "무덤에 들 것인가 / 무덤 밖에 뒹굴 것인가"(「제목」 끝 연) "나는 죽어서도 / 무덤 밖에 있을 것이다"(「獨身者」 첫 연) "나는 네 무덤 속에 있지도 않다"(「不在」 2연 2행) "당신은 내 무덤 위에 꽃을 얹지만 / 당신의 나는 언제 고요히 눈을 감았던가?"(「당신마저도」 3연 3, 4행) "나는 너를 사랑하였다기보다 / 나의 빈 무덤을 따뜻하게 채웠으며"(「고독의 風俗」 5연) "무덤에 잠깐 들렀다가, // 내게 숨막혀 / 바람도 따르지 않는 / 곳으로 떠나면서"(「고독의 끝」 5, 6연) "무덤도 없는 곳에 재로 남아 / 나를 무릅쓰고 호올로 엎드린다."(「사행시」 4연) "넋이여, 그 나라의 무덤은 평안한가." (「마지막 地上에서」 3연)

위 도표에 보이는 것처럼, 성경에서도 잘 알려져 익숙한 어구들, 예를 들어 "한 알의 밀," "과부의 동전," "타는 혀," "썩지 않을 것," "피와 살" 등이 시인의 개인적 상징이나 관용 어구를 이루고 있음을 알 수 있다. 성경의 밀알은 시에서 "묻히는 씨앗"으로 변형되어 쓰이며, "가난한 과부의 동전"은 "사랑의 동전 한 푼"으로 일반화되어 개인상징으로 표현되기도 한다. "타는 혀"는 그의 시에 지속적으로 등장하면서 갈구하는 자의 목마름과 함께 지옥과 같은 상황에

처해 있는 지상인의 삶을 암시하기도 한다.

"무덤"은 김현승 시인의 시의식의 변모 과정을 담고 있는 중요한 개인적 상징 심상이다. 성경에서 '무덤'은 위 도표의 성서출처에 따르면, ① 예수의 부활('빈 무덤')이거나, ② 예수의 재림을 기다리는 공간, ③ 부활과 영생을 이룰 수 있는 전환의 공간이다. "썩을 것으로 심고 썩지 아니할 것으로 다시 살아나"는(고전 15:42) 곳이기도 하다. '무덤'은 김현승의 중기 시에서부터 마지막 시기에 이르기까지 그의 시에 지속적으로 등장한다. 신과 신앙에 대한 끝없는 대결과 불안의식을 잘 보여주는 개인적 상징이다. 1950년대 전반기 「제목」에서 "무덤에 들것인가 / 무덤 밖에 뒹굴 것인가"(14연)의 심각한 갈등으로 시작하여, 1950년대 후반기 "나는 죽어서도 / 무덤 밖에 있을 것이다."(「독신자」 1연, 1958. 3.)는 예감을 거쳐, 1960년대 후반기의 작품 「不在」(1968. 3.)에서의 무덤 부재의식, 1970년대 전반기 「사행시」(1972. 1)에서의 "무덤도 없는 곳에 재로 남아" 있는 존재, 마지막 유고 작품 「마지막 지상에서」에서 "넋이여, 그 나라의 무덤은 평안한가?"라고 초월세계에 대한 안부(安否)를 묻는 데까지 이른다.

김현승에 이르러, 한국의 기독교 시인 가운데 성경을 원천으로 하는 개인적 심상을 가진 시인을 만나게 되었다고 할 수 있다. 개인적 상징에 일관된 시적 의미는 기독교적 개념의 부활과 영생을 대신할 수 있는 정신적 세계의 모색에 있고, 그의 후기 시는 그것의 가능성과 실현에 대한 상상력에 집중되어 있다. 1970년대 초 혈압으로 쓰러진 후 급격히 신앙에 귀의하면서 시인이 모색해오던 정신적 세계는 신의 강권적 개입에 의해 부정되고, 기독교 신앙에 의한 구원으로 나아갔다. 그 결과 그의 시에서 '무덤'은 기독교 신앙의 세계와 전통적 한국인의 내세관을 아우르는 가장 함축적인 상징 시어로 자리 잡았다.

III. 나가는 말

김현승은 인유의 원천이 되는 성경을 어려서부터 읽었고, 그 의미를 정밀하게 음미하는 독서습관을 가지고 있었음을 확인하였다. 한국의 다른 기독교 시인들에 비해 시에 성경을 수용한 빈도나 비중이 매우 높으며, 시에 체화한 정도(비유적 표현을 얻거나 개인상징이나 관용적인 어구로 발전한 경우)에 있어서 가장 활발한 성과를 낸 시인임을 알 수 있었다.

본고에서 지칭하는 '성경수용'은 한 마디로 시에서의 성경 인용을 말한다. 다른 원전의 인용은 또한 문학 수사학적으로는 '인유(引喩)'에 해당한다. 본고에서는 '인유'의 제 양상으로 비유와 상징을 별도로 설정하여, 김현승 시인의 성경수용의 체화나 자기화의 면모를 부각시키고자 하였다. 성경의 어휘나 구절을 변형 없이 그대로 시의 행(行)에 옮겨 놓은 표현에서부터 성경의 특정 어휘나 구절이 한 편의 시를 창작하는 원천적 소재로 작용하기도 한 사례까지 다양한 형태적 분포를 볼 수 있다.

김현승은 나이 50대에 이르러 신과 신앙을 부정하여 '고독'의 추구라는 독특한 시 정신을 보여준 시인이다. 이들 시기의 시에 나타난 성경수용의 양상은 원전과 새로운 문맥 사이의 인유적 요소들은 비조화적 관계에 놓이게 되는데, 이러한 팽팽한 긴장관계에서 성경의 수용은 보다 파격적이고 한 개인의 개인적 상징으로까지 발전해나가는 양상을 볼 수 있다. 본고에서는 그 구체적인 의미론적 해석으로까지 나아가지 않고, 성경수용의 양상 정리에 초점을 두었다. 앞으로 다른 기독교 시인의 성경수용을 비교 고찰하는 하나의 기준이나 논거가 될 수 있을 것이다.

앞으로 문학에서 성경을 수용한 양상을 살피는 경우, 성경과 문학(시)이 어떻게 문맥을 '이중화'하여 만나는지를 설명하는 고찰이 필요하다. 성경은 우리에게 낯설었던 서구적 산물이었으며, 그것이 새로운 문화적 텍스트에 수용되는 양상은 그 인유적 요소들이 이중문맥 속에서 모방적-조화적 관계에 놓일 수도 있고, 대립적 관계에 놓일 수도 있다. 이는 수용자들 사이에서 비롯되는 차이일 수도 있고, 수용자 안에서의 시간적 변모로 나타날 수도 있다. 인유의 이중 문맥성에 초점을 맞추어 그 실상을 살펴봐야 성경 수용의 문화사적 의미를 가늠해볼 단서를 확보할 수 있을 것으로 본다.

인용문헌

김현승. 『고독과 시』. 서울: 지식산업사, 1977. Print.

김인섭. 「윤동주 시 평가의 재조명 – 성서수용과 신앙발달단계를 중심으로」. 『신앙과 학문』 18.3 (2013): 75-103. Print.

______. 『김현승시전집』. 서울: 민음사, 2005. Print.

김준오. 『시론』. 서울: 삼지원, 1982. Print.

라이컨, 리런드. 『문학에서 본 성경』. 유성덕 옮김. 서울: 크리스챤 다이제스트, 1993. 326-27. Print.

『문화성경』. 박용우 편집. 서울: 숭실대학교출판부, 2007. Print.

유성호. 「한국 현대시에 나타난 종교적 상상력의 의미 – 윤동주와 김현승의 경우를 중심으로」. 『문학과 종교』 2 (1997): 5-36. Print.

현길언. 『문학과 성경』. 서울: 한양대학교 출판부, 2002. Print.

7

고진하의 『우주배꼽』에 나타난 '신체,' 상징에서 은유로의 이행

| 박선영 |

I. 들어가는 말

고진하는 1987년 『세계의 문학』으로 등단하여 현재까지 꾸준하게 시작 활동을 하고 있는 중견 시인으로서 한국 기독교시의 계보를 잇고 있다. 고진하 시인은 산업화 이후 8, 90년대 우리 사회의 피폐한 현실을 담아내고 있으며 나아가 이것을 기독교적 인식과 접목시키고 있다는 점에서 주시할 만하다. 하늘(성)과 땅(속)의 경계에서 두 세계를 넘나들며 내통해온 "굴뚝의 정신"(진이정 172-73)은 고진하 시인의 독자적인 특성이기도 하다. 쿠르트 호호프(Curt Hohoff)는 '기독교적'이라는 것은 경험적 내용을 토대로 하는 소재적 또는 주제적인 상태이지, 어떤 형식적인 원칙이 있는 것은 아니라고 말한다(13). 하지만 기독교문학에 있어서도 문학적 형상화의 문제는 간과할 수는 없는 중요한 부분이다. 고진하의 시는 기독교의식의 문학적 형상화라는 과업을 어느 정도 성취하고 있다는 점에서 주목된다.

지금까지 고진하 시인은 여섯 권의 시집을 상재하였다.[1] 첫 시집 『지금 남

---

* 본 글은 『문학과 종교』 17.2 (2012): 75-103에 「고진하의 『우주배꼽』에 나타난 '신체'와 은유 구조」로 게재되었음.

은 자들의 골짜기엔』과 두 번째 시집 『프란체스코의 새들』에는 산업화로 인해 피폐해진 8, 90년대 농촌 현실과 도시 공간에 대한 비판의식이 주를 이루면서 아울러 현실 너머의 초월적 세계에 대한 지향성이 겹쳐지고 있다. 세 번째 시집 『우주배꼽』으로 오면 시인은 그동안 집중해 있던 현실세계에서 벗어나 자신의 내면세계에 더 중점을 두게 된다. 대부분 격렬함을 보여주는 고진하의 초기시와 달리 이 시기의 시편들이 가라앉아 있는 정적(靜的)인 모습을 띠는 것(김선학 58-69)은 바로 이 때문이다. 이때에는 현실과의 대립과 갈등의 상태에서 벗어나 현실과 조우하려는 움직임이 두드러지며 근원적 세계에의 지향성으로서 초월의식이 극명하게 나타난다. 이렇듯 그의 『우주배꼽』은 시의식의 전환이 이루어지는 시기라는 점에서 눈여겨봐야 한다. 그런데 고진하 시의 선행연구는 주로 첫 번째 시집과 두 번째 시집을 중심으로 논의가 이루어졌으며 『우주배꼽』에 관한 논의는 상대적으로 부족한 편이다. 이에 본고에서는 초월성의 문제에 집중하고 있는 『우주배꼽』을 논의의 대상으로 삼고자 한다.

고진하는 생존 시인이어서 연구가 활발하게 전개되지는 못하였다. 하지만 몇 편의 논문[2]과 다수의 평문들[3]에 의해 그의 시세계에 대한 조명이 적잖게 이

1) 고진하의 시집으로는 『지금 남은 자들의 골짜기엔』 (서울: 민음사, 1990); 『프란체스코의 새들』 (서울: 문학과지성사, 1993); 『우주배꼽』 (서울: 세계사, 1997); 『얼음수도원』 (서울: 민음사, 2001); 『수탉』 (서울: 민음사, 2005); 『거룩한 낭비』 (서울: 뿔, 2011)가 있다.

2) 장영희, 「고진하 시 생태의식 연구」, 『문창어문논집』 28 (2001); 유성호, 「한국 현대문학과 종교적 상상력」, 『문학과 종교』 8.2 (2003); 김홍진, 「녹색문학과 기독교 영성－고진하의 시를 중심으로」, 『기독교문화연구』 15 (2010).

3) 고진하의 시에 관한 대표적인 논의는 다음과 같다. 서정기, 「방에서 광장까지」, 『문학과사회』 11 (1990); 전정구, 「자연풍경 묘사와 개인 체험의 객관화」, 『세계의 문학』 57 (1990); 박덕규, 「추억도 꿈도 없는 세상의 거울」, 『문예중앙』 13.4 (1990); 성민엽, 「빈들의 체험과 고통의 서정」, 『지금은 남은 자들의 골짜기엔』 (서울: 민음사, 1990); 반경환, 「시적 아름다움의 의미」, 『현대문학』 37.6 (1991); 진이정, 「굴뚝과 연기」, 『문학정신』 (부산: 열음사, 1991); 고현철, 「고진하론: 뒤틀린 농촌현실과 공동체의 꿈」, 『오늘의문예비평』 4 (1991); 이경호, 「견성의 시학」, 『프란체스코의 새들』 (서울: 문학과지성사, 1993); 이광호, 「세속세계의 <산책> 혹은 <이탈>」, 『세계의 문학』 69 (1993); 정효구, 「대지와 하늘과 등불－고진하론」, 『현대시학』 320 (1995); 신범순, 「고요로 둘러싸인 울타리를 위하여」, 『문학사상』 283 (1996); 금동철, 「성스러움 혹은 존재 비껴가기」, 『현대시』 8.6 (1997); 김기석, 「이곳과 저곳 사이의 서성거림」, 『우주배꼽』 (서울: 세계사, 1997); 김선학, 「동적 세계에서 정관적 세계로」, 『서정시학』 7 (1997); 엄국현, 「경계적 인간의 탐색의 노래」, 『서정시학』 7 (1997); 윤성희, 「지상에서 천상으로, 천상에서 지상으로」, 『서정시학』 7 (1997); 홍용희, 「신성의 위기와 재생」, 『서정시학』 7 (1997); 이혜

루어졌다고 할 수 있다. 고진하의 시에 관한 연구는 문명비판의식과 생태의식, 그리고 이것의 근원에 존재하는 기독교의식을 중심으로 전개되어왔다. 즉 이는 산업화로 인한 인간성의 상실과 생태계의 파괴에 대한 비판의식과 이를 극복하려는 시인의 생태적 사유를 규명하고, 이러한 현실을 신성의 차원으로 끌어올리고 있는 그의 기독교적 초월성을 밝히는 데 주력하였다. 그의 시세계 전반에 관한 연구로는 김시영의 논문[4]과 장영희의 논문[5]이 있다. 김시영은 고진하 시의 현실 세계에 대한 인식과 대응, 기독교적 인식과 타종교와 대화하는 공동체 정신, 영성적 이미지와 서술 기법 등에 관해 고찰했는데 이는 고진하 시의 토대인 기독교적 가치관을 밝히는 데 집중하였다는 점에서 의미가 있다. 또한 장영희는 동양적 영성과 생태적 사유를 지닌 이성선의 시와 기독교적 영성과 생태적 사유를 지닌 고진하의 시를 대비하여 연구했다. 그는 고진하 시의 기독교적 생명의식, 신화적 인식, 다원주의적 세계관을 생태적 사유와 연결시켰는데 이는 종교 이론이나 사상으로만 논의하던 영성의 문제를 한국의 생태시와 연관시켜 면밀하게 고찰하였다는 점에서 의의를 갖는다. 이렇게 고진하의 시는 현실적 측면과 종교적 측면이 두 축을 이루면서 역동적으로 논의되었다.

그런데 고진하 시의 선행연구들은 모두 내용적인 차원에서 이루어졌으며 이것이 어떠한 방식, 즉 어떠한 시적 원리에 의해서 미감을 형성하는지에 대해서는 초점화하지 못했다. 시에서 형식은 시의 핵심 요소인 긴장성과 결부되어 있다는 점에서 매우 중요하다. 따라서 본고에서는 내용적인 차원에서 전개된 기존의 연구에서 벗어나 형식 미학을 밝히는 데에 중점을 두고자 한다. 고진하의 시는 일관되게 '종교적 상상력'과 '생태적 사유'의 결합(유성호 22) 속에서 전개되는데 직접적인 화법보다는 주로 비유나 상징을 통해 시적 형상화를 이루

원, 「지상의 성소를 찾아서」, 『서정시학』 7 (1997); 남송우, 「기독교 시에 나타난 생명 현상-고진하 시인을 중심으로」, 『시와 사상』 21 (1999); 김양헌, 「고요한 신명」, 『현대시』 140 (2001); 김경복, 「고독과 침묵의 사원에서 퍼지는 성결한 언어들」, 『문학사상』 348 (2001); 장영희, 「고진하 시 생태의식 연구」, 『문창어문논집』 28 (2001); 남진우, 「연옥의 밤 실존의 여명」, 『그리고 신은 시인을 창조했다』 (서울: 문학동네, 2001); 유성호, 「신이 부재한 시대의 '신성' 발견」, 『유심』 7 (2001); 「침묵의 파문」, 『침묵의 파문』 (서울: 창작과비평사, 2002).

4) 김시영, 「고진하 시에 나타난 기독교 가치관 연구」, 석사논문, 인제대학교, 2000.

5) 장영희, 「한국 현대 생태시의 영성 연구-이성선, 고진하의 시를 중심으로」, 박사논문, 부산대학교, 2008.

어내고 있다. 특히 은유적 기법의 활용은 고진하 시의 긴장성을 유지시켜주는 큰 장점이라고 할 수 있다. 그의 일부 시편에서는 "단순 비유"가 결점으로 드러나기도 하지만(박덕규 199) "자연풍경의 은유화 · 상징화를 통하여 인간의 삶을 미메시스하고 있"(진정구 290)으며, "도처에서 시적 비유의 계열체들을 우주적 신성의 이미저리와 연결시키"(홍용희 108)고, "섣부른 환경론적 담론을 제출하지 않고 비유를 통해 영성을 가진 존재자로서의 자연을 노래하고 있다"(유성호 25)는 점에서 호평을 받는다.

이렇듯 고진하 시에서 은유가 적잖은 비중을 차지함에도 불구하고 이에 주력한 연구가 없었다는 점에서 본고의 필요성을 제기할 수 있다. 본고는 고진하 시의 은유적 상상력을 고찰하는 데 중점을 둠으로써 그의 인식의 창조성을 짚어보고자 한다. 이는 시인의 인식의 치열성을 규명할 수 있음은 물론 시의 미감을 파악해낼 수 있는 본질적인 연구라는 점에서도 의미가 크다. 한편, 고진하 시인은 자아와 세계가 균열된 파행적 근대 속에서도 부단히 동일성에 대한 갈망으로 은유의 세계를 구현하고 있다. 이와 같은 은유에의 지향은 현실세계에 대응해가는 고진하 시인의 미적 전략이라는 점에서도 상당히 중요하다.

본고의 연구 대상으로 삼은 『우주배꼽』에서는 제목부터 상징적인 요소가 강하게 나타난다. 본고에서 주목할 것은 이 시집의 시편들이 상징적 기법에 국한되지 않고 은유적 전이를 통해 의미의 확장과 긴장의 심화가 이루어진다는 점이다. 특히 그의 『우주배꼽』에서는 인간의 '신체'가 중요한 시적 대상으로 부각된다. 이는 고진하의 시에서 인체가 "다른 세계로의 이행을 가능케 하는 위쪽으로의 출구를 보여주고 있"(엘리아데 153)을 뿐만 아니라 그의 은유적 발상의 핵심에 자리하고 있기 때문이다. 따라서 본고는 고진하 시의 '신체'가 어떠한 은유적 얼개를 만들면서 의미를 창출하는지 중점적으로 살피고자 한다.

본고에서는 벤자민 흐루쇼브스키(Benjamin Hrushovski)의 은유 이론을 바탕으로 고진하 시의 은유를 분석할 것이다. 지금까지 현대시의 은유 연구는 대부분 단어의 차원에서 논의되었다. 이것은 은유의 작용 범주를 협소화함으로써 시가 지닌 다의성을 총체적으로 파악하지 못하는 한계를 갖고 있었다. 이러한 은유 연구의 지평 확대는 리차즈(I. A. Richards), 막스 블랙(Max Black), 폴 리꾀르(Paul Ricoeur) 등에 의해서 어느 정도 시도되었고 흐루쇼브스키에 의해 보다 구조적인 틀을 정립하게 되었다.[6] 흐루쇼브스키는 '지시틀'(frame of reference: frs)을 세워서 은유적 의미맥락을 파악하고 있다. 고정된 형태를 지닌 '문장'과 달리, '지시틀'은 유동적인 단위들로서 텍스트의 구성에 자유롭게 관여한다. 불확정적인 상태에 있는 '지시틀'은 텍스트에 흩어져있는 불연속적인 요소들, 즉 음성, 단어, 문장 등의 하부 패턴들에 근거하여 구성되는 의미론적 구조물이다. 지시틀 간의 상호작용은 또 하나의 새로운 지시틀 형성에 기여한다. 역동적인 관계 속에서 하나의 지시틀에서 다른 지시틀로 은유적 전이가 이루어지는데 이때 전이된 지시틀은 '기본적인 지시틀'(1차적 지시틀: fr_1)이며, 이에 대응되는 다른 하나는 '부차적 지시틀'(2차적 지시틀: fr_2)이다. 다의성을 지닌 시편에서는 다양한 층위의 지시틀이 세워진다. 흐루쇼브스키는 '문장'이 아닌 '지시틀'의 상호작용 속에서만 은유가 그 본래적 기능을 드러낸다고 말한다(11-13).

근래에는 흐루쇼브스키의 지시틀 이론을 활용한 시분석[7]이 다소 활발하게 이루어지고 있다. 이것은 그의 이론이 시에 나타난 은유적 상상력의 층위를 총체화 할 수 있다는 유용성 때문이다. 이에 본고에서는 고진하 시인의 『우주배꼽』의 은유 구조를 분석하는 틀로서 흐루쇼브스키의 은유 이론을 활용하고자 한다.

---

6) 은유 이론은 대치 은유(치환 은유)와 상호작용론으로 나뉜다. 'A(원관념)는 B(보조관념)다'라는 형태를 지닌 치환 은유가 단어의 차원에서 이루어진다면 상호작용론은 언술의 차원에서 이루어진다. 치환 은유의 하위형태인 확장 은유와 액자식 은유 역시 그 작용 범위가 단어의 차원을 벗어나지 못하고 있다. 이에 비해 흐루쇼브스키의 이론은 작용 범위가 언술의 차원으로 확대됨으로써 시인의 은유적 상상력의 층위를 총체화 할 수 있다.

7) 흐루쇼브스키의 은유 이론을 활용하여 현대시를 분석한 대표적인 논문은 다음과 같다. 김용희, 「서정주 시의 은유를 통해 본 미의식－『서정주 시선』을 중심으로」, 『논문집』 14 (2000); 연남경, 「세속공간의 비극성을 통한 현실 인식－최승호 시의 은유 분석」, 『이화어문논집』 20 (2002); 엄경희, 「은유의 이론과 본질」, 『숭실어문』 19 (2003); 강소연, 「장석남 시의 은유와 환유 구조 연구」, 『한국문학이론과 비평』 39 (2008); 이연승, 「전봉건 시집 『돌』에 나타난 은유 구조 연구」, 『한국시학연구』 27 (2010); 박선영, 「김현승의 『새벽교실』의 시간과 은유에 관한 고찰」, 『우리문학연구』 34 (2011).

II. 사물화된 신체와 회생의지의 촉발

인간의 신체는 소멸성을 전제하고 있음에도 육(肉) 이상의 의미를 지닌다. 이는 신체가 인간의 내면세계, 즉 영혼을 담는 그릇이기 때문이다. 이런 점에서 인간의 신체는 일종의 공간으로 볼 수 있다. 고진하 시의 두드러지는 특징 가운데 하나는 인간의 신체가 사물과 결부되면서 시적 의미와 긴장을 산출한다는 것이다. 그의 시 「영혼의 흔적」에서 신체가 조성하는 비유적 고리를 통해 이를 살펴보기로 한다.

> 평생을 쇠갈퀴 같은 손으로 / 흙만 파며 살아오신 할머니의 / 열 손가락엔 지문(指紋)이 없다. / 반질반질하게 닳은 / 호밋자루, / 낫자루처럼 그렇게 / 닳아서 없어진 것일까. . . . 하지만 난 / 지문 없는 손을 잡고도 / 할머니의 영혼의 숨결을 / 뜨겁게 느끼곤 했다. / 그 쇠갈퀴 같은 할머니의 손에 / 가끔씩 붙들리고 싶지만/ 벌써 쭈글쭈글한/ 우주배꼽으로 / 돌아가신 지 오래다. / 오늘도 난 볼록 튀어나온 / 내 배꼽을 만지며 / 그리움을 달랜다. (고진하, 「영혼의 흔적」[8])

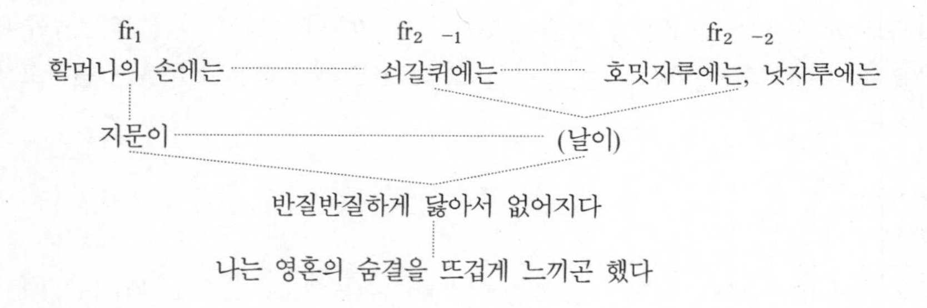

위 시에는 '할머니의 손'에 의해 은유적 의미망이 구성된다. '할머니의 손'(fr_1)은 직유적 언술에 의해 '쇠갈퀴'(fr_{2-1})와 등가를 이루는데 여기에는 여인의 강인한 생명력이 내재해 있다. 이는 다시 '호밋자루, 낫자루'(fr_{2-2})로 사물화되면서 신체의 소멸과 사물의 마모가 합치된다.[9] '할머니의 손'에서 나

---

8) 이 글에서 인용한 시는 고진하의 세 번째 시집 『우주배꼽』에 수록된 작품들이다. 이후로는 시인의 이름을 표기하지 않기로 한다.

9) 지시틀의 설정은 층위 단위로 이루어진다. 그래서 위 시의 경우에는 '할머니의 손'(fr_1)이라

선형의 '지문'이 닿아 없어지는 상태는 '쇠갈퀴'와 '호밋자루,' '낫자루'의 뾰족한 '날'이 마모되는 상태와 의미론적 대응을 이룬다. 그런데 여기서 '닳아서 없어지'는 신체가 부정적으로만 묘사되고 있지는 않다. 이러한 '손'은 그의 첫 시집 『지금 남은 자들의 골짜기엔』에서 부정적 의미를 띠는 "만신창이가 된 손"(「티끌의 노래」)과는 달리, '반질반질하'게 '빛'을 생성하면서 사라지는 것들의 미감을 자아내고 있다. 이때 '쇠갈퀴'와 '호밋자루,' '낫자루'는 할머니의 삶의 역정이 묻어 있는 농기구로서 지극히 일상적이면서도 매우 중요한 삶의 일부가 되는 사물이라 할 수 있다. 여기에는 손의 지문이 닿도록 평생 '흙만 파며 살아'온 할머니의 노동의 신성함이 배어 있다.

위 지시틀에서 '반질반질하게 닳아서 없어지다'라는 비유적 사건은 다시 '나는 영혼의 숨결을 뜨겁게 느끼곤 했다'라는 언술로 이어진다. 이는 화자의 회생에의 의지를 내포하고 있다. 할머니의 손이 '지문 없'는 상태임에도 화자는 '영혼의 숨결'을 감지하고 있다. 누군가는 '나선형의 지문'이 '영혼이 들어오고 나간 흔적'이라고 하지만 그는 지문이 사라진 할머니 손에서 여전히 '영혼의 숨결'을 뜨겁게 느낀다. 지상에 할머니가 부재하지만 화자는 할머니의 숨결을 감지할 수 있다. '할머니'가 '돌아가'신 '우주배꼽'은 인간의 최초의 공간이면서 마지막 공간이다. 화자는 자신의 '배꼽'을 '만지'는 상징적 행위로써 지상에 존재하지 않는 할머니에 대한 그리움을 달랜다. 이것은 할머니에 대한 그리움뿐만 아니라 인간의 근원에 대한 그리움이자 영원에의 향수를 함의한다. '배꼽'이라는 신체는 지상적 존재로서 화자와 부재하는 할머니를 이어주는 중요한 매개체인 셈이다. 이와 같이 화자는 사물화된 신체에서 '영혼의 숨결,' 즉 영혼의 흔적을 느끼고 있다. 역동적 생명력이 소거된 이 '손'은 화자의 극복의지에 의해 회생의 빛을 품게 된다. 이는 신체가 육적인 의미를 넘어 정신적 의미를 함축하고 있음을 보여준다.

그의 다른 시 「손톱」에는 세상을 떠난 '그'의 손이 사물화되어 나타난다. "나는 / 납덩이같이 싸늘한 손을 그이라 믿으며 / 까맣게 때 낀 손톱을 이렇게

는 신체의 층위와 '쇠갈퀴'(fr_{2-1})와 '호밋자루, 낫자루'(fr_{2-2})라는 사물의 층위가 독립적인 지시틀로 세워질 수 있다.

공들여 / 깎고 있다 . . . 그이의 손톱을, 그 하찮은 손톱의 때만큼도 대접받지 못한 / 그이의 천덕꾸러기의 생의 잔해를 / 금싸라기 줍듯 끌어모아, / 문종이에 싸서 / 이젠 그이의 손도 아닌, 얼음덩어리처럼 차가운 / 빈 손에, 꼭 쥐어주었다 / 무슨 진귀한 보물인 양!"이라는 시구에서는 신체가 이중적 비유 구조 속에서 대비적인 의미를 산출한다. '그'(fr_{1-1})와 신체의 일부로서 '손'(fr_{1-2})은 "은환유"(김욱동 189-99)[10]의 관계에 놓임으로써 독립적인 지시틀로 세울 수 있다. 온기가 사라진 싸늘한 그의 손은 '납덩이'(fr_2)라는 무생물적 사물로 변주되는데 이것은 광물성이 갖고 있는 차가움과 합치된다. 마지막 연에서는 생명력이 사라진 싸늘한 손이 '얼음덩어리'(fr_3)라는 고체적 질료로 사물화된다. 온기가 사라진 사물로 전이된 신체는 죽음을 함축하는데 이는 인간의 유한성을 보여준다. 그의 시 「백합조개」에서도 '김씨의 몸'이 '폐선'에 비유됨으로써 사물 내지 사물적 공간으로 변주된 신체가 소멸 내지 죽음을 함축하고 있다.

이러한 상태는 시인의 회생의지와 연계된다. '손톱'은 생명이 거세된 죽음의 상태를 의미화하는 '손'과 대비적이다. '천덕꾸러기의 생의 잔해'로 표현되는 '손톱'을 깎아 그의 '빈 손'에 쥐어주는 화자의 행위에 의해 '그의 손톱'(fr_1)은 '금싸라기'(fr_{2-1}), '진귀한 보물'(fr_{2-2})로 사물화되면서 의미론적 전환을 이룬다. 그리하여 세 지시틀은 '진귀하다'라는 상태를 공통항으로 가지면서 '빈손에 쥐어주다'라는 행위로 연결된다. 화자가 '까맣게 때 낀 손톱'을 공들여 깎아 손에 쥐어주는 것은 지상에서 손톱의 때만큼도 대접받지 못한, 즉 '천덕꾸러기의 생'을 살았던 미천한 생을 위로하는 행위이자 그의 존재 가치를 새롭게 부여하는 행위이다. 이렇게 해서 광물로 변주된 신체, 즉 사물화된 신체는 빛을 함유하면서 긍정적인 가치를 획득한다. 그의 시 「성스런 바느질」에서는 늙은 아낙네의 손이 '갈퀴손'으로 제시되면서 강한 생명력이 표면화되고 있다.

> 비탈진 관동양묘원, 이글거리는 뙤약볕 아래 검게 그을은 늙은 아낙네들이 두더지처럼 납죽 엎디어 있다. 겨우 10cm쯤 될까말까 한 어린 자작나무 묘

---

10) 움베르토 에코는 심층적인 면에서 은유와 환유는 깊이 연관되어 있다고 본다. 실제로 어떤 비유는 은유와 환유의 경계선이 모호하고 애매하여 분류하기가 쉽지 않은데 이때에는 '은환유'라는 용어로 부른다.

> 목을 촘촘히 심고 있는 저 갈퀴손들은, 말하자면, 지금 뻥 구멍 뚫린 지구를 꿰매고 있는 것이다. 흰 머릿수건을 벗어 쏟아지는 구슬땀을 훔치며 바늘 대신 쪽삽으로, 한 땀 한 땀 지구의 뚫린 구멍을 푸르게푸르게 누비고 있는!
> (「성스런 바느질」)

위 시에도 이중적 은유 구조가 나타난다. 먼저 '늙은 아낙네들'(fr_1)의 모습은 '두더지들'(fr_2)의 그것에 비유되어 동물화된다. 묘목을 심는 숙련된 '늙은 아낙네'의 '갈퀴손'은 손톱이 발달되어 있는 '두더지'의 그것과 등가를 이룬다. 이것은 땅에 '납죽 엎디어 있'는 자세에서 기인하지만 땅을 파는 행위로 확장시켜 볼 수 있다. 그리고 '갈퀴손'은 그 자체로서 사물화된 신체이다. 이는 고생을 많이 해 손가락 끝이 억세게 굽어든 손으로서 '손'(fr_1)과 '갈퀴'($fr_{2\ -1}$)의 비유적 결합이다. 마지막 시구에서 손은 다시 '쪽삽'($fr_{2\ -2}$)과 은환유의 관계를 형성할 뿐만 아니라 '바늘'($fr_{2\ -3}$)과 은유적 관계를 이룬다. 그리하여 '늙은 아낙네들'이 납죽 엎디어 '손'으로 '묘목'을 심는 행위는 '갈퀴'와 '쪽삽'으로 '구멍'을 메우는 행위, '바늘'로 '천'을 누비고 꿰매는 바느질과 동일시되면서 의미가 확장된다. 이때 단순한 노동의 행위가 '지구의 뚫린 구멍'을 메우는 지극히 거시적인 행위와 동일시된다는 점은 특기할 만하다. 이는 여인의 손에 의한 심목의 행위를 우주적인 차원으로 확대하는 시인의 은유적 상상력에서 기인한다. 이러한 생명력은 그의 생명의지가 깃들어 있는 '푸르게푸르게'라는 부사어에 의해 한층 더 강조된다.

이 시에서도 손에 대한 응시에서 은유적 발상이 배태된다. 늙은 아낙네들의 '손'이 '갈퀴,' '쪽삽,' '바늘'이라는 무생물적 사물로 다양하게 변주되는 데에는 화자의 회생의지가 함유되어 있다. 화자는 뙤약볕 아래 검게 그을은 늙은 아낙네들이 쏟아지는 구슬땀을 훔치는 모습에서 노동의 신성함 내지 숭고함을 느낀다. 이는 기계화된 현대 산업사회에서 소외된 인간의 육체와 노동의 가치를 새롭게 조명해주는 것이기도 하다. 그래서 화자는 이러한 행위를 '성스런 바느질'이라고 명명하게 된다. 이렇듯 고진하는 자연 속에서 성스러운 노동을 통하여 지상의 성소를 실천하는 사람들에 대해 특별한 관심을 드러내는데 이들은 가난하고 고달파 보이지만 나름대로 자연과 일체가 된 자족적 삶을 영위하고 있다

(이혜원 135). 특히 시인은 지상에서 지극히 비천한 삶을 살았던 사람들의 존재 의미를 '신체'를 통해 발견하고 있다. 그런데 그가 응시하는 '손'은 깨끗하고 매끄러운 손이나 젊고 건강한 손이 아니라 험한 노동을 하여 거칠고 늙은, 사물화된 손이다. 위의 시편들에서 '손'이 은유적 관계에 놓인다면, 시 「등모란」에서는 '몸'과 내부기관으로서 '심장'이 은유적 관계로 엮인다.

> 철을 잃고 늦여름 폭염 속에 꽃핀 등모란을 / 본 적 있니, 눈부신 햇살의 비명을 담고 있는? / 비명이 아픔의 몸을 갖고 있듯이 . . . 붉은 네 숨결에 닿는 생마다 활처럼 몸뚱어리가 / 휘어지며 / 자지러지는 소리를 지를 때 너는 / 망가진 악기에 가깝다, 안 보이는 . . . 며느리주머니라고 불리는 너의 꽃모양은 / 나의 심장 밑부분을 쏙 빼닮았다고 하지만, 폭염 속 . . . 너의 생, 그 눈부신 불협화음에 / 잠시 귀기울일 뿐 (「등모란」)

폭염 속에서 꽃을 피운 '등모란'은 '헐떡이는 숨결로 매달'려 있다. 이것은 아름다움이라기보다는 생존에 관련된 절실함 혹은 절박함의 표출이다. 이러한 '등모란 꽃'(fr$_{1-1}$)은 은유적 변전을 통해 의미를 확장시킨다. 1-3행에서 '눈부신 햇살의 부딪침'을 담고 있는 등모란은 비명을 담고 있는 '아픔의 몸'(fr$_{2-1}$)에 비유된다. '며느리주머니'(fr$_{1-2}$)로 명명되는 이 식물의 꽃모양은 '나의 심장 밑부분'(fr$_{2-2}$)과 쏙 빼닮았다는 점에서 은유적 의미망 속에 놓인다. 더 중요한 것은 이들이 폭염 속에서 '헐떡이는 운명'이라는 동질성을 갖고 있다는 점이다. 이것은 다시 자지러지는 소리를 지르고 불협화음을 내는 '망가진 악기'(fr$_{3}$)로 사물화된다. '아픔의 몸,' '나의 심장 밑부분'이라는 신체는 '망가진 악기'에 비유되면서 부정적인 의미를 형성하지만 생에의 몸부림을 함축하고 있다는 점에서 역설적이다. 이를테면 사물화된 신체는 시인의 회생의지를 촉발시키는 전제조건이 된다. 또한 위 지시틀의 '눈부신 햇살의 부딪침'-'비명,' '헐떡이는 숨결'-'자지러지는 소리,' '불협화음'이라는 의미항에도 그의 몸부림치는 생명의지가 투사되어 있다. 여기에도 빛 이미지가 존재한다. 그래서 이들의 존재 상태가 '눈부신' 것으로 표현될 수 있다. 한편, 붉은 등모란의 숨결에 닿는 생은 '활'처럼 몸뚱어리가 휘어지는데 이 '등모란'은 '활'과 인접성에 의한 환유적 관계에 위치한다.

이 시에서는 식물의 층위, 인간 신체의 층위, 사물의 층위가 병치되어 시적 의미를 두텁게 한다. 생물과 무생물의 층위는 서로 충돌하면서 동일성의 지평을 확보한다. 이렇듯 고진하 시인은 신체/사물, 생물/무생물의 경계를 해체시킨다. 여기에는 이분법적 경계를 파기하고 일원화된 세계를 지향하는 시인의 의식이 내포되어 있다(금동철 194). 인간의 몸은 낡고 닳은, 소멸적 신체가 무생물적 사물로 전이되며 이것은 생명의지와 맞닿아 정신적인 차원으로 결부된다. 한편, 다음 시편에서는 사물의 층위와 신체의 층위가 병치되면서 사물의 신체화를 이룬다. 여기서는 '몸'과 이것을 환유하는 '발'이 은유적 전이를 이끌고 있다.

> 막다른 길 끝 집, / 초라한 시골 예배당 / 켜켜이 폐타이어로 축대를 쌓았네 / 닳고 닳은 / 둥근 시간의 신발들, / (오, 버려진 발들로 축대를 쌓다니!) / 그 발들 사이사이에 뿌리를 박고 / 피어오른 금달맞이꽃들, / 멀리서 보면, 꽃들을 얹고 있는 축대는 / 꽃들의 제단(祭壇)이네 / 대낮에도 환한 꽃등을 밝혀 / 씽씽 달리던 길의 기억을 / 신에게 꽃피워 올리는 . . . 나도 / 그 제단에 꽃으로 피어 바쳐지고 싶었네. (「길 끝 집, 그 제단」)

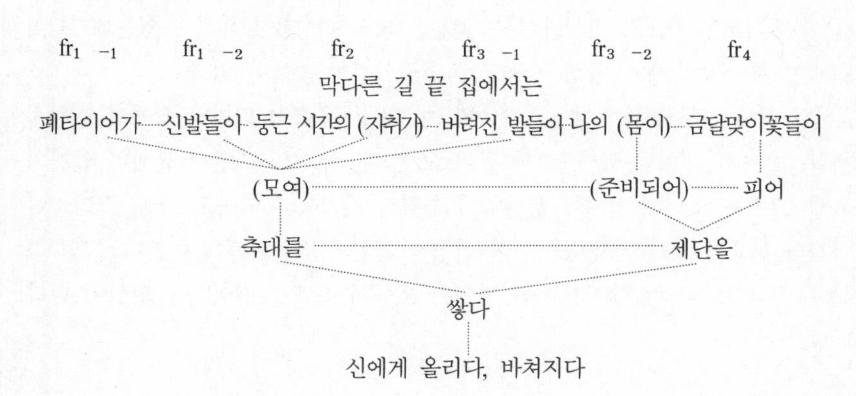

시적 화자는 '막다른 길 끝 집'에서 '폐타이어'로 쌓은 축대를 보게 된다. 이 '폐타이어'(fr_{1-1})는 닳고 닳은 '둥근 시간의 신발들'로 표현되는데 이는 '둥근 시간의 자취들'(fr_2)이라는 시간의 층위와 '신발들'(fr_{1-2})이라는 사물의 층위가 결합된 것으로 볼 수 있다. 이는 괄호로 처리된 6행에 의해 '버려진 발들'(fr_{3-1})이라는 인체의 층위로 다시 변주된다. 또한 7-8행에서는 이 발들이 '금달맞이꽃들'이라는 식물의 층위와 은환유로 결합한다. 즉 발들 사이사이에 뿌리를 박은 '금달맞이꽃들'(fr_{4})은 인접성에 의한 환유적 관계에 있지만 '제단'을 쌓고 있다는 점에서 은유적 관계로도 드러난다. 2연의 마지막 시구에서 화자 '나'는 '꽃'처럼 신을 위한 제물로 바쳐지고 싶어 한다. 이러한 화자의 초월적 욕망에 의해 '나의 몸'(fr_{3-2})이라는 신체의 층위가 새롭게 파생된다. '버려진 발들'은 '나의 몸'의 일부로서 환유적 관계에 있지만 모두 제물의 일부라는 점에서 은유적이라고 볼 수 있다.[11]

여기서는 무생물적 사물의 층위 → 시간의 층위 → 신체의 층위 → 식물의 층위로 이동하는 가운데 초월의식이 구체화된다. 주목할 것은 건물의 중심축으로서 '축대'(fr_{1})가 '제단'(fr_{2})과 등가에 놓인다는 점이다. 이것은 일상적인 사물적 공간이 성소화되는 은유 양상을 보여준다. 이것은 "'성'과 '속'의 공존과 화해"(유성호 17-31)를 의미한다. 성소(聖所)란 천상과 지상 사이의 전이점으로서 '신들에로의 문'이 있는 거룩한 장소로서, 신들과의 교섭이 가능한 장소이며 세속세계의 제의적 정화의 제단이 놓이는 자리이다(홍용희 111). '금달맞이꽃들'이 피어오른 곳으로 형상화된 이 공간은 빛의 속성을 함의하고 있는데 그 이면에는 시인의 회생을 향한 기독교적 초월의식이 깃들어 있다.

위 시에서 무생물적 사물로 전이되는 '발'은 은유적 의미망 속에서 초월적 지향성을 수렴해내고 있다. 이와 같이 고진하는 소멸의 대상에 불과한 인간의 육체, 그것도 소외된 신체에 끊임없이 초월적 가치를 부여하고 있다. 그리하여 인간의 신체가 정신적 차원을 넘어 신성적 차원과 접목되기에 이른다. 그의 다른 시 「어머니의 방」에서는 '몸' 자체가 초월적 존재로 전이되는 양상이 나타난다.

> 어머니의 방은 토굴처럼 어둡다 / 어머니, 박쥐떼가 둥우리를 틀겠어요, 해도 / 희미한 웃음 띤 낯빛으로 / 괜찮다, 하시고는 으레 불을 켜시지 않는다

---

11) 위 지시틀에서 괄호로 처리된 '둥근 시간의 (자취)'라는 시간의 층위와 '나의 (몸)'이라는 신체의 층위는 텍스트의 표면에 드러나지 않은 불확정 부분으로서 논자의 상상력에 의해 채워진 '부재의 지시틀'이다.

/ 오랜 날 동안 / 어둠에 익숙해지신 어머니의 몸은 / 심해에 사는 해골을 닮은 물고기처럼 / 스스로의 빛을 뿜는 발광체가 되신 것일까, 흐린 기억의 . . . 치렁치렁한 어둠 속, 무엇일까, 옻칠된 검은 장롱에 / 촘촘히 박힌 자개처럼 빛나는 저것은. (「어머니의 방」)

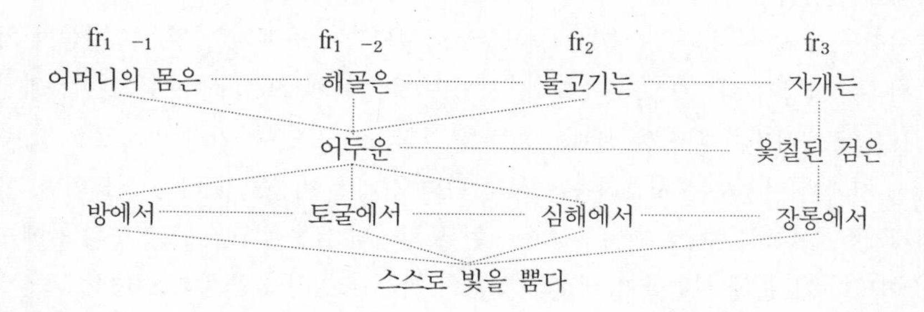

우선 1연에서는 '어머니의 방'이 박쥐떼가 둥우리를 트는 어두운 '토굴'에 비유된다. 이는 불을 밝히지 않고 지내는 어머니의 일상 공간을 형상화하고 있지만 '어머니'의 존재성을 부각시키는 공간적 배경으로 기능하게 된다. 어두운 '어머니의 방'은 "요나 콤플렉스"(김현 · 곽광수 219)[12]를 연상시킨다. 이를테면 어머니의 방은 '치렁치렁한 어둠 속'이지만 안온한 공간으로 다가온다. 그리고 암흑 속에 드리우는 한줄기 빛은 어둠을 부드럽게 감싼다.

이 시에서 화자의 '어머니'는 신성을 부여받고 있다. 어두운 방에서 지내는 '어머니'는 어둠에 익숙해져서 '스스로 빛을 뿜'는 '발광체'가 된다. 이는 어머니가 신성을 부여받고 있음을 암시한다. 이러한 양상은 층위 이동을 통하여 의미가 보다 더 확대된다. 즉 꽉 말라 뼈만 남은 '어머니의 몸'(fr_{1-1})은 '해골'(fr_{1-2})로 변용될 뿐만 아니라 '물고기'(fr_2)라는 동물의 층위로 변주되고 '자개'(fr_3)라는 사물의 층위로 변주된다. 이들은 공통적으로 '어두운,' '옻칠된 검은' 공간에 존재하며 그 속에서 '스스로 빛을 뿜'고 있다. '빛'이 '신'의 표상물이라는 점에서 볼 때 이들은 초월성을 함유하고 있는 존재 혹은 대상이라고 할 수 있다. 특히 '자개'는 죽은 조개로서 무생물에 불과하지만 켜켜이 빛을 감

12) 바슐라르에 의하면 요나 콤플렉스는 어머니에게로 돌아감을 상징하며, 부드럽고 따뜻하며 결코 공격되지 않은 편안함이라는 원초적 도피의 온갖 모습으로서 진정한 내면성의 절대, 행복한 무의식의 절대이다.

추고 있다. 초월성이 내재하는 '자개'로 사물화된 신체는 시인의 회생의지가 발현된 것이다.

이처럼 '어머니의 몸'은 단순한 육체가 아닌 초월성을 내포한 신성화된 신체로 현현하고 있다. 결국 '어머니의 몸'은 신성이 거하는 일종의 '성소'가 된다. 이렇듯 고진하 시의 '신체'는 사물화로 이행되면서 육체적 차원 → 정신적 차원 → 신성적 차원으로 변주된다. 시인은 정신/육체, 인성/신성 등의 이분화된 틀을 해체하면서 비속한 신체의 가치를 부각시키고 있다. 가장 속되고 가장 추한 것에서 발견하는 성스러움은 성과 속의 경계를 허물고자 하는 시도이며, 이 세계를 하나의 존재로 파악하고자 하는 노력이다(금동철 194). 고진하의 시에는 '어머니'에 관한 시편들이 적잖게 있는데 이는 초월성을 표상하는 대상으로 제시된다는 점에서 인상적이다. 고진하 시인에게 '어머니'는 육신의 어머니 그 이상의 의미를 지니며 지상과 천상을 매개한다는 점에서 존재성이 부각된다. 고진하 시의 '어머니'가 신성을 지니는 것은 박목월의 시에 등장하는 '어머니'의 존재성과 아주 유사하다. 그러나 박목월 시의 어머니는 일상에 편재하는 신성으로 드러나는 데 비해 고진하 시의 어머니는 일상과 결부되어 있음에도 편재성을 드러내지는 않는다. 또 박목월 시의 '어머니'가 기억 속의 존재로서 과거의 현재화로 형상화된다면 고진하 시의 '어머니'는 현존하는 존재로 제시된다는 점에서도 차이를 보인다.

이밖에 그의 시 「노인과 바다」에서는 사물화된 신체가 신적인 존재와 등가를 이루는 것으로 변주되기도 한다. 이 시의 "곱사등이 노인은 햇살파도가 / 밀어올린 높은 바위 위에 걸터앉는다 희끗한 / 눈썹에 와 걸리는 수평선, . . . 하지만 곱사등이 노인에겐 / 이제 곱사등이 따로 져야 할 짐이 아니듯 / 잔물결 속 바위에 / 바위옷처럼 찰싹 붙어 있는 해신(海神)의 또다른 얼굴"이라는 시구에서 '노인의 곱사등'은 짐이 아니라 신체의 일부로 형상화된다. '바위옷'처럼 찰싹 붙어 있는 이것은 '해신'의 또 다른 얼굴로 인식된다. 그리하여 '노인의 곱사등'(fr_1)이라는 신체는 '바위옷'(fr_2)이라는 사물의 층위, '해신'(fr_3)이라는 신의 층위와 비유적 관계를 이룬다. 세 층위의 지시틀은 '찰싹 붙어 있'다는 존재 양태에 의해 융합을 이루는데 이러한 밀착감은 삶에의 의지를 대변해준다.

노인의 생이 그러하듯 '바위옷' 역시 식물에 낀 이끼로서 강인한 생명력을 보여준다. 불구성을 지닌 노인의 신체는 '해신'이라는 불멸의 존재와 연결되면서 영원성을 부여받게 된다. 이렇게 비천한 인체는 사물화를 넘어 초월적 존재 즉, 신적인 차원으로 이동하는 존재론적 전환을 보여준다.

현대시에서 사물화 양상은 주로 생명력의 상실을 표상하는 것으로 드러나지만 고진하의 『우주배꼽』에서는 이것이 회생의지와 맞물려서 나타난다. 또 이것은 신체 부위와 정교하게 결합하면서 시적 의미와 긴장의 창출에 기여하고 있다. 이러한 비유는 고진하 시의 중요한 특징이다. 사물화된 신체는 고진하의 첫 시집 『지금 남은 자들의 골짜기엔』에서도 나타난다. 그의 시 「불면의 여름」의 "잔뜩 먼지 낀 거울 속엔 / 실종된 누이의 주근깨 얼굴이, / 주근깨 얼굴에 겹친 늙은 어미의 체념한 얼굴이 / 벌건 양철 추녀에 걸린 거미줄인 양 일렁였다"라는 시구에는 '누이의 주근깨 얼굴'(fr_{1-1})과 '늙은 어미의 체념한 얼굴'(fr_{1-2})이 축 늘어진 '거미줄'(fr_2)로 사물화되어 나타난다. 여기서의 신체는 절망의 그림자가 드리워져 있는 상태로 은유화되고 있다는 점에서 회생의 빛이 강하게 표출되는 『우주배꼽』의 신체 은유와 현격한 차이를 보여준다.

III. 자연화된 신체와 무한지향에의 미감 형성

이 장에서는 인간의 신체가 사물화되는 데에서 다른 층위로 한 차원 더 나아가고 있음을 고찰할 것이다. 고진하 시인은 농촌의 자연을 주된 공간으로 삼고 있는데 황폐해진 '자연'에서도 충만한 신성을 발견하고 있다. 그의 『우주배꼽』에서는 신체가 자연과 밀착되어 있으며 은유적 관계 속에서 의미를 새롭게 산출해내고 있다. 우선 그의 시 「백합조개」에서 이를 살펴보기로 한다.

> 주문진 앞바다는 / 후텁지근한 봄날의 퀴퀴한 / 병상 같네 // 푸른 물이 뚝뚝 흐르는 / 때깔 좋은 백합조개 건져올리던 / 좋은 날들은 다 가고, / 휑하니 뚫린 가슴 썩은 / 폐에서 / 적갈색 피고름을 / 고무호스로 뽑아내던 김씨 . . . 백합조개를 열어보면, 그 속에 / 물결 일렁이는 바다가 있다구요! // 혼수상태에서 가끔씩 핏기없는 입술을 / 달싹이던 김씨, 폐선처럼 누운 / 아, 기울어진 폐선처럼 누운 / 당신의 몸이 / 싱싱하게 파도치는 바다였다는 게 /

믿을 수 없어, . . . 퀴퀴한 슬픔의 병상을 / 그냥 빠져나왔네 (「백합조개」)

이 시는 과거의 기억과 현재의 상태가 병치되는 이중적 시간의식을 보여준다. 이러한 시간을 바탕으로 인간의 신체는 이중적 비유체계를 구축하게 된다. 2-3연에서 시적 화자의 과거 기억 속에서 '김씨의 몸'은 일련의 은유적 얼개를 구성한다. '김씨의 몸'(fr_1)은 싱싱하게 파도치던 '바다'(fr_2)라는 무한한 생명의 공간과 동일시된다. 이로써 소멸성을 함의한 신체는 영원성의 표상공간으로 전이된다. 그런데 3연에서 '백합조개'를 열어보면 그 속에 '물결 일렁이는 바다'가 있다고 말함으로써 '김씨의 몸'은 다시 '백합조개 속'(fr_3)과 합치된다. 이로 인하여 '백합조개 속' 역시 사물적 공간성을 넘어 무한한 우주를 표상하게 된다. 이에 '혈액'이 돌고 있는 '김씨의 몸'은 '파도'가 치는 '바다', '물결'이 일렁이는 '백합조개 속'과 동일시되면서 '싱싱하'게 솟아나는 역동적인 생명력을 풍요롭게 창출한다. 결국 소멸의 운명을 지닌 '김씨의 몸'은 신비한 우주적 공간으로 무한히 확장되면서 자유의 표상공간이 된다. 자연화된 그의 신체에는 시인의 무한지향에의 의지가 투영되어 있다. 그런데 1연과 4연에서 보면, 온갖 비린 부유물(浮游物)이 둥둥 떠 있는 '주문진 앞바다'는 후텁지근한 봄날의 '퀴퀴한 병상'에 비유되어 어두운 분위기를 조성한다. 뿐만 아니라 현재 병이 들은 '김씨의 몸'(fr_1)은 '폐선'(fr_2)과 동일시된다. 소멸 내지 죽음을 함축하는 사물화된 신체는 지상적 존재의 한계성을 역력히 보여준다. 시인은 백합조개를 통해 한 어부의 참담한 일생의 마지막을 직시하면서 인간 존재와 삶의 무상을 가슴 저미도록 처절하게 제시하고 있다(김선학 65). 이 시에서는 인간의 육체가 우주적 공간과 동일시됨에도 불구하고 존재의 소멸 혹은 죽음에의 한계를 드러낸다.

그의 다른 시 「새벽길」에도 존재의 소멸과 초월의 이중적 변주가 자연화된 신체로 형상화되어 나타난다. 이 시의 "푸른 해송들 늘어선 산모롱이 막 돌아서면 / 일망무제 확 트이는 동해 바다, / 그 바다 곁에, 출렁이는 바다를 베고 누운 / 늙은 여인의 축 늘어진 젖무덤 같은 / 무덤들 옹기종기 모여 있네"에는 소멸성을 지닌 인간의 신체에 생명의식이 깃들어 있다. '바다 곁'에 옹기종기 모여 있는 '무덤'(fr_1 $_{-1}$)은 '늙은 여인의 젖무덤'(fr_2)에 비유되면서 인간의 신체가 대지화된다. 일반적으로 '무덤'은 죽음의 공간을 뜻하지만 기독교적인 의미에서는 삶과 죽음을 연계하는 상징적 공간이 되기도 한다. 따라서 '늙은 여인의 젖무덤'으로 의인화된 '무덤'은 생명의 젖줄을 표상한다고 볼 수 있다. 또한 '출렁이는 바다를 베고 누운' 늙은 여인의 젖무덤은 인접성에 의해 '바다'(fr_1 $_{-2}$)와 환유로 연결됨으로써 무한성을 부여받게 된다. 위의 시 「백합조개」와 달리, 아래의 시편에서는 화자의 몸이 '바다'로 변주되어 우주화되면서 무한한 생명력을 파생하고 있다.

> 오금이 저려오는 절벽 위에 서면 / 生이 더 생생해진다, 어쩌다 삼척 죽서루 / 같은 데 올라 / 그 아래 흐르는 시푸른 강물을 굽어보고 있으면 / 절망조차 시푸르러진다 / 기기묘묘한 바위 틈을 뚫고 자란 소나무들이며/ 까마귀 날갯빛의 대나무들 서걱서걱 흔들릴 때마다 / 내 몸의 중심도 기우뚱, 흔들리지만 / 내 몸 속에 그 푸른 절벽을 담아 가지고 온 날은 / 꿈빛조차 새롭다 . . . 웬 노인 하나 기대어/ 피리를 불고 있다, 애잔하게 흐르는 / 피리 가락에 맞추어 노인의 수염이 파르르 떨리고 / 꿈속의 내 몸도 얇은 진동막이 되어 떨린다 (「죽서루에서」)

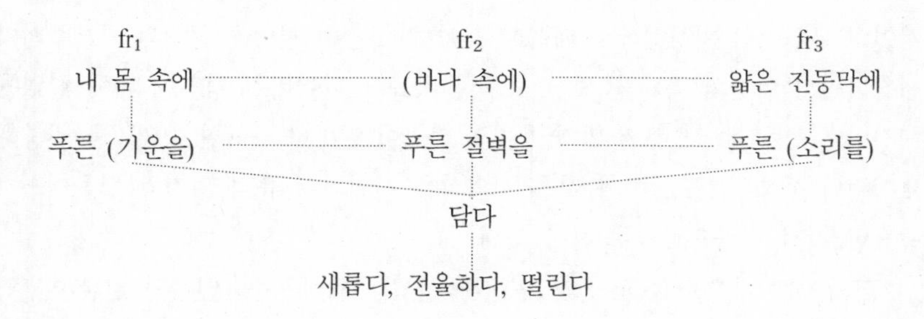

이 시에는 화자의 생명에의 몸부림이 적극적으로 표출되고 있다. 그는 '절벽' 위에 서면 생이 더 생생해지고 죽서루에 올라 '시푸른 강물'을 굽어보면 절망조차 시푸르러진다고 진술한다. 이러한 내적 정황 속에서 화자의 신체는 은유적 고리를 만들면서 의미를 산출해낸다. 푸른 절벽을 담아 온 '내 몸 속'(fr_1)은 거대한 '바다 속'(fr_2)으로 몸바꿈을 한다. 이때 "인간 신체-우주의 동일시"가 일어난다(엘리아데 152). 인간의 몸이 '바다'라는 무한한 자연 공간으로 전이되는 것은 신체가 거대한 우주가 됨을 의미한다. 이러한 인체의 우주화는 인간의 육체를 무한한 넓이와 깊이를 가진 거대한 공간으로 신비화한다. 그리고 "꿈속의 내 몸도 얇은 진동막이 되어 떨린다"에서 화자의 몸은 '푸른 소리'가 담긴 '얇은 진동막'(fr_3)으로 다시 사물화된다. 그의 신체는 '얇은 진동막'의 사물성에 빗대어 아주 미세한 떨림까지도 전달하는 매개체로 표현된다. 이것은 단순히 신체적인 차원에 국한된 것이 아니라 정신적인 차원으로서 내적 떨림 혹은 내적 울림을 암시한다.

세 지시틀은 상호작용하면서 '담다'라는 능동적인 행위로 수렴되는데 이는 지시틀 간의 이질성을 허무는 '비유적 사건'이 된다. 또한 이것은 '새롭다, 전율하다, 떨린다'라는 내적 상태로 연계되어 생명력을 극대화한다. 이는 내적 울림으로서 화자의 초월적 생명의지가 내면화된 것으로 볼 수 있다. 이때 '푸른 기운'-'푸른 절벽'-'푸른 소리'는 생명의지를 감각화함으로써 구체성을 획득한다. 이렇듯 인체는 자연적 공간화, 사물화로 이행되면서 시적 의미가 확대되고 긴장이 심화된다. 여기서도 인체가 무한한 자연 공간으로 변전함으로써 그 의미가 극대화되며 인체가 지닌 미감이 가시화된다. 이런 자연화된 신체는 고진하 시인의 무한에의 지향성에서 배태된 것이다. 고진하 시인은 근대와 자본주의가 시작되면서 인간의 욕망을 위한 도구나 자료가 되어버린 자연에 대해 한없는 애정의 시선을 보냄으로써 인간 욕망의 타락이 얼마나 누추한 것인지를 반증해 보여준다(김경복 252). 이와 같은 시의식은 시인의 은유적 의지와 맞물리면서 중요한 시적 전략으로 기능하고 있다.

그의 시 「예수曼荼羅－故 변선환 선생님께」에서는 '인간의 얼굴'이 '연못'으로 공간화되면서 신성화의 양태를 띤다. 이 시의 "까만 등짝이 유난히 반짝거리는 조그만 물방게 한 마리가 고요한 연못 위를 헤엄칠 때 무수한 겹동그라미 생겨나며 한없이 번져가는 물살의 파문처럼, 파문당한 老교수의 호호거리는 웃음의 정겨운 물살 . . . [...] 저 인도의 어떤 화가가 그린, 강하고 습한 몬순풍에 떨며 펄럭이는 연꽃잎 위에 부처처럼 가부좌 틀고 앉아 잔잔하게 미소짓던 예수의 천진한 웃음. . . ."이라는 구절은 '종교다원주의'[13]를 주장한 변선환

13) 시의 제목에서 시인의 종교다원주의적 성향이 드러난다. 시인은 기독교의 상징인 '예수'와

선생의 파문을 시화한 것이다. 여기서는 '파문 당한 노교수'(fr_{1-1})의 존재론적 상태와 이후 그 '얼굴의 웃음'(fr_{1-2})이 '연못의 물살'(fr_{2})에 비유되면서 동일성을 형성한다. '연못'은 인공적으로 조성된 자연 공간으로서 '바다'와 같은 무한성을 갖고 있지는 않지만 '무수한 겹동그라미'를 만들며 '한없이 번져가'는 연못의 물살은 무한성을 함유한다. 이때 생겨나는 '무수한 겹동그라미'는 어려움을 당한 노교수의 존재 상태를 무화시키는 역할을 한다. 이처럼 인체의 자연화는 신체와 거기에 깃든 무한한 내면세계에 미감을 더한다. 이것은 인도의 화가가 그린 그림 속의 존재와 겹쳐지면서 새로운 층위로 다시 이동해간다. 실재하는 '노교수 얼굴의 웃음' 위로 그림 속의 '예수의 웃음'(fr_{3-1})이 포개지면서 동질성을 확보한다. 그림 속에서 발견한 '예수'의 천진한 웃음은 가부좌를 틀고 앉은 '부처의 웃음'(fr_{3-2})과 동화된다.

이렇게 세상풍파를 겪은 후 평정을 되찾고 정겨운 웃음을 띠게 된 노교수의 얼굴은 신성화된다. 이 시에서는 고진하의 시가 '기독교'라는 특정한 역사적 종교에서 발원하고 있지만 종교의 속성들을 아우르려는 이른바 '통(通)종교'적 성격을 강하게 띠고 있음을 엿볼 수 있다(유성호 22). 한편, 위의 시편에서 인간의 신체가 '바다,' '연못'이라는 물의 공간으로 변주된다면 아래 시편에서는 '하늘'이라는 공간으로 변주된다.

> 소 치는 사내의 투박한 손을 들여다본다 / 툭, 불거진 푸른 정맥 속으로 / 뿔 돋은 황소 고집이 흐르고 있다 그는 . . . 굳은살 박힌 검은 손바닥 가득 피어오르는 / 쑥불, 밤하늘에 뜬 황소座같다 / 뜨거움을 간신히 참는 두 눈동자에서 별똥별들이 쏟아지고 / 손목까지 내리뻗은 생명선, 그 깊은 운명의 심연을 / 그는 한번도 들여다본 적이 없다 // 사내는 다만, 손마디가 쑤시고 아플 뿐이다 / . . . 그렇지만, / 푸른 정맥을 타고 뿔 돋은 황소 고집이 흐르는 손엔 / 영혼이 없다, 쑥불이 쑥불이 탈 뿐 (「투박한 손」)

이 시의 화자는 소 치는 사내의 '투박한 손'에 시선을 집중한다. 1연에서 '사내의 검은 손바닥'(fr_{1-1})은 불거진 '푸른 정맥 속'(fr_{1-2})과 인접하여

불교의 상징인 '만다라'를 합성어로 만들어서 사용하고 있는데 이것은 두 종교의 벽을 넘겠다는 의도도 되고 두 종교의 연결고리를 인식한다고도 볼 수 있다(장영희 169).

환유적 관계를 형성한다. 손바닥의 '푸른 정맥 속'에는 '황소 고집'이 흐르는데 이는 내면화된 신체이다. 화자는 사내가 이것을 '삶의 미덕으로 여기'고 있음을 단언한다. 2연에서 보면 사내의 손은 '지독한 소똥 냄새'에 절어 있고 '관절'도 몹시 아픈 상태다. 또한 3연에서 그는 손목까지 내리뻗은 생명선의 '깊은 운명의 심연'을 한 번도 들여다본 적이 없는, 영혼에 대해 무관심한 존재로 제시된다. 주목할 것은 '쑥뜸'을 뜨는 행위에 의해 의미론적 전환의 계기를 마련한다는 점이다. 쑥뜸은 단순히 관절의 통증을 치료하는 차원을 넘어 '노동의 옷깃에 스민 지독한 소똥 냄새가 지워지'게 하는 정화 역할을 한다. 화자는 이것이 '삶을 중화 시켜줄' 수 있을지 물음을 던진다. 굳은살 박인 사내의 '검은 손바닥'에 피운 이 '쑥불'은 '밤하늘'에 뜬 '황소좌'에 비유된다. 그리하여 '사내의 검은 손'은 캄캄한 '밤하늘'(fr_2)과 등가의 자리에 놓이면서 이것의 표상성에 힘입어 초월성을 부여받는다. 또 사내의 두 눈동자에서는 '별똥별이 쏟아지'고 있다. 정신적인 차원으로 전이된 인체는 다시 거대한 우주적 자연 공간으로 은유화되기에 이른다. 지극히 미천한 사내의 검은 손바닥은 초월적 공간으로의 비약을 보여준다. 이때 자연화된 신체는 '우주적 거울'로 은유화된다. 이러한 은유 양상의 근저에는 사내의 손바닥을 응시하는 화자의 무한지향에의 욕망으로서 초월의식이 깃들어 미감을 형성하고 있다.

마지막 시구에서 화자는 '황소 고집이 흐르는 손엔 영혼이 없다'라고 말하면서도 사내의 손바닥 위에 타오르는 '쑥불'과 함께 흐르고 있는 내밀한 초월의식을 간파하고 있다. 이러한 인식은 인간의 육체에 깃들어 있는 초월성을 발견하는 시인의 세계관을 대변해준다. 고진하는 인간의 신체와 우주의 경계를 무너뜨리면서 비속한 신체를 우주적 차원으로 끌어올린다. 즉 그는 인간/자연, 약소함/거대함, 유한/무한, 지상/천상 등의 이분화된 틀을 무화시킴으로써 인체의 가치를 극대화한다. 이는 인간의 신체를 하나의 소우주로 보는 인식이다. 그의 시 「즈므 마을2」에서는 '발등'이라는 신체의 일부가 '하늘'에 비유되고 있다.

> 산비알에 핀 / 홍단풍 노을을 등에 지고 귀가하는 / 늙은 농부 // 집앞에 노을을 한 짐 부려놓고 / 어둑발 먼저 들어 등목을 하는 계류에 나와 / 발을 담근다 // 퉁퉁 부은 발등 위로 찰랑찰랑 떠오르는 별들 / 늙은 농부의 발은

누가 씻어주나 / 별들이 씻어주나 // 저 쇠가죽 같은 발에 엎드려 쪽쪽 입맞추는 / 별빛! (「즈므 마을2」)

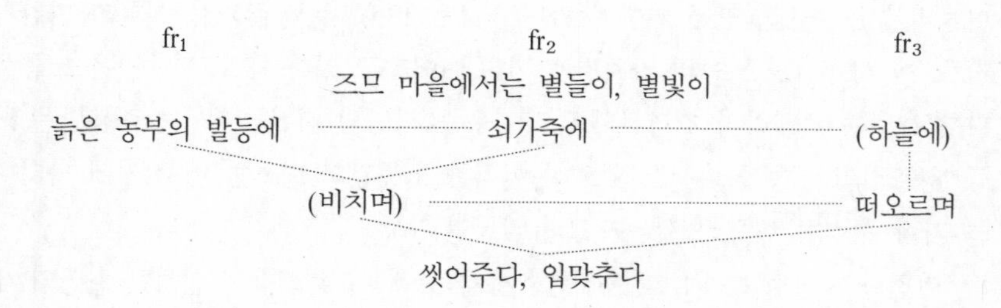

해질녘 노동을 마친 늙은 농부는 '홍단풍 노을'을 등에 지고 귀가한다. 그의 모습은 자연과 어우러지면서 미적 정취를 더한다. 이 시에서는 '늙은 농부의 발등'(fr_1)이 은유적 전이를 일으킨다. 퉁퉁 부은 늙은 농부의 발등은 지상적 삶의 고단함과 고통스러움을 짐작하게 해준다. 이 발등은 단단하고 질긴 '쇠가죽'(fr_2)에 비유되어 비천함을 구체화한다. 그런데 그의 발등 위로 별들이 떠오름으로써 다시 '하늘'(fr_3)이라는 공간으로의 전이가 일어난다. '쇠가죽'으로 사물화된 '늙은 농부의 발등'은 삶의 인이 박여 거칠고 메마른 신체를 의미화하지만 여기에 하늘의 '별들'과 '별빛'이 내리비침으로써 의미론적 전환이 발생한다. '별들'이 떠올라 비치는 그의 '발'은 결국 우주적 거울로 전이되며 이로써 그의 신체가 우주적 차원으로 무한히 확장된다. 이 시에서 '하늘'의 표상성에 힘입어 무한을 꿈꾸는 시인의 생명의지가 초월성과 접맥되어 미감을 형성한다는 점은 주시할 만하다. 시적 공간인 '즈므 마을'은 "이미 지상에서 사라진 / 성소(聖所)를 세우고 싶은 곳"(「즈므 마을1」)으로 형상화된다는 점에서 초월성을 내포하고 있다.

3-4연에서 보면, 의인화된 '별들'은 그의 발을 '씻어주'고 '별빛'은 발에 쪽쪽 '입맞추'고 있다. 초월적 자연을 표상하는 '별'은 고단한 인간의 '발'과 동화된다. 그리하여 세 지시틀은 '씻어주다, 입맞추다'라는 비유적 사건에 의해서 융합된다. 발을 '씻어주'는 것은 부정한 것을 정화시키는 행위이고, 입을 '입맞추'는 것은 화해와 조우의 행위이다. 이때 '별빛'의 하강은 '늙은 농부'의 존재

론적 가치를 격상시키는 역할을 한다. 속세에서 사람들의 머리 위로 빛나던 별빛이 이 높은 산마을에서는 농부의 발치로 내려와 있으며 성소의 주민인 즈므 마을의 농부는 별빛만큼 높아져 있다(이혜원 135). 앞서 살펴본 시들과 마찬가지로, 이 시에서도 노동의 가치가 면면히 이어지고 있다. 주로 저주받은 노동을 다루고 있는 고진하의 초기시와 달리 『우주배꼽』의 시편들에서는 축복받은 노동, 창조적인 노동을 다루고 있으며 이러한 노동관의 변모는 이 시기에 나타나는 가장 뚜렷한 변모라 할 수 있다(엄국현 76).

미천한 지상적 존재를 환유하는 '발'을 통해 시적 화자는 신성한 천상의 세계와 조우하게 된다. '발'이라는 비천한 신체는 무생물적 사물로 변주될 뿐만 아니라 무한한 자연적 공간으로 변주되면서 우주화를 이끄는데 이를 통하여 초월성이 가시화되고 있다. 이렇듯 고진하 시에 드러나는 자연과 인간의 깊은 연대감은 은유적 원리에 기반해 있다. 한편, 앞서 언급한 시 「즈므 마을1」에서는 '발'이 환유적 관계 속에서 신성을 의미화하는 데 기여한다. 이 시의 "즈므 마을, 이미 지상에서 사라진 / 성소(聖所)를 세우고 싶은 곳, 나는 / 마을 입구에 들어서며 발에서 신발을 벗는다"라는 구절에서는 '발'이 '신발'이라는 사물과 환유적 관계에 있다. 화자가 '신발을 벗'는 것은 지상적인 것, 세속적인 것으로부터 벗어나는 행위로서 속(俗)에서 성(聖)으로의 이행을 표상한다. 또한 '즈므 마을'이 '거룩한 땅' 즉 '성소'임을 의미화한다.[14] 이렇게 자연적 공간으로 변주되는 신체는 우주화에 의해 무한지향에의 욕망을 구상화하며 나아가 초월적 영역으로의 진입을 이끈다. 위 시에서는 은유화된 신체의 신성이 암시적으로 드러나지만 그의 시 「장마」에서는 아주 분명하게 표면화된다. 여기서는 '배꼽'이라는 신체의 일부가 우주적 차원을 넘어 신성적 차원으로 이행되고 있다.

> 폐허의 담벽 아래, / 성스런 신의 병사들이 / 지구의 왼쪽 관자놀이를 찢는 총성이 울리고 / 그 피와 살을 받아 핥는 / 시퍼런 잡초와 갈가마귀의 혀가 비릿하다. // 골고다, / (우주배꼽?) / 거기, / 여전히 신생아들의 울음소리도

14) 구약성서에서 모세가 떨기나무 가운데서 하나님을 만났을 때 "네가 서 있는 곳은 거룩한 땅이니 네 발에서 네 신을 벗어라"(출 3:5)고 명하셨다. 이것은 모세가 서 있는 곳이 '거룩한 땅', 즉 '성소'임을 보여주는 것이다.

/ 들린다지? // 안 보았어도 좋을, 흥건히 피에 뜬 조간을 보며 / 질긴 탯줄을 씹듯 간신히 조반을 삼켰다. / 장마가 쉬 그칠 것 같지 않다. (「장마」)

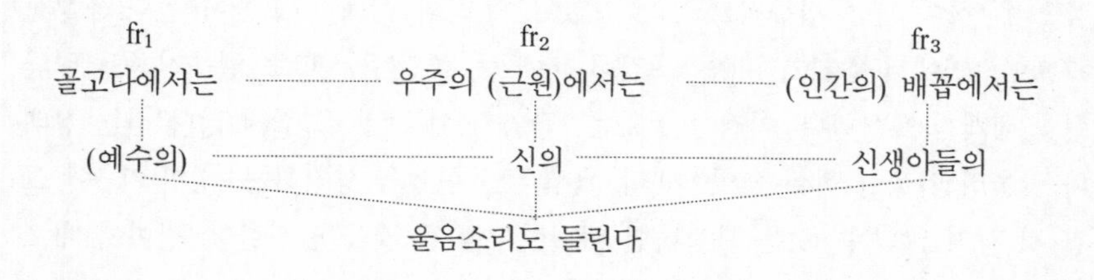

이 시에는 죽음의 이미지가 주조를 이룬다. 1연에 제시된 '폐허의 담벽' 아래서 울리는 '총성,' 잡초와 갈가마귀가 핥고 있는 '피와 살'은 전쟁 중의 죽음을 연상시킨다. 이것은 2연에 등장하는 '골고다'라는 실재하는 지명과 결합하여 구체성을 확보하게 된다. '골고다'는 예루살렘 근처의 언덕으로서 예수가 십자가에 못 박힌 상징적인 자연 공간이다. 여기서 '골고다'(fr_1)라는 성스러운 자연 공간은 '우주배꼽'과 병치되어 은유적 관계를 이룬다. 이 '우주배꼽'은 우주의 층위와 인체의 층위가 결합된 비유적 공간으로서 '우주적 근원'(fr_2)과 '인간의 배꼽'(fr_3)이라는 지시틀을 파생시킨다. '인간의 배꼽'은 모체와 태아가 탯줄로 연결되었던 존재의 근원지이자 중심지를 상징한다. 세 지시틀의 상호충돌 속에서 '예수'가 십자가를 졌던, 그의 울부짖는 소리가 들리는 '골고다'는 '신'의 울음소리가 들리는 '우주의 근원,' '신생아들'의 울음소리가 들리는 '인간의 배꼽'과 동일한 의미망을 형성한다. 그리하여 '인간의 배꼽'은 우주적 공간을 넘어 신성적 공간으로 그 의미가 확대된다. 중요한 것은 세 개의 공간 지시틀에 죽음과 탄생의 대립적인 존재 양태가 공존하면서 합치된다는 점이다. 여기서 예수의 죽음과 신생아들의 탄생이라는 양가성이 접목된다. 시인이 죽음의 공간인 '골고다'에서 생명이 탄생하는 소리를 듣는 것은 골고다가 죽음을 생명으로 전환시킨 역사적 공간임을 인식하고 있기 때문이다. 그래서 모든 생명들이 새롭게 탄생하는 원형적 공간으로 '우주배꼽'을 제시하고 있는 것이다(남송우 35-36). 이러한 은유적 인식은 죽음과 부활을 동일시하는 역설적인 기독교 의식을 잘 대변해준다.

그런데 골고다의 사건은 일회적인 과거 역사로 넘어가 버리지 않고 시인의 밥상 언저리에 머물고 있는 진행형이며, 진행형의 악마성은 적의와 살기를 내뿜으며 '장마'처럼 집중적으로, 끊임없이, 우리의 삶에 파고들어 온다(윤성희 97-98). 3연에서 화자가 보는 '흥건히 피에 뜬 조간'은 '피'로 얼룩진 폭력적인 현실 세계를 표상한다. 이러한 정황은 "장마가 쉬 그칠 것 같지 않다"라는 상태와 맞물려 암울한 현실을 빚어낸다. 폭압적인 현실을 상징하는 '장마'가 '쉬 그칠 것 같지 않다'는 것은 부정적인 현실이 지속될 것을 암시한다. 장마에 내포된 '물' 이미지는 '피'의 그것과 상통한다고 볼 수 있다. 하지만 시인은 그리스도의 죽음과 부활을 환기시킴으로써 이 암울한 현실을 넘어서려고 한다. 이렇게 인체는 우주적 자연으로 공간화됨은 물론 성역화 내지 신성화되는 차원으로 이행되는데 이는 인간의 몸을 소우주로 인식하는 것으로서 시인의 무한지향성에서 발현된 것이다.

그의 시 「그대 혼의 깨어남이 없다면」에도 이런 양상이 나타난다. 시인은 성탄절을 맞아 예수 그리스도의 탄생의 의미를 되새긴다. 이 시의 "그대가 별이 되어 솟구치지 않는다면, . . . 그대 내면의 혼불을 밝히지 못한다면, . . . 그대가 새 아기로 태어나지 못한다면, . . . 그대 혼을 빨래하는 방망이질이 없다면, . . . 그대가 사랑이 새벽빛으로 동트지 않는다면, . . . 그대의 허울을 벗고 알몸으로 나서지 않는다면, . . . 그대 혼의 깨어남이 없다면!"라는 시구에서 화자는 '성탄절'의 진정한 의미가 '혼의 깨어남'에 있음을 강조한다. '혼의 깨어남이 없'는 신체는 아무런 의미가 없다는 말이다. 시적 주체인 '그대'(fr$_1$ $_{-1}$)는 '그대의 알몸'(fr$_1$ $_{-2}$)이라는 신체의 차원으로 변주되고, '그대의 혼'(fr$_1$ $_{-3}$)이라는 정신의 차원으로 변주된다. 그대가 '알몸'으로 '나서'는 것은 그대의 '혼'이 '깨어나'는 상태와 등가를 이룬다. 또한 '그대'는 '새 아기'(fr$_2$)로 변주되는데 이는 인성과 신성을 공유한 '예수'로서 육체의 신성화를 내포하고 있다. 이것은 다시 '별'(fr$_3$ $_{-1}$), '새벽빛'(fr$_3$ $_{-2}$)이라는 발광체, 즉 초월적 자연으로 변주되면서 무한으로 확장되는 생명력을 미화한다. 이렇듯 고진하의 시에서는 인간의 신체가 성역으로 은유화되어 미감을 풀어낸다. 유한성을 지닌 인간의 신체가 '성소'가 된다는 것은 존재론적인 한계를 벗어난다는 점에서 시사하는 바가 크다. 고진하 시의 중요한 특징 가운데 하나는 지극히 일상적인 공간에 '성소'가 세워지는 것인데 특히 비속한 인체가 성역으로 전이되는 것은 주목할 만한 특징이다. 이러한 발상은 '몸'을 '성전'으로 여기는 고진하 시인의 기독교의식에 근거해 있다.[15)]

이외에 그의 시 「어머니의 성소」의 "어머니는 / 오늘도 / 닦고 또 닦으신다 . . . 맑은 물이 뚝뚝 흐르는 행주를 쥔 / 주름투성이 손을 / 항아리에 얹고 / 세례를 베풀 듯, / 어머니는 / 어머니의 성소를 닦고 또 닦으신다"에서는 '어머니의 손'이라는 신체가 환유로 결합하여 신성을 구축하는 데 관여한다. 장독대의 '항아리'를 '닦고 또 닦'는 행위는 마치 '사제'가 베푸는 '세례'의 행위와 동질적으로 인식된다. 지상적 삶의 질곡이 배어 있는 '주름투성이 손'은 거룩한 손으로 치환되는데 이는 '손'이라는 신체가 신성을 지니고 있음을 시사한다. 고진하의 『우주배꼽』에 두드러지는 비속한 신체의 신성화 양상은 서정주의 시집 『질마재신화』에서도 발견할 수 있다. 그러나 유머와 해학의 요소가 극명하게 나타나는 서정주의 시와 달리, 고진하의 시에서는 고요한 성스러움, 즉 기독교적 경외감이 주조를 이루고 있다.

IV. 나오는 말

이 글은 근대화와 더불어 피폐해진 8, 90년대 농촌 현실을 넘어 인간의 초월성의 문제에 집중하고 있는 고진하의 시집 『우주배꼽』을 텍스트로 삼아, 주된 시적 대상으로 등장하는 '신체'가 상징을 넘어 어떠한 은유와 환유의 관계망 속에서 의미를 증폭시키는지 살폈다.

우선 2장에서는 사물화된 신체에 의해 시인의 회생의지가 촉발되고 있음을 고찰하였다. 여기서는 '몸'과 이것의 일부로서 '손,' '심장,' '등'이 '쇠갈퀴,' '호밋자루,' '바늘,' '납덩이,' '망가진 악기,' '폐타이어,' '자개' 등의 무생물적 사물

15) 고진하 시에 등장하는 신체에 깃든 인식은 예수께서 "너희는 너희가 하나님의 성전인 것과 하나님의 성령이 너희 안에 계시는 것을 알지 못하느냐"(고전 3:16); "너희 몸은 너희가 하나님께로부터 받은 바 너희 가운데 계신 성령의 전인 줄을 알지 못하느냐"(고전 6:19)라고 한 기독교 정신에 근거해 있다.

로 전이되고 있다. 이로써 시인은 신체/사물, 생물/무생물의 경계를 해체시키고 있다. 이 장에서는 낡고 닳은, 즉 소멸하는 대상으로서의 신체가 무생물적 사물로 전이되는데 이것은 시인의 생명의지에 닿으면서 정신적인 차원과 결부된다. 또한 신체는 '빛'의 공간으로 형상화됨으로써 초월성을 암시적으로 드러내기도 한다. 그리하여 인간의 신체는 사물화를 넘어 신적인 차원으로 이동하는 은유 양상으로 보여준다. 시인은 소멸의 운명에 놓인, 그것도 아주 비천한 신체에 대하여 초월성을 부여하고 있다. 이렇듯 고진하 시의 '신체'는 사물화로 이행되면서 육체적 차원 → 정신적 차원 → 신성적 차원으로 옮겨간다. 시인은 정신/육체, 인성/신성 등의 이분화된 틀을 해체하면서 비속한 신체의 가치를 부각시키고 있다.

3장에서는 자연화된 신체에 의해 시인의 무한에의 지향의지가 미감을 형성하고 있음을 밝혔다. 여기서는 '몸' 또는 '손바닥,' '발등,' '배꼽,' '젖무덤,' '얼굴' 등 신체의 일부가 '바다,' '연못,' '하늘' 등의 자연 공간으로 변주된다. 이것은 신체가 사물화되는 차원을 넘어 무한성을 지닌 자연 공간으로서 우주적 차원으로의 확대를 이끈다. 고진하 시인은 인간의 신체와 우주의 경계 허물기를 시도하면서 비속한 신체를 우주적 차원으로 확장시킨다. 즉 인간/자연, 약소함/거대함, 유한/무한, 지상/천상 등의 이분화된 틀을 무화시킴으로써 신체의 가치를 극대화한다. 결국 자연적 공간의 표상성에 힘입어 시인의 생명의지는 초월성과 맞물리게 된다. 신체가 '하늘'이라는 공간으로 변주되는 시편에서는 거울화 양상에 의해 초월성을 의미화하기도 한다. 또 신체가 환유적 관계로 결합하면서 신성을 구축하는 데 관여하기도 한다. 고진하 시의 신체는 우주화되는 차원을 넘어 신성화되는 차원, 즉 성소 내지 성역으로 의미화된다. 이 장에서 '신체'는 사물화를 넘어 자연적 공간화로 이행되면서 육체적 차원 → 우주적 차원 → 신성적 차원으로 자리매김한다.

고진하의 『우주배꼽』에서는 '신체'가 상징의 차원을 넘어 은유로 이행되면서 인간의 초월의지를 구체화하고 있다. 이를 통하여 시인은 신체를 우주적 차원으로 끌어올리면서 무한한 미적 생명력과 초월적 생명력을 창출해낸다. 그는 이 '신체'를 매개로 시적 대상과 공간을 자유롭게 넘나들면서 인간/비인간, 생물/무생물, 유한/무한, 지상/천상, 비속함/성스러움, 부정함/정결함 등의 이분화된 틀을 해체시키고 있다. 이것은 '신체'에 새로운 존재 가치를 부여한다는 점에서 의미가 크다. 본 연구를 통해 지금까지 논의되었던 고진하 시의 생태의식과 기독교의식이 은유의 원리에 토대해 있음을 알 수 있다. 고진하의 시는 "종교성에 침윤된 시들이 흔히 빠져드는 관념성에서 어느 정도 벗어나 있"(남진우 231)는데 이에 은유가 중요한 몫을 담당하고 있다. 그러나 고진하 시인의 일부 시편에 나타나는 '단순 비유'는 시적 긴장성을 약화시키므로 극복되어야 할 부분이다. 본고는 고진하의 시의식을 고찰한 내용적 차원의 선행연구 성과를 넘어 은유 구조라는 형식 미학을 고찰하였다는 점에서 의의를 지닌다.

인용문헌

고진하. 『우주배꼽』. 서울: 세계사, 1997. Print.

금동철. 「성스러움 혹은 존재 비껴가기」. 『현대시』 8.6 (1997): 190-98. Print.

김경복. 「고독과 침묵의 사원에서 퍼지는 성결한 언어들」. 『문학사상』 348 (2001): 252-61. Print.

김선학. 「동적 세계에서 정관적 세계로」. 『서정시학』 7 (1997): 58-69. Print.

김욱동. 『은유와 환유』. 서울: 민음사, 2004. Print.

김현·곽광수. 『바슐라르연구』. 서울: 민음사, 1981. Print.

남송우. 「기독교 시에 나타난 생명 현상—고진하 시인을 중심으로」. 『시와 사상』 21 (1999): 27-45. Print.

남진우. 「연옥의 밤 실존의 여명」. 『그리고 신은 시인을 창조했다』. 서울: 문학동네, 2001. Print.

박덕규. 「추억도 꿈도 없는 세상의 거울」. 『문예중앙』 13.4 (1990): 193-99. Print.

엄국현. 「경계적 인간의 탐색의 노래」. 『서정시학』 7 (1997): 70-87. Print.

엘리아데, 멀치아. 『성과 속』. 이동하 역. 학민사, 1997. Print.

유성호. 「한국 현대문학과 종교적 상상력」. 『문학과 종교』 8.2 (2003): 17-31. Print.

윤성희. 「지상에서 천상으로, 천상에서 지상으로」. 『서정시학』 7 (1997): 88-101. Print.

이혜원. 「지상의 성소를 찾아서」. 『서정시학』 7 (1997): 130-39. Print.

장영희. 「한국 현대 생태시의 영성 연구—이성선, 고진하의 시를 중심으로」. 박사논문. 부산대학교, 2008. Print.

진이정. 「굴뚝과 연기」. 『문학정신』 57 (1991): 172-73. Print.

진정구. 「자연풍경 묘사와 개인체험의 객관화」. 『세계의 문학』 57 (1990): 289-300. Print.

호옥스, 트렌스. 『은유』. 심명호 역. 서울: 서울대학교출판부, 1986. Print.

호호프, 쿠르트. 『기독교문학이란 무엇인가?』. 한숭홍 역. 서울: 두란노, 1991. Print.

홍용희. 「신성의 위기와 재생」. 『서정시학』 7 (1997): 102-14. Print.

Hrushovski, Benjamin. "Poetic Metaphor and Frames of Reference with Examples from Eliot, Rilke, Mayakovsky, Mandelshtam, Pound, Creeley, Amichai, and *the New York Times*." *Poetics Today* 5 (1984): 5-43. Print.

8

『무정』에 나타난 기독교의 표층구조와 심층구조

| 한승옥 |

I. 머리말

이광수의 종교적 편력은 그의 일생 궤적이 파란만장한 그것이었듯 유교에서 기독교로, 기독교에서 불교로 종교적 방황을 계속하였다. 이광수는 태어나기는 유교집안에서 태어났으나 그의 아버지의 무능으로 인해 초년에 가난에 찌들어 살아해 했다. 그 아버지와 어머니마저 어린 나이에 타계함으로 해서 이광수는 의지가지없는 고아 신세가 되었다. 아버지의 가치관으로 상징되는 유교가 오히려 생의 모순을 안겨준 것으로 인식되었기에 이광수에게는 유교적 전통이 배척의 대상이 될 수밖에 없었다. 이광수가 청년시절 기독교에 경도한 것도 어떤 종교적 신념에서라기보다는 유교를 배척할 수 있는 최선의 수단이 될 수 있었기 때문이었다. 당대의 젊은이들이 그러하였듯 개화의 방편으로 기독교를 취한 것이다. 그가 취한 기독교는 신앙으로서의 그것이라기보다는 문학을 통한 교양으로서의 성격이 강했다. 그리고 미션계 학교의 교육을 통한 이성과 지식의 한 방편으로서의 기독교였다. 그래서 그는 사이비 기독교도들의 비신앙적

* 본 논문은 『문학과 종교』 12.2 (2007): 205-24에 「『무정』에 나타난 기독교의 표층구조와 심층구조」로 게재되었음.

행위 양태를 마음껏 공격할 수 있었다. 특히 젊은 시절 기독교적 세계관이 투영된 서구의 유수한 문학작품을 많이 섭렵한 이광수로서는 서구 유수한 명작에 투영된 기독교의 진정한 모습이나 그를 체현한 소설 내적 인물들의 세계관을 자연스럽게 접할 수 있었기에 어떤 모습이 진정한 기독교도인지 그 기준을 나름대로 견지할 수 있었다. 청년 이광수에게는 이러한 기독교적 세계관은 아무것에도 의지할 것 없었던 허허 벌판의 황무지와 같았던 개화기 당시의 삶에 유일한 생의 지표로 작용할 수 있었다. 또한 동시에 그의 문학을 창작하는 하나의 전범으로 좋은 이정표가 될 수 있었다. 여기서는 이러한 특성을 지닌 이광수의 기독교적 세계관이 어떻게 그의 작품에 투영되었나를 살펴보는 것으로, 특히 그의 젊었을 때의 가치관이 가장 핍진하게 반영되어 있는 『무정』[1]을 통해 이를 고찰해 보기로 한다.

이광수에 대한 기독교적 영향관계를 살핀 소론은 그 대표적인 것만 보아도 백철[2]을 비롯하여 전대웅[3], 김태준[4], 김영덕[5], 조신권[6], 구인환[7], 이인복[8], 김병익[9], 신익호[10] 등 다수에 해당한다. 하나 재미있는 것은 이광수에 가까운 세대일수록 이광수의 기독교적 세계관을 긍정적으로 평가하는 경향이 있는데 비해 후대로 내려오면서 이를 비판적으로 성찰하는 경향이 있다는 점이다. 그것은 이광수의 일반적 평가와도 궤를 같이 한다. 이광수의 친일 행각에 무게를 두거나 위선적 문학을 문제 삼는 젊은 연구가들, 특히 외국 문학도들에 의한 평가

1) 이광수, 『무정』 (서울: 문학사상사, 2002). 본고에서 인용되는 작품은 이 책을 위주로 하며, 앞으로 책 쪽수만 표시하기로 함.
2) 백철, 「한국현대소설에 미친 기독교의 영향」, 『중대어문논집』 4.1 (1959): 29-42.; 「춘원문학과 기독교」, 『기독교 사상』 8.3 (1964): 42-51.; 「기독교와 한국의 현대소설」, 『동서문화』 1 (1967): 3-19.
3) 전대웅, 「춘원문학의 주제」, 『기독교사상』 11.6 (1967): 37-43.
4) 김태준, 「춘원문학에 끼친 기독교의 영향」, 『명대논문집』 3 (1970): n. pag.
5) 김영덕, 「춘원의 정과 기독교 사상과의 관계 연구」, 『한국문화연구원 논총』 20 (1972): n. pag.
6) 조신권, 「한국근대문학과 기독교」, 『연세논단』 16.1 (1980): 15-34.
7) 구인환, 『이광수소설연구』 (서울: 삼영사, 1983), 295-97.
8) 이인복, 『한국문학과 기독교 사상』 (서울: 우신사, 1987), 27-38.
9) 김병익, 「한국소설과 한국기독교」, 『현대문학과 기독교』, 김주연 편 (서울: 문학과 지성사, 1984), 66.
10) 신익호, 『기독교와 현대소설』 (대전: 한남대학교출판부, 1994), 14-20.

는 이광수를 부정적으로 폄하하는 경향이 우세하다. 이는 이광수에 대한 긍정적 평가에 대한 반작용의 결과도 한 몫 한 것으로 생각된다. 여기서는 이광수 작품에 투영된 기독교적 제 문제를 점검하는 자리이기 때문에 이에 대한 상론을 피하기로 한다. 다만 그의 대표작이면서 현대소설사에 획을 그은 중요한 작품이며, 이광수가 젊은 시절 기독교에 경도되었을 때 창작된 1917년 작『무정』을 통해 그의 기독교적 세계관이 어떻게 투영되었나를 점검해 보는 것으로 만족하려 한다. 특히『무정』에 투영된 기독교를 표층구조와 심층구조로 나누어 심층적 층위에서 어떻게 기독교적 원형이 문학의 핵으로 작용하며 작품을 감동적 구조로 이끌고 있음을 살피는 데 목적을 두려 한다.

II. 표층구조

1. 사이비 기독교인에 대한 조롱

『무정』의 주인공 이형식은 고아 출신으로 동경 유학을 하고 지금은 경성학교 교사가 된 입지전적 인물이다. 작품에서 우리는 그가 기독교도임을 다음과 같은 이 형식의 술회에서 간파할 수 있다.

> 워낙 교회에 뜻이 없으매 교회 내의 신용조차 그리 크지 못하다. 아무 지식도 없고, 아무 덕행도 없는 아이들이 목사나 장로의 집에 자주 다니며 알른알른하는 덕에 집사도 되고, 사찰도 되어 교회 내에서 젠체하는 꼴을 볼 때마다 형식은 구역이 나게 생각하였다. (24)

위의 인용문을 토대로 볼 때, 이형식은 신자이기는 하나 교회에 열심히 나가는 독실한 신앙을 가진 기독교적 인물이 아님을 알 수 있다. '교회의 신용조차 그리 크지 못하다.'고 서술된 것을 보면 그가 기독교 신자인 것만 확인될 뿐이다. 그러면서도 '아무 덕행도 없는 아이들이 목사나 장로의 집에 자주 다니며' 목사나 장로에게 아부하여 '집사'나 '사찰'이 되는 것을 시기하는 눈으로 비꼬는 것을 보면 이형식의 시선이 매우 냉소적임을 알 수 있다. 그러면서도 그 밑바탕에는 부러움의 감정도 복합적으로 잠재하고 있음을 엿볼 수 있다. 이러한 시선은 그 후 자기의 후원자가 되는 선형의 아버지 김 장로의 집을 방문하였을 때도 동일하게 적용된다. 이 형식은 처음에는 김 장로의 집에 가정교사로 들어가지만 그것은 결국 김 장로의 데릴사위가 되는 과정에 다름 아닌데, 그러한 자기의 든든한 후원자인 김 장로를 다음과 같이 비꼬는 것은 소설의 전반부이기는 하지만 작가 이광수의 기독교적 세계관이 드러나는 부분이라 생각되어 주의를 요한다.

> 비록 두 벌 옷도 가지지 말라는 예수의 사도연마는 그도 개명하면 땅도 사고, 은행 저금도 하고, 주권과 큰 집도 사고, 수십 인 하인도 부리는 것이다. 김 장로는 서울 예수교회 중에도 양반이요 재산가로 두세째에 꼽히는 사람이다. 집도 꽤 크고 줄행랑조차 십여 간이 늘어 있다. (24-25)

위의 인용문에서 보면 김 장로는 이상섭의 지적대로 "개화의 겉치레로 기독교인"(66)이 되었음을 알 수 있다. 실제에서는 구시대의 양반이며 세도가이나 개화하면서 새로운 자본주의에 부응하면서 재빨리 자본주의의 속성에 맞게 변화하면서 재산을 증식해 가는 약삭빠르며 이재에 밝은 인물임을 알 수 있다. 부동산에 투자하고 은행에 저금도 하고 주권과 큰 집을 사고 하인을 부리는 등 자본가의 속물근성을 그대로 드러내는 인물이다. 김 장로가 신앙을 가진 것은 진정한 기독교도로서의 그것이 아니라 개화의 명분으로서의 그것이며, 또한 새로운 세력인 교회 공동체의 실력자가 되어 자기의 입지를 넓히기 위한 수단으로서의 그것임을 알 수 있다. 김 장로의 이력은 "이제 사십오륙 세 되는 깨끗한 중노인"으로 "일찍 국장도 지내고 감사도 지낸 양반으로서 십여 년 전부터 예수교회에 들어가 작년에 장로"(25)된 인물로서, 장로가 된 후 외면적으로는 기독교도가 지켜야 할 본분을 지켜나가기 위해 노력하는 인물로 나타난다.

> 양반의 가문에 기생 정실이 망령이어니와, 김 장로가 예수를 믿은 후로 첩둠을 후회하나 자녀까지 낳고 십여 년 동거하던 자를 버림도 도리에 그르다 하여 매우 양심에 괴롭게 지내다가, 행인지 불행인지 정실이 별세하므로 재취하라는 일가와 붕우의 권유함도 물리치고 단연히 이 부인을 정실로 삼았음이다. (28)

양반의 가문에서 기생첩을 두었다가 그를 정실로 맞아들이는 것은 개화기 시대였지만 아직은 용납이 안 되는 일이었을 것이다. 그러나 그가 예수를 믿은 후 정실이 별세함으로 해서 그동안 양심의 가책을 느끼다가 첩을 정실로 맞아들이는 행위는 일단은 유교적 가치관에서 개화의 그것으로 탈바꿈한 것이라 볼 수 있다. 그러나 진정한 의미에서의 기독교도적인 그것이 아니라 개화기의 한 양식으로서의 변모적 성격이 강하다. 하기에 진정한 기독교인으로서의 행위라고 보기에는 어설픈 점이 많다. 작품의 서술자도 이를 비꼬고 있는 것이다. 이것은 내용상으로서도 그렇지만, 문체 면에서도 '망령이어니와'라든가, '매우 양심에 괴롭게 지내다가'라든가 '단연히 이 부인을 정실로 삼았음이다.'라든가 하는 어투에서 김 장로에 대한 빈정거림을 읽을 수 있다.

김 장로에 대한 빈정거림은 김 장로에게만 끝나지 않는다. 김 장로 일가에 대한 비판으로 그 범위가 넓어진다. 정신 여학교를 나온 재원인 김 장로의 딸 김선형에게도 빈정거림은 계속된다. 이 빈정거림은 거의 조소에 가깝다.

> 그는 성경을 외웠다. 그러나 다만 외웠을 뿐이었다. 그는 하느님이 아담과 에와를 만든 줄을 믿고, 에와가 뱀의 꾀에 넘어 금한 바 지식 열매를 따먹음으로 늙음과 죽음과 온갖 죄악이 세상에 들어왔단 말과 천당과 지옥과 십자가에 달린 예수와, 예수가 어찌하여 십자가에 달린 것을 성경에 쓴 대로 다 외우고 또 날마다 보는 신문의 삼면에 보이는 강도, 살인, 사기, 간음, 굶어 죽은 자, 목을 매어 자살한 자 등, 여러 가지를 알며 또 그 말을 친구에게 전하기까지 한다, 그러나 그러할 뿐이다. 그는 그 모든 것 – 위에 말한 그 모든 것과 자기와는 전혀 관계가 없는 것이어니 한다. 아니, 차라리 그는 그 모든 것이 자기와 관계가 있는지 없는지를 생각하려고도 아니한다. (94)

여기서 김 선형에게 보내는 조소는 가히 능멸에 가깝다. 선형의 기독교는 머리로만 암기한 지식으로서의 그것이지, 아니 그것보다도 못한 한낱 친구에게 자기의 앎을 과시하기 위한 수단으로서의 그것일 뿐이지, 진정한 의미의 기독교적인 인생관이나 그의 실천과는 거리가 먼 사이비 기독교도일 뿐임을 암시하고 있다. 선형이 믿고 있는 기독교는 겉치레의 기독교로 진정한 기독교인이 되기에는 요원한 것임을 은근히 비꼬고 있다. 그녀가 진정한 기독교인이 되기 위해서는 사회에서 일어나는 모든 악에 무관심하고 그로부터 자신을 보호하기에 만 급급하여서는 안 되고, 악에 물든 이웃과 불쌍한 형제들을 구원하는 예수의 사랑을 실천해야만 한다. 그러나 김 선형은 그의 아버지 김 장로와 같이 겉치레로 예수를 믿기에 그녀가 믿는 기독교 역시 신여성으로서 걸쳐야 하는 하나의 장식품에 지나지 않을 뿐이다. 서술자를 통해 작가인 이광수는 이러한 사이비 기독교인과 당시의 돈 많은 사람들의 기독교적 겉치레를 신랄하게 비판하고 조롱하는 것이다. 이러한 비판은 뒤집어 보면 그 이면에는 이광수 자신의 기독교에 대한 집착이 역으로 나타난 것임을 알 수 있다. 즉 이광수는 돈 많은 개화인들이 장식품으로 기독교를 겉치장하는 것을 인정치 않으면서 진정한 기독교도를 찾기 위해 『무정』에서 청년으로서의 이 형식을 대행 인물로 설정하여 진정한 기독교도로의 변모를 작품을 통해 보여주려 하기 때문이다.

2. 리비도를 통한 기독교적인 개안

김 장로나 그의 딸 선형이 진정한 기독교도가 아니라 개화 치장으로서의 겉치레 기독교도였다면 이형식의 경우는 어떠한가? 서술자는 이형식도 완전한 기독교인으로서의 그것이 아니라 아직은 덜 깬 미숙의 기독교인으로 서술한다. "형식은 저 스스로 깬 '사람'으로 자처하거니와 그 역시 아직 인생의 불세례를 받지 못한 사람"(95)이란 것이다. 여기서 불세례를 받지 못했다는 것은 선형을 서술하면서 선형이 "예수교의 가정에 자라남으로 벌써 천국의 세례는 받았'지만, '그러나 아직도 인생이라는 불세례를 받지 못하였다"(94)는 것과 통한다. 아직 참다운 의미에서의 기독교인이 되지 못하였음을 나타낸다. 머리로만 아는, 교리 상의 단순한 지식으로만 체득한 신앙이 아니라 인생 세파에 시달리면서 체험적으로 체득한 참다운 기독교인이 되기 위해서는 인생이라는 불세례를 받아야 한다는 뜻이다. 그렇다면 여기서 말하는 불세례는 무엇을 뜻할까? 『무정』에서 이형식을 통해 보여주는 불세례는 아이러니하게도 하느님을 만남으로 해서 이루어지는 것이 아니라 이형식이 젊은 여자, 곧 박영채와 김선형을 만남으로 해서 이루어진다는 점에서 흥미롭다. 곧 리비도[11]가 기독교적 깨달음에 이

11) 여기서 말하는 리비도(Libido)는 프로이트가 주장한 성본능 에너지를 일컫는다. 본능에는 긍

르게 하는 원동력이 되기 때문이다. 특히 이형식은 청초하고 순결한 젊은 처녀 김선형을 만나게 되면서 그의 리비도가 강하게 자극 받는다. 형식은 이를 통해 인생의 개안은 물론 기독교인으로서의 새로운 탄생을 체험하게 되는 것이다.

> 사오 년 동안을 날마다 다니던 교동으로 내려올 때에 형식은 놀랐다. 길과 집과 그 집에 벌여 놓은 것과 그 길로 다니는 사람들과 전신대와 우뚝 선 우편통이 다 여전하건마는, 형식은 그것들 속에서 전에 보지 못한 빛을 보고 내를 맡았다. 바꾸어 말하면, 모든 그것들이 새로운 빛과 새로운 뜻을 가진 것 같다. 그러나 이는 눈에서 껍질 하나이 벗겨진 것이 아니요, 기실은 지금껏 감고 오던 눈 하나이 새로 뜬 것이로다. 아까 십자가에 달린 예수의 화상을 볼 때에 다만 그를 십자가에 달린 예수로 보지 아니하고 그 속에 새로운 뜻을 발견하게 된 것이 이 눈이 떠지는 처음이요, 선형과 순애라는 두 젊은 계집을 볼 때에 다만 두 젊은 계집으로만 보지 아니하고 그것이 우주와 인생의 알 수 없는 무슨 힘의 표현으로 본 것이 이 눈이 떠지는 둘째요, 지금 교동 거리에 보이는 모든 것에서 전에 보고 맡지 못하던 새 빛과 새 내를 발견함이 그 셋째다. (96)

이형식은 지금 처음으로 김 장로 집에 가서 선형에게 영어를 가르치고 귀가하는 중이다. 그런데 형식은 처음 김 장로 집에 들어 갈 때와 가정교사를 마치고 나올 때, 세계가 백팔십도로 달라졌음을 인식하고 스스로 매우 놀란다. 모든 사물은 예나 지금이나 여전하건만 '형식은 그것들 속에서 전에 보지 못한 빛을 보고 내를 맡'게 된다. '모든 것들이 새로운 빛과 새로운 뜻을 가진 것 같음'을 느끼는 것이다. 그러나 이것은 눈에서 껍질이 하나 벗겨진 것이 아닌, '지금껏 감고 오던 눈 하나'를 새롭게 뜬 것으로 묘사된다. 개안을 한 것이다. 이 개안은

정적이고 건설적인 힘의 토대가 되는 삶의 본능(Eros)과 어둡고 파괴적인 힘의 토대가 되는 죽음의 본능(Thanatos) 두 가지가 있다. 삶의 본능에는 배고픔, 목마름, 성본능 등 개인 및 종의 생존에 관련된 모든 생리적 욕구와 미술, 음악, 사랑과 같은 창조적 구성요소가 포함된다. 프로이트는 이러한 삶의 본능에 의해 나타난 정신적 에너지를 리비도로 정의하였다(방선욱 284). 이것은 성격 구조상 원본능(Id)에 해당하며, 모든 활동의 에너지원이다. 원본능은 쾌락원칙에 의해 작용한다(Atkinson 460). 프로이트는 리비도의 유형을 성애적 유형, 강박적 유형, 자기애적 유형으로 나눈 바 있는데, 『무정』에서의 이형식은 자기애적 유형과 강박적 유형이 혼합된 형으로 볼 수 있다. 이러한 유형은 '외부 세계로부터 보다 독립된 상태를 만들어 주며', '양심의 요구에 대해 더 생각하게' 하고, '활기찬 활동력을 증가시켜 주'기도 한다. 또 '초자아에 대하여 자아의 힘을 강화시켜 주'기도 한다(프로이트 40-42).

바로 리비도의 자극에 의해 야기된 것이란 점에서 의미가 심대하다. 새로 눈 뜸은 다만 사물에 국한되지 않는다. '십자가에 달린 예수의 화상을 볼 때'에도 '그 속에 새로운 뜻을 발견하게 된'다. 형식은 이를 가리켜 '이 눈이 처음 떠진' 것이라 표현하고 있다. 비로소 종교적 개안이 이루어 진 것이다. 또한 형식은 선형과 순애를 통해 '우주와 인생의 알 수 없는 무슨 힘의 표현을 보'는데, 이 또한 형식에게는 새로운 인생의 자각이며 종교적 개안이란 점에서 의미가 있다. 리비도의 자극과 충격이 이형식의 인생과 종교에 새로운 개안을 가능케 한 것이다. 모든 하찮은 것에서도 새로운 빛과 내음과 참 뜻을 발견하게 된다는 것은 비로소 이 세상의 만물과 그 창조주이신 하느님을 구체적으로 체험하게 되었음을 의미한다. 형식은 이를 통해 비로소 자기가 지향해야 할 지향점을 찾게 되는 것이다. 그것은 '참사람, 속사람'이다. 여기서 속사람은 새로운 개안을 한 참 존재를 일컫는다. 이러한 개안은 '만물의 속뜻'을 볼 수 있는 능력을 가능하게 한다. 물론 이렇게 되는 데는 선형과 영채라는 두 처녀의 리비도가 형식의 본능을 자극하였기 때문임은 두말할 필요가 없다. 이를 서술자는 다음과 같이 서술하고 있다.

> 형식의 '속 사람'은 여물은 지 오래였다. 마치 봄철 곡식의 씨가 땅속에서 불을 대로 불었다가 안개비만 조금 와도 하룻밤에 쑥 움이 나오는 모양으로, 형식의 '속 사람'도 남보다 풍부한 실사회의 경험과 종교와 문학이라는 수분으로 흠뻑 불었다가 선형이라는 처녀와 영채라는 처녀의 봄바람 봄비에 갑자기 껍질을 깨뜨리고 뛰어난 것이다. (97)

형식의 '속사람'은 '봄철 곡식의 씨가 땅속에서 불을 대로 불었다가 안개비만 조금 와도 하룻밤에 쑥 움이 나는 모양'으로 완전히 준비되어 있다가 '선형이라는 처녀와 영채라는 처녀의 봄바람 봄비'를 맞자 그에 자극을 받아 '갑자기 껍질을 깨뜨리고 뛰어나'오는 것으로 묘사되고 있다. 선형과 영채의 봄바람과 봄비, 곧 젊은 처녀의 리비도가 형식의 억압되었던 인간의 본성을 자극하여 그를 참사람으로 다시 태어나게 하였다는 의미다.

이러한 리비도의 자극에 의한 개안은 형식이 평양에서 어린 기생 계향을 만났을 때 또 한 번 이루어진다. 이때는 형식이 의리를 지키려 정조 상실을 비관하고 자살하러 간 영채를 구하러 갔을 때이기에 더욱 아이러니하다. 형식은 평양에 도착하여 영채를 찾아보지도 않고 박진사의 무덤을 안내해 준 어린 기생과 즐거운 시간을 보낸다. 이때 형식은 또 한 번의 리비도에 의한 자극과 충동을 경험한다. 여기에 더하여 선형에게서 맛보았던 리비도의 충동보다도 더한 강렬한 카오스까지 경험한다. 이때의 경험은 단순한 개안에 끝나지 않는다. 카오스를 통한 새로운 창세기적 혼돈과 창조주께서 베풀어 주시는 창조적 경험에까지 이른다. 형식은 이 순간 '하느님이 장차 빛을 만들고 별을 만들고 하늘과 땅을 만들려고 고개를 기울이고, 이럴까 저럴까 생각하는 양'을 본다. '그리고 하느님이 모든 결심을 다 하고 나서 팔을 부르걷고 천지에 만물을 만들기 시작하는 양'을 본다. '하느님이 빛을 만들고 어두움을 만들고 풀과 나무와 새와 짐승을 만들고 기뻐서 빙그레 웃는 양'을 본다. '또 하느님이 흙을 파고 물을 길어다가 두 발로 잘 반죽하여 사람의 모양을 만들어 놓고 마지막에 그 사람의 코에다 김을 불어넣으매, 그 흙으로 만든 사람이 목숨이 생기고 피가 돌고 소리를 내어 노래하는 양'을 본다. 그리고 처음에는 움직이지 못하는 한 흙덩이더니 그것이 숨을 쉬고 소리를 하고 또 그 몸에 피가 돌게 되는 것을 보며 '그것이 자기인 듯'하다고까지 생각한다.

이러한 깨달음에 이른 형식은 빙긋이 웃는다. 그리고 이렇게 생각한다.

> 자기는 목숨 없는 흙덩이였었다. 자기는 숨도 쉬지 못하고 움직이지도 못하고 노래도 못하던 흙덩어리였다. 자기는 자기의 주위에 있는 만물을 보지도 못하였었고 거기서 나는 소리를 듣지도 못하였었다. 설혹, 만물의 빛이 자기의 눈에 들어오는 소리가 자기의 귀에 들어온다 하더라도, 그는 오직 '에텔'의 물결에 지나지 못하였었다. 자기는 그 빛과 그 소리에서 아무 기쁨이나 슬픔이나 아무 뜻도 찾아낼 줄을 몰랐었다. 지금까지 혹 자기가 웃기도 하고 울기도 하였다 하더라도, 그는 마치 고무로 만든 인형의 배를 꼭 누르면 웃기도 하고 울기도 하는 것과 같았었다. (200)

꼭두각시 인형에서 비로소 창조주의 피조물이 되어 생명을 얻은 기쁨과 개안을 통한 깨달음을 감격적으로 술회하는 장면이다. 그리고 이내 다음과 같은 깨달음을 얻는다. '나는 내가 옳다 하던 것도 예로부터 그르다 하므로, 또는 남들이 옳지 않다 하므로 더 생각하지도 아니하여 보고 그것을 내어버렸다. 이것이 잘못이다. 나는 나를 죽이고 나를 버린 것이로다. 자기는 이제야 자기의 생명을 깨달았다. 자기가 있는 줄을 깨달았다.'고 고백한다. 곧 개성의 자각이 이루어지는 것이다. 이 자각은 기독교적 개안과 창조주의 실체를 체험함으로써 가능해 질 수 있었음은 재언을 요치 않는다.

이형식은 이어서 '북극성이 자신의 특징이 있음과 같이, 자기는 다른 아무러한 사람과도 꼭 같지 아니한 지와 의지와 위치와 사명과 색채(色彩)가 있음을' 자각한 데까지 이른다. 이 지점에서 와서 이형식에게 있어 종교적 개안은 개성의 자각과 일치를 이룬다. 물론 그것이 리비도를 통한 생명력의 분출에 의해 가능했던 것임은 위에서 살펴 본 바와 같다.

III. 심층구조

1. 밝음과 어둠의 양면구조

『무정』은 명암의 대립으로 짜여 진 소설이다. 밝음의 구조에 속하는 장소나 인물들은 주로 김 장로 가정을 중심으로 짜여 저 있다. 반면 어둠의 구조에 속하는 장소나 인물 군들은 박 진사 가계에 종속된 장소거나 인물들이다. 이것은 마치 천국과 지옥의 대립 구조와 같은 패턴을 지닌다. 밝음의 편에 서 있는 인물이나 가계는 상승적 기류를 타면서 낙원의 이미지를 발산하는가 하면, 반대로 어둠의 편에 서 있는 인물이나 가계는 하강적 기류를 타면서 지옥의 이미지를 내비친다. 김 장로 계열의 인물들은 개화파에 속하면서 물질적 부를 누리며 식민지 통치하에서 영세를 누리는 자들로 구성되어 있다. 반면 지옥을 대변하는 듯한 인물군인 박 진사 계열은 개화와 교육입국을 위해 자기 헌신적인 행동을 취하나 모두 몰락하거나 비극적 죽음을 맞는다는 점에서 전자와 대극을 이룬다. 『무정』은 이 두 세력 간의 알력과 갈등이 보이지 않게 심층에 자리 잡고 있으며, 이들 간의 대치를 영채와 선형이라는 두 여성 인물들로 상징화시키고 있는 소설이다.

천국의 이미지를 지니고 있는 김 장로의 집은 밝고 쾌적하며 화락하다. 김 장로가 사는 동네는 그 이름부터가 '안동'이다. 편안한 곳이란 뜻이다. 김 장로 가족은 남부러울 것이 없이 줄행랑까지 갖춰 진 큰 집에서 하인까지 거느리며 살고 있다. 형식이 선형과의 약혼을 위해 김 장로의 집을 방문하였을 때, "김 장로의 집에는 방방에 전등이 켜 있"고, "마당에는 물을 뿌려 흙냄새와 화단의 꽃 향기가 섞여 들어와 즐겁게 먹고 마시는 여러 사람의 신경을 흥분케 한다" (235). 식사가 끝난 후 선형은 풍금이 있는 방으로 가 즐겁게 풍금을 타며 노래를 부른다. 이렇게 선형의 집은 기쁨과 즐거움, 그리고 아름다운 노래로 가득 찬 낙원의 이미지를 풍긴다.

> 방안에는 아름다운 소리가 가득 찼다. 그것이 방에서 넘쳐나서 황혼의 바람에 풍겨 마당을 건너 담을 넘어 마치 물결 모양으로 사방으로 퍼진다. 몇 사람이나 가만히 이 소리에 귀를 기울이며, 몇 사람이나 길을 가다가 걸음을 멈추는고, 선형의 손은 곡조를 따라 스스로 오르내리고 그 몸은 손을 따라 스스로 움직인다. (236)

아름다운 노랫소리와 유쾌한 담소와 황혼의 미풍은 세상 근심이 없는 천국의 분위기다. 형식은 이러한 분위기에 도취하여 '정신은 노랫소리로 더불어 공중에 솟아 오르'고, 그의 '정신은 날개가 돋아서 훨훨 구름 사이로 날아가는 듯한' 말로 표현할 수 없는 기쁨을 느낀다. 이형식으로서는 평양에 영채를 찾으러 간 것이 학생들에게 알려져, 학생들이 그를 배척한 때이기에 더욱 이러한 천국의 분위기는 지옥에서 탈출하여 천국으로 이동한 느낌이 들었을 것이다. 부잣집 데릴사위가 되어 아름답고 청초한 선형과 미국 유학을 가게 된다는 것은 천국 문에 들어가는 구원의 열쇠를 얻은 것이나 다름없었을 것이다.

이와는 반대로 영채를 중심으로 한 박 진사 계열의 인물군들은 어둠의 이미지를 지니며 암흑의 세계에서 비극적 최후를 맞거나 하강 곡선을 그리며 몰락한다. 박 진사는 원래는 의로운 선비였다. 나라가 풍전등화의 위기에 이르자 그는 솔선하여 머리를 자르고, 자기의 사재를 털어 자기 집 사랑방에 학교를 세우고, 인격과 덕망과 학식이 도저한 인사들을 선생으로 모셔와 학생들을 가르치게 한다. 이러던 차 사재가 바닥이 나 폐교의 위기에 다다르자 이를 보다 못한 홍모라는 학생이 이웃 마을에서 박 진사를 도울 목적으로 돈을 구하려다 살인을 하게 되고 박 진사는 이에 연루되어 감옥에 투옥된다. 감옥에서의 박 진사의 모습은 여덟 팔자 수염을 기르고 여유 만만한 웃음을 짓는 김 장로의 윤기 있는 모습과는 대조적으로 죄인의 그것이며, 지옥에서 고통에 찌든 모습으로 나타난다.

> 영채가 평양감옥에 다다라 처음 그 아버지와 면회를 허함이 되었던 날, 영채는 그 아버지를 보고 일변 놀라고 일변 슬펐다. 철없고 어린 생각에도 그 아버지의 변한 모양을 보매 가슴이 찌르는 듯하였다. 조그마한 구녁으로 내어다보는 그 아버지의 몹시 주름잡히고 여윈 얼굴, 움쑥 들어간 눈, 전에는 그렇게 보기 좋던 백설 같은 수염도 조금도 다스리지를 아니하여 마치 흐트러진 머리카락처럼 되고, 그중에도 가장 영채의 가슴을 아프게 한 것은 황톳물 묻은 흉물스러운 옷이다. 감옥 문밖에 다다랐을 적에 이 흉물스러운 황톳물 옷을 입고 짚으로 결은 이상한 갓을 쓰고 굵은 쇠사슬을 절절 끌며 무슨 둥글한 똥내 나는 통을 메고 다니는 양을 볼 때에, 이러한 모양을 처음 보는 영채는 어렸을 때부터 무서워하던 에비나 귀신을 보는 듯하여 치가 떨렸다. 저것들도 우리와 같은 사람일까. 아마도 저것들은 무슨 몹쓸 큰 죄악을 지은 놈이라 하였다.

영채가 평양 감옥에서 본 아버지의 이미지는 '황톳물 묻은 흉물스러운 옷'을 입고 '짚으로 결은 이상한 갓을 쓰고 굵은 쇠사슬을 절절 끌'고 다니는 마치 악귀와 같은 모습이다. 이런 모습을 처음 보는 영채에게는 어렸을 때 무서워하던 '에비나 귀신'을 보는듯하여 치가 떨릴 정도다. 영채가 아버지를 평양 감옥으로 면회 올 때는 이런 모습을 상상도 못했었다. 영채는 '자기 아버지가 이전 자기집 사랑에 앉았을 때 모양으로 깨끗한 두루마기에 깨끗한 버선을 신고 책상을 앞에 놓고 책을 읽으며 여러 젊은 사람들을 가르치고 있으려니' 생각하고 왔으나 감옥에서 마주친 아버지의 모습은 '흉물스러운' 모습으로 변하여 있었다. 박 진사 가계의 몰락을 상징적으로 보여주는 위의 장면은 의인의 그것이 죄악의 흉물스러운 모습으로 변하였다는 점에서 이 작품의 심층구조를 꿰뚫어 볼 수 있게 하는 단서를 제공해 주기까지 한다.

영채의 이미지도 박 진사 못지않게 비극적이기는 마찬가지다. 우선 자신의 몸을 기적에 판 것부터가 비극적이다. 기생이 되었다는 것은 영채가 뭇 남성들의 육욕의 대상이 되었음을 의미한다. 거기다가 형식으로부터도 냉대를 당하자 그녀는 죽음을 결심하고 대동강으로 자살을 하러 간다. 이러한 비극적인 모습의 영채 이미지는 흡사 원귀와 같다. 기생 어멈인 노파의 꿈에 나타난 영채는 "얼굴이 새파랗게 변하며 하얀 이빨로 입술을 꼭 깨물어 새빨간 피를 노파의 얼굴에 뿌리는"(171) 귀신의 모습이다. 이러한 원귀의 모습은 형식에게도 환영으로 나타난다. "형식이가 정신이 황홀하여 선형의 손을 잡으려 할 때에 곁에 섰던 영채의 얼굴이 귀신같이 무섭게 변하며 빠드득하고 입술을 깨물어 형식을 향하고 피를 뿌"린다(143). 형식이 선형을 생각할 때 떠오르는 '말할 수 없는 향기와 쾌미' 그리고 "전신이 스르르 녹는 듯하던 즐거움과, 세상만사와 우주의 만물이 모두 기쁨으로 빛나고 즐거움으로 노래하는 듯하던 기억"과는(142) 천지 차이가 난다. 천국과 지옥의 모습만큼이나 그 구별이 분명하다.

이러한 지옥의 모습과 악귀와 원혼의 이미지는 영채를 중심으로 펼쳐지는 배명식 김현수의 육욕과 기생 어멈인 노파의 탐욕으로 인해 더욱 어둠의 이미지가 강화된다. 특히나 "배 명식은 삼 년 전에 동경으로서 돌아와 칠팔 년간 홀로 자기를 기다리고 늙어 오던 본처에게 애매한 간음이라는 죄명을 씌워 이혼하고 작년에 어떤 여학생과 새로 혼인을 한 자"로(85) 교육자의 탈을 썼을 뿐이지 축생이나 다름없는 추악한 인물로 그려지고 있다.

이상에서 살펴보았듯 『무정』은 김 장로를 중심으로 밝고 명랑하고 쾌락한 낙원의 이미지가 펼쳐지는 반면, 박 진사를 중심으로는 어둡고 침울하고 원망과 저주의 지옥의 이미지가 펼쳐진다. 이로 볼 때 『무정』은 명암의 대립구조로 짜여 진 소설로, 더 나아가서는 명암 구조를 통해 지옥과 천국의 대립구조를 상징적으로 보여주는 양면 구조를 지니고 있는 소설로 분석된다.

2. 희생양 모티프와 부활의 의미

본 항에서 살펴 볼 것은 『무정』에 나타난 희생양(scapegoat) 모티프와 그를 통한 부활의 의미이다. 희생양 모티프는 신화 원형에서 제의적 의미를 지닌다.

원시인들은 종족의 번영을 위해 일정한 시간 간격을 두고 왕을 죽였지만, 뒤에는 왕 대신 대리자를 죽이거나 상징적인 제물을 바치거나 하였다. 이것이 희생제물의 원형이다. 원시인들은 성스러운 동물이나 사람에게 종족의 부패를 전가시킨 후에 이 속죄양을 죽임으로써 그 종족은 본래의 영혼의 재생에 필요한 정화와 속죄를 성취하였다(궤린 176). 이러한 속죄양의 신화적 원형은 예수의 죽음과 부활의 모티프와 동일한 원형을 지닌다. 예수가 가혹한 시련(crucifixon)을 거쳐 소생하는 모티프는 원시인들이 그들의 풍요를 위해 일정한 시기마다 왕을 죽임으로써 종족의 번영을 꾀했던 것과 동일한 원형적 의미를 지닌다.

신화비평가들은 인류의 보편적 가치인 신화가 지금도 우리의 집단 무의식에 그대로 전수되고 있다고 믿는다. 문학 작품이 감동을 주기 위해서는 작품 내에 이러한 신화적 원형이 그대로 존재해야 한다는 것이다. 아무리 잘 짜여 진 문학작품이라도 그곳에 신화적 원형이 없다면 독자를 감동시킬 수 없다는 논리다. 신화는 단순한 신들의 이야기가 아니라 인류의 꿈이 집약되어 하나의 원형을 이루었다는 관점이 그것인데, 그러한 인류의 보편적 원망과 꿈은 현대에 와서도 그대로 인간의 집단 무의식에 생생히 존재한다는 것이다. 다만 이러한 원형이 현대에 와서 그 옷만 바꿔 입어 새롭게 단장되었을 뿐 그 본래의 모습은 변하지 않았다는 관점이다.

이러한 신화 원형 비평적 관점은 지금도 많은 설득력을 지닌다. 여기서 말하려는 희생양 모티프는 기독교 문학을 논할 때 많은 시사점을 제공한다. 예수의 희생과 부활은 단순히 그 성서적 사건만을 보면 종교적 구원의 역사에 지나지 않지만 이것이 문학 작품에 들어와 인류를 감동시키는 미학적 차원에 이르면, 예수의 수난과 부활은 희생양 모티프의 원형으로 작품을 감동적 차원으로 이끄는 핵심요소가 된다. 문학은 감동을 주는 미학의 한 양식이다. 감동을 주지 못하면 문학은 문학으로서의 존재 가치가 없어지게 된다. 본고에서 『무정』에 나타나는 "희생양 모티프"(신익호 15; 한승옥, 「이광수 소설에 나타난 희생양 모티프」 13-31)와 부활의 모티프를 찾아내어 그 의미를 규명하여 보려는 것도 이러한 의도에서이다.

『무정』에서 희생양 모티프적 죽음에 이르는 인물은 박 진사와 그의 딸 영채다. 영채가 평양에서 따르던 기생 월화도 시대의 희생물로 자살에 이르나, 이 것은 자기를 알아주는 사람이 없음을 한하여 스스로 목숨을 끊는 인물로 진정한 의미에서의 희생양이라 하기엔 부족함이 있다. 자기의 모든 것을 바쳐 의로운 일을 하든가, 아니면 시대의 희생물이 되어 시대의 제물이 되든가 하여야 진정한 의미에서의 희생양이 될 수 있다.

박진사는 '원래 일가가 수십여 호 되고, 양반이요 재산가로 고래로 안주 일읍에 유세력자'였다. 이런 박진사가 구국의 일념으로 교육 사업에 헌신하게 된 것은 '거금 십오륙 년 전에 청국 지방으로 유람을 갔다가 상해서 출판된 신서적을 수십 종 사가지고 와'서 부터다. 박 진사는 이를 통해 "서양의 사정과 일본의 형편을 짐작하고 조선도 이대로 가지 못할 줄 알고 새로운 문명운동을 시작"한(33) 것이다. 박 진사는 '즉시 머리를 깎고 검은 옷을 입고 아들 둘도 그렇게 시켰다.' 이것은 '사천여년 내려오던 굳은 습관을 다 깨뜨려 버리고, 온전히 새것을 취하여 나간다는 표'였다. 이로 볼 때 박 진사는 유학자지만 신문명 수입 의지가 강한 개화파 지식인, 곧 박은식 계열의 개화파 유림에 속한 인물로 짐작된다. 그러나 이 교육사업은 실패로 돌아간다. 주위의 몰이해와 자금의 부족이 큰 이유였다. 더구나 자금난으로 학교가 문을 닫게 되자, 이를 보다 못한 제자 홍모가 자금을 구할 목적으로 이웃마을에서 강제로 돈을 탈취하려다 살인을 하게 되자, 박 진사가 이에 연루되어 감옥에 투옥됨으로 해서 구국의 위대한 뜻은 종언을 고하게 된다. 여기에 영채마저 기적에 몸을 팔았다는 소리를 듣게 되자 박 진사는 절식 자살하고 만다. 이로써 박 진사의 일생은 마감된다. 풍전등화의 위태로운 나라를 구하려다 그 뜻을 이루지 못하고 희생의 제물이 되는 것이다. 그러나 박 진사의 부활은 소설 내에서 이루어지지 않는다. 오히려 두 아들이 따라 죽음으로 하여 박 진사 가계는 몰락하고 만다.

이 작품에서 희생양적 모티프가 제대로 작동하는 인물은 박 진사의 딸 박영채다. 그녀는 아버지를 구한다는 명목으로 기적에 몸을 판 것인데, 이 행위만 보면 개인적인 희생으로 비춰질 수 있다. 그러나 박 진사가 구국을 위해 자신을 희생했고, 그 아버지를 구하기 위해 영채가 몸을 바쳤다는 점을 감안한다면 영채의 희생은 아버지의 희생과 궤를 같이 하는 것으로 해석할 수 있다. 또한 작품을 면밀히 검토하면 영채는 단순한 여주인공이 아니라 조국을 상징하는 인물로 등장한다(한승옥, 『이광수 연구』 117-37). 영채가 기적에 몸을 팔아 육욕을 탐하는 남성들의 노리갯감이 되었다는 것은 조국이 일제에 의해 강점되면서 우리 민족이 일제의 탐욕의 노리개가 되었다는 점과 상통하며, 결국은 친일파 세력인 경성학교 교주 김현수에게 정조가 훼손된다는 것은 일제에 의해 우리 민족의 정기가 말살되어 죽음에 이르게 된 당대의 현실과 조응된다. 영채는 선하게 살며 선한 일을 하려 하였으나 세상의 악이 이를 용납지 않고 영채를 자살하게 만드는 것이다.

그러나 정조가 훼손되어 죽음에 이르게 된 영채는 평양으로 자살하러 가는 도중 기차에서 김병욱을 만나 그녀에 의해 구원된다. 새 삶을 찾게 되는 것이다. 물론 이때 구원되는 것은 기독교적 신앙에 의해서거나 신적인 구원에 의해 부활되는 것은 아니다. 오히려 과학적인 진화론적 생명관이 영채를 죽음으로부터 구원한다. 이것은 이광수의 당시의 가치관이었던 진화론적 생명 사상이 작품을 통해 나타난 결과다. 그러하기에 영채의 새로운 삶의 탄생을 기독교적 부활로 해석하는 것은 무리일 수 있다. 그러나 이것은 표피적이고 피상적인 해석에 지나지 않는다. 신화 비평적 입장에서 보면 문학 작품이 인류에게 감동을 주는 것은 신화적 원형이 작품에 순환적으로 내재하기 때문이다. 그 원형은 희생양 모티프다. 제의적 의미를 지니는 속죄양은 종족의 부활을 위해서 희생된다. 이런 의미에서 볼 때, 『무정』에서 영채의 희생과 부활은 원형 상에서 일제의 강탈로 민족의 정조가 유린되고, 그렇게 유린된 한민족이 영채를 통해 상징적으로 부활함을 웅변적으로 보여주는 것이다. 지금도 『무정』이 독자들을 감동시키고 있는 것은 이러한 신화적 희생양 모티프가 심층구조로 살아 숨 쉬고 있기에 가능한 것이다.

IV. 맺음말

지금까지 필자는 『무정』에 투영된 기독교가 어떤 의미를 지니는지를 살펴보았다. 서술자는 이형식이란 인물 초점자를 통해 김 장로가 믿고 있는 기독교가 진정한 의미의 기독교가 아니라 개화의 겉치레거나 아니면 자신의 부와 체면을 유지하고 공동체에서 자신의 입지를 공고히 하기 위한 방편으로서의 기독교였음을 설파하면서 김 장로와 그의 딸 선형이 사이비 기독교도이거나 설익은 기독교도임을 거의 노골적으로 빈정거리고 있었다. 그러면서 이형식은 자신만이 진정한 '참사람'으로서의 진정한 기독인이 되었음을 은연중에 과시하고 있었다. 그런데 이러한 기독교적 개안이 리비도의 충동에 의해 이루어진다는 점에서 특이한 구조를 지니고 있음이 논의되었다. 이러한 개안은 창조주의 그것에까지 이르고 있었다.

『무정』을 기독교적 관점에서 보았을 때, 작품을 이루는 명암 구조가 마치 천국과 지옥으로 양분된 구조를 지니고 있으며. 밝음인 천국의 이미지에 김 장로의 가계가, 어둠인 지옥의 이미지에 박 진사의 가계가 위치하고 있음도 살펴보았다. 이러한 명암 구조에서 궁극적으로 이형식이 취한 곳은 밝음의 상징인 김 장로의 가계였다. 이것은 많은 것을 암시한다. 이형식이 김 장로의 사이비적 기독교 신앙에 대해 일관되게 조롱과 냉소를 보냈으나 궁극적으로는 비하의 대상인 김 장로의 데릴사위가 됨으로 해서 결과적으로는 김 장로에게 종속된다는 점에서 그렇다. 이것은 이형식이 구조적으로 기독교인의 집안에 편입됨을 뜻한다. 다만 이형식은 김 장로나 선형과 같은 사이비 기독교도가 아니라 진정한 기독교도가 될 수 있음을 암시하는 열린 결말로 지향된다는 점에서 차이가 난다.

그러나 이 작품이 진정한 기독교적 의미를 지니는 것은 희생양 모티프를 통해서다. 비록 이광수는 표면적으로는 유일한 기독교 집안이 김 장로 가계를 비아냥거리고 조롱하였지만, 이형식이 진정한 기독교인로 개안하였다는 점과 박 진사와 영채를 통한 희생양 모티프의 작품 내적 실현과 병욱을 통한 영채의 구원과 부활을 작품의 중요한 서사 구조로 채용했다는 점에서 이 작품은 기독교적 모티프를 지니고 있는 작품으로 해석할 수 있다. 여기서 끝으로 부가하여 언급할 것은 앞으로 기독교 문학의 탐구는 표피적인 기독교적 어귀나 표현 등의 해석에 머물러서는 안 될 것이란 점이다. 기독교적 예수그리스도의 속죄양 모티프가 어떻게 작품에 원형으로 존재하면서 독자에게 감동을 주느냐를 면밀히 검토해야 진정한 의미에서의 기독교 문학이 판명될 것이기 때문이다.

인용문헌

구인환. 『이광수소설연구』. 서울: 삼영사, 1983. Print.

궤린, 윌프리드 L. 외. 「신화 원형 비평방법」. 『문학의 이해와 비평』. 정재완 역. 서울: 청록출판사, 1984. Print.

김병익. 「한국소설과 한국기독교」. 『현대문학과 기독교』. 김주연 편. 서울: 문학과 지성사, 1984. 66. Print.

김영덕. 「춘원의 정과 기독교 사상과의 관계 연구」. 『한국문화연구원 논총』 20 (1972): 9-28. Print.

김인섭. 『한국문학과 천주교』. 서울: 보고사, 2002. Print.

김태준. 「춘원문학에 끼친 기독교의 영향」. 『명대논문집』 3 (1970): 229-55. Print.

박영준. 「『무정』의 강강 모티프 연구」. 『현대소설연구』 22 (2002): 117-37. Print.

방선욱 외. 『심리학의 이해』. 서울: 교육과학사, 2003. Print.

백철. 「기독교와 한국의 현대소설」. 『동서문화』 1 (1967): 3-19. Print.

______. 「춘원문학과 기독교」. 『기독교 사상』 8.3 (1964): 42-51. Print.

______. 「한국현대소설에 미친 기독교의 영향」. 『중대어문논집』 4.1 (1959): 29-42. Print.

소재영 외. 『기독교와 한국문학』. 서울: 대한기독교서회, 1990. Print.

신익호. 『기독교와 현대소설』. 대전: 한남대학교출판부, 1994. Print.

이광수. 『무정』. 서울: 문학사상사, 2002. Print.

이동하. 『한국소설과 기독교』. 서울: 국학자료원, 2002. Print.

______. 『한국현대소설과 종교의 관련 양상』. 서울: 푸른사상사, 2005. Print.

이상섭. 「신문학 초창기의 기독교」. 『현대문학과 기독교』. 김주연 편. 서울: 문학과 지성사, 1984. Print.

이인복. 『한국문학과 기독교 사상』. 서울: 우신사, 1987. Print.

임영천. 『한국 현대소설과 기독교 정신』. 서울: 국학자료원, 1998. Print.

전대웅. 『춘원문학의 주제』. 서울: 기독교사상, 1967. Print.

조신권. 「한국근대문학과 기독교」. 『연세춘추』. 서울: 연세대출판부, 1973. 15-34. Print.

______. 『한국문학과 기독교』. 서울: 연세대학교 출판부, 1983. Print.

한승옥. 『이광수 연구』. 서울: 선일문화사, 1984. Print.

______. 「이광수 소설에 나타난 희생양 모티프」. 『한국문학이론과 비평』 26 (2005): 13-31. Print.

Atkinson, Rita L, et al. *Introduction To Psychology*. San Diego: Harcourt Brace Jovanovich, 1981. 『심리학개론』. 홍대식 역. 서울: 박영사, 1982. Print.

프로이트, 지그문트. 『성욕에 관한 세편의 에세이』. 김정일 옮김. 서울: 열린책들, 2003. Print.

9

성서적 모티프와 작가의 종교의식

—김동리의 「마리아의 회태」, 「목공 요셉」, 「부활」을 대상으로

| 방민화 |

I. 서론

기독교적 소재를 차용한 김동리의 소설을 발표순으로 보면 「마리아의 회태」(1954), 『사반의 십자가』(1955. 11-1957. 4), 「목공 요셉」(1957. 7), 「부활」(1962. 11)이다. 이 중 『사반의 십자가』는 『문학사상』에 2년 동안 연재되었고 1958년에 단행본으로 출간되었으며 그로부터 27년 후인 1982년에 개작이 발표되었다.

김동리의 자작 연보(『김동리 대표작 선집 6』)에 「마리아의 회태」[1]를 발표했음을 밝히고 있다. 그것은 김동리가 「마리아의 회태」를 중요한 창작품으로 인정하고 있음을 말하는 것인데 그 작품은 김동리의 어떤 작품집에도 수록되어 있지 않았다. 그런데 다행스럽게 이 작품이 발굴되어 『문학사상』(2001. 3)에 발표되었다.[2]

---

* 본 논문은 『문학과 종교』 10.2 (2005): 75-91에 「성서적 모티브와 작가의 종교의식」으로 게재되었음.

1) 『청춘』 1954. 임시호.

2) 책 소장자는 장서가 서상진 씨이며 그의 도움으로 김윤식 교수가 『문학사상』 3월호 (2001)에 발표했다.

「마리아의 회태」, 「목공 요셉」, 「부활」은 발표순이면서 예수의 출생과 성장, 그리고 죽음과 부활까지 예수의 생애를 순차적으로 담고 있다. 그러나 이야기의 중심은 예수가 아니다. 「마리아의 회태」는 요셉과 그를 중심으로 한 주위 인물들이 마리아의 임신을 어떻게 받아들이고 있는가를 그리고 있다. 그리고 「목공 요셉」은 요셉이 예수의 성장과 행동을 보면서 자신이 알지 못하는 아비를 찾는 예수에게 의혹을 품고 갈등하는 인간적인 고뇌가 서사의 핵심을 이룬다. 그리고 예수의 십자가 처형의 고통과 죽음, 그리고 부활을 가까이서 목도한 서술자 '나'가 등장하여 그 과정을 그린 것이 「부활」이다. 「마리아의 회태」와 「목공 요셉」은 성경의 역사적 공간과 인물이 제시되어 있는데 반해, 「부활」은 성경의 역사적 공간에 서술자인 '나'라는 허구적 인물이 개입되어 있다는 것이 차이점이다.

우리나라에서는 기독교 문학으로서 높은 완성도를 보이는 것은 소설보다 시의 영역에서다. 시는 절대적인 감성을 표현해야하고 소설은 구체적인 세계관을 보여주어야 하는 구조적 특성이 있는데 소설이 기독교적 세계관과 가치관을 재구성하는데 미흡하여 작품의 완성도가 떨어진다(김병익 66-67). 그러므로 기독교적 세계관 제시가 기독교 문학의 관건이라고 할 수 있다. 그러나 어떤 심오한 사상과 종교적 깊이를 가졌다하더라도 그것이 소설적 육화를 이루지 못한다면 예술적 완성을 이루었다고 할 수 없다. 문학에서 기독교적인 내용 수용은 자칫하면 간증문학이나 호교적 성향을 띨 위험성이 있다. 그런 위험성을 염두에 두고 종교적 내용을 차용한 작품들이 예술적 감동에 얼마나 육박해 오는가를 진단하면 앞으로 종교소설로서의 성공의 방향도 가늠할 수 있을 것이다.

김동리의 『사반의 십자가』는 많은 연구가 진행되었는데 반해 그의 기독교 단편소설에 대한 연구는 그렇지 못하며 김윤식과 이동하의 연구 정도가 있을 뿐이다. 장편소설 『사반의 십자가』는 기독교 정신의 구현보다 오히려 샤머니즘적 세계관이 용해되어 있음을 보게 된다. 그렇다면 기독교 단편소설의 세 작품에는 기독교 정신이 잘 투영되어 있는가, 그리고 단편소설에서 출발하여 개작 장편소설을 완성하기까지 김동리는 왜 기독교 소재를 차용하면서 소설적 완성을 이루려고 했는가 하는 의문이 든다. 그래서 본고는 세 편의 단편소설을 중심으로 작가의 종교 의식과 그 변모 양상을 밝혀보고자 한다. 기독교 단편소설을 한 자리에서 논의함으로써 작가의 종교 의식을 조명할 수 있을 것이며, 또 그간 활발히 진행되지 못한 작품 연구의 논의를 진전시킬 수 있을 것으로 전망한다.

II. 「마리아의 회태」[3)]

『사반의 십자가』는 마태복음과 「마리아의 회태」, 누가복음 그리고 작가의 허구적 상상력이 가미된 작품이다. 누가복음에서는 마리아가 임신하고 엘리사벳을 찾아간 내용이 기록되어 있으며 그것은 마리아에게 초점이 맞추어져 있다. 그리고 마태복음에서는 요셉의 꿈에 주님의 사자(使者)가 나타나 마리아가 성령으로 회임한 것을 전하는데 요셉에게 초점이 맞추어져 있다. 두 복음서를 종합하여 허구화한 「마리아의 회태」는 마리아와 그녀의 부모 그리고 약혼자 요셉이 마리아의 회임을 어떻게 받아들이고 있는가를 보여주고 있다.

소설은 성경을 바탕으로 하였으나 크게 변형된 것은 없다. 다른 점을 찾아보면 다음과 같다(이동하, 『한국소설과 기독교』 13). 그 첫째는 마리아의 어머니 안나와 아버지 요아김의 인물 설정이다. 이들은 외경에 전승되는 인물이다. 둘째는 마리아의 임신 사실을 알고 요셉이 진상 파악을 위해 나사렛의 모든 남자들을 조사하는 것이다. 그리고 셋째는 엘리사벳이 거주하는 집이 "유대의 한 동네"(눅 1:39)인데 소설에서는 예루살렘으로 되어 있다. 넷째는 마리아가 엘리사벳의 집에서 3개월간 머물렀는데(눅 1:56) 소설에서는 1주일 머문 것으로 되어 있다. 「마리아의 회태」와 성경과의 차이는 미미한 정도이며 시간적 · 공간적 변형에 깊은 의미를 함축하고 있지 않다고 본다. 다만 안나와 요아김의 등장은 부모로서 인간적 고민과 갈등을 부각시키고 있다.

한국의 기독교 소설은 기독교적 신앙을 무조건 긍정하는 단순한 형태여서 근대소설의 한 모티프인 신앙의 고민과 갈등을 거의 볼 수 없다(이보영 54). 「마리아의 회태」도 절대적 신앙심으로 성령의 잉태라는 현실적 조건을 무조건적으로 수락하는 데에서 출발하고 있다. 마리아는 자신의 임신을 신실한 신앙심

3) 『문학사상』, 2001. 3월호. 「마리아의 회태」의 본문 인용은 출처를 생략하고 페이지만 밝히기로 한다.

으로 받아들이고 하나님의 능력을 믿으면서도 한편으로는 인간적 고독과 불안을 느낀다. 그러나 그것도 이내 신앙적 확신으로 불안을 지우고 수태를 받아들이게 된다. 김동리의 최초의 기독교 소설인 「마리아의 회태」는 성경을 그대로 수용하고 있다. 그러나 이후 작품에서는 과감한 변용을 하면서 현실초월적인 경향이 약화되므로 김동리의 일련의 기독교 소설과 성경의 거리를 면밀히 살피면서 그에 따른 작가의 종교 의식을 구명할 것이다.

「마리아의 회태」는 제목이 그러하듯이 마리아의 임신이 주요 사건이다. 이 사건에 대해 인물들의 반응은 각기 다르다. 어머니 안나는 딸 마리아가 처녀 임신한 사실을 눈치 채고 딸에게 생리가 없었느냐고 물으며 마리아의 동정을 살핀다. 마리아가 요셉의 아기를 가진 것으로 알고 있는 안나는 요셉을 불러 혼례를 재촉한다. 이 제안을 들은 요셉이 아연실색하며 마리아의 임신을 자신은 모르는 일이라고 대답한다. 이에 충격을 받은 안나가 이후에 보이는 행동에는 마리아의 처녀 임신을 수습하려고 하는 어머니의 불안한 심정이 잘 드러나 있다.

마리아의 임신 소식을 알게 된 요셉은 사흘 동안 자리에 눕고 만다. 그리고 마리아가 다른 남자와의 관계로 아이를 가진 것으로 의심하면서 그 진상을 알기 위해 나사렛의 남자들을 의심하며 조사하기에 이른다. 요셉은 마리아의 이모인 엘리사벳의 집을 방문하여 예순이 넘은 엘리사벳이 아들을 순산했을 때 엘리사벳의 수태를 통고한 천사 가브리엘의 말을 의심하여 사가랴가 벙어리가 되었던 것을 알게 된다. 그러던 중 그가 사가랴의 집에서 묵고 있을 때 꿈에 주의 사자(使者)가 나타나 마리아의 성령 잉태를 알려주는데 그제서야 비로소 마리아의 수태를 받아들이게 된다.

이 작품에서 요셉은 인간적인 고민과 의혹에 휘둘리는 회의적인 인물이다. 이런 성격적 특색은 외형 묘사에서 나타난다.

> 대목 일을 하는 그는 팔목이 굵고 어깨가 좀 실팍하게 벌어지기는 하였으나 그 대신 목이 가늘고 얼굴 빛이 누른 데다 새까맣게 윤기 있는 눈썹은 어딘지 그의 온건한 성격을 엿보여 주는 듯하였다. (100)

요셉의 신체는 목공일을 하는 사람다운 체격이면서 유독 목이 가는 것으로 묘사되어 있다. 그 신체적 특징은 회의에 빠지기 쉽다는 개인적 기질, 혹은 인성적 특성과 관련되어 있다. 이것은 김현승의 시 「자화상」에서 "내 목이 가늘어 회의에 기울기 좋고"라는 구절을 연상시킨다. 천사 가브리엘이 꿈에 나타나 마리아의 성령 잉태를 알려주기 전까지 요셉의 의혹이 절정에 다다랐음이 '가는 목'에 함축되어 있다. 그래서 "돌 자갈이 많은 사마리아의 언덕 길 뒤에 외로운 그림자를 던지고 홀로 타박타박 걸어가는 요셉의 여윈 목은 석 달 전 보다 더 훨씬 가늘어"(111) 진 것으로 형상화되어 있다. 「마리아의 회태」에서 마리아의 수태에 대한 요셉의 회의에 무게가 있으며, 「목공 요셉」에서는 요셉이 의심하고 회의하는 대상이 마리아에서 아들 예수에게로 옮겨지면서 일상생활에서 일어나는 고민이 부상한다. 이로써 요셉의 고민과 회의는 더욱 심화된 형태로 나타난다.

엘리사벳이 회임했을 때 천사 가브리엘이 나타나 하나님의 권능이 발현될 것이라고 통고했는데 그것을 의심한 사가랴가 벙어리가 되었다는 성경의 내용을 김동리는 「마리아의 회태」에 그대로 수용하고 있다. 벙어리라는 신체적 결함의 징표는 하나님의 권능을 의심한 것에 대한 징벌을 나타낸다. 이로써 침묵하는 가운데 성령의 역사를 목도하게 하는 것이다. 마리아의 성령 잉태와 엘리사벳의 수태, 그리고 사가랴가 벙어리가 된 성경의 내용을 김동리가 그대로 수용하여 이성적 합리주의 세계 이전의 신비의 세계가 있음을 인정하는 것이다. 김동리의 대표작 「무녀도」와 『사반의 십자가』에서 나타나는 이적(異蹟)도 그것을 방증하는 것이며 작가는 다음과 같이 설명한다.

> 나는 계몽주의적인 관점에서 반드시 성서를 해석하려는 사람이 아니다. 그보다도 오히려 인간의 세계에 이적과 신비가 있을 수 있다고 믿고자 하는 사람의 하나다. 그러기 때문에 나는 「마리아의 회태」란 작품에서, 성령의 존재를 소설 속에서 인정하기까지 했던 것이다. 이것은 나의 보다 넓고 보다 더 미래적인 인간관 및 세계관에 속하는 일이거니와 그렇다고 해서 나는 예수나 마리아를 무조건 신비의 안개 속에만 묻어 놓고 우상화시키고 싶지는 않다. 왜 떳떳이 성서에까지 나와 있는 사실을 부인하며, 왜곡하려 하느냐 말이다. (『김동리 대표작 선집 6』 210)

김동리의 초기 기독교 소설인 「마리아의 회태」는 절대적 신앙의 확신으로 마리아의 성령 회임을 하나님의 권능 발현으로 그대로 받아들이고 있음을 보이고 있다. 성경의 내용을 적극 수용한 「마리아의 회태」는 성령의 회임을 수락하는 현실 초월적이고 신비적 세계를 인정하는 것으로 나타나 있다.

III. 「목공 요셉」[4)]

「마리아의 회태」에서 성령의 잉태라는 신비적 색채는 「목공 요셉」에 이르러서는 완전히 사라지고 구체적인 현실 세계를 드러내면서 요셉의 인간적인 고뇌가 부각된다. 소설의 발단은 요셉과 마리아의 일상에서부터 출발하고 있다.

> 요셉은 아침부터, 뜰 앞의 무화과나무 그늘 아래서 대패질을 하고 있었다. 그 곁에는 톱질을 하기 위한 나무틀도 놓여 있었다. 그러나 톱은 그냥 틀 위에 놓인 채 주인을 기다리고 있을 뿐 그 곁에 요셉만이 혼자서 대패질에 달라붙어 있는 것이다. 그의 이마에서는 쉴 사이 없이 땀방울이 맺히어서는 눈 아래로 흘러내리기도 하고 대패질을 하고 있는 판대기 위로 떨어지기도 한다. . . . 거기서는 마리아가 해에 눈을 찌푸린 채 어린애의 똥기저귀를 들쳐내고 있다. 빨래를 보내려는 모양이다. 봄에서 가을까지 육칠 개월 동안은 통 비가 없는데다 우물물도 흔치 않은 이 고장에서는 비철이 아니면, 똥기저귀 같은 것도 제때마다 빨지를 못하는 것이 보통이었다. 똥을 대강 털어버리고는 그대로 말려서 쌓아다두었다가 한꺼번에 냇물로 가져가야 하였다. 그러나 냇물이라고 하지만 그것이 그리 쉬운 것이 아니었다. 나사렛 마을에서 가까운 냇물이라고 해야 기시온 강 상류인데 비철이 아니고는 상류가 말라버리기 때문에 보통 삼십 리(한국 이수) 길이나 실히 걸어가야 물 구경을 하였다. 이것을 갔다 왔다 하노라면 완전히 하루 품이 되었다. 그것이 또한 마리아의 경우와 같이 두 살 터울로 아기를 자꾸 낳아야 하는 여인에게 있어서는 여간한 부담과 고통이 아니었다. (412-13)

가족들의 생계를 위해 힘겹게 목공일을 하는 요셉과 어린 자식의 똥기저귀 빨래로 고민하는 마리아의 모습에서는 고달픈 일상이 집약적으로 나타나 있다.

---

4) 『사상계』, 1957. 7월 발표. 본고의 텍스트는 『김동리 전집 2』 (서울: 민음사, 1995)로 이후 본문 인용은 출처를 생략하고 페이지만 밝히기로 한다.

아이의 '똥기저귀'가 반복적으로 서술되어 마리아의 신비적 색채가 지워지고 일상이 적나라하게 표현되고 있다. 마리아가 결혼 후 15년 동안 8남매를 키운 사실은 마리아가 동정녀로서 성령 잉태의 신비성을 깔끔히 지워버린다. 예수가 사람의 아들로서 독자(獨子)가 아니라 여럿 자식 중 한 명으로 형상화된 것도 존재의 고귀성을 약화시키며 여느 가정과 같은 일반성을 환기시킨다. 예수의 혼담 역시 인간의 성장과정에서 거치게 되는 인생의례의 구체적 절차를 보여주면서 현실적인 세속성을 강화시킨다. 이런 허구화 과정은 성경의 인물에 신비의 베일을 벗겨버리고 현실감을 부여하려는 것이다. 따라서 성경의 인물들에게 신비성이 걷히고 남루한 현실이 드리워지게 된다.

「목공 요셉」은 신의 아들로서 예수의 모습을 보여주지 않는다. 예수는 어려운 가정 형편에 있지만 집안 살림을 외면하고 바깥으로만 나도는 철없고 이기적인 아들이다. 그래서 요셉의 불만이 깊다.

> 오늘 일만 하더라도 이 병약한 아비는 남의 신용을 잃지 않으려고 이른 아침부터 땀을 흘리며 일을 하고 있는데 저는 또 딴전을 치고 있지 않는가. 그까짓 빨랫길이야 저 대신 야곱이 스산나를 데리고 간들 어떠며, 요셉(아들)이 또한 제 누나(스산나)와 함께 간들 어떻단 말인가. 그래도 제가 야곱보다는 두어 살 위니까 소견으로 보나 힘으로 보나 좀더 애비의 도움이 될 수 있을 뿐만 아니라 마땅히 그렇게 해야 할 의무가 있다는 것쯤은 저도 알아야 할 것이 아닌가. 나이만 해도 열다섯이나 되니까 이제 장가를 들고 실림을 맡아도 충분할 때다. 그다지 넉넉지 못한 살림에 저도 동생을 여섯인 거느렸으면 살림 걱정도 할 줄 알아야 하지 않는가. 더구나 저로 인하여 — 저 자신을 잘 모르겠지만 — 병이 든 이 아비가 갑자기 세상을 떠나버리기라도 한다면 어떻게 할 작정이란 말인가. (414)

장남으로서 책무의식이 없는 행실만 보이는 예수를 요셉은 불만스럽게 바라보는 가운데 그의 지병은 점점 악화된다. 그런데 요셉은 예수에게 불만을 내색하지 않으며 혼잣말만 할 뿐이어서 "삼촌네 나귀까지 빌려서 몰고 들어오는 예수에다 대고는 말 한마디도 따끔히 건네지 못" 한다. 요셉은 예수에게 불만과 갈등이 있지만 결코 표출하지 않는다. 그것은 그만큼 요셉의 내면적 고민과 갈등이 심해져가는 것을 의미한다.

집안 살림을 살피지 않고 자기 일에만 골몰하는 이기적인 예수를 바라보는 요셉은 그것으로 마음이 상해서 발작과 같이 기침을 하는데 그것은 고질이 되어버린다. 이런 병세는 삼 년 전, 요셉과 마리아가 예수를 데리고 예루살렘으로 가서 유월절을 지내고 돌아오는 길에 예수를 잃어버렸던 때부터 발생했다. 그때 예수를 찾기 위해 요셉과 마리아는 백방으로 나섰고 마침내 성전에서 예수를 발견하게 된다. 예수를 만나고서야 비로소 안도한 마리아가 예수에게 심리적 충격을 표현하는데 예수는 미안한 기색도 없이 자기가 성전에 있는 것은 지극히 당연하다고 응수한다.

> 「왜 그렇게 찾으셨어요? 내가 아버지 집에 있을 줄을 몰랐습니까?」
> 하고 대답했던 것이다. 그의 입에서 '아버지 집에'란 말이 나왔을 때, 요셉은 쇠망치로 머리를 얻어맞은 것같이 정신이 횡했던 것이다. 동시에 가슴은 미어지는 듯 시리고 아파왔던 것이다. 그는 물론 예수가 누구를 가리켜서 '아버지'라고 하는지 그것을 알지는 못했다. 다만 자기 이외의 그 누구를 가리키고 있다는 것만은 의심할 수 없는 사실이었다. 그렇다면 그가 평소에 남과 어울리기를 싫어하고 혼자 배돌기만 하는 것도 결국은 자기가 그의 친아버지 아님을 알고 있었기 때문인가, 그리하여 이제 정말 아버지를 알게 되었단 말인가. (416-17)

이 부분은 예수의 소년 시절을 기록한 누가복음 2장 41-50절을 수용한 것이다. 성경에 예루살렘 성전에서 나사렛으로 돌아온 예수의 행동에 대해 마리아의 심경을 "이 모든 일을 마음에 두니라"고 기록되어 있는데 반해, 요셉의 심정은 기록되어 있지 않다. 김동리는 이 틈새를 이용하여 허구화하였다. 예루살렘 성전 이후의 일을 복음서에는 "예수께서 한가지로 내려가사 나사렛에 이르러 순종하여 받드시더라"고 하여 부모님을 공경하는 예수로 기록되어 있다.

그런데 「목공 요셉」의 예루살렘 성전에서 보인 예수의 당돌한 행동은 동양의 유교주의적인 입장에서 받아들이기 어렵다. 성경에 나타난 예수의 말씀은 동양의 유교적 규범과는 상치되는 내용이 있다. 예수의 소년 시절을 기록한 누가복음 2장 41-50절뿐만 아니라 예수가 참 혈육의 의미를 설파한 마가복음 3장 31-35절, 가나 혼인 잔치에서 예수의 이적을 기록한 요한복음 2장 1-11절 그리고 마태복음 10장 35-36절 등이 그것이다. 이 성경의 내용을 한국인의 정서로 받아들이기 어렵다. 그것은 지상주의와 현세주의, 그리고 혈연중심의 가족주의를 외면하고 천상주의와 내세주의를 지향하여 유교적 질서와는 배치되기 때문이다. 이것을 "전통 지향적 보수주의자"(이동하, 『한국소설과 기독교』 31-41) 김동리가 문제 삼지 않을 수 없었을 것이다.

김동리의 기독교 소설이 1950년대에 거의 발표되었는데 그것은 우리나라가 1950년대 기독교의 세력이 급격하게 팽창했다는 사실과 무관하지 않다. 현실적 실천보다는 현실 초월성과 순수성을 대변하는 한국 보수주의 기독교에 대해 전통 지향적 보수주의자 김동리가 예민하게 의식하면서 기독교에 대한 작가의 비판적 안목과 부정적 인식을 작품에 투영하였을 것이다. 그 전초를 단편 「목공 요셉」에서 볼 수 있다.

김동리의 작품에는 대개 아버지가 부재하는 가정의 양상으로 나타난다. 그런데 「목공 요셉」의 경우 부모와 자식이 등장하는 일반적인 가정의 형태를 보이고 있다는 점에서 이채롭다. 이 점이 「목공 요셉」을 주목하게 하고 특히 '아버지'가 서사의 중심에서 무엇을 말하려고 하는가에 관심을 가지게 한다.

요셉은 신병을 앓는 몸이어서 어려운 가정 형편을 꾸리기를 힘들어한다. 그래서 요셉과 마리아는 장남인 예수에게 집안의 일을 도와줄 것을 부탁한다. 그러나 예수는 부모의 권유를 외면하고 자기의 길을 떠난다.

> 「너도 보다시피 어린 동생들은 여럿이고, 내가 신병이 있어 앞으로 얼마나 살는지도 모르는데 네가 집안 일을 보살피지 않으면 우리가 장차 어떻게 살아간단 말이냐? 저 아블로 아저씨네만 하더라도 이번에 우리가 신용을 잃고 보면 다음엔 두 번 다시 우리에게 일을 맡기지 않으려 할 것이 아닌가?」
> 「……」
> 예수는 그저도 대답이 없다. 가만히 듣고 있을 터이니 얼마든지 다 이야기하라는 듯한 그러한 태도다.
> 「그러니까 오늘은 네 동생과 함께 저 문을 마저 짜놓고 모레쯤 떠나도록 해라」
> 「……」
> 예수는 이번에도 대답을 하지 않는다.
> 요셉도 오늘만은 기어이 져서는 안 되겠다는 듯이 그의 앞을 막다시피 하여

버티고 서 있다.
마리아가 곁에서 이 광경을 보다 못하여,
「얘, 빨리 아버지 시키는 대로 나가서 문을 짜렴아.」
하고 애원하듯이 타이르자, 예수는 그 호수같이 맑고 푸른 두 눈을 멀리 하늘로 향해 굴리며,
「저를 떠나가게 해주세요.」
하였다.
「오늘만은 안 된다. 기어이 문을 짜놓고 떠나거라.」
요셉도 오늘만은 단단히 화가 치민 모양이다. 그의 두 눈에는 날카로운 광채가 서려 있다.
그러자 마리아가 또 입을 열어,
「그래, 오늘만은 아버지 시키는 대로 문을 짜놓고 떠나렴아.」
했을 때였다.
예수는 그 투명하고도 냉연한 목소리로,
「저는 아버지께서 시키는 대로 떠나가야 하겠습니다.」
하고 딱 잘라 말했다.
바로 그 순간이었다. 요셉의 두 눈에 불길이 번쩍 하는 것과 동시에 그의 손바닥은 어느덧 예수의 두 눈에 불길이 번쩍 하는 것과 동시에 그의 손바닥은 어느덧 예수의 왼쪽 따귀를 철썩 소리가 나게 훌쳐 때리고 있었다.
그러나 그와 거의 동시에 터져나온 심한 기침은 그로 하여금 더 입질이나 손질을 계속할 수 없게 하였다. 쿨룩쿨룩 쿨룩쿨룩 사뭇 기침에 꼬꾸라져가는 요셉을 남겨두고, 예수는 먼저와 같은 냉연한 목소리로,
「저 다녀오겠어요.」
하고 집을 나가버렸다. (421-22)

마리아와 요셉이 예수가 집을 떠나는 것을 만류하는 장면인데 마리아와 요셉 그리고 예수, 세 사람의 주장이 각각 나타나 있는 부분이라 다소 길지만 인용하였다. 그동안 예수에게 불만이 쌓였던 요셉은 마침내 그 감정을 분출하기에 이른다. 그 자리에 함께 있던 마리아가 안타까운 심정으로 아버지 요셉의 일을 도와줄 것을 예수에게 강권하지만 예수는 침묵으로 버티거나 자기주장으로 강경하게 대응한다. 이런 예수의 행동에 충격을 받은 요셉은 예수의 뺨을 때리고 그의 "가슴앓이는 그 날 이후로 점점 더 심해졌다. 그리하여 그의 나이 서른네 살 나던 해 그러니까 그 날에서 두 해 뒤이다— 그는 결국 그 병으로 인하여 죽고 말았다"(422). 예수가 아버지 요셉을 외면하고 요셉도 알지 못하는 아버지

를 찾는 데 요셉의 고뇌가 자리 잡고 있다. 요셉은 결국 반항적이고 도전적인 예수로 말미암아 신병이 깊어져 죽게 된다. 이러한 소설적 결말로 독자는 요셉에게 연민을 느끼지만 아들 예수에게는 거부감을 느끼게 된다.

유교의 삼강오륜은 한국인의 윤리와 가치관 형성에 지대한 영향을 끼쳤다. 그 중 효는 유교의 근간을 이루며 가부장적 사회 구조의 원인이 되고 있다. 유교문화는 남성이 주도했으며 특히 "아버지와 아들 사이의 관계를 그 밖의 모든 사회적 관계의 핵심이라고 생각했다. 왜냐하면 그 밖의 모든 사회적 관계는 이로부터 연역될 수 있는 것"(한영우 103)이기 때문이다. 그러므로 요셉과 예수, 즉 아버지와 아들의 대립 구도는 유교문화에서 인간관계의 첨예한 갈등을 보여주는데 효과적이다. 아들 예수와 첨예하게 대립하다 요셉은 결국 죽게 된다. 그것은 "기독교의 한 중요한 특징, 즉 현세적 가족 중심주의에 대한 거부라는 특징을 선명히 부각시키는 데에 기여하고 있다"(이동하, 『한국소설과 기독교』 274-76).

한국의 기독교 소설을 서구의 기독교 소설과 비교하면, 우리의 경우 대체로 예수가 등장하거나 신・구약성서의 인용문이 표면에 나오는 데 반해, 서구의 기독교 소설의 경우는 표면에 예수를 드러내지 않으며, 신도 예수도 비치지 않는다. 그 차이의 원인을 이보영은 한국의 기독교 소설이 기독교의 이념을 무조건 긍정한다는 입장에서 쓰이기 때문이며, 한국작가의 경우 기독교 사상이 체질화 되어 있지 않았기 때문이라고 말한다. 그래서 우리의 경우 기독교가 토착화되지 않아서 기독교 신앙에 기초한 위대한 예술작품이 조성한 기독교 문화의 전통이 없다는 것이다(이보영 15).

「목공 요셉」은 성경의 내용을 부분적으로 수용했지만 「마리아의 회태」와는 현격한 차이를 보인다. 요셉의 죽음은 예수의 도전적인 발언과 반항적인 행동에 기인한다. 성경과 「목공 요셉」과의 거리는 유교적 질서의 위배에서 빚어진 비극을 보여주면서 혈연중심의 현세적 가족주의를 배척하는 성경적 내용을 비판하는 의식을 보여준다. 이것은 김동리의 전통 지향적 보수주의에서 기인한 것이라 할 수 있다.

IV. 「부활」[5)]

유년 시절에 죽음에 대한 충격적인 체험을 한 김동리는 인간의 유한한 생명에 대한 비극적 인식이 문학 입문의 동기가 되었다. 그에게 죽음인식은 작가의 의식과 무의식에 집요하게 작용하여 철학적 사색을 촉발시키며 문학적 창작 능력의 자양분이 되었다. 이런 맥락에서 그가 예수의 죽음과 부활을 소설적 제재로 삼은 것은 자연스러운 이치이다.

우리나라에서 예수를 주요 인물로 등장시키거나 예수의 부활을 최초로 다루고 있는 작품은 김동리의 「부활」[6)]과 『사반의 십자가』일 것이다. 김동리는 「부활」에 대해 '수록작품여화(收錄作品餘話)'에서 다음과 같이 말하고 있다.

> 나는 내가 "천지신명"이라고 부르는 광의의 신(神)을 믿지만 성경의 "부활"을 글자 그대로 믿지 않는다. 만약 부활을 그대로 믿는다면 예수는 지금도 육신을 가진 채 살아 있어야 하며, 저 하늘나라 신의 보좌 앞에 (육신 채) 날아가 있어야 한다.
> 나는 예수의 부활을 어디까지나 소생으로 본다. 예수의 특수한 체질은 긴 가사 상태에서 얼마든지 소생할 수 있었으리라고 본다. 그리하여 그를 믿는 어느 충실한 교도에 의하여 시체 안치소에서 구출되었으리라고 본다. . . . 이러한 전제에서 나는 다만 예수의 특이한 체질과 초인간적인 정신력의 소유자로서의 기적에 준하는 일면을 이 작품에서 그리려고 한 것이다. (『등신불』 371-72)

김동리는 예수가 죽음에서 깨어난 사실을 부활로 보지 않고 특수한 체질을 가진 사람이 가사(假死) 상태에서 소생한 것으로 보고 있다. 그래서 "어느 충실한 교도에 의하여" 그것이 목격되어 구출된 것으로 형상화한다. 그 목격자가 허구적 인물인 '나'로 설정하여 작품에 리얼리티를 부여하고 있다. 예수가 부활한 것이 아니라 소생한 것으로 인식하기 때문에 그 회복 단계를, "예수는 사흘 동안 나의 골방 안에 누워 계셨다. 처음엔 포도주를 한 모금, 다음에는 우유를 두

---

5) 『사상계』 1962년 11월 발표.
6) 『김동리 전집 3』 (서울: 민음사, 1995). 「부활」의 본문 인용은 출처를 생략하고 페이지만 밝히기로 한다.

모금, 이렇게 식사는 마실 것부터 조금씩 시작했다."(113)는 것으로 형상화하고 있다. 그런데 누가복음 24장에서는 무덤에서 나온 예수가 엠마오 길에서 만난 사람들과 열 한 사도가 모여 있는 곳에 나타나서 그 무리들이 예수의 부활을 기뻐할 때 예수는 "여기 무슨 먹을 것이 있느냐 하시니 이에 구운 생선 한 토막을 드리매 받으사 그 앞에서 잡수시더라"(눅 24:41-42)고 기록되어 있다. 소생의 관점에서 본다면 사흘 동안 가사상태에서 소생하여 구운 생선을 먹는 것은 무리일 것이다. 그래서 김동리는 예수가 죽음에서 깨어나 마실 것부터 조심스럽게 섭취하며 점진적 회복의 기미를 보여주는 것으로 형상화하여 소생의 관점을 드러내고 있다.

「마리아의 회태」와 「목공 요셉」은 성경의 인물을 수용하고 있는데 반해 「부활」은 허구적 인물을 내세우고 있다. 무덤에서 깨어난 예수를 가까이서 돌보며 그것을 목격한 사람인 서술자 '나'를 등장시킴으로써 사실성을 더해 주며 소생의 의미를 더 굳건히 받쳐 준다. 더욱이 건강을 회복한 예수가 골방에서 나와 외출 준비를 하는 행동으로 마무리되는 결말에서 어떤 전망을 보여 주지 않음으로써 소생의 의미만 명확히 드러내는 데에서 작품은 멈춰있다.

예수의 깨어남을 부활이 아닌 소생으로 본다면 소생한 사람들은 또 있다. 그들은 예수의 치유 기적으로 소생한 사람들인데, 야이로의 딸이 소생했고(막 5:21-43) 나인 마을의 과부의 아들이 그러했으며(눅 7:11-17) 나사로도 무덤에서 소생했다(요 11:1-44). 그들이 죽음에서 소생했다면, 그것과 예수의 소생과는 어떤 차이가 있는가 하는 의문이 든다.

> 신약성서의 이해에 따르면 예수는 다시 죽을 생물학적 현세 생명으로 되돌아오기는커녕 죽음이라는 최후의 한계를 결정적으로 물리치고 전혀 다른 불멸의 "천상" 영생으로 들어가셨다. . . . 예수는 허무 속으로 죽어 가지 않고 죽음 속에서 죽음으로부터 우리가 하느님이라고 일컫는 저 불가사의한 포괄적 궁극 실재 속으로 죽어 들어가고 높여지셨다. (Kung 246)

독일 신학자 한스 큉(Hans Kung)에 의하면, 예수의 부활은 시공적 현세 생명으로의 귀환이 아니라 궁극 실재 속의 현양이라는 것이다. 그것은 우연히 일어난 사건이 아니고 철저하게 구원과 연결되어 하나님의 뜻을 계시해 주므로 그것은 신앙을 입증하는 기적이 아니며, 그 자체가 신앙의 대상이라는 것이다.

예수의 부활 기적은 합리적 세계의 논리로 규명하거나 설명되지 않지만 한국의 기독교 신자들은 부활을 믿음의 바탕으로 삼고 있다. 그것은 우리의 종교적 바탕인 샤머니즘과 기독교와의 유사성에서 비롯되었다고 할 수 있다.

> 첫째로, 하늘경험이 지닌 지고존재의 승인이 없었다면 그리스도교의 신을 받아들이는 것이 상당히 어려웠으리라는 사실을 상정할 수 있게 해 준다. . . . 둘째로, 무속 신앙에서 이루어지는 무당에 대한 역할 기대 곧 중보자 개념이 그리스도교 문화에서 예수의 상징성을 읽는 데 무리를 없게 한 근본적인 소지(素地)였으리라는 것을 예상하게 해 준다. (정진홍 100)

예수의 다시 깨어남을 부활이 아니라 소생으로 인식한다면 그것은 초자연적 행위를 받아들이는 것이 아니며 구원의 의미를 인정하지 않는 것이다. 그것은 곧 예수의 십자가를 대속(代贖)과 구속(救贖)의 의미로 인정하지 않다는 의미이다. 기독교적 이해와 원리를 배제하고 있는 「부활」은 기독교 소설로서 종교적 리얼리티를 상실하고 있다. 「부활」은 기독교의 본질을 꿰뚫고 부활의 의미를 담고 있다기보다는 일반 상식적인 차원에서 소생의 의미만 부각하고 있다. 김동리의 기독교 소설은 "원래의 복음서 내용이 가지고 있는 현실 초월적인 성격을 희석시키는 작업을 수행하면서 보여주는 '대담성'이 후기로 갈수록 점점 더 강화되어"(이동하, 『한국소설과 기독교』 9) 가고 있다.

「부활」의 사반이라는 인물 설정에 문제점이 보인다. 「부활」의 사반은 『사반의 십자가』의 사반과 외형 묘사에서 동일하게 나타난다. 단편소설의 분량을 감안해서 보면 「부활」에서 사반의 외형 묘사의 비중이 있는 것은 그가 비범한 인물임을 암시한다. 이런 서술 전략에 비해 실제로 사반의 성격이 드러나는 것은 십자가에 매달려 거의 탈진한 상태에서 예수에게, 여호와의 사자가 왜 여호와의 권능을 나타내지 못하느냐며 빈정거리는 장면이다. 사반의 인물묘사는 그 비중에 비해 서사 전개와 긴밀성을 가지지 못한 채 변죽만 울리고 있는 격이다.

김동리의 기독교 소설은 후기로 갈수록 기독교적 이념과 본질이 옅어지며 현실주의적 경향이 짙어진다. "문학에서 기독교적이라고 하는 것은 소재적이거나 주제적인 상태이지, 어떤 형식적인 원칙이 있는 것은 아니"(호호프 13)라면, 김동리가 기독교적 소재를 차용한 소설도 기독교적인 소설이라고 할 수 있다. 그러나 좀 더 엄정한 의미에서 「목공 요셉」과 「부활」은 기독교 정신을 구현하고 있지 않으므로 기독교 소설로서 결격(缺格)이다. 『사반의 십자가』도 원죄의식, 십자가의 대속(代贖)의 의미, 구원관, 사랑의 실천 등 기독교의 핵심사상이 누락된 채 예수의 이적만 부각되어 있다. 기독교의 이념 구현보다는 샤머니즘적 세계관이 용해되어 있고 우리나라 화랑(花郞)의 소설적 변용을 볼 수 있는 작품(방민화 257-74)으로 본격적인 기독교 소설이라고 할 수 없다. 그것은 김동리가 기독교를 "동양적 종교의식의 안목으로 보았기 때문"(안병무 12)이다. 세 편 중 마지막 작품인 「부활」은 「마리아의 회태」서 나타난 비합리적인 신비의 세계를 벗어나 「목공 요셉」의 현세중심주의적인 경향이 더욱 명확하게 나타난다.

V. 결론

『사반의 십자가』는 성경의 내용을 차용하고 있지만 기독교의 이념 구현보다 샤머니즘적 세계관이 표출되어 있다. 『사반의 십자가』 이전에 발표된 김동리의 기독교 단편소설은 기독교 의식이 구현되고 있는가 하는 의문에서 연구를 시작하여 기독교 단편소설 세 편을 중심으로 작가의 종교 의식과 그 변모 양상을 살펴보았다.

성경을 적극 수용한 「마리아의 회태」는 절대적 신앙으로 성령의 잉태라는 현실적 조건을 수락하여 하나님의 권능 발현을 그대로 받아들이는 현실 초월적이고 신비적 경향이 나타난다.

「목공 요셉」은 성경을 부분적으로 수용하여 성경 내용이 굴절되어 「마리아의 회태」와는 현격한 차이를 보인다. 「목공 요셉」에서 요셉의 죽음은 예수의 도전적인 발언과 반항적인 행동에 기인한다. 성경과 「목공 요셉」과의 거리는 유교적 질서의 위배에서 빚어진 비극을 보여주면서 혈연중심의 현세적 가족주의를 배척하는 기독교에 대한 비판의식을 담고 있다.

예수가 무덤에서 사흘 만에 다시 깨어난 것을 김동리는 특이한 체질과 초인간적인 정신력의 소유자가 소생한 것으로 보고 있다. 그것은 예수의 십자가를 대속과 구속의 의미로 받아들이지 않는 것을 의미한다. 따라서 이 작품은 예수의 부활을 소생의 의미만 부각시켜 현실주의적인 태도를 공고히 하고 있다.

작품 발표 순서대로 세 작품을 살펴본 결과 김동리의 기독교 소설은 비합리적 신비의 세계를 인정하는 데서 출발하여 현세적 현실주의 세계로 변화하는 양상을 보이고 있다. 이러한 의식의 변화는 작가의 샤머니즘 세계관과 전통 지향적 보수주의에서 비롯된 것이다.

인용문헌

김동리. 『김동리 전집 2』. 서울: 민음사, 1995. Print.

______. 『김동리 전집 3』. 서울: 민음사, 1995. Print.

______. 『김동리 대표작 선집 6』. 서울: 삼성출판사, 1967. Print.

______. 『등신불』. 서울: 정음사, 1972. Print.

______. 「마리아의 회태」. 『문학사상』 3 (2001): 96-111. Print.

김병익. 「한국소설과 한국기독교」. 『현대 문학과 기독교』. 서울: 문학과 지성사, 1984. Print.

김영수. 『기독교와 문학』. 서울: 한국기독교문학연구소출판부, 1978. Print.

김윤식. 「김동리 소설 「목공 요셉」 3부작」. 『문학사상』 3 (2001): 112-28. Print.

김주연 편. 『현대문학과 기독교』. 서울: 문학과 지성사, 1984. Print.

방민화. 「제3 휴머니즘과 "화랑(花郎)"의 소설적 변용 연구」. 『현대소설연구』 24 (2004): 257-74. Print.

안병무. 「종교가가 본 한국작가의 종교의식」. 『문학사상』 12 (1972): 353-60. Print.

이동하. 『한국소설과 기독교』. 서울: 국학자료원, 2003. Print.

______. 『현대소설의 정신적 연구』. 서울: 일지사, 1989. Print.

이보영. 『한국현대소설의 연구』. 서울: 예림기획, 2002. Print.

정진홍. 『하늘과 순수와 상상』. 서울: 강, 1997. Print.

한영우. 『조선 전기의 사회사상』. 서울: 한국일보사, 1975. Print.

Hohoff, Curt. 『기독교 문학이란 무엇인가』. 한숭홍 옮김. 서울: 두란노, 1992. Print.
Kung, Hans. 『왜 그리스도인인가』. 정한교 옮김. 왜관: 분도, 1998. Print.

10

황순원의 『나무들 비탈에 서다』에 나타난 예레미야의 표상

| 노승욱 |

I. 들어가며

순수와 서정의 세계로 상징되던 황순원의 소설이 본격적으로 시대와 역사를 문제 삼기 시작한 것은 대략 다음 두 가지 정황으로 설명할 수 있다. 첫 번째는 그의 소설쓰기의 주된 영역이 단편에서 장편으로 전환되고 있다는 점이고, 두 번째는 6·25 동란이 그의 소설의 중심 배경으로 등장하고 있다는 점이다. 『나무들 비탈에 서다』(1960)는 위의 두 가지 정황을 모두 포함하고 있는 장편으로 단편소설을 위주로 한 초기의 작품 활동에서 장편소설로의 소설적 장르 확대가 시작되고 있는 단계에서 쓰인 작품이다. 특히 이 소설이 발표된 1960년은 황순원의 『나무들 비탈에 서다』 외에도 서기원의 『전야제(前夜祭)』, 오상원의 『황선지대(黃線地帶)』, 최인훈의 『광장(廣場)』 등 많은 장편소설이 발표됐던 해로 전후문학이 가지고 있는 여러 경향들이 장편으로 모아지기 시작했던 시기라고 할 수 있다(구재진 404).

『나무들 비탈에 서다』는 전후사회가 직면한 문제에 대해 성서 수용을 통한

* 본 논문은 『문학과 종교』 18.3 (2013): 79-97에 「황순원의 『나무들 비탈에 서다』에 나타난 예레미야의 표상」으로 게재되었음.

묵시록적 해법이 제시되고 있다는 점에서 주목을 요하는 소설이다. 동족 간의 전쟁은 일반적인 전쟁에 비해 훨씬 심각한 죄의식과 트라우마를 발생시킨다고 할 수 있다. 이로 인해 살상, 파괴, 몰락, 죽음, 종말 등 부정적 감정의 이미지가 증폭되게 된다. 이 소설에서는 전쟁으로 인한 불행과 슬픔, 파멸의 양상이 나타남과 동시에 회복과 구원의 가능성이 성서 수용을 통한 묵시록적 알레고리로 나타나고 있다. 황순원이 이 소설에서 파멸과 구원의 양면성을 제시한 것은 동족을 살상한 죄에 대해 회개하고 상대방을 자기희생의 자세로 감싸 안을 때 온전한 회복과 구원이 이루어질 수 있다고 판단했기 때문이다.

문학 작품에 나타나는 주제나 전언을 추출하여 그것을 일정한 종교 사상의 의미로 범주화할 때 그 작품들을 통칭하여 종교 문학이라 지칭할 수 있다면(유성호 17), 이 소설은 종교 문학, 혹은 그 하위 범주인 기독교 문학으로 볼 수 있다. 그것은 이 소설이 단지 성서를 수용했기 때문이 아니라 성서적 알레고리에 의한 묵시록적 문학의 특성을 지니고 있기 때문이다. 성서를 이해하는 데 있어서 해석학적 방법은 문학적 독법에 가깝다(현길언 151). 따라서 이 소설의 성서 해석학적 독법은 이 소설과 성서의 상호적 의미를 보다 구체적으로 밝혀줄 수 있다.

『나무들 비탈에 서다』는 지금까지 다양한 관점에서 연구가 진행돼 왔음에도 불구하고 성서 수용이나 묵시록적 의미에 대한 연구는 찾아보기 힘들다. 그 이유는 이 소설을 묵시록적 성격의 측면에서 볼 수 있을 것인가에 대한 인식의 문제와 성서 수용이나 기독교적 담론과 관련된 중심인물인 선우이등상사가 이 소설에서 주인공에 걸맞은 위상을 부여받고 있지 못하기 때문으로 보인다. 이 논문은 이 소설의 묵시록적 성격과 선우이등상사라는 인물에 새롭게 주목하면서 성서해석학을 작품 분석의 구체적 방법으로 사용하고자 한다.

이 논문은 『나무들 비탈에 서다』가 묵시록적 성격을 뚜렷이 지니고 있으며, 선우이등상사가 비록 주인공은 아니지만 이 소설의 주제의식과 밀접하게 연관돼 있는 매우 비중 있는 인물이라고 판단한다. 이 소설에서 수용하고 있는 성서는 구약의 묵시록인 예레미야서이며 선우이등상사는 현대의 예레미야에 빗대어 표상되고 있는 인물이다. 선우이등상사는 이 소설의 주인공격인 동호와 현태의 인식에 영향을 끼치는 인물로 그려지고 있다. 또한 그는 이 소설의 1부와 2부에 모두 등장하면서 작품의 주제 형성과 전개에 중요한 역할을 감당하고 있다. 더욱이 이 소설에서 상호텍스트로 수용하고 있는 예레미야서의 구절은 심판과 구원의 주제에 대한 묵시록적 담론을 분명하게 나타내고 있다.

유년시절부터 기독교에 입문했던 황순원의 신앙적 내력과 그의 소설이 성서와 많은 부분에서 상호텍스트를 형성하고 있다는 점은 이 소설의 연구에 있어서도 시사하는 바가 크다. 황순원은 서구문물의 세례를 비교적 빨리 받은 서북지역 출신으로 기독교 학교의 교직자인 부친 밑에서 자랐다(김윤식・김현 241). 당시 서북지역은 기독교 선교가 활발히 이루어진 곳이었는데, 황순원은 이 지역의 숭실중학교와 오산중학교 등을 거치면서 개인의 구원을 민족과 사회로 확장시켜 바라보는 통전적 기독교 사상을 형성했다(노승욱, 「황순원의 『움직이는 성』에 나타난 통전적 구원사상」 101).

황순원은 이 소설에서 동족 간의 전쟁으로 말미암아 위기에 처한 민족의 생존과 구원 문제를 주제화하면서 구약성서 예레미야서를 상호텍스트로 삼고 있다. 그는 『카인의 후예』(1954)에서 북한의 토지개혁기에 토지를 둘러싸고 벌어진 민족의 폭력적 갈등 양상을 카인과 아벨 형제의 비극적 갈등에 빗대어 비판한 바 있는데(노승욱, 「황순원의 『카인의 후예』에 나타난 중층적 상호텍스트성」 106), 『나무들 비탈에 서다』에서는 남북 간의 이데올로기 대립으로 발생한 민족동란을 구약성서의 선지자 예레미야의 표상과 묵시록적 알레고리를 통해 비판하고 있는 것이다.

이 소설에서 상호텍스트로 인용되고 있는 예레미야서는 범죄한 이스라엘에 대한 심판과 구원의 신탁을 중심으로 다양한 형식의 예언들이 기록된 구약성서의 묵시록이다. 예레미야의 예언은 "심판의 말과, 열방에 대한 신탁, 구원 신탁, 찬송, 자서전적 전기문, 상징적 행위, 실물 교육, 역사적 담설 등으로 복잡하고 난해하게 얽혀 있"(반게메렌 505)다. 예레미야서의 저자 예레미야는 제사장 힐기야의 아들로 전통적인 제사장 집단거주지인 아나돗 출신이다(허성군 86). 이 소설에서 현대의 예레미야에 견주어지는 선우이등상사도 기독교 목사의 아들로서 종교적 가족력을 지니고 있다. 결국 황순원은 선우이등상사에게 예레미야의 정체성을 투사시킨 후에 예레미야가 전한 신탁을 상호텍스트로 수용해 묵시록적 알레고리의 효과를 거두고자 한 것이다.

2천여 년 동안 서구문화의 내면을 관통해 온 묵시록이 하나의 문학장르로 표기된 것은 기원전 2세기와 기원후 2세기 사이였다. 원래 이 표현은 현대의 문학적 용어 속에서 자주 사용되는 '파국' 혹은 '세계 몰락' 등의 뜻이 아니라, 신과 인간 사이를 연결해주는 신비적이고 심미적인 언술방식을 의미했다(이주동・장순란 271-72). 이러한 의미는 어원적으로도 뒷받침되는데 묵시록을 뜻하는 그리스어 '아포칼립스'(Apokalypsis)는 신약성서에서 구원사적으로 전개되는 신의 계획을 드러내는 것을 의미하고 있다(배정훈 8). 전통적 묵시록은 파괴적이고 위협적인 이미지들에 중압감을 주어 인간에게 충격을 줌으로써 올바른 믿음을 갖도록 경고하는 기능을 갖고 있었다. 그런데 현대에 이르면서 변형된 묵시록의 양상은 비극적인 몰락만이 있을 뿐 구원의 희망이 보이지 않는 염세주의적인 특징을 나타내고 있다. 결국 유토피아는 불가능한 것으로 드러나고 오직 몰락만이 남게 되는 것이다(이주동・장순란 279-80).

황순원은 이 소설에서 파멸과 몰락, 죽음 등을 일면적으로 드러내는 현대적 묵시록의 개념을 수용하지 않고, 심판과 구원의 양면적 의미를 함께 나타내는 전통적 묵시록의 개념을 받아들였다. 파괴를 통한 구원이라는 묵시록의 세계관은 이 세상의 몰락이 새로운 구원을 향한 과도기라는 점을 강조한다(홍인숙 208-09). 황순원이 이 소설에서 구원을 향한 전통적 묵시록의 비전을 받아들인 것은 민족동란으로 인해 좌절과 몰락을 경험한 이들에게 회복과 구원의 가능성을 제시하고자 했기 때문이다. 그는 이 소설에서 구원의 비전이 시간이 흐르면서 자연적으로 성취하게 되는 것이 아니라 심판을 자각하고 과거의 죄악을 반성하며 타인을 위해 자신을 희생하려고 하는 자만이 얻을 수 있는 것임을 강조하고자 했다.

II. 예레미야의 표상과 고난의 상징성

『나무들 비탈에 서다』를 성서 수용, 혹은 묵시록 수용의 관점에서 규명함에 있어서 필연적으로 요청되는 것은 구약성서에 등장하는 선지자인 예레미야에 대한 검토이다. 이 소설에서 선우이등상사는 동호, 현태, 윤구, 숙 등의 인물과 함께 매우 비중 있는 인물로 등장하고 있다. 이 소설의 1부에서 선우이등상사는 "현대의 예레미야"[1)]라는 이미지로 형상화되고 있으며 2부에서는 그의 발화를 통해 구약성서 예레미야서가 상호텍스트로 인용되고 있다. 이 소설은 선우이등상사의 언술을 통해 구약성서의 예레미야서와 상호텍스트를 형성하면서 묵시록적 의미를 나타내고 있다.

이 소설에서는 구약성서의 선지자 예레미야와 선우이등상사 간에 상호적 대비관계가 설정되고 있다. 우선 선우이등상사는 예레미야처럼 사제 집안에서 태어난 가족력을 갖고 있다. 베냐민 지파에 속한 예레미야는 선조 때부터 제사장을 지내온 제사장 집안의 후예이다. 예레미야는 솔로몬 왕의 재임 시절에 정치적 음모와 연루돼 자신의 출신지 아나돗으로 쫓겨 온 대제사장 아비아달의 후손인 것으로 추정된다(하용조 930). 선우이등상사도 기독교 목회자의 집안에서 태어난 종교적 가족력을 지니고 있다. 그의 신분은 군인이지만 그는 현대의 예레미야라는 이상적 인물에 자신의 정체성을 끊임없이 투사하고 있다. 또한 예레미야는 선지자로서 원형적 · 상징적 고난을 겪는데 그의 고난은 육체적 · 정신적인 부분과 함께 사회적 배척의 양상으로 나타난다. 선우이등상사도 육체적 · 정신적 고난과 사회적 분리의 체험을 겪는데 현대의 예레미야로서 그가 겪는 고난 역시 상징적 의미를 함축하고 있다.

이 소설에서는 선우이등상사가 겪는 고난의 양상이 비중 있게 다루어지고 있다. 현대의 예레미야에 비견되는 선우이등상사의 삶은 고난으로 점철되고 있는데 그의 고난은 예레미야의 고난을 표상하고 있다. 그런데 예레미야의 고난은 개인의 고난임과 동시에 이스라엘 민족 전체의 고난을 상징한다. 마찬가지로 선우이등상사의 고난도 개인적 차원뿐만이 아니라 민족적 차원에서 겪는 고난의 의미를 내포하고 있다. 이 소설에서 선우이등상사가 겪는 고난의 의미를 보다 면밀히 해명하기 위해서 구약성서에 등장하는 선지자 예레미야가 겪은 고난의 양상을 자세히 살펴볼 필요가 있다.

---

1) 황순원, 『人間接木/나무들 비탈에 서다』 (서울: 문학과지성사, 1993), 239. 이후로 인용 시 괄호 안에 쪽수만 표시함.

예레미야가 겪은 고난은 크게 두 가지 형태로 나누어 살펴볼 수 있는데 첫 번째가 육체적 · 사회적 관점의 '외적 고난'이라면, 두 번째는 감정적인 상처와 아픔에서 비롯된 '내적 고난'이라고 할 수 있다(김성진 213). 예레미야의 외적 고난은 살해의 위협을 받거나, 죽임을 당할 위험에 처하거나, 매를 맞은 후에 투옥되거나, 매를 맞고 웅덩이나 진흙 구덩이에 던져지거나, 사슬에 묶여 포로로 끌려가거나 하는 등의 육체적 고난과 가족들로부터 속임과 배신을 당하거나, 이스라엘 공동체의 제사 참여가 금지되거나, 친구들의 복수 대상으로 지목당하거나 하는 등의 사회적 배척이었다. 이에 비해 그의 내적 고난은 감정적인 고통으로, 심판이 예언된 그의 동족에 대한 분노와 슬픔이라고 할 수 있다. 이는 심판주와 회개치 않는 죄인 사이에 위치해 있는 중재자의 심적 고난인 것이다(김성진 213-17).

예레미야의 고난에 대해 논할 때 주의해야 할 점은 그의 고난이 자신의 죄로 인해 초래된 것이 아니라는 것이다. 오히려 그의 고난은 선택받은 선지자가 감당해야 할 상징적인 성격이 강하다고 할 수 있다. 선지자로서 그가 감내해야 했던 고난의 상징성은 하나님으로부터 받은 신탁을 통해서 잘 드러난다. 그는 신탁에 의해 일평생 아내와 자녀가 없는 독신의 삶을 명령받았으며, 상갓집이나 잔칫집 등에도 갈 수 없었다. 예레미야 선지자가 살았던 당시 독신생활은 극히 드문 일이었고 상갓집에 가지 않는 것은 무례한 행동으로 여겨져 멸시를 당해야 했다.

예레미야의 상징적 행위는 유다의 민족사회가 해체돼버릴 수 있다는 사실을 경고하고 있으며, 유다에 내리는 심판의 심각성을 드러내고 있다. 선지자들의 상징적 행위는 곧잘 그들의 가르침을 강조해주며 때때로 그들의 삶 자체가 상징과 표적이 되기도 한다(뉴톰슨 관주 주석성경 1076). 예레미야의 상징적 고난은 동족에게 선포할 임박한 심판에 대해 그 자신이 원형(prototype)이 되어 당해야 했던 계시적 고난이었다고 할 수 있다(김성진 215).

이 소설에서 현대의 예레미야에 견주어지는 선우이등상사는 상징적 고난을 당하는 선지자인 예레미야를 표상하는 인물이다. 선우이등상사의 고난은 목회자 부부였던 그의 부모가 당했던 비극으로부터 시작된다. 선우이등상사는 자신이 술을 마시는 것은 무엇을 잊고자 함이 아니라 "되레 생생하게 기억을 살리기 위해서 마시는 거야"(232)라고 말한다. 선우이등상사는 술을 마실 때마다 육십 평생 하나님과 교회를 위해 헌신한 "어머니 아버지의 피를 요구한 방법"(232)이 너무 잔인하다고 생각한다.

선우이등상사의 부모는 20여 명의 동민과 함께 구덩이 속에 던져진 후에 인민군의 따발총 사격을 받았는데 그의 아버지는 급소를 맞지 않고 간신히 목숨을 부지했다. 출혈이 심했던 그의 아버지는 산등성이를 내려와서 구조를 요청했는데 그곳이 하필 인민군이 주둔하고 있던 보안서였던 것이다. 보안서원들은 총에 빗맞아 죽지 않은 사람이 있다는 것을 알고서는 그길로 다시 산에 올라가 살아서 나뭇더미 속에 숨어있는 다른 두 사람과 함께 선우이등상사의 아버지를 처형했다. 선우이등상사는 아버지의 죽음뿐만이 아니라 아버지로 인해 죽게 된 다른 두 사람의 죽음을 하나님의 뜻으로 받아들이지 못한 채 심적인 고통을 끊임없이 되풀이하며 당하고 있는 것이다.

선우이등상사가 겪고 있는 심적 고난의 또 다른 원인은 그가 부모의 피값음을 한다며 총으로 쏴 죽인 한 부역자로 인한 것이다. 선우이등상사의 술버릇 중에 하나는 몸을 비틀면서 히죽이 웃는 것인데, 이는 그의 총에 맞아 쓰러질 때 부역자가 보였던 마지막 모습을 흉내낸 것이다. 그가 항상 장갑을 끼고 다니는 이유도 자신이 과거에 손으로 저지른 부끄러운 잘못을 가리기 위한 것이다. 그는 현대의 예레미야는 자기가 한 일에 후회하지 않고 자기 신념을 몸소 실천하는 사람이어야 한다고 말하면서 자신은 그와 같은 인물이 될 수 없다고 말한다. 그렇지만 이러한 인식은 그가 얼마나 예레미야를 마음 깊이 동일시하고 있는지를 보여주는 반증과도 같은 것이다.

> ". . . 더구나 내가 장갑을 껴야 하는 건 자네들 말처럼 위엄기를 갖추기 위해서가 아니구 사실은 과거에 이 손이 저지른 부끄럼을 가리기 위한 걸 테니. . . . 그리구 가끔 입언저리를 실룩거려야 하는 것두 누구에게 호령기를 보이기 위해서커녕 이 눈으루 봐선 안될 걸 본 어떤 영상이 떠오르기 때문일 거구. . . . 그래 이렇게 지지리 못난 나같은 게 그런 인물이 될 수 있어? . . . 현대의 예레미야는 자기 신념을 몸소 실천하는 의지굳은 사람이래야 돼. 그리구 자기가 한 일에 한가닥의 후회나 미련두 남기지 않는 그런 인물

이래야 돼." (239-40)

"본시 예레미야를 좋아하는"(374) 선우이등상사는 결국 신에 대한 회의와 그로 인해 비롯된 죄의식의 불안과 강박관념을 이기지 못한 채 정신분열 증상을 일으키고 병원에 격리 수용된다. 예레미야 선지자가 내외적 고난을 함께 받고 사회에서 배척당했듯이 예레미야를 표상하는 선우이등상사도 내외적 고난을 겪은 후에 사회에서 분리되고 만 것이다. 선우이등상사를 통해 나타나는 이러한 육체적·정신적 고난은 선지자 예레미야가 동족을 대표해 감당해야 했던 상징적 고난에 대한 묵시록적 표상이라고 할 수 있다.

예레미야가 고난을 겪어야 했던 이유가 우상숭배로 범죄한 동족인 이스라엘 때문이었다면, 선우이등상사가 고난을 겪어야 했던 이유는 동족을 살상한 우리민족의 죄악 때문이었다고 할 수 있다. 두 인물이 겪은 고난은 원형적이고 상징적인 의미를 내포하면서 다른 사람들이 겪는 고난과 구별된다. 이스라엘과 우리민족에게 주어진 고난의 이유는 다르지만, 황순원은 민족의 죄악으로 인한 고난이라는 유사성을 중심으로 이스라엘과 우리민족을 대비시키고 예레미야를 표상하는 한국적 인물로 선우이등상사를 내세운 것이다. 현대의 예레미야에 비견되는 선우이등상사는 황순원이 구약성서를 수용하면서 우리민족의 역사적 문맥 속에 형상화한 구체적 인물형이라고 할 수 있다.

이 소설에서 선지자 예레미야를 표상하는 선우이등상사가 겪은 고난은 그에게서만 그치지 않는다. 그가 상징적으로 겪어야 했던 고난은 범죄한 공동체 구성원들에게도 실제적으로 임하게 된다. 이 소설에서 비극적 죽음으로 생을 마감하는 동호, 옥주, 김하사, 계향, 미란, 선우이등상사의 부모, 그리고 살아남았지만 전쟁의 트라우마로 고통스러워하는 현태와 숙 등은 죄로 인해 고난을 받는 민족공동체의 모습이라고 할 수 있다. 결국 이 소설은 예레미야의 표상과 고난의 상징성을 통해 동족상잔의 죄를 저지른 민족이 겪어야 하는 고난에 대해 묵시록적 해석을 제공하고 있는 것이다.

III. 포도나무 비유에 내포된 양면적 의미

『나무들 비탈에 서다』가 성서 수용을 통해 전하고자 하는 묵시록적 메시지는 단지 죄로 인한 심판과 고난의 결과에만 국한되지 않는다. 이는 이 소설이 선지자 예레미야를 표상하는 선우이등상사의 언술을 통해 심판 속에 내재된 구원의 가능성을 제시하고 있기 때문이다. 이 소설의 2부에서는 현태와 윤구, 숙 등이 중심인물로 등장하고 있다. 그런데 2부에서도 선우이등상사가 1부와 마찬가지로 매우 중요한 역할을 부여받고 있는 것에 주목할 필요가 있다. 선우이등상사는 정신분열을 일으킨 후에 수도육군병원에 입원한 환자의 모습으로 등장하고 있는데 그의 언술은 오히려 묵시록적 메시지를 분명하게 나타내고 있다.

전쟁으로 인한 트라우마 때문에 정상적인 생활을 영위하지 못하던 현태는 우연히 길에서 만난 안이등중사를 통해서 선우이등상사와 조우하게 된다. 정신분열을 일으켜 육군수도병원에 입원해 있던 선우이등상사를 면회 가던 안이등중사가 현태에게 함께 면회가줄 것을 부탁했기 때문이다. 현태가 병원에 도착했을 때 선우이등상사는 광포증을 일으켜 이미 독방으로 옮겨진 상태였다. 담당 군의관은 면회는 어렵다고 말하면서 선우이등상사가 있는 문 밖까지만 그들을 안내한다. 그곳에서 현태는 문 밖으로 새어나오는 선우이등상사의 목쉰 소리를 통해 구약성서 예레미야서의 구절들을 듣게 된다.

> 방안에서 목쉰 사내의 주절대는 소리가 들려왔다. 가만히 귀를 기울이자 그 소리는 알아들을 수 있는 소리였다. "... 내가 너를 심은 것은 온전한 참씨 심은 아름다운 포도나무여늘 어쩐 일로 변하야 내 앞에 다른 포도나무의 악한 가지가 되느냐. ... " […] "... 무릇 이 땅은 황무하여질 것이나 그러나 말갛게 멸할 것이 아니라 그런고로 땅이 다 슬퍼할 것이요 우에 있는 하늘도 다 어두워지리니. ... " […] 방에서는 그냥 사내의 주절대는 쉰 목소리가 이어져 나왔다. "... 내가 상함을 받음이어 슬프다 내가 화 있으리로다 내 상처가 중한지라 내가 니라노니 이것이 진실로 나의 환란이라 내가 이것을 참으리로다. ... " (374-75)

선우이등상사의 독백을 통해서 인용되고 있는 예레미야서의 내용은 전부 세 구절인데 첫 번째와 두 번째로 인용된 구절은 예레미야서 2장 21절과 4장

27-28절로 이스라엘의 죄에 대한 심판을 경고하는 하나님의 예언적 말씀에 부합한다. 세 번째로 인용된 구절은 예레미야서 10장 19절로 탄식하는 선지자 예레미야의 기도에 해당한다. 결국 이 세 구절을 연속해서 읽으면 이스라엘의 죄에 대해 심판을 경고하는 하나님의 메시지와 그로 인해 탄식하며 토로하는 예레미야의 기도가 된다. 구약성서인 예레미야서의 문학기법적 특성 중의 하나가 수사의문문을 활용하는 방법이다. 이때 대답이 분명한 것들에 대해서 던져지는 질문은 이스라엘 백성의 회개와 각성을 촉구하는 의도에서 비롯된 것이다(라솔 외 624-25).

그런데 이 소설에서 선우이등상사가 주절대고 있는 성서 구절은 정신분열증자의 단순한 뇌까림으로 보기에는 그 내용과 구성에 있어서 주목을 요하는 측면이 있다. 선우이등상사의 분열증적 독백 같은 탄식이 하나님의 심판을 경고하는 예레미야 선지자의 독백으로서의 탄식과 정확하게 일치하고 있기 때문이다. 예레미야 자신의 말 가운데 나타난 탄식현상은 일차적으로 예언자의 심판예언(Gerichtswort)과 직접적인 관계를 가진다. 깨닫지 못하는 백성들과 달리 곧 닥칠 재난을 미리 내다보고 느끼는 예레미야는 그 재난상황에 대한 즉각적인 반응으로 자신의 당혹스러움을 때로는 혼잣말로, 때로는 탄식의 형식으로 표현하고 있다(박동현 39).

이 소설에서는 민족공동체가 저지른 죄와 그로 인한 고난, 그리고 회복의 가능성이 예레미야의 신탁을 통해 언급된 포도나무 비유를 통해 나타나고 있다. 소설의 표제에서 전후의 민족공동체를 비탈에 선 나무로 의인화한 이 소설은 구약성서 예레미야서의 포도나무 비유를 통해 묵시록적 알레고리를 형성하고 있는 것이다. 포도나무의 비유를 통해 주어진 예레미야의 신탁은 "내가 너를 심은 것은 온전한 참씨 심은 아름다운 포도나무여늘 어찌 일로 변하야 내 앞에 다른 포도나무의 악한 가지가 되느냐"(374)는 하나님의 질책이 핵심적 내용이라고 할 수 있다.

예레미야가 하나님의 신탁으로 전한 포도나무의 비유는 양면적 의미를 내포하고 있다. 포도나무 비유의 양면적 의미는 심판 속에 내재된 구원의 가능성을 뜻한다고 할 수 있다. 즉 포도나무의 악한 가지는 심판의 대상이 되지만, 포도나무 자체는 구원의 대상이 된다는 것이다. 그 이유는 포도나무의 뿌리가 온전한 참씨에서 비롯되었기 때문이다. 이는 포도나무를 심은 이의 의도에서 비롯된 것이다. 따라서 악한 가지는 심판의 대상이 되어 잘려버릴지라도 온전한 참씨로부터 말미암은 포도나무의 뿌리와 몸통은 보존되어 다시 아름다운 포도나뭇가지와 열매를 만들 수 있는 것이다. 죄로 인한 심판의 결과가 고난이지만, 죄를 뉘우치고 회개할 때 고난으로부터의 회복이 약속된다는 것은 예레미야 신탁의 주요한 내용이라고 할 수 있다. 예레미야의 예언에서 종말론적 시간을 가리키는 '그 날'은 심판의 날임과 동시에 구원의 날이기도 한 것이다(성주진 365).

예레미야 신탁에 나타나는 포도나무 비유의 양면적 의미는 이 소설에서 두 가지 가능성을 제시한다. 죄로 인한 심판의 고난으로 인해 결국 파멸의 나락에 빠질 것인가, 아니면 구원의 희망을 모색할 것인가 하는 대조적 가능성인 것이다. 이 소설의 표제어인 비탈 역시 두 가지 상징적 의미를 함축하고 있는데 하나는 종말적 파멸을 의미하는 것이고, 다른 하나는 구원의 마지막 기회를 의미하는 것이다. 이 소설에서는 비탈에 선 인물들을 가늠해볼 수 있는 구원의 지표로 자기희생적 태도가 제시되고 있다. 이 소설에서 끝내 구원에 이르지 못하는 세 친구인 동호, 현태, 윤구와 구원의 가능성을 나타내는 미혼모 숙을 경계 짓는 기준이 바로 자기희생의 모습이다.

이 소설에서 동호는 애인 숙을 향한 이상적 사랑이 술집 여인 옥주와의 육체적 관계로 훼손되자 그 자괴감을 이겨내지 못한 채 타인의 생명을 빼앗고 자신의 생명도 포기하고 만다. 동호에게 있어 숙에 대한 생각은 신념과도 같은 성역이었다고 할 수 있다(홍혜미 11). 동호는 자신이 숙의 순수한 사랑을 지켜주고 있다고 생각했지만, 정작 그가 철저하게 지키고자 한 것은 숙의 이미지로 표상되는 자신만의 관념세계였던 것이다. 동호는 자신의 이상적 관념세계가 상처를 받게 되자 극단적인 공격성과 폭력성을 나타내며 결국 비극적 종말을 자처하고 만다.

자신의 생존을 위한 몸부림이 자신은 물론 타인의 생명과 구원까지도 위태롭게 한다는 점에서 현태는 동호와 유사한 인물이라고 할 수 있다. 현태가 외향성의 인물이고 동호가 내향성의 인물이기는 하지만, 현태는 자살한 동호의 분신적 존재로도 볼 수 있을 만큼 두 사람은 대비적 관계를 형성하고 있다. 동호는 숙과 정신적 사랑을 나누고, 현태는 숙과 육체적 관계를 가진다. 동호는 술집 여인 옥주로부터 인간적인 감정을 느낀 후에 그녀를 살해하고, 현태는 술집 여인 계향이 인간적인 감정을 표출하자 그녀를 자살에 이르도록 방조한다. 동호는 옥주를 살해한 후에 자살을 선택하고, 현태는 계향의 자살을 도운 후에 무기수로 전락한다. 무엇보다 동호와 현태의 공통점은 그들이 자신 스스로를 구원하려는 의지뿐만 아니라 타인의 구원을 도우려는 희생적 태도도 상실했다는 데 있다.

동호나 현태와는 달리 현실적이고 안정된 삶을 추구하는 윤구는 재무부 국장의 딸 미란과 결혼하여 출세의 터전을 마련하려 하지만 미란 아버지의 반대에 직면한다. 그런 상황에서 미란이 임신을 하자 윤구는 임신을 시킨 이가 현태일 수도 있다는 의심 속에 미란에게 임신중절수술을 받게 해서 결국 그녀를 수술후유증으로 사망하게 한다. 윤구는 현태의 아이를 임신한 숙이 출산할 수 있는 공간을 부탁할 때도 단호히 거절한다. 더 이상 누구 일로 피해를 받거나 말썽을 일으키고 싶지 않다는 이유에서이다. 윤구의 삶에서는 타인의 고난을 위해 자신을 희생하려는 태도가 전혀 발견되지 않는다. 오로지 자신의 실리와 안위를 위해서 행동하려고 할 뿐이다. 윤구에게 있어서 타인의 생존이나 구원은 자신과는 전혀 무관한 문제인 것이다.

결과적으로 전쟁에 함께 참전했던 세 친구인 동호와 현태, 윤구를 통해서는 그 어떤 구원의 가능성도 발견되지 않는다. 이 세 인물들은 자신들이 겪고 있는 고통과 위기에 대해서 객관적인 인식을 하지 못한 채 자신들이 만든 세계 속에서 스스로 고립되고 말았던 것이다. 이와는 달리 숙에게서는 구원에 대한 일말의 가능성이 발견된다. 이 소설에서 가장 인상적으로 인간과 세계에 대해 긍정의 빛을 던져주고 있는 인물이 숙이라고 할 수 있다(장양수 368). 숙은 윤구로부터 출산에 대해 어떤 도움을 줄 수 없다는 거절을 들은 후에 자신의 심정을 담담하게 피력한다. 숙은 자신이나 현태 모두 이번 동란으로 상처를 입은 사람이라고 말하면서 현태의 겁탈로 인해 생긴 태아의 생명을 끝까지 감당하겠다고 다짐하듯 말한다.

> "선생님이 받으신 피해가 어떤 종류의 것인지는 모르겠습니다. 그렇지만 큰 의미에서 이번 동란에 젊은 사람치구 어느 모로나 상처를 받지 않은 사람이 있을까요. 현태씨두 그중의 한사람이라구 봅니다. 그리구 저두 또 그중의 한 사람인지 모르구요." "네 . . . 그런 생각에서 그친구의 애를 낳아 기르시겠다는 겁니까?" 그네는 윤구에게 주던 시선을 한옆으로 비키면서, "모르겠어요. . . . 어쨌든 제가 이 일을 마지막까지 감당해야 한다는 것 외에는. . . . 그럼 실례했습니다." (393-94)

숙에게 있어서 현태의 겁탈로 인해 초래된 임신은 애인이었던 동호의 자살에 이어서 계속되는 또 다른 고난의 양상이라고 할 수 있다. 무기수를 아버지로 둔 아이를 홀로 키워야하는 그녀는 정신적 고난은 물론 육체적인 고난까지 감내해야 하는 것이다. 더 이상 집과 직장에 있을 수 없게 된 숙은 아기를 출산할 장소조차 스스로 구해야 하는 위기에 봉착한다. 그렇지만 숙은 자신을 겁탈하고 임신을 시킨 현태를 원망하지 않는다. 또한 자신이 처한 위기의 상황을 회피하려 하지 않고 마지막까지 감당해야 한다고 생각한다. 숙의 이러한 인식은 자신뿐 아니라 현태와 이번 동란을 겪은 모든 젊은이들이 각기 나름대로의 상처를 지니고 있다는 객관적인 자각을 기반으로 하고 있다.

숙은 자신이 받은 고통과 상처를 감내하면서 자신을 희생하더라도 잉태된 생명을 끝까지 책임지려는 의지를 나타내고 있다. 모성애를 바탕으로 숙은 이전의 피해의식에서 벗어나 책임의식을 지닌 성숙한 자아의 모습으로 거듭나고 있는 것이다. 이러한 변화된 지점이야말로 전쟁의 상흔을 넘어서기 위해 황순원이 제시하고 있는 대안이기도 하다(김종욱 473). 동호나 현태, 윤구 등은 자신들의 고통과 상처에만 주목한 채 타인에 대한 희생적 모습을 보여주지 못했다. 그러나 숙은 모성적 희생을 통해 태아의 생명을 지키려는 결단을 내리고 있는 것이다. 숙에게 있어서 태아는 분신으로서의 의미를 겸한 타자적 존재라고 할 수 있다. 그렇기 때문에 타자인 태아의 생명을 지키는 것은 숙 자신의 생명을 지키는 것과 같은 의미를 갖는다. 결국 타인을 위한 자기희생이 역설적으로 타인뿐만 아니라 자기 자신을 구원하는 길이 되고 있는 것이다.

문장으로 이루어진 이 소설의 표제에서 주어는 단수인 나무가 아니라 복수인 나무들로 지칭되고 있다. 또한 이 소설의 표제는 동란을 겪은 전후의 위기적 현실을 비탈로 규정하고 있다. 결국 이 소설의 표제는 군락을 이룬 나무와 같은 복수적 존재들이 비탈과도 같은 위기 속에서 함께 생존을 모색해야 함을 상징적으로 나타내고 있는 것이다. 황순원은 이 소설에서 자기희생적 결단과 태도가 공동체의 공존은 물론 구원까지도 가능케 하는 시발점임을 보여주고자 했다. 불운한 시기와 모순적 환경에서 생존의 뿌리를 내려야 하는 이들에게 타인을 위한 자기희생은 타인의 구원뿐만 아니라 자신의 구원과도 직결된다는 것이 이 소설이 강조하고자 했던 주제라고 할 수 있다.

IV. 나오며

황순원에게 있어서『나무들 비탈에 서다』는 두 가지 측면에서 중요한 의미를 지니는 소설이라고 할 수 있다. 첫 번째는 이 소설이 단편소설을 위주로 한 초기의 작품 활동에서 장편소설로의 소설적 장르 확대기에 쓰여진 작품이라는 점이고, 두 번째는 이 소설이 성서의 수용을 통해 묵시록적 성격을 나타냄으로써 한국전후소설에 있어서 개성적인 영역을 뚜렷하게 확보하고 있다는 점이다. 첫 번째가 작가의 개인사적인 측면의 의미라고 한다면, 두 번째는 한국현대소설사적 측면의 의미라고 할 수 있다.

『나무들 비탈에 서다』를 다른 전후소설들과 구별하고자 할 때 새롭게 주목해야 할 점은 묵시록적 문학으로서의 특징이다. 그동안 이 소설에 수용된 구약성서 예레미야서와 선지자 예레미야를 표상하는 선우이등상사는 큰 주목을 받지 못했다. 비록 선우이등상사가 이 소설에서 주인공은 아니지만 그는 주인공 못지않게 중요성을 지니는 인물이라고 할 수 있다. 황순원은 고난 받는 선지자인 예레미야를 표상하는 한국적 인물형으로 선우이등상사를 형상화했다. 상징적 고난을 받은 예레미야처럼 선우이등상사의 고난도 상징성을 띠는데, 그는 동족상잔의 전쟁을 치른 우리민족에게 묵시록적 메시지를 전하는 역할을 부여받고 있다.

황순원은 이 소설에서 심판의 결과인 파국만을 강조하는 현대적 묵시록의 개념을 수용하지 않고 심판과 구원의 양면적 의미를 함께 나타내는 전통적 묵시록의 개념을 수용했다. 이는 세계의 파멸과 몰락의 시기가 새로운 회복과 구원을 향한 과도기라는 점을 강조하는 전통적 묵시록의 비전을 그가 받아들였기 때문이다. 구약의 묵시록인 예레미야서와 연결된 알레고리적 의미는 이 소설의 해석에 있어서 매우 중요한 관점들을 제공하고 있다. 이 소설은 전후사회가 직면한 생존과 구원에 대한 문제의 해답을 묵시문학인 예레미야서에서 찾고자 했다.

이 소설에서는 민족동란으로 범죄한 우리민족의 모습이 구약성서의 선지자 예레미야의 표상과 예레미야 신탁의 묵시록적 알레고리를 통해 비판적으로 나타나고 있다. 표제에서 전후의 민족공동체를 비탈에 선 나무로 의인화한 이 소설에서는 구약성서 예레미야서에서 언급된 포도나무 비유가 상호텍스트로 인용되고 있다. 포도나무 비유는 심판 속에 내재된 구원의 양면성을 나타내는 알레고리로 이 소설에서 묵시록적 담론을 형성하고 있다. 황순원은 이 소설에서 타인을 위한 자기희생이 타인의 구원뿐만 아니라 자신의 구원으로도 직결된다는 것을 강조하면서 공동체의 회복과 구원 가능성을 타인을 위한 자기희생에서 찾고자 했다.

이 소설의 표제가 암시하듯이 전후의 생존은 매우 긴박하고 위태로운 상황 속에서 이루어지는 것이다. 비탈이라는 상징성은 두 가지 의미를 함축하고 있는데 하나는 종말의 파국으로 치닫는 몰락을 의미하는 것이고, 다른 하나는 생존과 구원을 도모할 수 있는 마지막 기회를 의미하는 것이다. 황순원은 이 소설의 표제에서 비탈에 서야 하는 주체를 단수가 아닌 복수로 지칭하면서 생존과 구원의 문제를 개인의 차원이 아닌 공동체 전체의 차원에서 풀고자 했다. 공동체의 회복과 구원을 위해서 이 소설이 제시하고 있는 해법은 타인에 대한 적대감과 무관심을 성숙한 자기희생으로 승화시키는 것이라고 할 수 있다.

인용문헌

장양수. 「황순원 장편 『나무들 비탈에 서다』의 실존주의 문학적 성격」. 『한국문학논총』 39 (2005): 357-72.

[Chang, Yang-Soo. "Existentialist Literary Characteristic of HWANG Soon-Won' *Trees on a Slop*." *Thesis on Korean Literature* 39 (2005): 357-72. Print.]

하용조. 『비전성경사전』. 서울: 두란노, 2009.

[Ha, Yong-Jo. *The Vision Bible Dictionary*. Seoul: Dooranno, 2009. Print.]

홍혜미. 「황순원 소설의 인물 연구－『인간접목』, 『나무들 비탈에 서다』를 중심으로」. 『사림어문연구』 11 (1998): 221-38.

[Hong, Hye-Mi. "A Study on Characters in HWANG Soon-Won's Novel." *Sarimeumoonyeongu* 11 (1998): 221-38. Print.]

홍인숙. 「표현주의 문학의 묵시론적 특성 연구－ 데카당스적 종말론과 비의적 미학관을 중심으로」. 『뷔히너와 현대문학』 34 (2010): 205-18.

[Hong, In-Sook. "A Study on Apocalyptic Characteristic of Expressionism Literature." *Buechner und Moderne Literatur* 34 (2010): 205-18. Print.]

허성군. 「예레미야의 소명과 사명의 관계성」. 『신학과 목회』 35 (2011): 83-110.

[Hur, Sung-Gun. "The Relationship of Jeremiah's Calling and Mission." *Theology and Ministry* 35 (2011): 83-110. Print.]

현길언. 「『신명기』의 구조와 그 의미－문학적 독법으로 성경 읽기의 한 예」. 『문학과 종교』 7.2 (2002): 149-69.

[Hyun, Kil-Un. "Analyzing Deuteronomy as Literature." *Literature and Religion* 7.2 (2002): 149-69. Print.]

김종욱. 「망각의 공동체와 기억의 소설적 의미－ 황순원의 『나무들 비탈에 서다』 연구」. 『한국현대문학연구』 12 (2002): 451-78.

[Kim, Jong-Uck. "The Meaning of Community of Amnesia and Recollection." *Journal of Modern Korean Literature* 12 (2002): 451-78. Print.]

김성진. 「선지자의 고난에 대한 신학적-문예적 고찰: 예레미야의 고난이 갖는 회고적(Retrospective)-예견적(Prospective) 기능」. 『개혁논총』 21 (2012): 203-30.

[Kim, Sung-Jin. "Prophetic Suffering in God's Providence: Jeremiah's Personal Suffering as a Prophetic Pathos in Retrospective and Prospective Perspective." *Korea Reformed Journal* 21 (2012): 203-30. Print.]

김윤식 · 김현. 『한국문학사』. 서울: 민음사, 1992.
[Kim, Yoon-Shik and Hyun Kim. *The History of Korean Literature*. Seoul: Minumsa, 1992. Print.]
구재진. 「황순원의 『나무들 비탈에 서다』 연구」. 『선청어문』 23 (1995): 403-25.
[Koo, Jae-Jin. "A Study on HWANG Soon-Won's *Trees on a Slope*." *Seoncheongueomoon* 23 (1995): 403-25. Print.]
라솔, 윌리엄 샌포드 외. 『구약 개관』. 박철현 역. 서울: 크리스챤다이제스트, 2003.
[LaSor, William Sanford, et. al. *Old Testament Survey*. Trans. PARK Cheol-Hyun. Seoul: Christian Digest, 2003. Print.]
이주동 · 장순란. 「현대 독일문학의 경향과 특징」. 『서강인문논총』 22 (2007): 245-306.
[Lee, Joo-Dong and Soon-Nan Chang. "Tendency and Characteristic in Modern German Literature." *Seogang Humanities Journal* 22 (2007): 245-306. Print.]
배정훈. 「최근의 묵시록 연구의 동향과 방향」. 『한국기독교신학논총』 23 (2002): 7-30.
[Pae, Chong-Hun. "The History of Study of Apocalypticism and Its Directions." *Korea Journal of Christian Studies* 23 (2002): 7-30. Print.]
박동현. 「탄식하는 하나님, 탄식하는 사람들－예레미야서에 나타난 탄식현상」. 『한국기독교신학논총』 7 (1990): 34-68.
[Park, Dong-Hyun. "Groaning God, Groaning People－Groaning Phenomenon in the Book of Jeremiah." *Korea Journal of Christian Studies* 7 (1990): 34-68. Print.]
노승욱. 「황순원의 『움직이는 성』에 나타난 통전적 구원사상」. 『신앙과 학문』 16.3 (2011): 99-120.
[Roh, Seung-Wook. "Study on Holistic Thought of Salvation in HWANG Soon-Won's *The Moving Castle*." *Faith and Scholarship* 16.3 (2011): 99-120. Print.]
______. 「황순원의 『카인의 후예』에 나타난 중층적 상호텍스트성」. 『문학과 종교』 17.3 (2012): 105-27.
[______. "The Multi-layered Intertextuality in *the Descendents of Cain* by HWANG Soon-Won." *Literature and Religion* 17.3 (2012): 105-27. Print.]
성주진. 「예레미야 예언의 신학적 역동성」. 『신학정론』 21.2 (2003): 347-72.
[Sung, Joo-Jin. "The Theological dynamics of Jeremiah's Prophesy" *Journal of Reformed Theology* 21.2 (2003): 347-72. Print.]

뉴톰슨 관주 주석성경 편찬위원회. 『뉴톰슨 관주 주석성경』. 서울: 성서교재간행사, 1985.
[The New Thompson Annotated-Chain Reference Bible Compilation Committee. *The New Thompson Annotated-Chain Reference Bible*. Seoul: Bible Study Material, 1985. Print.]
반 게메렌, 윌리엄 A. 『예언서 연구』. 김의원 · 이명철 공역. 서울: 엠마오, 2004.
[VanGemeren, Willem A. *Interpreting the Prophetic Word.* Trans. KIM Eui-Won and KIM Myung-Cheol. Seoul: Emmaus, 2004. Print.]
황순원. 『人間接木/나무들 비탈에 서다(黃順元全集7)』. 서울: 문학과지성사, 1993.
[HWANG, Soon-Won. *Human Grafting/Trees on a Slope*. Seoul: Moonji, 1993. Print.]
유성호. 「한국 현대문학과 종교적 상상력」. 『문학과 종교』 8.2 (2003): 17-31.
[You, Sung-Ho. "Korean Modern Literature and Religious Imagination." *Literature and Religion* 8.2 (2003): 17-31. Print.]

11

김은국의 『순교자』 다시 읽기

| 조회경 |

I. '희생양 메커니즘'의 비밀

한국계 미국문학의 개척자 김은국(1932-2009)의 『순교자』는 '인간은 어떻게 폭력에서 벗어날 수 있는가' 하는 문제를 다루고 있다. "가장 많이 죽었고 가장 심한 고생을 한 세대"(김은국, 『잃어버린 시간을 찾아서』 256)의 일원으로서, 김은국의 글쓰기를 추동하는 것은 "그 무슨 원죄"와도 같은 인간의 폭력성이다. 김은국의 가족사를 보면, 북한에서 기독교 목사인 외할아버지가 순교하고, 민족주의자인 아버지는 재산을 몰수당한 뒤 1946년 월남하지만, 남한에서 간첩으로 몰려 온갖 고초를 당한다(김욱동 17-42).

김은국은 기회가 닿을 때마다 자신의 삶이 "힘과 주먹"의 세계에서 벗어나기 위한 힘겨운 여정이었음을 소상하게 밝혔다(김은국, 『잃어버린 이름』 68-69). 종교적인 분위기에서 성장했으나, 김은국의 신산한 삶은 기독교의 낙관적 위로보다는 "당대 지식인의 절망감"(차봉준 121)에 더 빠져들게 했을 것이다. 미국으로 건너간 후 10년 만에 발표된 『순교자』의 '서문'에서 그는 이름 모

* 본 논문은 『문학과 종교』 18.3 (2013): 173-79에 「김은국의 『순교자』에 나타난 '희생양 메커니즘'의 작동과 해체」로 게재되었음.

를 독자를 향해 교(敎)보다는 순(殉)에 초점을 맞춰 읽어달라고 부탁한다. 인간 실존의 가장 큰 문제는 곧 죽음과 폭력임을 천명한 것이다. 그는 "사회 전체에 공헌하려는 심정"(김은국, 『잃어버린 이름』 38)으로 인류 공동체 안에 난무하는 폭력성의 본질을 투시하고자 했고, 그 대안을 찾아 고뇌했으리라고 유추할 수 있다.

역사적 격변기에 자행된 숱한 폭력적 사건에는 분명 가해자와 피해자가 존재하지만, 대부분 무의식적으로는 자신을 피해자로 여기며 살아간다. 김은국이 보기에, 한국인은 '나의 책임'보다는 피해의식 속에서 평생 남의 욕만 하고 살아가는 경향이 유독 강하다. 여전히 '역사의 악몽' 속에 갇혀 있기 때문이다(김은국, 『잃어버린 시간을 찾아서』 53-54). 김은국의 내면에 고착된 듯한 이런 의식은 그의 세대가 유다른 폭력을 체험했기 때문이겠지만, 오늘 우리 자신을 돌아보아도 변한 것이 없으니, 피해자 의식은 인간의 보편성에 속하는 문제일 것이다.

『순교자』는 인간의 보편적 문제에 대한 근본적 성찰을 꾀하는 작품으로서, 폭력성에 대한 작가의 깊은 고뇌가 빚어낸 대안의 제시라든가 사상적 깊이가 르네 지라르(René Girard)의 종교철학적 논의와 맞닿아 있어 흥미롭다. 본고에서는 지라르가 공들여 숙고해 온 희생양 메커니즘의 특징적 양상과 관련지어, 『순교자』에 담긴 작가의 메시지를 통찰하고자 한다.

'삼각형의 욕망 이론'으로 유명한 르네 지라르의 모방적 욕망에 대한 논의는 희생양 메커니즘, 그리고 기독교 복음에 대한 비판적 변증으로 발전하였다. 모방적 욕망의 결과로 인류는 짝패 갈등을 겪어왔지만, 나름대로 문화질서를 유지하며 살아왔는데, 지라르는 그 해답을 종교인류학적 측면에서 찾았다. 『폭력과 성스러움』(1972)에서 지라르는 광범위한 자료를 동원하여 인류가 짝패 갈등에서 빚어진 폭력적인 재난에 직면할 때마다 희생양 메커니즘을 작동시켜 공동체를 정화해왔다는 많은 증거를 보여주었다. '성스러움'으로 포장되는, 희생양 메커니즘의 실상은 상호적 폭력에 의해 존립 자체가 위험해진 공동체를 구하기 위해 폭력을 일정한 방향으로 배출시키는 것이다. 희생양 메커니즘은 언제라도 반복될 수 있는, 일시적 미봉책으로서 끊임없는 악순환의 가능성을 가지고 있는 해결책이다.

만장일치로 이루어지는 이 과정에서 무고한 자에 대한 부당한 폭력이라는 진실은 완전히 감춰진다. 거짓에 근거해서 작용하는 희생양 메커니즘의 교묘한 조작은 폭력의 본질을 감춘 허상으로 모든 사람을 지배하므로, 구성원들의 무지를 전제조건으로 한다.

『나는 사탄이 번개처럼 떨어지는 것을 본다』에서 지라르는 희생양 메커니즘의 작동 원리인 '거짓'과 박해자들의 '무지'에 대하여 상세하게 논의하였다. 그는 성서에 제시되는 사탄의 존재를 철저하게 폭력의 존재와 일치시킨다. 모방에서 시작하여 개인 간의 갈등을 거쳐 희생양에 대한 집단적 폭력에 이르는 과정 자체를 '사탄'이라고 보았다. 사탄은 희생양 메커니즘의 무의식이자 그것의 구조 자체, 경쟁적 모방 시스템 자체를 의미한다.

희생양 메커니즘에서 벗어나는 길을 보여주기 위해 그는 신화와 성서를 비교한다. 박해자의 입장에서 박해자의 폭력을 정당화하기 위해 기록된 신화와 달리, 성서는 철저하게 희생양의 입장에서, 희생물의 무고함을 입증하고 박해자들을 단죄한다. 예를 들면, 성서의 욥은 끝까지 희생양이 되지 않음으로써 희생양 메커니즘의 가장 큰 특징인 폭력의 만장일치에 굴복하지 않는다. 더 중요한 것은 성서는 복수가 아닌 용서를 통해 폭력의 연쇄 고리를 끊고, 상호적 폭력의 메커니즘 자체를 무력화시키고 있다는 사실이다. 지라르는 궁극적으로 "욕망의 포기, 화해라고 하는 기독교적인 주제"(김현 24)를 대안으로 제시한다.

『순교자』 연구는 주인공 신 목사의 이상한 형태의 사랑이 제기하는 문제를 중심으로 문학 쪽에서는 물론, 윤리적, 신학적 측면에서도 다양한 논의를 이끌어냈다. 『순교자』가 국내에 소개된 직후, 문익환 목사는 이 작품이 "무서운 전쟁의 폐허를 헤치고 인생의 궁극적인 문제인 <참> <진실>에 대하여 한 푼 에누리 없이 다루어 주었다는 것"(문익환 6-11)에 감격한 바 있는데, 이는 이 작품의 핵심을 짚어낸 최초의 발언이라고 본다.

이 글에서는 『순교자』에 드러난 '희생양 메커니즘'의 작동과 작중 인물 '신 목사'의 '새로운 신앙'을 통해 희생양 메커니즘이 해체되는 과정을 조명하여, 그 의미를 탐색할 것이다. 발표 당시 "욥, 도스토예프스키, 알베르 카뮈의 계보를 잇는, 대답 없는 신의 존재를 증명하려는 관념적 소설"(김욱동 76-77)이라는 평가를 받으며, 베스트셀러가 되고, 노벨문학상 후보작에 오르는 등 크게 주목을 받은 이 작품의 문학적 가치가 오롯이 드러나기를 기대하며 논의를 시작한다.

II. 첫 번째 돌 던지기

『순교자』의 도입부를 정리하면, 1950년 10월, 평양을 탈환한 남한 군 당국은, 6·25가 발발하기 직전 14명의 목사가 실종된 사건에 대해 진상조사를 명령한다. 작중 화자인 '나'(이 대위)는 평양 주둔 한국 육군본부 파견대 정치정보국장 장 대령의 지시를 받고 실종자 가운데 두 명의 생존자, 신 목사와 한 목사를 찾아 나선다. 대위 계급장을 달고 있는 '나'는 대학에서 문화사를 강의한 전력이 있다.

작가는 서술자 '나'의 지성에 힘입은 이성적 태도를 적절하게 활용하여, 이 작품을 박해자의 기록에서 희생양의 기록으로 변화시킨다. 도입부에서부터 작품의 공간을 잠식하고 있는 보이지 않는 것에 대한 강박적 묘사는 『순교자』에서 다루고자 하는 주제가 이성적으로는 파악하기 어려운 문제와 관련됨을 은밀하게 부각시킨다. 서술자인 '나'는 평양에 들어오자마자, "정말 이상한 우연", "이상한 두려움"에 노출되는데, 마침내 그것은 "마치 차디찬 손길이 부드러운 붓끝처럼 슬그머니 내 목덜미에 와 닿기라도 한 것 같은 기분"[1])으로 묘사된다. 서술주체인 '나'와 주둔지 '평양'이라는 서사 공간이 맺는 이 같은 관계는 동족상잔의 기원으로서 "짝패 갈등"(지라르, 『사탄』 47)에 수반되는 불신과 증오와 무기력과 절망의 기운이 모든 사람을 억누르고 있음을 상징한다. '나'의 친구인 '박 대위'가 전선에서 보낸 편지에서 작가는 동족상잔의 기원에 자리한 '짝패 갈등'의 정체를 여실히 보여준다.

---

1) 김은국의 『순교자』는 *The Martyred*라는 제목으로 1964년에 미국에서 영문으로 발표되었고, 한국에서는 1964년 장왕록 교수, 1978년 도정일 교수에 의해 두 차례 번역되었다. 거기에 1990년 작가의 뜻이 정확히 전달된 한국판 정본을 갖고 싶다는 김은국의 뜻이 실현되어 김은국이 쓴 우리말 '결정판' 『순교자』가 출판되었다. 본고에서는 1990년 김은국의 『순교자』를 텍스트로 하며, 이후 인용은 괄호 안에 인용 면수만 표기한다.

인민군 일개 중대와 어떤 계곡에서 야밤중에 부닥뜨려 총검으로 백병전을 치른 거야. 양쪽이 모두 돌격했는데 처음엔 정규 백병전 같았지. 하지만 잠시 후부터는 쌍방이 온통 뒤범벅이 되어 난투전이 벌어졌어. 문제는 칠흑같이 어두운 밤인데다 양쪽이 모두 한국말을 하고 있다는 점이야. 우리가 어느 쪽을 죽이고 있는 건지 알 수가 있어야지. 모두들 똑같은 언어로 "누구야, 넌 누구야?"만 외쳐대고 있었으니 말일세. 처음엔 당황하고 멈칫거렸지만 그것도 잠시고 모두가 뭐랄까, 공포와 두려움에 사로잡혀 그저 닥치는 대로 죽여대는 거야. (39)

위의 예문에서 보듯, 전쟁의 실체는 공동체 전원이 만장일치의 폭력에 휩쓸려 '희생양 메커니즘(사탄의 메커니즘)'에 함몰되어버리는 것이다. 이런 상황에서 '장 대령'의 유일한 목표는 국가를 위해 반드시 승리하여 이 전쟁을 끝내는 것이다. 목사 실종 사건은 공산주의자들의 잔인성과 종교 박해를 선전하고, 자유진영의 힘을 규합할 좋은 수단에 지나지 않았으므로 '장 대령'은 처음부터 "처형의 진실"에는 관심이 없었다. '나'에게 사건의 진상을 알아보도록 한 뒤 그가 골몰한 것은 실종된 '열두 명의 목사들'을 '순교자'로 만드는 것이었다. 그 과정에서 무죄한 자가 억울하게 죄를 뒤집어쓰는, '일인에 대한 만인의 폭력'이 불가피하다 해도 그것은 국가를 위한 정의 실현 과정에서 있을 수 있는 '성스러운 폭력'이라고 확신한다. 작가는 서술자 '나'를 통해 '장 대령'의 신념에 내포된 맹목성에 주목한다. 그것은 "자신의 계획과 그 계획의 완전성을 믿고 아무에게도 굽히려 하지 않는 저항자 유다의 모습"(문용식 149)과 유사하다.

그는 먼저 희생물을 선택하여 목적에 맞게 변형하는 희생물의 변형작업에 들어간다. 가장 적합한 희생자는 실종된 14명의 목사들 중에서, 살아나온 '신 목사'와 '한 목사'이다. '장 대령'은 그들이 살아남은 이유를 의심한다. '빨갱이들'에게 뭔가를 자백했기 때문에 살아남았으리라는 "마술적 인과율에 기댄 의심과 추측은 상투적 비난"(지라르, 『희생양』 169-73)으로 이어진다. '장 대령'은 이 사건에서 진짜 악당은 신 목사가 아니고 그의 거짓말도 아니라고 주장하면서, "오히려 그건 신 목사로 하여금 거짓말을 하게하고도 여전히 그의 양심이 천사의 영혼처럼 순결하게 남아 있게 하는 바로 그 어떤 것"(93) 즉 '신 목사'의 배후에 있으리라고 믿는 '힘'을 증오하기에 이른다.

다음으로 장 대령은 평양에서 발행되는 『자유신문』에 합동 추도 예배 준비 위원회 명의로 광고 기사를 내보낸다. 12명의 목사가 살해되었고, 신 목사와 한 목사는 살아남았다는 내용으로, 12명의 순교자들을 추도하기 위한 합동 예배를 준비키로 했다는 것이다. 이것은 폭력의 만장일치를 이끌어내기 위한 '첫 사람의 돌 던지기'와 유사하다. 지라르는 3세기경의 그리스 작가인 '필로스트라토스'가 남긴 『티아나의 아폴로니우스의 생애』를 분석하여 첫 번째 돌 던지기의 가공할 위력에 대해 언급한다. 고대도시에 만연한 페스트를 물리치기 위해 아폴로니우스는 무죄한 희생양을 지목하여 돌을 던지도록 선동한다. "아폴로니우스의 부추김으로 일단 누군가가 첫 번째 돌을 던지고 나면, 첫 번째 돌을 모방한 두 번째 돌은 더 빨리 던져진다. 그리고 세 번째는 더 빨리 던져지는데, 이번에는 모델이 하나가 아니라 둘이 되었기 때문이다"(지라르, 『사탄』 79).

장 대령의 신문 기사는 군중의 만장일치적인 폭력을 이끌어내는 기폭제로 작동한다. 신문기사를 통해 장 대령이 첫 번째 돌을 던지자, 무력하게 수동적인 모습으로 막연하게 기다리기만 하던 평양의 기독교 신자들은 급속도로 단합하여 신 목사의 집으로 달려간다. "희생양 메커니즘의 가장 큰 특징인 폭력의 만장일치는 개인의 힘으로 막을 수 없는 모방의 전염력을 보여준다. 집단의 막강함은 모방의 막강한 힘으로서, 사람들에게는 모방의 전염력을 거역할 능력이 없다"(지라르, 『사탄』 34-38). 처형의 현장에서 예외적으로 살아 돌아왔다는 이유만으로도 그들은 '이유를 알 수 없는 증오'에 휘둘려, 자의반타의반으로 만들어낸 만장일치의 거짓말을 무조건 믿고 싶어 한다. 점점 더 난폭해진 그들은 집단의 무서운 힘을 보여주며 박해자인 장 대령과 합류한다. '나'의 친구 '박 대위'는 하루아침에 폭도로 변한 기독교 신자들의 모습을 다음과 같이 전한다.

> 그들은 집 주위를 빙빙 돌면서 찬송가를 부르며, '유다! 유다!' 하고 외쳐댔지. 무시무시한 광경이었어. . . . 박해의 세월동안 그들의 암울한 영혼 속에 질질 끓던 그 모든 것을, 모든 슬픔을 몽땅 쏟아 내는 거야. 대단한 격정이었어! 자학의, 스스로를 찢는 격정이지. . . . 양들이 울부짖는 폭도로 변한 거야. (99-100)

이처럼 평양의 기독교 신자들이 만장일치의 폭력성에 휘말린 후 뒤를 이어서 박해자 대열에 합류하는 집단은 교회의 지도자들이다. 장 대령의 소집에 응해 사무실에 모인 목사들은 무너진 교회를 순례하는 한 무리의 군중을 바라본다. 사실 이때 군중을 움직이는 힘은 맹목적 증오일 뿐이다. 그러나 이 광경을 눈앞에 둔 목사들은 희생양 메커니즘의 작동 과정에서 흔히 나타나는 전형적인 반응을 보인다. 다음의 예문에서 교회의 지도자들이 나누는 대화는 예수 처형을 앞두고 가야바가 한 말과 유사하다.

> "이건 정말 처음 있는 대단한 움직임예요. 전 깊은 감명을 받았습니다." . . . "완전히 자발적으로" . . . "주님이 준비하신 거라고 말하고 싶군요. 우리에겐 그것이 필요했어요. 그걸 우리는 인정해야 합니다. 우리에겐 수년간의 악몽에서 우릴 일깨워 해방시켜줄 어떤 위대하고 신성한 사건이 필요했던 것입니다." . . . "교회는 순교자들의 희생을 필요로 했던 거예요." (112-13)

이와 같은 대화의 내용은 요한복음 11장에 나오는 가야바의 말과 동일한 것으로서 "전형적인 희생양 메커니즘의 작동 원리를 보여주고 있는 것이다"(김모세 282). 박해자의 거짓말에 격동하는 사람들 사이에 증오심이 증폭되고 이들이 만장일치의 폭력성을 드러내는 현장을 바라보며, '주님이 준비하신' 것이라고 믿는 목사들의 대화는 "신이 무죄한 희생자의 죽음을 요청한다고 (속임으로써) 폭력을 정당화하며 복수의 연속만을"(박만 118) 부르는 박해자의 주장과 다를 바가 없다. 이처럼 평양의 교회 지도자들 역시 무지와 맹목성이라는 "모방 위기"(지라르, 『사탄』 33)에 함몰됨으로써 박해자의 기획에 동참한다.

평양의 목사들과 군중들은 장 대령이 의도한 방향으로 몰려감으로써 박해자들의 만장일치를 보여준다. 이들은 과거에 서로 전혀 모르는 관계였음에도 불구하고, '신 목사'를 희생양으로 몰아가자는 "완전한 합의"(지라르, 『희생양』 175)에 도달한다. '장 대령'에게 가장 큰 힘을 실어준 것은 격앙된 군중들로서, 희생양 메커니즘을 작동시키는 주도적인 힘은 군중들에게서 나온다.

순교자의 극적 효과를 기획한 장 대령은 생포된 인민군 정 소좌를 매수하지만, 정 소좌는 장 대령과의 사전합의를 깨뜨리고, "그들은 개처럼 죽었다"(116)

고 폭로함으로써, 신 목사의 무죄함이 결정적으로 드러난다. 이 사건의 진상을 파고드는 관찰자적 서술자 '나'는 장 대령의 거짓말에 지속적으로 항의함으로써 신 목사의 무죄함을 상기시키려한다. 혼란에 빠진 장 대령은 "불끈 쥔 주먹에서 튀어나온 식지(食指)로 '나'를 가리키며"(144) 모두가 살인자임을 환기한다. 작가는 이 지점에서 장 대령의 영혼 역시 상처받은 무서운 고뇌 속에 있음을 부각시키려 했고, 강정인은 이것을 장 대령의 "사심 없는 애국심"으로 해석하는 현실적인 평가를 이끌어내기도 한다(강정인 299).

만일 서술자 '나'가 장 대령의 애국심을 옹호했더라면, 이 작품은 가해자의 텍스트가 되었을 것이다. 그러나 서사가 진행될수록 '신 목사'가 주인공이 됨으로써, 『순교자』는 희생자의 텍스트로 변모한다.

김은국은 무죄한 신 목사의 거짓 고백에 반응하는 교회 지도자들을 통해 '희생양 메커니즘'의 중요한 국면을 포착한다. 침묵하던 신 목사는 "내 신앙의 진리"를 내세우며, 평양 시내의 목사들을 모아놓고 "순교자를 배반한 사람이 바로 나"(149)라고 거짓 증언을 하는 데에 이른다. 신 목사의 (거짓)고백을 들은 목사들은 분명 이 고백이 거짓임을 알면서도 신 목사의 고백을 받아들인다.

> 남아 있던 목사들이 일제히 신 목사에게로 허둥지둥 달려 나와서는 그를 껴안고 어루만지며, 그만하면 충분하니 더 이상 아무 말도 말아 달라고 애걸하기 시작한 것이다. 그들은 그 자리에서 기도하며 신 목사를 축복하고, 과거 그들이 자기네 신의 적대 세력 앞에 허약하게 굴복하고 자기만족에 빠져 있던 사실을 고백하면서 회개했다. 그들은 그렇게 해서 신 목사를 그들 중의 하나로, 그리고 그들이 바친 희생자로서 자기네 가슴 속에 맞아 들였다. . . . 그런 다음 그들은 다 같이, 고 군목과 박 군까지도 모두 한 덩어리가 되어 떠나갔다. (149, 필자강조)

이 장면은 목사들이 신 목사의 거짓 고백을 성스러운 거짓말(성스러운 폭력)로 차별화하는 인상적인 대목이다. 이 대목에서 희생양에 대한 두 가지 변형 작업은 단 번에 이루어진다.

평양의 목사들은 신 목사가 무죄한 희생양이라는 것을 알고 있으면서도 그를 희생양으로 받아들인다. 이것은 '희생양을 유죄로 만들기'로서 희생양에 대한 첫 번째 변형작업이다. 놀라운 일은 바로 그 다음에 벌어진다. 목사들이 과거의 죄를 신 목사 앞에서 고백하고 회개하는 것이다. 이로운 폭력을 통한 정화 작업이 그 효력을 발휘하고 난 뒤 희생양에 대한 두 번째 변형 작업이 이루어지는데, 그것은 희생물의 유죄성을 씻어버리는 것이다. 희생물은 역설적으로 사회를 위기에서 구원하고 화해를 가져오는 존재로 신성화된다. 결과적으로 성스러운 것의 작용과 폭력의 작용은 결국 같은 것이다. 신 목사를 유죄로 만드는 것과 무죄한 희생양으로 만드는 과정에는 본질적으로 동일한 폭력성이 작용한다. 지라르는 "희생양에 대한 두 가지 변형 작업은 '폭력' 그 자체의 작업"(지라르, 『사탄』 89)임을 간파한 바 있다.

위의 인용문에서 보듯 『순교자』는 희생양 메커니즘의 본질이 '폭력'이라는 비밀을 완벽하게 폭로한 중요한 텍스트이다. 김은국이 이 대목을 놓치지 않았다는 것은 그의 작가적 통찰력이 폭력성의 본질에 닿아있음을 의미한다. "욥, 도스토예프스키, 알베르 카뮈의 계보를 잇는다"는 발표 당시의 평가와 노벨문학상 후보작에 오르는 등 크게 주목을 받을만한 타당한 근거가 있는 것이다.

장 대령은 신 목사의 '죄인으로 행동하기'에 흡족해하면서도, 내면으로는 신 목사의 반응에 큰 충격을 받는다. "누군가가 사람들의 죄를 위해서, 그들의 구제를 위해서 죽는다는 얘긴, 내가 이해할 수 없는 이상한 생각"(168)이라는 장 대령의 고백에는 기독교에 대한 호감이 스며든다. 처음부터 그는 사사건건 평양의 기독교인들을 냉소적으로 경멸하고, "자, 우린 여기고. . . . 그들은 저기야"(184)라는 말로 자신이 종교와 거리가 먼 국외자임을 분명히 하고자 애쓰지만, 그런 반응은 역설적으로 "현대인인 우리에게 남아있는, 가장 오래된 종교의 흔적이다"(지라르, 『사탄』 123)." '신 목사'의 '이해할 수 없는 사랑'은 "의로운 자가 무죄라는 계시"(김모세 279)를 드러내면서 희생양 메커니즘을 해체시키는 원동력이 된다.

III. 첫 번째 돌 단념시키기

『순교자』의 '신 목사'가 특별한 이유는 그의 '무죄함'을 통해 "박해의 원동력"(지라르, 『희생양』 169)이 힘을 잃기 때문이다. 그는 목사 처형 사건에 관하여 침묵으로 일관하다가, 희생양으로 몰리고, 그 사건을 계기로 자진하여 배신자 '유다'가 된다. "현대의 욥"(홍옥숙 211)이라고 할 '신 목사'는 '장 대령'의 계략에 동조하지만, 희생양으로 사라지기를 거부하고, '새로운 신앙'을 실천한다.

신 목사가 특별예배를 개최하고, 순교자를 배반한 사람이 바로 자신이라는 (거짓)고백을 하면서, 『순교자』의 서사를 이끌어가는 인물은 신 목사로 바뀐다. 이것은 마치 성서에서 주인공이 "박해자에게서 희생양에게로, 그 사건을 만든 자에게서 그것을 참고 견딘 자에게로"(지라르, 『희생양』 172) 옮겨가는 것과 같다. "재앙을 해결하기 위해 어떤 일도 할 수 없는 신화의 주인공"(지라르, 『사탄』 143)과 달리 희생양 신 목사는 한때 폭도로 돌변했던 평양 기독교인들이 거짓과 무지 속에 행했던 과오를 깨닫도록 연일 부흥회를 열고 설교를 계속한다.

이것은 지라르가 말한 바, 예수가 행했던 '첫 번째 돌 내려놓기'와 유사한 면이 있다(지라르, 『사탄』 75-80). 간음한 여인을 돌로 치려는 군중에게 예수는 너희 중에 죄 없는 자가 먼저 돌로 치라는 매우 특별한 선언으로써, 첫 번째 돌을 단념시킨다. 예수가 비난의 방향을 폭력의 방향에서 비폭력의 방향으로 돌렸듯이 신 목사는 재앙의 종식을 위해 평양 기독교인들의 회개를 촉구한다. 박해자 장 대령의 '첫 번째 돌 던지기'와 정반대로 신 목사는 군중들이 손에서 돌을 내려놓도록 '첫 번째 돌을 단념'시키는 데 집중한 것이다.

북한의 기독교인들은 폭압적인 공산 정권에 전폭적으로 복종하고 협력하였고, 한마디 불평도 한마디 항의도 하지 않은 채 모두 만족하고 행복한 것처럼 보였다. 이들의 모습을 보고 공산주의자들은 "기독교 자녀들은 공산주의 영웅들을 칭송하는 노래를 즐거이 부르고 있으며, 기독교 청년들은 붉은 군대의 군복을 즐겁게 입고 공산주의 천국을 위해 언제든지 죽을 준비가 돼 있다"(163)고 공언했던 것이다. 이런 사실을 알고 있는 신 목사는 평양의 기독교인들이야말로 바로 그 공산 정권의 협력자였고, 배신자였음을 환기함으로써, 무죄한 대상에게 맹목적으로 돌을 던지려고 하는 "희생양 메커니즘의 작동을 중단시킨다"(지라르, 『희생양』 169).

동시에 신 목사는 서술자인 '나'에게 자기 자신 역시 박해자였음을 고백한다. 그는 본래 자기내면의 실존적 고뇌를 거치지 않은 맹목적 신앙을 혐오하였다. 이 점에서 '나'(이 대위)와 신 목사는 매우 닮았다. 두 사람이 처음 만나자마자, 한 순간 형성된 동질감은 바로 서로에게서 자신의 모습을 발견했기 때문이다. 신 목사는 사사건건 진실 여부를 따지는 서술자 '나'에게서 자기 내면의 실체를 발견한다.

과거에 신 목사는 아내의 맹목적인 신앙을 혐오하였다. 사실 아내는 자신에게 일어난 어린 아들의 죽음을 이해할 수 없었을 것이다. 불가해한 운명 앞에 선 인간은 "세상과 단절하고 스스로 소외의 길을 선택"(최재선 253)할 수밖에 없는 것이다. 첫 아이를 잃고 신 앞에 노예적으로 헌신하며 기도하는 아내를 보면서, 신 목사는 증오의 화살을 침묵하는 신에게 쏜 것이다. 그는 아내를 향해, 죽음 이후에 아무것도 없다는 자기의 '진실'을 폭로하여 절망 가운데 죽도록 방치한다. 신 목사의 증오심은 또 한 사람, 젊은 '한 목사'를 죽음에 몰아넣는데, 이 역시 신을 향한 증오심의 표현이다. '한 목사'는 처형의 현장에서 가장 믿고 따르던 스승인 '박 목사'가 신에게 기도하기를 거절하고 학살당한 후 신앙의 파탄을 겪고, 죽음 이후에는 아무것도 없다는 '신 목사'의 선언 앞에서 정신이상 상태가 된다. 신 목사는 비참에 처한 인간을 보면서 신을 사랑할 수 없었고, 오히려 이들의 맹목적 신앙을 미워함으로써, 신에게 반항한 것이다.

그렇다면, 12명의 목사를 '순교자'로 내세운 거짓 증언 이후 신 목사의 내면은 과연 끝까지 거짓으로 일관하는가. 서사의 중반부에 이르기까지 그는 침묵하며 '유다'로 몰리고 고뇌하다가, 전쟁의 참화로 죽어가는 인간의 참상을 직접 보게 된다. 얼마 후, 자진하여 거짓 증언자로 나섰을 때 신 목사는 인간의 무력함과 연약함에 무릎을 꿇었고, 개처럼 비굴하게 죽어간 12명의 목사들을 용서한다. 그들을 진정한 순교자로 품는 것이다. '신 목사'의 변모는 인물들과 맺는 관계 안에서 점진적으로 확인된다.

신 목사의 특별한 점은 "무서운 상실감에도 불구하고 기도하는 사람"(황효숙 67)이라는 데 있다. 신 목사는 신의 부재에 처절하게 절망하면서도 신을 추구하기를 포기하지 않는다. 기도는 신과 교통하는 세계로 자신의 거처를 옮기는 것이다. 신 목사가 마치 실종되듯이 자주 골방으로 사라지는 것은 이 때문이다. 신 목사의 진정성은 기도를 통해 나타나며, 주변 인물의 내면을 변화시키는 원동력이 된다.

'나'(이 대위)는 신 목사를 처음 만난 날부터 "당신의 신이 인간의 고통에 무슨 관심이 있느냐"라는 한 가지 질문을 던진다. '나'의 질문은 집요하게 반복되고, 신 목사는 오랜 침묵 끝에 놀라운 대답을 내놓는다. 죽음 이후에 아무 것도 없다는 무서운 고뇌가 사실은 "나의 삶을 괴롭혀 온 유혹"(220)이라고 털어놓은 것이다. 평생 신을 찾아 헤맸지만 그가 찾아낸 것은 신이 아니라 냉혹한 죽음에서 벗어나지 못하는 인간뿐이라는 것, 십자가를 질 수 없는 절망에 빠진 사람들에게 그들의 그리스도와 그들의 유다를 주기 위해, 그는 죽을 때까지 고통 받아야 하는 존재라는 답을 내놓는다(207-09).

> 인간에게 극도의 불가해한 고난이 오고 하나님은 침묵 가운데 계시고 인간은 그분의 '안 계심' 또는 '숨겨져 있음'을 경험할 수밖에 없을 때에, 그러나 그 분은 거기에 여전히 계시다! 믿을 수 없는 자리, 곧 그 자리가 바로 (새로운) 믿음의 자리이다. 욥기가 믿음의 명령을 한다면 그것은, 믿을 수 없음을 한 번 거친, 믿을 수 없음을 넘어선 믿음을 의미한다. . . . 아우슈비츠에서 생존한 유대인들의 입에서 이런 말이 흘러나온다 한다. "아우슈비츠가 있는 한 하나님은 없다!" 이 인간으로서는 어찌 할 수 없는 하나님 없음의 경험 가운데서 하나님이 여전히 거기 계심을 믿고 여전히 하나님을 의지하라는 것이 욥기의 메시지이다. 하나님이 계신 것을 믿을 수 없는 자리, 곧 그 자리가 욥기의 메시지가 적용되는 자리인 것이다. (현창학 42)

전쟁의 극한 상황에서 "욥처럼. 너무도 진실"(문익환 10)했기 때문에 신 목사는 신을 믿을 수 없다는 고백에 이른다. 그러나 믿을 수 없는 그 자리에서 그는 기도를 통해 믿을 수 없음을 넘어선 믿음을 소유하게 된다. 신 목사의 병들고 연약한 육체는 철저하게 무력하고 비폭력적인 예수를 따르는 코드처럼 읽힌다. 하나님께 버림받으면서 십자가를 지는 '신 목사'의 이상한 사랑은 이웃의 행복을 위해 저주를 선택하는 삶으로서, 작가는 서술자 '나'의 변화를 통해 바로 그 곳에 임재하는 신을 보여준다.

신 목사가 신을 믿지 않는다고 고백할 때 그에게서 나오는 '무서운 고뇌의 빛'은 냉혹할 만큼 엄격한 내면을 유지해오던 '나'의 마음을 움직인다. 다음 순간 "나는 자석에 끌린 사람처럼 신 목사의 교회로, 그와 함께 있고 싶어 그의 교회로 걸어"(216) 간다. 이어서 교회 안에서 만난 소녀의 반응을 통해, 이제까지 진리만을 추구하는 정의로운 투사 같았던 '나'의 실체가 독자 앞에 처음으로 드러난다.

> 찢어진 누비이불 자락으로 몸을 감싼 채 건어 한 조각을 씹고 있던 소녀 하나가 나를 보더니 어린애에게 젖을 물리고 있는 어떤 여자 옆으로 바싹 붙어 앉았다. 소녀는 여자의 등 뒤로 숨더니 세수를 하지 않아 시커먼 얼굴을 여자의 치마폭에 파묻고 흐느끼기 시작했다. 여자가 지친 듯한 눈길을 들더니 군복 차림의 나를 한참 응시했다. (216, 필자 강조)

그 누구보다 정의롭다는 자의식에서 비롯된 당당함으로, 사사건건 장 대령을 비난하던 '나'도 실제로는 한낱 군복 차림의 박해자에 지나지 않음을 작가는 선명하게 보여준다. 지라르에 의하면, 기독교로의 개종은 언제나 그리스도 자신이 던지고 있는 '너는 왜 날 박해하느냐?' 라는 질문이다. 우리 자신도 알지 못하는 사이에 그것을 이용하는 희생양의 모방 과정으로 이루어진 이 세상에 살고 있다는 사실만으로도 우리는 모두 십자가의 공범들이라고 할 수 있다(지라르, 『사탄』 240). 신 목사의 진실한 고백에 무너진 서술자 '나'가 "자석에 끌린 사람처럼" 교회로 들어오자마자 "이상한 시선에 잡혀서" 자신의 실체를 스스로 폭로하는 이 장면은 김은국의 종교적 통찰력의 심오한 깊이를 보여준다.

회심 이후, 서술자 '나' 역시 '신 목사'를 사랑한다는 이유만으로 자기도 모르게 거짓말을 해야 하는 상황에 놓이고, 모든 것이 '신의 개입'이라는 신 목사의 말을 자연스럽게 따라하게 된다. 신의 대답 없음 가운데, 삶의 비참함 속에서, 어둠 속에 있으나 오히려 분명하고 생생하게 교류하는, 신과 인간의 관계를 투시하는 작가의 심오한 영성은 오늘날 새롭게 주목하고 재검토해야 할 영역이다.

신 목사의 희생을 단순히 인간의 신념을 실천한 결과로 본다면, 이 작품에서 눈에 거슬리도록 자주 반복되는 골방에서의 기도 시간은 어떻게 해석해야 하는가. 하나님이 침묵하고 부재하는 바로 그 자리에서 비참에 처한 인간을 발견하는 인식에 이르는 것이야말로 신이 개입한 결과일 것이다. 신의 지속적 개입은 『순교자』의 서사를 움직이는 힘이다. 예를 들어서, '나'가 평양 탈출을 권고하는 대목에서, 신 목사는 '나'와 함께 탈출하여, 여동생이 있는 부산에서 여생을 마칠 계획을 펼쳐 보인다. 그러나 시간이 지나면서 모든 면회를 거절하고 기도에 들어간 신 목사는 신의 뜻에 순종하여 평양에 남는다.

신 목사의 새로운 신앙은 '가장 보잘 것 없는 사람'에게 돌아가라는 예수의 명령, "내가 진실로 너희에게 이르노니 너희가 여기 내 형제 중에 지극히 작은 자 하나에게 한 것이 곧 내게 한 것이니라"(마 25:40)라는 당부를 실천한 것이다. 이를 통해 그는 박해의 원동력을 끊어버리고, 희생양 메커니즘을 해체한다. 신 목사의 희생은 "희생자들의 운명을 끝까지 나눠"(김현 74)가진다는 점에서 본질적으로 욥이나 요셉이라기보다는 예수와 비슷하다. 그는 무죄임에도 항의하지 않으며, 결국 죽는다. 가장 헐벗고 힘없는 모습으로, 폭력의 돌을 내려놓는 신 목사라는 캐릭터를 창조한 김은국의 작가적 역량은 "기독교 영성의 가치를 재발견하려는"(김용성 1-2) 21세기의 종교철학적 사유와 맞물려 재평가되어야 할 것이다.

IV. 『순교자』의 영성

『순교자』의 문학사적 의의는 한국 현대사의 질곡 속에서, 이해할 수 없는 고난을 겪었던 작가의 오래된 질문이 오늘 우리 모두의 문제와 연루된다는 현재성에 있다. 작가는 인간과 인간이 폭력으로 맺어질 수밖에 없는 본질적 이유를 따져보기 위해 그의 인물들을 하나님 부재의 세계로 내려 보낸다. 발표 당시 "욥, 도스토예프스키, 알베르 카뮈의 계보를 잇는, 대답 없는 신의 존재를 증명하려는 관념적 소설"이라는 평가는 오늘날에도 유효하다.

『순교자』의 전반부에서 작가는 희생양 메커니즘의 특징인 박해자의 '무지'와 폭력의 '맹목성'을 폭로한다. 『순교자』의 '장 대령'은 1950년 한국전쟁이 발발하기 전 평양에서 목사들이 실종된 사건을 정치적으로 이용하기 위해, 생존자인 '신 목사'를 희생양으로 조작하려고 한다. '장 대령'의 거짓말은, 지라르가 언급한 '첫 사람의 돌 던지기'와 유사한 것으로서, 희생양 메커니즘의 작동을 유도한다. 그때까지 무력하게만 보이던 군중들은 만장일치의 폭력성을 드러내며 생존자인 '신 목사'와 '한 목사'를 배신자로 지목, 공격한다. 교회 지도자들 역시 신 목사를 '유죄'로 만드는데 동조함으로써 박해자 대열에 합류한다. 특히 기독교 목사들이 신 목사의 거짓 고백을 받아들이면서 무의식중에 행하게 되는 희생양에 대한 두 가지 변형작업은 희생양 메커니즘의 본질이 '폭력'일뿐이라는 이제까지의 비밀을 적나라하게 폭로한다.

『순교자』의 작품성은 희생양 메커니즘의 본질인 폭력성을 정확하게 포착하고, 서술자 '나'를 통해 신의 침묵에 절망할 수밖에 없는 희생양 신 목사의 고뇌하는 내면을 생생하게 전달하는 데서 깊이를 더했다고 본다. '신 목사'는 신을 믿지 않는다는 처절한 절망 한가운데서 '가장 보잘 것 없는 사람들'을 발견한다. '너무도 진실'한 사람, '신 목사'의 끊임없는 골방의 기도는 궁극적으로 하나님의 부재를 처절하게 경험하는 그 자리가 바로 새로운 신앙의 자리임을 보여준다. 궁극적으로 '신 목사'는 '가장 보잘 것 없는 사람'에게 돌아가라는 예수의 명령을 실천함으로써 박해의 원동력을 끊어버리고, 희생양 메커니즘을 해체하게 되는 것이다.

폭력의 악순환, 그 고리를 끊을 수 있는 모델로 무력하고 병든 모습의 '신 목사'라는 캐릭터를 창조한 김은국의 종교적 투시력은 높이 평가할 가치가 있다. 김은국은 폭력을 미화하고 감추는 신화에 속지 말고, 악몽에서 깨어나 네 눈으로 보고 스스로 생각하고 독립하라는 메시지를 전하기 위해 '신 목사'라는 캐릭터를 창조했던 것이다.

인용문헌

차봉준. 「한국 현대소설에 형상화된 신의 공의와 섭리」. 『문학과 종교』 14.2 (2009): 111-34.

[Cha, Bong-Jun. "Divine Unbiased View and Providence Embodied in Korean Modern Novel." *Literature and Religion* 14.2 (2009): 111-34. Print.]

최재선. 「현대소설에 나타난 종말론 소고」. 『문학과 종교』 15.3 (2010): 247-68.

[Choi, Jae-Sun. "A Study on the Eschatology Expressed in Korean Modern Novels." *Literature and Religion* 15.3 (2010): 247-68. Print.]

지라르, 르네. 『나는 사탄이 번개처럼 떨어지는 것을 본다』. 김진식 옮김. 서울: 문학과 지성사, 2004. (『사탄』으로 표기함)

[Girard, René. *Je vois Satan tomber Comme L'eclair*. Trans. KIM Jin-Sik. Seoul: Moonji, 2004. Print.]

______. 『폭력과 성스러움』. 김진식 · 박무호 옮김. 서울: 민음사, 1997.

[______. *La violence et le sacré*. Trans. KIM Jin-Sik and PARK Moo-Ho. Seoul: Minumsa, 1997. Print.]

______. 『희생양』. 김진식 옮김. 서울: 민음사, 1998.

[______. *Le Bouc Emissaire*. Trans. KIM Jin-Sik. Seoul: Minumsa, 1998. Print.]

홍옥숙. 「현대의 욥기: 김은국의 『순교자』」. 『문학과 종교』 10.2 (2005): 211-28.

[Hong, Ok-Sook. "A Modern Book of Job: *The Martyred*." *Literature and Religion* 10.2 (2005): 211-28. Print.]

황효숙. 『한국현대기독교 소설 연구』. 박사논문. 경원대학교, 2008.

[Hwang, Hyo-Sook. *The Study of Modern Christian Novels in Korea*. Diss. Kyungwon Univ. 2008. Print.]

현창학. 「욥기의 주제」. 『신학정론』 21.1 (2003): 9-43.

[Hyeon, Chang-Hag. "The Theme of the Book of Job." *Theology Doctrine* 21.1 (2003): 9-43. Print.]

강정인. 「정치와 진리/진실 - 김은국의 『순교자』 분석을 중심으로」. 『사상』 43 (1999): 253-304.

[Kang, Jung-In. "Politics and Truth." *Ideology* 43 (1999): 253-304. Print.]

김은국. 『순교자』. 서울: 을유문화사, 1990.

[Kim, Eun-Kook. *The Martyred*. Seoul: Eulyoo, 1990. Print.]

______. 『잃어버린 시간을 찾아서』. 서울: 서문당, 1985.

[______. *Find Lost Time*. Seoul: Seomoondang, 1985. Print.]

______. 『잃어버린 이름』. 서울: 을유문화사, 1991.

[______. *Lost Names*. Seoul: Eulyoo, 1991. Print.]

김현. 『르네 지라르 혹은 폭력의 구조』. 서울: 나남출판사, 1987.

[Kim, Hyeon. *René Girard or Structures of Violence*. Seoul: Nanam, 1987. Print.]

김모세. 『르네 지라르』. 서울: 살림, 2008.

[Kim, Mo-Se. *René Girard*. Seoul: Sallim, 2008. Print.]

김욱동. 『김은국－그의 삶과 문학』. 서울: 서울대학교출판부, 2007.

[Kim, Wook-Dong. *KIM Eun Kook－His Life and Literature*. Seoul: Seoul UP, 2007. Print.]

김용성. 「조르조 아감벤의 종교적 사유」. 『문학과 종교』 17.1 (2012): 1-19.

[Kim, Yong-Sung. "Giorgio Agamben's Religious Reflection." *Literature and Religion* 17.1 (2012): 1-19. Print.]

문익환. 「신 목사의 새 종교」. 『기독교사상』 4.2 (1965): 6-13.

[Moon, Ik-Whan. "New Religion of Pastor SHIN." *Christian Thought* 4.2 (1965): 6-13. Print.]

문용식. 「백도기 소설 '가룟 유다에 대한 증언'에 나타난 가룟 유다의 실존」. 『신앙과 학문』 13.2 (2008): 129-56.

[Moon, Yoeng-Sik. "The Existence of Judas Iscariot Portrayed in Paik Do-Gi's Novel 'Testimony to Judas Iscariot'." *Faith and Scholarship* 13.2 (2008): 129-56. Print.]

박만. 「폭력과 속죄의 죽음: 르네 지라르의 예수의 십자가 죽음 이해에 대한 비판적 고찰」. 『한국기독교신학논총』 53 (2007): 111-40.

[Park, Mann. "Violence and Sacrificial Death: A Critical Survey of René Girard's View of the Crucifixion of Jesus Christ." *Publications of Christian Theology Korea* 53 (2007): 111-40. Print.]

12

『아겔다마』와 복음서의 상호 텍스트성과 기독교적 상상력

| 차봉준 |

I. 박상륭 소설의 통종교성과 기독교적 사유

박상륭은 선행하는 여러 유형의 담론을 선행텍스트로 삼아 자신만의 독창적인 재해석을 가미하여 문학적으로 형상화함에 남다른 재능을 보여주고 있는 작가다. 그렇지만 일반적으로 그의 소설은 해석상의 난해함과 관념성의 과도한 표출로 인해 일반 독자들은 물론 다수의 전문적 평자들로부터도 집중적인 조명을 받지 못하고 있다. 반면에 그의 사상적 취향에 공감하는 일군(一群)의 독자층으로부터는 한없는 찬사와 호평을 이끌어내는 작가이기도 하다.

박상륭 소설이 난해함을 보이는 여러 이유들 중 하나는 그의 소설들이 통종교적(通宗教的) 속성에 기인하고 있는 데서 찾을 수 있다. 그의 소설은 우리 민족 고유의 샤머니즘에서부터 기독교와 불교를 넘어, 범세계적 신화와 민담의 다층적 수용에 이르기까지 종교적 사유의 복합성을 현란하게 보여주고 있다. 또한 이러한 종교적 사유의 깊이가 단순한 차용의 수준에 그치지 않았다는 점에서 그의 문학적 탁월성이 더욱 높이 평가된다. 즉 다양한 종교적 사유를 소설

---

* 본 논문은 『문학과 종교』 12.1 (2007): 115-36에 「박상륭 소설의 기독교적 상상력 연구－『아겔다마』의 성서 모티프 패러디 양상을 중심으로」로 게재되었음.

의 틀로 끌어오면서 거기에 작가 특유의 인류학적 이해, 심리적 사유가 덧붙여져 원형에서 보다 진화된 유기물로 우리들에게 다가오고 있는 것이다. 때문에 그의 문학적 성과에 대해 "삶과 존재의 근원, 존재의 궁극적 비의를 드러내는 데 바쳐지고 있다"(박상륭 · 김사인 21)는 평가는 단순한 찬사가 아닌, 박상륭 소설의 본령을 적절히 묘파한 해석으로 여겨진다. 따라서 박상륭의 소설을 읽는다는 것은 이 세계의 여러 종교적 사유에 대한 수도자의 순례이며, 인간 존재에 대한 실존적 천착에 해당하는 철학적 궁구의 과정이다.

본고는 박상륭의 통종교적 사유 가운데서 특히 기독교적 상상력에 주목하여 논의를 전개하고자 한다. 그의 소설이 보여주는 다양한 종교적 속성 중에서도 기독교적 사유를 주목하고자 함은 그의 초기 소설부터 최근의 작품에 이르기까지 성서 모티프의 패러디가 지속적으로 반복되고 있음에 기인한다. 즉 등단작인 단편 『아겔다마』로부터 작가의 대표작이라 일컬을 수 있는 장편 『죽음의 한 연구』, 그리고 최근작 『小說法』에 수록된 「逆增加」에 이르기까지 그는 성서적 모티프의 직접적 차용 내지는 은유적 수용을 통해서 기독교적 세계관을 끊임없이 드러내고 있다. 특히 작가의 초기 단편들은 기독교에 대한 인식이 보다 빈번히 드러나고 있는데, "초기의 박상륭의 작품들은 기독교적 세계관의 소설적 연장이라 할 만큼 기독교적 세계관 내지는 기독교 신화의 메타 구조를 수용"(489)하고 있다는 김경수의 분석이 이를 구체적으로 뒷받침한다. 또한 박상륭의 사유의 원형질을 기독교적 사유에서 해석해 낸 김명신의 다음과 같은 언급은 본고의 논의를 전개함에 앞서 되짚어볼 의미가 있다.

> 박상륭 소설, 특히 1960년대 작품 세계에서 찾을 수 있는 공분모는 메시아 콤플렉스라고 할 수 있다. 메시아 콤플렉스라는 것은 기독교적 사유 체계에 뿌리를 두고 있는 것으로, 작가가 현실과 이상 사이의 괴리에서 오는 깊은 절망감을 문학으로 승화시켜, 인간의 구원문제를 탐색해나가면서 자연적으로 갈망하게 되었다고 볼 수 있다. 물론 이때의 사유는 기독교적 자장(磁場) 안에서의 사유이면서 정통 기독교에서 행해지는 관점과는 사뭇 다른 입장, 오히려 이단적이라고 할 만한 위험한 요소들로 채워져 있다. . . . 여기서 기독교적 사유라는 것은 단선적인 서구적인 의미에서의 기독교가 아니라, 박상륭 식으로 변용을 겪은 기독교적 사유라는 것이다. 주요 모티프가 기독

교일 뿐 그 내용을 이루고 있는 것은 이미 질적인 변화를 겪은, 말하자면 문학적 형상화라는 과정을 통해 연금술적인 변환 과정을 겪은 것들이라는 것을 밝혀야 할 것이다. (김명신 51-52)

김명신은 1960년대 발표된 박상륭의 초기 단편들이 '메시아 콤플렉스'라는 기독교적 사유를 공통분모로 두고 있다고 보았다. 박상륭 역시 당대 지식인들과 마찬가지로 현실과 이상의 괴리로 인한 절망을 깊이 통감했을 것이다. 그리고 이를 극복하는 수단으로서의 문학적 형상화가 인간 구원의 문제에 귀결됨으로써 자연스럽게 메시아 사상과 교감하게 된 것이리라. 다만 여기서 한 가지 주의할 점은 그의 메시아관을 포함한 기독교에 대한 이해가 결코 정통 기독교의 관점과 일치하지 않는다는 사실이다. 즉 박상륭 식의 연금술적 변환을 통해 문학적 형상화를 이루어나가는 과정에서 기존의 기독교적 사유는 다양한 화학적 변화를 겪는다. 그리고 이러한 화학적 변화는 보수적 기독론에 침윤되어 있던 독자들의 상식적 사고 체계를 완전히 전도시키고, 결국에는 심각한 신학적 전회까지 유발한다. 이러한 특성이 우리가 박상륭의 소설을 주목해야 하는 이유 가운데 하나이며, 또한 기독교적 세계관을 드러내는 여타의 소설과 차별화되는 중요한 지점이기도 하다.

본고는 기독교적 사유로 점철된 박상륭의 작품들 중에서 그의 등단작인 『아겔다마』를 대상으로 삼는다. 이 소설은 박상륭의 초기 단편집에 수록된 작품으로서 앞으로 그의 작품 세계에서 지속된 기독교적 사유의 출발점을 확인할 수 있는 단초가 될 것이다. 또한 그의 작품들 중에서도 성서 모티프가 비교적 명료하게 드러나는 작품이라는 점에서 작가의 기독교적 사유의 일단을 보다 분명히 밝혀낼 수 있다. 따라서 이 소설에 표상된 성서 모티프를 선행텍스트인 성서 원전과 비교·분석함으로써 문학적 형상화를 거친 기독교적 사유의 특성을 구명할 수 있을 것이다. 아울러 앞에서도 언급했듯이 박상륭의 문학이 '삶과 존재의 근원, 존재의 궁극적 비의'를 지니고 있다는 사실에 주목할 때, 그의 문학 전반을 관통하고 있을 실존적 지향에 한걸음 더 다가설 수 있는 계기가 될 것이다.

II. 『아겔다마』와 복음서의 상호 텍스트성

성서 모티프를 차용한 박상륭의 소설을 해석함에 있어서 선행텍스트인 성서 원전과의 엄밀한 비교를 소홀히 할 수 없다. 이것은 결국 텍스트 상호간의 관계성과 연속성에 주목하는 문학적 표현 양식으로서의 패러디 양상에 주목해서 소설 읽기를 시도해야 한다는 의미이다.

패러디를 예술 상호간의 담론으로써 "이전의 예술작품을 재편집하고 재구성하고 전도시키고 초맥락화(transcontextualizing)하는 통합된 구조적 모방의 과정"(23)으로 이해하는 것은 린다 허천(Linda Hutcheon)의 논의를 통해 이미 널리 통용되고 있는 시도이다. 패러디 양상에 대한 허천의 인식은 패러디를 단순한 모방의 차원에서 '기생적인 것'으로 간주함으로써 비판의 대상이 되기도 했던 기존의 인식에 대해 보다 확장된 사고의 틀을 열어 놓았다는 점에서 의미를 지닌다. 또한 모든 문학이란 "과거를 포함한 현재의 글쓰기로서 문학적 그리고 역사적 과거의 맥락화된 자취를 인식하고, 그 흔적을 찾아 나가는 것을 의미한다"(Hutcheon 127)고 함으로써 패러디의 관계성과 연속성에 주목하고 있는 그의 일관된 입장을 알 수 있다. 한편 "책은 항상 책들에 대해 말하고, 모든 스토리는 항상 이미 말해진 스토리에 대해서 말을 하는 것뿐"(Eco 20; Hutcheon 128)이라는 움베르토 에코의 주장 역시 텍스트 상호간의 관계성에 주목한 대표적인 언급이다. 이러한 여러 견해들을 종합할 때 박상륭의 경우도 성서 텍스트에 표현된 기존의 서사 구조(스토리)를 재편집, 재구성 내지는 전도(顚倒, inversion)시키는 일련의 창작 기법을 빈번히 구사하고 있으며, 이를 통해 문학적, 역사적 과거의 맥락화된 자취를 나름의 방식으로 인식하여 그 의미를 재해석한다는 점에서 패러디스트로서의 면모를 발견할 수 있다.

일반적으로 패러디는 하나의 텍스트를 다른 텍스트에 대조시킴으로써 조롱하거나 우습게 만들려는 의도를 지니고 있다는 협소한 개념으로 사용되기도 하지만, 텍스트와 텍스트간의 전도에 있어서 '차이를 둔 반복'이라는 보다 확장된 개념으로 사용되기도 하는 등 그 개념과 기능에 대한 시각은 문학사의 전개 속에서 다양한 양상을 나타내고 있다. 그런데 전자의 협소한 개념은 패러디를 단지 텍스트의 서사구조를 설명해 내기 위한 단순한 서사적 장치로만 인식함으로써 선행텍스트에 대한 기생담론, 즉 주변적인 의미로만 파악하게 되어 패러디스트의 숨겨진 의도와 세계 인식에 대한 근원적 접근에는 다소 미흡한 개념으로 보인다(오승은 15).[1] 반면 린다 허천 등이 강조하고 있는 확장된 개념은 하나의 기법적인 측면에만 주목한 제한성에서 탈피하여 패러디스트의 의도까지 추론해 낼 수 있는 담론효과에 주목하고 있다. 즉 '차이'에 기반을 두고 있는 패러디의 담론은 타자를 포함한 세계에 대한 열린 담론으로 작용한다. 때문에 패러디 담론은 패러디스트와 타자 사이에 존재하는 이중지시의 담론이며, 이것은 권위와 위반, 반복과 차이의 공존 양식으로 나타나게 된다. 박상륭의 성서 모티프를 차용하고 있는 텍스트를 해석함에 있어서도 간과할 수 없는 것이 바로 이것이다. 선행텍스트의 성서 모티프를 패러디텍스트로 전도시키는 일련의 과정에 숨겨진 작가의 의도를 밝혀내는 것, 다시 말해서 텍스트 상호간의 '차이'에 의도된 이중 지시적 담론의 양상을 밝혀내는 것이 작가의 기독교적 사유의 궁극에 도달하는 방편이 될 것이다. 따라 『아겔다마』의 경우도 선행텍스트와 패러디텍스트 사이의 차이와 반복을 밝혀내는 것에서부터 독서행위가 시작되어야 한다. 즉 선행텍스트인 성서의 구조와 패러디텍스트의 구조에서 나타나는 상호텍스트성과 텍스트 간의 차이를 통한 거리화의 정도를 가늠하는 작업은 작가의 사유에 접근하는 첫걸음이 되기 때문이다.

> (1) 때에 예수를 판 유다가 그의 정죄됨을 보고 스스로 뉘우쳐 그 은 삼십을 대제사장들과 장로들에게 도로 갖다 주며 가로되 내가 무죄한 피를 팔고 죄를 범하였도다 하니 저희가 가로되 그것이 우리에게 무슨 상관이 있느냐 네가 당하라 하거늘 유다가 은을 성소에 던져 넣고 물러가서 스스로 목매어 죽은지라 대제사장들이 그 은을 거두며 가로되 이것은 피값이라 성전고에 넣어 둠이 옳지 않다 하고 의논한 후 이것으로 토기장이의 밭을 사서 나그

1) 패러디의 개념을 기생적 의미에 초점을 맞추어 선행텍스트에 대한 조롱 내지는 풍자적 측면에서 제한적으로 해석하는 것은 제라르 쥬네트(G. Gennette)의 '파라텍스트성'(paratextuality)과 맥을 같이한다. 그는 '상호텍스트성'(intertextuality)이라는 용어 대신 '초텍스트성'(hypertextuality)이라는 용어를 주창한다. 그리고 초텍스트성의 하위 범주에 패러디를 두고 이를 파라텍스트성에 포함시켰다. 이러한 쥬네트의 견해는 패러디에 대한 기생적이고 주변적인 의미만을 부각한 것인데, 이 경우 패러디는 선행텍스트에 대한 단순한 모방의 차원에만 국한되며, 결국 웃음을 유발하는 조롱 혹은 풍자의 의미만을 지니게 된다.

네의 묘지를 삼았으니 그러므로 오늘날까지 그 밭을 피밭이라 일컫느니라 이에 선지자 예레미야로 하신 말씀이 이루었나니 일렀으되 저희가 그 정가(定價)된 자 곧 이스라엘 자손 중에서 정가된 자의 가격 곧 은 삼십을 가지고 토기장이의 밭값으로 주었으니 이는 주께서 내게 명하신 바와 같으니라 하였더라. (마 27:3-10)[2]

(2) 모인 무리의 수가 한 일백이십 명이나 되더라 그때에 베드로가 그 형제 가운데 일어서서 가로되 형제들아 성령이 다윗의 입을 의탁하사 예수 잡는 자들을 지로(指路)한 유다를 가리켜 미리 말씀하신 성경이 응하였으니 마땅하도다 이 사람이 본래 우리 수 가운데 참예하여 이 직무의 한 부분을 맡았던 자라 (이 사람이 불의의 삯으로 밭을 사고 후에 몸이 곤두박질하여 배가 터져 창자가 다 흘러나온지라 이 일이 예루살렘에 사는 모든 사람에게 알게 되어 본방언에 그 밭을 이르되 아겔다마라 하니 이는 피밭이라는 뜻이라) (행 1:15-19)

인용문은 신약성서에 전승되고 있는 유다와 관련한 기록들이다. 인용문 (1)은 예수의 제자였던 마태에 의해 기록된 것으로 누가에 의해 기록된 인용문 (2)의 내용에 비해 예수 사후(死後) 유다의 행적에 대해 비교적 자세한 정보를 전해준다. 작가는 신약성서에 기록된 두 텍스트, 즉 마태복음과 사도행전의 전승을 기본으로 유다의 행적을 재구성한 것으로 보아야 한다.[3) 『아겔다마』의 창작에서 중요하게 반복된 선행텍스트의 지표는 다음과 같다. 예수의 제자였던 유다는 무슨 이유에서인지 선생을 배반하고 은 삼십에 그를 유대 관원들의 손에 넘겨주고, 뒤이어 선생의 죽음을 목도하게 된다. 이후 뒤늦은 뉘우침으로 대제사장들과 장로들에게 예수를 판 몸값을 되돌려주려 하지만 거절당하며, 돈을 성소에 던져 둔 채 돌아와 자살을 감행함으로 자신의 비극적인 일생을 마감한다. 성소에 던져진 유다의 은 삼십은 토기장이의 밭을 구입하는데 사용되어 나그네의 묘지로 사용되고, 오늘날까지 '피밭' 즉 그 지역 방언으로 '아겔다마'

---

2) 본고에서의 성서 인용은 개신교의 개역판 성서를 따르기로 한다.
3) 박상륭이 『아겔다마』를 쓰면서 마태복음과 사도행전의 내용을 절충하면서 나름대로의 변용을 보태는 방식으로 전개했음은 이미 이동하의 「박상륭이 본 가룟 유다의 죽음」, 『한국현대소설과 종교의 관련 양상』 (서울: 푸른사상, 2005), 72-116에서 자세히 설명되어 있다. 그는 두 경전의 절충을 시도하면서도 실제의 무게중심은 사도행전에 많이 기울어져 있음을 몇 가지 근거를 들어 제시해 주고 있다.

(Ageldama)라 불려진다. 이와 같은 비교적 간단한 선행텍스트의 몇몇 지표에 작가는 소설적 형상화를 가(加)함으로써 패러디스트로서의 의도를 텍스트의 이면에 숨겨놓았다.

우선 『아겔다마』는 선행텍스트의 지표를 비교적 충실하게 반복하고 있다. 일반적으로 패러디 기법에 있어서 독자들에게 주어지는 텍스트 상호간의 반복 지표는 그것이 표면화된 경우와 내재화된 경우로 구별된다. 전자는 표제의 동일성, 등장인물의 유사성, 시공간적 배경 및 서사 구조의 유사성 등에 의해 선행텍스트의 정보를 친숙하게 떠올리게 함으로써 패러디스트의 의도를 비교적 쉽게 환기시킨다. 반면에 후자는 표제의 동일성에도 불구하고 여타의 지표들에서는 그다지 유사성을 발견할 수 없는, 그래서 독자들의 추론적 독서 과정에 의해 텍스트 상호간의 빈 공간을 메워나가는 독서 행위를 요구하는 한층 다층적인 패러디 의도를 나타낸다. 물론 박상륭의 경우에 있어서도 이와 같은 '표면적 패러디'(overt parody)와 '내재적 패러디'(covert parody)가 다양하게 작품으로 형상화되고 있는데, 그 중에서도 『아겔다마』는 표면적 패러디 양상을 뚜렷하게 보이고 있는 작품이다. 때문에 선행텍스트와 패러디텍스트 상호간의 반복된 지표를 먼저 밝힌 이후에 차이를 보이는 지표에 접근하는 것이 작가의 패러디 의도를 명확하게 찾아낼 수 있는 방편이 될 것이다.

> 힌놈의 골짜기의 동남 예루살렘과 골짜기 맞은편 후미지고 나그네의 발걸음이 여간해선 머물지 않는 한곳에 오래되고 볼품없는 움막집이 한 채 있었는데, 그 움막집의 사립문 한쪽 기둥에 '가룟 유다'라는 문패가 걸려 있었다. (『아겔다마』 9)[4]

텍스트의 시간은 '서력 기원 삼십년 니산달 열닷새 금요일'을 시작으로 이후 한 주간의 경과를 보여준다. '서력 기원 삼십년'은 예수의 공생애 기간인 A.D. 27-30년의 그 해를 의미하며, '니산달 열닷새 금요일'은 예수의 수난일로 전승되는 바로 그 날을 의미함에서 성서의 모티프에 충실히 따라가고 있다. 그리고 '힌놈의 골짜기'라는 공간적 설정까지도 선행텍스트의 지표에 충실함으로

4) 본고의 텍스트 인용은 문학과 지성사(1998)의 『아겔다마』에 따른다.

써 가룟 유다와 예수의 시대에 대한 신빙성을 더해준다. 여기에 유다의 행동에서 보통 때와는 전혀 다른 분위기를 감지한 노파가 그 원인을 "제 육시쯤으로부터 갑자기 하늘이 흐려지고, 제 구시쯤에 천둥과 지진이 일어났다는 그런 변괴"(10-11)의 자연적 이변에서 찾고 있는 부분에서도 신약성서의 전승을 충실히 재현하고 있다. 즉 예수가 십자가에 달려 운명하기까지의 시간 동안에 초자연적 이변이 그 일대에 발생했다는 것은 이미 성서에 기록된 사실인데, 작가는 노파의 의식에서 유다의 기이한 행동을 그 날의 비정상적 상황의 연장선상에서 이해시킴으로써 텍스트 상호간의 반복적 지표를 명확히 하고 있다. 또한 "처음엔 큰 구데기인지 몸뚱이인지 구별할 수가 없을 정도였어요. 하여튼 구데기 뭉치가 그 사내의 배때기에서 술에라도 취한 듯이 꾸물거렸으니까요"(25)처럼 유다의 죽음을 묘사함에 있어서도 사도행전의 전승을 기본 모티프로 삼은 듯하다.[5)]

그러나 박상륭은 기본적 자료만 주어진 선행텍스트의 공백을 메워나가는 과정에서 특유의 문학적 형상화를 통해 자신만의 독특한 기독교적 사유의 단면을 보여준다. 선행텍스트인 성서는 그 초점이 다분히 '예수'라는 기독교적 구원자에 맞추어질 수밖에 없다. 예수의 출생과 성장, 공생애 기간에 행해진 여러 기적과 비유적 계시들, 그의 수난과 부활, 그리고 이후 사도로 지명된 자들에 의해 이 땅에 복음이 전파되는 과정이라는 지극히 예수 중심적 기술을 보이는 선행텍스트에서의 가룟 유다는 부차적 인물로 묘사될 수밖에 없는 한계를 지니고 있다. 따라서 그가 왜 예수를 배반했으며, 그 이면에 어떤 비밀스럽고 복잡한 사연이 개입되었는지, 그리고 스승을 배반한 자로서의 내면적 고뇌와 최후의 죽음이 얼마나 고통스러웠는지에 대한 단서는 쉽게 찾을 수 없었다. 작가는 바로 이 점에 주목함으로써 단순히 예수의 구원 사역에 필요한 보조적 역할자였던 가룟 유다를 무대의 전면에 내세운다. 그리고 그와 예수 사이에 벌어진 비

5) 가룟 유다의 죽음에 대해서 마태복음에서는 스스로 목을 매달아 자살한 것으로 기록하였으나, 사도행전에서는 배가 터져 창자가 흘러나와 죽은 것으로 기록하고 있다. 박상륭의 묘사에서는 자살의 흔적을 찾을 수 없으므로 사도행전의 전승을 따른 듯이 보인다. 그러나 가룟 유다의 죽음에 대한 기록의 차이를 논하는 것은 신학적 논쟁이기에 본고에서는 그 의미를 두지 않겠다.

밀한 관계를 드러내 보임으로써 지금까지 은 삼십 세겔에 스승을 팔아치운 물질적 탐욕자에 불과했던 가룟 유다의 누명을 벗겨나가는 작업을 과감히 시도하고 있다. 이처럼 다분히 외경(外經)적 요소가 짙은 선행텍스트와의 거리두기를 시도한 작가의 의도를 통해서 우리는 박상륭 특유의 기독교적 사유 체계에 접근해 볼 수가 있을 것이다.

III. '차이'를 통해 본 기독교적 사유와 실존적 지향

박상륭 소설을 관통하고 있는 주제 의식을 '죽음'과 '재생'으로 규정하는 것에는 일반적으로 대다수의 평자들이 동의하고 있다. 그리고 이러한 주제 의식을 설명해내기 위해서 작가가 주로 사용하는 모티프가 상극적 두 요소인 '살육'과 '성욕'임에 대해서도 마찬가지의 일치된 평가가 내려지고 있다(김명신 52). 박상륭에게 죽음의 문제는 초기 작품에서부터 최근에 이르기까지 끊임없이 던져진 화두이며, 이 문제에 대한 천착으로써 그의 소설은 다분히 종교적인 색채를 지닐 수밖에 없게 된 것이다.

> 저는 원래, '문학적'이었기보다는 '종교적' 편향이 있었던 듯하다고 뒤돌아보게 되는데, 회피할 수 없는 처지에 처했을 때마다 저는, 노쇠했었을 뿐만 아니라 몹시 병약한 어머니를 통해, 죽음의 공포를 당해왔었다는 얘기를 주억거려 왔더랬습니다만, 그때부터 죽음은 저에게, 변강쇠의 등짝에 붙어버린 북통 모양의 시체 같은 것이었습니다. 뒤돌아보면서이니까 말씀이지만, 저는 열둬 살 때부터 이미 허무주의자였으며, 또한 뒤돌아보면서 늙은네의 목소리로 말입니다만, 화현된 세계에 있어서 다만 하나의 리얼리티는 죽음밖에 없다고 알고 있었던 것입니다. (박상륭 · 김사인 21-22)

작가와의 대담에서도 나타났듯이 그는 어려서부터 병약한 어머니로 인한 죽음의 공포를 피부로 느끼며 살아 왔었다. 45세의 늦은 나이에 9남매의 막내로 박상륭을 출산한 어머니는 작가의 유년기에 여느 어머니와 같은 의미를 지니지는 못한 듯하다. 오히려 항상 앓아 누워계시던 어머니가 돌아가실까봐 죽음의 두려움과 맞서 살아온 작가의 유년 시절은 일찍이 허무주의자의 길로 그의 사유 체계를 길들이기 시작했고, 화현된 세계의 리얼리티는 죽음밖에 없다는 작가 특유의 세계관을 형성하게 만든 것이다. 이는 결국 그의 삶이 '문학적' 이기보다 다분히 '종교적' 편향을 지니게 한 원천이 되었고, 그리고 죽음이라는 부조리함에 맞서는 그의 의식은 필연적으로 실존적 지향을 드러내게 되는 것이다. 이러한 작가의 죽음에 대한 독특한 인식은 초기작인 『아겔다마』에서부터 매우 자극적으로 표현되고 있으며, 그의 모든 텍스트 속에서 지속적으로 구현되고 있음을 주목해야 할 것이다.

『아겔다마』는 다소 광기에 어린 가학적인 성의 탐닉과 직접적인 살육은 아닐지라도 방기적 살육을 행하고 있음을 다음에 제시한 인용문을 통해 확인할 수 있다.

> 노파가 정신을 차릴 수도 없는 빠른 사이에 노파의 치마가 찢겼다. 다음엔 속옷 찢기는 소리가 그 방의 벽에 살점처럼 튀겼다. 노파는 있는 힘을 다해 발을 구르고 꼬집고 고함을 질러 반항해보았지만, 끝내는 오른편 팔을 분질려 기절하고 말았다.
>
> 유다는 이번엔 자기의 바짓자락을 찢었다. 가랑이에 붙었던 흙이 부스스 떨어졌다.
>
> 그리하여 그는 짐승의 한계에서도 더 아래쪽 길을 처벅처벅 걸어댔다. . . .
>
> "자 받아라. 은 삼십 세겔이다. 몸값이다, 몸값이야." 유다는 스가랴의 팸플릿 위에 있던 꾸러미를 노파의 가슴팍에다 거칠게 던졌다. 그리고 유다가 다 탄 초 동강이의 불을 끄려 할 때, 그 사마리아의 여인은 유다가 보는 앞에서 자기의 혀를 콱 깨물었다. 촛불도 꺼졌다. 새벽빛이 방안에 넘쳤다.
>
> 그리고 잠시 후, 초 동강이의 심지가 굳어질 때쯤엔 그 노파도 운명했다. 눈은 뜬 채였다. 그 뜬눈 속에도 새벽의 어슴푸레함은 사양없이 파고들었다. (15-17)

『아겔다마』에서 선행텍스트와의 차이를 보이는 일차적 요소는 '늙은 노파'라는 인물의 설정이다. 박상륭은 선행텍스트에서는 전혀 나타나지 않는 노파를 새로운 인물로 등장시키고 있다. 그리고 그녀와의 사이에서 벌어지는 가학적 성행위와, 노파와 유다 자신의 죽음으로 이어지는 비극적 사건 속에서 예수를 은 삼십 세겔에 팔아넘기고 그의 죽음을 목격함으로써 정신적 공황에 놓이게 된 유다의 내면적 상태를 매우 정치(精緻)하게 그려가고 있다. 노파는 가룻 유다에게 어머니와도 같은 존재로 설정되어 있다. "사실 유다 쪽에선 아버지나 어머니의 얼굴도 기억할 수도 없는 채 가롯 땅으로부터 각 곳을 쓸쓸한 심정으로 진전하던 차"(11)에 역시 "노인 부부들 쪽에서도 옛날에 아들이 하나 있었으나, 집시패들이 스쳐지나간 뒤 종적이 묘연해 시름겹고 적적함이 더욱 빠져린 참"(12)에 그들은 자연스럽게 가족처럼 지내게 된 것이다. 그리고 토기장이 영감의 사후에도 유다는 노파를 떠나지 않았으며, 오히려 언제나 몇 푼의 돈꾸러미를 가져와 노파의 생계를 책임졌고, 늘상 그 이마에 가벼운 입맞춤까지 함으로써 상냥하고 인정 많고 믿음직스러운 존재로 자리매김하고 있었다. 그러나 이 순간 노파는 유다의 가학적 성적 대상으로 처참하게 짓밟히고 만다.

유다는 노파의 모습에서 순간적으로 십자가를 진 예수의 뒤를 따르던 막달라 마리아의 치맛자락을 연상하게 된다. 그는 십자가를 뒤쫓아 가던 막달라 마리아에게 창끝으로 치맛자락을 들추던 로마 병정의 모습을 떠올린다. "팽팽하고 물큰해 보이는 두 가랑이가 창끝에 의해 들쳐져 보였을 때"(15) 그는 참을 수 없을 정도로 숨을 헐떡였던 순간을 떠올리며 그 욕정을 노파를 통해서 광포하게 해갈한다. 그런데 이 순간 노파에 가해진 유다의 성적 폭력은 한때 자신이 믿고 숭배했던 '푸른 눈의 사내'(예수)에 대한 실망의 표출로 이해해야 할 것이다. 즉 자신의 기대가 무너진데 따른 일종의 보상적 차원에서, 그리고 그에 대한 경멸의 극단적 행동으로 막달라 마리아를 범하는 환상을 품게 된 것이고, 그러나 자신의 앞에 실재하지 않는 마리아의 이미지 중첩으로 나타난 노파를 성적으로 범하게 된 것이다. 따라서 노파에 대한 강간은 마리아에 대한 강간이자, 예수에 대한 경멸적 심리의 간접적 표출인 셈이다. 그동안 열렬히 추종했던 푸른 눈의 사내에게서 자신이 소망했던 갈증을 해갈하지 못한데서 기인한 반대급부의 표출이 노파에 대한 강간으로 나타나고 있는 참으로 뜻밖의 사건인 셈이다.

그러면 예수에 대한 유다의 배반은 무엇에 기인한 것인가? 배반의 궁극적 원인은 애초에 유다의 지향과 예수의 지향이 달랐음에 근거함을 인식해야 한다. 한때나마 예수에게서 위로를 얻고 추종하였던 유다의 궁극적 지향은 예수처럼 천상적인 것에 있지 않았다. 일종의 정치적 메시아의 출현을 갈망했으며, 메시아의 시대가 도래한 이후 차지하게 될 정치적 보상을 염두에 두고 있었기에 시간이 지날수록 그 기대가 멀어지고 있음에서 유다의 배반은 필연적일 수밖에 없었던 것이다. 그는 철저히 지상적인 것을 열망하고 있었다. 우리는 박상륭이 이러한 유다의 열망을 태생적인 것으로 설정하고 있다는 점을 간과해서는 안 된다. 즉 태생적으로 '사팔뜨기 눈'의 기형적 외양을 지니고 있는 유다의 인물 설정에서 우리는 선행텍스트와의 또 다른 차이를 발견할 수 있는데, 이것은 유다의 상반된 두 가치에 대한 내적 갈등과 아울러 궁극적인 지향이 지상적인 것에 좀 더 치중되어 있음을 암시하고자 한 패러디스트의 계획된 의도임을 읽어낼 수 있어야 한다.

> 유다의 눈은, 오른쪽은 갈색으로 똑바로 보는데, 왼쪽이 사시(斜視)였다. 그런데 유다의 왼쪽 눈은 보통의 사팔뜨기와는 달라서 참으로 이상했다. 오른쪽이 갈색인 데 비해 왼쪽은 하늘색 바탕이라는 인상을 받았다. 그리고 그것은 위를 향해 시선을 보내는 눈이었다. (14)

위를 향해 시선을 보내고 있는 하늘색 바탕의 눈은 천상적 가치를 지향하는 유다의 의식을 은유한다. 반면에 오른쪽을 똑바로 바라보고 있는 갈색의 눈동자는 현실을 응시하는, 즉 지상적 가치에서 벗어나지 못하고 있는 인식의 표상으로써 결과적으로 이러한 의식의 불균형이 예수에 대한 배반의 단초를 제공한다. 예수에 대한 기대의 불발은 필연적으로 열심당원들과의 교감으로 이어지고 당수 바라바에 대한 추종으로 전환되는데 이 역시 지상적 가치에 대한 열망을 태생적으로 품고 태어났기 때문에 나타난 자연스러운 귀착이다.

이처럼 박상륭은 선행텍스트에서는 찾아볼 수 없던 인물의 기형적 외형 설정을 통해 패러디스트로서의 의도를 드러내고 있다. 권위 있는 성서 주석가들의 견해에서도 유다의 배반은 일반적으로 예수와는 달리 지상적 가치에 기인함으로 설명되고 있다. 다시 말해서 '유대인의 왕' 예수에 대한 이해가 유다의 경우는 지극히 현실 정치적 차원에서 열망되고 있었으며, 이것에 대한 기대의 괴리에서 유다의 배반은 필연적이었던 것인데 박상륭은 이 점을 인물의 태생적 외양으로 묘사함으로써 보다 구체적으로 가시화시킨 것이다. 그런데 여기서 작가는 유다의 열망을 저속한 것으로만 폄하하고 있지 않음에 주목해야 한다. 오히려 유다의 지상적 열망을 태생적인 것으로 설정한 작가의 의도를 놓치지 말아야 한다. 이는 유다가 보편적 인간의 전형이기 때문이다. 유독 유다만이 지상적 가치에 함몰된 것은 결코 아니다. 그리고 유다만이 예수를 배반할 수 있었던 것은 더더욱 아니다. 유다의 지상적 추구는 바로 현실의 우리 모습에 다름 아니며, 유다의 배반 또한 우리의 모습이라는 것에 작가는 주목하고 있다. 다시 말해서 지상적 가치와 천상적 가치 속에서 끝없이 갈등하고 고뇌하는 자아의 모습은 부조리한 세계를 살아가면서 끊임없이 고뇌하는 '세계 내 존재'로서의 실존적 인간의 모습이라는 것이다.

예수가 십자가형을 당한 엿새 후인 두 번째 안식일 새벽에 유다는 누군가 자신을 깨우는 사람이 있다는 느낌으로 서서히 의식을 회복한다. 그리고 유다는 예수와의 논쟁을 통해서 의식의 마지막 순간까지 치열하게 실존적 지향성을 드러내 보인다.

> "랍비여, 당신은 아버지 같으니이다."
> . . .
> "도대체 당신은 무엇 때문에 나에게 오셨습니까?"
> . . .
> "무엇을 나에게서 더 원하십니까?" (18)

유다는 누군가의 희고 가냘프며 부드러운 손이 자신의 이마를 짚고 있음을 느낀다. 또한 그 손은 왠지 얼음장처럼 차고, 바닥엔 가시라도 찔렸던 흔적이 오관에 의한 것이기 보다 그의 깊숙한 곳에 잠자고 있던 혼의 촉수처럼 느껴지면서 그의 심연을 자극한다. 유다는 먼저 예수의 존재를 아버지라고 시인한다. 이 첫 번째 유다의 고백을 결코 가볍게 넘겨서는 안 된다. 계속적으로 이어지는 유다의 논쟁은 예수에 대한 강렬한 반항심의 표출이며, 그 존재로부터 벗어나고자 하는 일탈의 몸부림이다. 그러나 그 모든 항명의 출발점에는 부인할 수 없는 진실, 즉 '당신은 아버지 같으니이다'라는 고백에서 출발한다. 유다는 누군가의 존재가 바로 푸른 눈의 사내인 예수임을 자각하는 순간, 그리고 그 존재의 거부할 수 없는 부드러움을 혼의 촉수로써 교감하는 순간 '진실되고도 그러면서도 분노를 섞어'(18) 존재의 아버지됨을 시인할 수밖에 없게 된 것이다. 그리고 '깊은 사념에 잠기면서 꺼질 듯'(18)한 목소리로 무엇 때문에 자신에게로 돌아왔는가를, 자신에게 무엇을 더 원하는가를 뇌까리며 신 앞에 선 나약한 실존자의 고통스러움을 호소한다. 자신에게 주어진 배반자의 사명을 성실히 수행했음에서 오는 정신적 고통, 그리고 그 고통에서 결코 벗어날 수 없음을 자각함에서 느끼는 처절한 패배감으로 유다는 몸부림치고 있다. 그리고 유다의 앞에 나타난 예수는 그를 더욱 고통과 처절함으로 몰아감으로써 나약한 인간 존재의 실존적 고뇌를 극대화시키고 있는 것이다.

도대체 무엇을 자신에게서 더 원하느냐는 유다의 항변에 예수는 한결같이 '서른 세겔의 은(銀)을 되찾고자 함'이라는 말을 되풀이하고 있다. 잘 알려져 있다시피 유대 풍습에서 은 삼십은 '노예'의 대가이다. 그런데 유다는 예수가 은 삼십을 되돌려 받고자 한다는 것을 예수 자신이 결코 노예가 아님을 확증하려는 의미로 인식한다. 그리고 더 나아가 뒤늦은 이때에 비로소 '유대인의 왕'임을 증명하려는 의도로 오해하면서 단호히 거부의 의사를 밝힌다. 유다에게 메시아는 철저히 지상적인 메시아다. 그럼으로써 이미 그 기대를 상실해버린 예수에게는 유대인의 왕이라는 지위가 어울리지 않으며, 은 삼십의 값어치에 해당하는 노예로밖에는 인식되지 않는 것이다.

마지막으로 유다와 예수의 이어지는 논쟁 가운데서 우리는 선행텍스트에서는 인지할 수 없었던 중요한 차이를 발견하게 되는데, 이는 정통 보수주의적 신학론과는 정면으로 배치되는 상당한 위험성을 내포한 사유 체계임을 주목해야 할 것이다. 우리는 바로 이 지점에서 박상륭이 지니고 있는 기독교적 세계관의 실체를 정면으로 맞닥뜨리게 된다.

(1) 나는 당신의 아버지가 내 몫으로 지워준 십자가를 훌륭히 졌습니다. 그리고 당신도 약간의 비겁만을 제외하면 훌륭했습니다. 그것으로 당신과 나와의 일은 끝난 것입니다. 무엇 때문에 이제 또 나를 괴롭히려 하시오? (18-19)

(2) 당신은 나를 배반했었소. 그리곤 나로 하여금 당신을 배반하도록 충동시켰소. 당신은 '나와 함께 그릇에 손을 넣는 그가 나를 팔리라' 하고 말했었소. 그러나 내가 어떻게 가장 존경하였던 당신을 배반할 생각을 꿈엔들 가져볼 수 있었겠습니까? 존경하지도 않으면서 덩달아 추종하는 그런 사내도 있을 줄 알았습니까? 이제 우리의 거래는 끝났습니다. 당신의 시인적인 기질이 당신을 비극적인 인물로 만들긴 했지만, 하여튼 선지자 이사야에 의한 당신의 자기 도취는 만족되고도 남았을 것입니다. . . . (22)

두 인용문에서 각각 주목해야 할 표현은 '나는 당신의 아버지가 내 몫으로 지워준 십자가를 훌륭히 졌습니다'와 '이제 우리의 거래는 끝났습니다'라는 다소 의미심장한 유다의 언급이다. 이 두 문맥은 성서에서는 유사한 맥락을 찾아볼 수 없는 표현인데, 여기서 작가 특유의 기독교적 사유를 다시 한 번 되새겨 보게 된다. 앞에서도 언급했듯이 정통의 보수 기독교적 사유 체계를 과감히 탈피하려는 반기독교적 사유의 체계, 즉 경외전(經外傳)적 사유 체계를 은밀히 만나게 된다.

복음서에서는 여러 차례 유다의 배반이 신의 섭리 가운데 계획된 것임을 암시하고 있으며, 또한 유다는 사악한 영의 조정에 의해 부정을 저지른 인물로 규정되어 있다. 즉 요한복음의 증언을 따르면 "내가 한 조각을 찍어다가 주는 자가 그니라 하시고 곧 한 조각을 찍으셔다가 가룟 시몬의 아들 유다를 주시니 조각을 받은 후 곧 사단이 그 속에 들어간지라"(요 13:26-27)라 했고, 누가복음에서는 "열둘 중에 하나인 가룟인이라 부르는 유다에게 사단이 들어가니"(눅 22:3)라고 증언하면서 유다의 배반 자체를 용서받을 수 없는 사단의 행위로 일반화하고 있다. 그리고 유다에 대한 이와 같은 관점은 예수의 부활을 신앙의 정점으로 삼고 있는 오늘날의 기독교적 세계관에서는 절대 거스를 수 없는 진리로 전승되고 있다. 그러나 성서가 기록되던 당대에도 예수의 온갖 이적과 부활 사건에 대한 다양한 이설이 존재했고, 이러한 견해를 기록으로 남긴 문서가 있었음은 이미 알려진 사실이다. 물론 성서를 구성하는 단계에서 이러한 견해들은 위경으로 심판받아 오늘날 독자들의 관심 밖으로 밀려났고, 그 과정 속에서 문서 자체가 흔적을 잃어버린 경우가 허다하다. 또한 위경적 관점을 신봉하거나 이에 대한 논의를 진지하게 논의하는 것 자체가 기존의 기독교적 사유는 용납하지를 않았다. 그런데 박상륭의 텍스트는 유다의 배반과 배반에 따른 실존적 고뇌를 드러내는 그 언간에 매우 교묘하게 위경적 사유를 개입시켜 놓았음을 놓치지 말아야하는데, 그것이 바로 위에서 인용한 두 문맥이다. 말하자면 유다는 자신의 행위를 자신의 몫으로 야훼 하나님이 지워준 십자가를 짊어진 일종의 사명으로 말하고 있다. 즉 예수의 구속사라는 거대한 섭리 속에 분명한 역할을 감당한 정당성을 주장하고 있는 것이다. 아울러 '이제 우리의 거래가 끝났습니다'라는 표현은 자신의 행위가 예수와의 은밀한 거래로 사전에 계획된 것이었으며, 그렇기에 다른 사람들은 오해할 수 있는 사건이라는 의미를 내포하고 있는 것이다. 이것은 충분히 신학적 논쟁을 불러일으킬만한 문제의 소지를 안고 있는 발상인데, 박상륭은 과감히도 그 논쟁의 한가운데를 파고 들어가 유다의 손을 들어주고 있는 것이다.

이 부분에서 우리는 박상륭의 기독교적 사유 체계가 서구 기독교 사상 가운데서 이단시되고 있는 영지주의(靈智主義), 즉 그노시스 종파의 세계관과 맥이 닿고 있음에 주목해야 한다(에이먼 65-106; 마이어 122-57).[6] 그노시스주의자들은 정통 그리스도교의 세계관과는 상당히 이질적인 면모를 보인다. 당대에는 그노시스파 내에서도 상당히 다양한 종교 집단이 있었고, 그 유파들 가운데 일부는 유다복음의 존재를 믿었고 그에 따른 구원관을 피력하고 있었음은 이미 신학적으로도 알려진 사실이다(부르스트 108-21).[7] 그런데 그동안 구전으로만 그 존재가 전해지고 있던 유다복음이 발굴되어 그 내용이 밝혀짐으로써 우리는 유다에 대한 영지주의적 관점의 태도를 발견할 수 있는데, 이 점에서 『아겔다

6) 그노시스주의는 그리스어 '그노시스'(gnosis)에서 유래한 용어로써 지식(인식)을 의미한다. 따라서 그노시스주의자란 '알고 있는 자'라는 뜻으로 인간이 그리스도를 믿거나 각종 선행을 행함으로써 구원에 이르는 것이 아니라, 우리가 알고 있는 세계, 진정한 하느님의 정체, 특히 우리 인간의 정체에 대한 진리를 깨달음으로써 구원에 도달한다는 관점을 보여준다. 이와 같은 그노시스 종파는 그 체계 안에서도 다양한 분파를 보여주고 있으며, 정통 기독교적 세계관에서는 이단시되고 있는 관점이다.

7) 2세기 후반 리옹의 주교였던 이레네우스의 「이단들을 반박함」이라는 논문에서 그는 유다복음의 존재를 최초로 증언하고 그것의 위험성을 고발하고 있다. 이점을 통해 볼 때, 유다복음의 전승은 상당히 오랜 역사성을 지니고 있는 것으로 볼 수 있으며, 따라서 박상륭의 경우도 『아겔다마』의 창작에서 이러한 영지주의적 전승을 상당부분 차용했을 것이라는 짐작을 가능하게 한다.

마』에 나타난 작가의 기독교적 사유가 상당히 영지주의자들의 그것과 닮아있음을 재차 확인할 수 있다.[8] 즉 유다복음에 나타난 유다의 배반은 기존 복음서의 관점처럼 수치스러운 행동으로만 서술되어 있지 않다. 앞에서도 지적했듯이 복음서들 속에 나타난 유다는 열두 제자 가운데 언제나 악인으로 간주되었고, 그가 예수의 배반자였음을 예외 없이 증언하고 있다. 그러나 만약 예수가 이 세상을 구원하기 위해 십자가 위에서 죽는 것이 피할 수 없는 운명이었다면, 그리고 구약 시대로부터 꾸준히 예언된 것처럼 누군가의 배반에 의해 예수가 적들에게 넘겨져야 할 예언이 성취되어야 했다면 유다의 배반은 악행이 아니라 예언의 성취와 세상의 구원을 위한 선행이었음 주장할 수도 있지 않겠는가? 바꾸어 말하자면 유다의 배반이 있었기에 예수의 죽음이 가능했으며, 죽음이 있었기에 예수의 부활이 가능했으며, 예수의 부활이 있었기에 인류의 구원이 성취되었음을 인정한다면 유다의 행위는 충분히 그 정당성을 지니고 있다는 관점이 그노시스주의자들의 견해이다. 그들은 유다의 배반이 "예수를 당국에 넘겨줌으로써 유다는 예수로 하여금 유한한 육신을 벗어나 영원한 고향으로 돌아갈 수 있게"(에이먼 89)한 조력자의 행위로 인식한다. 그렇기에 유다에 대해 내려진 기존의 비난은 너무 가혹한 것일 수도 있다는 것이다. 바로 이러한 영지주의적 사유 체계가 '나는 당신의 아버지가 내 몫으로 지워준 십자가를 훌륭히 졌다'는 고백과 '이제 우리의 거래는 끝났습니다'라는 미묘한 표현에 숨겨져 있는 것이다. 작가는 유다의 배반이 단순히 지상적 가치에 몰두하고 은 삼십 세겔의 물질에 눈 먼 자의 배반으로 읽혀져서는 안 된다는 점을 드러냈다. 오히려 예수와

8) 물론 박상륭이 『아겔다마』를 창작할 당시에는 우리에게 『아겔다마』의 존재가 알려져 있지 않았다. 다만 유다복음이라는 상당히 위험한 내용을 담고 있는 경전이 초기 기독교 시기에 전승되고 있었음이 2세기 후반 리옹의 주교였던 이레네우스의 명저 「이단들을 반박함」에서 다루어지고 있다. 따라서 그 세부적인 내용은 비록 최근에 우리들에게 모습을 나타내고 있지만 유다복음의 존재 내지는 개략적 사상은 단편적으로나마 전승되고 있었기에 작가의 창작에 어느 정도 모티프를 제공할 수 있었으리라 여겨진다. 또한 작가의 절친한 친구였던 이문구의 증언에 따르면 박상륭은 습작 시절을 '사서삼경,' '신구약서,' 번역한 '팔만대장경' 등을 독파하는데 상당히 심혈을 기울였던 것으로 되어 있다. 이런 점들을 종합해 볼 때, 박상륭은 작품을 구상함에 있어서 복음서의 문맥에만 매달린 것이 아니라 작가적 상상력을 매우 심도 깊게 전개시켰으며, 그것이 최근에 발견된 유다복음적 사유와도 상당히 맥이 통하고 있다는 점에서 작가의 영지주의적 기독교 인식의 특성을 추론할 수 있다.

유다 사이의 숨겨진 관계를 암시하는 가운데 유다의 내적 갈등에 좀더 심도 있게 접근함으로써 존재자로서의 고뇌와 그 고뇌의 끝에서 도달하게 된 실존적 한계를 이야기하고 있는 것이다.

IV. 박상륭의 영지주의적 사유와 소설 세계의 특수성

본고는 박상륭의 『아겔다마』를 텍스트로 삼아 작가의 기독교적 사유 체계를 밝혀나가는 단초를 제공함에 그 목적을 두었다. 이것은 다양한 종교적 사유가 얽혀있는 박상륭의 전작(全作)을 이해함에 있어서 하나의 방편을 찾는 의미가 있을 것이다. 또한 그의 초기작에서부터 최근작에 이르기까지 기독교적 사유는 다른 어떤 종교적 사유보다도 작가의 인식에 깊이 뿌리내리고 있다는 점에서도 의미 있는 연구라 생각된다.

이를 위해서 『아겔다마』를 패러디적 기법에 근거하여 선행 텍스트인 성서 모티프와 엄밀히 비교・분석함으로써 작가의 사유 체계에 접근하고자 했다. 즉 선행 텍스트와의 반복된 지표를 통해 작가가 중요하게 간주하는 요소와, 아울러 선행 텍스트와 '차이'를 보이는 지표, 혹은 선행 텍스트에는 나타나지 않았던 요소들의 재해석을 통해 작가의 독특한 기독교적 사유 체계를 밝혀내고자 한 것이다.

이러한 과정을 통해 종합해 볼 때, 박상륭은 성서에서 부정적 평가를 받고 있는 가룟 유다에 대한 독창적인 재인식의 관점을 보여주고 있다. 그동안 예수의 행적 중심에서 기술되었던 보수적 정통 신학의 관점을 과감히 벗어나서 철저히 유다의 내적 관점으로 그날의 사건과 의미를 재해석함으로써 독자들로 하여금 선행 텍스트와는 상당히 거리를 갖게 하였다. 그리고 이러한 관점은 그동안 이단시되었던, 그래서 정경에서 다룰 수 없었던 영지주의적 태도를 작가가 자신의 기독교에 대한 인식 체계의 본바탕으로 삼고 있음을 드러낸 것으로 결론내릴 수 있다. 한편 이러한 작가의 기독교적 사유는 『아겔다마』이후로도 그의 또 다른 작품들 속에서 지속적으로 형상화되고 있음에 우리는 주목해야 한다. 이것은 결국 작가의 기독교적 세계관이 정통 신앙의 울타리를 뛰어넘는 경계에 서 있는 것임을 논증하는 것이다.

인용문헌

김경수. 「구원과 중생(重生)을 향한 탐색」. 『아겔다마』. 박상륭 지음. 서울: 문학과 지성사, 1998. Print.

김명신. 「말씀의 우주에서 마음의 우주로의 편력」. 『박상륭 깊이 읽기』. 김사인 엮음. 서울: 문학과 지성사, 2001. Print.

김사인 엮음. 『박상륭 깊이읽기』. 서울: 문학과 지성사, 2001. Print.

김우규 편저. 『기독교와 문학』. 서울: 종로서적, 1992. Print.

마이어, 마빈. 「유다와 영지주의의 관계」. 『예수와 유다의 밀약』. 카세르, 로돌프 · 마빈 마이어 · 그레고르 부르스트 지음. 서울: YBM, 2006. 122-57. Print.

박상륭. 『아겔다마』. 서울: 문학과 지성사, 1998. Print.

박상륭 · 김사인. 「누가 저 공주를 구할 것인가」. 김사인 엮음. 『박상륭 깊이 읽기』. 서울: 문학과 지성사, 2001. Print.

부르스트, 그레고르. 「성 이레네우스와 유다복음」. 『예수와 유다의 밀약』. 카세르, 로돌프 · 마빈 마이어 · 그레고르 부르스트 지음. 서울: YBM, 2006. 108-21. Print.

에어먼, 바트 D. 「정통 그리스도교에 대한 도전: 유다복음이 제시하는 또 다른 관점」. 『예수와 유다의 밀약』. 카세르, 로돌프 · 마빈 마이어 · 그레고르 부르스트 지음. 서울: YBM, 2006. 65-106. Print.

오승은. 『최인훈 소설의 상호텍스트성 연구－패러디 양상을 중심으로』. 석사논문. 서강대학교, 1997. Print.

이동하. 『한국소설과 기독교』. 서울: 국학자료원, 2003. Print.

______. 『한국현대소설과 종교의 관련 양상』. 서울: 푸른사상, 2005. Print.

임금복. 『박상륭 소설의 창작 원류』. 서울: 푸른사상, 2004. Print.

______. 『박상륭을 찾아서』. 서울: 푸른사상, 2004. Print.

짐머만, F. 『실존철학』. 이기상 옮김. 서울: 서광사, 1987. Print.

차봉준. 『최인훈 패러디 소설 연구』. 석사논문. 숭실대학교, 2000. Print.

카세르, 로돌프 · 마빈 마이어 · 그레고르 부르스트. 『예수와 유다의 밀약』. 김환영 역. 서울: YBM, 2006. Print.

허천, 린다. 『패러디 이론』. 김상구 · 윤여복 공역. 서울: 문예, 1995. Print.

Eco, Umberto. *The Name of the Rose.* Trans. William Weaver. New York: Harcout Brace Jovanovich, 1983. Print.

Hutcheon, Linda. *A Poetics of Postmodernism-History, Theory, Fiction*. New York: Routledge, 1988. Print.

13

박경리 『토지』에 나타난 동학

―소멸하지 않는 민족 에너지의 복원

| 박상민 |

I. 연구 목적 및 연구사 검토

이 연구의 목적은 박경리 소설 『토지』에 나타난 '동학(東學)'의 양상과 그 의미를 구명(究明)하는 것이다. 『토지』는 갑오년의 동학농민운동을 세계사적 의미를 지닌 민중혁명으로 해석하고 있으며,[1] 이들이 보여준 힘의 분출이 혁명의 실패 이후에도 사라지지 않고 우리 민족의 역사적 이면을 구성해 왔음을 강변하고 있다. 나아가 동학운동에 대한 이러한 관점은 작품 구성의 원리와 핵심 주제로 이어지고 있다. 작품에 나타난 동학의 양상과 의미를 구명(究明)하는 것은 이러한 작품의 특징을 설명하는 작업과 다르지 않다.

---

* 본 논문은 『문학과 종교』 14.1 (2009): 91-116에 「박경리 『토지』에 나타난 동학(東學)―소멸하지 않는 민족 에너지의 복원」으로 게재되었음.

1) 작품 속에서 동학의 세계사적 의미에 대한 인식은 아래에 인용한 최유찬의 지적에 잘 나타나 있다. 이는 작가가 생전에 여러 차례 밝힌 동학의 세계사적 의미와 같은 맥락이다. "갑오동학혁명은 조선을 식민지로, 일본을 자본주의국가로, 중국을 반식민지국가로 만든 운명의 전환점이었다. 그것은 중국의 태평천국의 난과 같이 봉건체제에 대한 반발이면서 그 난과는 달리 프랑스대혁명과 같은 이념혁명의 성격을 지닌다는 점에서 세계사적 의미를 지니는 것이었다. 근대의 대표적인 이념혁명으로 프랑스혁명과 볼세비키혁명을 꼽는다면 갑오동학혁명도 그에 준하는 성격을 갖춘 사회변혁운동이었던 것이다. 『토지』에서 동학세력이 주요 묘사대상이 되는 것은 이러한 인식에 말미암는다"(최유찬 16).

『토지』는 동학 접주 김개주와 윤씨 부인의 사생아 김환이 자신의 이부(異父) 형수인 별당아씨와 야반도주를 한 이후에 발생한 최참판 가의 몰락과 재생을 기본 서사로 삼고 있다.[2] 별당아씨의 죽음 이후 김환은 윤씨 부인이 자신 앞으로 몰래 떼어놓은 유산으로 동학당 재건에 힘쓰고, 김환의 죽음 이후에도 송관수, 김길상, 소지감 등이 조직을 이어나간다. 최참판 가의 몰락과 재생이 작품의 표면적 구조를 이룬다면, 동학 혁명의 실패에도 불구하고 면면히 이어지는 동학 운동의 거대한 흐름은 작품의 이면적 구조를 이루고 있다고 해도 과언이 아닐 정도로, 작품에서 동학은 서사 구성과 주제적 측면에서 중요한 기능을 담당하고 있다.

하지만 작품에서 동학이 갖는 중요성에 비해 이에 대한 연구는 미미하다. 『토지』 연구는 현재 100여 편에 이르는 학위 논문과 수백 편의 소논문이 있지만, 이 중에서 '동학'을 작품 연구의 주요 대상으로 삼은 논문은 거의 없다. 그나마 『토지』에 나타난 동학 연구는 주로 동학 소재 문학을 계열체로 다루는 논문들에서 단편적으로 언급되었는데, 작품 전체의 특징을 간과한 채 이루어진 인상주의적 담론들은 오히려 작품의 의미를 왜곡한 경우가 적지 않다. 『토지』에 수용된 동학에 대한 인식이 모호하고 건강하지 못하다는 채길순의 비판을 그 단적인 예로 들 수 있다. 역사를 일구어 나가는 민중의 영웅인 김개남을 '겨우 아녀자나 겁탈하는 욕망의 화신으로 드러냄으로써' 동학혁명의 건강성을 훼손시켰으며, 나아가 김개남의 잔인함과 냉혹함을 지나치게 강조하여 동학군의 성격을 왜곡시켰다는 것이 비판의 핵심이다(채길순 227-28). 채길순의 이러한 인식은 일차적으로는 동학의 종교적 성격을 무시한 결과이며, 이차적으로는 문학의 내적 논리를 이해하지 못하고, 작품의 개별적 사건들을 전체 서사와의 관계 속에서 파악하지 못한 결과이다. 더욱 문제가 되는 것은 이러한 인식이 다른 연구자들에게도 일정 부분 그대로 계승되고 있다는 점이다.

---

2) 일반적으로 널리 알려진 최참판 가의 몰락과 재건 이야기는 사실 분량 면에서 가장 많은 부분을 차지한다고 볼 수 없다. 『토지』는 다양한 인물들의 이야기가 실로 복잡하게 얽혀 있어 중심 서사를 따로 추출하기가 어렵기 때문이다. 그러나 이 부분은 작품 전체에서 가장 인상적인 스토리를 이루며, 작품의 거의 모든 인물들이 최참판 가와 직간접적으로 연결되어 있다는 점에서 최참판 가의 몰락과 재건을 작품의 기본 서사로 보는 데에는 큰 무리가 없다고 생각한다.

정호웅은 "『토지』에서의 동학은 작가의 민중주의적 역사관을 드러내기 위해 소설 속으로 끌어들여진 하나의 방편이며, 작가 특유의 인생관 곧 인간의 삶이란 맺힌 한을 풀기 위해 몸부림치며 나아가는 해한의 고투 과정이라는 생각을 증거하기 위해 동원된 한갓 소재"(정호웅 352)라고 보았다. 이는 동학 운동을 작품의 핵심적 서사원리에서 배제하고 주제를 드러내기 위한 소재적 차원에서 바라본 것으로 채길순의 인식과 궤를 같이한다. 한편 김승종은 "『토지』에서 김개주로 상징되는 '동학혁명'은 다소 폭력적이고 강압적인 이미지를 지니고 있다. 작가는 이러한 동학혁명의 폭력성을 비판하고 상생과 화해의 정신을 강조하고 있다. 이는 남접의 입장보다는 오히려 최시형 중심의 북접의 입장에 가깝다."(김승종 28)라고 했다. 이러한 주장은 남접과 북접의 대결 양상이 후대에 조작된 분열주의적 인식이라는 채길순의 비판을 염두에 둔 듯하다. 하지만 작품에서 윤보나 송관수 등의 인물들이 김개주의 폭력성을 비판했다고 해서 작품에 나타난 동학 정신이 북접의 입장에 가깝다는 것은 납득하기 어렵다. 작품에서 김개주의 수성(獸性)은 비판의 대상이라기보다는 혁명의 파괴적 본질을 드러내는 충만한 에너지, 또는 생명의 현묘한 이치를 드러내는 신성(神性)의 의미가 강하기 때문이다. 작품은 김개주에서 김환으로, 다시 송관수와 김길상으로 이어지는 동학 잔당들의 끊임없는 움직임을 일제시대의 억압에 맞서는 모범적인 한 형태로 서사화했다. 남접과 북접의 대립이 후대에 조작된 측면이 있다는 지적을 받아들인다고 하더라도, 작품 속 동학 잔당들의 계보는 명백하게 남접에 속한다. 또 이들이 모임에서 북접 중심의 천도교 신자들을 의도적으로 배제했다는 사실을 염두에 둔다면 작품의 주제의식이 북접의 입장에 가깝다는 주장은 쉽게 납득하기 어렵다.

이상에서 간략하게 살펴본 대로, 『토지』가 동학의 이념을 제대로 드러내지 못했다거나, 또는 작품에서 동학이 해한(解恨)이라는 주제에 종속된다는 식의 주장은 동학의 종교적 성격을 제대로 이해하지 못했거나, 『토지』에 나타난 동학을 전체 서사의 차원에서 보지 못했기 때문이다. 따라서 본 연구는 동학의 의미 규명과 함께 전체 서사에서 동학이 어떻게 기능하는지를 살펴보고, 이를 바탕으로 동학이 작품의 핵심 주제로 해석될 수 있음을 논증하고자 한다. 이를 위해 먼저 동학의 이념과 종교적 특징에 대해 서술하고, 이러한 내용들이 작품에서 어떻게 서사화 되었는지를 규명하도록 하겠다.

II. 시천주(侍天主)의 동학 교리와 『토지』

'시천주(侍天主)'는 동학의 창시자 최제우가 종교적 신비체험을 통해 얻은 '오심즉여심(吾心卽汝心)'이라는 한울(天主)의 가르침을 교리화한 것으로 '시천주조화정 영세불망만사지(侍天主造化定 永世不忘萬事知)'[3]라는 동학 본주(本呪)[4]의 요체를 이룬다. 그런데 여기에서 '천주(天主)'의 의미를 어떻게 해석하느냐에 따라 동학의 종교적 정체성은 달라진다. 흔히 '한울님'으로 번역되는 '천주(天主)'에는 범신(汎神)과 인격신의 의미가 혼재되어 있기 때문이다. 오늘날 천도교에서는 천주(天主)의 범신적 성격을 좀 더 강조하는 경향이 있는데 이는 동학을 창시한 최제우의 입장과는 조금 다르다.

> 시천주는 인간의 공경과 믿음의 대상인 위대한 하느님을 강조한다는 점에서 동학의 신학을 구성하는 요체일 뿐만 아니라, 바로 그 위대한 하느님을 내면에 모시고 있는 주체를 지시한다는 점에서 동학의 인간학을 구성하는 요체이기도 하다.
>
> 이러한 시천주의 양면성에는 본래 동시적인 측면이 있기도 하지만, 무엇보다도 역사적인 과정을 통해 특정의 경향성이 두드러졌었다는 사실에 유념할 필요가 있다. 즉 수운 시대의 초기 동학에서는 시천주가 인간의 위아주의[各自爲心]를 위천주(爲天主)로 전환시키는 종교적인 명령('천주를 모시라')으로 수용된다는 점에서 하느님에 주목한 것인 반면, 해월 이후에는 시천주가 하느님이 깃들어 있는 인간이나 만물 자체를 표현하는 용어로 쓰인다는 점에서 인간에 주목한 것이라 말할 수 있다. 결국 동학의 신학과 인

---

3) "한울님을 모시면 세상이 조화를 이룰 것이니, 한울님을 영원히 잊지 않으면 만사를 깨닫게 되네."라고 해석할 수 있다.

4) 동학 본주(本呪)는 "한울님을 모시면 세상이 조화를 이룰 것이니, 한울님을 영원히 잊지 않으면 만사를 깨닫게 되네."라고 해석할 수 있다. 동학교도들은 본주에 앞서 '지기금지 원위대강(至氣今至願爲大降)'이라는 강령주(降靈呪)를 외웠다. 동학 교리에 대한 해석은 아래의 글들을 참조하였다. 윤석산, 「동학사상의 어제와 오늘」, 『동학학보』 12 (2006): 301-36; 최종성, 「동학의 신학과 인간학」, 『종교연구』 44 (2006): 139-68; 이찬구, 「수운의 天主와 과정 철학」, 『신종교연구』 14 (2006): 205-43; 김상일, 『수운과 화이트헤드』 (서울: 지식산업사, 2001).

간학은 시간의 궤적을 좇아 형성된 교리로 이해될 수 있다. (최종성 141)

인용문에서 알 수 있듯이 동학의 신학 및 인간학적 요체인 '시천주'는 역사적인 과정 속에서 조금씩 다른 해석을 받아왔다. 이러한 과정에서 천도교의 종지(宗旨)인 '인내천(人乃天)'이 이전의 '시천주(侍天主)'에서 '주(主)'를 삭제한 것임도 의미심장하다. 이종구는 이를 두고 "主는 天에 대한 인격적 존칭의 의미인데 이 말이 빠졌다는 것은 시천주에서 인격성이 배제되기 시작한 것이 아닌가 한다."(이찬구 222-23)며 의문을 제기했다. 실제로 손병희가 교주로 있으면서, '천도교'로 개명하고 인내천 교리를 정립하던 당시, 많은 사람들이 수운의 시천주 사상으로부터 천도교가 이탈했음을 비난했다고 한다(이찬구 221-25).

천도교의 정체성에 대한 비판은 『토지』에서도 여러 차례 언급된다. 작품의 천도교 비판은 일차적으로 교주인 손병희가 일제에게 모호한 태도를 취하는 것에 대한 비난으로 나타난다. 작품에는 여러 인물들의 입을 통해 동학혁명을 좌절시킨 당사국이 일본에서 오랜 기간 머물렀던 점, 러일전쟁 때에 거금을 일본군에 지원했다는 설, 그 밖에 일본이 추진하고 있는 개화정책에 협조적이라는 점 등을 비판하고 있다. 물론 "손병희 이용구라고 그마마한 욕심이 없었겠소? 안 되기 때문에 한 손의 칼은 버린 것이오. 포교를 하고 신도를 끌어들인다는 것은 낮에 일하고 밤엔 잠을 잔다는 것이오. 사도(四都) 거리를 한낮에 돌아다녀도 왜 헌병이 잡아가지 않는다는 얘기도 되겠지요. 손병희의 업적은 많은 동학교도를 연명케 해준 것 . . . 그것이오."(5:221)[5]라는 김환의 지적에서도 알 수 있듯이 『토지』의 천도교 비판은 어디까지나 짧은 대화 속에서 아쉬움을 간접적으로 드러내는 수준에 그친다. 하지만 짤막짤막한 인물들의 언술을 종합해보면 천도교는 일제로부터 포교활동을 인정받기 위해 옳지 않은 것을 알면서도 일제에 협력했음을 알 수 있다. 작품에서 이러한 비판은 김환을 중심으로 하는 지리산의 동학잔당들이 벌이는 게릴라식 무장투쟁의 당위성을 강화해주는 역

5) 괄호 안의 숫자는 『토지』의 권수와 쪽수를 의미한다. 이 논문에서 사용한 『토지』는 솔출판사에서 나온 1994년 판본이다. 『토지』 판본의 신뢰성에 대해서는 다음 논문을 참조할 것. 최유찬, 「『토지』 판본 비교 연구」, 『현대문학의 연구』 21 (2003): 28-58.

할을 한다.

한편 작품에는 동학의 교리 자체에 대한 언급도 나온다.

> 동학은 또 어떠한가 하면은 천지 자연의 이법을 뜻하는 중국의 천도와는 다른 하나님의 도, 천도란 말씀이오. 이런 얘기는 머리 깎은 중의 할말이 아닌 것은 말할 나위 없지만, 음. . . . (6:137)

인용문은 아이러니컬하게도 혜관 스님이 동학의 지도자인 윤도집에게 말하는 형식을 취하고 있지만 동학에 대한 작품의 깊은 이해를 알 수 있는 대목이다. 혜관은 중국의 '천도(天道)'가 천지자연의 이법을 뜻하는 데에 비해 동학은 '하나님의 도'임을 밝히고 있다. 즉 동학은 '天의 道'가 아니라 '天主의 道'임을 명확히 한 것이다. 그리고 이러한 언술이 불교 승려의 입을 통해 동학 지도자에게 전달됐다는 것은, 교명을 바꾸고 인내천을 강조하면서 天主의 내재적 측면을 강조하던 당시의 천도교에 대한 우회적 비판이었던 것이다.

혜관뿐 아니라 『토지』의 다른 인물들 역시는 天主의 인격성을 드러내는 언술을 자주 보인다. 작품에는 '하나님' 또는 '하느님'이라는 표현이 총 120회 정도 등장한다.[6] 여기에서 '하나님'이라는 표현 중 일부는 기독교에서 지칭하는 유일신을 의미하지만, 대부분은 '하느님'과 구분되지 않는 '天主'의 의미로 쓰였다. 이 때 천주는 범신(汎神), 즉 혜관이 밝힌 '중국의 天道'를 의미하는 경우도 있지만, 대부분 인격적이고 초월적인 존재로 해석하는 것이 더 자연스럽다.

> 윤씨는 눈길을 거둬 하늘을 올려다본다.
> "날이 가물겠다."
> "그러기 말입니다. 한줄기 퍼부어주시믄 좋겄는데."

---

6) 초기 연재본에서 작가는 '하느님'이라는 표현을 쓰지 않고 '하나님'으로 표기했다. 하지만 이후에 출판되어 나오면서 일부 표현들이 '하느님'으로 바뀌었다. 이는 출판사 측에서 기독교의 '하나님'과 구분하기 위해 의도적으로 수정한 것으로 보인다. 하지만 모든 '하나님'을 전부 바꾼 것은 아니어서 나중에 완간된 솔판이나 나남판에서는 하나님과 하느님이라는 표기가 혼재되어 있다. 총 45회 등장하는 '하나님' 중 일부는 기독교적 의미가 분명하지만, 대부분은 하느님과 별 구분 없이 쓰였다.

"①하나님 하시기 탓이지." (1:155, 밑줄 및 숫자는 필자 임의로 표시한 것임.)

마을의 인심은 ②하느님 마음씨하고 통한다. 후하고 박한 것은 노상 일기에 좌우되는 것이다. 아직은 논바닥에 물이 질적히 괴어 있었는데 마을을 찾아드는 방물장수, 도부꾼들은 곡식을 바꾸기가 어렵게 되었고 요기를 청하기에도 눈치를 보게 되었다. 조급한 농가에서는 아낙들 아이들이 들판을 쏘다니며 벌써 쇠어버린 비름을 뜯고, 나물밥, 시래기죽을 쑤었다. (1:310)

③하느님을 말할 것 같으면 천지만물을 창조하시고 특히 농민들이 실감하는 것으로는 사계절 천후(天候)를 임의로 하심이요, 세상에 태어나고 또한 하직하는 인간사를 관장하신 분이 하느님이시다. (2:186-87)

조리 있게 말도 못 하고 조리 있는 생각도 못한다마는 니 말뜻은 알겄다. 그러나 다 그런 거는 아닌께. 또 사람이 하는 짓이라 ④하느님겉이 완전할 수야 없제. 단을 내리믄 안 된다. 내일도 있고 모레도 있고. . . . (10:117)

위의 여러 인용문들 중에서 1번과 2번의 '하느님'은 '하늘'로 바꿔도 뜻이 통할 정도로 다소 범신(汎神)적인 의미가 있으나, 3번과 4번의 '하느님'은 인격적이고 초월적인 의미가 명백하다. 물론 1번과 2번 역시 인격적 의미가 분명하게 들어있다. 『토지』는 인격적 의미가 불필요한 부분에서는 '하느님' 대신 '하늘'이라는 표현을 사용했다.

길상이는 하늘을 올려다본다. 가을하늘같이 푸를 수는 없지만 맑았다. 겨울에 비가 오실 리도 없다. (1:103)

사시장철 변함 없이 하늘의 뜻과 사람의 심덕을 기다리고 있네. (1:127)

요새 아아들은 우찌 곡식 소중한 줄 모를꼬? 아무데나 철철 뿌리놓고 하늘 안 무서븐가? (1:153)

위 문장들에서 '하늘'은 역시 인격적 의미가 완전히 배제되어 있지는 않지만, 앞에서 인용한 '하느님'에 비해 인격적 의미가 훨씬 완화되어 있다.

지금까지 길게 인용한 '하늘'과 '하느님'의 용례들은 『토지』의 작중인물들이 동학의 '시천주(侍天主)' 교리가 갖고 있는 내재성과 초월성을 조화롭게 받아들이고 있음을 보여준다.[7] 물론 인물들이 보여주는 이러한 경지가 반드시 '동학' 때문이라고 할 수는 없다. 오히려 우리 민족이 갖고 있던 일반적 문화 양식으로 보는 것이 더 타당할 것이다. 이러한 점이야말로 『토지』에 나타난 동학의 가장 중요한 특징을 이룬다. 작품은 동학의 교리를 직접적으로 언급하지 않으면서도 자연스럽게 동학의 핵심 교리를 끊임없이 환기시키는 방식으로 '동학'을 형상화한 것이다.

동학 교리와 작품의 연관성을 밝힐 수 있는 또 다른 근거는 '생명'에 대한 태도이다. 『토지』에는 '생명'의 존엄성과 신비로움에 대해 수없이 다양한 담론들이 중첩되어 있다. 그리고 이러한 생명 담론의 뿌리에는 동학이 있다. 이와 관련하여 『토지』의 작가 박경리가 평소에 주장했던 '생명 담론'이 동학의 사상과 유사하다는 임금희의 지적은 눈여겨 볼만하다.

> 인내천 사상은 侍天主 신앙을 바탕으로 발전했는데, 윤리적 측면으로 事人如天하고 개인적으로 養天主하여 시천주를 생활화하는 것이다. 그리고 사인여천에 그치는 것이 아니라 物物天, 事事天의 汎天論으로 더욱 의미가 확장 발전되니, 최고도의 인간존엄을 나타내는 것은 물론 만물에도 한울님이 내재한다는 것이므로 생명평등 · 생명존중을 가장 잘 드러낸다. (임금희 147)

인내천과 시천주의 교리적 차이에 주목하지는 않았지만, 임금희는 시천주 신앙이 인내천의 동학 사상으로 이어져 인간의 존엄성과 함께 모든 만물에 한울님이 내재한다는 생명 존중의 사상으로 확장되었음을 지적한 것이다.[8]

『토지』는 "자연의 조화로운 힘에 더 많은 믿음을 지니고 있는 토착적이고 전통적인 가치관과 약탈 · 착취에 기반을 두고 자연의 생명력을 왜곡하려는 세

---

7) '내재성'은 모든 존재에 깃든 신령한 기운을 의미하며, '초월성'은 인격적 존재자로서의 신(神)을 의미한다. 이에 대해서는 이찬구의 「수운의 天主와 과정 철학」, 『신종교연구』 14 (2006): 205-43을 참조할 것.

8) 임금희는 동학 사상과 생명 담론의 연관성을 입증하는 데에 작품의 내용 분석을 취하지 않고, 작가 박경리의 강연록을 이용하는 한계를 보였다. 동학 사상과 생명 담론의 연관성은 『토지』에 나타난 담론 분석만으로도 충분했으리라는 아쉬움이 남는다.

계관"(황현산 12)의 대결을 보여주고 있다. "『토지』의 문학성을 파악하는 일은 따라서 하나의 자연을 거기서 읽어내는 데 있다. 이야기와 이야기가, 이야기와 말이, 인물과 인물들이 인물과 배경들이 어떻게 그 내적 생명으로 연결되고 서로의 삶에 간섭하여, 거대한 생명체를 이루고 있는 파악하는 일이 될 것이다." (황현산 12)라는 황현산의 지적처럼, 『토지』의 문학성을 파악하는 핵심에 작품의 생명 담론이 놓여 있다.

이처럼 동학의 이념은 작품에서 천주(天主)를 대하는 인물들의 말과 태도뿐 아니라, 왜곡된 문명과 생명의 싸움이라는 작품의 전체 주제를 형상화하는 데에도 가장 핵심적인 원리가 된다.

III. 동학운동의 실패와 동학별파(東學別派)의 난립

『토지』는 1897년 한가위의 평사리 풍경 묘사에서부터 시작한다. 하지만 여기에서 '1897년'은 '1894년 갑오동학농민운동으로부터 3년이 지난 시간'을 의미한다. '1897년'의 의미를 굳이 '1894년에서 3년 후'로 잡은 것은 작품의 각 부별 서술 특징 때문이다. 작품 1부는 1908년 서희 일행이 간도로 떠나는 장면에서 끝나지만, 2부는 1911년 용정촌의 대화재에 대한 이야기로 시작한다. 서희가 간도에 가서 큰 부(富)를 모았던 3년이라는 시간을 건너 뛴 것이다. 이렇게 '부'가 바뀔 때마다 작품 속 시대적 배경에 3년 정도의 진공이 생기는 것은 이후 3부, 4부, 5부에서도 계속되는 『토지』의 서술 특징이다. 그리고 각 부별 서사의 앞에는 최서희의 축재(蓄財), 삼일만세 운동, 1920년대 말 일제의 경제공황과 이로 인한 문화정치의 종식, 1938년 중일 전쟁 등의 사건이 놓여 있다. 특이한 것은 이러한 사건들이 작품에서 차지하는 영향력이 지대함에도 불구하고 사건은 직접 서사화되지 않고, 서술자와 인물들의 전언(傳言)을 통해 회상될 뿐이라는 점이다.

작품의 첫 시작을 '1894년에서 3년 후'로 규정하면 작품에서 갑오년의 동학농민운동이 갖는 의미가 좀 더 분명해진다. 작품의 모든 서사가 사실상 '동학농민운동'의 힘으로 움직이고 있다 해도 과언이 아닐 정도로 『토지』는 동학운동에 대해 특별한 관심과 애정을 보이고 있다. 사실 작품의 기원은 1894년의 동학농민운동보다 최소한 10여 년 이상 앞섰을 한 사건, 김개주가 윤씨 부인을 겁간한 데에 있다. 「박경리 『토지』에 나타난 동학의 의미」를 쓴 한승옥은 이를 두고 "동학이라는 온건한 종교적 운동이 갑오 농민 전쟁이라는 치열한 투쟁으로 바뀌는 근본 원인이 되었던 양반에 대한 저항운동이 상징적으로 드러나는 사건"(한승옥 321-30)으로 보았는데, 이는 갑오년 동학농민운동의 이념적 지향과 작품의 관계를 지적한 것이다.

이처럼 『토지』는 동학접주 김개주와 윤씨 부인의 만남에서부터 이야기가 시작되고, 동학혁명의 실패 이후에 윤씨 부인이 남겨준 유산을 바탕으로 김개주의 아들 김환이 잔당을 규합하여 재건을 모색하는 것으로 이어진다. 조직의 내부분열과 조직원의 배신으로 김환이 잡혀 들어가고, 그의 죽음으로 동학 남접의 운명은 다시 위태로워지지만, 불교와 사회주의 세력까지 규합하면서 일제의 패망을 기다리는 지리산 세력의 주체는 여전히 동학이다. 그리고 그 중심에는 이미 죽은 김개주가 있다. 김환이 동학 잔당을 다시 규합할 수 있었던 것은 그의 지략과 윤씨 부인이 건네준 유산 때문이기도 하지만 무엇보다 아버지 김개주의 후광이 컸다. 사람들은 김환을 대하면서 수시로 김개주의 모습을 발견한다.[9]

김개주를 본 적도 없고, 동학당에 들지도 않은 일개 술집의 기생에게도 김개주는 "사내 중의 사내, 그런 사내 씨 하나 받았으면 여한이 없겠노라"(7:34)[10]던 민중의 영웅이었다. 심지어 만주에서 독립운동을 하던 송장환까지 한 번도

9) 공 노인 말을 뚝 끊었다 [...] 저 준수한 젊은이가 김개주의 아들이라니. 김개주는 영웅이다. 상민의 영웅이다. . . . 상민들 가슴에는 낙인처럼 뜨겁게 남아 있는 풍운아 김개주, 그 반역의 피를 지금 눈앞에 있는 아들에게서 본다. 반역의 피는 모든 상민들의 피다. 양반댁 유부녀를 데리고 달아난 것도 반역의 피 때문이다(6:153).

10) 괄호 안의 숫자는 『토지』의 권수와 쪽수이다. 이 논문에서 인용한 텍스트는 1994년에 16권으로 출판된 솔출판사본이다. 그간 발간된 판본으로는 문학사상사본, 지식산업사본, 삼성출판사본, 솔출판사본, 나남출판사본 등이 있다. 현재까지 나온 『토지』의 판본은 모두 상당한 오류를 갖고 있지만 '나남'판의 경우 '솔'판의 결함을 그대로 물려받은 데다가 다시 수없이 많은 문장과 단어들의 생략 및 변형이 있었고, 특히 편집자의 자의적인 수정으로 '편'과 '장'의 제목이 바뀌는 등 더욱 많은 문제를 안고 있다. 따라서 기존에 출판되었던 판본 중에서 '솔'판을 기본 텍스트로 삼았다. 이에 대한 상세한 내용은 최유찬의 「『토지』판본 비교 연구」, 『현대문학의 연구』 21 (2003): 7-84를 참조할 것.

만난 적 없는 김개주를 열광적으로 찬양한다. 이야기를 듣던 길상은 한 술 더 떠서 김개주가 자신의 삼촌뻘 되는 사람일 것이라고 상상한다.[11] 이처럼 갑오년의 실패 이후 참수형을 당했던 김개주는 사람들의 기억과 회상 속에서 끊임없이 되살아난다. 어떤 이들에게 그 모습은 두 번 다시 기억하고 싶지 않은 두려움의 기억이고, 또 어떤 이들에게는 이미 오래 전에 포기해 버린 아련한 자부심의 기억이기도 하다.

김개주는 실제 동학 태인접(泰仁接)의 대접주(大接主)[12]였던 김개남을 모델로 하고 있다.[13] 갑오년 동학농민운동의 3대 지도자는 전봉준, 김개남, 손화중이라 할 수 있는데, 이 셋 중에서 김개남은 가장 비타협적이고 투쟁적이었으며, 군사 역시 가장 많았던 것으로 전해진다(이이화 170). 갑오년 봉기는 여러 접주들이 이끄는 연합부대의 형식이었는데, 전봉준이 대장으로 손화중과 김개남이 각각 부대장으로 추대되었다. 그런데 1차 봉기 때에는 북접의 참여가 없었다. 이는 종교 지향적인 북접과 달리 남접은 처음부터 사회 변혁적 지향이 강했

11) "내 그 내력을 얘기하리다. 실은 삼촌은 고사하고 부모도 없는 놈이오만, 김아무개 그 사람한테 우관이라는 형님이 계시었소. 중이지요. 그 스님께서 나를 줏어다 길러주셨는데 부모 없는 놈한테 성씨인들 있었겠소? 해서 그 스님 성씨를 따서 김가이니, 따져 보슈. 삼촌뻘이 안 되는가."(4:148).

12) 김개남이 '대접주' 신분이 아닌 그냥 '접주'였다는 견해도 있다. 갑오년 당시에 가장 강력한 군사력을 지녔던 김개남의 신분이 단순한 '접주'였다는 것이 사실이라면, 이는 당시 동학의 지도층이 대부분 북접 출신들이었고, 이들이 남접의 사회변혁 지향의 운동 노선을 견제했기 때문인 것으로 보인다(이이화 161-63).

13) 하지만 김개주와 김개남을 동일한 인물로 볼 수는 없다. 그것은 우선 김개주가 김개남의 실제 행적과 일치하지 않는 점들이 많다는 점에서 그렇다. 실제 김개남은 양반 출신으로 알려져 있으나, 작품에서 김개주는 중인으로 나오고, 또 김개주가 부하의 밀고로 잡혔다는 것 역시 알려진 사실과는 차이가 있다. 부하의 밀고로 잡힌 당시 동학의 지도자는 전봉준이었다. 김개주와 김개남을 동일 인물로 볼 수 없는 결정적 이유는 작품에서 '김개남'이라는 이름이 따로 등장하기 때문이다. 작품에서 '김개주'라는 이름은 총 71회 등장하는데, 이와 별개로 '김개남'이라는 인물도 7회나 등장한다(1:86, 89, 90, 149; 12:52). '김개남'이라는 이름은 서술자의 편집자적 설명에서 4회, 최치수와 제문식 같은 등장인물의 입을 통해 3회 나온다. 이 중에서 등장 인물들의 대화 중에 나오는 '김개남'은 '김개주'로 바꾸어도 전혀 무리가 없지만, 서술자의 편집자적 설명 중에 나오는 '김개남'은 전봉준, 손화중 등 당시 남접의 주요 인물들과 함께 당시의 역사적 사실을 소개하는 내용이므로 '김개주'로 바꾸기 곤란하다. 따라서 '김개주'가 실제의 동학 접주 '김개남'을 모델로 한 것은 틀림없지만, 김개주는 어디까지나 작품 속의 가공인물이다.

기 때문으로 알려져 있다. 2차 봉기 때에는 북접도 동참했는데, 이때에 연합전선이 형성될 수 있었던 것은 이미 관군들이 남접과 북접을 가리지 않고 모든 동학교도들을 비도(匪徒)로 규정하고 탄압했기 때문이었다. 2차 봉기가 실패로 끝나자 양반들과 부호, 관료, 이서층이 주축이 된 '민보군'과 '수성군' 등에 의해 농민군은 초토화되었다. 이후 동학은 지하로 숨어들거나 다양한 분파로 나뉘는데, 역사적 사실 관계에서 볼 때에 천도교와 시천교가 가장 큰 세력이었다. 이중 시천교는 친일단체 일진회를 설립한 송병준과 이용구 등이 주축이 된 동학별파로 가장 친일적이었고, 북접의 3대 교주 손병희가 이끌었던 천도교는 시천교의 경우와는 달랐지만, 역시 친일 논란에서 자유롭지 못하였다.

이상에서 드러나듯이 동학은 종교 지향적인 세력과 사회변혁을 지향하는 세력으로 나눌 수 있는데, 『토지』에서 다루는 '동학 잔당'들의 활동은 사회변혁 세력에 한정되어 있다. 작품에서 김환은 어머니 윤씨가 자신에게 몰래 남긴 500섬지기의 논밭을 자금으로 하여 동학 세력을 다시 규합하려 한다. 하지만 이 때의 동학 세력은 "시천교(侍天敎), 천도교(天道敎) 어느 파에도 전신하지 않는 세력"(5:210)으로 제한된다. 이들 시천교와 천도교가 당시에 가장 큰 동학 세력이었다는 역사적 사실을 고려한다면, 이들을 배제하는 김환은 당시에 공식적으로 활동하던 동학 세력의 정통성을 인정하지 않고 있음을 보여준다. 시천교는 일제의 비호를 받으며 노골적인 친일 활동을 했으므로 함께할 수 없었겠지만, 천도교까지 배제했던 것은 동학의 정통성을 남접의 현실변혁 운동에 두겠다는 의지의 표현이었다고 해석할 수 있다.

작품 속 동학 잔당의 정확한 규모는 알 수 없다. 작품에 나오는 동학 잔당의 모임은 대개 지도부의 활동만을 보여주어 그것만으로는 규모를 예측할 수 없기 때문이다. 다만 지도부의 한 명이었던 지삼만이 조직을 배신하고 따로 세운 "청일교"[14]의 교세가 그리 작지 않은 것으로 미루어 보아, 작품 속 동학 잔당의 세력이 제법 컸음을 추측할 수 있다. 이는 당시의 역사적 사실과도 일치한다. 실제로 일제시대에는 천도교뿐 아니라 시천교, 상제교, 수운교, 제우교, 청림교 등의 다양한 동학별파들이 꽤 큰 세력으로 남아있었기 때문이다. 이들 동학별파

14) 실제 역사에는 등장하지 않는 가상의 '동학별파'이다.

들은 대개 갑오년 농민운동이 보여준 현실 변혁적 지향을 보여주지 못하고, 종교적 교리에 집착하거나 또는 일제와 영합했던 것으로 알려져 있다.

작품은 몇 가지 에피소드를 통해 역사 속의 동학별파를 비판한다. 우선 꼽을 수 있는 에피소드는 간도에까지 진출하여 큰 세력을 얻고 있던 '시천교' 간부 남비산에 대한 조롱이다. 중절모자, 회색 코트, 카이젤 수염, 개화장 등으로 치장한 남비산은 일본의 비호 아래에서 성장한 시천교의 간부이다. 그는 일본말을 못하지만 왜순사만 보면 허리를 굽신거린다. 이야기는 용정 시내에서 남비산이 요란스러운 서양식 복장을 하고 거들먹거리며 길을 걷다가 지나가는 왜병의 위풍에 놀라서 망신을 당하는 장면에서 시작한다(6:205-06). 막일꾼으로 일하는 권서방, 박서방, 홍서방 등은 위 사건을 목격한 후 그의 이름[15]과, 튀어나온 배, 그리고 그의 복색에 대해 한참 동안 조롱을 한다. 그리고 지팡이는 몸이 아픈 사람들이 자기 몸을 지탱하기 위해 사용하는 것인데 사대육신 멀쩡한 사람이 왜 '개화장'을 들고 다니느냐는 조롱을 통해 시천교의 의존성을 비판한다.[16]

동학별파에 대한 또 다른 비판은 작품에서만 등장하는 가상(假想)의 종교단체 '청일교'를 통해 이루어진다. 청일교는 작품에서 지리산 모임을 배신하고 나온 지삼만이 만든 사교(邪教)인데, 불과 이삼 년 만에 남원, 전주 일대에서 큰 교세를 갖게 된다. 청일교의 성장은 '반일적 색채를 지닌 동학별파'라는 요

---

15) 남비산을 왜 하필이면 안깐(여자)이라 하느냐, 남비는 왜말로 나베요, 산은, 정확한 발음으로 상이지만 씨나 혹은 님, 그러니까 남비산은 남비님 왜말로 'お鍋さん', 아낙을 부엌데기로 낮추어 말한 속어다. 그러니까 이곳 말로 안깐이 되는 셈인데 그런 별명으로 불리어지는 남비산이 용정 주민들에게 미움과 경멸의 대상인 것만은 틀림이 없다(6:206, 괄호는 필자가 임의로 부연한 것임).

16) 이는 작품에서 홍서방의 비아냥을 통해 가장 잘 드러난다.
"개화장이고 개뿔이고 다같은 막대긴데 그러니까 지팡이다 그거 아니겠어? 안 그래? 내가 이상히 여기는 것은 사대육부 멀쩡한 놈이 먼길 가는 것도 아닌 터에 그걸 휘두르고 다닌다 그거야. 지팡이라는 것은, 본시 눈 어두운 사람, 늙어서 다리에 힘 빠진 사람들이 짚는 게야. 또 있지. 수백 리 먼 길 가는 사람, 험한 산길 가는 사람이 그걸 들고 다닌다 그 말씀이야. 그리고 동냥 얻으려 밤낮 쏘다녀야 하는 중놈이 드는 거구, 아이고대고, 빈 창자 움켜쥐며 곡을 해야 하는 상주, 그러니까 좋을 것이 하나도 없는 것인데 모자 쓰고 양복 입고, 구두 신은 놈들 엎어지면 코 닿는 곳엘 가도 개화장이라. 모자 쓰고 양복 입고 구두 신은 양놈들은, 그러면 모두 양기 부족이다 그런 얘기가 되지 않겠어?" (6:207)

소가 중요하게 작용했으리라는 추정이 가능하다. 시천교가 친일행적을 통해 일본의 비호를 받으며 성장한 것에 비해, 청일교는 오히려 약간의 '반일적 색채'를 띠고 있었다. 이는 청일교 교주인 "그가 가장 강조하는 것은 일본이 망할 것이며, 그리하여 동방의 새로운 횃불이 조선 땅에서 높이 솟아오를 것"(8:292)이라는 설명을 통해 알 수 있다. 이 밖에도 "우리는 왜놈한테 대항하는 단체로 알고 있으며 또 장차 신도가 수십만을 넘을 시, 왜놈을 치고 나갈 것인께"(8:299)라는 지삼만의 말에서도 청일교의 반일적 색채는 드러난다. 물론 작품에서 청일교가 반일적인 활동을 한 것은 전혀 없다. 오히려 항일운동을 하고 있는 김환의 하부 조직원들을 포섭해 자신의 수하로 만들었으며, 특히 김환을 일본 경찰에 밀고함으로써 그의 체포에 결정적 역할을 하는 등 이들은 지리산을 중심으로 하는 독립운동 세력의 기반을 흔든 친일적 존재다. 그럼에도 불구하고 지삼만이 '왜놈을 치고 나갈 것'이라고 한 것은 '청일교'의 포교 전략이 시천교와 달랐다는 점을 암시한다. 즉 시천교로 대표되는 당시 동학별파들의 지도부가 하나씩 둘씩 친일파로 변해가자, 여기에 실망하여 이탈한 신도들을 규합한 새로운 동학별파들이 생겨났는데, 작품에서 '청일교'는 그러한 세력 중 하나를 상징적으로 보여준 것이다.

이처럼 작품은 역사 속의 동학별파인 시천교와, 작품에서 창작된 청일교에 대한 에피소드들을 통해 갑오년의 투쟁 정신을 저버리고 변절한 당시 동학별파들의 부정성을 고발하고 있다. 이들이 갖는 공통점은 우선 자립적이지 못하다는 것이다. 시천교는 일본의 힘에 기대어 세력을 넓혔고, 청일교 역시 전주 부자의 재력에 의존하고 있기 때문이다. 그리고 이들은 교인들을 속여 그들의 노동력과 재산을 착취한다. 시천교는 '대부분이 종교적 신념보다 시세에 편승하는 무리들이요 또 한편으론 청인들 박해에서 일본을 방패 삼으려 했던 우매한 사람들'(4:64)을 일제의 철로 사업에 보내거나 또는 관제 집회에 동원하였다. 작품에서 청일교 역시 "백미 열 섬의 공덕을 쌓으면 그날이 왔을 적에 홍포도사(紅布道士)가 될 것이요, 백미 백 섬의 공덕을 쌓으면 청포(靑布)도사가 될 것이요, 백미 천 섬의 공덕을 쌓으면 황포(黃布)도사가 될 것"(8:292)이라는 황당한 언변으로 교인들의 재산 상납을 강요한다.

평사리의 실성한 여인 또출네가 수시로 읊는 사설은 "내 아들 감사(監司) 되어 금의환향할 시에는"(1:150)이다. 동학운동에 가담했던 아들이 죽자 슬픔을 이기지 못해 실성한 그녀가 '감사가 되어 금의환향할 아들'을 기다린다는 에피소드는 평등한 세상을 꿈꾸었던 동학의 공식적 이념과는 정반대이다. 하지만 또출네의 사설은 오히려 당대 민중들의 허황된 꿈을 사실적으로 보여주는 에피소드이며, 청일교는 이렇게 우매한 민중들의 욕망을 이용하여 교세를 확장시킨 사교(邪敎) 집단이었던 것이다.

IV. 동학별파(東學別派)의 새로운 계보, 지리산 모임

작품에서 '지리산 모임'은 시천교와 청일교의 대척점에 위치한다. '김개주의 아들'이라는 상징성과 죽은 윤씨 부인이 남겨놓은 재산을 자금으로 삼아 김환은 흩어져 있던 동학의 무리들을 규합한다. 김환은 민란(民亂)의 전법(戰法)을 시대착오적으로 보고, 종교를 넘어선 연대의 필요성을 강조하는데, 이는 이전의 동학이 갖고 있던 종교적 색채를 탈각하고 현실변혁을 추구한다는 점에서 남접의 이념적 지향을 더욱 분명히 한 것이다. 그리고 초기의 지리산 모임이 김환 개인의 지략과 인맥에 전적으로 의존했던 것에 비해, 김환의 죽음 이후 지리산 모임은 혜관과 송관수, 김길상 등의 주도적 활동으로 더욱 광범위한 동선(動線)과 인적 구성을 확보한다.

물론 다른 모티프들에 대한 작품의 일반적 서술특징처럼 지리산 모임의 구체적 활동 역시 거의 서사화되지 않는다. 산청장에서 일본 순사를 살해한다든가, 진주에서 김두만과 이도영의 집을 습격하여 돈을 탈취하는 장면 정도를 제외하면 이들의 활동이 구체적으로 드러나는 경우는 찾기 어렵다.[17] 하지만 '지

---

17) 하지만 이는 서사의 핍진성(逼眞性) 부족이라기보다는 『토지』 서술의 일반적 특징과 관련이 있다. 『토지』는 윤씨 부인에 대한 김개주의 애정, 동학농민운동의 전개와 실패 과정, 김환과 별당 아씨의 연애, 서희의 축재(蓄財) 등 작품에서 중요한 모티프를 이루며, 당연히 상술되었음직한 내용들이 거의 서사화되지 않았다. 이처럼 『토지』는 가장 핵심이 될 만한 내용들을 독자의 상상력에 맡긴 채 비워둠으로써, 구체적으로 서술된 언어가 갖는 표현력의 한계를 넘어서려는 서술특징을 갖는다. 이는 '언어를 통해서 언어로부터 해방되려는, 언어를 씀으로써 언어를 쓰지 않는 언어가 되려는 불가능하고 모순된'(박이문, 「시적 언어」, 『시의 이해』, 정현종 외 편 (서울: 민음사, 1989), 51). 시적 언어표현의 특징을 소설 작품에 적용한

리산 모임'은 작품에서 가장 많은 인물들과 연결되어 있다. 작품에서 그 어떤 조직도 지리산 모임만큼 광범위하게 연결되어 있지 않다. 이들은 흩어진 동학 조직을 재건할 뿐 아니라, 다수의 새로운 인물들과도 관계를 맺는다. 송관수를 매개로 정석, 김한복 등이 조직에 들어오고, 이들은 만주에 가서 김길상이 활동하는 조직과 만난다. 특히 이용의 아들 홍이는 만주로 돌아가 자동차 정비공장을 차려 만주의 독립운동세력과 긴밀한 관계를 갖는데, 이 역시 송관수의 매개로 이루어졌다. 남편 길상의 존재 때문에 최서희도 이들에게 자금을 지원하게 되는데, 작품의 후반부에는 이들을 연결하기 위해 통영에서 올라온 장연학의 활동이 중요하게 부각된다. 이처럼 '지리산 모임'에는 잠복했던 동학 세력은 물론이거니와 평사리와 통영 주민들, 서울의 지식인들, 해외의 사회주의 세력, 지리산의 토착 세력 등이 모두 직간접적으로 깊은 관련을 맺는다. 조용하, 조찬하, 유인실, 오가다 지로, 길여옥, 강선혜 등 작품 전개에서 다소 이질적인 인물들 역시 임명희[18]를 매개로 지리산 세력과 연결된다. 임명희는 이상현을 연모했고, 상현과 봉순의 소생인 양현을 키우려 했다는 점에서 최서희와 동급의 위치에 있으며, 자진해서 오천 원이라는 거금을 지리산의 독립 세력에게 건넴으로써 장연학의 주도로 마지못해 지리산에 곡식을 보낸 서희보다 독립 운동에 더 적극적으로 가담함으로써 4부 이후 인물들의 관계망에서 중요한 그물코를 형성한다. 이처럼 지리산 모임은 단순히 흩어진 동학세력을 규합하는 데에 머물지 않고, 일제에 맞서는 민족적 저항세력을 총망라하는 거대한 조직으로 성장하면서 작품의 후반부 서사를 이끌어나가는 핵심축을 이룬다.

한편 지리산 모임은 시간이 지나면서 점차 종교적 성격이 옅어지는데, 지리

것이라 할 수 있다. '달'을 그리기 위해서는 달무리진 구름을 그리는 것만으로 충분하다는 홍운탁월(烘雲拓月)의 동양화 기법 역시 같은 설명이 가능하다.

18) 1, 2, 3부에서 숱한 인물과 사건들의 관계망을 끌고 나아갔던 존재가 최서희라면, 4부 이후에 그 몫의 상당 부분은 임명희에게 이전된다. 명희는 숱한 일본론을 펼치는 서울 지식인들 중에서 맏형 격인 임명빈의 누이동생이며, 작가의 일본론에 가장 근접한 일본론을 펼친 유인실, 조찬하, 제문식 등과 사제 및 가족 관계로 얽혀 있다. 작품에서 전면화 되지는 않았지만 작가의 기독교에 대한 비범한 관심을 보여주는 길여옥, 일제시대 민족주의적 문화운동을 펼친 권오송과 재혼한 강선혜 등과도 절친한 관계를 맺음으로써 명희는 사실상 『토지』 후반부에 새롭게 등장하는 대부분의 인물들과 깊이 연결되어 있다.

산 모임의 종교적 성격이 옅어질수록 모임은 불교 세력과 사회주의 세력 등 점점 더 많은 사람과 조직을 끌어들이며 민족적 단위의 세력을 결집시킨다. 특히 지리산 모임은 '동학'이라는 종교인들의 모임이면서도 '불교'와 매우 친밀한 관계를 갖는다. 별당 아씨의 죽음으로 괴로워하던 김환이 과거의 동학 장수 양재곤을 만나 동학 재건을 위해 첫 번째 모임을 가질 때부터 그곳에는 연곡사의 승려 혜관이 함께 했고, 후반부에 가서는 도솔암 주지로 있는 소지감이 이들 모임의 주요 인물로 등장한다. 혜관과 소지감은 윤씨가 김환에게 남긴 500섬지기의 전답 관리에도 관여했으며, 비밀 회합을 위한 장소 제공, 자금 이동, 인물 은닉 등의 중요한 활동에도 깊숙이 관여한다. 이들이 동학 잔당들과 연결되었던 것은 일차적으로, 혜관의 스승이라 할 수 있는 우관선사가 김개주의 친형이었다는 사실 때문이다. 하지만 작품에서 불교와 동학이 연결된 것은 동학을 창시한 최제우와 2대 교주 최시형 등이 모두 불교와 깊은 연관을 가졌고, 그들의 포교 활동에 승려들이 직간접적 도움을 주었다는 역사적 사실과도 부합한다(박맹수 330).

이처럼 작품이 진행되면서 '지리산 모임'은 애초에 갖고 있었던 '동학'이라는 종교적 색채를 점차 잃어가면서 엷어지고, 투명해진다. 작중 인물들의 사무친 한(恨)이 오랜 삭임의 시간을 통해 풀어지듯이, '동학'의 존재감은 이렇게 점차 역사의 무대에서 사라져 갔다. 이는 스스로 소멸한 것이 아니라, 고통에 반응하는 분노의 힘이 다른 길을 찾아 분출된 것으로 보아야 한다. 그러고 동학운동 세력에 대한 이러한 이해는 『토지』가 갑오년의 동학농민운동을 '동학'이라는 종교적 차원의 운동으로만 보지 않고, 시대적 억압에 저항하는 민족적 주체 세력의 저항으로 파악하고 있음을 알려준다.

V. 마치며

1894년에 있었던 동학운동을 우리는 '동학란'에서부터 시작하여 동학혁명, 동학농민전쟁 등 다양하게 불러왔다. 이러한 용어들의 스펙트럼은 동학에 대한 양반들과 기득권층의 두려움, 그리고 이에 맞서는 민중적 소망의 대결 양상을 보여준다. '시천교'와 '청일교'는 양반과 기득권 계층들이 동학에 대해 갖고 있던 부정적 형상을 반영하고 있으며, 변혁을 지향한 '지리산 모임'은 억눌려서 드러나지 못했던 민중들을 소망을 반영하고 있다. 하지만 『토지』에서 서사화된 동학별파의 진정한 의미는, 근대화의 과정에서 부침(浮沈)을 거듭하며 억압되어 온 '동학'이라는 집단적 에너지가 저절로 자신의 존재감을 투명하게 비워나갔다는 데에 있다. 작품은 이들의 존재를 과장하거나 부정하지 않으면서도, 수많은 작중 인물과 사건의 중심에 동학별파의 존재를 설정함으로써 그들에게 합당한 역사적 활동과 지위를 부여하였다. 이런 점에서 볼 때에 『토지』에 나타난 동학별파의 활동은 우리 민족의 역사에서 불꽃처럼 타올랐다가 외세의 개입에 의해 미처 그 꿈을 펴지 못했던 동학농민운동에 대한 해한(解恨)의 서사라고 할 수 있다.

공식적으로 사라진 것처럼 보이지만, 그렇지 않은 집단적 에너지를 서사화하는 것은 『토지』의 중요한 주제이다. 갑오개혁 이후에도 전혀 사라지지 않은 완고한 신분의식이 그 좋은 예이다. 동학 역시 '지리산 모임'을 중심으로 하는 가상(假想)의 동학별파(東學別派)를 통해 소멸하지 않는 집단적 에너지로 서사화되었다. 완고한 신분의식이 민족의 부정적 에너지라면, 동학 운동은 긍정적 에너지이다. 동학은 불교, 기독교, 그 밖의 근대 정신 속에 흡수되었지만, 사라진 것은 아니다. 구한말부터 일제강점기에 걸친 우리 민족의 지난한 삶의 이력을 총체적으로 형상화한 『토지』는 '동학 운동'의 궤적을 서사의 중심에 배치함으로써 소멸하지 않는 민족 에너지의 복원을 꾀했던 것이다.

인용문헌

권택영. 『프로이트의 성과 권력』. 서울: 문예출판사, 1998. Print.

김상일. 『수운과 화이트헤드』. 서울: 지식산업사, 2001. Print.

김승종. 「동학혁명의 문학사적 의의」. 『동학학보』 14 (2007): 7-36. Print.

김진석. 「소내하는 한의 문학: 『토지』」. 『한 · 생명 · 대자대비 – 토지비평집 2』. 서울: 솔, 1995. Print.

박경리. 『토지』. 16 vols. 서울: 솔, 1994. Print.

______. 『토지』. 21 vols. 서울: 나남, 2002. Print.
박맹수. 「동학의 교단조직과 지도체제의 변천」. 『1894년 농민전쟁연구 3』. 한국역사연구회 지음. 서울: 역사비평사, 1997. 301-38. Print.
박이문. 「시적 언어」. 『시의 이해』. 정현종 외 편. 서울: 민음사, 1989. Print.
윤석산. 「동학사상의 어제와 오늘」. 『동학학보』 12 (2006): 301-36. Print.
이경덕. 『신화로 보는 악과 악마』. 서울: 동연, 1999. Print.
이부영. 『그림자』. 서울: 한길사, 1999. Print.
이우화. 『박경리 『토지』에 나타난 전통적 가치관에 관한 연구』. 석사논문. 교원대학교, 2003. Print.
이이화. 「1985년 농민전쟁 지도부 연구」. 『1984년 농민전쟁연구 5』. 한국역사연구회 지음. 서울: 역사비평사, 2003. Print.
이찬구. 「수운의 天主와 과정 철학」. 『신종교연구』 14 (2006): 205-43. Print.
임금희. 「『土地』에 나타난 東學 연구」. 『문명연지』 1.1 (2000): 139-219. Print.
정호웅. 「한국 현대소설과 동학」. 『우리말글』 31 (2004): 341-61. Print.
채길순. 「역사소설의 동학혁명 수용 양상 연구」. 『한국문예비평연구』 2 (1998): 199-234. Print.
최유찬. 「『토지』와 일본」. 『해방 60년, 한국어문과 일본』. 목원대학교 편. 서울: 보고사, 2006. 11-46. Print.
______. 「『토지』판본 비교 연구」. 『현대문학의 연구』 21 (2003): 7-84. Print.
______. 『『토지』를 읽는다』. 서울: 솔, 1996. Print.
최종성. 「동학의 신학과 인간학」. 『종교연구』 44 (2006): 139-68. Print.
한국문학연구학회. 『『토지』와 박경리 문학』. 서울: 솔, 1996. Print.
한승옥. 「박경리 『토지』에 나타난 동학의 의미」. 『숭실어문』 15 (1999): 321-30. Print.
황현산. 「생명주의 소설의 미학」. 『토지 비평집 2－한・생명・대자대비』. 박경리・임양묵 편. 서울: 솔, 1995. Print.
프로이트, 지그문트. 「나르시시즘에 관한 서론」. 『무의식에 관하여』. 윤희기 옮김. 서울: 열린책들, 1997. Print.
______. 「집단심리학과 자아분석」. 『문명 속의 불만』. 김석희 옮김. 서울: 열린책들, 1997. Print.
자프란스키, 뤼디거. 『악 또는 자유의 드라마』. 곽정연 옮김. 서울: 문예출판사, 2002. Print.
샌포드, 존 A. 『융학파 정신분석가가 본 악』. 심상영 옮김. 강릉: 심층목회연구원출판부, 2003. Print.

14

최인훈 소설에 나타난 기독교 비판의 의미

| 정재림 |

I. 서론

최인훈은 한국의 근대와 근대성에 대해 누구보다 치열한 탐구를 수행해온 작가다. 그래서 독자는 그의 소설을 읽으며 '이식된 근대,' '식민지적 근대'로서의 우리나라 근대에 대해 고민하게 되고, 또한 어떻게 이 식민지적 근대를 극복할 수 있을까 자문해 보게 된다.[1)]

특히, 초기 장편소설인 『회색인』에는 한국 근대에 대한 고민이 매우 집중적으로 나타나 있다. 인물들의 입을 빌려 작가는 8·15해방과 더불어 정치적 식민주의의 역사는 종료되었지만, 정치적, 경제적, 문화적인 식민주의는 더욱 심화되지 않았는가라고 반문하는 듯하다. 구재진은 『회색인』이 "최인훈 소설 전체에서 반복적으로 제시되고 있는 근대에 대한 사유의 전형을 가장 집약적으로 보여주고" 있으며, "'식민지성'이나 '주변성'을 극복할 수 있는 방법적인 대안"

---

* 본 논문은 『문학과 종교』 15.2 (2010): 83-98에 「최인훈 소설에 나타난 기독교 비판의 의미」로 게재됨.

1) 최인훈 문학의 전반적 경향과 특징에 대해서는 다음 책에 실린 해설과 논문들을 참고할 것. 정재림, 「치열한 자기 更新의 문학」, 『최인훈: 문학을 '심문(審問)'하는 작가』, 정재림 편 (서울: 글누림, 2013).

을 모색한 작품이라고 평가한 바 있다(구재진 88). 반면 권성우는 『회색인』의 현실 인식이 당대성과 현실성을 갖춘 것임에도 불구하고, "한국 문화의 정체성에 대한 근원적인 질문이 급격한 전통단절론과 오리엔탈리즘의 미망으로 수렴"되는 한계를 노출한다고 평가하였다(권성우 137). 하지만 『회색인』이 '민족주의'를 대안으로 제시하고 있는지, 혹은 '오리엔탈리즘의 미망'으로 수렴되는지 성급한 판단을 내리기 전에, 텍스트에 대한 보다 정치한 독해를 시도하는 것이 순서일 듯하다.

최인훈의 한국적 근대, 식민지적 근대에 대한 인식은 그의 1960년대 소설에 등장하는 지식인의 현실 인식과 크게 거리를 두지 않는 것으로 보인다. "눈 귀에 보고 듣는 것은 하나에서 열까지 서양 사람들이 만들고 쓰고 보급시킨 심벌"(『회색인』 33)이라는 '독고준'의 자조나, 역사학도의 눈에 비친 "크리스마스가 페스트처럼 난만하게 번지고 있는 서울의 밤"(「크리스마스 캐럴 4」 104)은 서구적인 것이 1960년대 한국의 일상에까지 스며들었음을 보여준다. 그런데 흥미로운 부분은 서구화된 현실, 식민지적 현실을 문제 삼는 최인훈이 서구적인 것의 표상으로 기독교를 가져온다는 점에 있다. 물론 최인훈이 기독교를 서구의 대표적인 상징으로 차용할 때, 그것은 근대 초기나 1930-40년대 소설에서 기독교가 전용되는 방식과 분명한 차이를 갖는다. 즉 1960년대 최인훈 소설에 등장하는 기독교는 단지 문명적 차원의 것이 아니라는 점에서 이전 시기 소설에 등장했던 기독교와 변별점을 갖는다는 것이다(정재림 265-66). 차이의 원인은 한국 기독교의 역사가 80여 년의 축적을 이루었다는 데도 있겠지만, 미군의 점령과 원조로 특징지어지는 해방 이후의 근대성과도 관련이 있는 것으로 보인다.

1960년대는 미국대중문화의 영향으로 크리스마스나 추수감사절, 대학 축제, 파티나 무도 댄스회 등이 하나의 유행과 풍속으로 우리 문화 속에 자리 잡기 시작하던 시기이다(김경일 178). 하지만 문물과 제도, 사상과 풍습이 서양화 되어가는 현실을 목도하며, 최인훈은 한국적 전통으로 서양을 극복할 수 있다는 선언을 하지는 않는다. 왜냐하면 『회색인』의 주인공 독고준의 "그 전통은 자칫 우리들의 헤어날 수 없는 함정이기 십상이다"(15)라는 말처럼, 한국적 전통을 앞세우는 특수주의가 서양의 보편주의를 극복하는 방법이 아니라, 오히려 전도된 방식으로 서구 보편주의를 반복하는 함정으로 작용할 수 있음을 그가 이미 인식하고 있었기 때문이다(강상중 174-204). 이 글은 '기독교 비판'을 중심으로 『회색인』의 서사를 다시 짚어봄으로써, 최인훈이 기독교 서사와 서구 역사주의를 어떻게 연결시켜 서사화 하였는지, 또한 식민지적 현실로부터 벗어나기 위해서 어떻게 '회상의 서사'를 전유하고 있는지를 살펴보고자 한다.

II. 한국적 근대의 딜레마

최인훈의 소설에서 서구 근대화는 이미 일상과 풍속에까지 스며들어 있는 엄연한 현실로 나타난다. 이 현실에 대한 반응은 크게 둘로 나뉠 수 있다. 서양을 더 철저히 내면화하거나, 서양을 극복할 방법을 찾는 것이 그것이다. 전자의 대응 방식을 대표하는 인물이 「크리스마스 캐럴 4」의 주인공이다. 한국적 현실에 대해서 자학에 가까운 반응을 하는 주인공은 서양 역사를 더 철저히 배우고자 유럽 유학을 선택한다. 그런 점에서 그가 유학지로 선택한 'R—'은 상징적이다. 유럽의 지방도시인 그곳은 프로테스탄트 운동의 요람지 가운데 하나이자 중세에 융성했던 상업 도시였다. 서구의 기원이라고 할 수 있는 유럽의 한복판에서 유학생활을 하지만, 그것이 식민지 인텔리의 갈증을 해결해 주지는 못한다. 유학생활에서 그가 경험하는 것은 유럽과 한국이 다르다는 것, 식민지 인텔리로서 자신이 그 간극을 메우지 못할 것이라는 초조함이다. 그에게 동경의 대상이 되는 것은 서양사를 가르치는 교수들, 그리고 같은 아파트에 살고 있는 노파다. 그는 유럽 대학교수들을 '신기료 장수'에 비유한다. "이 튼튼한 심줄과 굵은 손가락 마디를 가진 노인들에게, 학문은 무슨 막연한 것이 아니고, 그 손가락으로 주무르고 이기고 꿰매는, 아교풀이고 암말의 허벅지 안가죽이고 쇠못이고 구두창이었다. 학문은 그들에게는 논리적 조작이 아니라 손에 익은 수공업이었다."(「크리스마스 캐럴 4」 89). 그의 고민의 핵심은 서양인에게 구두창과 같이 삶과 체화된 학문이, 그러나 동양 유학생에게는 여전히 관념이나 논리에 불과하다는 점이다.

그가 아파트의 노파에게 느끼는 동경 역시 동일한 구조에서 생겨난 것이다. 나이팅게일 훈장 소지자이며 성서보급회 명예 회원인 노파는, 밤낮 성경책을 부둥켜안고 있어서 '수호성녀'라는 별명으로 불린다. 그는 노파의 모습에서 '서양 기독교의 진수,' '기독교의 상징'을 발견했노라고 고백한다. "저것이 종교구나. 저게 기독교다. 생활 속에 흠씬 파묻힌. 학문과 구두창. 종교와 노파. 성경책은 그녀의 고양이. 모든 것이 그렇다. 이 사람들의 생활의 모든 갈피마다 저런 고양이가 도사리고 있다."(「크리스마스캐럴 4」 90). 수호성녀에게 기독교가 손에서 놓지 못하는 성경책과 같이 체화된 것인 반면, 식민지인에게 기독교는 오해의 대상이거나 크리스마스 파티와 같은 왜곡된 대상으로 존재하곤 한다. 우리 것이 될 수 없는 서양 학문이나 기독교 앞에서, 식민지 지식인은 동경과 증오의 양가감정을 느낄 수밖에 없다. 하지만 서구로부터 벗어나는 길은 묘연하기만 하다. 왜냐하면 그는 서구적 근대를 반역하기 위해서라도 서양의 학문과 종교가 필요하다고 생각하는 사람이기 때문이다.

「크리스마스 캐럴 4」의 주인공이 한국적 근대성을 탐색하기 위해 서양의 기원으로 들어갔다면, 『회색인』의 주인공은 '회색의 의자'에 앉아 자신의 기원, 한국의 기원에 대한 모색을 시도한다. 독고준의 한국 현실인식 역시 「크리스마스 캐럴 4」의 그것과 크게 다르지 않다. 독고준은 한국적 근대성의 딜레마를 '신화'도 '전통'도 불가능한 상황에서 찾는다. 여기서 신화란 서양이 성취하여 내재해온 서구적 근대를 일컫는 말이다. 한국은 의지와 무관하게 서양의 신화를 이식했지만, 유럽 교수의 손에 들린 학문이나 수호성녀가 품고 있는 성경처럼 풍부한 외연과 내포를 만들어 내지 못하는 것이 문제다. 그렇다고 전통으로 회귀하자니 동양적 전통은 이미 폐허가 되어서 돌아가는 것 자체가 불가능하다. 서양을 따를 수도 없고, 전통으로 돌아갈 수도 없는 한국적 상황은, 독고준의 실존적 위치와 일치한다. 북한에서 느꼈던 망명자 의식, 남한에서 경험하는 실향민, 피난민 의식, 고아로서의 처지는 서구적 좌표에서도 전통적 연속성에서도 자기 자리를 찾지 못하는 한국적 근대성과 같은 의미를 갖기 때문이다. 하지만 역설적으로 어디에서도 자기 집을 발견할 수 없게 된 상황은 한국적 근대가 출발하는 자리이기도 하다.

> 가족이 없는 나는 자유다. 신은 죽었다. 그러므로 인간은 자유다, 라고 예민한 서양의 선각자들은 느꼈다. 그들에게는 그 말이 옳다. 우리는 이렇다. 가

족이 없다, 그러므로 자유다. 이것이 우리들의 근대선언이다. 우리들의 신은 구약과 신약 속에가 아니고 족보 속에 있어왔다. (『회색인』 110)

독고준은 서양의 근대가 '신은 죽었다'는 선언에서 시작되었다면, 한국의 근대는 '가족은 없다'는 명제에서 시작된다고 말한다. 전후 작가들이 해방과 전쟁 이후의 한국적 상황을 전통도 새로운 전통도 부재하는 뿌리뽑힘에 비유하는 것과 유사하게, 최인훈 역시 전후의 실존을 족보와 혈통에서 분리된 뿌리뽑힘으로 진단하고 있다. 하지만 개인적 정체성과 실존에 천착한 전후 작가들이 휴머니즘이나 실존주의에서 새로운 비전을 발견한 것과 달리, 개인의 실존과 함께 공동체의 정체성을 문제 삼는 최인훈은 쉽게 비전을 발견하지 못한 것으로 보인다. 즉 독고준의 실존은 피난민 고학생의 한 표본일 뿐만 아니라, 전통없이 새로운 신화를 만들어야 하는 한국적 정체성의 은유라고 할 수 있다. 독고준의 실존으로 상징되는 한국적 근대성의 문제는, 곧 식민지 이후의 식민성이라고 말할 수 있다. "우리들이 가지고 있는 모든 것이 한국이라는 풍토에 이식된 서양이 아닌가"라고 자조하는 독고준은 자신의 정체성을 확인하기 위해 '과거 회상'이라는 전략을 통해 '지금의 나'가 무엇인지, 그리고 '한국적 근대'가 무엇인지를 탐구한다. 하지만 회상의 전략을 취하고 있는 『회색인』의 최종목적이 기억의 회복이라고 말하기는 어려울 듯하다. 특히 최인훈의 의도가 기원의 서사를 해체하는 것, 서양의 '역사개념'으로부터 벗어나는 것이었다고 본다면, 『회색인』의 '회상의 서사'는 이를 위한 전략적 장치라고 해석해야 타당하다.

III. 서양 역사주의와 기독교 서사의 상동성

최인훈의 한국적 근대성 논의에서 주목을 요하는 부분은, 그가 근대 비판의 맥락에서 기독교를 등장시키고 있다는 점이다. 독고준은 "정치와 교회는 무관한 것이 아닌가. 제국주의와 기독교는 직접적으로 관계가 없다"(『회색인』 101)고 단언한다. 그렇다면 정치와 교회, 제국주의와 기독교, 과학과 기독교 사이의 단절을 분명히 하면서도 그가 기독교를 문제 삼는 까닭이 무엇인지 주목할 필요가 있다. 『회색인』은 기독교 선교가 제국주의의 도구로 사용되어 왔으며, 기독교의 윤리가 제국주의와 자본주의의 폐해와 결함을 봉합하는 장치로 활용되어 왔음을 지적하고 있지만, 이것이 소설에서 기독교 비판이 등장하는 진정한 이유라고 보기는 어렵다. 한국의 전통인 불교에서 대안을 찾아야 한다고 주장하는 황선생의 말은 어떤 맥락에서 기독교 비판이 등장하는지를 암시해준다. "(우리가) 기독교 일색인 세계 — 현재"에 살고 있다고 진단하는 황선생은, "서양사의 주제는 기독교 그것"이며 "우리는 이 주역들이 짜놓은 각본에 나중에야 끼어든 에피소드 같은 존재"(『회색인』 172)에 불과하다고 말한다. 황선생이 기독교가 서양사의 주제라고 지적한 것은, 기독교적 사유 패턴이 서양 역사를 지배하고 있다는 말과 다른 것이 아니다. 그는 공산주의의 논리 역시 기독교의 그것과 다른 것이 아니며, 그래서 공산주의는 '역(逆)의 기독교'라고 지적한다. 독고준의 서양사 이해 역시 황선생의 지적과 크게 다르지 않다.

> 그것(과학과 기독교 — 필자)은 완전히 단절된 모순의 상태에 있는 두 개의 사상이다. 서양사는 이 두 사상 사이의 드라마라고 요약될 수 있다. 성경의 이야기를 빌면 신과 인간의 씨름인 것이다. 진정한 드라마는 오직 신과 인간 사이에만 있다. 인간 사이의 드라마도 그것이 드라마로서 의미를 가지자면 '신과 인간의 씨름'이라는 '원형'의 '모형'일 때에 한한다. 서양 예술처럼 단순한 것도 없다. 그것은 줄곧 이 유일한 라이프 모티프인 '신과 인간의 씨름'을 한없이 변화시킨 수많은 변주곡에 다름아니다. [···] 정반합(正反合), 정반합, 정반······ 이런 식이다. 그것은 서양 문화의 밑바닥을 흐르는 '어미가락'이다. 그들의 문화의 어느 한 곳을 취하든 우리는 이 가락을 가려낼 수 있다. 이것이야말로 동양 음악이 전혀 알지 못하는 골격이다. (『회색인』 101-02)

위에 인용된 독고준의 논의를 요약하면, 서양사의 밑그림에는 '정(正)-반(反)-합(合)'의 변증법이 자리잡고 있다는 것이다. 그래서 서양의 문학과 음악, 역사는 동일한 패턴의 각기 다른 변주로 이해 가능하다. 그런데 정반합의 변증법이 창출하는 자리에서 독고준과 황선생은 왜 기독교를 언급하는 것일까? 그 이유는 기독교의 목적론적 서사가 '정반합' 패턴의 핵심뿌리이기 때문이다. 김순임의 전도로 기독교 교리를 배우게 된 하숙집 여주인이 역설하는 것은 '세상 종말'이다. "이게 아마겟돈이라오. 세상 종말이 곧 온답니다. 바벨론의 백성들이 하나님을 노엽게 한 죄로, 하나님께서 진노하사 이 세상을 없이하는데 오직 복음을 믿는 자만이 구원을 받는다고 말씀하셨소. 그날이 되면 예수님께서 천사군을 거느리시고, 이 세상에 왕으로 오셔서 악의 권세를 뿌리째 뽑으시고 믿는 자들을 거느리고 왕국을 다스리신답니다"(『회색인』 97). 성경은 창조에서 시작하여 종말로 나아가는 대표적인 목적론적 서사다. 종말이 최종적인 목적이 되며, 이 목적 아래에서 우연이나 인간의 자유는 필연이나 운명으로 환원된다. 그렇기 때문에 다양한 종류의 역사들이 동일한 발전도식으로 통합된다는 헤겔적 종합은 기독교의 목적론적 서사에 대한 일종의 확장, 변형으로 볼 수 있다.

로버트 영(Robert J. C. Young)은 포스트구조주의 이론가와 포스트식민주의 이론가들의 작업을 '대문자 역사'에 의문을 제기하는 것, 서양을 보편적 동일자로 간주하는 역사주의에서 벗어나려는 시도라고 평가한 바 있다(207).[2] 타자를 동일자로 환원하지 않으려는 공통된 기획이 포스트구조주의 이론가들과 포스트식민주의 이론가들이 접속하는 핵심이자, 그것이 두 계열의 이론가들로 하여금 목적론적인 역사주의를 부정하는 원인으로 작용한다는 영의 지적은 상당한 타당성을 갖는다. 왜냐하면 서양 형이상학의 역사가 주변화된 타자를 동일자로 환원하는 폭력과 억압의 그것이었다는 포스트구조주의자들의 주장은, 제국주의의 식민담론이 식민지를 타자화해 왔다는 포스트식민주의 이론과 일맥상통하기 때문이다. 즉 두 계열의 이론가들에게 놓인 선결과제는 서양의 형이상학, 역사주의로부터 어떻게 벗어나느냐는 문제와 다른 것이 아니라고 할 수 있다.

이런 맥락에서 볼 때, 식민지 이후의 식민성을 문제 삼는 작가 최인훈이 기독교 담론을 끌어들이는 진의가 서양 역사주의에 대한 비판에서 비롯된 것이 아닌가 추측하게 된다. 정치적인 해방이 되었는데도 식민성의 문제가 해결되지 않았으며, 오히려 더 심각한 문제를 노출하게 되었다는 것이 최인훈이 제기하는 문제의식이다. 그렇다면 제국주의의 첨병으로 기독교가 기능했다는 것보다 더 심각한 점은, 기독교의 목적론적 서사로 대표되는 서구의 역사주의가 우리

2) 로버트 영은 데리다(Jacque Derrida)가 '역사학' 자체에 관심을 두지 않는다는 점에서 이들 이론가와 거리를 갖는 것처럼 보이지만, 그 또한 "역사는 항상 목적론적이고 종말론적인 형이상학과 공모하는 개념"이라고 주장하며 서양 역사주의에 대해 부정적인 입장을 취하고 있다고 지적한다.

에게도 동일하게 적용된다는 것이다. 왜냐하면 서구의 목적론적이고 진화론적 역사 개념을 수용한다면, 식민지 주변국가인 한국의 식민성은 마치 숙명처럼 벗어날 수 없는 것이 되기 때문이다. 그렇다면 서구의 역사 개념에 의해 주변국, 식민국의 정체성을 부여받을 수밖에 없는 한국의 정체성은 어떻게 세워져야 하는 것일까라는 것이 궁금하지 않을 수 없게 된다.

IV. '우연'의 강조와 기억의 허구성

정체성의 위기에 대한 주체의 일차적인 반응은 회상하기 혹은 기억하기다. 왜냐하면 자아 정체성이 성립되기 위한 근본 요건이 기억이기 때문이다. 기억을 통한 정체성 회복이 성공적으로 이루어지기 위해서는 잊혔던 과거가 회상에 의해 회복될 수 있다는 전제가 있어야 하며, 이것은 환자의 외상적 기억을 회복시키고자 한 초기 프로이트 이론의 전제이기도 하다. 과거와 현재를 유기적으로 체계화하며, 꿈과 실수조차 무의식의 질서로 되돌린다는 특성을 이유로, 바흐친(M. Bakhtin)은 프로이트(S. Freud)가 헤겔(Friedrich Hegel), 마르크스(Karl Marx)로 대표되는 변증법의 전통에서 벗어나지 못했다고 비판한 바 있다(모슨, 게리 솔 · 캐릴 에머슨 70). 즉 헤겔, 마르크스, 프로이트의 이론이 우연조차 필연으로 귀결시킴으로써 사물의 총체성을 설명하려는 전체주의적 속성을 드러낸다는 점에서 동형이라는 지적이다. 바흐친의 지적을 염두에 둔다면, 최인훈 소설에 반복적으로 등장하는 유년의 회상을 정체성 회복의 전략으로 독해하는 것이 의도치 않은 논리적 모순을 만들어 낼 수 있음을 알 수 있다. 왜냐하면 회상을 통해 정체성을 회복한다는 전략이 변증법적 전통을 그대로 계승하는 것이라면, '회상의 서사'는 서양의 역사주의에서 벗어나고자 하는 최인훈의 의도와 모순을 이루기 때문이다. 최인훈 소설에서 반복하여 등장하는 W시에서의 원체험을 논의할 때, 원체험 자체(과거 사실)보다 원체험의 의미(사후적 효과)에 분석의 초점을 맞추는 것이 보다 타당한 것은 이 때문이다(김영찬 288).[3]

3) 대표적인 논의로 김영찬의 주장을 들 수 있는데, 그는 "원체험의 의미는 현재 시점에서 한국적 근대의 현실에 대응하는 작가의 상황 인식과 욕망, 이데올로기의 사후적 효과로 구성된 것"이라고 주장한다. 필자는 최인훈의 원체험이 사후적으로 구성된 것이라는 그의 주장에 동

초기 단편소설인 「우상의 집」에서도 전쟁 체험과 관련한 어린 시절의 경험이 등장하는데, 이 소설은 정신병자인 인물을 등장시켜 과거 기억이 모두 거짓일 수 있음을 보여준다. 소설의 서술자는 자기 선생의 친구인 한 사내를 알게 되는데, 사내는 자기의 죄의식을 형성하게 된 충격적인 이야기를 들려준다. 이북의 W시에 살던 고등학교 시절 6·25전쟁을 경험하는데 공습으로 옆집 여자가 기둥에 눌려죽게 된 것을 보고도 겁이 나서 달아났다는 것이다. 그래서 그는 그녀를 빨리 구해내지 않아 죽게 한 자신이 살인자라는 죄의식을 갖게 되었다고 고백한다. W시, 공습, 전쟁, 여자의 죽음 등은 최인훈의 다른 소설에 등장하는 원체험의 내용들과 유사한 것인데, 이 소설의 반전은 과거의 기억을 털어놓은 남자가 정신병자라는 데 있다. 의사의 설명에 의하면, 그는 이북에 가본 적도 없는 서울내기이며 그의 고백은 모두 지어낸 이야기라는 것이다. 「우상의 집」의 반전은 최인훈의 전기적 사실과 상당히 일치해 보이는 소재들이 작가 개인의 역사와 일치하지 않는 허구임을 환기하며, 뿐만 아니라 소설 속 인물들이 털어놓는 과거 체험 역시 허구일 가능성이 크다는 점을 암시해준다.

기억의 부정확성과 오류를 주장하는 입장에 의하면, 모든 기억은 재구성된 기억이다. 구성주의 기억이론은 회상에 의하여 서술된 이야기가 실제 삶의 이야기와 일치하지 않으며, 기억이 과거에 의존하는 것이 아니라 오히려 과거가 기억행위를 통해 정체성을 획득하는 것이라고 주장한다. 즉 우리가 과거를 가지고 작업하는 것이 아니라, 우리가 과거의 상태에 대해 만들어낸 표상들이 구성해내는 이야기들로 작업한다는 것이다(정항균 142). 그런 점에서 최인훈 소설의 인물과 서술자가 'W시－그 여름'의 과거가 재구성된 기억일 가능성을 여러 곳에서 암시하고 있다는 점에 주의를 기울일 필요가 있다. 그렇다면 허구적인 기억임에도 불구하고 인물들이 기억에 집착하는 이유는 무엇일까? 허구적 기억에 대한 집착은, 잠에서 깨어난 독고준이 잊어버린 꿈 내용을 기억해 내려는 노력과 흡사하다. "내용도 모르는 꿈을 기억한다는 사실이 그를 붙잡고 놓지 않는다. 그리고 무언가 짜증이 난다. 그것은 알리바이를 대하는 무고한 혐의자의 마

의하면서, 사후적인 구성의 동기가 서구 역사주의에서 벗어나기 위한 것임에 주목하고자 한다.

음 같은 것이었다"(『회색인』 30). 허구적인 기억은 일종의 '알리바이'와 같은 역할을 한다. 생각해 낼 수 없는 꿈의 내용, 부재하는 꿈의 내용에 대한 알리바이가 바로 허구적인 기억이다. 원체험의 내용이 원래 없는 것이나 찾을 수 없는 것이라면, '허구적인 기억'은 부재하는 것을 위장하는 전략적 포즈, 일종의 알리바이라고 할 수 있다.

독고준의 생각나지 않는 꿈은, 꿈을 무의식에 대한 번역으로 해석하는 프로이트에 대한 반론이 된다. 꿈이 무의식의 번역이라면, 그 무의식이 해석되어야 하지만 독고준의 경우는 아무것도 기억을 해내지 못하기 때문이다. 데리다는 프로이트를 비판하면서, 꿈의 문자는 어떤 코드에 의해서도 해독되지 않는다고 말한다. 왜냐하면 꿈이 무의식의 목소리를 충실히 전달하는 표현이 아니기 때문이라는 것이다. 그래서 그는 꿈을 꿈으로써 무의식의 기억흔적은 꿈 속에서만 사후적으로 의미 있는 것이 된다고 주장한다(서동욱 76). 데리다의 설명에 기댄다면, 소설의 원장면, 원체험 자체를 논구하는 것은 무의미한 작업일 가능성이 크다. 왜냐하면 원장면이나 원체험은 원래 존재하는 것이 아니라, 사후적인 의미를 갖는 사건으로 재구성된 것이기 때문이다.

그렇다면 주체가 허구적 기억이라는 알리바이를 창안해내는 이유는 무엇일까? 표면적인 이유는 총체적 질서 속에서 자신의 현위치를 탐색하는 데 있는 것처럼 보인다(김인호 157).[4] 즉 회상을 통해 '과거의 나'와 만나고 그럼으로써 '현재의 나'의 위치가 파악되는 순서를 밟는다는 것인데, 이는 과거와 현재를 원인과 결과로 연결시키는 초기 프로이트 이론과 다른 것이 아니다. 하지만 『회색인』의 과거 회상에서 발견되는 '그러자'라는 접속어는, 과거와 현재가 원인과 결과로 일대일 대응될 수 없음을 보여준다. 독고준이 전쟁 발발을 서술하는 장면을 보자. "그 여름. 그 여름도 여느 해와 다름없이 사과꽃은 오월 중순에 피었다. 과목밭에서는 한창 바쁜 철이었다. 준도 가마니에 넣어서 곳간에 쌓아뒀던 닭똥을 소쿠리에 담아서 밭으로 나르는 일을 도왔다. 그러자 전쟁이 났다"(『회색인』 34). 주의를 요하는 단어는 '그러자'라는 접속어다. 독고준은 닭똥을 소

4) 김인호는 『서유기』를 자기 정체성을 찾는 소설, 『화두』를 새로운 실천을 하고 새로운 존재로 거듭나게 하는 소설이라고 평가하였다.

쿠리에 담아서 밭으로 나르는 일을 돕는 자신의 행위 뒤에 전쟁의 발발을 놓는다. 자신의 행위와 전쟁의 발발은 아무 상관이 없다. 그렇다면 두 문장을 연결시키는 적절한 접속어는 '그런데' 정도다. 하지만 그는 인과의 의미를 포함한 '그러자'라는 접속어로 두 행위를 접속시킨다. 여인과의 방공호에서의 체험에서 동일한 방식이 반복된다.

> 그는 담 너머로 꽃밭을 바라보았다. 손을 뻗치면 이쪽에서 제일 가까운 꽃송이는 딸 수 있었다. 그러나 손이 나가지 않았다. 집은 이 시간에 창과 문이 꼭 닫혀 있었다. 그는 꽃밭과 그 닫힌 창과 문을 번갈아보면서 망설이고 있었다. 불쑥 그의 손은 담장 너머로 건너갔다. 바로 그러자였다. 찢어지는 듯한 쇳소리가 머리 위를 달려갔다. 뒤를 이어 또 또. 공습. 닫혔던 문이 열렸다. 준의 누님 또래의 여자가 나타났다. 그녀는 달려나오면서 준의 팔을 잡았다. (『회색인』 49, 밑줄: 인용자)

인용문에서의 사건은 다음과 같이 정리된다. 꽃밭의 꽃송이를 따려고 손을 내밀었다(사건①) – <그러자> – 공습이 시작됐다(사건②) – 여자가 나타났다(사건③). 공습이 시작되는 사건②와 여자가 나타난 사건③은 어느 정도 인과성을 가질 수 있지만, 손을 내미는 사건①과 나머지 사건 사이에는 어떤 개연성이나 인과성도 존재하지 않는다.[5] '그러자'라는 접속어의 의도적 사용은 '역사의 우연'을 강조하는 황선생의 역사해석과 관련을 맺는다. 서양극복의 대안으로 '불교'를 제안하는 황선생의 논의에서 흥미로운 부분은 역사를 '우연'의 소산으로 규정하는 그의 역사인식이다.

> 결국 일본이 나라를 보전한 것은 우연이라고 볼 수밖에 없어. 추상적으로 따지면 반드시 그렇게 됐어야 할 일이 사실은 그렇게 되지 않았다 할 때, 그것은 우연이라고 할 수밖에 없지 않은가? 나는 이걸 역사의 원우연이라고

5) 비인과적인 사건의 우연성에 '그러자'라는 인과의 논리를 부여하는 심리의 근저에는 자신의 무능력을 전능성으로 바꾸려는 욕망이 잠재되어 있다고 해석하는 것도 가능하다(지젝, 슬라보예, 『삐딱하게 보기』, 김소연 외 역 (서울: 시각과 언어, 1995), 68). 지젝의 논의에 따른다면, 최인훈 소설의 인물들이 만들어낸 허구적인 기억들은 실재와의 조우를 피하기 위한 하나의 판타지로 기능하는 것이기 때문이다. 하지만 필자는 이와 같은 독해가 최인훈의 소설을 철저히 서구적인 것의 반복으로 읽게 할 위험이 있다고 생각한다.

부르고 싶어. . . . 인과적 설명이란 건 결국 순환 논법에 지나지 않아. (『회색인』 160-61)

한 개의 주사위가 있다고 생각하게. 이 주사위는 좀 이상해서 그 여섯 개의 면이 각각 살아 있어서 쉴 새 없이 자유 운동을 한다고 가정하게. 그러니까 가만 둬두어도 이리저리 면이 바뀐단 말이지. 그리고 여기에 어떤 거인의 손이 있어서 이 움직이는 주사위를 집어서는 던지고 집어서는 던지면서, 어떤 놀음을 하고 있다고 상상하게. 이 면들이 역사상의 민족이라고 하고 거인의 손을 역사의 법칙이라 한다면 어느 면이 나오는가는 이 주사위 스스로 움직이는 미시적 자유 운동과 거인의 손에 의한 거시적 자유운동의 합이 만들어내는 우연이 아니겠는가. 인과의 율을 따지고 보면 그 깊은 심연 속에는 뜻밖에도 이 '우연'이 미소하고 있단 말이다. (『회색인』 162-63)

'우연'에 대한 강조는 필연과 운명으로 환원되는 서양 역사주의에 대한 유의미한 반론이 된다. 황선생은 동양인이 제구실을 하기 위해서는 '서양사적 문제 제기'를 물리칠 필요가 있다고 역설하는데, 우연을 역사의 원리로 입각하는 것이 서양사를 물리치는 유효한 방법이 될 수 있기 때문이다.[6) 『회색인』의 과거 회상 장면은 접속어의 의도적 사용을 통해 역사의 '우연성'을 강조하고 있을 뿐만 아니라, 회상된 과거가 자신의 현재의 의도와 욕망에 의해 재구성된 것임을 말해준다. 즉 방공호 체험에 대한 독고준의 기억이 허구적 성격을 띠고 있음을 보여준다는 것이다. 특히 '김순임'과의 만남이 전쟁 당시의 방공호 체험을 구체적으로 떠오르게 할 뿐만 아니라 과거의 기억을 생생하게 만들어내는 매개가 됨을 보여준다.

---

6) 하지만 황선생의 주장을 『회색인』에 나타난 최인훈의 의식으로 이해하기는 어렵다. 왜냐하면 작가나 주인공인 독고준은 황선생의 대안에 대해서도 일정한 거리를 취하고 있기 때문이다. 인용문에서 확인되듯이, 황선생의 주장은 주사위의 결과로 표상되는 '운명'과 '역사'를 우연의 틀에서 해석해 내지만, 결국 불교의 인과론을 도입함으로써 다시 서양사를 반복하고 있기 때문이다. 즉 그가 역설하는 불교의 진리성(우연)이 서양 철학사상의 개념과 틀(인과율)을 반복하는 것이라고 비판될 수 있다. 이러한 황선생의 주장은 메이지 유신 이후 기독교의 자유화에 의해 불교가 위기에 처하게 되자 일본 불교가 보였던 대응과 유사하다. 야마오리 데쓰오는 이러한 대안 제시에서 일본 불교가 자신의 진리를 주장하기 위하여 강조된 인연과 공의 개념이 기독교의 인과성과 다르지 않음을 주장하는 도착적인 광경을 연출한다고 지적하였다. 데쓰오, 야마오리, 『근대 일본인의 종교의식』, 조재국 역 (서울: 소화, 2009) 참조.

> 그의 기억 속에서 그 여자의 초상화는 매일 확실해져갔다. 얼굴은 둥글다. 흰 얼굴. 줄무늬 간 원피스. 검은 눈썹. 맵시 있는 코. 흰 이빨. 그의 기억과 상상력은 사이 좋게 의논해서 부드럽고 젊은 여자의 초상화를 만들어갔다. (『회색인』 54-55)

> 어떻게 된 일인지 그의 눈앞에 어떤 모습이 연락없이 떠올랐다. 하얀 목덜미. 풍부한 입술. 계단을 내려가다가 흘깃 훔쳐본 여자의 얼굴. 누군가를 닮았다. 어디서 본 여자다. 그는 하마터면 소리를 지를 뻔했다. 그 여자다. 폭격. 사람들이 물러간 거리를 헤매던 그 여름날의 이상한 산책. 빈집. 막 꽃을 꺾으려던 참에 집안에서 달려나오던 여자. 폭음. 더운 공기. 더운 뺨. 더운 살. 폭음. 어둠 속에서 사람들이 일제히 웅성거린다. 아우성 소리. 폭음. 살 냄새 . . . 그녀를 보던 순간에 느꼈던 충격의 원인을 그는 이제야 알았다. (『회색인』 111)

> 그리고 여자의 얼굴을 자세히 뜯어 보았다. 그녀를 처음 보았던 밤에 느꼈던 인상은 이렇게 보면 자신이 없었다. 하기는 그 폭격이 있던 날의 여자의 얼굴부터가 이제는 어떻게 종잡을 수가 없었다. (『회색인』 155)

즉 방공호 속의 여자를 사실적인 인물로 만드는 동력은, 실제 과거의 사실에 있는 것이 아니라 상상력과 환상에 있다는 것이다. 원체험에 존재하는 방공호 속의 여자의 실재가 중요한 것이 아니라, 방공호 속 여자가 상상에 의해서 구체화된다는 점이 중요하며, 김순임의 등장에 의해 의미가 획득된다는 사실이 중요한 것이다. 기억의 허구성에 대한 암시를 통해 최인훈이 보여주는 바는 과거가 확고부동한 본질로 존재하는 것이 아니라는 점이다. 『회색인』에서 강조되는 바는 '사건으로서의 사건'이 사고 속에서의 반복을 통해 '환영'으로 구성된다는 점에 있다고 할 수 있다(로버트 영 204). 최인훈은 '회상의 서사'처럼 보이는 플롯을 차용하지만, 회상의 목적은 본질적 과거로의 회귀나 그것으로 인한 정체성의 회복을 목적으로 하지 않는 듯하다. 오히려 기억의 사후성, 허구성에 대한 강조를 통해, 필연과 우연으로 환원되는 서양 역사주의를 벗어나고자 한 것으로 보인다.

그러므로 『회색인』은 회상을 통해 정체성을 회복하는 서사가 아니라, 기억의 허구성과 역사의 우연성을 두드러지게 함으로써 '현재 – 사건으로서의 역사'

에 주안점을 둔 서사라고 볼 수 있다. ‘상처로서의 과거, 그리고 회상을 통한 정체성의 회복’이라는 서사는 역사주의의 목적론적 서사와 닮음 꼴이다. 목적론적 역사주의는 단절이나 불연속을 인정하지 않으며, 인간의 의지나 우연을 목적론의 틀 안에서 필연이나 운명으로 의미화하기 때문이다. 그러므로 『회색인』은 회상의 플롯을 전유하면서, 결국 일관된 의미로 해석되는 역사가 하나의 허구에 지나지 않음을 시사하였다고 평가할 수 있다.

V. 결론

최인훈의 『회색인』은 서구적인 것이 일상과 풍속, 정신과 사유에까지 스며들어 있는 한국의 식민지적 현실에 주목한 소설이다. 이 글은 최인훈의 의도가 식민지적 근대성에서 벗어나는 길을 직간접으로 제시하는 것, 서양의 역사주의에서 탈주하는 방법을 제시하는 것에 있다는 전제에서 출발하였다. 그리고 기독교가 서양의 역사주의와 동일한 의미를 갖기 때문에 비판의 대상이 되며, 최인훈이 ‘회상의 서사’를 방법적으로 차용하되 ‘우연성’을 강조함으로써 서양 역사주의에서 벗어나고자 하였다고 보았다. 물론 최인훈이 서구적인 근대와 다른 어떤 대안을 마련하지 못했다는 것은 그의 한계이자 시대의 한계라고 할 수 있다. “그런 속임수에 자꾸 따라갈 게 아니라 주저앉자. 나만이라도. 그리고 전혀 다른 해결을 생각해보자. 한없이 계속될 이 아킬레스와 거북이의 경주를 단번에 역전시킬 궁리를 하자”(『회색인』 227)는 독고준의 다짐은 그가 ‘다른 해결’을 온전히 마련하지 못했음을 명시적으로 보여준다. 따라서 『회색인』은 ‘따라가지 않고 주저앉는 전략’의 한계지점을 보여주고 있다고 할 수 있다. 주저앉은 그곳이 ‘창문’ 앞이며, ‘계단’ 어디쯤이라는 것은 시사적이다. 안/밖, 일층/이층의 경계에서, 그는 서양으로도 전통으로도 회귀하지 않는 ‘간(間)정체성’을 나름대로 보여주었다고 볼 수 있기 때문이다. 결국 한국적 근대에 대한 회의에서 시작한 『회색인』은 뚜렷한 극복 방법을 마련하지 못한 상황에서 끝이 난다. 식민지적 근대성을 극복하기 위한 이후 최인훈의 방법들은 『서유기』, 『구운몽』, 『태풍』, 『화두』를 통해서 확인될 수 있는데 이는 차후의 과제로 남긴다.

인용문헌

구재진. 「최인훈의 『회색인』 연구」. 『한국문화』 27 (2001): 85-107. Print.

권성우. 「최인훈의 『회색인』에 나타난 현실 인식 연구」. 『어문학』 74 (2001): 119-40. Print.

김영찬. 「최인훈 소설의 기원과 존재방식」. 『한국근대문학연구』 5 (2002): 285-316. Print.

김인호. 「기억의 확장과 서사적 진실」. 『국어국문학』 140 (2005): 143-62. Print.

데쓰오, 야마오리. 『근대 일본인의 종교의식』. 조재국 역. 서울: 소화, 2009. Print.

모슨, 게리 솔 · 캐릴 에머슨. 『바흐친의 산문학』. 오문석 외 역. 서울: 책세상, 2006. Print.

서동욱. 『들뢰즈의 철학』. 서울: 민음사, 2002. Print.

영, 로버트. 『백색신화』. 김용규 역. 부산: 경성대학교 출판부, 2008. Print.

정재림. 「근대소설에 나타난 기독교 비판의 세 양상」. 『서강인문논총』 28 (2009): 265-93. Print.

______. 「치열한 자기 更新의 문학」. 『최인훈: 문학을 '심문(審問)'하는 작가』. 서울: 글누림, 2013. 11-36. Print.

정재림 편. 『최인훈: 문학을 '심문(審問)'하는 작가』. 서울: 글누림, 2013. Print.

정항균. 『므네모시네의 부활』. 서울: 뿌리와이파리, 2005. Print.

지젝, 슬라보예. 『삐딱하게 보기』. 김소연 외 역. 서울: 시각과 언어, 1995. Print.

최인훈. 『우상의 집』. 서울: 문학과지성사, 1993. Print.

______. 『크리스마스 캐럴/가면고』. 서울: 문학과지성사, 1993. Print.

______. 『회색인』. 서울: 문학과지성사, 1991. Print.

15

김훈 소설에서 바다가 의미하는 것

—『흑산』을 중심으로

| 김주언 |

I. 머리말

이 연구는 김훈의 장편소설『흑산』에 나타난 바다의 의미를 탐구하는 데 목표가 있다.『흑산』은 병조좌랑을 지낸 정약전(丁若銓: 1758-1816)이 천주교를 배교하고 일개 '선비'가 되어 귀양지 흑산도로 향하는 장면에서부터 시작되는 역사소설이자 종교소설이다. 흑산에서 펼쳐지는 정약전의 삶이 서사의 한 축이라면, 섬 바깥 육지에서 황사영을 비롯한 당대 천주교 신자들이 끝내 참형을 당하는 시점까지의 이야기가 서사의 다른 한 축이다. 천주교 박해라는 핵서사의 공통분모를 가지고 섬 안팎의 이야기가 서사의 씨줄과 날줄로 교직되어 전개되는 셈이다. 이 연구에서 논의의 초점이 되는 소설 속의 바다는 물론 흑산도 섬 안에서의 정약전의 삶을 좇아갈 때 만날 수 있는 것이다.

정약전이 만난 흑산의 바다는 한가한 서정 공간이 아니라 그가 육지에서 만난 당대의 현실만큼이나 막강하고 무서운 곳이다. 모든 것을 망실하고 뿌리 뽑혀진 인간이 어떻게 저 막강한 현실에 삶을 다시 기초할 수 있는가? 이런 현상학적 물음의 관점에서 본다면 정약전의 바다에서의 삶은 단지 종교 수난자의

---

* 이 글은『문학과 종교』18.2 (2013): 43-63에「김훈 소설에서 바다의 의미」로 게재되었음.

문제에 국한되지 않고, 절망의 주체가 어떻게 세계를 새롭게 긍정하고 경험하는지를 탐색할 수 있는 보다 보편적인 문제로 치환될 수 있다. 사실상 유배객의 삶을 산 에드워드 사이드는 유배는 서구 현대 문화에서 하나의 유력하고 보편적인 모티프 가운데 하나라고 본다(Said 173-74). 그에 의하면 우리는 현대를 정신적으로 뿌리 뽑히고 소외된 것으로 생각하는 것에 익숙해져 있는데, 이는 서구 문화라는 것이 대체로 유배, 이주, 피난의 산물이라는 점과 관련이 있다는 것이다. 정약전이 남긴 문화적 산물은 그가 저술했다는 『자산어보』일 뿐만 아니라, 모든 것이 뿌리 뽑혀져서 절해고도에서 절망과 고독으로 겨우 존재한 그의 실존일 수도 있다. 어떤 의장(意匠)이나 맥락으로부터도 탈코드화된 삶의 원초성 속에서 인간에게 의미 있고 가치 있는 것들을 기술하는 방식에 관심을 가진 작가라면 정약전의 이런 실존적 모티프는 무엇보다도 매력적인 정약전의 자산일 것이다. 이 연구는 바다 토포스(topos)라는 탐색 도구를 통해 김훈이 포착한 그 가치의 수준과 깊이가 과연 어떤 것인지를 검증하고자 한다. 그동안 우리 근현대 문학에서 바다는 접근하는 관점에 따라 생명의 원천이기도 하고, 영원성의 상징이기고 하고, 생태적 상상력을 표상하는 대상이기도 했다. 그러나 『흑산』에서 바다는 적어도 이런 식의 공식적인 정형화된 의미로 수렴되지는 않는 바다이다. 따라서 김훈이 제시하는 바다의 진경은 그의 문학 수준을 가늠해 볼 수 있는 하나의 유력한 척도가 될 수도 있을 것이라는 기대를 가지고 우리는 출발한다.

II. 바다가 놓인 자리: '바깥'으로서의 바다

바다란 무엇인가. 김훈의 인물 가운데서 바다와 별로 인연이 없을 것 같은 신라의 장수 이사부는 "바다는 가없이 넓고 큰 물이옵니다. 신은 그 끝을 모르고 깊이를 모르옵니다. 바람이 불면 그 큰 물이 뒤집히옵니다."(『현의 노래』 181)라고 정의하고 있지만, 이런 단편적인 정의를 넘어서 김훈의 문학은 바다와 운명적인 연루를 맺어 왔다. 대중적인 성공작이자 평판작으로 잘 알려진 『칼의 노래』에서 바다는 다름 아닌 주인공 이순신의 전장(戰場)이다. 바다는 그러나 『칼의 노래』에서 단순히 작중인물의 활동이 펼쳐지는 물리적 배경이나 배후인 것만은 아니다. 그것은 기표의 현실이나 배경으로 존재할 뿐만 아니라 인물과의 상호작용을 통해서 작품의 주제를 형성해 가는 또 하나의 주인공이라고도 할 수 있는 존재이다. 『칼의 노래』의 한 대목을 다시 읽어 보자.

> 나는 정유년 4월 초하룻날 서울 의금부에서 풀려났다. 내가 받은 문초의 내용은 무의미했다. 위관들의 심문은 결국 아무것도 묻고 있지 않았다. 그들은 헛것을 쫓고 있었다. 나는 그들의 언어가 가엾었다. 그들은 헛것을 정밀하게 짜맞추어 충(忠)과 의(義)의 구조물을 만들어가고 있었다. 그들은 바다의 사실에 입각해 있지 않았다. (『칼의 노래 1』 18)

여기서 바다는 '언어'의 대척점에 '사실'로 놓여 있다. '헛것'인 언어, '헛것'인 충(忠)과 의(義)의 이데올로기 반대편에 '사실'의 바다가 있다. 이순신의 인간됨은 여러 측면에서 설명할 수 있겠지만, 무엇보다도 이순신은 이 '바다'의 사실에 입각한 위인이기 때문에 충과 의의 이데올로기로부터 이탈하고 있는 인물이라는 설명도 가능하다. 이순신뿐만이 아니다. 김훈의 역사소설에서는 우리가 흔히 역사 공간에서 기대할 수 있는 '충'과 '의' 같은 전통적 가치의 이데올로기가 옹호되지 않는다. 가야금을 가지고 신라로 투항하는 『현의 노래』의 악사 우륵 또한 무리로부터 이탈해 독보(獨步)하는 실존적 인간이다. 우륵은 말한다. "소리가 어찌 충(忠)을 감당할 수 있겠소"(『현의 노래』 95). 『남한산성』 또한 치욕을 삶의 논리로 내세움으로써 내셔널리즘 같은 거창한 이데올로기로부터 결별한다. 이러한 반(反)이데올로기 지향은 『흑산』에서도 예외가 아니다. 『흑산』은 "어째서 배반으로서만 삶은 가능한 것일까"(18)[1]라고 물으면서 출발

---

1) 앞으로 『흑산』의 텍스트 인용은 본문의 괄호 안에 작품명 없이 인용 면수만을 밝히는 방식을 취하겠다. 여기서 인용한 "어째서 배반으로서만 삶은 가능한 것일까"는 "어째서 배반으로써만 삶은 가능한 것일까"의 오기인 것으로 보인다. 물론 '배반으로서의 삶'(life as betrayal)이라는 표현이 불가능한 것은 아닐 것이다. 그러나 원문이 놓여 있는 전후 맥락으로 보자면 '배반으로서의 삶'이라는 표현 가능성은 아무래도 비약이 될 것 같다. 간단히 전후 맥락을 소개하자면 다음과 같다.

> 한때의 황홀했던 생각들을 버리고, 남을 끌어들여서 보존한 나의 목숨으로 이 세속의 땅 위에서 좀 더 머무는 것은 천주를 배반하는 것인가. 어째서 배반으로서만 삶은 가능한 것인가. 죽은 약종이 말했듯이, 나에게는 애초에 믿음이 없었으니 배반도 없는 것인가. 그런가, 아닌가.

하는 작품이다. 순결한 이념에 순교하는 순교사 기술에 대한 욕망이 『흑산』 텍스트의 욕망은 아니다.

『흑산』에서 어린 임금을 대신해 섭정을 펼치는 대비는 무엇보다도 '언어'의 인물이다. 어린 임금을 대신해 윤음(綸音)을 내리고, 대비 자신의 자교(慈敎)를 내린다. 대비의 언어는 다급하고 수사로 넘친다. 말(馬)마다 방울을 세 개씩 달고 날랜 기발(騎撥)들이 밤새워 달려 대비의 언어를 지방 관아까지 전한다. "세상에 말을 내리면 세상은 말을 따라오는 것이라고 대비는 믿었다."(120)지만, 세상은 '말'보다 더 막강한 것이다. 따라서 대비의 언어는 이순신 당대의 조정의 언어처럼 사실과 다른 허위의 구조물에 불과하다. 세상은 대비의 '말' 같은 것으로 포획되지 않는다. 삶은 말로 세우는 이데올로기 따위가 아니라는 것은 김훈 소설의 일관된 주제의식이다. "나는 그들의 언어가 가엾었다"는 이순신의 태도에는 따라서 작가의 일관된 작의가 실려 있다고 볼 수 있다. 김훈의 인물에게 '사실'의 바다는 일단 이러한 '헛것'의 언어 상징계 저편에 놓여 있는 것이라는 점을 우리는 주목할 수 있는데, 그렇다면 정작 김훈의 소설 언어가 추구하는 것은 무엇인가를 그의 문학의 출발점에서 되짚어볼 필요가 있다.

> 애초에 내가 도모했던 것은 언어와 삶 사이의 全面戰이었다. 나는 그 全面戰의 전리품으로써, 그 양쪽을 모두 무장해제시킴으로써 순결한 始原의 平和에 도달할 수 있기를 기원하였다. 그리고 나는 그 始原의 언덕으로부터 새로운 말과 삶이 돋아나기를 기원했다. 나는 인간으로부터 역사를 밀쳐내 버릴 것을 도모하였는데, 벗들아, 그대들의 그리움 또한 내 그리움과 언저리가 닿아 있는 것이 아니겠는가. 나는 말의 군단을 거느리고 지층과 쇠붙이와 바람과 불의 안쪽으로 진입하였다. (『빗살무늬토기의 추억』 5)

작가가 되기 이전에 이미 문학 평론을 쓴 바 있는 이력을 가지고 있는 김훈에게 작가 서문은 나름대로의 비평적 자의식으로 자기 문학을 스스로 정의하는 글로 읽혀져도 손색이 없는 경우이다. 특히 데뷔작인 『빗살무늬토기의 추억』의 작가 서문은 김훈 문학의 원칙적 태도나 근원적 스타일이 비교적 분명하게 표명되어 있어 주목을 요한다. 우리가 아는 김훈이라는 작가는 『칼의 노래』, 『현

(18-19)

의 노래』, 『남한산성』 그리고 『흑산』에 이르기까지 어떤 소설 장르보다도 특히 '역사소설'로 분류될 수 있는 일련의 소설들을 생산한 작가이다. 그런데 그는 "인간으로부터 역사를 밀쳐 내버릴 것을 도모"한 작가였다고 말한다. 이러한 태도 표명은 명백히 소설의 현실과는 양립불가능한 모순된 입장인 것처럼 보인다. 그러나 이것이 단순히 모순이 아니라는 데 김훈 역사소설의 새로운 위상과 좌표가 있다.

'역사'소설보다는 역사'소설'에 방점을 찍은 소설들을 썼다고 하더라도 김훈이 쓴 것은 분명 일종의 '역사소설'들이었다. 그러나 그 역사소설들은 우리가 흔히 역사소설의 문법에서 생각하는 역사를 다루지는 않았다. 적어도 김훈의 역사소설에서의 역사는 진보적 역사의식에 의해 지지되는 역사주의의 역사가 아니다(김주언 247-50). 따라서 김훈의 역사소설에서 우리는 문명사의 불안과 불만을 극복하려는 의지 같은 것을 만나기는 어렵다. 오히려 우리가 근거 없이 소박하게 수락하고 있는 어떤 이데올로기의 기대지평이 무력화되고 보편적 가치 규범은 무색해진다. 삶은 치욕이고 환멸이고 협잡이듯이 역사는 고결한 이상이나 이념이 아니다. 역사주의의 역사가 역사가 아니듯이 이데올로기의 언어는 진정한 언어가 아닌 것이다. 역사에서 역사주의를 단념시키고, 언어가 가질 수 있는 이데올로기와 거대 담론에 대한 욕망을 단념시키는 영도의 글쓰기, 이것이 애초의 김훈 소설 언어의 욕망이었다고 할 수 있다.

김훈은 인간이라는 존재가 생로병사와 약육강식의 현실에 지배되는 존재로 보는데, 생로병사가 개체발생적 고통을 압축적으로 표현한다면, 약육강식은 이 개체발생적 고통의 계통발생적 외삽의 현실을 표현한다. 문제는 이 생물학적 범주 확대에 의해 포착되는 약육강식의 역사 공간은 막막한 것이고, 집단적 준거점이나 지향점을 갖지 못한다는 데 있다. 이 방향성 부재의 리얼리티를 지양해 가는 당위가 일반적인 역사소설들처럼 김훈의 역사소설에서는 미래의 이름으로 추구되지 않는다. 그러므로 주로 전쟁을 무대로 하고 있는 김훈의 역사소설에서 전쟁 서사는 활극의 활력마저도 단지 사실 소여태의 이전투구의 혼란에 불과한 것으로 묘사된다. 쇠붙이들이 서로 충돌하고 헛된 말들이 티격태격하는 이 우왕좌왕, 설왕설래의 서사에 붙여진 이름이 '역사'인 것이다. 이 역사의 세상은 『칼의 노래』에서 거듭 말해지고 있듯이 '아수라'의 세상이다. 그러나 이 '아수라'의 세상은 어떤 근본주의 종교 서사의 하위 서사가 아니다. 다만 이 '아수라' 이상으로, 혹은 이 '아수라'라는 텍스트 이외에는 어떤 세상도 없다. 이것이 역사를 '언어와의 전면전'을 통해 발가벗기는 김훈 역사소설의 역사에 대한 근본 태도라고 할 수 있겠다.

『빗살무늬토기의 추억』에서 이렇게 "역사를 밀쳐내버릴 것을 도모"했다는 작가는 "지층과 쇠붙이와 바람과 불의 안쪽으로 진입"했다고 한다. 그렇다면 이렇게 '바람'과 '불'의 작가는 다른 한편으로는 '바람'과 '물'의 작가를 이미 예고하고 있다는 추론이 가능할 수 있다. 김훈의 소설에서 바다는 이런 방식으로 예비되고 있었다고 볼 수도 있는 문제이다. 이사부가 바다를 "바람이 불면 뒤집히"는 "가없이 넓고 큰 물"이라고 규정하는 대목을 다시 상기해 보자. 김훈에게 바다는 일단 낭만적 동경이나 이상 같은 것이 아니라 원소 단위의 물질로 환원된 무엇이다. 특히 『흑산』에서는 다음 장에서 살피게 될 시간 표상과의 관련에서 바다는 현상학적으로 환원된 물질성 이상이 아니다. 그러나 현상학적 환원이라는 개념의 설명모델로 바다를 규정하는 것으로는 충분하지 못하다.

현상학은 인간 실존이 이루어지는 생활세계를 관심 대상으로 삼는데, 이 생활세계란 과학적인 세계도 아니고, 개념적인 세계도 아니고, 어떤 이념적인 세계도 아니다. 다만 우리가 매개를 거치지 않고 일상적으로 직접 체험하는 세계인데, 바다라는 공간적 범주 역시 이러한 생활세계인 것이다. 그런데 현상학은 그렇게 겪은 주체의 체험, 내면성, 의식 등을 특화시키는 사유 전통이다. 김훈의 사유 스타일은 분명 현상학적이되, 이런 주관적 관념론의 일방성[2]에 기우는 현

2) 어떤 사유 태도를 '현상학적'이라고 규정하는 것은 '현상학'이라는 말이 복잡한 의미 함축을 지니는 만큼 조심스러운 일이다. 피에르 테브나즈에 의하면 "현상학은, 때로는 논리의 본질이나 의미에 대한 객관적 탐구로, 때로는 하나의 관념론으로, 때로는 심오한 심리학적 서술 또는 의식의 분석으로, 때로는 '선험적 자아'에 대한 명상으로, 때로는 경험 세계에 대한 구체적 접근 방법으로 나타나기도 하며, 그런가 하면 사르트르나 메를로 퐁티에게서처럼 전적으로 실존주의와 합치되는 듯이 보이기도 하는 프로테우스(Protée)와도 같다"(13).

'현상학'이라는 말로써 의미하는 바와 입장이 이렇게 다양하지만, '경험 세계에 대한 구체적 접근 방법'이라는 측면에서 보았을 때, 현상학은 '경험의 근본성'(experiential radicality)이라는 새로운 논의의 층위를 개발함으로써 새로운 인식론적 가능성의 지평을 열어 왔다고 할 수 있다. 이런 관점에서 본다면 "현상학이 위치한 근원적 딜레마는 개념적 인공성, 임의성을

상학적 태도와는 다른 것이다. 바다에 일방적으로 인간주의적 의미를 부여해 상징화하고 신비화시키는 태도는 김훈의 사유 스타일이 아니다. 외부 세계나 주위 환경과 무관하게 정신적인 경험이나 내면의 자족적인 자유를 추구하는 내면 지향은 김훈의 문학이 가는 길과 거리가 멀다. 그렇다면 이런 내면성을 거부할 때 어떤 길이 있는가.

바깥의 사유에 참여하는 길이 있을 수 있다. 바깥의 사유는 인간을, 인간을 포함하고 있는 객관적인 장(場)으로부터 사유한다. 예컨대 『칼의 노래』에서 '나'라는 이순신은 실존주의적 인간이지만, 그의 내면성으로 신비화되는 것이 아니라 '적의 적'으로 규정된다. 이러한 '바깥'은 두 차원에서 유별화가 가능하다. 먼저 자연이 그 하나라면, 사회·역사적 공간이라는 제2의 자연이 그 다른 하나이다. 이를 『흑산』의 경우로 좁혀 말해 보자. 『흑산』에는 많은 인물들이 등장하는데 역시 주인공은 정약전이고, 좀더 정확히 표현하자면 절망을 인내하는 정약전의 내면이야말로 진정한 주인공이라고 할 수 있다. 그러나 이 주인공은 찾아보기 힘든 숨은 주인공이다. 정약전은 속내를 잘 드러내지 않는 양반이어서가 아니다. 정약전은 그가 존재하지 않는 곳에 있다. 작가는 정약전의 내면을 조명하며 중언부언하는 대신에 그를 그의 내면 바깥에 배치한다. 그 바깥의 이름은 1) 바람의 바다라는 자연인 것이고, 2) 천주교 박해의 형극이 펼쳐지는 육지의 세상이라는 제2의 자연인 것이다. 이 제2의 자연은 다름 아닌 기왕의 김훈의 역사소설들에서 볼 수 있었던 전쟁과 아수라의 세상이다. 요컨대 바다는 이렇게 주인공이 그의 내부에 존재하는 것이 아니라 그의 외부에 존재할 때, 그 외부의 엄연한 현실로 놓여져 있는 것이다. 이 현실은 초월할 수 없는 현실이다.

III. 바다 표상 체계로서의 시간과 현상학적 무의식

우리의 인식 활동은 흔히 표상을 통해 전개된다. 표상(representation)이란 '다시 나타나게 하는 것'(re-presentation)인데, 무엇이 다시 나타날 때는 자신이 갖고 있는 경험이나 생각, 혹은 관념을 동반한다. 그 단어를 들으면 우리의 관

넘어 경험적 원초성을 다시 획득하고자 하는 의식의 지향이 어떻게 주관적 관념론의 늪지대를 벗어날 수 있겠는가 하는 점이다"(김영민 29).

념 안에 무언가가 재생되어 나타난다. 그렇지만 그것이 단독으로 나타나는 일은 없다. 그런데 사회마다 어떤 것에 결부되는 것들은 대개 문화적으로 항상-이미 결정되어 있고, 우리는 그것을 학습하거나 수용하여 사용한다. 하나의 단어나 사물을 다른 것들과 연결하여 다시-나타나게 하는 이런 문화적인 조건을 '표상 체계'라고 한다(이진경 712-13). 가령, '바다'라는 표상은 흔히 '여름'이나 '낭만'과 같은 말과 어울리는 표상 체계를 형성한다고 볼 수 있다. 그런데 김훈의 소설에서 '바다'의 표상 체계는 '시간'이라는 기표를 동반하는 것이다. 기왕의 김훈의 소설에서도 그렇지만,[3] 특히 『흑산』에서 이 점은 뚜렷한 변별적 특징으로 나타난다.

(가) 빛과 어둠이 뒤섞이면 바다의 시간은 뿌옜다. 수탉이 목청을 뽑아서 아침과 대낮의 시간을 알려주었고 노꾼들에게 육지와 잇닿아 있는 끈이 있음을 알려주었다. (267)

(나) 바다는 이 세상 모든 물의 끝이어서 더 이상 갈 곳이 없었는데, 보이지 않는 그 너머에 있다는 흑산도는 믿기지 않았다. 바다는 인간이나 세상의 환란과는 사소한 관련도 없어 보였다. 밀고 써는 파도가 억겁의 시간을 철썩거렸으나, 억겁의 시간이 흘러도 스치고 지나간 시간의 자취는 거기에 남아 있지 않았다. 바다는 가득 차고 또 비어 있었다.
. . . 저것이 바다로구나, 저 막막한 것이, 저 견딜 수 없는 것이 . . . . .
. . . 마음은 본래 빈 것이어서 외물에 반응해도 아무런 흔적이 없다 하니, 바다에도 사람의 마음이 포개지는 것인가. (10-11)

---

3) 가령, 이런 대목이 있다.
"새 아파트에서는, 강의 흐름이 두 번 뒤집히면 하루가 갔다. 강이 도심 쪽으로 흐르는 소리는 사나웠고 강이 바다 쪽으로 흐르는 소리는 스산했다. 강물 위에 퍼진 빛은 아침의 빛과 저녁의 빛이 다르지 않아서 마디가 없는 시간은 바다를 향하는 썰물의 강과 같았다"(「언니의 폐경」 262).

"바다가 뿜어내는 안개가 먼 잔산(殘山)들의 밑동을 휘감았고, 그 안개 속에는 내가 모르는 시간의 입자들이 태어내서 자라고 번창했다. . . . 화가가 이 세상의 강산을 그린 것인지, 제 어미의 태 속에서 잠들 때 그 태어나지 않은 꿈속의 강산을 그린 것인지 먹을 찍어서 그림을 그린 것인지 종이 위에 숨결을 뿜어낸 것인지 알 수 없는 거기가, 내가 혼자서 가야 할 가없는 세상과 시간의 풍경인 것처럼 보였다"(『강산무진』 338-39).

(다) 바다는 땅 위에서 벌어진 모든 환란과 관련이 없이 만질 수 없는 시간 속으로 펼쳐져 있었고 어두워지는 수평선 너머에서, 움트는 시간의 냄새가 몰려오고 있었다. 그 너머 보이지 않는 어디인가가 흑산도였다.
. . . 죽지 않기를 잘했구나 . . . 저렇게 새로운 시간이 산더미로 밀려오고 있으니. . . . (19)

(라) 정약전은 시선을 멀리 보냈다. 아무것도 눈에 걸리지 않았다. 처음 보는 난바다였다. 바다에서는 눈을 감으나 뜨나 마찬가지였다. 물과 하늘 사이를 바람이 내달렸다. . . . 이것이 바다로구나. 이 막막한 것이 . . . 여기서 끝나고 여기서 또 시작이로구나.
바다에는 시간의 흔적이 묻어 있지 않았고, 그 너머라는 흑산은 보이지 않았다. (31)

(마) 바다는 다만 하늘과 닿은 물일 뿐이었는데, 흔들리는 물 위에 햇빛이 내려앉아서 바다에서는 새로운 시간의 가루들이 물 위에서 반짝이며 피어올랐다. 천주가 실재한다면 아마도 저와 같은 모습일 것인가를 정약전은 생각했다. (51, 논문저자 밑줄 강조)

위의 인용문들에서 보면 '바다'라는 공간은 무엇보다도 '시간'과 잘 어울리는 무엇이다. '강'이나 '바다'와 같은 상징을 동원해 표현하는 시간의 연속적 흐름이나 지속성은 문학작품의 영원한 주제가 되어 왔다고 우리는 알고 있다(마이어호프 31). 그러나 여기에서 나타난 시간양상은 어떤 연속적 흐름이나 지속성과는 거리가 있다. 우선, (가)에서 "빛과 어둠이 뒤섞이면 바다의 시간은 뿌옜다."라는 문장은 우리말 문법의 기대 수준에서 보자면 자연스럽지 않다. "시간은 뿌옜다."는 심정의 시라면 몰라도 관계의 산문을 엮어나가는 소설 언어에서 자연스럽게 주술관계가 호응하는 경우라고 보기 어렵다. 그런데도 어떻게 이런 언어 구사가 가능했을까. '바다'를 '시간'과 함께 짝지어서 사유하고, '시간'의 이상한 가역반응이 '바다'를 만나면 이루어지는 것은 작가의 현상학적 무의식이 작동하기 때문인 것으로 보인다. '바다'와 함께 나타나는 '시간'은 "시간의 자취는 거기에 남아 있지 않"(나)고, "시간의 흔적이 묻어 있지 않"(라)은, "새로운 시간"((다), (마))이다. 이 시간은 환원된 시간이다.

후설(Husserl)은 시간을 두 가지 종류의 유형으로 구분했다(김영민 49). 하나는 우리가 자연스럽게 상식적인 태도로 받아들이는 개념화되고 표준화된 시간이 있다. 다른 하나는 우리 경험의 원초성 속에서 체험되는 시간이 있다. 물론 현상학이 추구하는 시간성은 후자에 있다. 이 시간은 근원에 대한 보다 속 깊은 항수를 드러내며 어떤 상식주의적 타성이나 학습된 정보로부터 자유롭다. 즉 의식에 직접적으로 다가오는 경험의 구조로서의 시간성이 '원시적으로' 나타나는 그러한 시간성을 현상학은 주목한다. 여기서 시간은 물론 현존재를 존재이게 하는 존재론적 근원이자 토대이다. 그러나 모든 시간이 그런 것은 아니다. 김훈에게는 특히 '바다'의 '시간'이 우리에게 주어진 세계의 의미와 현존의 원천으로 되돌아가게 하는 현상학적 환원의 시간인 것으로 보인다. 즉, 바다를 만나면 현상학적 세계 인식의 무의식이 거의 조건반사 식으로 작동한다고 말할 수 있다. 이러한 바다는 한 개인의 정체성이 지속성으로 유지되는 내면의 바깥이자, 사회 집단의 집단적 기억이 유지되는 역사의 바깥이기도 하다. 이 바깥에는 그러므로 어떤 내력도 기입되어 있지 않다.

작가의 도저한 현상학적 세계 인식과 지향은 텍스트로 내면화되어 관통하는 주목할 만한 서술 흐름이다. 가장 단적인 사례가 '매'와 '밥'을 동류항으로 여기는 태도라고 할 수 있다. 신유박해라는 정치적·역사적·종교적 사건을 배경으로 하고 있는 『흑산』에는 참혹한 형극에 대한 묘사도 텍스트에서 빠트릴 수 없는 주요 부분으로 다루어지고 있다. 무능한 봉건권력의 무자비하고, 무자비한 권력에 백성들은 맨몸으로 노출되어 있다. 고을마다 요언이 창궐하는 세상에서 백성들은 누구나 매 맞을 수 있는 허약한 신체의 운명을 가지고 있을 따름이다. 흑산으로 유배를 가는 정약전 역시 이미 매를 맞아본 처지이고, 정약전의 동생 정약종은 신체가 두 토막 나는 참수형에 처해지고, 조카 사위 황사영은 능지처참을 당한다. 소설은 매 맞는 백성의 고통뿐만 아니라 매 맞는 법까지 소개하고 있을 정도이다. 그런데 여기서 우리가 주목해야 하는 것은 매의 정치적 무의식이 아니고 현상학적 무의식이다. 예컨대 왕은 두 개의 신체를 가지고 있다고도 볼 수 있을 터이다(푸코 58). 즉, 자연적 신체와 정치적 신체가 그것이다. 잔인무도한 신체형이 노리는 것은 엄청난 금기를 어긴 자가 훼손한 '왕의 정치적 신체'에 상응하는 '금기 위반자의 정치적 신체'를 상정해 그것을 파괴하고자 하는 것이라고 할 수도 있다.[4] 그러나 『흑산』에서는 이런 정치적 상상력이 괄호 속에 묶이고 대신 몸에 직접적으로 다가오는 매 맞는 경험의 심층으로 들어가려는 현상학적 욕망이 텍스트를 지배한다. "『대학』에도 『근사록』에도 매의 고통은 나와 있지 않았다"(12)고 하는 고통이 김훈의 소설에는 이렇게 나와 있다.

> 고통은 벼락처럼 몸에 꽂혔고, 다시 벼락쳤다. 이 세상과 돌이킬 수 없는 작별로 돌아서는 고통이었다. 모든 말의 길과 생각의 길이 거기서 끊어졌다. 고통은 뒤집히고 또 뒤집히면서 닥쳐왔다. 정약전은 육신으로 태어난 생명을 저주했지만 고통은 맹렬히도 생명을 증거하고 있었다. . . .
>
> 형틀에 묶이는 순간까지도 매를 알 수는 없었다. 매는 곤장이 몸을 때려야만 무엇인지를 겨우 알 수 있는데, 그 앎은 말로 옮겨질 수 있는 것은 아니었다. 책은 읽은 자로부터 전해들을 수나 있고, 책과 책 사이를 사념으로 메워나갈 수가 있지만, 매는 말로 전할 수가 없었고, 전해 받을 수가 없으며 매와 매 사이를 글이나 생각으로 이을 수가 없었다. 그래서 매는 책이 아니라 밥에 가까웠다. (10-13)

김훈이 매 맞는 인간을 집요하게 관심을 가지고 묘사하는 이유는 권력의 그물망이 어떻게 인간의 신체를 포획하는가에 관심을 가지고 있기보다는, 혹은 그 그물망을 어떻게 찢을 수 있는가를 모색하기 위해서보다는 육체의 경험의 직접성을 드러내는 데 이보다 더 좋은 소재도 없기 때문인 것으로 보인다. "모든 말의 길과 생각의 길이 거기서 끊어졌다"고 하는데, '말'과 '생각'이라는 형이상학을 전복시키는 육체의 현상학을 '매'가 전개하는 셈이고, 이 육체의 현상학이라는 점에서 '밥'은 '매'와 동궤에 있다. 이렇게 '매'는 직접적으로 주어진 몸의 경험으로 구성되는 일상성의 생활세계에서 '밥'과 동류항이 됨으로써 김훈 소설 득의의 현상학적 영역으로 등재된다.

여기에 이르면 작가가 왜 하필이면 정약전을 초점화하고 있는지, 그 이유가 어느 정도 해명될 수 있다. 작가의 실존 인물 정약전에 대한 관심은 우발적인 것으로는 보이지 않는데, 정약전은 무엇보다도 환원된 자이고 뿌리뽑혀진 자이다. 그에게는 아무것도 없다. 처자식은 있어도 없는 것이나 마찬가지인 신세가

---

4) "사법적 신체형은 정치적인 행사로 이해되어야 한다. 아무리 규모가 작은 형태일지라도, 그것은 권력이 자신의 모습을 과시하는 의식행사에 속하는 것이다"(푸코 84).

되었고, 사회적 신분은 박탈당했다. 그는 벌거숭이 인간이며 유배죄인, 사학죄인(邪學罪人)이 그의 정체성일 뿐이다. 그는 다시 백지상태에서 시작할 수밖에 없는 인물인 것이다. 그러나 아직 이것만으로는 충분하지 않다고 작가는 판단한 것 같다. 정약전은 흑산으로 가기 위해서 물론 뱃길을 이용하는데, 그는 이 길에서 풍랑을 만나 의식을 잃는다. 죽었다 깨어나는 것과 같은 환원의 입사의식을 거쳐 정약전은 다시 시작하는 것이다. 그러나 자세히 보면 정약전은 이제 아무것도 없는 사람은 아니다. 앞의 인용 제시문에서 "저것이 바다로구나, 저 막막한 것이"(나)는 이제 "이것이 바다로구나. 이 막막한 것이"(라)로 바뀐다. 요컨대 정약전에게는 '저것'을 '이것'으로 끌어당겨 살아내야 할 바다가 있는 것이다.

IV. 공포와 연민의 바다

『흑산』에서 본격적인 바다 이야기는 정약전의 유배지 흑산도에서 펼쳐진다. '헛것'인 언어의 저편에 놓인 바다, 이데올로기의 바깥에 놓인 바다, 원시적 '시간'이라는 기표와 표상체계를 이루며 등장하는 바다는 '막막한' 바다이다. 바다가 본래 '막막한 것'인지는 알 수 없다. 다만 정약전이 서술자의 목소리로 '막막한 것'이라고 본질을 부여할 때, 바다는 정약전의 내면의 주소로 배치되기 시작한다는 점은 분명하다. 즉 이 벌거숭이 인간에게 바다는 언어가 없다는 점에서 무의미의 막막함을 주는 것인데, 바다에는 이렇게 정약전의 헐벗은 내면이 투사되고 있는 것이다. 그런데 이런 막막함은 서사를 출현시키지 못하는 정적인 이미지의 느낌에 불과한 것이고, 막막함이 후경화되면서 대신 '두려움'이 전경화된다. 언어가 없는 바다에 대한 두려움은 물론 (헛것인) 언어가 지배하는 당대에 대한 두려움과 짝을 이룬다.

> 먼 어둠 속을 달리는 물소리가 섬의 연안으로 다가왔다. 시간의 바람이 물을 스쳐서, 물과 시간이 섞이는 그 소리에는 아무런 의미도 담겨 있지 않았다.
>
> 귀 기울이지 않아도 물소리는 정약전의 몸속을 가득 채웠고 정약전은 그 소리를 해독할 수 없었다. 그 물소리 너머의 바다에서는 말이 생겨나지 않

았고 문자가 자리 잡을 수 없을 것이었다. 언어가 지배하는 세상과 언어가 생겨나지 않은 세상 중에 어느 쪽이 더 무서운 것인가. (184)

흑산은 그 자체가 바다의 일부이기 때문에, 또 최소한 바다와 인접성을 갖기 때문에 바다와 환유적 동질성을 갖는데, 흑산을 대하는 정약전의 태도에 이 두려움이 잘 나타나 있다. 정약전은 '黑山'을 '玆山'으로 바꾸어 부르고자 한다. 지명 고쳐부르기를 통해 장소정체성을 수정하고자 하는 이유는 단 한 가지, "흑은 무섭다"(338)는 사실 때문이다. 설령 정약전이 배교를 하지 않은 신앙인이었다고 하더라도 바다와 흑산은 그의 종교에 의해서도 보호받기 힘든 무서운 대상이었을 것이다. 성경에서도 바다는 악의 상징이고 죽음의 영역으로 묘사되고 있다(이인성 112-16). 렐프는 지리학을 현상학적 방법론을 통해 탐구하는 인문주의 지리학자로 유명한 사람인데, 그는 하이데거의 '진정성'(authenticity)이라는 개념을 장소에 적용해 진정한 장소감을 일으키는 장소와 진정치 못한 장소감을 일으키는 장소를 구별한다. 전자의 장소 경험은 능동적·주체적이며 후자의 장소 경험은 수동적·강제적이라는 것인데, 이 전자의 장소 경험이 토포필리아(topophilia)이며, 후자의 장소 경험이 토포포비아(topophobia)인 것이다(렐프 143-246). 주체가 특정 장소에 대해 갖는 강렬한 불안, 공포, 억압 그리고 혐오 같은 일련의 부정적 정서가 토포포비아이다. 정약전에게 "강들은 서로 스미듯이 합쳐져서 물이 날뛰지 않았"(62)으며, "그 물의 만남과 흐름은 삶의 근본과 지속을 보여주는 산천의 경서(經書)였다."(64)는 고향 두물머리의 강이 토포필리아의 세계라면, "인간의 앞을 가로막고 있는, 그렇게 넓고 불안정한 공간"(177)인 흑산의 바다는 토포포비아의 세계로 강과 대조를 이루는 것이다.

흑산도에서의 정약전의 주요한 행위 동기도 이 '두려움'으로부터 설명이 가능하다. 정약전은 흑산에 살기 위해 '순매'라는 배첩을 얻는데, 배첩을 얻는 근본 동기 역시 두려움에서 오는 것이라고 할 수 있다. 바다는 백성들이 바람과 바람 사이에 나아가는 일터이지만 죽음이 널려 있는 죽음의 자리가 바로 바다이다. 바다의 계절풍에도 죽음은 실려 있다. 그래서 "흑산의 사람들은 붙어서 사는 삶이 불가피하다는 것을 모두 말없이 긍정"(300)하고 있는데, 정약전의 배첩과의 삶 역시 이 일종의 '붙어서 사는 삶'인 것이다. 순매가 잉태하는 순간은 그러므로 어떤 애욕의 절정의 순간이 아니다. 캄캄한 밤, "파도가 섬으로 달려드는 밤에," "바람이 불어서 바다가 뒤집히는 밤에 순매는 잉태했다"(343). 이렇게 '붙어서 사는 삶'을 삶의 관습은 역시 '사랑'이라고 할지 모른다. 그런데 작가는 이것을 다른 작중인물을 통해 '사랑'이 아니라고 말한다.

> (가) 김장수는 그것이 사랑이라고는 생각하지 않았다. 그것은 사랑이라고도, 불륜이나 치정이라고도, 심지어는 욕망이라고도 말할 수 없는 일처럼 느껴졌다. 그것은 뭐랄까, 물이 흐르듯이 날이 저물면 어두워지듯이, 해가 뜨면 밝아지듯이, 그렇게 되어져가는 일인 것처럼 느껴졌다.
> "사장님, 마늘은 영양 쪽이 좋아 보이네요."라고 말하면서, 윤애는 김장수의 머리를 안고 쓰다듬었다. (「배웅」 18-19)

> (나) ―미역국이 좋구려.
> ―말린 생선뼈를 우리면 깊어지지요.
> ―젓갈도 좋소
> ―생선 내장인데 삭아도 맑아요. 더운 밥에는 녹지요. (303)

'사랑'이 아니고 그러면 이것은 무엇인가. 작가는 명시적으로 긍정적인 진술을 하지는 않지만 이것은 이를테면 '연민'일 수밖에 없다. 정약전과 순매의 "붙어서 사는 삶"이 신접살림의 일상으로 자리잡기 위해서는 (나)와 같은 대화만으로도 충분하다. 이들은 (가)에서 "마늘은 영양 쪽이 좋아 보이네요"라고 하면서 김장수를 끌어안는 윤애처럼, "미역국이 좋구려"하면서 서로를 끌어안는 것이다. "순매를 안으면서 정약전은 여자의 몸속을 헤엄쳐 다니는 작은 물고기 떼의 환영"(302)을 느끼고, 정약전의 몸을 받으면서 순매는 "작은 내장 한 점과 한 뼘의 지느러미를 작동시켜서 먼바다를 건너가는 물고기 한 마리가 몸 안에 들어와서 꿈틀거리고 있"(302)다고 느끼는데, 이들은 서로에게 두려움의 바다라는 세상에서 각자 물고기가 되어 결합하는 셈이다. 이 물고기는 애욕으로 벌거벗은 암컷과 수컷의 짐승의 이름이 아니다. 이들은 모두 "작은" 존재, 저 대양에서 정향 없이 흘러가며 겨우 존재하는 존재라는 점에서 연민의 미물일 수밖에 없다. 이런 연민의 미물끼리의 결합이기 때문에 서울에 처자식이 있는 유배 죄인의 첩 들이기나, 바다에 남편을 잃고 재혼에 스스럼이 없는 과부 순매의 태도는 전혀 비도덕적으로 보이지 않는다. 이것은 도덕적인 차원의 문제가 아닌 것이다.

연민은 작가가 일관되게 절제하고자 하는 일종의 값싼 충동의 감상 같은 것이다. 『칼의 노래』에서 이순신의 삼엄한 내면에는 어설픈 연민 같은 끼어들 여지가 없다. 『남한산성』에서도 작가서문에서 "길은 땅 위로 뻗어 있으므로 나는 삼전도로 가는 임금의 발걸음을 연민하지 않는다."(『남한산성』 4)고 김훈은 썼다. 그런데 김훈의 텍스트에서라면 마땅히 괄호 속에 묶여 있어야 할 연민이 『흑산』에서는 특히 순매라는 여성 인물이 초점화될 때 거듭해서 분명한 표정으로 드러난다.

> 남편이 타고 나간 배는 나무토막으로 흩어졌고 남편은 끝내 돌아오지 않았다. 끝내, 라고 하지만 끝이 어딘지 알 수 없었다. 죽음을 긍정하기는 삶을 긍정하기보다 어려웠다. 산에서 칡을 캐거나 어린 소나무를 뽑아낼 때, 순매는 바다에 뜬 고깃배를 보면서 울었다. 저 생선 한 마리처럼 작은 것이 어쩌자고 수평선을 넘어 다니면서 생선을 잡는 것인지 순매는 배들이 가엽고 또 징그러웠다. 바다와 배, 섬과 바람과 물고기가 삶의 바탕을 이루는 조건이라는 것을 알게 된 어린 시절부터 순매는 고깃배가 생선과 똑같이 생긴 것이라고 여겼다. . . . 한 줌의 내장과 한 뼘의 지느러미를 작동시켜서 바다를 건너가고, 잡아먹고 달아나고, 알을 낳고 정액을 뿌려서 번식하는 물고기들의 사는 짓거리가 순매는 눈물겨웠다. (296-97)

"끝내, 라고 하지만 끝이 어딘지 알 수 없었다."라는 식의 메타 서술에는 화자의 목소리에 실제 작가 자신의 목소리가 겹쳐있다고 볼 수 있지만, 특히 "순매는 눈물겨웠다."라는 문장은 작가 자신의 세계에 대한 연민의 태도가 어쩔 수 없이 직접적으로 표출된 것으로 보인다. 가령, 이 문장의 의미를 손상시키지 않고 소설 밖에서 다시 배치한다면 다음과 같은 재맥락화가 가능할 것이다.

> 구름이 산맥을 덮으면 비가 오듯이, 날이 저물면 노을이 지듯이, 생명은 저절로 태어나서 비에 젖고 바람에 쓸려갔는데, 그처럼 덧없는 것들이 어떻게 사랑을 할 수 있고 사랑을 말할 수 있는 것인지, 나는 눈물겨웠다. (「작가의 말」 342-43)

이처럼, 연민의 미물이 되어 "붙어 사는" 흑산에서의 삶 또한 "태어나고 또 죽는 일은 눈비가 내리고 해가 뜨고 지는 것과 같"(176)은 것이다. 삶과 죽음은 자연에게서 잠시 얻은 비유의 가능성으로 명멸한다. 다만 흑산에서는 이 불모의 자연의 자명성 속에서 삶은 적멸하는 것이 아니라 물과 바람의 폭력이 두려움의 바다를 만들고, 폭력은 감출 수 없는 연민을 노골화시킨다. 그러므로 흑산에서 정약전의 순매와의 삶은 물론 천주를 믿은 자의 운명에서 비롯되었지만, 실은 그보다는 아무것도 믿지 않는 자의 연민의 운명인 것이다.

V. 맺음말: 길로서의 바다

김훈의 소설은 인간을 자연화한다거나 사물화한다는 지적을 받아 왔다. 김훈은 자연의 운명을 초월할 수 없는 인간 존재의 한계에 대해 비상한 감수성을 지닌 작가임에 틀림없다. 『흑산』에서, 특히 바다 토포스를 통해 읽은 『흑산』에서는 이 감수성에 숨길 수 없는 비감이 짙어짐을 알 수 있다. 정약전은 절망할 수밖에 없는 인물이지만, 주변 인물이라고 할 수 있는 순매를 통해 드러나는 바다의 본질은 인간을 연민의 물고기 미물로 자연화시킨다. 그러나 이것이 전부는 아니다. 다른 가능성도 있다. 정약전은 물고기가 되었기 때문에 물고기의 언어, 사물의 언어로 『자산어보』를 쓰는 사람이 된다. 이것은 현상학적 환원의 힘이자 가능성이라고 할 수도 있다. 다만 문제는 이 가능성은 지극히 제한적인 가능성이라는 데 있다. 『흑산』에서 바다를 운명으로 사는 인물 가운데서 정약전은 지극히 예외적인 지식인의 경우에 불과하다. 보다 보편적인 가능성은 다른 인물에게 부여되어 있다.

돛배 사공 문풍세는 물과 바람을 이용해 먼 길을 가는 자이다. '길'에 대한 에세이즘은 김훈 소설에서 『남한산성』 이후에 구체화되기 시작했다. 척화파와 주화파의 대립 논쟁에 품격을 부여한 것 가운데 하나가 다름 아닌 '길'의 담론이었다. 『흑산』에서도 이 '길'의 에세이즘이 변주되는데, 가령 "길은 늘 그 위를 걸음으로 디뎌서 가는 사람의 것이었고 가는 동안만의 것이어서 가고 나면 길의 기억은 가물거려서 돌이켜 생각하기 어려웠다."(43)는 식의 길의 일회성과 직접성을 예의 현상학적 인식으로 드러내는 대목에서부터 "사람이 사람에게로 간다는 것이 사람살이의 근본이라는 것을 마노리는 길에서 알았다."(41)는 윤리적 인식에 이르기까지 길에 대한 에세이즘이 펼쳐진다. 뿐만 아니라 작중인물의 작명에도 길에 대한 작가의 탐색의지가 반영되어 있다. 수유리에 처소를 마련하고 거기를 "천당으로 가는 정거장쯤"(310)으로 여기는 궁녀 출신의 천주교 신자의 이름은 길갈녀(吉乫女)이고, 주교로부터 "멀리 가는 자의 귀함을 알라"(264)는 말을 들은 마부 마노리(馬路利)는 말을 끌고 길을 간다고 해서, 동네 사람들이 이름을 지어주었다고 소개된다. 이들처럼 객사의 길을 간다고 하더라도 바다에서도 그 길을 바람을 이용해 가는 인물이 바로 문풍세(文風世)이다. 문풍세는 예사롭지 않은 힘을 가지고 있는 인물이다. 길을 오가는 사람만이 가질 수 있는 정보력은 부차적인 것이다. 문풍세는 흑산의 옥섬에 갇힌 사람들에게 자유를 주는 힘을 가지고 있다. "그것은 먼바다를 건너고 먼 길을 오가는 자의 속내"(298)라고 소설은 풀이하고 있지만, '속내'를 '윤리'로 고쳐 읽어도 무방할 것 같다. 그러나 문풍세는 아직 숨은 주인공이다. 공포와 연민의 바다에 빠지지 않고 바다를 윤리의 길로 건너는 바다 이야기의 미래가 김훈 소설이 가야 할 하나의 미래가 될 수 있다면, 문풍세는 이름을 바꿔 다시 등장할 가능성이 크다고 이 연구는 판단한다. 그렇다면 김훈 소설은 새로운 윤리적 차원에 도전하게 될 것이라고 전망할 수 있다.

인용문헌

김영민. 『현상학과 시간』. 서울: 까치, 1994. Print.

김주언. 「김훈 소설에서의 시간의 문제」. 『한국문학이론과 비평』 16.1 (2012): 235-53. Print.

김훈. 『강산무진』. 파주: 문학동네, 2006. Print.

______. 『남한산성』. 서울: 학고재, 2007. Print.

______. 『내 젊은 날의 숲』. 파주: 문학동네, 2010. Print.

______. 「배웅」. 『강산무진』. 파주: 문학동네, 2006. 18-19. Print.

______. 『빗살무늬토기의 추억』. 서울: 문학동네, 1995. Print.

______. 「언니의 폐경」. 『강산무진』. 파주: 문학동네, 2006. 262. Print.
______. 「작가의 말」. 『내 젊은 날의 숲』. 파주: 문학동네, 2010. 342-43. Print.
______. 『칼의 노래 1』. 재개정판. 서울: 생각의나무, 2003. Print.
______. 『현의 노래』. 서울: 생각의나무, 2004. Print.
______. 『흑산』. 서울: 학고재, 2011. Print.
렐프, 에드워드. 『장소와 장소상실』. 김덕현 · 김현주 · 심승희 옮김. 서울: 논형, 2005. Print.
마이어호프, 한스. 『문학과 시간현상학』. 김준오 옮김. 서울: 삼영사, 1987. Print.
이인성. 「Chaucer의 작품에 나타난 바다의 상징적 의미」. 『문학과 종교』 2.1 (1997): 111-33. Print.
이진경. 『노마디즘 1』. 서울: 휴머니스트, 2002. Print.
테브나즈, 피에르. 『현상학이란 무엇인가』. 심민화 옮김. 서울: 문학과지성사, 1982. Print.
푸코, 미셸. 『감시와 처벌』. 오생근 옮김. 서울: 나남, 1994. Print.
Said, E. W. *Reflections on Exile and Other Essays*. Cambridge: Harvard UP, 2000. Print.

제3부

세계문학 연구와 종교적 상징

16

사무엘 베케트의 『막판』에 나타난 종말론적 비전으로서의 파루시아

| 김용성 |

I

문학연구에 있어서 '종교성'은 작품과 작가의 세계관을 심도 있게 이해하기 위한 필수불가결한 요소로 여겨질 수 있다. 왜냐하면, 문학의 시작은 종교와의 상호작용에서 발전되어온 측면이 있고, 인간은 자신의 삶의 의미를 초월적 존재와 연관하여 반추해온 측면이 있기 때문이다. 다른 서구의 문학이 그러하듯이 영・미문학 또한 종교의 강력한 영향 하에서 발전되어왔음은 주지의 사실이다. 역사적으로 "19세기 중반에 이르러 영국에서는 산업문명과 자본주의의 발달 그리고 진화론이 등장하게 되고 기독교의 영향력이 감소하게 되는 현상이 드러나는데, 그럼에도 불구하고 매튜 아놀드(Matthew Arnold)는 문학이 종교나 혹은 종교의 대치물의 역할을 할 수 있다"(Jackson 169)고 주장한다. 아놀드는 문학에 내재되어 있는 종교적 기능을 지적하고 있을 뿐만 아니라 "문학과 종교"의 밀접한 상호 연관성을 지적하고 있는 것이다. 스티븐 프리킷(Stephen Prickett)은 "이야기에 기본적인 문자 그대로의 의미가 있을 것이라는 가정은 본

* 본 논문은 『문학과 종교』 18.3 (2013): 19-53에 「사무엘 베케트의 『막판』에 나타난 종말론적 비전으로서의 파루시아」로 게재되었음.

질적으로 근대적인 것이고 실제로 소설의 도래로부터 시작 된다"(206)라고 말하는데, 그만큼 서구문학에서 "문학과 종교" 혹은 "문학과 신학"은 오랫동안 한 몸과도 같은 존재로 이어져 왔음을 알 수 있다. 동시에 "문학과 종교" 관련 서구학자들의 많은 글에서 종교와 기독교 그리고 신학이 서로 혼재되어 표기되고 있음을 볼 수 있는데, 이러한 특징은 서구인들의 의식 속에서 종교가 기독교와 신학을 기술하는 또 다른 단어임을 알 수 있게 해준다. 20세기 초에는 T. S. 엘리엇(T. S. Eliot)이 "문학작품의 비평은 확실한 윤리적 · 신학적 관점으로부터 온 비평에 의해 완성되어야 한다"(388)라고 말하는데, 엘리엇 역시 문학의 '종교성'에 대하여 깊이 인지하고 있음을 알 수 있다.

21세기의 "문학과 종교" 논의는 매우 중요한 전환점을 맞이하고 있다. 20세기의 고등 문학비평 이론과 현대철학 사상의 높은 파고 속에 몸을 맡긴 채 표류하던 "문학과 종교"라는 부표는 "이론 이후"(After Theory)의 시대를 맞이하여 이제 다시 본연의 정체성과 방향성을 설정해야할 시점에 놓여있다. 이러한 때에 대런 J. 미들턴(Darren J. Middleton)의 「종교와 문학의 끝나지 않은 이야기」("Religion . . .")는 20세기와 21세기의 "문학과 종교"라는 담론을 분석하고 미래의 연구를 위한 단초를 제시하는 글이라고 하겠다. 미들턴은 자신의 논문에서 "문학과 종교"에 관련된 연구의 경향을 네 개의 범주로 구분하고 있는데, 첫 번째로는 엘리엇 방식의 "고백적 접근"(Confessional Approach)이다. 이 방식은 네이던 A. 스콧(Nathan A. Scott)을 비롯한 여러 학자들에 의해 1950년대로부터 1970년대까지 유행하였으며, 분명한 윤리적, 신학적 기준을 갖고 문학작품을 읽는 경우이고, 미들턴의 표현을 빌리자면 "독서 <u>이전에</u> 신학"(theology *before* reading)(151)이라는 약점이 있으며, 최근의 학자로는 사무엘 베케트(Samuel Beckett)의 『막판』(*Endgame*)에 대하여 논의한 바 있는 폴 S. 피디스(Paul S. Fiddes)가 있다. 두 번째 범주는 1970년대로부터 1990년대에 이르기까지 주류를 이룬 "엘리엇 이후 진영"(Post-Eliot Camp)으로서 문학비평에 현상학, 해석학, 프랑스비평, 인류학 등을 비롯한 최근의 다른 이론들을 섭렵하는 것이 "문학과 종교" 연구에 도움이 된다고 믿는 무리이다. 세 번째 범주는 "최근의 연구"로서 학자들은 "엘리엇 이후 진영"에서 자신들이 각자 선택한 최신 비평이론과 철학

사상에 맞추어 "문학과 종교" 연구에 참여하는 것이다. 마지막으로, 네 번째 범주는 "미래의 연구"로서 문학연구가 비종교적 요소들과의 상호관련 속에서 연구되어야 한다는 입장이며, 미들턴은 고려되어져야할 대표적 요소로서 "'후-세속성'(post-secularity), '세계화'(globalization), '문화성'(culturality) 그리고 '학제성'(interdisciplinarity)"(Hass, "The Future" 841) 등을 거론하고 있다. 미들턴의 예를 통하여 본 것 같이, 최근의 "문학과 종교"에 대한 학자들의 활발한 논의는 포스트모던 비평이라는 거대담론과 더불어 자행된 현대비평이론과 철학의 집중포화를 견디어 온 "문학과 종교" 연구자들에게 일말의 정당성을 부여하는 측면이 있다.

9/11 사건 이후 좌파사상가들에 의해 주도된 이른 바 "종교의 부활"이 21세기의 "문학과 종교" 연구에 어느 정도의 동력을 제공하고 있음은 틀림없는 사실이다. 테리 이글턴(Terry Eagleton)에 따르면, 지금까지의 "문화이론은 도덕과 형이상학을 논의하기 부끄러워했고, 사랑・생물학・종교・혁명을 논의할 때마다 허둥거렸고, 악에 대해 침묵했고, 죽음과 고통에 대해 말을 삼갔고, 본질・보편성・근본원리 등에 대해 독단적이었고, 피상적으로만 진리・객관성・공평무사함을 논의했다"(『이론이후』 148). 또한 "좌파가 대체로 거북스러워하며 침묵으로 일관해 온 중요한 문제들, 예컨대 죽음과 고통, 사랑, 자기 비우기 즉 자기포기 등의 주제들이 구약성경과 신약성경에서 폭넓게 다루어지는 게 사실이다"(이글턴, 『신을 옹호하다: 마르크스주의자의 무신론 비판』 7)[1]. 김명주(KIM Myung-Joo)는 이글턴의 종교에 대한 관심에 대하여 "초월성을 배제한 '행위 규범'을 다루는 윤리적 관심이라기보다는, 초월성을 내재화한 '행위'의 영역을 다룬다는 면에서, 종교적 전회라고 부르는 편이 낫다"(57)고 주장하는데, 이글턴은 가히 21세기에 종교와 기독교가 지속가능토록 특화하는 강력한 조력자의 모습을 보여준다. "종교와 기독교에 대한 관심은 이글턴 뿐만 아니라 알랭 바디우(Alain Badiou), 슬라보예 지젝(Slavoj Žižek), 그리고 조르조 아감벤(Giorgio Agamben)과 같은 신마르크스주의자들"(김용성 2)에 의해서도 표현되

1) 이에 대한 보다 자세한 논의는 다음의 논문을 참고할 것. 김용성, 「조르조 아감벤의 종교적 사유」, 『문학과 종교』 17.1 (2012): 1-19.

고 있는데, 이와 같이 근래에 이루어지고 있는 종교를 중심으로 한 일련의 논의 과정에 대하여 "우리가 말할 수 있는 한 가지는 종교가 더 이상 세속에 대하여 반대 입장에 놓여있지 않다"(Hass, "The Future" 842)는 것이다.

그렇다면, "문학과 종교" 연구가들에게 새로운 도전이 주어짐을 볼 수 있다. 종교를 공격함으로써 "문학과 종교" 연구의 존립을 위태롭게 해왔던 포스트모던 시대의 비평가들과 철학자들이 이번에는 "고등비평"(High Theory)이 아닌, 자신들이 그동안 적대시해왔던 종교를 21세기 인문학 논의의 장으로 활용하고 있는 것이다. 이러한 상황에서 지금까지 나름대로 명맥을 잘 유지해온 "문학과 종교"의 연구는 앞으로 고등 문학비평의 홍수 속에서 "문학과 종교의" 가능성을 찾아봄으로써, 그리고 하스가 말하는 "'후-세속성,' '세계화,' '문화성,' 그리고 '학제성'"과의 상호연계성에 기반을 둔 연구를 통하여, 이글턴이 말하는 고등비평의 "이론 이후"가 아닌 고등비평의 "이론 극복"을 위한 연구의 지경 확보가 필요하다. "문학과 종교" 연구는 그동안 포스트모던 비평이론과 현대철학의 거대담론에 의해 위축된 점이 없지 않다. 그러나 적대적으로만 여겨져 왔던 고등비평 이론 중에는 나름대로 "문학과 종교"의 연구가 가능한 '공간'이 많이 있음을 알 수 있는데, 베케트 작품의 종교성에 대한 다시 읽기는 그것의 좋은 예가 될 수 있다.

II

20세기의 영・미문학사에서 베케트만큼 주요 논쟁을 일으킬 뿐만 아니라 당대의 주요 지배담론으로부터 환영을 받은 경우는 흔치 않을 것이다. 그의 작품들은 모더니즘(Modernism)과 포스트모더니즘(Postmodernism)의 요소를 공통적으로 갖고 있기 때문에, 주로 실존주의적 해석과 해체주의적 비평이론의 관점에서 찬사를 받아왔다. 베케트는 장르를 넘나들며 다수의 훌륭한 작품을 썼지만, 형식적인 측면과 주제적인 측면에서의 예술성을 고려해볼 때에 『막판』이야말로 그의 작가로서의 우수성을 보여주는 대표 작품 중의 하나라고 볼 수 있다. 실제로 "베케트는 독일에서 연출가로서의 경력을 시작하는 첫 번째 작품으로 자신이 좋아한 『막판』을 선택"(Cohn 296)하기도 한다.

『막판』에 대한 지금까지의 선행연구는 큰 틀에서 볼 때에 모더니즘과 포스트모더니즘의 해석으로 나누어진다고 볼 수 있다. 『막판』은 다른 모더니즘 계열의 작품들이 그러하듯이 그리고 찰스 R. 라이온스(Charles R. Lyons)가 "등장인물이나 그들의 관계에 대한 이야기가 아닌 불확실성에 대한 연극적 구현"(61)이라고 평가할 만큼 그 해석이 매우 난해한 작품이다. 그래서 작품에 대한 가장 전형적인 연구는 주로 실존주의적 해석을 바탕으로 삶의 부조리함을 논하는 경향이 일반적이었다. 크리스토퍼 인스(Christopher Innes)의 연구가 그 경우에 속하는데, 인스는 "베케트 희곡의 뿌리가 프랑스 실존주의에 있다"(428)고 밝힌다. 마르틴 에슬린(Martin Esslin)도 "자아인식이 우리 존재의 기본조건이다"(Introduction 3)라고 주장하면서 베케트의 작품을 실존주의적 관점에서 읽고 있다. 그리고 심지어는 "문학과 종교" 관련 연구자들도 『막판』을 단순하게 부조리성의 측면에서만 다루고 있음을 볼 수 있는데, 제임스 W. 사이어(James W. Sire)는 의미 있는 것이란 전혀 존재하지 않고 모든 것이 우연이며 무의미한 것을 표현하는 대표 작품으로 『고도를 기다리며』(*Waiting for Godot*)와 『막판』을 거론하고 있다(사이어 108). 캐더린 워드(Katharine Worth)는 『막판』에 나타난 "반복적 제의식"(7)에 주목하며 종교적 구원의 가능성을 이야기하나, 그것은 일반적인 수준에 머물고 있다. 한편, 포스트모더니즘을 바탕으로 한 해석은 주로 반 사실주의적 언어 사용과 서구의 주류 형이상학에 대한 해체주의적 비평이 주를 이루고 있으며, 다양한 포스트모던 비평가들이 각각의 이론과 관점을 바탕으로 베케트의 작품들에 대한 폭넓은 해석을 시도하였다.

국내 연구의 경우도 해외연구의 흐름과 크게 다르지 않음을 볼 수 있다. 예를 들면, 강관수(KANG Kwan-Soo)는 "베케트의 연극에서 주인공들이 반복적으로 보여주는 좌절과 고통은 '무대 위에 인물들이 현존하고 있다'는 사실을 보여준다"(6)고 말하면서 실존주의적 해석을 따른다. 양병현(YANG Byung-Hyun)은 『고도를 기다리며』와 『막판』을 예로 들면서 베케트 작품의 탈종교성과 종교적 이미지가 지니는 유희로서의 포스트모더니티를 다음과 같이 지적한다.

> 베케트는 실제적으로 극장에 대한 관심을 두지 않았다고 하지만 이후 일련의 그의 작품들은 그를 부조리이야기의 중심인물로 인식시켰다. 그러한 중

> 요한 동기는 그의 탈종교성에 있어 보인다. . . . 부조리한 자신과 환경으로부터 자기부정과 구원을 은연중 탐색하는 종교성 자체를 거부하며, 오히려 재미와 즐거움을 찾는 탈종교성의 움직임이 강하다. (『스토리텔링으로 본 문학과 종교 I』 166)

이와 같이 국내에서의 베케트 연구도 주로 모더니즘과 포스트모더니즘을 중심으로 한 해석이 많은 비중을 차지하는 것이 사실이다.

한편, 이러한 해석에 대한 나름대로의 변화가 일어나기 시작한다. 박정근(PARK Jeong-Keun)은 "베케트의 반복성을 무의미한 습관이나 공허에 대한 염세적 표현으로만 보는 에슬린적 평가만이 가능한 것인가"(33)에 대한 의문을 제기한다. 「베케트 극에 나타난 반복성의 제의적 의미」라는 그의 글은 비교적 오래된 논문임에도 불구하고 베케트의 작품에 대한 기존의 실존주의적 해석에 대한 불만과 새로운 종교적 희망을 모색한다는 점에서 주목할 만하다. 이합 핫산(Ihab Hassan)은 "포스트모더니즘을 무정형적이고 무정부주의적이며 해체적인 것으로만 이해할 수는 없"(65)고, "그 자체 안에 어떤 것이라도 파괴하려는 거의 광적인 의지를 갖고 있다고 하더라도, 이와 동시에 포스트모더니즘은 수잔 손탁이 말한 바 있는 어떤 '통합적인 감각'을 찾아내려는 욕구를 지니고 있으며, 피들러가 지적했던 것과 같은 '경계선을 넘고 간격을 메우려는' 필요성을 절실히 느끼고 있"(65)다고 주장하는데, 국내학자들의 최근 연구에서 눈에 띄는 점은 베케트와 그의 작품에 대한 해석이 과거의 실존주의적 해석이나 해체적 접근에 편중된 상황으로부터 어느 정도 탈피하고자하는 모습을 보여준다는 점이다. 디오도 W. 아도르노(Theodor W. Adorno)와 질 들뢰즈(Gilles Deleuze) 그리고 바디우와 같은 좌파사상가들의 철학적 성찰과 문학비평을 이용하여 베케트의 문학세계를 재조명하기 시작했다는 것이다. 예를 들면, 윤화영(YOON Hwa-Young)은 「아도르노의 미학이론과 베케트 – '부정사유와 자율적 예술의 정치성'」이라는 논문에서 "베케트의 문학이 추상적인 개념의 유희일 뿐 현실의 정치나 실천과는 유리된 미학적 구성물이라고 여기는 이들이 많다"(79)고 지적하면서 아도르노식 읽기를 통하여 베케트작품에 대한 새로운 희망의 가능성을 모색한다. 박일형(PARK Il-Hyung)도 바디우가 "베케트의 작품에서 실존주의나 해체주의가 주목했던, 부조리와 익명성, 차이와 반복 대신 굽히지 않는 주체적 형상과 타자를 향한 윤리적 사유의 기획을 읽어낸다"(58)고 주장하는 동시에 "이것은 베케트의 작품을 주체의 소멸이나 자폐적, 유아론적 세계관과 연관시키고, 이를 바탕으로 그를 비정치적, 탈정치적 작가로 규정했던 비평적 전통을 정면으로 반박하는 주장인 것이다"(58)라고 말하면서 베케트 작품에 대한 새로운 해석의 접근 대열에 합류한다.

그러나 최근에 국내·외에서 이루어지기고 있는 베케트 작품에 나타난 희망과 역동성에 대한 탐구에도 불구하고 여전히 아쉬운 점이 남아 있다. 모더니즘과 포스트모더니즘시대의 강력한 영향 하에서 베케트 작품을 중심으로 한 "문학과 종교"의 연구가 부진하였음은 어쩔 수 없었다 하더라도, "종교의 부활"이 선언된 21세기에도 여전히 베케트 연구가들은 종교에 대하여 말하기를 부담스러워하고, 베케트 작품에 나타난 '종교성'에 대한 의미를 외면하고 있는 듯하다. 특별히 포스트모던시대의 해체주의 비평의 높은 파고로 인하여 베케트의 대표작인『막판』에 대한 "문학과 종교"의 관점에서의 연구는 충분히 이루어지지 않았다. 아도르노 방식의, 들뢰즈 방식의, 바디우 방식의 베케트 작품 읽어내기를 통한 희망의 가능성에 대한 탐구에는 감탄을 하거나 혹은 마지못해 동의를 하지만, 유독 베케트 작품에서의 '종교성'에 대한 의미는 여전히 외면하고 있는 것처럼 보인다. 또한, 베케트 작품에 나타난 '종교성'에 대한 일부 연구들도 심지어는 포스트모더니즘 방식 하에서의 종교성 읽어내기에 다름 아닌 측면이 있다. 이제는 그동안 고등 문학비평 이론의 그늘에 가려졌던『막판』에 나타난 '종교성'의 문제를 심도 있게 음미해볼 필요가 있다. 그리고 이 작업은 기독교 신학의 정통주의에 입각한 단순한 형이상학적 합리화 차원을 넘어 현대성의 맥락 속에서 작가가 성찰하고 있는 '종교성'에 대한 깊은 연구이어야 하는 것이다.

III

최근에 베케트 연구에 있어서 주목을 받고 있는 아도르노, 들뢰즈 그리고 바디우와 같은 좌파 사상가들은 베케트 작품의 위대성을 표명한 대표적 현대

철학가들이라고 하겠다. 그들은 베케트의 작품이 복잡하고 난해하며 다양한 현대비평이론과 철학사상을 바탕으로 끊임없는 해석이 가능하다는 점, 그리고 그 해석의 영역을 확장시킨다는 점에서 높은 예술적 가치를 지닌 것으로 평가하고 있다. 아도르노가 『부정의 변증법』에서 예술작품이 지닌 몇 가지 의미 있는 개념에 대한 설명을 하고 있지만, 무엇보다도 가장 중요한 것은 '부정성'의 미학일 것이다. 아도르노에게 있어서 "'예술은 실제 세계의 부정적 지식이다.' 이러한 기능은 직접적으로 논쟁적이고 비판적인 작품이 아니라 '난해한' 실험적 작품을 씀으로써 성취되는 것이라고 그는 믿었다"(셀던 외 124). 그는 "부정의 부정을 긍정성과 같다고 하는 것은 동일시의 정수"(236)이고, "부정의 부정은 부정을 없애는 것이 아니라 부정이 충분히 부정적이지 못했다는 점을 증명"(237)하는 것이라고 한다. "아도르노는 현대문화의 공허함을 일깨우기 위해 베케트가 형식을 어떻게 사용하고 있는가에 대해 깊이 성찰"(셀던 외 124-25)하고 있는데, 『막판』에서 볼 수 있는 "이야기의 부조리한 단절, 왜소화된 인물설정, 플롯의 결여, 이런 모든 것들은 이 연극이 암시하고 있는 현실로부터 거리감을 부여하는 미적효과를 내는 주요한 요인이 되고 있으며, 그렇게 함으로써 현대적 존재에 대한 '부정적' 지식"(셀던 외 125)의 표현이 이루어지는 것이다.

'부정성'의 미학은 현대사회에서 위기에 직면한 신학에도 적용될 수 있는데, 아도르노는 현대사회에서 더 이상 초월성의 담론으로 자리를 잡기 어려운 종교의 문제를 다음과 같이 이야기 한다.

> 문자 그대로(ά la lettre)의 종교는 그 자체로서 이미 SF와도 같을 것이다. 우주여행은 실제의 약속된 천국으로 가는 것이라고도 할 수 있을 것이다. 로켓 여행이 그리스도론에 미칠 결과들에 대한 유치한 생각들에서 신학자들은 벗어나지 못하는데, 역으로 우주선에 대한 관심의 유아상태는 구원의 메시지들 속에 담긴 유아상태를 드러내준다. 하지만 이 메시지들이 모든 소재 내용으로부터 정제되어 완전히 승화된다면, 그것이 무엇을 위한 것인지 말하기가 극히 난처해질 것이다. 각각의 상징이 단지 다른 상징을, 또다시 개념적인 것을 상징할 뿐이라면 그것이 핵심과 아울러 종교는 공허한 상태에 머물 것이다. 그것이 오늘날 신학적 의식의 이율배반이다. (510)

아도르노의 관점에 따르면 종교와 신학에서 제시하는 "의미의 개념은 모든 작위(Machen)의 피안에 있는 객관성을 내포"(484)하고 있고, "형이상학적 이념들 가운데 최상의 이념인 진리의 이념이 사람들을 그리로 몰아간다"(513). 따라서 "그 때문에, 신을 믿는 자는 신을 믿을 수 없"(513)고, "신의 이름이 나타내는 가능성은 믿지 않는 자가 고수하게 된다"(513). 아도르노의 '부정성'은 "마치 스스로가 총체적인 듯이 자체 내에 안주하지 않는다"(518)는 의미에서 "부정적 변증법이 품는 희망의 형태"(518)로 간주될 수 있는 것이다.

현대의 베케트 연구자들로부터 관심을 받아온 다른 철학자이자 문학비평가로 들뢰즈가 있다. 들뢰즈는 "텍스트 읽기란 결코 기의를 찾아내는 학문이 아니고 기표를 찾아내는 고도의 텍스트 연습은 더더욱 아니다. 오히려 텍스트 읽기란 문학기계를 생산적으로 사용하는 것이고 욕망하는 기계들의 몽따주이며 텍스트로부터 혁명적인 힘을 추출해 내는 분열증적 연습이다"(정정호 7 재인용)라고 말하며 차이와 반복을 통한 주체적 독서의 가능성을 주장한다. 아도르노에게 있어서 '부정성'이 있다면 들뢰즈에게 있어서는 '리좀'의 개념이 있는데, "그의 리좀(근경, rhizome)적 사유는 파편화를 통한 대화이며 총체화를 거부하는 '기관 없는 신체'이다"(정정호 9). 들뢰즈의 리좀 사상은 일체의 폐쇄된 해석과 해석의 영토화를 무력화시킴으로써 개방된 해석과 해석의 탈영토화를 추구하는 것이다. 그것은 종교에 있어서도 마찬가지인데, "종교의 이름으로 자행되는 비극, 전쟁, 테러, 이데올로기적 태도 등은, 자본이 지배적인 사회에서 진리 없는 재영토화 과정이라고 말할 수 있으며, 무엇보다 진리를 담보하고 있어야 할 종교가 진리 없는 과정이 되어버릴 때, 그때 그 현상이 병리적인 것으로 나타난다"(신지영 7).

베케트 연구에 탁월한 식견을 보여주는 또 다른 철학자이자 문학비평가로 바디우를 거론할 수 있다. 바디우는 베케트의 문학에 대한 이해의 핵심 개념으로 '유적인 것'(le generigue)의 개념을 제시하고 있다.

> . . . 우리는 유적인 것(le generigue)을 향하는 베케트의 근본적인 경향이라 부르게 될 것을 즉시 확정할 수 있다. 이 '유적인' 욕망은 경험의 복잡성을 몇몇 주요한 기능들로 축소하는 것, 글쓰기를 통하여 본질적 규정을 구성하

는 것만을 다루는 것으로 이해되어야 할 것이다. 베케트에게 글쓰기란 엄격한 경제성[절약]의 원칙에 의해 통제되는 행위이다. . . . 말하자면, 유적인 글쓰기의 픽션을 실재화하는 등장인물들은 텍스트 전체에 걸쳐 본질적이지 않은 술어들, 의복들, 대상들, 소유물들, 몸의 부위와 언어의 단편들을 잃는다. 베케트는 빈번하게 유적인 기능들이 도래하기 위해 잃어야만 하는 것의 목록을 작성한다. 그리고 그는 장식과 헛된 소유물을 불쾌한 수식어를 통해 기어코 우스꽝스러운 것으로 만든다. 그럼으로써 그는, 오로지 부수적이고 거추장스러운 것들을 잃어버리고 흩뜨릴 때만이 유적인 인류의 본질을 이해할 수 있다는 것을 지적하는 것이다. (11-12, 원문강조)

바디우는 '유적인 것'을 통하여 베케트의 이야기가 갖고 있는 새로운 글쓰기 전략의 우수성을 주장한다. 그는 기존의 베케트 평론이 "그저 형상화에 불과할 뿐인 것을 문자 그대로 받아들임으로써"(13), "베케트가 인류를 비극적인 황폐함, 부조리한 포기 상태로 여긴다는 것의 기호로 너무나 자주 해석"(13)해왔다고 비판한다. 그는 베케트의 반 사실주의적 글쓰기를 기존의 서구 형이상학이 주도하는 주류 담론에 대한 일차원적 차원에서의 회의나 단순한 좌절이 아니라 오히려 저항적 글쓰기일 뿐만 아니라 새로운 의미탐색의 가능성에 대한 시도라고 보고 있는 것이다.

아도르노와 들뢰즈 그리고 바디우는 자신들의 철학적 사유의 체계적 개념으로 각각 '부정성'과 '리좀' 그리고 '유적인 것'인 것을 제시하고, 그들의 이론에 논리적 정당성을 제공하는 대표적인 예술작품으로 베케트의 작품을 예로 들고 있는 것이다. 베케트 작품 전반에 걸쳐서 표면적으로 드러나는 "부정적 특질을 구성하는 여러 요소들, 즉 형상, 침묵과 어둠, 희극적 숭고함, 추상성"(윤화영 63)은 들뢰즈의 "기관 없는 신체로서의 리좀"인 동시에 바디우의 "모든 사물의 균형 또는 결정불가능성을 위한 명령"(바디우 10)이자 "규정된 후에는 존재와 비-존재 사이의 흐름에 따라 흔들리는 바로 그런 사물"(바디우 10)이다. 따라서 이제 베케트 작품에 대한 논의는 실존주의적 관점이나 해체주의적 관점에서의 절망과 유희의 마술에서 벗어나 강력하고 다층적인 희망의 빛을 제시하는 것으로 재평가 받을 가치가 있는 것이다. 그러나 아쉬운 사실은 아도르노가 '부정성'을 종교와 신학에도 적용하고 있고, 들뢰즈가 종교의 이름으로 자행되는 거짓 종교의 '영토화'에 반대하여 '탈영토화'된 참 종교성을 주장하며, 바디우가 21세기의 지속가능한 담론의 힘을 종교에서 끌어내고 있는 이 시점에도 베케트 작품에 대한 현대의 연구는 '종교성'에 대한 가치를 여전히 간과하고 있는 측면이 있다. 좌파 사상가들이 종교를 사유의 원천으로 이용하듯이, "문학과 종교" 연구가들도 좌파사상가들이 보여준 통찰력을 이용하여 "베케트의 작품에 있어서의 길고 끈질긴 공제의 노동 이후에 잉여나 보충으로 도래"(박일형 63)하는 종교적 의미를 당당하게 반추해 볼 필요가 있는 것이다.

베케트 작품에서 논의되고 있는 여러 가지 "부정적 특질" 중에서 그 중요성이 매우 큼에도 불구하고 논의의 가장자리로 밀려난 것이 있다면, 그것은 바로 '기다림'일 것이다. 특별히 『막판』은 『고도를 기다리며』의 연장선에 있는 작품으로서 등장인물만 블라디미르(Vladimir)와 이스트래건(Estragon)에서 햄(Hamm)과 클로브(Clov)로 바뀌었을 뿐이고, 작품 속에서 '기다림'이 드러내는 부정적 분위기는 더욱 강화된다. 작가 자신도 그 기다림의 대상이 누구인지 모른다고 말했다는 사실과 실존주의적 관점이나 해체주의적 관점에서의 절망과 유희라는 20세기의 '기대지평'과 '지배소'로 인해 '기다림'은 아예 논의 자체가 무의미한 "부정적 특질"로 간주되어 온 것이 사실이다. 그러나 작품 속에서 기다림의 대상이 누구이고 심지어는 기다림이 무엇인지도 모르는 "부정적 특질" 속에는 오히려 역설적으로 기다림에 대한 강력한 희망을 모색하는 베케트의 글쓰기 전략이 숨겨져 있는 것이다. 기다림이라는 단어가 갖고 있는 깊은 종교성은 아도르노의 '부정성'을 통해, 들뢰즈의 '리좀'적 사유를 통해, 그리고 바디유의 '유적인 것'을 통해 읽어낼 수 있는 가장 본질적인 사유의 대상인 것이다. 『고도를 기다리며』에서와 마찬가지로 『막판』에서도 기다림의 대상은 알 수 없고 그 절망의 깊이는 오히려 더욱 깊어만 가며 기다림의 완결에 대한 직접적인 암시는 분명하게 나타나있지는 않지만, "부정적 특질"로서의 기다림 뒤에는 작고 가는 희망이라는 빛의 흔적이 나타나 있는 것이다. 그리고 이러한 작가의 글쓰기는 작품에서 파편화된 언어로 표현된 성경적 인유를 통해 나타나고 있음을 볼 수 있다.

IV

『막판』에 나타난 성경적 인유에 대한 연구는 작품 속에 숨겨진 종교성의 참 의미를 탐색할 수 있는 중요한 수단이 된다. 특별히, 베케트가 독실한 신교도 중산층 출신이었고, 스스로 "거의 퀘이커 교도처럼 교육받았다"(brought up 'almost a Quaker')(Esslin, *The Theatre of the Absurd* 29 재인용)라고 고백하고 있음을 고려해볼 때에, 성경적 인유는 그의 작품에 나타난 종교성을 이해함에 있어 중요한 사항이다. 『막판』의 시작과 끝 사이에는 작품의 종말적 분위기를 지속적으로 암시하기에 적합한 성경적 인유가 드러나고 있는데, 대다수의 성경적 인유는 종말시대의 기다림과 '임재,' '재림,' '도착'의 의미를 뜻하는 파루시아에 그 초점이 맞추어져 있음을 알 수 있다. 작품속의 공간적 · 시간적 배경을 살펴보면, 등장인물들은 황폐화된 외부세계로부터 단절된 지하실에서 두 개의 작은 창문을 통해 바깥 세계의 변화를 기다린다. 변화를 찾기 힘든 똑같은 시간의 흐름 속에서 기다림, 심판, 처벌 등의 모티프가 제시되고 있는데, 이 모든 것을 포괄하는 것은 바로 직선적 시간의 끝에 있는 종말이라고 하겠다. 지금까지 일부 평자들의 독서를 통해 『막판』에서의 성경과 기독교 연관 주제들을 중심으로 '종교성'에 대한 연구가 있었음에도 불구하고, 이에 대한 논의는 여전히 부족한 것이 사실이다. 기존의 평가에서 다루어져 왔거나 혹은 간과되었던 성경적 인유를 종합적으로 재평가함으로써 작품에서 작가가 궁극적으로 제시하고 있는 종말론적 비전의 의미를 재음미해보는 것이 필요한 시점이다.

『막판』에서 독자를 당혹스럽게 하는 동시에 중요성이 매우 큰 성경적 인유는 작품의 시작 부분에서 "끝났어, 거의 끝났어, 거의 끝난 게 틀림없어"[2]라는 말로 시작되는 클로브의 대사일 것이다. 연이어 클로브는 "곡식 알갱이, 하나씩 하나씩, 그리고 어느 날, 갑자기, 곡식 한 무더기, 조금씩 더 쌓이면, 셀 수 없을 정도로 거대한 곡식더미"(1)라고 말하면서 직선적인 시간의 오래된 흐름을 이야기하고, "더 이상 벌 받지 않을 거야"(1)라는 다짐을 통해 고통의 극복과 종말적 구원의 간절한 염원을 드러낸다. "끝났어"(finished)와 "끝나고 있어"(finish)

2) Samuel Beckett, *Endgame* (New York: Grove P, 1958), 1. 이 작품의 번역은 최경룡 · 김용성의 것을 사용하되 필요한 경우에 수정함. 이후 인용 시 괄호 안에 쪽수만 표기함.

는 끊임없이 반복적으로 등장인물들의 의식을 지배하는 단어이다. 예를 들면, 햄의 이야기 말하기(story-telling)는 삶의 지루함과 고통을 달래기 위한 놀이의 일환으로서 시작과 중단을 반복하는데, 이야기를 다시 시작하기 원할 때에 햄은 "내가 무슨 말을 하고 있었죠?"(50) 라고 말하면서 "끝났어요, 우린 끝났어요"(50) "거의 끝났어요"(50)라고 말한다. 작품의 말미에서도 햄은 클로브에게 자신을 죽여(finish)달라고 말하는 장면을 볼 수 있는데, 햄과 클로브의 대화는 "끝나는 것"에 바탕을 두고 있음을 알 수 있다. "끝나는 것"은 연극의 시작과 끝에 이르기까지 반복적으로 종말의 완성에 대한 인물들의 갈망을 강화시킴으로써 종말론적 비전으로서의 파루시아라는 작품의 주제를 엿볼 수 있게 한다.

라이온스를 비롯한 몇 명의 평자들이 지적하고 있듯이 "끝났어"라는 단어는 "다 이루었다"(It is finished)(요 19:30)[3]라는 성서의 구절을 모티프로 하고 있다. 기독교 세계관(Christian world-view)이라 함은 창조, 타락, 십자가, 구속 등으로 이루어지는 인간역사의 진행과정을 믿는 것으로 이해할 수 있다. 십자가의 중심에는 예수가 있고, 예수의 죽음으로써 모든 것이 다 이루어지며, 종말의 때에 예수의 재림을 통하여 구원과 희망의 역사가 완결되는 것이다. 신약의 복음서에는 열 처녀의 비유를 포함한 종말과 관련한 비유들이 여러 차례 등장한다.

> 그때에 천국은 마치 등을 들고 신랑을 맞으러 나간 열 처녀와 같다 하리니 그 중에 다섯은 미련하고 다섯은 슬기 있는지라. 미련한 자들은 등을 가지되 기름을 가지지 아니하고 슬기 있는 자들은 그릇에 기름을 담아 등과 함께 가져갔더니. 신랑이 더디 오므로 다 졸며 잘 새 밤중에 소리가 나되 보라 신랑이로다 맞으러 나오라 하매. 이에 그 처녀들이 다 일어나 등을 준비할 새 미련한 자들이 슬기 있는 자들에게 이르되 우리 등불이 꺼져가니 너희 기름을 좀 나눠달라 하거늘. (마 25:1-8)

열 처녀에 관한 위의 비유는 기다림의 끝이 언제인지는 모르지만 끝까지 깨어 있어야만 하는 종말시대의 상황을 설명해준다. 또한 클로브의 대사에 따르면 햄은 마더 페그(Mother Pegg)에게 기름을 빌려주지 않았고, 이에 등불을 피울

---

3) 성서로부터의 인용은 개역성경에 의하고 이후 인용 시 본문에서 괄호 안에 표기함.

수가 없었던 그녀는 죽고 만다. 『막판』의 등장인물들이 처한 종말적 상황은 바로 "열 처녀"의 비유에 대한 성경적 인유로서 등불에 기름을 넣고 불을 피우며 기다림의 존재방식을 지속하는 인간 삶의 모습을 표현하고 있다.

작품에서 역사의 종말과 기다림에 대한 성경적 인유는 신약의 복음서뿐만 아니라 구약과 신약, 특별히 다니엘서와 요한계시록에서 나오는 종말적 상황을 표현하고 있다. 다니엘서는 한마디로 종말의 "때"에 관한 책이라고 볼 수 있다. 예를 들면, 다니엘은 느부갓네살 왕이 꿈속에서 본 한 신상에 대한 해석을 하게 되는데, 느부갓네살의 꿈속에 나타난 신상은 열국의 흥망성쇠와 종말에 대한 의미를 담고 있다. 그런데 햄과 클로브의 대사 중에서 다니엘서에 나오는 사건을 떠올리게 하고 있는 장면이 있다. 워드도 『막판』과 다니엘서의 연관성에 대하여 지적한 바 있는데(53), 클로브가 습관적으로 부엌의 벽을 자주 쳐다보고, 햄이 벽으로부터 종말의 의미를 유추하는 장면이 바로 그것이다.

> 햄 : 뭐 하는데, 나도 알고 싶은데.
> 클로브 : 벽을 바라봅니다.
> 햄 : 벽이라! 그래 벽에서 뭘 보는데? 세어서, 세어서?
> 벌거벗은 몸뚱이라도 보나?
> 클로브 : 저의 빛이 죽어 가는 것을 보고 있어요.
>
> HAMM: What, I'd like to know.
> CLOV : I look at the wall.
> HAMM: The wall! And what do you see on your wall? Mene, mene?
> Naked bodies?
> CLOV: I see my light dying. (12)

벽을 바라다본다는 클로브의 대답에 대한 햄의 반응은 다니엘서 5장에 나오는 이야기를 인유하고 있는 것이다. 벨사살 왕이 궁중 연회를 주관하면서 예루살렘 성전으로부터 느부갓네살이 가져온 기명을 술잔으로 사용할 때에 "사람의 손가락이 나타나서 왕궁 촛대 맞은편 분벽에 글자를"(단 5:5) 쓰게 되는데, 다니엘은 "기록한 글자는 이것이니 메네 메네 데겔 우바르신이라"(단 5:25)고 해독한다. 계속해서 그는 "메네는 하나님이 이미 왕의 나라의 시대를 세어서 그것을 끝나게 하셨다 함이요. 데겔은 왕이 저울에 달려서 부족함이 뵈었다 함이요"(단 5:26-27)라고 풀이를 한다. 다니엘의 해석은 벨사살 왕의 나라가 "세어서"(Mene) 종말을 맞을 것이라는 예언이다. 벽은 햄과 클로브에게 있어서 세상의 종말을 상징하는 하나의 은유라고 할 수 있는데, 햄은 작품 속에서 지속적으로 "옛 벽"(Old wall)을 떠올리며, 주기적으로 만지기도 하면서 종말을 염원한다. 또한, "벌거벗은 몸뚱이"(Naked bodies)라는 표현도 복음서의 비유와 요한 계시록에서 종말의 모티프로 빈번하게 사용되고 있는 표현이다. 예를 들면, 요한계시록에는 "벌거벗은 수치를 보이지 않게 하고"(계 3:18), "누구든지 깨어 자기 옷을 지켜 벌거벗고 다니지 아니하며"(계 16:15) 등의 표현이 나온다. 따라서 작품 속에 암시되어 있는 다니엘서 5장에 대한 인유는 종말의 시대에 인간이 겪게 되는 기다림의 역사성과 필연성을 암시하고 있는 것으로 해석할 수 있다.

작품에서 종말론적 관점에서의 세상과 역사의 끝에 대한 이미지는 계속해서 이어지고 있음을 볼 수 있다. 논리적 사고로 자신의 존재 상태를 규명해보고자 하는 햄은 끊임없이 질문을 하는데, 아버지의 존재에 대한 질문이 그 한 예이다. 생물학적 부모인 내그(Nagg)와 넬(Nell)이 바로 옆 쓰레기통 안에서 살고 있어도 햄은 자신의 아버지에 대한 반추를 멈추지 않는다. 또한 클로브에게 아버지가 누구인지 아느냐고 수백만 번도 넘게 질문을 하는데, 그것은 클로브의 아버지가 누구인지를 알고 싶은 것이 아니라 사실은 자신의 진정한 아버지를 찾고자 하는 염원이며 궁극적으로 종교적 의미에서의 초월적 존재에 대한 탐색이라고 하겠다. 햄이 행하는 "오래된 질문," "똑같은 질문," 그리고 "똑같은 대답"이라는 언어적 표현은 오랜 시간의 흐름 속에서도 삶의 고통과 구원에 대한 해결책을 얻지 못했다는 것을 반증하는 것이고, 진정한 답을 얻을 수가 없었기 때문에 "그 옛날 그리스인"(70) 철학자가 그랬던 것처럼 신의 존재 여부에 대한 계속적인 질문을 해야만 하는 현대인의 종말론적 상황을 보여주는 것이다.

작품의 시작과 끝에 나오는 햄의 모습에 주목해 볼 필요가 있다. 왜냐하면 작품의 시작 부분에서 장님인 햄은 얼굴에 커다란 핏자국이 묻은 손수건을 덮고 있고, 마지막 부분에서도 자신의 얼굴을 그 손수건으로 덮고 있기 때문이다. 이 장면은 "그러나 모세가 여호와 앞에 들어가서 함께 말씀할 때에는 나오기까지 그 수건을 벗고 있다가 나와서는 그 명하신 일을 이스라엘 자손에게 고하며 이스라엘 자손이 그 광채를 보는 고로 모세가 여호와께 말씀하러 들어가기까지 다시 수건으로 자기 얼굴을 가리웠더라"(출 34:34-35)라는 구절에 대한 인유로 볼 수 있는 것이다. 모세가 신을 만나고 시내산에서 내려올 때에 그 광채가 너무도 빛나기에 백성들의 눈이 멀지 않도록 손수건으로 자신의 얼굴을 가리는 장면을 차용하고 있는 것이다. 이 장면은 신이 모세를 통하여 인간과 언약을 맺고 밀접하게 소통하던 때에 대한 기억으로 해석될 수 있는 장면이다. 모세와 햄이 둘 다 똑같이 수건으로 얼굴을 가리지만, 모세의 수건은 신의 광채가 너무 빛나기에 인간을 보호하기 위해 가리는 수단인 반면에 커다란 핏자국이 묻은 햄의 손수건은 인간의 고통과 절박한 삶의 흔적인 것이다. 얼굴에 손수건을 덮고 있는 햄의 모습은 시내산에서 언약을 받는 모세에 대한 성경적 인유로서, 작가가 종말론적 비전으로서의 파루시아를 부정적으로 표현하고 있는 것이다. 베케트가 작품의 시작과 끝뿐만 아니라 전체적으로 다수의 성경적 인유와 수사를 의도적으로 사용하고 있는 것은 종말론적 비전의 전개를 위한 그의 탁월한 글쓰기의 전략으로 이해된다.

V

그동안 『막판』에 나타난 성경과 기독교 관련 모티프나 이미지에 대한 평가는 부정적인 것이 많았고, 주로 희극적 유희와 풍자를 위한 수단으로 간주된 경우가 많았다. "문학과 종교"에 관심이 있는 일부 연구가들만이 작품 속에서의 종교적 요소에 대한 언급을 하였고, 그러한 종교적 요소들마저도 기독교적 관점에서 희망의 비전으로 제시되기에는 부족한 점이 많은 것으로 여겨졌으며, 어떤 경우에는 작품에 대한 깊은 이해가 결여된 채로 기호에 따라서 친 기독교적 해석자의 관점으로 읽히는 경우도 있었다. 주요 비평가들의 『막판』에 대한 평가를 살펴보면, 유진 웹(Eugene Webb)은 실존주의적 관점에서 작품을 해석하는데, "마지막 장면에서 클로브가 바깥세상으로 나갈지에 대한 결정이 남아 있기에 희망이 있다"(65)는 다소 빈약한 결론을 내린다. 로넌 맥도널드(Ronan McDonald)는 "이 작품의 기대는 종말이 아닌 끝"(45)이라고 말하는데, 그는 기독교의 종말론적 관점이 아닌 불교의 순환론적 관점에서 해석을 시도한다. 워드는 작품이 개신교와 불교로부터 공히 영향을 받았다고 지적하는 동시에, 베케트가 "『신곡』에 나오는 지옥이 아니라 희망을 찾을 수 있는 개신교의 지옥을 선호했다"(8)고 주장하면서 작가의 희망에 대한 탐색에 주목한다. 라이온스는 작품이 지닌 종교성에 대한 요소를 비교적 많이 논의하고 있음에도 불구하고, 작품에 대한 최종 평가에서 인간의 타인과의 관계 속에 내포된 불확실성과 허위성에 대한 극적 구현이라고 말하는 것으로(61) 그치는데, 이것은 베케트의 성경적 인유가 지니고 있는 의미를 간과한 것이다. 마이클 워튼(Michael Worton)은 『고도를 기다리며』와 『막판』을 논하면서, 베케트가 기독교적 해석을 반대하였다고 하더라도 작품 속에서 성경적 인유들이 기독교의 '종교성'을 전달하는 것은 사실이라는 태도를 견지하며, 우리가 선호하는 영역이 성경이든 문학이든 철학이든 혹은 대중음악이든 간에 자유롭게 해석하자는 견해를 보여준다(84). 그러나 베케트 작품의 '종교성'에 대한 워튼의 해석은 일반적 수준에서의 평가에 그치고, 세밀한 논의가 부족하다. 디어드레 베어(Deirdre Bair)는 "『막판』의 원본인 프랑스어 판에서는 작품의 분위기가 매우 활동적일 뿐만 아니라, 마지막 판에서는 제거된, 많은 성경적 인유들이 나타난다"(391)고 말한다. 쉬라 월로스키(Shira Wolosky)는 작품 속에 성경적 인유가 많이 나타나고 있음을 지적하나 동시에 그것은 부정신학은 아니라고 말한다(132). 베어와 월로스키가 『막판』에서의 성경적 인유에 관심을 갖고 '종교성'을 성찰한다는 점은 주목할 만하다. 하지만, 작품이 출판된 시점을 주변으로 한 20세기 신학과의 관련논의가 부족하다는 것은 아쉬움으로 남는다.

이미 앞에서 언급하였던 "문학과 종교" 관련 현대의 연구자인 피디스는 「기다림의 두 희곡: 『고도를 기다리며』와 『막판』」("Two Plays . . .")이라는 글에서, 두 작품을 통하여 기독교의 희망이라고는 전혀 찾아볼 수 없다고 불만을 토로한다. 그럼에도 불구하고 그는 두 작품에서 나오는 일화나 단어를 다수의 성경적 인유와 모티프로 연결시키고 있는데, 『막판』의 경우에 "깨어 있어라"(막 13:35), "등불을 켜고 서 있으라"(눅 12:35), "이러므로 너희도 예비하고 있으라. 생각지 않은 때에 인자가 오리라 하시니라"(눅 12:40), 마태복음 25장에 나오는 열 처녀의 비유, "만일 일깨지 아니하면 내가 도적 같이 이르리니 어느 시에 네게 임할지는 네가 알지 못하니라"(계 3:3), "흰 옷을 사서 입어 벌거벗은 수치를 보이지 않게 하고"(계 3:18) 등의 성경에 나오는 다수의 종말과 기다림의 표현을 예로 들면서 갑작스럽고도 때를 예측할 수 없는 파루시아의 가능성을 이야기한다. 피디스는 "미래는 우리가 계산하는 것이 아닌 우리가 바라는 것"(164)이고, 종말론은 "하나의 아직 아님 그 이상의 것"(more than a not yet)(167)인 희망이며, 기독교인의 희망은 "기대하지 않은 것을 기대하는 것"(to expect the unexpected)(179)이라고 말한다. 그는 베케트가 작품에서 끝의 종결을 거부한다고 해서 그 가능성을 회피하지 못하고, 기독교는 "확실하고 열려 있는, 종결을 거부하는 성취"(both certain and open, a fulfillment resisting closure)(180)이며, 그래서 자신이 베케트보다 더 급진적이라고 단언한다. 피디스의 『막판』에 대한 해석에서 세 가지의 긍정적 가치를 고려해볼 수 있는데, 그것은 그가 그 어느 누구보다도 "문학과 종교"의 관점에서 작품을 해석하였다는 점, 신・구약 전반에 걸친 종말 관련 모티프를 중심으로 종말론적 비전으로서의 파루시아의 문제를 다룬다는 점, 그리고 그의 종말론 논의가 위르겐 몰트만(Jürgen Moltmann)을 중심으로 하는 "희망의 신학"과 연관되어 있다는 점이다. "희망의 신학"을 이해하기 위하여 현대 종말론의 변증법적 전개와 관련된 다음의 인용문을 살펴볼 필요가 있다.

> 종말론 사상에 대한 논의는 기독교 신학에 있어서 매우 중요한 화두이다. 왜냐하면 예수의 십자가 사건과 재림 그리고 남은 무리에 대한 구원은 기독교의 본질적 문제이기 때문이다. 그래서 기독교인들은 역사적으로 신의 초월과 내재에 대한 문제에 많은 관심을 기울여왔다. 스탠리 그렌츠(Stanley J. Grenz)와 로저 올슨(Roger E. Olson)은 기독교 신학이 항상 하느님의 초월성과 내재성이라는 성경의 이중적 진리를 균형 있게 표현하고자 했음을 상기시키면서 기독교 신학의 종말적 사상이 변증법적으로 발전해왔음을 지적한다(12). 근대문명과 자연과학 그리고 자본주의의 발달에 직면한 19세기의 신학은 신의 초월성을 제거하고 내재성을 강조하며 급기야는 신학이 하나의 윤리에 다름 아닌 상태에 머물게 하였는데, 요하네스 바이스(Johannes Weiss)와 '철저종말론'(consistent eschatology)으로 알려진 알베르트 슈바이처(Albert Schweitzer)는 '신의 초월성'을 강조한 미래적 종말론을 주창한다.

반대로 루돌프 불트만(Rudolf Bultmann)은 신의 초월성을 비신화화 함으로써 영원한 현재적 종말 사상을 견지한다. 따라서 기독교 신학의 종말사상에서는 '이미'와 '아직' 사이의 변증법적 논의가 이루어지게 된다. (김용성 9-10)

위의 인용문에서 설명하고 있는 바와 같이, 예수의 십자가 사건으로 약속된 파루시아의 문제는 기독교 역사에 있어서 주요 관심사가 되어왔다. 특별히, 종말시대의 징조라고 여겨지는 각종 대형 사건들을 경험하였던 20세기의 현대인에게 파루시아는 새로운 희망의 사건으로 기대된다. '이미'(already)와 '아직 아님'(not yet) 사이에서의 파루시아의 문제를 오스카 쿨만(Oscar Cullmann)은 "현재는 이미 종말의 때이다. 그러함에도 불구하고 아직 종말은 아니다"(김용성 10 재인용)라고 풀어나가고, "몰트만은 종말의 때에 파루시아가 있는 것이 아니라 파루시아가 있는 때가 종말이라고 설명하는 면에서 파루시아의 메시아사상을 '지금 현재'로 더 가까이 가져온"(김용성 11 재인용)다. 더욱이 몰트만은 "실로 종말론은 희망의 대상만이 아니라 그것에 의해 움직이는 희망까지 포괄하는 기독교적 희망에 관한 가르침이다. 기독교는 . . . 종말론이요, 희망이며, 앞을 바로 보는 전망이요, 앞으로 나아가는 행진이다"(『희망의 신학』 22)라고 말하며 파루시아의 문제를 해결하고자 한다. 피디스가 이러한 20세기의 신학적 관점을 베케트 작품의 '종교성' 연구에 도입하여 해석하는 것은 의미 있는 "문학과 종교" 연구라고 하겠다.

그러나 피디스의 베케트 작품 연구에서 직시해야할 두 가지 중요한 점이 있다. 그는 "신학적 관점에서 볼 때에 무익한 일종의 미래에 대한 기다림이 있기에, 그리고 베케트 작품이 우리에게 그것을 정의할 수 있도록 가르쳐줄 수 있기에, 기독교 종말론은 여기에서 배워야할 많은 것을 가지고 있다"(163-64)[4]라고 말하는데, 이것은 『막판』에 자리하고 있는 종교적 모티프와 성경적 인유들이 내포하고 있는 의미들에 대한 그의 과소평가에서 기인한다. 그는 작품에 나타난 미래에 대한 기다림을 신학적 관점에서 간단하게 무익한 것으로 단정해버리

4) 인용한 영어원문은 다음과 같다. "Christian eschatology has a good deal to learn here, since there is a kind of waiting for the future which *is* futile from a theological perspective, and the plays of Beckett can help us in defining it" (Fiddes 163-64).

는 것이다. 이미 앞에서 언급한 바 있듯이, 미들턴은 "문학과 종교" 관련 현대 연구의 경향을 네 가지로 분류하면서 그 첫 번째 방식으로 엘리엇 방식의 "고백적 접근"을 제기한다. 미들턴에 따르면, 이 방식은 작품에 대한 독서 이전에 이미 신학적 준거의 틀을 만들어 놓고 그 틀에 맞추어 작품을 해석하는 약점을 가지고 있으며, 피디스도 그 경우에 속한다(151). 피디스는 『막판』에서의 성경적 인유가 그 자체로서 가지는 의미를 무익한 것으로 간주하는 동시에 오히려 그 무익함 때문에 기독교인이 채워야할 의미가 있다고 주장하며, 몰트만을 중심으로 한 "희망의 신학"에 의지하여 억지춘향식 희망의 노래를 부르는 측면이 있는 것이다. 미들턴이 "문학과 종교"의 연구에 있어서 "미래의 연구"가 지향해야할 점으로 밝히고 있는 '후-세속성,' '세계화,' '문화성,' 그리고 '학제성' 등의 특성에 대한 종합적 고려는 피디스의 연구에 있어서 부족한 것으로 여겨진다. 따라서 피디스의 『막판』에 대한 연구는 작품의 '종교성'에 대한 가치를 충분히 드러내는데 아쉬운 점이 있다고 볼 수 있다. 21세기의 "문학과 종교" 연구는 미들턴이 주장하는 것처럼 "미래의 연구"가 되어야 한다. 이미 앞에서 본 논의의 근거와 정당성을 강화시키기 위해 아도르노의 '부정성,' 들뢰즈의 '리좀'적 사유, 그리고 바디우의 '유적인 것' 등의 핵심사상을 언급한 바 있다. 베케트의 글쓰기에서 드러나는 여러 가지 "부정적 특질"을 통해서 아도르노와 들뢰즈 그리고 바디우는 베케트 작품에서 새로운 역동적 독서의 가능성과 희망을 찾아내고 있다. 그리고 이것은 "문학과 종교"의 "미래의 연구"가들에게 새로운 방법론을 제시하고 있다. 『막판』에서 찾아볼 수 있는 성경적 인유에 대한 해석에 있어서도 마찬가지이다. 베케트는 작품의 짜임새 있는 구성과 긴장을 위해 의도적으로 성경적 인유를 차용하는 동시에, 부정적 분위기를 자아내는 특질들과 절묘하게 조합하여 작품에서 '종교성'을 희화화 하고 있다. 그러나 이 '종교성'의 희화화에는 "부정적 특질"을 통한 새로운 희망의 가능성을 찾고자하는 베케트만의 전략이 숨어 있는 것이다. 따라서 『막판』에 나타난 성경적 인유에 대한 새로운 해석이 필요하고, 지금까지의 모더니즘과 포스트모더니즘의 고등 문학비평 이론의 그늘 아래에서 충분하게 드러나지 못했던 작품의 '종교성'을 밝히는 것은 매우 중요한 일이 될 것이다. 베케트 작품에 대한 피디스의 연구가 지니는 두 가지 한계, 즉 신학의 잣대에 근거하여 문학에 대한 독서를 하는 "독서 이전에 신학"이라는 점과 "미래의 연구"에서 고려해야할 사항들을 도외시하여 작품의 '종교성'이 가지고 있는 궁극적 의미를 충분히 드러내지 못한다는 점은 21세기의 "문학과 종교" 연구가들이 생각해볼 필요가 있다.

VI

『막판』의 '종교성'에 대한 평가에서 중요한 점은 작품이 독자로 하여금 안정적이고 편안한 해석을 어렵게 한다는 점이다. 작품에서 "몇 마디 낱말들의 의미마저 침묵으로 보완하는 의미에 대한 공격과 금욕적 어둠, 그리고 무엇보다 주체와 현실의 정확한 역사적 상황을 표현하는 알레고리적 형상들을 통해"(윤화영 84) "부정적 특질"들이 강화되어 있는데, 그러한 "부정적 특질"들은 '부정성,' '리좀,' '유적인 것' 등의 사유를 통해 의미해석이 가능한 것이다. 또한, 『막판』은 발단, 전개, 위기, 절정, 결말로 이어지는 전통적 희극작품의 전형적 구조를 가지고 있지 않고, 작품의 플롯(plot)은 장기놀이, 작품 속 햄의 이야기 말하기, 등장인물들의 역사적 삶 지속 등이 3중 구조로 절묘하게 융합되어 진행되며, 파편, 단절, 침묵, 어둠, 성경적 인유 등을 통하여 표면적 의미의 재현을 극도로 억제하고 있다. 따라서 이러한 난해함을 극복하고 작품에 편재해 있는 다양한 "부정적 특질"들이 어떻게 종말론적 비전으로서의 파루시아의 가능성을 내포하고 있는가를 생각해 볼 필요가 있다.

작품의 시작과 더불어 잠에서 깬 햄은 자기 앞에 있는 손수건을 집어 들고 하품을 하면서 "나— 놀아볼까"(2)라고 말하는데, 등장인물들의 일상생활은 처음부터 장기놀이에 비교되고, 햄은 한 왕국의 왕 같은 인물로서 장기놀이에서의 왕으로 나타나며, 장기에서의 왕처럼 강박적으로 무대 중앙에 위치할 것을 고집한다. 언어는 일련의 파편화되고, 일체의 의미를 거부하는 형태로 나열되며, 간간이 "무슨 꿈이! 그 숲들은!"(3)과 같은, 즉 희망과 생명을 상징하는 단어들이 던져질 뿐이다. 잠시 후에 햄은 "끝낼 시간이야. 그런데 난 망설이고 있어"(3)라고 말하는데, 작품의 시작과 함께 하루의 시작에서도 종말의 모티프가 등장하고, 햄은 간절한 기다림의 이면에 종말에 대한 두려움을 가지고 있다.

'이미'와 '아직 아님'의 긴장이 종말의 난제에 처한 상태와 그것의 해결 가능성에 대한 이중성을 간직하고 있다. 햄은 잠에서 깬지 얼마 지나지 않아서 "신이시여, 나는 피곤해요, 침대에 들어 눕는 게 좋겠어"(3)라고 말하는데, 그의 시간과 의식은 줄곧 초월적 존재와 연관되어 있음을 알 수 있다. 계속해서 그는 "다른 날처럼 오늘 하루도 끝이야, 그렇지 않니, 클로브?"(13)라고 말하면서 계속되는 종말의 지체를 언급하고, 클로브는 "어떤 일이 일어나고 있어요"(Something is taking its course)(13)라고 말하며, 역사적 시간의 흐름 속에서 무엇인가 변화가 일어나고 있다고 자위한다.

신 존재에 대한 햄의 의식은 클로브와의 관계 속에서도 엿볼 수 있는데, 그가 클로브에게 "아 피조물들, 피조물들 그들에게 모든 것을 설명해야만 하다니"(43)라고 하는 말은 초월적 능력을 지닌 창조주의 입장에서 바라다보는, 종말의 난제에서 허덕이고 있는 인간의 상황을 풍자하고 있는 것이다. 햄과 클로브의 관계는 『폭풍우』(*The Tempest*)의 프로스페로(Prospero)와 캘리반(Caliban)의 관계로도 해석할 수 있지만, 동시에 신과 인간의 관계를 반추하는 기제로 생각해 볼 수 있다. 클로브의 격렬한 대사를 통해 전지전능한 창조주이자 주인인 신에 의해 주도되는 인간의 삶과 역사성이 표현되고 있는데, "그것은 이 지독하게도 끔찍스러운 오늘 바로 전, 오래 전, 그 지독하게도 끔찍스러운 날을 의미하는 거예요. 저는 당신이 제게 가르쳐 준 단어를 사용하고 있어요. 만약 그 말들이 더 이상 아무 의미가 없다면, 나에게 다른 말을 가르쳐 주세요. 그렇지 않으면, 조용히 있겠어요"(43-44)라는 말은 종말론적 비전으로서의 파루시아에 대한 약속과 지체에 대한 종교적 의미를 떠올린다. 망원경으로 땅을 보고 바다와 대양을 바라다보아도 희망의 가능성은 절대적으로 빈약하다. 절박한 기다림의 때에 그들이 할 수 있는 것이라곤 소변을 보고 싶어도 참는 "바로 그 정신"(34)으로 고통을 참는 것이다.

많은 평자들이 『막판』에 나타난 성경적 인유의 기독교적 의미에 대한 부정적 평가의 근거로 삼는 대표적인 장면이 있다. 바로 햄이 한 종말론자에 대하여 "한때 세상은 종말이 왔다고 생각했던 어떤 미친 사람"(44)이라고 설명하는 장면이 그것이다. 그러나 실제로 이 장면은 작가가 한 종말론자를 소개하는 햄의 의식을 통해 작품 속에서 파루시아의 문제를 반추하는 것임을 알 수 있는데, 종말론자에 대한 이야기 후에 햄은 곧바로 "이 일이 충분히 오랫동안 진행됐다고 생각지 않니?"(45)라고 말한다. 이것은 역사 속에서 파루시아의 '아직 아님'에 대한 햄의 연속적 성찰에 다름 아닌 것이다. 내세를 믿느냐는 클로브의 질문에도 햄은 "내 인생이 항상 그것 이었어"(49)라고 대답한다. 따라서 햄이 알고 있던 종말론자를 미친 사람으로 이야기하는 것은 작가의 의도적인 거리두기에 지나지 않음을 알 수 있다. 또한, "온도계로 영도인 아주, 특별하게 추운 날"(51), "먼지와 눈물이 뒤범벅이 된 검은 얼굴"(51)을 한 남자가 기어와서 엎드린 채로 "말 타고 거의 반나절은 걸리는"(52) 장소에 있는 어린 아이에게 줄 빵을 구걸할 때에, 햄은 "그런데 도대체 당신은 무엇을 상상하는 거요? 봄에 대지가 깨어날 거라고? 강과 바다가 다시 물고기와 함께 흐를 거라고? 당신과 같은 바보를 위해서 아직도 하늘에 만나가 있을 거라고?"(53)라고 말한다. 이것은 종말 이후의 새로운 세계에 대한 햄의 꿈과 비전을 '부정적'으로 표현하는 내용이다. 만나는 오로지 신의 은총에 의해서 인간이 먹을 수 있는 음식이다. 이스라엘 사람들은 광야생활 중에 "작고 둥글며 서리 같이 세미한 것"(출 16:14), 즉 만나를 먹고 살았는데, 이것은 그들이 신의 임재를 확신할 수 있었던 증거였다. 햄은 신 존재 그리고 종말의 시대에 불확실한 파루시아의 문제를 만나의 이야기를 통해서 표현하고 있는 것이다. 계속해서 햄은 자신의 "이야기 말하기"에서 다른 인물들을 등장시키지 않는다면 곧 자신의 이야기를 끝낼 수 있을 것이라고 말한다. 그러나 또 다른 등장인물들을 도입하려고 해도 그들을 찾을 수 있는 방법을 알지 못한다. 그래서 그는 "신에게 기도합시다"(54)라고 말한다. 클로브가 부엌에 쥐가 있다고 말할 때에도 그 쥐를 잡아버리라고 말하면서 다시 "신에게 기도하자"(54)라고 말한다. 햄의 의식 속에는 항상 초월적 존재에 대한 갈망이 함께하고 있는 것이다.

『막판』은 시작부터 끝까지 다양한 성경적 모티프와 이미지 그리고 인유가 이중 삼중으로 겹겹이 얽혀져 있음을 알 수 있다. 다니엘서에 나오는 '봉인'된 인간역사의 종말에 대한 예언과 복음서에서의 예수의 십자가 그리고 파루시아의 약속은 작품 속에서 강력한 추동력을 제공하는 배경적 역할을 하고 있는데,

비역동적이고 무의미한 것처럼 보이는 인간 삶의 편린 속에서 종말을 중심으로 한 역사적 시간에 긴장감을 지속적으로 제공하고 있다. 그런데, 여기에서 주목해야할 점이 있다. 작품을 전체적으로 살펴볼 때에 햄은 성경의 또 다른 인물을 떠오르게 하는데, 바로 종말의 고통과 희망을 공유한 요한이다. "밧모 섬에 갇혀 외로운 시간들을 보내던 요한은 미래의 사건과 하늘나라에 대한 계시를"(이국헌 33) 받고, "또 내가 새 하늘과 새 땅을 보니 처음 하늘과 처음 땅이 없어졌고 바다도 다시 있지 않더라"(계 21:1)라고 말한다. 이에 대하여 이국헌(LEE Kuk-Heon)은 "마침내 사탄과 악이 멸망하고 새 하늘과 새 땅이 펼쳐졌다. 그런데 그 새 땅에는 바다가 없었다. 바다에 막혀 고립된 삶을 살던 요한에게는 더없이 반가운 계시였다"(33)라고 말하는데, 작품에서 매우 의미 있는 점은 햄이 "난 숲 속으로 들어갈 거야. 내 눈으로 볼 거야 . . . 하늘과 땅"(18)이라고 말한다는 점이다. 요한에게처럼 햄에게서도 새 바다에 대한 꿈은 보이지 않는데, 그렇다면 햄에게 현실의 바다는 어떤 대상인가에 대한 문제가 생겨난다. 햄은 외부로부터 격리된 지하세계에서 바깥세상의 바다를 떠올리며 "만약에 내가 나 스스로를 바다까지 끌고 갈 수 있다면! 내 머리에 모래 베개를 만들어 베고 바닷물을 기다릴 거야"(61)라고 말하는데, 작품 속에서의 바다(tide)는 햄이 새로운 세상으로 가기 위해 건너야하는 장애물이다. 햄은 "넌 뗏목을 만들 수 있고 물살이 우리를 멀리 데려다 줄 거야, 멀리, 다른 . . . 포유류들에게로!"(34)라고 말하는데, 이것은 밧모 섬의 요한처럼 암울한 현실을 극복하고 구원을 꿈꾸는 햄의 소망을 나타낸다. 클로브는 "더 이상 바닷물이 없어요"(62)라고 말하는데, 햄은 '물 없음'과 '빛 없음'의 절대적 절망의 바닥에서 살고 있는 것이다. 창세기에 나오는 창조 이전의 세계는 "땅이 혼돈하고 공허하며 흑암이 깊음 위에 있"(창 1:2)는 세상이고 창조주의 말씀으로 인해 '빛 있음'의 세계가 된다. 햄은 "너는 한번이라도 행복한 순간을 가져 본 적이 있나?"(62)라고 클로브에게 질문을 하는데, 그는 고통스러운 삶 속에서 행복을 꿈꾸는 인물이다. 그래서 창밖을 바라보기 원하고 클로브에게 자신을 창문 밑으로 데려다 줄 것을 요청하며, "나는 얼굴에 빛을 느끼고 싶어"(62)라고 말한다. 햄이 창밖을 바라다보면서 얼굴에 빛을 느끼고 싶어 하는 간절한 소망은 종말의 시대에 파루시아를 기다리는 성경적 인유의 또 다른 표현인 것이다. 햄이 “한 줄기 햇살을 느끼는 것 같아”(63)라고 말하지만, 클로브는 그 빛이 진정한 빛이 아님을 지적한다. 또한 햄이 “바다 소리를 듣고 싶어”(64)라고 말하지만, 이번에도 클로브는 바다 소리를 듣지 못할 것이라고 말한다.

작품에 등장하는 인물들은 인간유대라는 서로 따뜻한 관계가 결여되어 있다. 햄과 클로브는 한 때 서로 사랑하였지만, 현재는 “사랑 없음”의 관계로 나타난다. 클로브와의 사랑을 복원시키기 원하는 햄은 한편으로 “여기서 나가면 죽음이야”(9)라고 말하면서 클로브를 협박하고, 다른 한편으로 “우린 잘 지내고 있는 거야”(9)라고 반복적으로 말하며 현재의 삶에 대하여 자위한다. 내그와 넬이 서로 다른 쓰레기통에서 얼굴을 내밀고 키스를 시도하지만 실패하는 것처럼, 햄도 클로브의 손에 키스를 하지 못한다. 햄의 신체적 접촉 시도는 절박한 삶의 상황 속에서 인간의 사랑을 확인하고 싶어 하는 그의 심리적 욕구를 표현한 것이다. 작품의 말미에서 클로브가 햄에게 이별을 고할 때에, 햄은 혼자 살아갈 것을 생각하면서 과거에 “도와준”(68), “구해주었을”(68) 그리고 “구해준”(68)이라는 언어표현을 통해서 따뜻한 인간애 실천의 중요성을 음미한다. 햄은 계속해서 “밖으로 나가서 서로 사랑해! 네 이웃을 네 자신처럼 핥아봐!”(68)라고 말하는데, 이것은 “네 이웃을 네 몸같이 사랑하라”(마 22:39)라는 성경구절의 강력한 풍자적 표현인 것이다. ‘사랑 없음’의 종말의 세계에서 ‘사랑 있음’의 세계로에 대한 베케트의 ‘부정적’ 표현에 다름 아닌 것이다. 햄은 “끝이 시작 속에 있고 그렇지만 너는 가야 해. 아마도 난 내 이야기와 함께 살다가, 그걸 끝내고 다른 이야기를 시작할 수 있을 거야”(69)라고 말하면서 종말이 지닌 새로운 출발의 가능성을 모색한다.

햄의 종말에 대한 반추는 물리적 행동으로 격화되는데, 자신을 바닥에 던져버리고자 시도를 하고, “손톱을 갈라진 벽 틈에 집어넣고 손가락으로”(69) 자신을 잡아당기며, “그게 종말이 될 것이고 거기에 내가 있을 거야 . . . 왜 그것이 오는데 그렇게 오래 걸렸는지”(69)라고 말한다. 진통제를 통하여 생물학적 고통을 견디고 있던 햄은 작품의 말미에서 더 이상 사용할 진통제가 없음을 알게 되고, “내가 무엇을 해야 하지?”(72)라고 말하는데, 그의 초조함과 절박함은 더욱 더 증대되고 막판의 상황은 더욱 고조된다. 한편, 클로브는 자신이 왜 항상 햄에게 복종할 수밖에 없었는지에 대한 이유를 묻는다. 이에 대한 햄의 대답은 그것이 동정심이었을 것이라고 말하며 "일종의 위대한 동정심"(76)이라고 말한다. 그리고 햄은 자신에게 "그 어느 누가 나에게 연민을 가진 적이 있나?"(77)라고 말하며, 인간 삶에 있어서의 사랑의 중요성을 강조한다. 클로브가 다시 떠나려고 할 때에 햄은 클로브에게 "무언가 . . . 너의 마음으로부터의 [...] 너의 마음으로부터의 … 몇 마디 말"(80)을 원한다고 고백한다. 절망의 세상은 어둠의 세상이고, 어둠의 세상은 사랑 없음의 세계이며, 사랑 없음의 세계는 종말의 세계인 것이다.

클로브가 떠난 후에 햄은 "옛날에 져버린 케케묵은 막판 게임, 게임하고 지고 이젠 지는 것도 끝나버렸어"(82)라고 말하면서 카드놀이 생각을 해보지만, 결국 "패를 버리자"(82)라고 말하면서 놀이를 단념한다. 그러나 그는 마음을 바꾸어 다시 카드놀이를 시작한다. 햄은 듀스(Deuce)라고 말하면서 결판이 지연된 막판의 상황까지 삶의 몸부림을 지속한다. 이러한 상황은 햄으로 하여금 희극적 "일인극"(monodrama)을 통해서 종말적 삶의 막판에 몰린 인간의 상황을 풍자하도록 한다.

햄 　시도 조금.
(멈춤.)
너는 기도했지—
(멈춤. 그는 스스로를 교정한다.)
너는 밤새도록 울었어; 그것이 다가 온다—
(멈춤. 그는 스스로를 교정한다.)
그것은 떨어진다, 이제 어둠 속에서 울어라.
(노래를 부르며, 그는 반복한다.)
너는 밤새도록 울었다; 그것은 떨어진다; 이제 어둠 속에서
울어라.
그것, 참 잘 표현했어.

HAMM A little poetry.
(*Pause.*)
You prayed—
(*Pause. He corrects himself.*)
You CRIED for night; it comes—
(*Pause. He corrects himself.*)
It FALLS: now cry in darkness.
(*He repeats, chanting.*)
You cried for night; it falls: now cry in darkness.
Nicely put, that. (83)

시편의 서로 다른 기자들의 언어적 표현에서 자주 나오는 대표적 표현 중의 하나는 "울부짖음"(crying) 이다. 예를 들면, "내가 낮에도 부르짖고 밤에도 잠잠치 아니하오나 응답지 아니하시나이다"(시 22:2)라는 다윗의 기도가 그것이다. 위의 인용문에서 햄이 말하는 "시도 조금," "기도," "밤새도록 울었어," "떨어진다" 등의 언어는 종말적 상황에 처한 시편 기자들의 절박한 간구를 떠올리게 하는 성경적 인유인 것이다. 작품의 마지막 부분에서 햄은 더욱 의미심장한 말을 하는데, 그는 멈추어서 "아버지!"를 부르고, 또 멈추어서 더 크게 "아버지!"를 부르며, 멈추어서 "우린 다 왔어"(84)라고 말하는데, 파루시아를 기다리는 종말인의 간절한 소원을 보여준다.

그동안 국내 번역자들과 연구자들은 『막판』이라는 작품을 "게임의 종말," "게임의 끝," "노름의 끝장," "마지막 게임," "승부의 종말," "승부의 끝," "엔드게임," "끝내기 게임" 등 각자의 해석에 따라 다르게 번역하였다. 그러나 베케트 자신은 『막판』(*Fin de partie*)이 놀이의 끝(End of game)이 아니고 막판(Endgame)임을 강조하였다. 『막판』의 전체 플롯이 장기놀이의 구조로 이루어져 있음은 주지의 사실이다. 베케트는 1930년대에 파리에서 마르셀 두챔프(Marcel Duchamp)를 만났는데, 그는 장기에 관한 전문서적을 출판할 만큼 당대의 장기 전문가였다(Bair 393). 베케트는 두챔프가 장기놀이 하는 것을 자주 지켜보았고, 실제로 장기에 대하여 많은 관심을 가지고 있었다. 주목해야할 사실로, 장기에는 초반, 중반, 막판 등이 있는데, 특별히 막판은 승리가 확실해질 수 있거나 또는 궁지에 몰려있지만 불리한 상황을 유리한 쪽으로 단번에 역전 할 수도 있는 때인 것이다. 그래서 막판에는 항상 긴장감이 있는 것이다. 베케트의 『막판』에서 다양한 "부정적 특질"을 통하여 묘사되고 있는 성경적 인유는 단순하게 인간의 종말적 삶과 파루시아의 문제를 풍자적으로 즐기기 위한 차원을 넘어서는 것이며, 막판에 대역전극으로 도래할 종말론적 비전으로서의 파루시아에 대한 가능성을 '부정적인 것'으로, '리좀적인 것'으로, '유적인 것'으로 사유하는 작가의 글쓰기인 것이다.

VII

20세기의 고등 문학비평 이론이 기존의 서구이성의 사유체계를 전복하고 "문학과 종교" 연구를 더욱 학문의 가장자리로 내몬다고 해도, 그것이 "문학과 종교" 연구의 종말을 의미하는 것은 아니다. 새로운 시대의 도전에 직면하여 "문학과 종교" 연구는 미들턴이 말하는 것처럼 종교 이외의 다른 특징들을 적극적으로 수용하고 고려하는 "미래의 연구"를 지향해야할 것이다. 지금까지 베케트의 『막판』에 대한 해석은 주로 실존주의적 관점과 해체주의적 관점에서 이루어져 왔고, 작품에 드러나는 성경적 모티프나 인유들은 해학적 웃음의 소재로 여겨졌다. 현대의 국내 · 외 학자들이 고등 문학비평 이론을 이용한 해체적 독서를 통하여 유희에 많은 부분을 할당하고, 그것이 읽기의 전형인 듯 오도해온 점이 있다. 결과적으로, 작품 속에 내재되어 있는 다른 성경적 인유에 대한 연구와 종말론적 비전으로서의 파루시아 문제는 거의 간과되어오다시피 한 것이 사실이다. 또한 21세기의 "문학과 종교" 연구가인 피디스는 『막판』에 대한 해석에 있어서 1960년대에 논란이 되는 "이미"와 "아직 아님"을 중심으로 한 기독교의 변증법적 종말론이라고 할 수 있는 "희망의 신학"을 예로 들면서 작품에 대한 새로운 연구의 가능성을 제시하고 있지만, 어디까지나 신학적 준거에 따라서 작품을 해석함으로써 작가의 문학세계를 깊이 조명하는 데 실패했고, 자신이 작품에 대하여 철저하게 절망밖에 보이지 않는다고 평가한 후에 "희망의 신학"을 인용하여 그 절망 때문에 희망이 있다고 논리의 비약을 하며, 자신이 베케트보다 오히려 더 급진적이라고 주장하는 모습은 "문학과 종교"에 있어서 "미래의 연구"에 어울리지 않는 모습으로 보인다. 이러한 시점에서 아도르노, 들뢰즈, 바디우 등의 베케트 작품에 대한 해석은 지금까지의 베케트 연구에서 밝히지 못한 긍정적 가치의 가능성을 제시하고 있다. 21세기의 문화담론에서 신마르크스주의자들의 문화해석 방식은 탁월한 식견을 보여주고 있고, 이것은 "문학과 종교" 연구가들에게 하나의 방향성을 제시해주는 바가 있으며, 베케트의 작품에 나타나는 '종교성'에서 새로운 가능성의 여지를 탐구할 수 있는 동력을 주는 것이다.

아도르노, 들뢰즈, 바디우 등이 제시하고 있는 '부정성,' '리좀,' '유적인 것'의 사유는 『막판』에 나타난 종말에 대한 이미지와 인유가 기독교 종말론의 의미로 확대되어질 수 있음을, 그리고 기독교 종말론의 중심이라고 할 수 있는, 바디우의 표현을 빌리자면 '사건'으로서의 예수의 십자가가 종말론적 비전으로서의 파루시아로서 현대인에게 다가올 수 있음을 엿볼 수 있게 한다. 작품에 나타나는 파편화된 성경적 인유는 기존의 연구에서 다루어온 여러 가지 "부정적 특질"들을 통하여 종말 시대의 고통과 희망의 깊이를 확장시키는 동시에 매우 정교하게 작품 속에 일체화되어 있다. 21세기는 포스트모던시대의 고등 문학비평과 철학이 그들 운명의 "세어서"(Mene)를 외치며, 종교로 복귀하는 시대이다. 그동안 암울하고 비관적인 평가가 주류를 이루어왔던 『막판』에서 좀 더 적극적이고 긍정적인 베케트의 세계관의 가능성을 발견하는 것이야말로 21세기의 "문학과 종교" 연구가 지닌 또 하나의 작은 의미일 것이다.

특별히, 1960년대 초에 신학계에서 대대적인 종말론적 논쟁이 이루어짐은 주목해야할 사실이다. 스탠리 그렌츠(Stanly Grenz)와 로저 올슨(Roger Olson)은 『20세기 신학』에서 "종말론을 하나님의 초월성과 내재성이라는 이중적 진리가 만들어 내는 창조적 긴장"(9)이라고 말하는데, 이것은 기독교 종말론의 변증법적 발전을 설명하는 것이다. 19세기는 자유주의 신학자들에 의한 내재적 종말론이 우세하였으나 20세기에는 양차세계대전으로 인한 인간문명에 대한 회의와 실존적 상황이 강조된다. 그래서 다시 신의 초월성을 강조하는 신정통주의가 등장하게 되는데, 칼 바르트(Karl Barth)에 의한 초월적 종말론이 그것이다. 그러나 신정통주의자들에 의해 제시된 초월적 신은 암울한 현실세계에 대한 구체적 해결책이 될 수 없었고, 현대인은 희망 없는 절망의 세계에 살고 있는 것이다. 베케트가 『막판』에서 묘사하고 있는 인간실존의 문제는 바로 그러한 상황에 대한 반영이고, 희망 없는 현실세계로부터 인류를 구원해줄 수 있는 종말론적 비전으로서의 파루시아의 가능성에 대한 탐색인 것이다. 그리고 이러한 시대적 요청에 대한 반응이라고 볼 수 있는 "희망의 신학"이 도래하게 된다. 현대 기독교 역사에 있어서 낙관적 종말론 사상을 제시하였던 몰트만의 『희망의 신학』은 1964년에 출판되었고, 1967년에 영어판이 나왔다. 그리고 이 시점에서 몰트만의 중요한 증언을 주목할 필요가 있다.

> 『희망의 신학』은 『개신교 신학』(*Evangelische Theologie*)의 발행인들이 1958년부터 1964년까지 전개하였던 논쟁으로부터 생겨났다. 그 당시에 우리는 성서적 근거를 갖는 조직신학에 이르기 위해 게하르트 폰 라트(Gerhard von Rad)의 『구약성서 신학』과 루돌프 불트만(Rudolf Bultmann)의 『신약성서 신학』간의 논쟁에 참여하였다. 여기서 핵심적인 질문은 역사이해에 대한 질문이었다. 현실 전체는 인간의 희망을 깨우는 하나님의 약속의 맥락 안에서 '역사'로 경험되는가, 아니면 그 맥락과 대립하는 가운데서 '역사'로 경험되는가? 아니면 역사는 인간실존의 역사성에 근거하고 있는가? 그 당시의 모임에서 이것은 매우 전문적인 신학논쟁이었다. (5)

몰트만이 밝히고 있듯이, "희망의 신학"에서 종말론에 대한 논쟁은 1958년부터 시작되었다는 것이다. 1958년은 바로 『막판』이 출판되었던 때이다. 그리고 몰트만은 또 하나의 중요한 사실을 밝히고 있는데, "한스 폰 발타자르(Hans Urs von Balthasar)가 원하였던 것처럼, 신학적 종말론은 세계사의 '신적 드라마'의 '마지막 게임'을 묘사하는 것으로 보인다. 그리고 발타자르는 '신적 드라마'의 마지막 게임이란 이 제목과 함께 사무엘 베케트(Samuel Beckett)의 뒤를 따르고 있다. 종말론의 역사를 회고해볼 때 . . . 하나님과 악마 사이에 일어날 투쟁에 있어서의 '마지막 싸움'을 연상 한다"(『오시는 하나님』 14)라고 말한다. 이는 몰트만이 이미 『막판』의 존재에 대하여 인지하고 있었음을 나타내며, 발타자르의 "'신적 드라마'의 '마지막 게임'"[5]이라는 표현은 『막판』에 나타난 종말론적

5) 김균진은 『오시는 하나님』을 옮기면서 『막판』(*Endgame*)을 "마지막 게임"으로 번역함으로써 베케트가 표현하고 있는 종말적 긴장감뿐만 아니라 몰트만이 제시하고 있는 신학계의 종말론에 대한 심층적 해석의 의미를 감하고 있다. 이 부분에 대한 올바른 번역은 "'신적 드라마'의

상황을 기독교의 종말론적 관점에서 이해한다는 뜻으로 해석이 가능하다. 이와 같은 점을 살펴볼 때, 『막판』은 20세기 신학의 종말론 논쟁에 중요한 화두를 제공하였음이 확실하다. 따라서 작품에 나타난 풍부한 성경적 인유가 "부정적 특질"들을 이용한 정교한 글쓰기임을 고려하고, 작품에서 종말론적 비전으로서의 파루시아의 가능성을 엿보는 것은 의미 있는 작업이다.

인용문헌

아도르노, T. W. 『부정변증법』. 홍승용 옮김. 파주: 한길사, 2010.

[Adorno, Theodor. *Negative Dialektik*. Trans. HONG Seung-Yong. Paju: Hangilsa, 2010. Print.]

바디우, 알랭. 『베케트에 대하여』. 서용순 · 임수현 옮김. 서울: 민음사, 2013.

[Badiou, Alain. *On Beckett*. Trans. SEO Yong-Soon and LIM Soo-Hyun. Seoul: Minumsa, 2013. Print.]

Bair, Deirdre. *Samuel Beckett: A Biography*. London: Pan, 1980. Print.

Beckett, Samuel. *Endgame*. New York: Grove, 1958. Print.

베케트, 사무엘. 『막판』. 최경룡 · 김용성 옮김. 서울: 동인, 2008.

[Beckett, Samuel. *Endgame*. Trans. CHOI Kyung-Ryong and KIM Yong-Sung. Seoul: Dongin, 2008. Print.]

정정호. 「머리말」. 『들뢰즈 철학과 영미문학 읽기』. 정정호 편. 서울: 동인, 2003. 7-28.

[Chung, Chung-Ho. Preface. *The Philosophy of Deleuze and Reading English Literature*. Ed. CHUNG Chung-Ho. Seoul: Dongin, 2003. 7-28. Print.]

Cohn, Ruby. "Beckett Directs: '*Endgame*' and '*Krapp's Last Tape*'." *On Beckett: Essays and Criticism*. Ed. S. E. Gontarski. New York: Grove, 1986. 291-307. Print.

이글턴, 테리. 『이론 이후』. 이재원 옮김. 서울: 길, 2010.

[Eagleton, Terry. *After Theory*. Trans. LEE Jae-Won. Seoul: Ghil, 2010. Print.]

_____. 『신을 옹호하다: 마르크스주의자의 무신론 비판』. 강주헌 옮김. 서울: 모멘토, 2009.

'막판'"이 타당하겠다.

[______. *Reason, Faith, and Revolution: Reflections on the God Debate*. Trans. KANG Joo-Won. Seoul: Momento, 2009. Print.]

Eliot, T. S. "Religion and Literature." *Selected Essays*. London: Faber, 1969. 388-401. Print.

Esslin, Martin. Introduction. *Samuel Beckett: A Collection of Critical Essays*. Ed. Martin Esslin. New Jersey: Prentice-Hall, 1965. Print.

______. *The Theatre of the Absurd*. Harmondsworth: Penguin, 1968. Print.

Fiddes, Paul S. "Two Plays of Waiting: Samuel Beckett's *Waiting for Godot* and *Endgame*." *The Promised End: Eschatology in Theology and Literature*. Malden: Blackwell, 2000. 157-80. Print.

그렌츠, 스탠리 · 로저 올슨. 『20세기 신학』. 신재구 옮김. 서울: 한국기독학생회출판부, 1997.

[Grenz, Stanly, and Roger Olson. *20th Century Theology: God and the World in a Transitional Age*. Trans. SHIN Jae-Koo. Seoul: IVP, 1997. Print.]

Hass, Andrew. "The Future of English Literature and Theology." *Oxford Handbook of English Literature and Theology*. Ed. Andrew Hass, David Jasper, and Elisabeth Jay. Oxford: Oxford UP, 2007. 841-57. Print.

핫산, 이합. 「포스트모더니즘의 개념정립을 위하여」. 『포스트모더니즘의 이해』. 김욱동 편. 서울: 문학과 지성사, 1990. 54-75.

[Hassan, Ihab. "Toward a Concept of Postmodernism." *Understanding Postmodernism*. Ed. KIM Wook-Dong. Seoul: Moonji, 1990. 54-75. Print.]

Jackson, Ken. "Transcendence Hunting." *Religion and Literature* 41.2 (2009): 169-76. Print.

Innes, Christopher. *Modern British Drama 1890-1990*. Cambridge: Cambridge UP, 1992. 428. Print.

강관수. 「Beckett의 작품에 나타나는 반복의 문제: '부재'(不在)와의 관계를 중심으로」. 『현대영미드라마』 11 (1999): 5-29.

[Kang, Kwan-Soo. "Repetition in Samuel Beckett's Works." *The Journal of Modern British and American Drama* 11 (1991): 5-29. Print.]

김명주. 「테리 이글턴의 종교적 전회: 전회의 역사적 조건, 종교의 문학적 · 실천적 가치 재조명」. 『문학과 종교』 17.2 (2012): 51-73.

[Kim, Myung-Joo. "Terry Eagleton's Religious Turn." *Literature and Religion* 17.2 (2012): 51-73. Print.]

김용성. 「조르조 아감벤의 종교적 사유」. 『문학과 종교』 17.1 (2012): 1-19.

[Kim, Yong-Sung. "Giorgio Agamben's Religious Reflection." *Literature and Religion* 17.1 (2012): 1-19. Print.]

이국헌. 『교회사 콘서트』. 파주: 학술정보, 2013.

[Lee, Kuk-Heon. *The Concert of Church History*. Paju: Haksuljeongbo, 2013. Print.]

Lyons, Charles R. *Samuel Beckett.* London: MacMillan, 1983. Print.

McDonald, Ronan. *The Cambridge Introduction to Samuel Beckett*. Cambridge: Cambridge UP, 2007. Print.

Middleton, Darren J. "Religion and Literature's Unfinished Story." *Religion and Literature* 41.2 (2009): 149-57. Print.

몰트만, 위르겐. 『오시는 하나님』. 김균진 옮김. 서울: 대한기독교회서회, 2008.

[Moltman, Jürgen. *Das Kommen Gottes*: *Christliche Eschatologie*. Trans. KIM Kyun-Chin. Seoul: Christian Lit. Soc. of Korea, 2008. Print.]

______. 『희망의 신학』. 이신건 옮김. 서울: 대한기독교회서회, 2009.

[______. *Theologie der Hoffnung*. Trans. LEE Shin-Gun. Seoul: Christian Lit. Soc. of Korea, 2009. Print.]

박일형. 「진리의 윤리학과 벌거벗은 생명: 바디우와 베케트」. 『현대영미드라마』 24.2 (2011): 57-78.

[Park, Il-Hyung. "The Ethics of Truths and Bare Life: Badiou and Beckett." *The Journal of Modern British and American Drama* 24.2 (2011): 57-78. Print.]

박정근. 「베케트 극에 나타난 반복성의 제의적 의미」. 『현대영미드라마』 14.2 (2001): 31-51.

[Park, Jeong-Keun. "The Ritualistic Meaning of the Repetition in Beckett's Plays." *The Journal of Modern British and American Drama* 14.2 (2001): 31-51. Print.]

Prickett, Stephen. "Narrative, Theology and Literature." *Religion and Literature* 41.2 (2009): 206-12. Print.

셀던, 라만 외. 『현대문학이론 개관』. 정정호 외 옮김. 서울: 한신문화사, 2000.

[Selden, Raman, et. al. *A Reader's Guide to Contemporary Theory*. Trans. CHUNG Chung-Ho, et. al. Seoul: Hansinmunwhasa, 2000. Print.]

신지영. 「들뢰즈와 바디우의 사건 개념에 비추어 본 종교 현상과 그 윤리」. 『프랑스학 연구』 53 (2010): 1-26.

[Shin, Ji-Young. "Phénomène religieux et son ethique sous le concept d'événement chez Deleuze et Badiou." *Revue des Etudes Francaises* 53 (2010): 1-26. Print.]

사이어, 제임스. 『기독교 세계관과 현대사상』. 김헌수 옮김. 서울: 한국기독학생회 출판부, 2001.

[Sire, James. W. *The Universe Next Door*. Trans. KIM Heon-Soo. Seoul: IVF, 2001. Print.]

Webb, Eugene. *The Plays of Samuel Beckett*. Seattle: U of Washington P, 1972. Print.

Wolosky, Shira. *Language Mysticism: the Negative Ways of Language in Eliot, Beckett, and Celan*. Standford: Stanford UP, 1995. Print.

Worth, Katharine. *Samuel Beckett's Theatre: Life Journeys*. Oxford: Clarendon, 2001. Print.

Worton, Michael. "*Waiting for Godot* and *Endgame*: Theatre as Text." *The Cambridge Companion to Beckett*. Ed. John Pilling. Cambridge: Cambridge UP, 1994. 67-87. Print.

양병현. 『스토리텔링으로 본 문학과 종교 I』. 서울: 한빛문화, 2008.

[Yang, Byung-Hyun. *Literature and Religion in Storytelling I*. Seoul: Hanbitmunwha, 2008. Print.]

윤화영. 「아도르노의 미학이론과 베케트: '부정사유와 자율적 예술의 정치성'」. 『현대영미드라마』 23.1 (2010): 59-88.

[Yoon, Hwa-Young. "Adorno's Aesthetic Theory and Beckett: 'Negative Thinking' and the 'Politics of Autonomous Art'." *The Journal of Modern British and American Drama* 23.1 (2010): 59-88. Print.]

17

17세기 퀘이커리즘과 여성의 글쓰기

| 홍옥숙 |

I

유럽대륙에서의 종교개혁과 함께 영국에서도 헨리 8세에 의해 영국국교회가 성립되었지만, 가톨릭교도였던 메리 여왕으로 인해 시작된 신, 구교도들의 대립은 엘리자베스 여왕 시대에까지 이어졌다. 엘리자베스 여왕은 헨리 8세의 수장령을 유지하면서 영국국교회를 지지하였으나, 교회 안팎에서는 국교회의 개혁에 대한 요구가 나오기 시작하였다. 영국의 17세기는 권위적인 기성교회가 아닌 기독교 초기의 예수의 가르침으로 돌아갈 것과 성경의 실천을 주장했던 개혁주의자들의 움직임이 가장 활발했던 시기였다. 가장 대표적인 개혁주의자들은 청교도들(Puritans)로서 이들은 의회파가 주도한 혁명의 중심세력이었지만, 내란을 전후하여 다시 이들 분리주의자들(separatists)로부터 장로파(Presbyterians), 조합교회주의파(congregationalists), 침례파(Baptists), 퀘이커(Quakers) 등이 갈라져 나왔다.

퀘이커리즘(Quakerism)[1]은 1650년대에 조지 폭스(George Fox: 1624-91)로

---

* 본 논문은 『문학과 종교』 19.3 (2014): 181-204에 「17세기 퀘이커리즘과 여성의 글쓰기」로 게재되었음.

1) 1650년대에 조지 폭스(George Fox)가 신성모독으로 재판을 받게 되었을 때, "신의 말씀에 전

부터 시작된 것으로 알려져 있다. 개혁파들 중에서도 퀘이커들이 가장 급진적이었는데, 이들은 사제나 성찬식 같은 종교적 의식의 중재 없이도 모든 사람들이 직접 신을 경험할 수 있다고 주장하였다. '내면의 빛'(inner light)인 그리스도가 사람들의 마음속에 깃들어있고, 따라서 신과의 직접적인 소통이 가능하다는 보편주의(universalism)를 그 교리로 삼았기 때문에 이들의 예배에서는 특별한 지도자나 목회자를 두지 않았다. 더 정확히 말하자면 이 내면의 빛은 바깥으로 향하는(outward) 것이 아니라 그리스도로부터 인간의 내면으로 향하는 것이므로 초창기의 퀘이커들은 '내면으로의 빛'(Inward Light)이라는 말을 더 즐겨 썼다고 한다(Graves 17). 퀘이커들의 예배는 목사의 설교 없이 교인들이 모인 가운데 주로 침묵 기도를 통하여 이루어지므로 침묵예배(silent worship)라고 알려져 있다. 교인들이 예배 중에 발언을 하는 것을 '감화'(vocal ministry)라 하는데, 이는 성령이 임한 것이므로 예언이라 할 만하다고 한다(김영태 79). 초기 퀘이커 시대부터 남녀가 동등하게 감화를 통하여 발언할 수 있었던(김영태 79) 것도 침묵 예배의 또 다른 특징이자 결과로 볼 수 있는데, 남성중심의 가부장제를 수용하고 있던 기존의 교회나 교파로부터 퀘이커들이 차별화되는 지점이라 하겠다. 여성들이 예배 중에 일어나 발언을 하는 것은 '내면의 빛'에 따라서이며, 그리스도의 말씀은 남녀를 가리지 않고 모든 인간에게 비춰지는 것이기 때문이다. 정지석 역시 초창기의 퀘이커 모임에서 여성들이 차별을 받지 않고 예배에서 증언하고 회의에서 자유로이 의견을 말할 수 있었음을 들어 '여성 평등의 실천'을 눈여겨볼 수 있음을 주장하였다(217). 하지만 17세기 영국 사회라는 배경을 놓고 볼 때, 침묵 예배로 특징지어지는 퀘이커들의 모임에서 침묵을 깨고 발언을 시도한 여성들은 기독교에서 여성에게 부과한 침묵과 (남성과 교회에 대한) 순종의 의무를 벗어남과 동시에 사회에서 여성에게 요구되던 순종의 의무 또한 어기는 이중의 시도를 한 것으로 볼 수 있다. 여성들에게 발언권이 단순히 퀘이커의 교리에 따라 주어졌다기보다는 이들이 힘들여 쟁취한 것임은 퀘이커 여성

율하라"고 판사에게 말했기 때문에, '전율하는, 떠는 사람들'이라는 뜻의 '퀘이커'(Quaker)라는 이름을 판사가 붙여주었다고 한다. 또한 초기 퀘이커들은 침묵 가운데 강한 영적 체험을 했고, 이것이 외적으로 몸이 떨리는 체험으로 나타났기 때문에, '몸을 떠는 자들'이라는 이름이 나왔다고도 한다(정지석 107).

들의 글에서 분명하게 드러난다.

엘리자베스 여왕의 집권과 함께 상류층 여성에 대한 교육이 장려되던 16세기 말과는 달리 17세기는 스튜어트 왕조의 출범과 함께 가부장제가 다시 강화되었던 시기였다. 하지만 남성들의 공적 영역에 대한 여성들의 도전은 점점 더 거세졌다. 영국문학에서 17세기는 '최초'라는 이름과 함께 여러 장르에서 여성작가들이 본격적으로 등장하고,[2] 정치적 혼란기를 틈타 점점 더 많이 글쓰기와 출판을 시도한 시기(배혜정 124)이기도 하였다. 남성의 영역이자 남성의 고유한 능력으로 여겨졌던 창작에 도전하면서 여성들은 처음에는 번역이나 종교문학을 선택하여 자신의 창작 능력을 직접 드러내지 않는 우회적인 방식을 택했으나(Krontiris 20-21), 곧 세속적인 주제를 다루기 시작했다. 여성작가들 또한 그 출신배경이 궁정과 연관을 맺고 있는 상류층에서 책읽기와 글쓰기의 소양을 갖춘 부르주아계급으로 확대되었다. 17세기 퀘이커 여성들의 소책자는 이런 시대적 배경을 잘 드러내면서도 가장 급진적인 페미니스트의 면모를 보여준다는 점에서 주목할 만하다. 폴 샐즈먼(Paul Salzman)은 자신의 저서 『근대초기 여성작품선집 1560-1700』(*Early Modern Women's Writing: An Anthology, 1560-1700*)에서 17세기의 내란 중에 여러 교파에 속한 여성들이 자신들의 주장을 글로 천명했지만, 특히 퀘이커 여성들의 기록이 많다는 데 주목하였다(xxii).

이 논문에서는 퀘이커 교파의 설립 초기인 1650년대 중반부터 1660년대 중반까지 약 10년의 기간에 쓰인 여성들의 소책자를 살펴보고, 퀘이커리즘이 여성의 발언권과 글쓰기에 끼친 영향을 추적해볼 것이다. 퀘이커리즘이 처음 시작되었을 때와 내란이 끝난 1660년의 왕정복고 직후가 퀘이커에 대한 박해가 가장 심했던 시기였지만, 뒤집어 생각하면 퀘이커리즘에 대한 신도들의 충성도와 교리의 전파는 가장 활발했던 때라고도 볼 수 있다. 질(Gill)에 따르면 퀘이커들이 초기 10년 동안에만 천 권 이상의 텍스트를 출판하였던 사실은 책자를

---

2) 예를 들어 아멜리아 레이니어(Amelia Lanyer)는 1611년에 자신의 시집을 출판한 최초의 여성시인으로 알려져 있고, 최초의 여성극작가 엘리자베스 캐리(Elizabeth Cary)는 『마리암의 비극』(*The Tragedy of Mariam, the Queen of Jewry*)을 1613년에, 메리 로스(Mary Wroth)는 여성이 영어로 쓴 최초의 산문로맨스 『유레니어』(*The Countess of Montgomery's Urania*)를 소넷 연작시 『팸필리아가 앰필랜더스에게』(*Pamphilia to Amphilanthus*)와 함께 1621년에 출판했으며, 1688년 아프라 벤(Aphra Benn)은 산문소설 『오루노코』(*Oroonoko*)를 출판하였다.

통한 교리의 전파를 중요하게 여겼음을 증명한다. 또한 저자와 독자를 이어주는 텍스트를 인쇄하는 출판의 책임을 맡은 퀘이커들이 인쇄비의 마련과 저자들의 감독, 텍스트의 배포 등의 과정에서 큰 역할을 했었다(268-69). 샐즈먼이 주목하고 있듯이 당시에 쓰인 퀘이커 여성들의 글이 많이 전해지게 된 것은 퀘이커들의 적극적인 책자 출판에 힘입었다고 할 수 있다. 여성들은 퀘이커리즘의 초창기에 가장 적극적으로 신앙을 받아들였으며 영국뿐만 아니라 아메리카나 아일랜드, 심지어는 터키로까지 전도여행을 하면서 신앙을 전파하는 데 열성적이었고, 탄압과 박해 가운데서도 교파를 유지하는 데 큰 역할을 했다. 많은 퀘이커 여성들이 자신들의 종교적 신념을 소책자로 남겼는데, 여성의 발언 자체를 탐탁하게 여기지 않던 사회적 분위기에서 나온 이들의 소책자는 종교의 측면에서뿐만 아니라 여성의 글쓰기라는 측면에서도 연구해볼 가치가 있다고 여겨진다.

명예혁명 이후 관용법(Toleration Act, 1689)으로 비국교도들에게 종교적 자유가 어느 정도 주어지면서 퀘이커들은 국교회와 정부에 대한 이전의 공격적인 태도를 거두고 평화주의자로서의 면모를 보이기 시작했다. 이에 따라 퀘이커들은 반대자들로부터 퀘이커리즘을 옹호하고 자신들의 교리를 주장하던 이전의 전도방식으로부터 점차 퀘이커리즘의 체계를 내적으로 다지는 일에 주력하였으며, 글의 내용도 이전의 박해를 받을 당시를 회고하는 자서전 류가 늘어났다(Stewart 112-13, 115). 퀘이커들을 전쟁과 폭력에 반대하며 평화주의와 사회개혁을 옹호하는 '조용한 개인'(quiet individual)이나 신비주의적 색채를 띤 종교적 명상가로 여기는 오늘날의 생각은 적어도 퀘이커리즘의 초기 50년 동안에는 적용되지 않는다는 것이 그레이브즈(Graves)의 견해이다(6). 바꾸어 말하자면, 초창기의 퀘이커들은 침묵의 선택을 당연시한 것이 아니었고, 오히려 공개적인 발언을 통해 자신의 믿음을 고백하기를 택했다는 것이다. 그래서 초창기의 퀘이커들은 설교와 사목을 통해 믿음을 전하는 일을 우선시했으며, 관용법이 통과된 이후인 1690년대에야 '카리스마적'인[3] 운동에서 양식화된 교파(sect)로서

3) "성령의 은사를 강조하는 사람들을 은사주의자라고 부른다(그리스어로 은사는 카리스마(charisma)이므로 '카리스마파'라고도 부른다)." "은사주의(charismatism)" 『바이블 키워드』(서울: 들녘, 2007).

의 모습을 갖추게 되었다(Graves 24). 그러므로 권위에 저항하는 퀘이커리즘의 가장 급진적인 모습과 남녀차별 철폐를 부르짖는 여성들의 가장 강경한 목소리는 초기에 출판된 소책자에서 찾을 수 있을 것이다. 이 논문에서는 프리실러 코튼(Priscilla Cotton)과 메리 콜(Mary Cole)이 쓴 「영국의 사제와 백성들에게」(1655),[4] 헤스터 비들(Hester Biddle, c.1629-96)[5]의 「주님의 나팔」(1662)[6]과 퀘이커리즘의 창시자의 한 사람으로 추앙받는 대표적 여성인 마가렛 펠(Margaret Fell, 1614-1702)의 『여성의 발언에 대한 옹호』(*Womens Speaking Justified*, 1666)[7]를 주 텍스트로 사용하여 퀘이커리즘과 여성의 글쓰기의 관계를 탐색할 것이다.

II

퀘이커리즘이 시작된 17세기 중반보다 한 세기 전인 1558년 엘리자베스 여왕이 즉위할 당시 많은 종교 지도자들이 한 국가의 우두머리가 여성일 수 없다는 이유로 반대를 하였다. 급진적인 개신교도였음에도 불구하고 존 녹스(John Knox) 같은 이가 여왕을 인정할 수 없다고 주장을 한 사실은 여러 가지를 시사한다. 교황을 정점에 두고 엄격한 위계질서를 유지해온 가톨릭교회에 반대의 기치를 들었던 개신교도들이었지만 기독교를 관통하고 있는 전통적인 가부장제는 그대로 수용했었던 것이다. 남성 사제들을 평신도보다 우위에 놓는 계급적 질서가 확립되어있던 가톨릭교회에서는 전통적으로 여성들의 침묵을 발언보다 더 높이 평가하였고, 예언자나 성령의 은총을 받았다고 여겨지는 특별한

4) 원제는 「영국의 사제들과 백성들에게, 우리는 우리의 양심의 의무를 다하여 그들에게 경고한다.」("To the Priests and People of England, we discharge our consciences and give them warning.")이다

5) 본문에서 비들은 자신의 이름을 '에스더 비들'(Esther Biddle)로 표기하고 있다(Salzman 149).

6) 원제는 "The Trumpet of the Lord Sounded Forth Unto These Three Nations, As a warning from the spirit of truth, especially unto thee, Oh England, who art looked upon as the seat of justice from whence righteous laws should proceed. Likewise unto thee, thou great and famous city of London, doth the Lord God of vengeance sound one warning more unto thine ear, that (if possible) haply thou mayst hearken unto him and amend thy life before it be too late"이다.

7) 원제는 『성경에 의해 옹호되고, 증명되고 허용된 여성의 발언』(*Womens Speaking Iustified, Proved and Allowed by the Scriptures*)이다.

여성의 경우에만 이들의 발언을 예외적으로 인정하였다. 이런 전통은 개신교에서도 이어졌고, 17세기의 개혁주의자들 사이에서도 기본적으로 여성은 교회에서 발언하거나 설교를 할 수 없다는 입장이 지배적이었다. 여성의 발언권과 사목권에 대한 논의는 특히 내란 중에 많은 찬반의 논의가 있었지만(Salzman xxii), 퀘이커들 사이에서도 여성에게 발언을 인정한 단 하나의 예외는 예언자의 경우였으므로(Baker 14), 퀘이커 여성들이 자신을 예언자로 칭하면서 자신의 발언을 정당화하려 한 것은 당연한 일로 보인다.

하지만 여성개신교도들이 자신의 종교적 의견을 공개적으로 주장하기란 쉽지 않았던 것이 일반적인 상황이었다. 교회라는 공식적인 경로를 제대로 거치지 않고 흘러나오는 발언은 이단으로 몰릴 가능성이 높았고, 특히 여성들의 경우에는 마녀라는 누명을 쓰고 재판을 받게 되는 경우가 허다했다. 따라서 우리가 종교와 관련된 여성들의 발언을 접하게 되는 것은 아이러니하게도 주로 이들에 관한 재판의 기록을 통해서이다. 예를 들어 16세기 중반 헨리 8세 시대에 개신교도로서 이단으로 몰려 화형을 당한 앤 애스큐(Anne Askew: 1520/21-46)의 경우, 그녀의 신앙고백이 재판과 심문의 기록으로 전해지고 있다. 마찬가지로 프리실러 코튼과 메리 콜이 「영국의 사제와 백성들에게」를 쓴 것은 이들이 엑시터(Exeter) 감옥에 투옥되었을 때이다. 헤스터 비들도 「주님의 나팔」을 뉴게이트(Newgate) 감옥에서 썼으며, 마가렛 펠은 랭카스터 성(Lancaster Castle)에 투옥되었던 4년(1664-68)의 기간 동안 자신의 주요한 글을 작성한 것으로 알려져 있다. 퀘이커 여성들이 감옥에 갇혔고, 그 기간 동안에 자신의 신앙을 옹호하는 글을 썼다는 것은 퀘이커리즘 자체가 많은 박해를 받았음을 알려주는 동시에 여성 교우들이 퀘이커리즘의 전파와 이에 따르는 박해에서 남성과 동등한 몫을 담당했으며, 여성들의 글 또한 퀘이커들의 공통적인 주장을 담고 있음을 시사한다.

초창기의 퀘이커들이 사제나 종교 의식을 거부한 것은 하느님의 말씀을 제사장들을 통하지 않고 직접 이스라엘 백성에게 전했던 구약의 예언자들과 같은 맥락에서 이해할 수 있다. 그레이브즈(Graves)는 퀘이커리즘에 대한 오늘날의 이미지와는 달리 처음 두 세대 동안에는 침묵보다는 발언이 대세였다고 하였다

(6-7). 특히 퀘이커들은 자신을 그리스도의 빛을 받은 올바른 자, 예언자로 여겼고 그리스도의 재림과 최후의 심판이 임박한 것으로 생각했기 때문에, 사제들과 위정자들의 잘못에 대한 이들의 비판은 강도가 높을 수밖에 없었다.

> 우리는 사제가 성경을 해석해주어야만 하고, 사제들이 없으면 흩어져서 뭘 할지 모르는 세상과는 다릅니다. 하지만 나의 친우들인 우리는 성경의 실현을 증언하며, 마지막 날에 그분이 아들딸에게 성령을 쏟아 부어 이들이 예언을 하게 되고, 그들이 나로부터 배울 것이고, 그들은 큰 평화를 누릴 것이며, 정의로움 위에 그들이 서게 될 것입니다.

> We are not like the world, who must have a priest to interpret the Scriptures to them, and when he is removed they are scattered and know not what to do, but my friends, we witness the Scriptures fulfilled, who hath said in latter days He would pour out his spirit upon sons and daughters and they should prophesy and they shall all be taught of me and great shall be their peace and in righteousness shall they be established. (Biddle 155)

위의 구절에서 비들은 퀘이커들이 성령의 힘으로 예언을 하는 내용 다음에 이사야서 54장 14절을 가져와 인용함으로써 퀘이커들의 예언에 권위를 부여하면서 이를 최후의 심판에 가까워졌다는 징표로 들고 있다. 「주님의 나팔」 첫머리에서 비들은 자신의 글이 "회개하지 않으면 이들에게 닥칠 파멸에 대한 예언의 말"(a word of prophesy of the sore destruction that is coming upon them if they repent not)(148)이라고 선언한다. 이런 종말론(eschatology)적 인식 — 세상의 종말과 예수의 재림에 대한 확신 — 은 교회에서 여성의 발언권을 허용하는 데에 큰 역할을 했다. 그리스도의 빛을 받고 예언을 하는 데에 남녀의 구별이 없었던 것이다. 그래서 코튼과 콜은 "여러분 자신의 양심의 빛에 반하여 죄를 짓지 말라"(sin not against the light in your own consciences)(144)고 함으로써 자신들의 주장의 근거를 그리스도의 빛의 권위에서 찾았다.

퀘이커 여성들은 성경에서 여성 예언자의 사례를 찾아서 여성의 발언을 옹호하기도 했고, 더 적극적으로는 자신을 특별한 능력을 지닌 예언자로 묘사하였다. 코튼과 콜은 영국의 사제들이 올바른 자들을 죽이고 억압하는 잘못을 결국에는 하느님이 심판할 것임을 역설한 다음, 교회에서 여성들이 발언하면 안 된다고 사람들에게 말하는 것과 퀘이커를 박해하는 것 또한 사제들의 잘못이라고 주장한다. 여성이 교회에서 발언권을 얻기 위한 투쟁에서 가장 큰 장벽은 성경에서 규정한 여성의 역할이었다. 일반적으로 교회에서 여성의 위치는 우선 아담과 이브의 원죄에서 비롯되는데, 사탄에게서 선악과를 먼저 건네받았고, 아담까지도 이를 먹게 한 이브가 원죄의 책임이 더 큰 것으로 여겨졌고, 이런 까닭에서 유혹에 취약하다고 생각되는 여성을 남성에게 종속시키는 전통이 나오게 되었다. 창세기는 이브가 남편을 주인으로 섬기도록 명령을 받았다고 기록하고 있다(창세기 3:16). 또한 「고린도 전서」 등은 교회에서 여성의 발언에 대해 반대하는 이유가 되어왔다. 특히 사도 바오로의 주장은 교회에서 여성의 위치를 규정하는 데 결정적인 근거로 제시되었다.

> 성도들의 모든 교회가 하고 있는 대로 여자들은 교회에서 말할 권리가 없으니 말을 하지 마십시오. 율법에도 있듯이 여자들은 남자에게 복종해야 합니다. 알고 싶은 것이 있으면 집에 돌아 가사 남편들에게 물어보도록 하십시오. 여자가 교회 집회에서 말하는 것은 자기에게 수치가 됩니다.
>
> As in all congregations of God's people, women should not address the meeting. They have no licence to speak, but should keep their place as the law directs. If there is something they want to know, they can ask their own husbands at home. It is a shocking thing that a woman should address the congregation. (1 Cor 14:34-35)[8]

기존 교회의 지도자들이 자신의 권위의 원천으로 성경을 내세워 여성들이나 급진주의자들을 몰아세웠다면, 퀘이커 여성들 역시 공적인 장소인 교회에서 여성의 발언권이 옳다는 이유를 성경에서 찾음으로써 적극적으로 자신들의 발언을 정당화하였다. 코튼과 콜은 「영국의 사제와 백성들에게」의 첫머리에서 "세상에는 여자의 자손과 뱀의 자손이 있다"(there is the seed of the woman and the seed of the serpent in the world)(142)고 선언하며 퀘이커를 박해하는 자들을

8) 논문에서 성경은 한글의 경우는 『공동번역 성서』(대한성서공회, 1977)에서, 영어는 *The New Bible* (New York: Oxford UP, 1976)에서 인용하였다.

뱀의 자손이자 카인의 족속으로 규정하고, 율법학자, 바리새인이 여기에 속한다고 하였다. 그 이유는 학식이 있는 사제들과 율법학자들이 헤브라이어와 그리스어, 라틴어의 지식을 갖고 있음에도 불구하고 그리스도에 관한 예언서를 제대로 이해하지 못했으며 진정한 메시아를 알아보지 못했기 때문이다. 대신 율법학자들에게 글을 몰라서 무식하다는 말을 들었던 사도들과 마리아와 수잔나와 같은 사람들이 그리스도의 신비를 더 잘 꿰뚫어보았다는 것이다.

코튼과 콜은 입으로만 성경의 말씀을 내세우는 학식에 의존하는 성직자들을 '거짓된 예언자'(the false prophets)로 몰아세우면서 진정한 예언자와 예수를 죽였으며, 정의로움을 가장하여 진짜 정의로운 자들을 시샘하는 카인의 무리라고 비판한다. 이러한 교회의 지도자들은 바리새인이나 율법학자들처럼 말의 주인 행세를 하지만 이것은 빌려온 말일 뿐으로, 히브리어나 그리스어, 또는 라틴어에 대한 지식이 이들이 일반 신자들 위에 군림할 수 있는 권위의 원천이었지만, 진정한 메시아가 누구인지 알아보는 데는 아무런 도움이 되지 못했음을 코튼과 콜은 분명히 밝히고 있다. 오히려 배우지 못한 사람들—특히 여성들—이 메시아를 알아보았다는 것이다.

> 그러므로 비록 여러분이 현명하다고 생각하지만 실은 무지할 수도 있음을 알아야 합니다. 어리석은 남녀들이 여러분보다 그리스도 예수의 신비를 더 잘 꿰뚫어볼 수도 있습니다. 율법학자들이 무식하다 했던 사도들과 메리와 수잔나(그들이 지금 여기 있다면 여러분들은 어리석은 여인네들이라 부르겠지요), 이들이 모든 학식 있는 사제와 랍비들보다 메시아에 대해 더 많이 알았습니다. 모든 것을 꿰뚫어보는 것은 영혼이기 때문에, 그렇습니다. 당신들은 하느님에 대해 심오한 것들을 알지도 모르지만, 정의로운 자들을 죽이고는 하느님께 올바른 일을 했다고 생각합니다.

> Therefore know you, that you may be, and are ignorant, though you think yourselves wise. Silly men and women may see more into the mystery of Christ Jesus than you, for the apostles, that the scribes called illiterate, and Mary and Susanna (silly women, as you would be ready to call them, if they were here now) these know more of the Messiah, than all the learned priests and rabbis; for it is the spirit that searcheth all things, yea, the deep things of God you may know and yet murder the just and think you do God good

service. (Cotton & Cole 144)

코튼과 콜은 성경에서 "여성은 머리를 가리지 않은 채로 예언할 수 없는데, 자신의 머리를 욕되게 하는 것이다"(the Scriptures saith that a woman may not prophesy with her head uncovered, lest she dishonor her head)(고전 11:5)고 했을 때, "이제 그 머리의 의미가 무엇인지 알고 싶다면, 성경이 답을 할 것이다, '모든 인간의 머리는 그리스도'"(Now thou wouldst know the meaning of that head, let the Scripture answer: the head of everyman is Christ)(147)라는 「고린도 전서」 11장 3절의 인용으로 맞선다. 남자이건 여자건 인간은 최상의 상태일 때도 언제나 허영심에 차 있고 약하기 때문에, 교회에서 지혜의 말을 하게 된다면 이것은 인간의 머리인 그리스도로부터 나온 것이고, 이 때 머리를 가리는 것은 그리스도를 모욕하는 것이 된다. 사제들이 하느님과 함께 있는 사람들을 존중하지 않고 편협하게 잘못 판단한다면, 이들이야말로 교회에서 말하는 것이 금지된 '여성'이라는 논지를 편다. 그리스도가 여성들에게 먼저 나타나 부활의 소식을 사도들에게 전하라고 한 것과 빌립보에게 예언을 하는 네 딸이 있었다는 기록(행 21:9)은 퀘이커 여성들에게 자신들의 입지를 성경으로 옹호할 수 있는 근거가 되었다.

성경을 인용하면서 사제들이나 학식이 있는 자들의 무지를 성토하는 것은 이후 마가렛 펠의 글에서도 채택된 전략이다. 펠은 철저하게 성경에 근거하여 여성의 발언권을 옹호한다. 펠은 치안판사의 아내였지만, 남편이 죽은 후 퀘이커리즘의 창시자인 조지 폭스와 재혼하면서 퀘이커리즘을 옹호하고 전파하는데 큰 역할을 하였다. 펠은 교회에서 여성의 발언에 반대하는 이들이 사도들의 의도를 오해했다고 하며, 아담과 이브의 원죄로부터 시작하여 조목조목 여성이 교회에서 목소리를 내야하는 이유를 밝히기 시작한다.

> 하지만 이들이 성경에서 사도들의 의도를 얼마나 잘못 이해했는지를 그 경로와 순서를 따라가면서 분명히 보여줄 것입니다. 하지만 우선 하느님 당신께서 어떻게 당신 여성에 관해 당신의 뜻과 의도를, 그리고 여성들에게 드러내셨는지를 말해보겠습니다.

But how far they wrong the Apostle's intentions in these Scriptures, we shall shew clearly when we come to them in their course and order. But first let me lay down how God himself hath manifested his Will and Mind concerning Women, and unto Women. (3)[9)]

우선 아담과 이브가 창조된 것은 하느님의 이미지에 따라서인데, 펠은 이 두 사람이 함께 라야 하느님의 이미지를 완성할 수 있으며 교회의 지도자들이 생각하듯이 하느님은 두 사람을 차별하지 않는 것으로 보고 있다.

그리고 우선, 하느님이 인간을 하느님의 모습으로 창조하셨을 때, 남자와 여자를 만드셨습니다; . . . 하느님은 이들을 당신의 모습 안에 함께 결합시키셨고, 사람들이 하듯이 [남녀의] 구분과 차이를 짓지 않으셨습니다.

And first, when God created Man in his own Image, in the Image of God created he them, Male and Female . . . Here God joyns them together in his own Image, and makes no such Distinctions and Differences as Men do. (3)

그리고는 원죄의 원인을 제공한 사탄이 바로 여성이 교회에서 말을 해야 하는 이유라고 주장한다.

태초부터 계셨던 이런 주님의 말씀이 주님의 힘 안에서 여성들이 말하는 것에 반대하는 모든 이의 입을 막게 하십시오. 그분은 여성과 뱀 사이에 적의를 세우셨기 때문입니다; 여인의 자손이 말을 하지 않는다면, 뱀의 자손이 말을 합니다; 하느님은 두 자손 간에 적의를 심어놓으셨으니, 여성과 그 자손이 말하는 것에 반대하는 자들은 오랜 뱀의 자손의 적의에서 말하는 것이 분명합니다.

Let this Word of the Lord, which was from the beginning, stop the Mouths of all that oppose Women's Speaking in the Power of the Lord; for he hath put Enmity between the Woman and the Serpent; and if the Seed of the

9) 펠의 인용은 17-18세기 퀘이커리즘과 관련된 자료의 전문(全文)과 이미지를 수록하고 있는 Earlham School of Religion의 *Digital Quaker Collection*에서 가져왔고, 스캔된 이미지를 참고하여 인용 페이지를 기재하였다(<http://esr.earlham.edu/dqc/> 참고). 영어의 철자는 원문을 그대로 따랐다.

> Woman speak not, the Seed of the Serpent speaks; for God hath put Enmity between the two Seeds; and it is manifest, that those that speak against the Woman and her Seed's Speaking, speak out of the Envy of the old Serpent's Seed. (4)

여성과 사탄 사이의 원한이 있으므로 사탄의 자손들이 말할 때 여성의 자손 또한 말을 해야 한다는 것이다. 이를 막는 자는 사탄의 자손을 막지 않는 자가 되는 셈이다. 또한 교회를 여성으로, 그리스도의 신부로 여기는 성경의 비유를 들어 여성에게 말을 못하게 하면 그리스도의 교회에 반대하는 것이 되어버린다고 하는데, 코튼과 콜의 주장과 유사한 맥락이다. 퀘이커들 사이에서는 내면의 빛이 남녀를 구분하지 않고 온다는 믿음에 따라 여성의 발언에 대한 차별이 없었고, 남녀가 그리스도를 따르는 동등한 인간이라는 생각이 지배적이었음을 보여준다고 할 수 있다. 펠은 "여성의 주장에 반대하는 자들은 그리스도의 교회와 여성의 자손에 반대하는 것인데, 여성의 자손은 바로 그리스도이기 때문"(those that speak against this Woman's speaking, speak against the Church of Christ, and the Seed of the Woman, which Seed is Christ)(4)이라고 하는데, 아담이 지은 인간의 원죄가 그리스도가 인간으로 태어남으로써, 즉 마지막 아담이 됨으로써 거두어졌다는 생각에서 한 걸음 더 나아가 마지막 인간인 그리스도는 여성에게서 태어났음을 강조한다.

여성의 침묵을 지시한 사도 바오로의 발언 또한 새롭게 해석된다. 펠은 남성들 또한 '혼란스러운 상황'(in confusion and out of order)(8)에 있다면 침묵해야 하며, "가르칠 영원한 복음이 있고, 주님의 약속이 이루어졌으며, 그의 말씀에 따라 성령이 퍼부어진"(that have the everlasting Gospel to preach, and upon whom the Promise of the Lord is fulfilled, and his Spirit poured upon them according to his Word)(9) 여성들은 침묵에서 예외라고 주장한다. 바오로가 언급한 여성들은 '이브처럼 죄를 지은 여성'(in that Transgression as Eve was)(8)으로 당연히 침묵해야 한다는 것이다. 특히 여성이 자신의 머리인 남편을 욕되게 하면 안 된다는 일반적인 주장에 대해 펠은 기도를 하거나 예언을 하는 여성을 구분함으로써, 오히려 여성들이 교회 안에서 적극적으로 예언하거나 발언할 수 있는 가능성을 바오로가 열어주었다고 해석한다.

펠의 글은 『여성의 발언에 대한 옹호』라는 제목에 충실하게 성경의 여성 예언자와 여성의 발언에 대한 모든 사례를 찾아내고, 이제는 자유로운 그리스도의 자녀로서 남녀의 차별이 없어야 함을 강조한다. 코튼과 콜, 그리고 펠은 거의 비슷하게 창세기와 고린도전서를 중심으로 하여 여성의 복종과 침묵을 강조하는 성경의 구절들을 남성과 여성 둘 다가 주님 안에 있다는 퀘이커리즘의 남녀 평등사상으로 다시 해석한다. 이런 유사한 성경 해석은 특별한 지도자가 없이 침묵 가운데 이루어지는 그리스도와의 신비적, 개별적 만남이라는 오늘날 퀘이커리즘과 연상되는 특징과는 무관하게 여성의 발언에 대해 당시 퀘이커－여성－들이 공유하고 있던 집단적인 사고가 발현된 결과로 보아야할 것이다. 앨씨어 스튜어트(Althea Stewart)는 예배 중의 설교, 출판, 결혼, 퀘이커교도들의 자녀 양육 등의 문제를 논의하기 위한 모임이 초창기 퀘이커들 사이에 있었다(115)고 하는데, 이런 모임을 통해 퀘이커 여성들 또한 자신들에 관련된 문제에 대해 공통된 시각과 대처방안을 갖게 되었을 것으로 추측할 수 있다.

퀘이커 여성들의 비판의 대상이 되는 사람들은 성직자들만이 아니다. 비들의 글에서 비판의 대상은 세속적 질서의 수장인 왕에게까지 향해있다. 비들은 글의 서두에서 “왕, 지배자, 판관, 주교, 성직자들”(kings, rulers, judges, bishops and priests)(148)이 비판의 대상임을 분명히 밝힌다. 계급과 신분의 고하를 막론하고 그리스도의 빛에 따라 양심적으로 행동하지 않는다면 이들에게 닥칠 결과는 분명하다.

> 오, 이 나라의 통치자와 판관들이여, 당신들이 우리의 스승이나 지도자라 생각하고, 우리를 감옥에 집어넣음으로써 우리를 이기거나 굴복시킬 수 있다고 생각합니까? 아니, 그리스도가 우리의 스승이며, 그분을 구석에 몰아넣을 수 없습니다. . . . 그래서 주님은 우리가 모르는 말로 말씀하시지 않고, 그분을 완벽하게 알아들을 수 있는 우리 자신의 말로 말씀하십니다.
>
> Oh you rulers and judges of these nations! Do you think to overcome us or make us yield by keeping them in prison which you think are our teachers and ringleaders? Nay, Christ is our teacher and he cannot be removed into a

corner, . . . So the Lord doth not speak unto us in an unknown tongue, but in our own language do we hear Him perfectly. (Biddle 155)

코튼과 콜이 엑시터의 감옥에 갇혀있는 상황에서 글을 쓴 것처럼, 비들도 뉴게이트감옥에서 이 소책자를 썼다고 한다. 이런 자신의 처지를 염두에 둔 것이 분명한 위의 인용에서 비들은 그리스도가 자신의 스승이며 주님은 라틴어나 히브리어, 또는 그리스어가 아닌 자신들이 알 수 있는 언어로 말씀하심을 주장한다. 기존의 교회에서 중요하게 여겨졌던 성직자나 목회자, 원전으로 된 성경은 퀘이커들에게는 중요하지 않다는 것으로 이런 거침없는 급진적인 사고는 퀘이커뿐만이 아니라 여성의 급진적 사고까지도 드러내는 것으로 여겨진다. 기존의 질서에 순응하지 않는 비타협의 정신이 여성에게서 더 많이 발현되는 셈이다.

여성의 발언권을 주장하는 퀘이커 여성들의 글은 단순하고 직설적이다. 허례를 거부하는 퀘이커들의 어법은 계급의 차이를 인정하지 않는 대명사의 사용에서 잘 드러난다. 퀘이커들은 이인칭 대명사 'you' 대신 'thou'를 사용한 것으로 잘 알려져 있다. 중세영어에서 이인칭 대명사 'thou'는 단수를, 'ye'는 복수를 지칭하는 데 사용되었다. 또한 프랑스어의 영향으로 'thou'는 좀 더 친밀한 관계를 나타내는 반면, 'ye'와 'you'는 좀 더 공식적이고 격식을 요하는 경우에 사용되었다. 하지만 17세기에 이르면 'ye'대신 'you'가 이인칭 대명사로 더 많이 쓰이게 되면서 단수와 복수를 아울러 지칭하게 되었다. 반면에 'thou'는 일상회화체에서는 거의 사용되지 않게 되었고, 시나 문어체에서 그 명맥을 유지하게 되었다.[10] 그런데 퀘이커들은 계속해서 'thou'의 사용을 고집했다. 'thou'는 성경의 문체를 특징지어주는 대명사였으며, 그리스도와 제자들이 말한 방식에 더 가깝고 불필요한 계급의 구분을 없애주기 때문이었다. 퀘이커들은 화려한 장식이 달린 옷 대신에 수수한 옷을 선호했고, 검소한 생활방식을 영위한 사람들이었고, 'you'의 사용은 일종의 타락(corruption)이므로 피해야할 공허한 관습으로

10) 채서영(CHAE Seo-Young)은 'thou'가 구어체에서 사라진 대신 오랫동안 시어(詩語)로 사용되거나 성경에서 계속 사용되었기 때문에, 더 격식을 따지는 존칭으로 여기는 오해가 오늘날 자리 잡았다고 한다(459).

생각했다(Crystal 70). 이미 사회에서 일상화된 'you' 대신에 사용되지 않는 'thou'를 사용함으로써, 퀘이커들은 일반인들로부터 많은 논란을 불러일으켰고, 특히 법정에서 심문을 받는 경우 불필요한 반감을 사기도 했다. 조지 폭스는 친우들(Friends)이 "네가 날 '너'라고 부르다니"(Thou'st 'thou' me)라는 비난을 듣고, 위험에 처하거나 매를 맞는 경우도 있었음을 증언하고 있다(Crystal 70).

퀘이커 여성들의 소책자에서도 'you'와 'thou'의 사용은 당시 퀘이커들의 말하기 방식을 그대로 드러낸다. 특히 사제와 교회를 비난하는 부분에서 'thou'체를 사용한다. 코튼과 콜은 「영국의 사제와 백성들에게」에서 위선적인 사제들에게 비난의 강도를 높여가는 후반부에서 이들을 'you'에서 'thou'로 지칭하기 시작한다.

> 오 변절한 잉글랜드여, 자비의 하느님이 너를 위해 무슨 일을 하실 것인가? . . . 하느님은 너를 자비와 칼과 또 평화로 시험하셨지만, 아직도 너는 뉘우치지 않는구나. 하느님은 네게 당신의 증인인 올바른 이를 보내어 너를 꾸짖으셨지만 너는 그 증인을 죽이고 올바른 이를 죽여버렸구나.
>
> Oh apostate England, what shall the God of mercies do for *thee*? . . . He hath tried *thee* with mercies, and with the sword, and then with peace again, and yet *thou* repentest not; he hath given *thee* his witness, his just one, to reprove *thee*, to convince *thee* of sin in *thy* conscience, but *thou* hath slain the witness, murdered and slain the just. (146, emphasis added)

이런 비난의 목소리는 여성의 발언을 막는 교회에게도 존칭이 아닌 'thou'를 씀으로써 그 비난은 직접성을 띠게 된다.

> 너는 사람들에게 여자들은 교회에서 말하면 안 된다고 하는구나. 남녀가 모두 예수 그리스도 안에서 하나이고, 성경이 금지한 여자란 약함이기 때문에 여자에 대해 말한 것이 아닌데도, 너는 성경을 달리 해석하니 그것도 너의 무지에서 나온 것이다.
>
> *thou* tellest the people women must not speak in a church, whereas it is not spoke only of a female, for we are all one, both male and female, in Christ

> Jesus, but it's weakness that is the woman by the Scriptures forbidden, for else *thou* puttest the Scriptures at a difference in themselves, as still it's *thy* practice out of *thy* ignorance. (146-47, emphasis added)

비들의 경우도 비난의 대상인 영국과 왕, 사제, 런던을 'thou'로 지칭하면서 하느님과 동일시된 예언자의 목소리로 말하고 있다.

> 나 만군의 주는 내 아들딸과 시녀들에게 부모와 집과 땅, 아내와 자식, 모든 외적인 것을 떠나 모든 일손을 놓고 일찍 일어나 너에게로 와서, 경고하고 뉘우쳐서 확실히 일어날 내가 너를 내려치게 될 일로부터 구함을 받도록 하였다. 그들이 네게 많은 일들을 보여주지 않았더냐?
>
> I the Lord of hosts hath caused my sons and daughters and handmaids to leave both father and mother, house and land, wife and children, and indeed all outward things, to come unto thee, rising up early in sore travels and labours to warn *thee* and call thee to repentance, that *thou* mightest be saved before my dreadful stroke be struck at thee which will not fail. Have not they showed *thee* many things which hath come to pass? (150, emphasis added)

코튼과 콜은 퀘이커들을 탄압하는 사제들과 영국인들에게 경고하고 회개를 촉구한다는 글의 의도에 충실하게 성경을 인용하여 여성의 발언권을 부인하는 잘못까지 꾸짖고 있으며, 펠은 처음부터 끝까지 여성 예언자와 여성의 발언에 관한 성경 구절을 꼼꼼하게 인용하면서 여성의 발언권을 옹호한다. 반면에 비들의 글은 코튼과 콜의 글에 비교하면 다소 복잡한 구성을 갖고 있다. 비들은 처음에는 예언의 목소리를 높여 타락한 위정자들과 사제, 런던을 비난하고 회개를 촉구하고, 자신의 친우들에게 퀘이커리즘을 알고 이에 의지하게 되기까지의 개인적인 신앙 고백을 중간에 들려준 다음, 가톨릭 사제들에 대한 비난을 한 이후, 선택된 씨앗(the royal seed, which is chosen of God)인 친우들에 대한 당부를 하고 신에 대한 찬양의 시로 끝을 맺는다. 샐즈먼은 귀족계급이었지만 특이하게 예언을 했다는 이유로 여러 번 투옥이 되었던 엘리너 데이비스(Eleanor Davies)의 글이 수수께끼 같은 난해한 언급과 계시로 가득하다고 한 반면, 비들의 글은 세련되고 어조 또한 비난에서 훈계와 회유까지 논지가 분명하다고 평한다(xxi, xxiv). 특히 국교도로 세례를 받고 자라났으나 올바른 믿음인 퀘이커로 개종하게 된 자신의 신앙 이력을 삽입한 것은 이례적이다.

> 왕이 참수 당했을 때,[11] 제 마음과 영혼은 근심이 되어 저는 삶이 지겨워졌고 적은 저를 집어삼키려고 기다리고 있었습니다. 그러자 주님이 저의 청력을 앗아가 버려 저는 일 년간 모든 사람들의 가르침에 귀가 먹어버렸습니다. 그때, 제가 세례를 받았던 신앙은 소용이 없었습니다. . . . 제 외침은 주님의 존재로부터 저를 가로막던 죽음의 육체를 포기할 수 있도록 계속 주님께로 향했습니다. 그러자 주님은 퀘이커라는 사람들의 모임으로 데려가주셨고, 여기서 저는 주님의 두려움과 권능에 사로잡혔고 제 영혼을 진실을 증언하도록 이끌었습니다. 주님은 제 앞에 저의 죄를 내놓으셨고, 제가 했던 모든 헛된 말을 제 기억에 떠올리셨고, 저는 주님으로부터 정당한 보상을 받았으며 저들과 함께 걷는 동안은 결코 얻지 못할 것인, 저의 구세주와 양심의 화해를 하게 되었습니다.
>
> 오, 친우들이여, 저는 . . . 제가 뭘 하든지 이런 예배에서는 평화를 얻지 못했다고 진실로 말할 수 있습니다 . . . 이제 저는 결코 저에게 도움이 되지 못했던 이 헛된 종교로부터 풀려나 자유의 몸이 되었습니다. 영혼을 무덤에 가두어 놓는 이런 종교를 제가 따르도록 하시렵니까?

> When the King's head was taken off, my heart and soul was burdened that I was even weary of my life and the enemy waited to devout me. Then did the lord take away my hearing that I was deaf as to all teachings of men for a year. Then that faith which I was baptized in did no good. . . . My cry was continually unto the Lord that I might put off that body of death which hindered me from his presence. Then did the Lord carry me to a meeting of the people called Quakers, where I was filled with the dread and power of the Lord and it raised my soul to bear testimony to the truth, and after a little season, the Lord set my sins in order before me and every idle word which I had spoken was brought to my remembrance, where I received a just reward from the Lord and so came to have peace of conscience with my Saviour, which I never could obtain whilst I walked with those people.
>
> Oh my friends, I can truly say, . . . whatever I did, I had no peace in this worship or service . . . But now, glory be to the lord, I am set at liberty from this vain religion, which never profited me at all; and would you have me to conform to this religion which keepeth the soul in the grave? (Biddle 158-59)

---

11) 1649년 크롬웰이 주도한 의회파의 재판에서 찰스(Charles) 1세가 처형되었다.

초창기 퀘이커 여성들이 여성의 발언이라는 문제에 대해 공동의 해법을 제시하고 있는 상황에서 비들의 신앙 고백은 특이하게 17세기 여성들이 남성의 영역인 문학에 도전하면서 보이는 과정과 닮아있다. 서론에서 언급한 것처럼 처음에는 종교와 번역이라는 타인의 권위에 기대어 글쓰기를 시도하다가 차츰 세속적인 주제를 다루면서 여성들은 자신의 여성성을 드러내는 주제를 가지고 글을 쓰게 된다. 퀘이커 여성들도 17세기 후반에 교세가 안정기로 접어들면서 주로 자신의 신앙고백과 전도여행에 대한 회고의 성격이 강한 글을 쓰기 시작하였다(Stewart 112-13, 115). 비들의 개인적 신앙 고백은 이런 상황을 예견해주는 것이기도 하다. 코튼과 콜, 그리고 펠이 철저하게 성경의 권위에 의지했고, 남녀의 차이가 없는 평등을 강조하는 글을 쓴 것은 자신의 개인적 목소리를 내기보다는 퀘이커리즘이라는 더 큰 집단적 전제에 충실했기 때문으로 보인다. 베이커(Caroline Baker)는 "가부장제 사회에서 자라난 퀘이커 여성들이 자신의 공적인 권위를 남성 예언자의 언어로 표현하는 것은 자연스러운 일이었다"(14)고 하였다. 바꾸어 말하자면, 일반 문학에서와 마찬가지로 퀘이커 여성들은 글쓰기 혹은 발언권 자체를 우선시했고, 집단적 발언이 아닌 한 개인, 혹은 한 여성으로서의 자신을 드러내는 일에는 아직 의미를 둘 수 없었던 셈이다. 코튼과 콜, 그리고 펠의 공적인 발언에 비해 비들의 신앙고백은 그녀의 개인성을 드러내고, 구약의 예언자들의 목소리를 빌리는 것이 아니라 퀘이커리즘을 선택하게 된 과정을 고백함으로써 자신의 권위를 스스로 만들어낸다는 점에서 주목할 만하다.

III

기독교의 역사를 개관해볼 때, 초대 교회에서는 그렇지 않았다 하더라도 교회 체제가 확립되면서 여성은 주변부에 위치되고 소외되어온 것이 사실이었다. 여성의 발언은 주변부에서 예언자의 외침으로 들려졌고, 이는 대개의 경우 교회의 권위적 목소리와는 반대되는 입장을 표명하였다. 하지만 종교개혁과 함께 교회의 혁신에 대한 요구가 커지면서 여성들도 자신의 의견을 피력할 수 있는 좀 더 다양한 방법을 추구하였다. 자국어로 된 성경의 출판에 큰 기여를 했던 인쇄술의 발달과 맞물려 개혁론자들은 소책자를 통하여 자신의 생각을 타인들에게 전파하려고 하였다. 소책자는 16세기 말부터 영국에 등장하기 시작한 이래로 17세기의 시민혁명과 함께 나온 다양한 개신교의 교파들의 주장을 반영하였다. 퀘이커 여성들이 이런 소책자의 저술과 출판, 유통에 있어서 상당히 적극적인 역할을 맡았음은 그들이 남긴 글과 전도 여행으로 짐작해볼 수 있다.

여성의 복종과 침묵에 대한 주장이 성경에 기록되었고, 성경해석의 권위자로 여겨졌던 사제와 학자들이 이를 시인함으로써 오랫동안 여성에게 당연한 것으로 여겨졌다. 하지만 퀘이커 여성들은 지금까지의 성경 해석이 잘못되었음을 조목조목 따질 뿐 아니라, 자신들의 독자이자 지지자로 여기는, 많이 배우지 못한 보통 사람들이 오히려 진실을 꿰뚫어보는 힘을 지니고 있음을 성경에서 예를 들어 설명함으로써 자신의 주장에 권위를 부여하였다. 교회제도에 의해 타자화된 여성의 위치를 복권시키려는 퀘이커 여성들의 시도는 초대 기독교의 특징이었던 혁명성과 체제의 전복성을 강조함과 동시에 교회 권위의 상징으로 굳어진 성경에 대한 새로운 해석의 가능성을 열어놓는 시도가 된다. 교회 내에서 여성의 발언권에 대한 논의는 개인적인 차원에서 나온 것으로 볼 수도 있지만 퀘이커 여성들의 경우 퀘이커리즘을 토대로 공유한 집단적인 움직임이었다. 독자적으로도 소책자를 써오던 코튼과 콜이 함께 「영국의 사제와 백성들에게」를 썼다는 것은 퀘이커 여성들이 문제의식을 공유하고 집단으로서의 목소리를 내기 시작했음을 보여주는 사례이다.

이 논문에서 살펴본 퀘이커 여성들이 택한 반박의 전략은 유사하다. 구약의 예언자와 같은 권위를 스스로에게 부여하여 하느님의 대리자로 자신의 여성성을 상쇄시키거나, 사도들의 발언을 달리 해석함으로써 '여성'을 남녀 구별이 없는, 그리스도 앞에 선 나약한 '인간' 혹은 교회로 보았다. 교회 내에서 여성의 발언권을 주장한 퀘이커 여성들은 가부장제 사회에서 여성의 지위 향상을 주장한 당대의 여성 작가들과 같은 맥락에서 살펴볼 수 있다. 논문에서 선택한 네 여성들은 너나할 것 없이 거의 유사한 내용－퀘이커를 적대시하는 기존의 교회와 사람들에 대한 강한 비난과 설득의 의지－을 다루었지만, 여성이 남성과 평등하게 발언해야 한다는 요구를 넘어서지는 않는다. 크리스트(Carol P. Christ)

는 "남성중심 문화에서는 인간을 연구하면서 성을 구분하는 모델이 여성의 경험을 폄하하는 데 사용되었다. 그럼에도 불구하고 나는 성별 모델이 여성을 치유하는 데 중요하다고 생각한다"(107)[12]고 하면서 문학뿐만 아니라 종교 연구에 있어서도 여성적 경험의 중요성을 역설하였다. 다만 비들은 자신의 개인적 신앙 이력을 삽입함으로써 집단적이고 공적인 퀘이커리즘의 주장과는 차별화된 지점을 보여준다. 여성 발언권을 주장하는 글에서 퀘이커 여성들은 아직 여성으로서 말하지 않으며, 말할 수도 없는 한계를 드러낸다. 이후 퀘이커리즘이 안정기에 접어들었을 때에야 여성들이 신앙과 관련된 자서전을 쓰는 것이 일반화되었던 것을 감안한다면, 초기의 여성들에게는 발언권 자체가 더 의미 있는 관심사였을 것이다.

퀘이커리즘이 처음 시작되었던 의회혁명 당시에도 여성들이 남성의 지적 영역을 침범하였으며, 이런 여성들에게 어울리는 곳은 감옥이나 정신병원이라고 주장하는 소책자들이 적지 않았음을 감안한다면(Achinstein 357), 퀘이커리즘을 비롯한 급진주의적 교파에서 보이기 시작한 여성들의 말하기와 글쓰기는 시대적 상황으로 보아 충분한 가치를 갖는다. 17세기 중반에 제시된 종교적 급진주의의 신념은 18세기에는 여성들이 사회와 정치 전반의 문제에 자신의 주장을 피력하는 데 기여했으며, 노예제의 폐지를 부르짖었던 낭만기 여성시인에게도 계승되었다(강옥선 19). 여성들에 의한 종교문학이나 여성과 종교에 관한 통시적인 체계적 접근도 필요하다고 여겨지지만, 이 글은 이러한 논의를 위한 하나의 시발점으로서 기능하는 데 의의를 두고 퀘이커 여성들의 기존 교회에의 저항을 살펴보았다.

인용문헌

Achinstein, Sharon. "Women on Top in the Pamphlet Literature of the English Revolution." Ed. Lorna Hutson. *Feminism and Renaissance Studies*. Oxford:

12) 크리스트의 글은 김명주의 번역에서 가져왔다(캐롤 P. 크리스트, 「여성주의 문학/종교 연구: 방법론적 성찰」, 『문학과 종교』 19.2 (2014): 97-108).

Oxford UP, 1999. 339-72. Print.

배혜정. 「17세기 영국 여성, 펜을 들다」. 『여성학연구』 23.1 (2013): 103-31.

[Bae, Hye-Jeong. “Women Take Pen in Hand in Seventeenth Century England.” *Journal of Women's Studies* 23.1 (2013): 103-31. Print.]

Baker, Caroline. “An Exploration of Quaker Women's Writing between 1650-1700.” *Journal of International Women's Studies* 5.2 (2004): 8-20. Web. 15 Mar. 2014. <http://vc.bridgew.edu/jiws/vol5/iss2/2>

Biddle, Hester. *To the Trumpet of the Lord Sounded*. 1662. *Early Modern Women's Writing: An Anthology, 1560-1700*. Ed. Paul Salzman. Oxford: Oxford UP, 2000. 148-66. Print.

Chae, Seo-Young. “Debunking the Myth of ‘Majestic’ *Thou*, the Archaic English Second Person Pronoun.” *Korean Journal of English Language and Linguistics* 7.4 (2007): 457-75. Print.

크리스트, 캐롤 P. 「여성주의적 문학/종교 연구: 방법론적 성찰」. 김명주 역. 『문학과 종교』 14.1 (2014): 97-108.

[Christ, P. Carol. “Feminist Studies in Religion and Literature: A Methodological Reflection.” Trans. KIM Myung-Joo. *Literature and Religion* 14.1 (2014): 97-108. Print.]

Cotton, Priscilla & Mary Cole. “To the Priests and People of England. 1655.” *Early Modern Women's Writing: An Anthology, 1560-1700*. Ed. Paul Salzman. Oxford: Oxford UP, 2000. 142-47. Print.

Crystal, David. *The Cambridge Encyclopedia of the English Language*. New York: Cambridge UP, 1995. Print.

Fell, Margaret. *Women's Speaking Justified, Proved, and Allowed of by the Scriptures*. 1666. *Digital Quaker Collection*. Earlham School of Religion, 2003. Web. 12 Nov. 2013. <http://esr.earlham.edu/dqc/index.html>. Path: Browse Authors, F.

Gill, Catie. “Identities in Quaker Women's Writing, 1652-60.” *Women's Writing* 9.2 (2002): 267-83. Web. 10 Dec. 2013. <http://dx.doi.org/10.1080/09699080200 200226>.

Graves, Michael P. *Preaching the Inward Light: Theory and Practice of Early Quaker Impromptu Preaching*. Waco: Baylor UP, 2009. Print.

Hinds, Hilary. *God's Englishwomen: Seventeenth-Century Radical Sectarian Writing and Feminist Criticism*. Manchester: Manchester UP, 1996. Print.

정지석. 「퀘이커 영성 연구」. 『신학연구』 62 (2013): 98-135.

[Jung, Ji-Seok. "A Study of Quaker Spirituality." *Theological Studies* 62 (2013): 98-135. Print.]

강옥선. 「낭만기 여성시인들의 작품에 나타난 종교적 급진주의: 에너 바볼드, 에밀리어 오피, 루시 에이킨의 시를 중심으로」. 『문학과 종교』 8.1 (2003): 1-22.

[Kang, Ok-Sun. "Religious Radicalism in English Romantic Women's Poetry－Focusing on Anna Barbauld, Amelia Opie, and Lucy Aiken－." *Literature and Religion* 8.1 (2003): 1-22. Print.]

김영태. 『퀘이커 신비주의의 공동체 경험 연구』. 박사학위 논문. 서울대학교, 1996.

[Kim, Young-Tae. *A Study of the Communal Experience of Quaker Mysticism*. Ph. D. Dissertation. Seoul National U, 1996. Print.]

Krontiris, Tina. *Oppositional Voices: Women as Writers and Translators of Literature in the English Renaissance*. London: Routledge, 1992. Print.

Pohl, Nicole. *Women, Space and Utopia, 1600-1800*. Aldershot: Ashgate, 2006. Print.

Salzman, Paul. "Introduction." *Early Modern Women's Writing: An Anthology, 1560-1700*. Ed. Paul Salzman. Oxford: Oxford UP, 2000. ix-xxxi. Print.

Stewart, Althea. "From Iconoclasts to Gentle Persuaders: Plain Dress, Verbal Dissent and Narrative Voice in Some Early Modern Quaker Women's Writing." *Women's Writing* 17.1 (2010): 111-28. Web. 5 Oct. 2013. <http://dx.doi.org/10/1080/09699080903533312>

18

바다의 상징적 의미
—초서의 작품을 중심으로

| 이인성 |

앵글족과 색슨족은 5세기에 유럽 대륙으로부터 영국으로 이주한 후에도 이전부터 가지고 있었던 생활방식들을 그대로 유지했다. 그러나 6세기 후에는 이교주의로부터 기독교로 이데올로기적으로 점차 옮겨가면서, 그들의 종교 및 많은 관습들이 서서히 바뀌기 시작했다. 또한 기독교 선교사들은 교회의 오랜 지적 전통에 따라 교육받은 사람들이었으므로, 이들의 영향을 받아 앵글로 색슨족의 전통적이며 미 개화된 문화는, 지적이며 개화된 로마의 문화를 만나 점점 변화되기 시작했다.

문학은 앵글로 색슨족과 그들의 후손들이 어떻게 새로운 종교인 기독교의 사상들을 받아들이고, 일상생활에 적용해 왔는지를 알아보는 데 좋은 단서들을 제공한다. 그들은 종종 기독교적인 주제들을 이교도적인 정서로 취급했다. 성서의 정신은 때론 이들 이교도적인 독일 부족들의 태도들과 일치하곤 하는데, 바다에 대한 그들의 태도가 그 한 예이다. 본 논문에서는 앵글로 색슨 및 기독교의 양 전통에 있어서 모두 중요한 위치를 차지하고 있는 바다의 상징적 의미를 연구하고 있다. 특별히 바다에 대한 기독교적인 상징적 의미 파악에 초점을 맞

* 본 논문은 『문학과 종교』 2.1 (1997): 111-33에 「바다의 상징적 의미: 초서의 작품을 중심으로」로 게재되었음.

추었다. 성경 전체는 바다에 대한 상징으로 가득하다. 또한 중세 교부시대의 문헌들도 바다와 관계된 성경 구절들을 빈번하게 언급하고 있다. 중세 영문학에 있어서 가장 대표적인 작가 중의 하나인 초서(Geoffrey Chaucer)[1]도 이러한 전통을 따르고 있다. 이 글에서는 바다를 실제적, 도덕적, 그리고 영적인 악으로 간주하는 성서적 그리고 중세 교부적 관점에서, 초서의 작품에 나타난 바다의 상징적 의미에 대해 논의하고자 한다. 특히, 바다의 이미지가 많이 나타나는 『켄터베리 이야기』(*The Canterbury Tales*)를 중심으로 분석하고자 한다.

이 작품에 대한 분석에 들어가기에 앞서, 바다 상징주의에 대한 개관이 필요하므로, 먼저 성경에 있어서의 바다 상징주의를 알아보고, 다음으로 성경의 영향을 받았을 뿐만 아니라 때로는 성경에 나타난 바다 상징주의보다도 더 강조하고 확대 적용한 중세 교부들의 글들에 나타난 바다 상징주의에 대해 논의하고, 그 다음에 초서의 작품에 적용해서 논의하도록 하겠다.

I. 성경에 나타난 바다의 상징적 의미

성경에서 바다는 다음과 같은 몇 가지 이유로 인해서 악(evil)으로 묘사되어 있다. 바다는 악의 상징일 뿐만 아니라 또한 그 이상의 의미를 가지고 있다. 바닷물은 6일간의 창조물이 아니었다. 그것은 분명히 파괴된 그 이전의 창조물로부터 유래되었다. 바닷물은 그것들이 한데 모아지기 이전에는 원시적인 혼돈들로 구성되어 있었다. 말하자면 하나님이 분명히 창조하신 바다는(시 95:5), 6일 동안에 이루어진 각각의 창조에 대해 적용된 단어인, "good"(보시기에 좋았더라)라고 선언되지 않았다. 참고로, 창세기 1장 10절의 "좋았더라"라는 선언은 바다 그 자체가 좋다는 것이 아니고 바다와 육지의 분리가 좋다는 뜻이다. 창세기 1장 2절의 "수면"(the waters)과 "깊음"(the deep)도 이곳에서 또는 성경의 다른 어느 곳에서 좋았다고 선포되지 않았다. 그러므로 선과 악에 대한 성경적 이분법을 도입하면 바다는 분명히 악이다. 두 번째로, 바다는 바다 괴물인 리바이어던(Leviathan)이 거하는 곳이다. 욥기 41장 25절은, 리바이어던을 모든 교만한

1) 인용된 모든 초서의 작품은 Larry D. Benson의 *The Riverside Chaucer*에서 인용했음을 밝힌다.

자들의 왕이라고 표현하고 있다. 기독교 교부들로부터 18세기 또는 19세기에 이르기까지, 이 리바이어던은 악어보다는 고래로 생각되어 왔으며, 또한 그 사악함, 대식, 힘(power) 등으로 인해 악마의 이미지로 생각되어 왔다. 리바이어던과의 이러한 연관으로 볼 때 바다는 악한 존재이다. 세 번째로, 성경에서 바다는 반복해서 반항적인 민족들과 하나님의 섭리에 순종하지 않는 왕들을 상징하고 있다. 예를 들어, 야고보서 1장 6절과 유다서 13절 등은 이러한 모습들을 잘 보여주고 있다. 네 번째로, 바다는 그 자체로서는 통제가 불가능하며 또한 육지를 범람한다. 그것은 하나님의 능력으로 통제되어야 한다. 그러나 여기서 한 가지 언급할 것은 하나님은 그의 목적을 위해서 종종 악 또는 바다를 사용하신다는 것이다. 이것을 천벌(scourge)이라고 부르는데, 성경의 역사와 성경 이후의 역사에 대한 기독교적인 해석에서 종종 등장한다. 때때로 우리의 시각으로 볼 때 분명하지 않은 이유들로 인해 하나님은 악이 선을 이기는 것을 허락하신다. 더 나아가 때대로 선이 악으로부터 나오기도 한다. 그러므로 로마서 8장 28절은 "하나님을 사랑하는 모든 자들에게는 모든 것이 합력하여 선을 이루느니라"라고 선포하고 있다.

바다는 창세기 1장 2절에 최초로 언급되어 있다. "땅이 혼돈하고 공허하며, 어둠이 '깊음'위에 있다." 여기서 "깊음"이란 단어가 라틴어로는 아비수스(abyssus)이며, 히브리어로는 테홈(tehom)이다. 이것은 어둡고 혼란스러운 '깊음'의 성난 물결을 의미한다. 테홈은, 소금물의 괴물 같은 깊음을 의미하는 바빌로니아의 티아맛(tiamat)과 비슷한 말이다. 테홈은 깊은 혼돈을 의미할 뿐만 아니라 혼돈으로부터 나오는 악을 의미한다(Palmer 29).

창세기에 나오는 창조 이야기가 다른 변형으로 시편 104편 6-8절에서 다시 나온다. 여기에서 보면 물이 육지를 덮고 있고, 혼돈된 물들을 하나님이 꾸짖는 것으로부터 육지의 탄생이 시작된다. 하나님에 대항하는 테홈의 적의에 대한 또 다른 예는 잠언 8장 29절에 있다. 즉, "하나님이 바다의 경계를 정하시고, 그들로 하여금 그들의 경계를 넘지 못하도록 정하셨다"고 말하고 있다. 더 나아가, 홍수는 위험한 원시적인 바다의 부분적인 회복이다. 노아의 홍수는 성경에 나타난 가장 무시무시한 물 심판이다. 창세기 7장 11-12절은 "그날에 큰 깊음의 샘들이 터지며, 하늘의 창들이 열려 사십 주야를 비가 땅에 쏟아졌더라"라고 물 심판을 언급하고 있다. 천지 창조당시에 성령에 의해 통제되던 물들이, 홍수와 함께 그 위력을 부분적으로 회복한 것이다. 비록 하나님이 지구를 다시는 홍수로 멸하지 않겠다고 약속하셨음에도 불구하고, 바다의 사악함이 성경도처에 여전히 남아 있다.

성경에서 바다의 사악함을 표현한 또 다른 예들은 다음과 같다. 첫째, 욥은 바다를 무서워했다. 특히 욥기 38장 8-11절에 보면, 바다가 아주 사악하게 표현되어 있다. 요나서에도 바다는 아주 화난 모습이다. 또한 이사야서 23장 4절의 바다는 도시를 황폐하게 만들고, 이사야서 43장 16절에서 바다는 인간의 삶에 있어서 커다란 어려움들과 심각한 장애물들을 상징하고 있다. 오직 하나님만이 그의 자녀들을 위해 통로를 만들 수 있었다(Wilson 399). 이 사상은 홍해를 건너는 사건과도 연관되어서, 하나님은 이스라엘 사람들이 악한 홍해 바다를 건널 수 있도록 길을 만들어 주셨다. 이사야서 57장 20절에서 이사야는 사악한 사람들을 거칠고 안정감이 없는 바다에 비유하고 있다.

신약에 나타나는 바다의 이미지는 구약의 이미지와 같다. 유다서 13절은 "자기의 수치의 거품을 뿜는 바다의 거친 물결이요"라고 표현함으로, 바다의 악한 이미지를 부각시키고 있다. 또한 계시록 15장 2절은 모든 것을 감추는 바다의 사악한 특징을 보여주고 있다. 그러나 하나님의 역할은 바다와 정반대이다. 하나님은 인간들의 모든 감추어진 죄와 악들을 드러내시는 분이시므로 하나님 앞에서는 감추어진 것이 아무것도 없다. 비록 성경에 나타난 바다는 악한 존재로서 유사 인격을 가지고 있을지라도, 그것은 여호와에 반대하는 완전한 신적인 존재가 아니다. 성경의 등장인물 중 어느 누구도, 심지어 엘리사에 대항해 모인 바알의 예언자들 같은 이교도들 조차도, 유리피데스(Euripides)의 『히플리투스』(*Hippolytos*)에서 씨시어스(Theseus)가 포세이돈(Poseidon)에게 한 것이나, 캐나다 북쪽 지방의 에스키모인(Inuit)들이 지금도 하고 있는 것처럼, 바다에게 기도하지는 않는다.

성경은 에덴동산 근처 또는 에덴동산 안에는 바다가 없다고 선언하고 있다. 더 나아가, 계시록 21장 1절에 의하면 새 하늘과 새 땅에는 더 이상 바다가 존재하지 않는다. 다시 말해, 선택받은 사람들이 거하는 곳에는 아무런 악이 없으며, 바다는 악하므로 그곳에 없다는 것이다.

성경에서 바다는 또한 죽음의 영역으로 간주되고 있다. 그것은 어두움의 장소로 종종 묘사되는 지하 세계이다. 지옥(hell, Hades, Sheol)과 테홈은 같은 의미로 사용되고 있다(Wensinck 44). 이러한 개념에 대한 좋은 예는 요나서 2장 3-4절의 이야기에 잘 나타나 있다. "주께서 나를 깊음속 바다 가운데 던지셨음으로 큰물이 나를 둘렀고 주의 파도와 큰 물결이 다 내 위에 넘쳤나이다"에서 요나는 사악한 바다 가운데 있었기 때문에 어려웠을 뿐만 아니라, 고래로 생각되는 커다란 물고기에 삼켜짐으로 수난을 당했다. 여기서 보면 지옥과 테홈은 거의 같은 동의어로 사용되고 있음을 알 수 있다. 팔머에 의하면, 죽은 자들이 거하는 깜깜한 곳인 지옥(Sheol)은 유대인들에게는 깊음(the deep)의 바닥에 있는 것으로 생각되어 왔다는 것이다(53). 시편 71편 20절 "우리에게 많고 심한 고난을 보이신 주께서 우리를 다시 살리시며 땅 깊은 곳에서 다시 이끌어 올리시리이다"에서도 보면, 테홈은 죽음의 장소로 사용되고 있다.

신약에서 히브리어 테홈(tehom)의 번역어인 헬라어 아부소스(abussos)는 죽은 사람들이 있는 곳 특히 악한 영들이 거하는 곳을 의미하기 위해 사용되었다. 계시록 20장 13절 "바다가 그 가운데서 죽은 자들을 내어주고 또 사망과 음부도 그 가운데서 죽은 자들을 내어주매. . . ."에서 바다는 지옥 또는 죽음과 직접 연결되어 사용되고 있다. 여기서 보면 바다는 죽은 사람들을 모아놓은 곳이며 부활 시에 그들을 내보낸다는 것이다.

신학적인 의미에서 볼 때, 저주를 상징하는 '익사'를 모든 사람들이 무서워한다는 점에서도 바다는 매우 상징적이라 하겠다. 결론적으로, 성경에 있어서의 바다는 명확히 '악'뿐만 아니라 또한 악의 상징으로 나타나고 있다.

II. 중세 교부들의 글에 나타난 바다와 배의 상징적 의미

성서 해석은 중세 사람들이 그들의 글과 문학에서 바다를 표현하는 양식에 많은 큰 영향을 미쳤다. 중세 교부들은 오랫동안 바다와 배의 상징에 많은 관심을 가져왔다. 암브로스(Ambrose)의 설교와 성 어거스틴(Augustine)의 글은 이러한 면에서 기초적인 문헌이다. 터툴리안(Tertullian)과 오리겐(Origen)의 시대부터 교부들은 바다의 상징적 의미들을 발전시켜 왔다. 휴고 라너(Hugo Rahner)에 의하면, 바다 상징은 초기 교부들에 의해 개발된 많은 중요한 상징들 중의 하나이다(*Symbole* 388). 기독교 작가들은 이러한 이미지를 성경에서 가져와서, 『오딧세이』(*Odyssey*)나 『이니드』(*Aeneid*)를 설명하기 위해 문법학자들에 의해 개발된 방법으로 해석을 했다. 몇몇 측면들에 있어서, 이교도 문학은 초기 기독교인들에게 바다 및 배에 관한 신화, 이미지, 은유, 비유 등의 한 전통을 제공했다. 하지만 이러한 유산은 극히 제한되어 있었다. 왜냐하면 기독교인들은 성경만이 그들이 깊이 연구할 가치가 있는 유일한 책으로 간주하고 있었기 때문이다. 엄격한 기독교 지성인들은 이교도적인 이야기들을 단지 교육적인 목적으로만 사용했다(Bolgar 119).

반면 진지한 기독교 사상가들은 성경을 해석하고, 연구하고, 상징적 의미들을 파악하는 데 헌신했다. 라너에 의하면 히폴리투스(Hippolytus)는 배의 상징을 교회에 구체적으로 적용한 첫 번째 작가였으며(*Symbole* 307-09), 4세기 말쯤 배의 상징은 매우 일반화되어서, 교회 또는 믿음을 배로 비유하기 시작했다. 배는 모든 기독교인들이 바라는 영원한 천국으로 성령이 친히 인도하는 그러한 배이다. 교회의 중앙 및 앞 통로는 영어로 네이브(nave)라고 불렀는데, 이것은 그 라틴 어원이 배를 의미한다. 그러므로 난파는 분명하게 교회의 실패 또는 믿음의 실패를 뜻한다. 만약 어떤 사람이 하나님을 믿는 것을 포기한다면, 그 사람은 위험한 바다에 홀로 표류하게 된다. 터툴리안에 의하면, 그 사람은 단지 떠다니는 조각들을 붙잡음으로서만 구조를 받을 수 있는데, 그 조각은 바로 회개를 상징한다. 만일 어떤 사람이 믿음이 전혀 없다면, 그는 지옥 속으로 떨어지고 말 것이다. 사도 바울은 난파의 이미지를 디모데 전서 1장 19절에서 "믿음과 착한 양심을 가지라. 어떤 이들이 이 양심을 버렸고, 그 믿음에 관하여는 '파선'하였느니라"로 사용하고 있다. 이 말씀에 대해 라너는 다음과 같이 설명하고 있다. "중세 교부들은 사도 바울의 이 표현에서 그 단서를 잡아서, 그들 자신의 바다에서의 경험을 통한 모든 생생한 이미지를 사용하여, 난파를 상징적 의미가 있는 주제로 만들었다"(*Greek Myths* 347). 즉 믿음을 가지고 위험한 바다를 항해하는 사람은 영원히 안정되고, 예수님이 선택한 자들을 기다리는 바로 그 해변에 도착할 것이다. 교회는 사람들이 잘 조직된 배이다. 비록 폭풍우나 파도, 괴물 또는 난파 등이 항해를 위태하게 만든다 할지라도 전혀 해가 없는 안전하고 완전한 배인 것이다.

분명히 바다는 구조를 전혀 기대할 수 없는 조그만 나무배에 가쳐서 어떠한 항해의 장비들도 없이 항해하는 사람들에게는 아주 두려운 곳이다. 이것은 바다를 건너야만 하는 장애물 또는 위협으로 표현하는 중세의 작가들 사이에 가장 일반적인 분위기였다. 암브로스는 말하기를 항해를 해보지 않은 사람은 난파의 위험을 알지 못한다고 강조한다. 사람들은 인생의 바다에서의 저주의 흔적들을 두려워해야 한다는 것이다. 왜냐하면, 두려움은 영혼을 정화시키며, 그 사람으로 하여금 구원이 가능하도록 하기 때문이라고 암브로스는 강조한다. 중세 교부들의 글에 있어서, 상징적인 배는 종종 숨은 위험이나 폭풍우 등에 위험스럽게도 가까이 항해한다. 따라서 이 배는 결코 잠잠할 수가 없다. 오길비(J. D. A. Ogilvy)가 쓴 『영국 사람들에게 알려진 책들: 597년부터 1066년까지』(*Books Known to the English, 597-1066*)는 바다의 이미지를 취급한 초기 기독교 작가 및 교부들의 대부분의 작품들을 열거하고 있다. 암브로시우스(St. Ambrose: 340-97), 어거스틴(St. Augustine: 354-430), 카시오도루스(Cassiodorus: 490-585), 시프리안(Cyprian: 200-58), 폴투나투스(Venantius Fortunatus: 530-610), 그레고리오 1세(Gregory the Great: 540-604), 보에티우스(Boethius: 480-525), 체사리오(Caesarius of Arles: 470-542), 이시도르(Ididore: 560-636), 제롬(Jerome: 348-420), 폴리누스(Paulinus of Nola: 354-431), 세튤리우스(Sedulius) 등이 알려져 있다. 이들 중 많은 사람들은 비드(Bede)시대까지 거슬러 올라간다. 교부들의 바다 및 배의 상징들을 포함한 많은 기독교 문학들의 대부분이 앵글로 색슨 문학을 거쳐 초서에게 소개되었음이 분명하다. 성경은 중세교부들에게 바다의 이야기에 깊이 있는 도덕적, 영적 의미들을 함께 제공했다. 왜냐하면 위대한 신구약의 많은 인물들이 바다와 관련된 이야기들에 깊이 관여하고 있기 때문이다. 초기의 기독교인들은 배의 이미지를 가슴깊이 새겼다. 알렉산드리아의 클라멘트(Clement of Alexandria)에 의하면, 사람들은 하늘을 향해 항해하는 배의 모습을 담은 반지들을 끼기를 즐겨했다는 것이다(Rahner, *Greek Myths* 347).

III. 초서의 작품에 나타난 바다의 상징적 의미

중세 시대를 통틀어서 가장 광범위하게 읽히고 가르쳐진 책이 성경이었다는 것은 잘 알려진 사실이다. 학교나 수도원에서 공부하던 모든 학생들에게 있어서 성경은 가장 중요한 교과서였다. 특히 학생들은 시편을 반드시 읽도록 요구되어졌다(MacGregor 19). 12세기에 대학들이 설립되면서, 성경은 수도원들로부터 파리대학에서 연구되었고, 후에는 옥스포드와 캠브리지 대학들로 그 중심이 옮겨졌다(Fowler 43). 이러한 대학들이 전 유럽에 걸쳐 성경의 연구 및 전파에 큰 공헌을 했다. 성경에 대한 관심은 끊임없이 계속되었으며, 성경에 대한 토론은 특별히 12세기 이후에 활발했다. 틀림없이 초서는 성경 및 성경 주석들에 아주 익숙해 있었을 것이다. 왜냐하면 초서는 그 시대의 다른 어떤 사람보다도 학식이 많았으며, 또한 405년에 성 제롬에 의해서 라틴어로 번역된 불게이트 성경이 초서 시대에 많이 퍼져 있었기 때문에, 초서가 불게이트 성경을 보았을 가능성이 아주 높다. 『켄터베리 이야기』에 나오는 초서의 인물들 중 한사람, 「바스의 여장부」(“Wife of Bath”)의 서문에 나오는 옥스포스의 서기(Clerk of Oxenford)가 불게이트 성경 사본을 가지고 있었다고 그레이스 랜드룸(Grace W. Landrum)은 주장하였다(76).

작가로서 초서는 아마도 글의 원 자료(source)들을 재해석하거나 바꾸고자 하는 의도를 가지고 있었을 수도 있다. 마리아 미컬칙(Maria Michalczyk)는 그의 박사 학위 논문에서 초서가 이와 같은 의도를 가지고 있었다는 것을 지적하고 있고(51), 초서의 작품들을 보면 이를 쉽게 알 수가 있다. 하지만 초서는 바다에 대한 성경적인 이미지를 바꾸려는 의도를 결코 가지고 있지 않았다. 비록 초서가 바다를 선택한 이유를 분명하게 말하고 있지는 않지만, 그의 작품에서 기독교적인 바다의 상징적 의미를 묘사하고 있다는 것은 분명하다. 왜냐하면, 초서가 바다를 묘사할 때 무시무시하고 사악하게 묘사하고 있어서, 그가 기독교적인 전통을 따르고 있다는 것을 보여주는 증거가 된다. 그의 작품들에 등장하는 바다는 분명히 악 또는 악한 것을 상징한다. 이것은 실질적인 악일뿐만 아니라, 도덕적인 악이고, 또한 영적인 악이기도 하다. 초서의 바다에 대한 관점은 성경과 중세 교부들의 전통적인 악마화된 바다의 모습 바로 그것이다. 로버트 키삭(Robert Ashton Kissack, Jr.)와 콜비(V. A. Kolve)는 초서의 『켄터베리 이야기』에 있어서의 바다의 의미를 분석하고 있다. 특히 키삭은 초서의 바다 상징들에 대해 간단히 논의하는 데 있어서 성경적인 의미의 바다 상징에는 전혀 관심이 없어 보인다. 콜비는 「변호사의 이야기」("The Man of Law's Tale")에서의 바다의 상징을 보에티우스(Boethius)의 상징, 즉 바다를 변덕이 심한 행운과 안정되지 못한 이 세상에 비유와 연결시키고 있다. 본 논문에서는 상징의 깊은 의미에 의해 더욱 강조되고 있는 바다에 대한 성서적인 반향을 잘 보여주고 있는 초서의 작품 중에서 『켄터베리 이야기』에 대해 집중적으로 논의하고자 한다. 비록 바다가 성경과 보에티우스에게 있어서 다같이 이 세상에 대한 상징적이기는 하지만, 초서의 작품들에 나오는 바다의 상징은 보에티우스적인 운명의 바다와는 아무런 관계가 없음을 알 수 있을 것이다.

『켄터베리 이야기』에서 초서는 '물'이라는 단어와 '바다'라는 단어를 다른 의미로 사용한다. 대부분의 경우에 있어서 물은 세탁, 치료, 성례 등과 같은 긍정적인 의미들을 가지고 있는데, 초서는 우주의 4가지 요소들에 대해 언급할 때 '물'이라는 단어를 사용하였다. 예를 들면, 「기사의 이야기」("Knight's Tale") 1246행과 2992행, 「면죄승의 이야기」("Pardoner's Tale") 519행, 「상인의 이야기」("Merchant's Tale") 1558행 등에서 그 예를 찾아볼 수가 있겠다. 또한 초서는 많은 경우에 있어서 "물"이라는 단어를 아무런 상징적 의미 없이 문자 그대로의 뜻으로 사용하고 있다. 실질적인 이유로 세탁은 민물(fresh water)과 밀접하게 연결되어 있다. 단지 '물'이라는 단어만이 세탁을 의미한다. 예를 들면 「기사의 이야기」에 보면 에밀리(Emely)는 자신의 몸을 우물'물'로 씻는다: "Hir [Emylye's] body wessh with water of a welle." 또한 「면죄승의 이야기」에 보면 물의 신비로운 치료의 능력에 대한 이미지가 "물에 씻은 거룩한 뼈"에 의해 더욱 강조되고 있다(356-57). 특히 여기서 소금물 대신에 민물이 치료의 목적으로 사용되고 있음을 알 수 있다. 이와 같은 이미지는 요한복음 5장 2-4절과 일맥상통한다. 이 이야기에 의하면 천사가 물을 요동시킬 때 누구든지 이 물속에 처음으로 들어가는 사람은 치료된다고 하였다. 이 물 또한 민물이다. 소금물에는 이와 같은 치료의 능력이 없기 때문이다. 더 나아가 초서는 성례를 위해 사용되는 물을 특별히 "거룩한 물"이라고 불렀다. 이와 같은 표현은 「여자 수도원장의 이야기」("Prioress's Tale") 1829-30행과 「본당 신부의 이야기」("Parson's Tale") 385행에서 3번 언급되고 있다. 실제적으로 기독교의 역사에 있어서 소금물을 침례 등의 성례로 사용한 경우는 아주 극단적인 상황에 처했을 때를 제외하고는 거의 없었다. 따라서 초서가 글을 쓸 때 민물(fresh water)과 소금물(salt water), 특히 바닷물과 같이 아주 많은 양의 소금물을 구분하여 사용한 것은 명확하다 하겠다.

하지만 『켄터베리 이야기』에서 이런 원칙이 예외적으로 사용된 경우가 두 번 나타난다. 첫 번째는 「수녀 시승의 이야기」("Nun's Priest's Tale")에서 "물"이라는 단어가 바다의 동의어로 사용된 경우이다. 여기서 바다가 사람과 배를 삼켜버리는데, 초서는 바다라는 단어 대신에 "물"이라는 단어를 사용한다(3101-02). 또 다른 예는 「방앗간 주인의 이야기」("Miller's Tale")에서 중심 되는 이미지로써 '노아의 홍수'를 연상시키는 홍수로 사용된 경우이다(Kolve 198). 성경에 보면 홍수는 곧 바다와 연결되는데, 「방앗간 주인의 이야기」에서 바다라는 단어는 3616행에만 딱 한 번 나온다. 반면에 초서는 "물"이라는 단어를 여러 번 사용하고 있는데, 그 이유는 아마도 초서가 원래의 홍수의 의미를 이 이야기에서 바꾸어 사용하고 있기 때문이 아닌가 한다. 다른 이유로는 아마도 바다라는 단어보다 물이라는 단어가 이 이야기의 우스운 절정에 더욱 적합했기 때문일 수도 있다.

니콜라스(Nicholas)는 홍수가 4월 17일에 발생할 것이라고 약속한다. 존(John)은 어리석게도 그의 약속을 액면 그대로 믿는다. 성경에서는 인류를 다시는 홍수로 멸망시키지 않을 것이라고 약속하고 있음에도 불구하고, 중세 시대의 사람들은 이 약속을 믿지 않고 홍수에 의한 세상의 멸망이 또 있을 것으로 믿고 있었다(Vaughan 119). 「방앗간 주인의 이야기」에서 실제의 홍수는 없었으며, 거짓 홍수의 피해자는 딱 한사람, 즉 남편인 존이 그 피해자였던 것이다. 이 이야기는 우리들을 재앙적인 사건으로 연결시키고 있는 것이 아니고, 우스운 상황으로 이끌고 있다. 이 이야기에 등장하는 물은 분명히 바다이다. 이 물은 목수인 존에게는 두말할 필요 없이 사악한 의미를 지닌다. 왜냐하면 바로 이 거짓된 악한 홍수 때문에, 존은 자신의 아내인 엘리슨(Alison)이 니콜라스와 동침할 기회를 제공했기 때문이다.

여기서 한 가지 지적하고 넘어갈 것은, 비록 홍수 이야기가 「방앗간 주인의 이야기」에 나왔지만, 홍수의 진정한 의미는 「본당 신부의 이야기」에서 부연 설명되고 있다. 즉, 인간의 성적인 죄를 벌하기 위해 홍수가 임한다는 것이다(839). 데이빗 제프리(David Jeffrey)에 의하면, 중세시대 사람들은 「방앗간 주인의 이야기」에 아주 만연되어 있는 그런 죄들을 벌하기 위해 홍수가 난다고 생각했다는 것이다(42). 이 이야기는 독자들에게 남편의 순진함을 성경에 나오는 노아의 순전함과 냉소적인 비교를 유도한다. 노아는 문자적으로나 상징적으로 바다를 이긴 승자가 된 반면에, 존은 가상의 홍수의 희생자가 된 것이다.

초서는 『켄터베리 이야기』의 서두에서부터 사악한 바다의 이미지를 묘사하고 있다. 「기사의 이야기」에서 비너스(Venus)의 아버지인 새턴(Saturne)은 사람들이 바다에서 익사하는 것을 언급한다(2456). 특별히 그는 바다의 두 가지 특징, 즉 삼킴(swallowing)과 어두움(darkness)을 강조하고 있는데, 이 두 가지 이미지는 당연히 테홈과 연결되어 있다. 비슷한 이미지가 3030-31행에서도 나타난다. 많은 사람들이 바다에서 익사하는데, 이것은 곧 바다의 사악한 본성을 보여주는 한 단면인 것이다. 비록 위의 이미지가 「기사의 이야기」에서 중요한 역할을 하고 있는 것은 아니지만, 이 이미지는 바다의 악한 면을 분명하게 보여주고 있다.

성서적 관점에서의 바다에 대한 또 다른 좋은 예는 바로 「지주의 이야기」("Franklin's Tale")이다. 도리진(Dorigen)의 성(castle)은 바로 바다 옆에 위치하고(847), 때때로 그녀는 자신의 슬픔을 달래기 위해 친구들과 함께 바닷가를 거닐곤 한다. 그러나 그녀가 거하는 위치로 인해 그녀의 슬픔은 점점 더 깊어만 가는데, 산책을 하면서 바다를 향해하는 많은 배들을 보게 되고, 이것이 곧 그녀로 하여금 부재중인 남편에 대한 생각을 더욱 더 하게 만들기 때문이었다(854-56).

그녀를 남편인 아비레이거스(Arveragus)에게 데려다 줄 배는 어느 곳에도 없었다. 그녀의 슬픔은 배나 바위로부터 온 것이 아니고 포악한 바다로부터 온 것이었다. 만약 그녀의 집 근처에 바다가 없었다면 그녀의 비탄은 훨씬 줄어들었을지도 모른다. 즉, 바다가 그녀의 슬픔을 더욱 더 깊게 만든 것이다. 그녀는 바다를 쳐다 볼 때마다 더욱 더 깊은 시름에 빠지곤 했다(863). 어마어마한 양의 소금물인 바다가 그녀의 집 근처에 있다는 사실 자체가 그녀의 몸과 마음을 점점 더 황폐하게 만든 것이다. 마침내 도리진의 친구들이 이 사실 즉, 바다가 그녀에게 해롭고 오히려 그녀를 불안하게 만든다는 사실을 깨닫고는(895-96), 그녀를 소금기가 없는 강이나 호수 등으로 데리고 가기로 결정한다(898). 그들은 이렇게 함으로써 그녀의 탄식을 줄여줄 수 있으리라고 믿었다. 즉, 도리진의 비탄을 줄여줄 수 있는 곳은 바닷가가 아니고 호수(강)가라는 사실이 여기서 다시 강조되고 있음을 알 수 있다.

그녀에게 심각한 문제를 야기시킨 바위들도 해변 가에 있었는데, 도리진은 바위들이 그녀와 그녀의 남편을 갈라놓은 나쁜 장애물의 역할을 하고 있다고 믿고 있었다. 그녀는 바위들을 "암울하고 악마같이 생긴 검은색 바위들"(grisly feendly rokkes blake)로 묘사한다. 보통 바위의 모양은 악마같이 생기지 않았으며, 또한 그 색깔도 검은색이 아니다. 비록 일부 지역에서는 해변 가의 돌들이 검은 빛을 띠고 있을 수 있기는 하지만 말이다. 물론 도리진의 바위에 대한 언급은 사실이 아니다. 이것은 그녀의 마음의 상태를 보여 주는 것이다. 이와 같은 표현은 사진 같은 사실적인 이미지라기보다 감정에 의존한 효과 때문이고, 또한 여기서 바위는 사악한 세력을 상징하고 있기 때문이다.

그녀의 바위에 대한 묘사는 곧 그녀의 마음속에 있는 바다에 대한 형상일 수도 있다. 바위들은 배들을 때리는 파도의 힘에 의해서 그 잠재적 능력이 주어져 있다(877-78). 그래서 도리진은 하나님께 이 모든 검은 바위들이 지옥으로 떨어지기를 위해서 기도한다(891-92). 여기서, 무시무시하고 검은색을 띈 바위들의 특징은 테홈의 두렵고 깜깜한 바로 그 이미지와 매우 비슷하다. 또한 팔머에 의하면, 일반적으로 고대인들은 바다를 죽은 사람들의 왕국으로부터 현실의 세계를 구분하는 상징으로 인식하고 있었다(50). 아마 도리진도 이와 같은 사상의 영향을 받았는지도 모른다. 일종의 바다의 제유로서 바위가 그녀를 그녀의 남편으로부터 분리시키고 있기 때문이다. 즉 바다가 살아있는 사람들의 세계와 죽은 사람들의 세계를 구분하고 있는 것처럼, 바위도 바로 이와 같은 역할을 하고 있는 것이다. 그러므로 「지주의 이야기」에서 보여주고 있는 바다의 이미지는 두말할 필요 없이 악을 상징한다.

「변호사의 이야기」("The Man of Law's Tale")는 초서가 기독교적인 '바다'의 상징을 사용하고 있다는 것을 보여주는 가장 확실한 증거가 되는 이야기이다. 로마 황제의 딸인 쿠스탄스(Custance)가 주인공으로 등장하는데, 그 중심이 되는 이미지는 쿠스탄스가 바다에서 돛대도 없는 배를 타고 표류하는 모습이다(Kolve 302). 또한 이 이야기는 처음부터 끝까지 긴긴 바다 여행을 배경으로 삼고 있다. 즉, 로마(Rome)에서 시리아(Syria)로, 시리아에서 노섬브리아(Northumbria)로, 노섬브리아에서 이방인 나라로, 이방인 나라에서 로마로, 로마에서 영국(England)으로, 마지막으로는 다시 영국에서 로마로의 바다여행의 연속이다. 모든 여행이 바다를 포함하고 있다. 이 이야기는 처음부터 끝까지 항해의 연속이다. 그러므로 「변호사의 이야기」에서 바다의 상징은 아주 분명하게 나타난다. 시리아를 향한 쿠스탄스의 첫 번째 항해에서는 바다(sea)라는 단어가 나타나지 않는다. 아마도 이 바다 여행이 쿠스탄스에게 아무런 위험이 없기 때문일 것이다. 이 첫 번째 항해의 실제 목적은 복음을 전파하는 데 있었고, 이 목적을 위해서 쿠스탄스는 시리아 왕과의 결혼이 주선되었고, 마침내는 성립되기에 이른 것이다(234-35). 덕망 있고 아름다운 쿠스탄스와 결혼하기 위해 왕은 자원해서 기독교로 개종한다. 그러나 여기서 짚고 넘어가야 할 것은, 그의 개종은 신을 향한 영적인 사랑에 바탕을 둔 것이 아니고, 쿠스탄스를 향한 육체적 사랑에 그 동기가 있었다는 점이다. 왕의 명령에 의해 시리아 사람들도 기독교를 받아들인다. 그러나 왕의 어머니는 자신의 아들의 명령에 반대하는 음모를 꾸미고는, 왕인 자신의 아들과 개종한 국민들을 모두 죽여 버린다. 그리고는 쿠스탄스를 홀로 바다로 떠내려 보낸다. 왕의 어머니는 성서적 관점에서도 악할 뿐만 아니라 또한 심리적인 측면에서도 사악하다(Johnson 208). 전혀 잘못한 것이 없음에도 불구하고, 쿠스탄스는 일생에서 최초로 엄청난 절망에 휩싸여서 위험한 바다위에서 키도 없는 배를 타고 표류한다. 보트를 안전하게 조절할 수 있는 아무런 장치도 없었다. 초서는 이 장면에서 '바다'(sea)라는 단어 대신에 소금 바다(salt sea)라는 직접적 표현을 사용하고 있는데, 이것은 바다의 사악한 본성을 강조하기 위해 초서가 의도적으로 사용한 것임에 틀림없다. "쿠스탄스가 소금 바다를 항해한다"(And forth she sailleth in the salte see)(1.445). 그리고 그녀는 바다위에서 여러 해 동안 생사의 갈림길에서 고생하게 된다. 바다는 그녀에게 아주 사악한 존재의 상징이 된다(463-65).

지중해의 동쪽에 위치하고 있는 그리스의 바다는 특별히 성경과 기독교 전통의 악마화된 바다와 매우 밀접하게 연결되어 있다. 이스라엘 사람들에게 있어서 지중해는 그 위험한 속성에 있어서 곧 테홈을 의미했다(Wensinck 26). 예수 그리스도를 향한 쿠스탄스의 간구는 바로 테홈으로서의 그리스의 바다의 이미지를 더욱 부각시키고 있다(454-55). 사나운 파도는 그녀의 고통을 더욱 깊게 할수록, 쿠스탄스에게 그리스의 바다는 다른 어떤 바다보다도 더욱 고통스러운 곳이 되었다. 하지만 그녀는 결코 하나님께 불평하지 않는다. 이런 그녀의 신의와 지조 덕분에, 하나님은 그녀를 아무런 해함없이 노섬브리아로 인도하신다. 이 이야기에서 초서는 기독교의 지조와 용기의 사상을 보여주고 있다. 죠셉 그레넨(Joseph E. Grennen)은 쿠스탄스를 기독교적인 불굴의 신념의 본보기라고 평가하고 있다(512).

또한 쿠스탄스의 이야기는 성경의 요나의 이야기와 비교될 수도 있으며, 이스라엘 민족이 홍해를 건너간 이야기와도 비교될 수 있다. 위의 세 사건들에 있어서 모두 바다는 공통적으로 악을 표상한다. 하나님의 도움으로 쿠스탄스, 요나(Jonah), 이스라엘 사람들 모두 바다로부터 자유함을 얻게 되는데, 바다는 하나님의 지배아래 있음을 보인다. 특히 쿠스탄스와 요나는 둘 다 이방인들을 개종시키기 위해 낯선 이국땅을 방문한다는 점에서 공통점을 보인다. 즉, 쿠스탄스는 영국의 옛 왕국이며 이교도 국가인 노섬브리아를 방문하고, 요나는 앗시리아의 수도인 니느웨를 방문한다. 처음에 그들은 둘 다 하나님의 뜻을 따르기를 원치 않지만, 나중에는 결국 하나님의 뜻에 순종하는 과정도 동일하다. 이처럼 성경 전체를 통해서, 가장 중요한 단어 중의 하나는 하나님께 대한 "순종"(obedience)이다. 쿠스탄스는 바로 이 단어의 좋은 본보기(epitome)라 하겠다.

노섬브리아에서 쿠스탄스는 기독교를 다시 부흥시키기 위해 노력한다. 초기의 켈트족들에 대한 복음 전파로부터 겨우 살아남은 기독교가 면면히 그 뿌리를 유지하고는 있었지만, 기독교인들이 이교도들에게 쫓겨나서 웨일즈 지방에 피신해 살고 있는 형편이었다. 본문에도 세 명의 기독교인들이 성 근처에서 비밀리에 살고 있었다. 쿠스탄스는 조심스럽지만 용감히 그들에게 복음을 전파한다. 그녀는 기독교의 자비를 몸소 실천한다. 그러므로 하나님은 그녀를 "높은 곳에 있는 거룩한 교회의 딸"(doghter of hooly chirche in heigh presence)(1.675)라고 칭한다. 마침내 노섬브리아의 왕 알라(Alla)가 감동을 받아 개종하여 침례를 받고, 쿠스탄스를 사랑하므로 하나님의 축복 속에서 둘은 결혼하기에 이른다(690-92).

그렇지만, 이 행복한 결혼 생활은 오래 지속되지 못한다. 왕이 전쟁을 위해 외국에 나가 있는 동안, 왕의 어머니인 도니길드(Donegild)가 쿠스탄스를 남편으로부터 떼어놓기 위한 음모를 꾸몄기 때문이다. 모함 때문에 쿠스탄스는 아기와 함께 바다로 쫓겨나게 된다. 하지만 어떠한 어려운 상황에도 불구하고, 하나님을 향한 그녀의 초지일관의 믿음은 결코 흔들리지 않았다(826). 그녀는 하나님께 기도하며 그 어려움을 이겨낸다. 순진한 사람이 왜 이와 같은 고통을 당해야만 하는지에 대해 탄식이 있었지만, 하나님께 순종하고자 하는 그녀의 의지는 분명하였다(827-30). 이 장면에서 초서는 소금 바다(salt sea)라는 표현을 다시금 썼다. 그 이유는, 아마도 이 항해가 이전의 어떤 항해보다도 더 위험한 항해이기 때문일 것이다. 특히 이번 항해는 그녀 홀로 하는 것이 아니고 그녀의 어린 아들 머리스(Maurice)와 함께 하는 것이었기 때문에 더욱 그렇다. 여기서 사악한 소금 바다와 순진하고 순수한 믿음을 소유한 쿠스탄스를 아주 효과적으로 대조하고 있다. 여기서 소금기 있는 바다는 그녀가 지금까지 만난 최악의 상황을 상징하고 있다. 쿠스탄스는 비록 그녀가 소금 바다위에 있음에도 불구하고, 그녀의 미래의 안전에 대해 전혀 염려하지 않았다. 자신의 아이의 안전을 포함한 모든 면에 있어서 그녀는 철저하게 하나님을 의지한다. 그녀는 오직 하나님만을 믿었다. 그러므로 그녀가 5년 이상이나 표류했음에도 불구하고 잔인한 바다가 그녀에게 아무런 해도 끼칠 수 없었던 것이다.

비록 이 모녀가 키도 없는 보트에 타고 있었지만, 하나님께서 조타수의 역할을 해주셔서 이 모녀를 이방인 나라의 해변으로 안전하게 인도해 주신다. 밤에 한 배교자가 그녀를 겁탈하려고 시도했지만, 그녀는 용감하게 방어한다(921). 그녀의 힘은 하나님께로부터 나온 것이었다. 결국 그 배교자는 바닷물에 빠져 익사하는데, 이 복수는 바로 하나님 자신이 하신 것이다. 하나님은 사악한 사람을 벌하는 자신의 천벌(scourge)의 수단으로서 바다를 사용하신 것이다. 또한 쿠스탄스의 용기는 외경 「쥬디스」("Judith")에 나오는 유대 민족의 여자 영웅인 쥬디스와 비교할 수 있다. 이 이야기에서 쥬디스는 올로페르너스(Olofernus)를 살해하고 이스라엘 사람들을 구원한다. 쿠스탄스의 용기는 또한 정경 「에스더」("Esther")에 나오는 아하수에로(Ahasuerus) 왕의 부인인 에스더와도 비교해 볼 수도 있다. 이 이야기에서 에스더는 왕의 명령을 위반하면서까지 죽음을 무릅쓰고 비장한 각오로 왕의 앞으로 나간다. 그녀의 용기 덕분에 이스라엘 사람들은 전 유대인들을 모두 죽이고자하는 하만(Haman)의 계략으로부터 구원함을 얻게 된다.

쿠스탄스는 항해 중에 로마의 상원의원을 만나는데, 그는 시리아와의 전쟁을 승리로 이끌고 로마로 돌아오는 중이었다. 쿠스탄스는 자신의 신분을 감추고 그의 도움으로 쉽게 로마에 도착해서 상원의원의 집에 한동안 머문다. 후에 그녀의 아버지인 로마 황제를 길거리에서 만났을 때 쿠스탄스는 자신의 신분을 밝힌다: "아버지 . . . 당신의 딸 쿠스탄스입니다"(Fader . . . youre yonge child Custance)(1.1105). 그녀는 다시는 자신을 소금 바다로, 이방인의 나라로 보내지 말라고 자신의 아버지에게 울면서 간절히 부탁한다(1109-12). 이 장면은 그녀의 항해 경험들이 그녀에게 무시무시하고 엄청나게 부정적이었음을 보여주고 있다. 즉 그녀가 겪은 항해들은 단순히 외적으로만 나쁜 것이 아니고, 그녀로 하여금 하나님을 향한 믿음을 버리도록 유도했다는 점에서 특히 사악하다고 할 수 있다. 그러므로 쿠스탄스는 이 장면에서 바다를 단순히 바다라고 부르지 않고 소금바다(salt sea)라고 부르고 있다. 즉 그녀는 바다가 민물(fresh water)이 아닌 소금물로써, 총체적인 악이라는 사실을 더욱 강조하고 있는 것이다. 바다에 대한 그녀의 태도는 매우 부정적이다. 비록 그녀가 가능하면 이방 나라들에 가지 않으려고 노력하지만, 그럼에도 불구하고 그녀는 하나님께 감사하는 것을 잊지 않는다: “하나님! 당신의 자비를 감사합니다”(But thonketh my lord heere of his kyndenesse)(1.1113). 「변호사의 이야기」에서 초서는 하늘이라는 항구를 향해 바다를 건너 항해하는 기독교인들 개개인의 모습을 형상화하고 있다.

또한 이 이야기에서 쿠스탄스는 여자 그리스도처럼 묘사되고 있다. 그녀의 많은 다른 특성들과 함께, 그녀의 행동은 그리스도의 행동과 매우 비슷하다. 즉 마태복음 26장 39절에 보면 예수님은 다음과 같이 기도한다. “내 아버지여 할 만하시거든 이 잔을 내게서 지나가게 하옵소서 그러나 나의 원대로 마옵시고 아버지의 원대로 하옵소서.” 쿠스탄스와 예수님은 둘다 처음에는 자신들의 아버지의 뜻을 따르지 않기를 원했다. 그러나 나중에 그 둘은 자진해서 자신들의 아버지의 뜻을 따른다. 다시 말하면, 쿠스탄스는 자신의 육신의 아버지의 뜻과 하나님의 뜻을, 그리고 예수님은 하늘에 계신 아버지의 뜻을 기꺼이 따른 것이다. 따라서 쿠스탄스는 예수 그리스도와 마찬가지로 모든 기독교인들의 모델로 여겨질 수 있다. 이 이야기의 끝에, 쿠스탄스는 자신의 육신의 아버지께 돌아온다. 그리고 마침내는 영원한 집인 하늘(천국)에 간다(Bloomfield, 388). 여기서 알 수 있는 것은 하나님의 은혜는 모든 것을 정복한다는 것이다. 그러나 이것은 모든 고난과 고통을 견디며 끝까지 하나님을 신뢰하는 사람들에게만 가능한 것을 알 수 있다. 알라왕도 바다의 사악함을 마침내 깨닫게 된다. 스코틀랜드와의 전쟁을 마치고 왕궁으로 돌아온 그는, 자신의 어머니의 못된 계략을 알아차리고 진노하여 어머니를 죽이고 로마여행을 떠난다. 그의 여행의 목적은 자신의 부인의 죽음을 사과하기 위한 것이었다. 그는 “소금바다에서 내 아내가 죽었다”(in the salte see my wyf is deed)(1.1039)라고 말한다. 그는 그의 아내가 소금바다에 빠져 익사했다고 믿고 있었던 것이다. 바다에 대한 그의 언급은, 바다의 사악한 본성과 함께 잘못 알려진 그의 사악함도 함께 부각시키는데, 그의 부인의 익사가 그에게는 가장 슬픈 비탄이 되었기 때문이다.

결론적으로, 『켄터베리 이야기』에서 초서는 물(water), 거룩한 물(holy water), 바다(sea), 그리고 소금 바다(salt sea)의 의미들을 각각 다르게 사용하고 있음을 살펴보았다. 특별히, 물과 바다의 의미는 아주 다른 뜻으로 사용하고 있었다. 초서는 바다의 사악한 본성을 특별히 강조하기를 원할 때마다, 바다를 소금 바다라고 강조해서 부르곤 했다. 이러한 소금 바다라는 표현은 특별히 라틴 불게이트(Vulgate) 성경에서 '사해'(the Dead Sea)를 지칭할 때 그 최상급 형태로 반복해서 사용된 아주 중요한 표현이다. 민수기 34장 3절의 "mare salsissimum"(최고로 짠 바다)을 그 한 예로 볼 수 있으며, 이와 같은 표현은 여러 번 반복해서 나타나고 있다. 즉 소금(salt)이라는 단어는 성경과 유대전통 그리고 기독교적인 전통의 악마화된 죽음의 바다에 대한 일종의 초서가 사용한 코드인 것이다.

『켄터베리 이야기』 이외의 다른 작품들에서도 초서는 바다를 위와 같은 의미로 사용하고 있다. 예를 들면, 『트로일러스와 크리세이드』(*Troilus and Crseyde*)의 제1권에 나오는 바다의 이미지도 쿠스탄스의 바다의 이미지와 유사하다(11.416-17). 제2권의 서문에 나오는 바다의 이미지도 거의 테홈의 반복적인 이미지를 불러일으킨다. 트로일러스는 바다를 "폭풍우 치는 물체"(the tempestous matere)라고 부르고 있다. 이에 대한 또 다른 예는 『열녀전』(*The Legend of Good Women*)에 나온다. 이 작품에서 소금 바다(salt sea)라는 단어는 세 번 나오는데 모두 아주 사악한 의미로 쓰이고 있다: "그는 오랫동안 소금바다를 항해했다"(So longe he saylede in the salte se)(1.958, 1.1462). "그들은 소금 바다에서 고난을 받아왔다"(That they han suffered in the salte se)(1.1510). 이와 같은 예들은 초서가 "소금 바다"라는 표현을 하나의 "코드"로 사용하고 있음을 더욱 분명하게 보여주고 있다.

초서에게서 아놀드(Arnold)의 「도버 해변」("Dover Beach")에 나오는 "믿음의 바다"(the sea of faith)라는 표현이나, 메이스필드(Masefield)의 「바다에의 동경」("Sea-Fever")에 나오는 "나는 다시금 바다로 내려가야만 한다"(I must go down to the seas again)와 같은 낭만적 감정을 기대하는 것은 시대착오적인 생각이다. 바다에 대한 분명한 악마적 이미지는 초서의 작품 속에 내재하고 있는 의미들을 더욱 선명하게 강조해주고 있다. 초서의 작품들에 대한 이러한 읽기는 초서의 바다 배경들을 더욱 확고하게 해주고 있다. 또한 지금까지 논의한 바다의 상징적 의미는 독자들로 하여금 초서의 작품들을 더욱 깊이 있고 풍부하게 이해할 수 있도록 이끌고 있다.

인용문헌

『성경전서』. 개역 한글판. 서울: 대한성서공회, 1956. Print.

Benson, Larry D. *The Riverside Chaucer*. Boston: Houghton Mifflin, 1987. Print.

Bloomfield, Morton W. "'The Man of Law's Tale': Tragedy of Victimization and Christian Comedy." *PMLA* 87 (1972): 384-90. Print.

Bolgar, R. R. *The Classical Heritage and its Beneficiaries.* Cambridge: Cambridge UP, 1954. Print.

Euripides. *Hippolytos*. Trans. Robert Bagg. London: Oxford UP, 1973. Print.

Fowler, David C. *The Bible in Early English Literature*. Seattle: U of Washington P, 1976. Print.

Grennen, Joseph E. "Chaucer's Man of Law and The Constancy of Justice." *Journal of English and Germanic Philology* 84 (1985): 498-514. Print.

Jeffrey, David L., ed. *Chaucer and Scriptural Tradition*. U of Ottawa P, 1984. Print.

Johnson, William C. "'The Man of Law's Tale': Aesthetics and Christianity in Chaucer." *The Chaucer Review* 16 (1982): 201-21. Print.

Kissack, Robert Ashton, Jr. "The Sea in Anglo-Saxon and Middle English Poetry." *Washington U Studies*. *Humanistic Ser.* 4 (1926): 371-89. Print.

Kolve, V. A. *Chaucer and the Imagery of Narrative: The First Five Canterbury Tales.* Stanford: Stanford UP, 1984. Print.

Landrum, Grace W. "Chaucer's Use of the Vulgate." *PMLA* 39 (1924): 75-100. Print.

MacGregor, Geddes. *A Literary History of the Bible: From the Middle Ages to the Present Day.* Nashville: Abingdon, 1968. Print.

Michalczyk, Maria. *'Auctours' and 'Rehercers': Chaucer, Wyclif, and the Language of Authority.* Diss. U of Rochester, 1990. Print.

Ogilvy, J. D. A. *Books Known to the English, 597-1066*. Cambridge: Mediaeval Acad. of America, 1967. Print.

Palmer, A. Smythe. *Babylonian Influence on the Bible and Popular Beliefs.* London: D. Nutt, 1897. Print.

Rahner, Hugo. *Greek Myths and Christian Mystery*. Trans. Brian Battershaw. London: Burns, 1963. Print.

______. *Symbole der Kirche: Die Ekklesiologie der Väter.* Salzburg: Müller, 1964. Print.

Vaughan, M. F. "Chaucer's Imaginative One-Day Flood." *Philological Quarterly* 60 (1981): 117-23. Print.

Wensinck, A. J. *The Ocean in the Literature of the Western Semites.* Wiesbaden: Sandig, 1968. Print.

Wilson, Walter L. *Wilson's Dictionary of Bible Types.* Grand Rapids: Eerdmans, 1957. Print.

19

블레이크의 예언 시에서 불의 이미지 읽기

| 강옥선 |

I. 위로 상승하는 불

블레이크(William Blake)의 『경험의 노래』(*Songs of Experience*)에 등장하는 호랑이의 눈빛은 런던을 지키는 시인 자신의 눈빛으로 읽을 수 있다. 호랑이의 타오르는 눈빛은 프로메테우스(Prometheus)가 제우스(Zeus)로부터 불을 훔쳐온 이후 인간이 되풀이하여 겪고 있는 고통과 희망에 대한 이야기이다. 사실 블레이크의 예언 시에 나오는 불의 이미지는 인간 존재의 이야기 즉, 인간의 고통과 갈등, 그리고 꿈과 희망의 메시지이다. 지금까지 블레이크 연구가 주로 신화비평 혹은 상징주의 연구에 치우쳐 있었던 점을 감안하여, 이제 논의의 중심을 블레이크의 예언 시에 등장하는 공기, 물, 불, 흙과 같은 사원소(four elements)에 집중하여 보고자 한다. 이는 블레이크가 예언 시 『예루살렘』(*Jerusalem*)에서, "하나의 꿈, 즉 완벽한 전체를 보고자 하는 사람은 사소한 개체에서 찾아야한다"(he who wishes to see a vision, a perfect whole, / Must see it in its minute particulars)(*S* 835)라고 주장한 바에서도 근거를 찾을 수 있다.

---

* 이 글은 『문학과 종교』 14.3 (2009): 193-212에 「블레이크의 예언시에서 불의 이미지 읽기」로 게재되었음.

프랑스의 철학자 바슐라르(Gaston Bachelard)는 서구인의 상상계를 구성하는 기본적인 틀로써 사원소를 자신의 이미지 연구에 적용한 바 있다. 그에 따르면, 사원소는 과학의 입장에서 보면 명백한 인간 정신의 오류이지만, 상상계의 입장에서 보면 세계를 바라보는 인간의 꿈, 즉 인간의 상상의 틀을 보여준다고 한다(『불의 정신분석』 37). 인간의 상상세계는 그것을 지배하는 물질의 한 속성으로 파악될 수 있다. 바슐라르는 인간의 상상력을 근본적으로 물질적인 것으로 생각하면서, 네 개의 기본적인 물질인 물, 불, 공기, 흙으로 분류하였다. 블레이크에 따르면, 유리즌(Urizen)이 자신의 우주를 창조해 낼 때, 타락한 요소들이 아들로서 태어난다는 것이다. 그 때 요소들은 물질이 되며, 모두 사원소로 이루어진다.

『유리즌의 첫 서』(*The First Book of Urizen*)에서 블레이크는 사원소를 공기, 물, 대지, 땅으로 구분하여 각기 티리엘(Thiriel), 유타(Utha), 그라나(Grodna)와 퓨전(Fuzon)으로 묘사하고 있다. 퓨젼이라 칭하는 불은, "처음으로 태어나고 마지막으로 태어났다"(The Fuzon / Flamed out, first begotten, last born)(*S* 265)고 한다. 모든 시인이 자신이 애호하는 원소를 가지고 있으며, 이것이 무의식적으로 작품에 반영되어 나오는데, 블레이크의 경우에는 예언 시와 삽화에서 타오르는 불꽃의 이미지가 압도적이다. 따라서 불의 이미지를 통하여 시인의 고통과, 꿈 그리고 희망과 광기어린 시적 상상의 세계를 탐색해볼 수 있을 것으로 기대된다. 예언 시 『천국과 지옥의 결혼』(*The Marriage of Heaven and Hell*)에서 불의 이미지는 천재시인이 관습적인 세상을 바라보는 새로운 상상의 눈을 제공해준다.

> 지옥의 불 속을 걸어가고 있었을 때, 천사들에게는 고통과 광기처럼 보이는 것이지만, 나는 시적 재능을 향유하고 기뻐하면서, 몇 가지 격언을 모아보았다.

> I was walking among the fires of hell, delighted with the enjoyments of Genius, (which to Angels look like torment and insanity), I collected some of their proverbs. (*S* 107)

블레이크에게 "천재의 즐거움"(Singer 76)은 자유로이 자신을 표출하는 사람들의 창조적인 생산이다. 불의 이미지는 자유정신과 창조적인 영감과 불가분의 관계에 있다. 블레이크의 불의 이미지는 열과 빛을 함축한 의미로써, 지옥의 불, 분노의 불, 욕망의 불, 성령의 불, 로스(Los)의 용광로(furnace)와 같은 창조의 불 등으로 묘사된다. 이는 모두 힘, 용기, 열정, 활력 등과 같은 능동적인 요소이며, 동시에 양가적인 의미를 지니고 있다. 불은 본질적으로 선과 악의 두 가지 상반된 가치를 부여하는 유일한 현상으로써, 낙원에서는 빛나고 지옥에서는 타오른다. 기독교에서는 지옥의 불은 빛이 없는 열기의 불꽃이고, 천국은 황금빛으로 빛나는 불길이다. 하지만 "새로운 천국이 도래하고, 영원한 지옥이 부활하는"(*S* 104) 새로운 예루살렘의 땅에서 불은, 열기와 빛으로 결합된 정신적인 형태로 변화된다. 블레이크가 희망하는 자유정신은 빛남과 열기, 이성과 에너지, 육체와 정신이 결합될 때 이루어지는 총체이다.

바슐라르가 "불꽃은 우리 인간을 상상하지 않을 수 없게 만든다"고 역설하였듯이, 불은 모든 것을 설명할 수 있는 하나의 현상이다(『촛불의 미학』 9). 불은 위로 향하며, 상승하는 것이기에, 아래로 흐르는 물과 달리 무게가 나가지 않는다. 이러한 불의 속성상, 불은 무게의 영원한 적대자이며 결코 무게에 굴하지 않는다. 불에 무게가 있기를 바라는 것, 그것은 자연을 파괴하는 것이며, 불의 가장 본질적인 속성, 즉 창조주의 원동력의 하나인 속성을 파괴하는 것이 된다. 불은 모든 것에 생기를 주는 요소이며 모든 것은 불 덕분에 존재한다. 따라서 불은 삶과 죽음의 원리요 존재와 무의 원리이다. 더욱이 불은 스스로 작용하며 자기 안에 작용하는 힘을 지니고 있는데, 이는 성경의 창세기에서 창조주로부터 자신의 모든 에너지를 부여받은 모든 활동의 원리로써 불이 묘사되고 있는 점에서도 드러난다.

> 땅이 혼돈하고 공허하며 흑암이 깊음 위에 있고 하나님의 신은 수면에 운행하시느니라. 하나님이 가라사대 빛이 있으라 하매 빛이 있었고 (창 1:2-3)

블레이크의 예언 시에 나오는 불의 이미지는 시인의 상상력을 비추어주며 독자의 인식을 흔들어 깨워 새로운 가치관을 불어넣어준다. 시인이 『예루살렘』

에서 "모든 것이 인간의 상상 속에 존재한다"(For all things exist in the human imagination)(*S* 784)라고 노래하듯이, 시인의 온 작품에 자주 등장하는 불의 이미지는 시인이 상상한 내면적인 갈등, 고통과 새로운 예루살렘을 향한 꿈을 투영해줄 것이다. 프레이저(James George Frazer)가 『황금가지』(*The Golden Bough*)에서 불 축제에 대한 해석과, "불은 풍부한 태양빛을 확보하기 위한 불 축제와 같은 창조의 힘과 유해한 것들을 절멸시키는 파괴의 힘으로 작용하는 정화의 힘을 동시에 지니고 있다"고 지적한다(프레이저 951). 바슐라르 이후로 비평은 작품에 대한 수수께끼의 해독 작업이 아니라 텍스트를 통한 작가와 독자의 공감에 주안점이 주어지고 있다. 따라서 블레이크가 쓴 텍스트 예언 시는 우리 독자에게 시인의 상상의 모티브를 제공해줄 것으로 기대된다. 이에 독자는 블레이크가 제공해주는 예언 시와 불의 이미지로 부터 상상의 체험을 하게 되는 기회를 얻게 된다. 블레이크의 예언 시와 불의 이미지를 통하여 시인이 비전과 동일한 꿈을 추구해 볼 수 있기를 기대해 본다.

II. 타오르는 호랑이의 눈빛

불의 이미지는 열과 빛의 이미지이다. "한밤중 숲속에서 불타오르는"(Tiger, tiger, burning bright, / In the forests of the night)(*S* 214) 호랑이의 눈은 빛의 이미지를 드러내면서, 기존의 권위에 도전하는 시인의 급진주의적 저항정신을 비추어준다. 관습과 가치관에 저항하여 새로운 글쓰기에 도전하였던 시인의 저항정신은 한밤의 런던을 지키는 호랑이의 눈빛과 맞닿는 접점이 되고 있다. 급진주의자로서의 블레이크의 저항정신을 불의 이미지를 통하여 읽고자 하는 이 작업은 지금까지 신비주의에 가려져 있었던 블레이크 예언 시에 대한 구체적인 접근이 될 것이다. 사실 『밀턴』 혹은 『예루살렘』과 같은 시를 읽고서 분명하고 쉽게 다가선 사람은 없을 것이기 때문이다(Roberts 95). 하지만 시의 텍스트가 독자에게 문학적 이미지를 제공해 주고, 그 문학적 이미지가 언어를 새롭게 한다면, 난해한 블레이크의 예언 시를 읽기에, 불의 이미지와 같은 하나의 문학적 구조물로써 구체적인 토대를 가져올 필요가 있을 것이다. 본질적으로 불은 높게 타오르며 온 힘을 다해 열정의 꼭대기까지 오르고자 하는 속성을 지닌다. 불꽃은 생명이 깃들어있는 수직성이며, 혼자 타오른다(『촛불의 미학』 84). 불에 무게가 없다는 것은 상상과 무의식의 활동으로 연결된다. 한 밤중의 숲 속에서 홀로 깨어있는 호랑이의 눈빛은 현실의 무게에 저항하는 시인의 상상의 세계를 독자에게 전달하는 힘을 부여한다. 예언 시 『천국과 지옥의 결혼』에서 그는 지혜로운 호랑이의 눈빛에서 잔꾀를 부리지 않는 용기와 변화의 가능성을 독자에게 전달해준다.

> 분노하는 호랑이가 훈계하는 말보다 지혜롭다.
> 고여 있는 물에서는 독을 기대하라.
> 지나침이 어떤 것인지를 알아야 충분한 것이 어떤 것인지 안다.
> 어리석은 자들의 비난을 들어보라, 그것은 위풍당당한 권리이다.
> 불의 눈, 공기의 콧구멍, 물의 입, 흙의 수염.
> 용기가 약하면 간계가 능하다.
>
> The tigers of wrath are wiser than the horses of instruction.
> Expect the poison from the standing water.
> You never know what is enough unless you know what is more than enough.
> Listen to the fool's reproach: it is a kingly title.
> The eyes of fire, the nostrils of air, the mouth of water, the beard of earth.
> The weak in courage is strong in cunning. (*S* 110)

위의 문구에서 블레이크가 사용한 사 원소인 불, 공기, 물, 흙이 등장한다. 특히, '분노하는 호랑이'와 '타오르는 눈'의 묘사에서 불의 이미지와 시인의 분노는 다시 하나의 고리로 연결된다. 시인은 분노하는 호랑이가 훈계하는 말보다 더 지혜롭다고 지적함으로써, 용기와 간계를 구별해내고 있는 천재적인 통찰력을 전해준다. 불꽃처럼 빛나는 호랑이의 눈은 시인의 저항정신을 전해준다. 연이어 고여 있는 물에서 독을 기대한다는 말은 정체되지 않고 끊임없이 나아가는 열정적인 삶의 방식을 위한 변화에 대한 갈망으로 읽혀진다. 현실에 안주하지 않는 시인의 저항정신은 『천국과 지옥의 결혼』의 입논(The argument)에서 불의 이미지로 전달되고 있다.

린트라는 억압된 공기 속에서 분노의 불길을 흔들며 외친다.
갈급한 구름이 바다에서 흔들리고,
한 때는 부드럽고 의로운 사람이
위험한 길에서
죽음의 그림자를 따라 나아간다.
장미는 가시가 자라는 곳에서 피어나고
메마른 황야에서 꿀벌이 노래한다.

Rintrah roars, and shakes his fires in the burdened air;
Hungry clouds swag on the deep.
Once meek, and in a perilous path,
The just man kept his course along
The vale of death.
Roses are planted where thorns grow,
And on the barren heath
Sing the honey bees. (*S* 103-04)

위의 시에서 불길을 흔들며 외치는 린트라는 메마른 황야로 내몰려 쫓겨난 예언자 엘리아(Elijah)를 연상시킨다. 린트라의 외침소리는 현실의 무거운 공기에 억눌려 있고, 유리즌을 개혁하고자 하는 절규가 된다. 피에 목말라하는 전쟁의 구름은 그 무게로 하여 프랑스와 영국을 분리해주는 바다 속으로 가라앉고 있다. 현실의 구름아래에서 외치는 린트라는 황야에서 외치는 예언자의 분노이며 시인자신의 분노이다. "의로운 사람이 악한에게 쫓겨나고 인간 존재의 순환이 뒤집혀지는 현장이다"(Bloom 5). 가시가 자라는 곳에서 장미가 피어나듯이, 인생길에는 항상 죽음의 그림자가 드리워져 있는 법이다. 예언자는 불을 흔들며 위험한 길에서 자신의 인생길을 개척한다. 위험한 길은 기쁨과 슬픔의 씨실과 날실로 짜여 있는 존재의 대립이다. 여기서 린트라의 불은 삶과 죽음이라는 모순의 존재로 상반되는 삶 자체를 비추어주며, 그 이미지로 하여 독자는 시인의 내적 분노를 눈으로 읽어내게 된다. 사실 인류문화적으로 불은 프로메테우스가 훔쳐 온 것이기에, 그 기원에서 이미 폭력과 고통, 저항이라는 주제와 연관되어 있다. 또한 시인이 묘사한 린트라의 불은 이사야서에서 에돔에 의해 대표된 이방나라의 파멸과 하나님의 분노를 상기시킨다.

에돔의 시내가 변하여 역청이 되고 그 티끌은 유황이 되고 그 땅은 불붙는 역청이 되며, 낮에나 밤에나 꺼지지 않고 그 연기가 끊임없이 떠오를 것이며 세세에 황무하여 그리로 지날 자가 영영히 없겠고 (사 34:9-10)

이사야서 35장에서는 34장의 타락과 심판의 어둡고 처참한 분위기와는 대조적으로 "뜨거운 사막이 변하여 못이 될 것이며 메마른 땅이 변하여 원천이 될 것이라"(35:7)에서 드러나듯이, 밝고 생기가 넘친다. 만유의 터전 위에서 자유와 평화를 구가하게 될 하나님 나라에 대한 약속을 보여준다는 것이다. 린트라가 흔드는 불길도 옛것을 태워 연기로 화하고, "벼랑과 무덤의 황야에는 / 강과 샘물이 흐르는" 놀라운 역사를 이루어낸다. 린트라의 분노는 아담이 낙원으로 돌아오게 되는 인간의 존재방식에 대한 이야기이며, "영원한 지옥의 부활"(*S* 105)을 통하여 변화를 이루고자 하는 시인의 꿈을 전해 준다. 인간의 역사에서 볼 때, 관습적인 것에 저항하는 분노의 불길이 타오를 때에야, 비로소 "바래어진 해골 위에 / 붉은 진흙이 생겨나고"(on the bleached bones / Red clay brought forth"(*S* 104), 사막에 물이 흐르듯 변화가 올 수 있다고 노래한다. 린트라의 불길은 이사야서 35장에서 말하듯, "사자가 없는" 새로운 예루살렘을 여는 혁명의 불길이다. 여기서 린트라의 분노는 인간을 억압하는 "사자와 늑대가 사라지게 되는"(the lion & wolf shall cease)(*S* 124) 예루살렘이 도래하기를 희망하는 시인의 절규임이 재확인된다.

블레이크가 꿈꾸는 "새로운 하늘"(a new Heaven)(*S* 104)은 예언자의 분노로 변화된 새로운 땅이다. 새로운 하늘아래에서는 "제국이 더 이상 존재하지 않으며"(Empire in no more)(*S* 124), 다른 사람과 공감하여 "삶을 알고 바라보지만 결코 살아있지 못한"(knowing / And seeing life, yet living not)(*S* 649) 억압된 상태로 살아가지 않는 곳이다. 왜냐하면 린트라의 불길이 억압된 공기를 태워 날려버리기 때문이다. 프레이저가 『황금가지』(*The Golden Bough*)에서 정화설을 이야기하고 있듯이, 린트라의 불은 "모든 해로운 힘을 불태워서 파괴하고 정화하기 위하여 불과 연기, 재를 동원하고 있는 것"(프레이저 943)이다. 또한 그 불길은 위의 이사야서의 사막을 못으로 변화시키는 장면과 연유하여 볼 때, 새로운 땅에 대한 갈망을 비추어준다.

블레이크가 최후의 심판에서 묘사한 지옥은 타오르는 호수이다. 인간 개인이 아니라 오류가 내던져져서 소멸되고 있는 호수이다(Damon 180). 불은 선과 악이라는 두 가지 상반된 가치부여를 분명하게 수용할 수 있는 유일한 현상이다. 불은 낙원에서도 빛나고 지옥에서도 타오른다. 불못과 유황이 허위와 잔인함이 있는 죽음과 지옥을 받아들이고, 그것을 파괴한다. 그것이 로스의 연못이다. 오래된 죄를 깨끗하게 하는 계시록은 오크의 불꽃이든지 혹은 한 밤의 숲속에서 빛나는 호랑이의 눈빛이든지 간에, 불의 이미지에서 정화의 이미지를 대변한다. 『천국과 지옥의 결혼』의 「자유의 노래」("A Song of Liberty")에서 새로 태어난 불은 오크이다. 서쪽 바다에서 나타난 오크는 질투심에 찬 유리즌을 공격하고 추격하여 새로운 혁명의 시대를 예고한다.

8. 지금은 대서양으로 막힌 저 무한한 빛의 산맥위에서
   새로 태어난 불은 별의 왕 앞에 우뚝 섰다!
9. 차가운 회색의 이마와 천둥치는 얼굴로 깃발을 달고
   질투심에 찬 날개들은 심연 위를 파드득 거린다.
13. 불붙는 팔다리, 불타는 머리칼은 서쪽 바다로 지는 태양처럼
   맹렬히 내달았다.

8. On those infinite mountains of light, now barred out
   by the Atlantic sea, the new0born fire stood before the starry king
9. Flagged with grey-browed snows and thunderous
   visages, the jealous wings waved over the deep.
13. The fiery limbs, the flaming hair shot like the
   sinking sun into the western sea. (*S* 123)

요한계시록에서 "사망과 음부도 불못에 던지우니 이것은 둘째 사망 곧 불못이라"(20:14)에서 암시되듯이, 불못과 유황은 죽음과 지옥을 받아들이는 정화의 이미지로 반복하여 강조된다.

> 또 저희를 미혹하는 마귀가 불과 유황 못에 던지우니 거기는 그 짐승과 거짓 선지자도 있어 세세토록 밤낮 괴로움을 받으리라. (계 20:10)

블레이크는 불못(the lake of fire)을 『천국과 지옥의 결혼』에서 지옥 혹은 무의식과 동일시하고 있다(Damon 232). 그 곳은 개인이 아니라 나라가 특히 모든 거짓말과 오류와 잔인함이 내던져진 곳이다. 불못에서는 가치 없는 쓰레기가 태워 없어지고, 진실한 금속이 정화되고, 새로운 창조를 위하여 빚어지고 있는 곳이다. 시인은 『밀턴』(*Milton*)에서 영원히 타오르는 불못을 노래한다.

> 갑자기 밀턴 주위로 나의 길 위에 일곱 개의 빛나는 별이
> 무섭게 타오르고 있었다. 나의 길은 고체의 불꽃이 되었고,
> 맑은 태양처럼 밝았고, 밀턴은 조용히 자신의 길 위에 내려앉았다.
>
> '깨어나시오, 엘비언, 깨어나시오, 그대의 논리적인 허깨비를 갱생시키시오!
> 그를 신성한 자비로 진압하시오; 그를 로스의 연못에 내던지시오,
> 영원토록 불에 타오르고 있는 불못으로.
>
> Suddenly around Milton on my path the Starry Seven
> Burned terrible! My path became a Solid fire, as bright
> As the clear Sun, & Milton Silent came down on my path
>
> 'Awake, Albion, awake! reclaim thy reasoning Spectre! Subdue
> Him to the Divine Mercy; cast him down into the lake
> Of Los, that ever burneth with fire, ever & ever. (*S* 563)

블레이크 연구는 시인의 성경적 전통에 집착과 한편으로 낭만주의 비평이론 연구와의 교차점에서 새롭게 만나게 된다(Prickett 117). 시인은 성경의 변화의 힘으로서의 에너지(energy)를 빌려오고 있는데, 여기서 에너지는 정체된 상태가 아니라 변화를 추구하는 힘이다. 블레이크의 에너지가 개체의 내면적인 변화를 상기시킨다는 점에서, 개체의 개성을 소중히 한 낭만주의적 개념으로 읽을 수 있다. 시인은 『밀턴』(*Milton*)에서도 정체된 상태를 벗고 새롭게 정화된 눈으로 거듭나야 한다고 노래한다. "부정은 대립을 구제하기 위하여 소멸되어야 한다"(The negation must be destroyed to redeem the contraries)(*S* 567)에서, 부정은 인간의 마음속에 있는 이성적인 힘(reasonal force)을 의미하며, 활기찬 에너지를 강조하여 새로운 시대의 전조를 알리기 위하여 시인은 엘리야를 상기

시키는 린트라를 내세우고 있다.

블레이크는 『천국과 지옥의 결혼』에서 이성과 에너지에 대한 반론을 되풀이하여, "선함은 이성에 복종하는 소극적인 존재이며 / 악함은 에너지로부터 나오는 적극적인 것이다"(Good is passive that obeys reason: / Evil is the active springing from energy)(*S* 105)라고 주장한바 있다. 이제 시인은 악마의 목소리로 에너지의 원초적인 힘을 독자에게 일깨우고 있는 것이다. 사실 18세기 후반 영국에서는 "에너지"라는 용어가 주로 "관습"에 대립하는 의미로 널리 유행하였다. 당시 런던에서는 계몽주의적 이성(reason)이 지배적인 가치체계였다. 합리주의라는 원칙하에, 지배자와 종속자가 따로 존재하는 그리하여 굴뚝 청소부, 아프리카인, 오크(Orc) 등 모두가 "마음으로 벼린 사슬"(The mind-forged manacles)(*S* 214)에 구속된 존재들이라는 현실을 인식하면서, 억압된 공기를 뒤흔들고 분노의 불길을 날려 새롭게 정화해보고자 한다. 시인은 끊임없이 반론을 제기하여, 무지한 독자로 하여금 관습적인 가치관을 검토하게 하고, 이성(reason)이 아닌 에너지를 삶의 원동력으로 파악한다. 당대의 지배적인 담론인 이성의 힘에서부터 벗어나 에너지로 기쁨을 구하고자 하는 시인의 절규는 "에너지는 영원한 기쁨이다"(Energy is the eternal delight)(*S* 106)로 노래하게 된다. 여기서 주목할 점은, 사회를 변화시키기 위해서는 사회제도가 아니라 분노의 불길을 날리는 린트라처럼 개인의 내면적인 의식의 변화에 있다고 시인이 주장하고 있는 것이다. 블레이크의 에너지는 선도 악도 아닌 모든 윤리적 범주를 초월하며, 스스로 성장하는 힘이다. 시인이 노래한 에너지는 억압된 공기로부터 자유를 추구하는 원천적인 힘이며, "사자의 분노는 하느님의 지혜이다"(The wrath of the lion is the wisdom of God)(*S* 109)라고 말하고 있듯이, 린트라의 분노는 창조주로부터 부여받은 원천적인 에너지인 것이다.

『천국과 지옥의 결혼』의 마지막 인상적인 상상(memorable fancy)에서, 블레이크는 불꽃 속의 악마가 구름위의 천사로 변화되도록 그려 넣고 있다. 여기서 천사는 불꽃을 껴안고 있으며, 마치 '천사가 엘리야로서 나타난다'고 여겨진다. 이 천사와 악마의 결합은 『천국과 지옥의 결혼』의 속표지에서 삽화로도 묘사되고 있는데, 그들은 땅의 표면 아래, 다시 말하면 인간의 마음속에 자리잡고 있는 것을 묘사한다.

> 그 때 나는 불꽃 속에 있는 악마를 보았다, 구름 위에
> 앉아있는 천사 앞에서 날아오르는 악마, 그 악마가 다음과 같이 말했다;
> '하나님을 공경함은 다른 사람 속에서 자신의 재능을 발휘하는 것이다.
> 제각기 자신의 소질에 따라 알맞은 재능을, 위대한 사람을 가장 사랑하면서.
> 위대한 사람을 시기하거나 비방하는 사람은 하나님을 증오하는 것이다.
> 왜냐하면 다른 신은 존재하기 않기 때문에.'

> Once I saw a devil in a flame of fire, who arose before
> an angel that sat on a cloud; and the devil uttered these words:
> 'The worship of God is honouring his gifts in other men,
> each according to his genius, and loving the greatest men
> best. Those who envy or calumniate great men hate God,
> for there is no other God.' (*S* 120)

블레이크는 선과 악에 대한 모든 자의적인 규범을 포기하고 인간의 심리구조를 악마의 목소리로 재평가한다. 악이라 불리는 '에너지'는 무의식의 지옥에서부터 나오고 선이라는 '이성'(reason)에 의해 제한된다. 이성은 초자아의 산물인 천국이다. 시인에게 지옥의 불은 시적 영감의 불꽃이다. 따라서 시인은 「자유의 노래」("A Song of Liberty")에서 오크를 동쪽 구름에서 나타나도록 등장시킨다. 이 불꽃은 인간을 억압으로부터 구제하는 도구가 될 수 있다고 암시한다.

> 19. 거기에서는 아침이 황금의 젖가슴을 깃털로 장식할 때,
> 불의 아들이 동녘 구름 속에서,
> 20. 저주로 씌어진 구름들을 걷어차고, 매정한 율법을 짓밟아 먼지로
> 만들며, 밤의 토굴로부터 영원의 말들을 해방시키면서 외친다.
> 제국은 사라졌다! 사자와 늑대도 사라질 것이다.

> 19. Where the son of fire in his eastern cloud, while the
> morning plumes her golden breast,
> 20. Spurning the clouds written with curses, stamps the
> stony law to dust, loosing the eternal horses from the dens of night, crying:
> Empire is no more! And now the lion & wolf shall cease. (*S* 123-24)

불에 의해 모든 것이 변한다. 모든 것이 변하기를 바랄 때 사람들은 불을 부른다. 이처럼 블레이크도 지옥의 격언에서 불을 통하여 인간의 삶의 방식이 변하고 새롭게 되기를 갈망하였다. 시인이 살았던 당시의 시대적 담론은 주로 이성이 지배하는 경향이 있었지만, 블레이크는 이에 저항하였다. 시인은 이성의 힘을 재고해보고 그 한계성을 지적하여 인식의 범위를 무한히 넓히고자 시도한다. 지옥에서 타오르는 불은 새로운 영감의 원천이 된다. 그러나 많은 사람들은 관습적인 의미에서의 지옥을 믿고 있다. 블레이크는 심리적으로 진리를 파악하는데, "믿을 수 있는 것은 다 진리의 한 모습이다"(Everything possible to be believed is an image of truth)(*S* 109)라고 노래한다.

『유럽』(*Europe*)에서도 린트라의 분노는 어두운 숲 속에서 타오르고 있다.

> 일어나라, 가장 나이든 린트라여: 오크를 제외하고는 으뜸가는
> 존재이다. 사자 린트라는 어두운 숲 속에서 분노를 뿜어낸다.
> . . . .
> 일어나라, 나의 아들이여, 너의 모든 형제들을 데려오라, 오 그대, 불의 왕이여,
> 태양의 왕자여, 나는 그대를 여름날 무수히 많은 별만큼이나
> 무수한 종족으로 바라본다.
> 오 린트라, 분노의 왕이여, 제각기 격노하여 자신의 황금빛 갈기를 흩날리고,
> 그대의 두 눈은 활력으로 인하여 즐거워한다.
>
> Arise, O Rintrah, eldest born, second to none but Orc.
> O lion Rintrah, raise thy fury from thy forests black;
> . . . .
> Arise, my son, bring thy all thy brethren, O thou king of fire.
> Prince of the sun, I see thee with thy innumerable race
> Thick as the summer stars,
> But each ramping his golden mane shakes,
> And thine eyes rejoice because of the strength, O Rintrah, furious king! (*S* 231)

린트라는 불의 왕이고, 태양의 아들로서, 팔라마브런(Palamabron)과 협력하며, 억압에 분노하고, 희생자를 동정한다. 시인은 『밀턴』에서 자신의 육신의 후원자인 동시에 영혼의 악마였던 헤일리(Hayley)와의 관계를 묘사하며 분노하는

자신의 고뇌를 보여준다.

> 린트라는 분노하며, 팔라마브런은 온유하고 동정적이며,
> 테오설먼은 근심으로 가득 차있고, 브라미언은 과학을 사랑한다.

> Still Rintrah fierce, and Palamabron mild & piteous,
> Theotormon filld with care, Bromion loving Science. (*S* 528)

블레이크 시학에서 팔라마브런(Palamabron)은 린트라와 짝을 짓고 있는데, 이는 린트라의 분노가 억압받는 자에 대한 팔라마브런의 동정과 결합되기 때문이다. 『티리엘』(*Tiriel*)에서도 맹인 독재자 티리엘은 천둥 불에게 반항하는 아들을 처벌해주기를 요청한다.

> 그는 멈추었다: 무거운 구름이 높은 탑 주위를 돌며 섞인다.
> 아버지의 저주에 큰 소리를 내지르며.
> 땅은 떨면서, 불은 입을 크게 벌린 틈새로부터 분출한다,
> 흔들림이 멈추고, 안개가 저주받은 지역에 퍼져나갈 때,
> 외침소리가 티리엘의 궁궐에서 크게 들렸다.

> He ceased: the heavy clouds confused rolled round the lofty towers,
> Discharging their enormous voices at the father's curse.
> The earth trembled, fires belched from the yawning clefts,
> And when the shaking ceased a fog possessed the accursed clime.
> The cry was great in Tiriel's palace; (*S* 87)

위의 시에서 불의 이미지는 린트라와 그의 분노하는 혁명정신을 상징한다. 티리엘의 아들에게 품은 분노는 지구를 떨게 만들고, 거대한 틈새로부터 불길을 뿜어내는데, 이 장면은 『천국과 지옥의 결혼』의 삽화에서 화산의 불로 반영되었다. 프랑스에서는 이미 소수 지배계급 사이에서 일어난 정치적인 갈등으로 말미암아, 결국 사회 전체의 간극으로부터 더 큰 화염이 발발하였다. 1788년 루이 16세에 저항한 귀족들이 혁명을 선포하였고, 대중들의 소요를 불러일으키는 실마리가 되었다. 1789년 정치적 소용돌이는 더 커지면서, 부유한 특권층과 왕

과의 분쟁이 아니라, 오히려 제3계급과 기득권자와의 결투로 번지게 된다. 정치적, 경제적 위기감이 깊어지면서, '무거운 구름'아래 억압받고 있는 사람들의 목소리가 울려나오기 시작했고, 외부의 소용돌이에 힘입어, 마침내 혁명적인 시민계급(제3계급)이 의회에 도전장을 내던지게 된다. 린트라의 분노가 변화를 기대하듯이, 대중은 동요하고 마침내 바스티유 감옥이 점령당한다. 적극적인 저항이 선함이라는 정직한 악마의 목소리를 견지한다면, 블레이크는 제3계급에 대한 적극적인 저항을 환영한 것이고, 토리당이 정치적 개혁을 위해 적극적으로 저항하는 것과 피트가 1793년 프랑스 공화정에 저항하는 것을 환영한 급진주의자인 것이다.

블레이크 시에서 종교적 위기는 자신이 살고 있었던 시대의 반영이다(Ryan 151). 시인은 교회와 관습이 미리 정해놓은 교리에 따르는 것도 하나의 억압이므로, 개인의 상상력에 따라 행동하는 것을 온전한 삶의 원천이라고 보았다. 시인에게 제도화된 교회는, 사회적 규범이 되어 사람들을 구속하고 억압하기 때문에, 거짓된 권위이며, 분노의 원천이 된다. 시인은 무겁게 억압하는 현실의 공기 속에서 린트라의 불길을 날리며 저항하는 것이다. 시인은 억압받는 자를 독재자의 손에 수동적으로 묵인하며 내맡겨두는 보수주의를 비난한다. 아울러 그는 억압을 묵인하는 종교는 나뉜 두 계급을 "화해하기 위한 시도"(an endeavour to reconcile the two)(*S* 116)의 제스처일 뿐, 여전히 억압하고 억압받는 "두 계급"이 땅에 존재하고 있음에 비판을 가한다. 그리고 새로운 교회가 생겨나고 영원한 지옥이 부흥할 때야 변화가 올 수 있다고 주장한다.

『로스의 노래』(*The Song of Los*)에서도 린트라의 분노와 율법의 제정자 유리즌(Urizen)이 등장한다. 아담과 노아는 순수한 인류의 상징이다. 이성(reason)의 신인 유리즌이 등장하여 도덕적인 법을 선포하고 행위의 규율을 선포하자, 인류는 타락하게 된다. 황금시대는 이제 중단된 것이다.

> 아담은 에덴동산에 서 있고:
> 노아는 아라라 산 위에 서 있다.
> 그들은 유리즌이 온 나라에 법을 선포하고 있음을 보았다
> 로스의 아이들의 손을 거쳐서.

린트라가 추상의 철학을 동쪽의 브라마에게 내주었을 때. 아담은 경악했고,
노아는 야위어 갔고, 검은 구름이 아프리카의 태양을 덮었다,

Adam stood in the garden of Eden
And Noah on the mountains of Ararat;
They saw Urizen give his laws to the nations
By the hands of the children of Los.
Adam shudderd; Noah faded. Black grew the sunny African,
When Rintrah gave Abstract philosophy to Brahma in the east. (*S* 242)

시인의 사명을 의식하는 로스(Los)에게 세상이란 대상의 세계가 아니다. 이 세계는 "언어와 작업과 희망의 세계"(Word, work, & wish)(*S* 657)이다. 예언 시에서 시인의 정신을 가장 많이 반영해주는 인물은 로스이다. 블레이크는 『예루살렘』에서 변화하는 현상에 영원성을 부여하는 것을 로스와 같은 시인의 의무로 그려낸다. 시인은 "천재의 즐거움에 기뻐하면서" 유리즌이란 정체된 세계에 저항하고 영원성을 존재의 방식으로 추구한다. 그러나 영원성은 정체된 세계가 아니라, 계속 소멸되고, 생겨나며, 작업을 통하여 영향을 미치는 지속적인 변형세계이다.

불을 지피고 불길을 타오르게 하는 인간존재는 시적인 프로테우스의 이미지를 연상시켜주고, 인간의 본성을 더 높여주는 정신적 행위를 보여준다. 따라서 인간 정신의 삶을 더욱 견고하게 하고 활기차게 해주는 정신적 행위는 불을 훔쳐온 프로메테우스의 영감아래 놓일 수 있을 것이다. 블레이크는 장인출신으로서 대장간에서 손수 인쇄를 하는 로스의 작업을 통해 자신의 존재를 드러내려고 시도한다. 산업화의 물결과 물질적 부가 팽배하던 런던에서 블레이크는 가난한 무명의 시인으로 동판화를 찍어내고 시집제작에 몰두하였다. 시와 삽화를 손수 그려 넣는 가난한 그에게 "영국은 로스의 대장간이었으며"(Britain is Los's forge)(*S* 753), 이 대장간이 바로 상상력을 발휘하여 창조적 노동을 할 수 있는 공간이었던 것이다. 로스는 『예루살렘』에서 용광로 앞에 서서, "대립되는 것을 모루위에 올려놓고 쉬지 않고 망치질을 하고 있다"(Los fixes them on his anvil, incessant his blows)(*S* 752). 산업화의 시대에 홀로 동판화를 고집하고 시

를 쓰는 행위는 신성한 사명이며, 그 자신이 살고 있는 이성 중심의 세계를 벗어나고자 하는 "창조적인 생산자"의 작업이다. 수동적인 탐식가인 유리즌이 지배하는 세계는 죽음의 질서가 지배하는 세계로써, 주종관계가 형성되고 무기력한 피지배자들이 존재하게 된다. 유리즌의 아이들은 자발적인 생성의 세계를 인식할 수 없었지만, 이제 마치 한밤의 숲을 지키는 "타오르는 호랑이의 눈빛"이 되어 밤새도록 유리즌의 세계를 바라보는 로스는, "창조적인 생산자"로서 유리즌의 혼돈된 질서를 모루위에서 부수어 내고 있는 것이다.

"천재의 즐거움"(*S* 107)에 기뻐하는 시인은 불을 주는 자이며, 동시에 점토로 형상을 만드는 제작자이다. 다시 말하면, 위대한 시인은 불의 창조자와 형태의 창조자라는 창조자의 이중적 행위를 되찾는다. 시인과 불의 이미지에서 우리 독자는 최초의 존재들에게 생기를 불어넣어준 원초적인 불을 보고 있는 것이다. 이렇게 형태를 갖춘 것은 힘을 가지게 된다. 빚어진 점토는 스스로 제작자의 재능을 완성하려는 듯 조금 먼저 뒤틀린다. 삶은 불길이며, 불길은 삶이다. 『불의 정신분석』에서 불은 우리의 내부에 있으면서도 바깥에 있고, 보이지 않으면서도 환히 빛나고, 정신이면서도 연기가 된다. 『예루살렘』에서 용광로 앞에서 모루로 작업을 하고 있는 로스는 상상하고 꿈꾸며 생산해내고 있다. 한숨과 눈물로 "정신적인 칼"을 두드려내고 있는 것이다.

> 나는 무서워하며 바라본다, 한숨짓고 눈물로 신음하면서.
> 나는 이 모든 것을 용광로 속에 넣고서, 정신적인 칼을 제작해본다
> 인간의 숨겨진 마음을 열어주는 칼, 나는 붉고 강렬한 슬픔의 고통을
> 끌어내어, 단단한 모루위에 올려놓고서 작업을 한다.
>
> I saw terrified; I took the sighs & tears, & bitter groans;
> I lifted them into my furnaces to form the spiritual sword
> That lays open the hidden heart; I drew forth the pang
> Of sorrow red-hot; I worked it on my resolute anvil. (*S* 647)

용광로 앞에서 꿈꾸는 로스는 생성의 인간이다. 용광로를 통하여 보여주는 로스와 불의 이미지는 시인의 창조적인 활동을 보여준다. 로스는 용광로 앞에

서 붉고 뜨거운 쇠를 끊임없이 두드려대고 있는데, 이는 시인이 고통을 극복하고 정신적인 작업으로 승화하고자 하는 의지를 보여준 것이다. 자신의 작업장에서 일하는 로스는, 당대의 장인으로서 블레이크가 현실을 인식하는 하나의 장치이며, 또한 철을 가열하여 형상을 빚어내는 용광로는 상상력을 이루어내기 위한 하나의 기본 물질이다. 로스는 고통, 한숨, 눈물, 신음소리와 같은 인간존재의 전체를 모두 용광로 속에 넣고서, 정신적인 칼을 만들어내고자 한다. 시인은 "열정과 삶은 멈출 수 없는 것인 즉, 일어나라, 허깨비여, 일어나시오"(That enthusiasm & life may not cease, Arise, spectre, arise!)(*S* 647)라고 노래한다. 이는 용광로 앞에서 쉬지 않고 작업을 하는 로스가 지속적인 변화의 과정 속에서 삶의 온전한 의미를 탐색하고자 하는 희망을 보여준다. 로스의 "깨어나시오"라는 외침은 이성과 상상력이 통합된 온전한 삶에 대한 블레이크의 소망으로 읽을 수 있다.

대장장이로서 뜨거운 화염이 솟아오르는 용광로 앞에서 집게로 들고, 철을 가열하여, 망치로 형상을 빚어내는 로스의 노동은, 자기실현을 위한 작업이다. 로스는 노동의 형태를 긍정적인 효과로 옹호하면서, 대장간에서 쉬지 않고 작업하며, 노동을 변화된 형태로 회복시키고자 한다. 로스에게 휴식의 끝은 노동이고, 영원함은 쉬는 것이 아니다. 용광로 앞에 있는 로스에게, 집중으로 통합된 순간이 다가오는데, 그 순간은 창조적 노동으로 끊임없이 준비하는 세계에 도달하는 것이다. 로스가 작업하는 용광로가 부여하는 불의 이미지는 로스의 창조적인 노동을 비추어준다. 로스는 용광로에서 세상의 예술을 창조하고, 세상에 형상을 부여하고, 망치를 들고서 영원한 상상의 이미지를 만들면서 노동하고 있다. 블레이크는 새로운 형태의 예술 창조만이 사람들로 하여금 새로운 인식을 가져다줄 수 있다고 믿었다. 따라서 블레이크가 생각한 시인의 임무는 유리즌의 제한된 인식의 영역을 벗어나 상상의 세계를 일깨워주는 창조적인 작업이었던 것이다. 따라서 시인은 수작업으로 직접 동판화를 제작하여, 일상의 삶의 방식에 익숙한 사람들에게 새로운 감수성을 불어넣고자 시도한다. 시인의 작업은 동판화의 표면을 녹여 그 안에 가려져 있는 무한함을 드러내는 일이었다. 여기서 용광로와 불의 이미지는 적극적인 생산자로서의 로스의 작업을 투영해준다.

III. 불, 새로운 영감의 원천

불은 위로 향하며, 모든 것을 변화시킨다. 블레이크도 역시 지옥의 격언에서 불을 통하여 인간의 삶의 방식이 변화되기를 갈망하고 있다. 불은 온화한 열기이며, 주변을 밝히는 빛이기도 하다. 불은 수호신이자 무서운 공포의 신이요, 선한 신이자, 악한 신이다. 불은 스스로에게 모순될 수 있다. 린트라의 분노는 세상을 변화하고자 하는 예언자 엘리야의 분노이다. 블레이크는 불못(the lake of fire)을 지옥 혹은 무의식과 동일시하고 있다. 불못은 가치 없는 쓰레기가 태워 없어지고, 진실한 금속이 정화되고, 새로운 창조를 위하여 빚어지는 곳이다.

시인이 상상한 지옥에서 타오르는 불은 새로운 영감의 원천이 되고 있다. 불과 마찬가지로 인간 존재는 '어떤 상태'에 머물러 있는 것이 아니라 긴장의 다양함 속에서 항상 생동하고 변화되어, 존재 자체가 불처럼 용솟음친다. 블레이크의 예언 시에서 불의 이미지는 에너지로 충만한 삶을 향유하고, 새로운 창조를 위하여 옛 것을 태우고, 끊임없이 상승을 꿈꾸는 존재에 대한 갈망을 보여준다. 이처럼 블레이크의 시에서 불의 이미지는 역동적인 작용으로 시적 가치들의 총체를 이루어내어, 정화, 빛, 열, 탄생, 죽음 등과 같은 정서적 교감을 반영주고 있다.

블레이크의 예언시 『천국과 지옥의 결혼』에서도 불은 무의식의 힘, 혹은 영감의 원천과 동일시되고 있다. 『밀턴』의 불은 자아중심을 태우는 전화하는 이미지로써 인상적인 반면, 『예루살렘』에서 용광로 앞에 앉은 로스의 제작행위를 통하여 반영된 불의 이미지는 창조의 행위를 강조하고 있다. 불은 시적 상상력으로 존재의 힘이며, 영감의 원천이다. 따라서 불의 이미지는 블레이크의 시학의 주요 개념인 에너지(energy)와 유리즌에 대한 저항정신, 급진주의적인 시인의 열정과 분노, 로스의 작업장인 용광로와 창조적인 행위를 하나로 이어주는 연결고리가 될 수 있다. 바로 이 점에서 '불의 이미지 읽기'가 블레이크의 예언시에 바로 다가설 수 있는 구체적인 접근법이 되는 것이다.

인용문헌

바슐라르, 가스통. 『촛불의 미학』. 이가림 옮김. 서울: 문예출판, 2001. Print.

______. 『불의 정신분석』. 김병욱 옮김. 서울: 이학사, 2007. Print.

프레이저, J. G. 『황금가지』. 신상웅 옮김. 서울: 동서문화사, 2007. Print.

Blake, William. *Blake: The Complete Poems*. Ed. W. H. Stevenson. New York: Longman, 1989. Print. (*S*로 약기함)

Bloom, Harold, ed. *William Blake's* The Marriage of Heaven and Hell. New York: Chelsea, 1987. 25-35. Print.

Damon, S. Foster. *A Blake Dictionary: The Ideas and Symbols of William Blake.* Boulder: Brown UP, 1979. Print.

Erdman, David. *The Illuminated Blake.* New York: Anchor, 1974. Print.

Prickett, Stephen and Christopher Strathman. "Blake and Bible." *William Blake.* Ed. Nicholas M. Williams. London: Palgrave, 2006. 109-31. Print.

Roberts, Jonathan. *William Blake's Poetry: A Reader's Guide.* Continuum: London, 2007. Print.

Ryan, Robert. "Blake and Religion." *The Cambridge Companion to William Blake.* Ed. Morris Eaves. Cambridge: Cambridge UP, 2003. 150-68. Print.

Singer, June. *Blake, Jung, and the Collective Unconscious: The Conflict between Reason and Imagination.* Maine: Nicolas-Hays, 2000. Print.

20

워즈워스의 자연관에 내포된 종교와 과학의 형이상학적 관계

| 김희선 |

I. 들어가며

17세기부터 19세기 중엽까지 영국시인들이 '자연'(Nature)이란 단어를 사용할 때에는 단순히 외부 경치의 아름다운 형상을 찬미하는 데에 머물지 않고, 그것을 보다 넓은 우주의 어떤 법칙과 질서로 연관 짓고자 하는 갈망을 표출한다. 그들은 아름다운 자연의 형상들로부터 야기되는 미학적 즐거움을 보다 고차적인 질서와 조화의 철학적 개념으로 승화시키고자 하였다. 시인들에게 우주의 질서란 목적이 분명하고 조화로우며 인간과 피조물들을 향해 선하고 자애로운 속성을 지니는 것으로 인식되고, 이러한 우주의 질서에 관해서는 대체로 다음 두 가지 견해를 포함한다. 첫째, 자연의 사물 안에 원래부터 우주의 질서가 자체적으로 내재화되어 있다는 생각이고, 둘째, 자연 안에 설계되어 있는 우주의 질서는 계획된 신의 섭리에 따른 것으로 보는 견해이다. 그러나 이 두 견해를 엄밀히 구별하는 것은 쉽지 않고 이 둘은 서로 깊이 맞물려 있다.

영국의 17-18세기는 과학이 본격적으로 대두되고 이성중심주의 및 계몽주

---

* 본 글은 『문학과 종교』 17.3 (2012): 53-82에 「워즈워스의 자연관에 내포된 종교와 과학의 형이상학적 관계」로 게재된 것을 일부 수정한 것임.

의가 중심을 이루던 시기이다. 학자들은 자연의 여러 현상을 과학적이고 논리적으로 설명하고자 하였고, 종교에서도 신(God)을 이성적으로 파악할 수 있다는 이신론(Deism)이 지배적이었다. 이신론에서는 종교에서 기적이나 계시와 같은 신비적인 요소를 일체 배제하고 기독교의 신도 철저히 이성과 논리로 설명 가능하다고 보았으며 주로 자연 안에서 신성의 작용을 구체적으로 관찰할 수 있다고 믿었기에 일명 '자연종교'(Natural Religion)라는 이름으로 명명되기도 한다. 당시 신비주의나 초자연주의를 배제하고 자연의 개념을 이성 중심적으로 지지하는 사람들은 대개 엄격한 기독교 신앙의 소유자이기 보다는 자유사상가들이었다. 영국낭만주의 시인들 중 대표적인 자연시인(Poet of Nature)으로 일컬어지는 윌리엄 워즈워스(William Wordsworth)는 범신론(Pantheism)적 경향이 강한 시인으로 유명하다. 이신론과 범신론은 엄밀히 차이가 많지만, 이들의 공감대가 초자연적 종교(supernatural religion)보다 자연신학(natural theology)을 향해 더 쏠려있고, 신을 우주에 표현된 하나의 신성한 '원리'(Principle)로 파악하는 경향이 있다는 점에서 공통점이 있다(Beach 4). 물론 낭만주의 시인들 가운데에는 코울리지(Samuel T. Coleridge)처럼 독실한 기독교 신앙을 바탕으로 초자연주의를 지향하는 시인도 있고, 드물게는 셸리(P. B. Shelley)와 같은 무신론자도 있다. 셸리는 자연의 개념에서 어떤 교리적인 신학적 종교의 요소를 배제하려고 노력하여 종교가 아닌 과학에서 유추된 자연의 개념을 더 지지하였다.[1] 물질로서의 자연을 타락한 것으로 보고 자연종교를 철저히 배격하는 블레이크(William Blake)와 같은 예외도 있지만,[2] 기독교 시인이건 범신론적 시인이건 혹은 무신론적 시인이건 간에, 그들은 18세기 전후의 자연은 대체로 '선'하다는 것에 동의하였고, 그들의 감정적인 톤은 종교 혹은 종교적인 형이상학적 추론과 맞물리는 경우가 많았다. 그 결과 종국적으로는 종교와 과학에서 추론된 요소들이 서로 충돌하기 보다는 결합되는 양상을 낳기도 하였다. 대체로 이 시대

1) 셸리가 옥스퍼드 대학시절 『무신론의 필요성』("The Necessity of Atheism")이라는 제목의 소책자를 배포하여 퇴학당한 일화는 유명하다. 셸리의 자연은 신의 영역에 속하기보다는 이상향을 구성하는 질서의 세계로서 인간의 행위에 영향을 주는 대상으로 작용한다.

2) 블레이크가 보는 자연의 의미는 두 가지로서, 타락한 세상을 구성하는 부정적 의미로서의 물질적 자연과, 회복된 상상력으로 바라보는 긍정적 의미의 자연이 있다. 블레이크와 셸리의 자연관 역시 필자의 지속적 연구주제이다.

에 종교적 시각에 입각한 자연의 개념과 과학적 시각으로 본 자연의 개념은 서로 갈등하고 반목하기보다는 형이상학적으로 하나로 융합되어, 자연은 그 행위에 있어 어떤 목적을 지향하고 우주의 전체적인 구도를 향하는 자연적 현상으로 이해되었다. 18세기 전후 이런 자연관은 일종의 종교적 대체물이 되거나, 혹은 다양한 미신적 비합리적 요소는 제거되고 정서적 힘을 보유한 기독교의 한 모습으로 인식되기도 하였다.

일반적으로 종교와 과학은 화해 불가능한 대척점의 관계에 놓여있기에 종교와 과학간의 문제는 시대를 초월하여 늘 우리의 사유의 주제가 되고 있다. 문학양식에서 '자연주의'(naturalism)란 용어는 대체로 반종교적 함의를 지닌 채 과학적 실증주의를 향해 움직이는 경향이 있다. 반면에 '자연'이라는 단어는 고대 이래 여전히 종교적인 기원의 강한 어조를 유지하고 있다. 어떤 시인을 '자연의 숭배자'(Worshiper of Nature)라고 부를 때, 그에게 종교의 감성을 부여하게 되는 것도 그 때문이다. 그렇다면 자연의 개념에는 본래부터 과학과 종교의 형이상학적 개념이 서로 공존하거나 맞물려 있다고 볼 수 있다. 낭만주의 시인인 워즈워스의 자연시에도 종교와 과학 간의 관계가 복잡하고 긴밀하게 연결되어 있다. 본 연구는 낭만주의 시대 특히 '자연의 숭배자'요, '자연시인'의 대표로 일컬어지는 워즈워스의 자연시를 중심으로 종교와 과학간의 긴밀한 형이상학적인 상호연관성을 규명해보는 것이다. 이를 위해 낭만주의가 도래하기까지 자연에 대한 여러 철학적이고 형이상학적인 사상의 배경이 워즈워스 자연관 근저에 어떤 영향을 끼쳤는지 추적해 보는 것은 필수적인 과정이 될 것이다. 워즈워스 자연관에는 원시종교인 애니미즘부터 17-18세기에 영향력 있던 플라토니즘 및 자연철학 이론에 이르기까지 다양한 형이상학적 개념이 뒷받침되어 있다. 워즈워스가 과학자나 사상가는 아니기에 그의 자연관을 일관되고 확고한 철학 및 과학적 이론의 틀로 설명하기는 불가능하다. 그는 어디까지 시인으로서 낭만적 자연시를 씀에 있어서 당대 지성인들의 많은 이론과 사고로부터 다양한 자양분을 수용하고 섭취하였다고 할 수 있다. 그러기에 그의 자연관에는 당대 그가 영향 받은 종교적이고 과학적인 개념들이 응축되어 있다. 본 연구는 이들 형이상학적 배경이 워즈워스 자연관에 어떻게 수용 적용되었는지를 살펴봄으로써 워즈워스의 자연관에 내포된 종교와 과학간의 형이상학적 관계를 규명하는 것이다.

II. 자연의 '정신' 혹은 '영혼'에 관하여

워즈워스의 자연의 개념에서 본고의 관심을 끄는 핵심적인 부분은 그가 시에서 여러 번 언급한 우주의 '정신'(spirit) 혹은 '영혼'(soul)이라 일컫는 형이상학적 개념의 정체이다. 이는 워즈워스가 사용하는 자연의 개념에는 종교적인 함의가 강하게 내포되어 있지 않은가 하는 질문과 무관하지 않다. 이에 관한 최초이자 가장 유명한 구절은 그가 1798년에 쓴 「틴턴사원」("Tintern Abbey")에서 나오는데, 이 시는 워즈워스를 "자연의 숭배자"라 일컫게 한 핵심적인 시로 평가받고 있다. 키이스(W. J. Keith)는 이 시가 자의식적인 시인의 모습이나 도덕적 설교가로서의 모습은 최대한 억제되고 최대한 자연의 숭배자의 모습에 충실하고 있다고 본다(30). 피어리(David B. Pirie)가 이 시가 전체적으로 시인자신의 개성이나 자아의 주장이 부족하다고 보는 것도 같은 맥락이다(269). 워즈워스는 이 시에서 "초원, 숲, 산 / 그리고 이 푸른 땅에서 보는 모든 것들을 / 사랑하는 자"(A lover of the meadows and the woods, / And mountains, and of all that we behold / From this green earth)인 시인에게 자연은 얼마나 큰 즐거움과 위로와 "평정의 회복"(tranquil restoration) 등의 유익함을 주는지에 대해 나열한 후, 이 모든 것의 정점으로 다음 같은 결론에 도달한다.

그리고 나는 느꼈다
고양된 사상의 환희로
내 마음 설레게 하는 한 존재를, 한층 더 깊이
침투되어 있는 어떤 존재의 숭고한 느낌을,
그 존재의 집은 저무는 태양의 빛이며,
둥근 태양과 살아있는 공기,
그리고 푸른 하늘이며 그리고 인간의 마음속에 있다.
모든 사고하는 사물들을, 모든 사고의 모든 대상들을
추진시키고, 만물을 통해 순환하는
한 운동과 정신을.

And I have felt
A presence that disturbs me with the joy
Of elevated thought; a sense sublime
Of something far more deeply interfused,
Whose dwelling is the light of setting suns,
And the round ocean and the living air,
And the blue sky, and in the mind of man;
A motion and a spirit that impels
All thinking things, all objects of all thought,
And rolls through all things. (93-102)[3]

여기서 자연 안에 내재된 "한 존재"(A presence)는 태양과 공기, 하늘과 인간의 마음에 깊이 침투되어 있는 것으로 묘사된다. 이 시에서 워즈워스는 단 한 번도 신(God)을 언급하지 않고 최고 존재에 대한 다른 어떤 암시도 주지 않는다. 워즈워스는 프랑스혁명 정신과 정치혁명가인 고드윈(William Godwin)의 개혁주의에 깊이 동조되어 있을 1793년, 자신이 세례 받았던 기독교 신앙과 영국의 국교를 버리고 그 자세를 1790년대 말까지 유지한 것으로 보아(Ryan 83-88), 여기서의 "한 존재"가 기독교의 신이 아닌 것으로 추론된다. 동료 시인 코울리지가 워즈워스를 향해 "공화주의자이며 적어도 절반의 무신론자"(republican and at least a semi-atheist)라고 비판한 것을 봐도(Griggs 206), 워즈워스가 이 시기에 기독교에 회의적이었음을 알 수 있다. 그러나 워즈워스가 비판한 것은 당시 교회조직의 과도한 위계질서에 대한 것이었으므로 엄밀히 기독교 신에 대한 비판이었다고 단정 짓기는 힘들다. 자연 속의 그 "존재"는 분명 종교적인 함의를 지니면서 "모든 사고의 대상들을 / 추진시키고 만물을 통해 순환하는 / 한 운동과 영혼"과 동일시된다. 워즈워스는 한 편지에서 "나는 (신이라는) 보다 무서운 이름의 빈번한 사용을 피하기 위해, 그리고 보다 보편적인 섭리의 모성적 의미에 몰두하고자 '자연'이라는 단어를 사용한다"고 밝힌 바 있는데(*Letters* 104), 이는 그가 당시 신에 대한 언급을 최대한 자제하고 대신 자연이라는 개념에 몰두하게 됨을 보여준다. 맥간(Jerome McGann)도 「틴턴사원」에 대해 "시인

3) 『서곡』(*The Prelude*)을 제외한 워즈워스의 시 인용은 모두 *The Poetical Works of Wordsworth* 에서 하고 시행만을 기입하기로 한다.

은 교회에서 성찬을 드리는 자라기보다는 자연의 숭배가로서 자신을 선언한다. 교회는 타락해도 마음의 사원은 쇠하지 않았다"라고 평한 바 있다(87). 워즈워스의 이런 자연관은 그가 1790년대에 관계한 프랑스 유물론주의자들과 영국 비국교도들의 영향이라고 보기도 하는데(Piper 73), 이처럼 「틴턴사원」을 쓸 무렵에 시인은 기독교적인 신앙의 자세에서 거리를 두면서 자연 자체에 몰입했다고 볼 수 있다.

워즈워스가 당시 기독교에서 거리를 두었다고 할지라도 그의 자연시는 철저히 중립성을 띄기 어렵고 어떤 형이상학적 이상주의와 종교의 개념으로부터 완전히 자유롭기 힘들다. 이상주의적 전통을 이어받은 시인들이라면 우주의 활동원리를 표현하기 위해서는 어떤 영적 존재의 의미가 내포되어 있는 "정신"과 "영혼"이란 단어를 쓰지 않을 수 없을 것이다. 흔히 자연을 의인화할 때 단순히 자연에 영혼을 부여하는 경우가 많지만 워즈워스는 어떤 정밀한 철학적 언어로 그것을 표현하려고 노력하였다. 그에게 자연은 분명 "영혼이 있는"(animated) "능동적인"(active) 존재이다. 워즈워스의 이런 자연관에는 원시신앙인 애니미즘(animism)이 일부 반영되어 있다.[4] 애니미즘 신앙에 의하면 모든 생물, 사물, 현상에 인정되는 영혼 군을 일괄해서 영적존재로 본다.[5] 워즈워스가 「늙은 컴벌랜드 거지」("The Old Cumberland Beggar")에서 "아무리 미천한 피조물"(the meanest of created things)이라도 거기에는 "모든 존재양식과 서로 긴밀히 연결된 / 한 생명과 영혼"(A life and soul, to every mode of being / Inseparably linked.)(78-79)이 깃들어 있다고 말한다. 생물이건 무생물이건 모든 자연의 사

---

4) 애니미즘은 자연계의 모든 생물은 물론 무생물에 조차 생명이 있는 것으로 보고 그것의 정령, 특히 영혼 관념을 인정하는 사상으로 정령신앙이라고도 한다. 애니미즘은 물신숭배(物神崇拜) 또는 만유정령설(萬有精靈說)이라고도 번역되는데, 영혼을 의미하는 라틴어인 "아니마"(anima)에서 유래한 말이다.

5) 애니미즘을 규정함으로써 종교문화의 기원과 본질에 대해서 논한 영국의 인류학자 타일러(Edward B. Tylor)에 의하면, 죽음, 병, 황홀, 환상, 특히 꿈에서의 경험을 반성한 미개사회의 지적인 인간은 신체로부터 자유롭게 이탈할 수 있는 비물질적이며 인격적인 실체, 즉 영혼의 존재를 확신하기에 이르렀다. 인간은 이 영혼의 관념을 유추적으로 자기 주위의 동식물이나 자연물에도 미치게 되어, 여기에 여러 가지 영적존재의 관념과 그들에 대한 신앙이 성립했다. 원래 애니미즘은 자연과 인간 존재 사이의 분리가 명확히 자각되지 않은 단계의 종교의식으로 그것은 조상숭배나 샤머니즘과도 결합하기도 한다("Animism").

물에는, 심지어 돌, 물, 공기 등에도 본질적으로 자연발생적으로 움직이는 활동의 원천이 내재되어 있다고 본 것이다. 앞서 인용된 「틴턴사원」에서 워즈워스가 태양과 공기, 바다와 인간의 마음 모두 스며든 한 영혼에 대해 언급한 것은 이런 애니미즘적 특성의 일면을 보여준다. 즉 의식적인 정신을 소유했건 아니건 간에 모든 자연의 존재들은 어느 정도 정신 혹은 생명의 본질을 소유했다고 보는데 이점에서 그들은 모두 워즈워스가 표현한대로 "사고하는 사물"(thinking things)(101)인 것이다. 워즈워스의 자연시를 포함한 대개의 낭만적 자연시에는 이러한 애니미즘 사상이 기본적으로 내재되어 있다.

17세기 말부터 과학과 이성적 사고가 보다 강조되기 시작하면서 애니미즘 사상은 물활론(hylozoism, 物活論) 사상으로 대체되어 나타난다.6) 애니미즘이 원시종교적인 차원에서 모든 자연 만물에는 정령이 깃들어 있다고 보는 것이라면, 물활론은 종교적인 개념이 배제되어 출현한 과학이론으로서, 물질이 본질적으로 활력, 생명력, 또는 운동력을 근원적으로 가진다고 보는 세계관의 하나이다. 이는 물질 그 자체에 생명과 활력이 있다고 보는 견해로서, 물질은 죽은 것이고, 외부로부터 힘이 주어지지 않으면 움직이지 않는다는 기계론적 견해에 대립하는 것이다.7) 「틴턴사원」에서 워즈워스는 특별히 신학적인 의미를 배제하면서 "모든 생각하는 사물들을 추진시키는 한 운동과 정신"에 대해 언급하였다. 이때 "운동"(motion)이라는 단어는 자연의 역동적이고 자력적인 성격인 물활론적인 속성을 드러내는 표현이라고 할 수 있다. 1790년대 자연시 「틴턴사원」을 쓸 무렵 워즈워스가 신을 언급하지 않은 채 과학적으로 자연의 원리를 밝히려고 하였다는 점에서 무신론자인 셸리와 어느 정도 유사하다고 보는 시각은 이러한 물활론적 관점을 반영한 것이다.

그렇다면 자연의 만물에 깊이 스며든 그 "존재"란 과연 무엇이고 그들에 작

---

6) 영어의 "hylozoism"은 17세기말 커드워스(Ralph Cudworth)가 그리스어의 "hylē"(소재 · 물질)과 "zōē"(생명)라는 단어를 조합하여 만든 단어이다.

7) 고대 그리스 이오니아의 자연학도 물활론의 입장에 서 있다. 예를 들면, 물질의 근본인 물은 스스로 운동하며, 공기로 되고, 흙으로 된다는 것이다. 이것은 운동을 물질의 영원한 존재방식, 속성이라고 주장하는 물질론적 자연관의 최초의 직관적 표현이라 할 수 있다. 물활론은 후에 르네상스의 자연철학자들에게서 다시 나타난다. 물활론에 대해서는 위키피디아 참조(http://en.wikipedia.org/wiki/Hylozoism).

용하는 "운동과 영혼"은 자연에서 구체적으로 어떤 일을 하는가에 대한 질문이 생긴다. 우주의 "정신"과 "영혼"에 관하여는 워즈워스가 「틴턴사원」과 비슷한 시기에 1799년 독일에서 썼던 시, 「어린 시절과 청년기에 상상력을 부르고 강화시킴에 있어 자연사물이 끼치는 영향」("Influence of Natural Objects in Calling Forth and Strengthening the Imagination in Boyhood and Early Youth")의 첫 부분에도 언급되어 있다. 이는 향후 시인의 자서전적 시, 『서곡』(*The Prelude*) 1권에 그대로 포함된다.

> 우주의 지혜와 정신!
> 사고의 영원함이며
> 형체와 형상에 호흡과
> 영존하는 운동을 전해주는 그대, 영혼이여!
>
> Wisdom and spirit of the universe!
> Thou soul that art the eternity of thought
> And giv'st to forms and images a breath
> And everlasting motion. (*The Prelude: 1805* 1.401-04)[8)]

여기서 언급된 "우주의 지혜와 정신"은 「틴턴사원」에서 제시한 자연의 "한 존재"와 유사하고, "형체와 형상"에 가해지는 "영존하는 운동"은 「틴턴사원」에서 언급한 "모든 사고하는 사물들을, 모든 사고의 모든 대상들을 / 추진시키고, 만물을 통해 순환하는 / 한 운동과 정신"(100-02)을 떠올리게 한다. 로우(Nicholas Roe)는 워즈워스가 "추진시킨다"(impel)는 단어를 사용한 것이 대단히 흥미롭다고 하면서, 이 단어는 당시 생리학에서 혈관을 통해 피를 "추진시키는" 심장을 묘사할 때 흔히 사용되는 단어임을 상기시킨다(84).[9)] 로우는 워즈워스가 의도적으로 그 단어를 사용하였다고 보고 시인이 "모든 사고하는 사물들을, 모든 사고의 모든 대상들을 추진시키는 한 존재"라는 표현을 씀으로써 자연에 작용

---

8) 『서곡』의 인용은 *The Prelude: 1799, 1805, 1850*에서 하고 시행과 판본연도를 함께 기입.
9) 워즈워스의 『서정담시집』의 실험정신에 끼친 다윈(Erasmus Darwin)의 생의학적 영향에 관한 논문에서도 이처럼 워즈워스 시에서 과학적 연관성을 구체적으로 다루고 있다. 매틀락(Richard Matlak) 참조.

하는 어떤 강제적인 수행자(impulsive agency)를 암시한다고 보았다. 워즈워스는 「틴턴사원」에서 "사물의 삶 속"을 꿰뚫어 볼 때 "축복받은 분위기"로 고양되는 순간에 대해 상세히 묘사한다. 이는 워즈워스 자연시의 숭엄함(sublimity)의 주제로 자주 다루어오던 부분으로서, 외부자연과 이를 지각하는 인식의 주체인 시인 간에 밀접한 상호관계를 통해 시인은 "내적융합"(interfusion)을 경험함으로써 숭엄함이 고조되는 순간이다(Twitchell 61). 워즈워스는 이 때 일어나는 신체의 반응에 대해 구체적으로 묘사하고 있는데, 즉 "피에서 느끼고, 심장을 따라 느끼며"(Felt in the blood, and felt along the heart)(29), "우리 인간의 혈액 운동"(the motion of our human blood)(45)에서 느낌으로, 생명이 유기적으로 고동치고 휘저어지며 활기차게 움직이면서 변화됨을 경험한다고 말한다. 이는 로우의 설명대로 마치 물질론적 기계주의를 너머 작용하는 우주와 인간 간의 살아있는 영혼을 증명하려는 워즈워스의 과학자적 자세이자 해부학적 표현이라고 볼 수 있다(84). 당대 영국 18세기에 '범신론적 물질주의'(pantheistic materialism) 혹은 '생물학적 물질주의'(biological materialism) 등에 대한 연구가 등장한 것을 볼 때[10] 당시에 자연에 작용하는 과학적이고 물질적인 분석과 연구가 활발히 진행되고 있었고 워즈워스도 이런 관심에 무관하지 않았을 것으로 추론된다.

워즈워스에게 자연은 영혼이 있는 살아있는 능동적인 존재로서 우주적 영혼(universal soul)의 맥박을 증식하고 널리 전파해 준다고 본다. 이러한 워즈워스의 신념은 일관성 있게 유지되어, 『소요』(*The Excursion*) 제9권에서 자연의 영혼과 정신은 자연의 삼라만상 안에 시간을 초월하여 존재하는, 이른바 "능동적 원리"(An active Principle)로 명명되고 있다.

> 능동적 원리－이는
> 감각과 관찰로는 볼 수 없어도
> 모든 자연, 모든 만물 안에 존재하노라.
> 푸른 하늘의 별들에도, 시시각각 변화하는 구름에도
> 모든 꽃들과 나무에도, 시냇가를 수놓은

10) 이에 관한 대표적인 연구로는 쎌월(John Thelwall)의 글이 있다.

모든 조각돌에도, 움직이지 않는 돌멩이에도
흘러가는 물과 보이지 않는 공기에도
존재하는 무엇이나 소통하는 선함을 넘어
펼쳐있는 속성을 가지고 있나니
순박한 축복,
은신처, 틈새, 고독함을 전혀 모르는 정신이요,
모든 것을 통해 순환하는
전 세계의 영혼이다.

An active Principle: — howe'er removed
From sense and observation, it subsists
In all things, in all natures; in the stars
Of azure heaven, the unenduring clouds,
In flower and tree, in every pebbly stone
That paves the brooks, the stationary rocks,
The moving waters and the invisible air.
Whate'er exists hath properties that spread
Beyond itself communicating good,
A simple blessing, or with evil mixed;
Spirit that knows no insulated spot,
No chasm, no solitude; from link to link
It circulates, the Soul of all the worlds. (*The Excursion* 9.3-15)

여기서 자연의 "능동적 원리"란 하늘의 바람과 구름, 시냇가의 조각돌과 돌멩이, 그리고 흐르는 물과 공기에 내재된, 즉 생물이건 무생물이건 간에 모든 자연과 모든 사물 안에 존재하는 원리로서 능동적이고 자력으로 활동하는 생명력이다. 이는 하나의 "정신"이자 "영혼"으로서 온 우주에 "순환"(circulate)한다. 별들의 운행이나 시시각각 변화하는 구름의 움직임 혹은 흐르는 시냇물의 흐름도 실은 어떤 원리에 의거하여 능동적으로 움직이는 운동이라는 것이다. 워즈워스는 이러한 능동적인 원리에 대해서는 분명히 어떤 철학적이고 형이상학적인 믿음을 바탕으로 일관된 주장을 편다. 여기에는 고대로부터 이어져 내려온 애니미즘과 함께 17세기 무렵 활발하던 물활론도 어느 정도 반영되어 있지만 그 이상의 다양한 형이상학적 배경이 뒷받침 되어있다. 더욱이 17-18세기는 이성 중심주의와 과학연구로 인해 그 어느 때보다 자연에 대한 연구가 보다 활발히 진행되던 시기였다. 이런 다양한 이론들은 당시 자연에 몰입했던 자연시인 워즈워스에게 충분한 형이상학적 배경을 제공했을 것으로 보인다.

III. 자연에 관한 종교적 · 과학적 담론과 워즈워스 자연시

17세기 영국에는 자연종교(Natural Religion)에 대한 태도가 확산되어 여러 학자와 사상가들에 의해 자연의 현상에 대한 학문적이고 논리적인 탐구가 활발히 이루어졌다. 그들이 제기한 질문 중, 자연에 일정한 규칙과 방향성이 있다고 할 때 흔히 제기 될 수 있는 신학적 질문은 과연 신과 같은 절대자의 개입 없이 자연의 규칙성, 방향, 형성하는 힘 등을 설명하는 것이 가능한가이다. 17세기 영국 캠브리지 플라톤학파의 리더인 커드워스(Ralph Cudworth)는 기계론적 물질주의를 반대하면서 자연에서 신이 매번 자신의 기적적이고 특별한 힘을 가지고 매순간 개입한다고 설명한다. 그는 『우주의 진정한 지적 체계』(*The True Intellectual System of the Universe*, 1678)에서 우주의 기원과 방향성에 관해 물질의 원소들이 어떻게 연결되고 생명력을 갖게 되는지를 설명함으로써 일체의 기계론적 물질주의와 무신론에 저항하였다. 그는 여기서 자연이 자율적으로 어떤 일정한 목적성과 방향성을 지향하며 움직이는 현상에 대해 결국 근원적인 지적 실존이 신으로 회귀하지 않을 수 없다고 결론 내린다(Cudworth 24). 자연의 아무리 작은 현상이라도 신의 직접적이고 즉각적인 지시로 인해 결정된 방향성을 지향하고 있다는 말이 된다. 이런 자연의 성격은 신학적이고 범신론적으로 모두 이해 가능한 개념으로서 종교적인 설명을 배제하여 진술될 때 앞서 언급한 '물활론'으로 표현되는 것이다. 그러나 커드워스가 볼 때 자연의 자율적인 운동은 신과 같은 절대자의 개입으로 방향 지워진 것이므로 엄격히 말해 무신론적 물활론은 모순이며 패러독스이다. 당시 캠브리지 플라톤학파의 철학자인 모어(Henry More)도 "자연의 영혼"(Spirit of Nature)을 설명할 때 이와 유사한 개념을 제시한다.

> 자연의 영혼 . . . 은 비물질적인 실체이나, 감각이 없는 '아니마'(영혼)의 일종으로서, 우주의 전 물질을 주관하고 저마다의 성향과 경우에 따라 그 안에서 스스로 형성하는 힘을 행사하며, 세상에서 그와 같은 현상을 발현시킨다. 이는 단순히 기계적인 힘으로는 해결될 수 없는 것으로 물질의 부분들과 그들의 운동 방향을 이끎으로써 가능하다. (Beach 61 재인용)

모어에 의하면, "자연의 영혼"이란 우주의 물질을 형성하고 그 운동성의 방향을 이끌고 여러 자연의 현상을 만들어내는 힘을 지닌 "실체" 혹은 "원리"이다. 그러나 그러한 자연의 영혼은 스스로 행하는 자율적인 의지의 주체라기보다 어떤 신성한 존재로부터 그 힘을 부여받은, 신성한 신의 최고사령관이다. 가령 한 동물의 영혼은 이 세계의 보편적 영혼에 의해 만들어진 것이므로 세계의 보편적 영혼의 한 표현이며 이 영혼은 스스로 활기찬 힘을 발휘하면서 도처에 "순환"한다. 이는 워즈워스가 「틴턴사원」에서 표현했던 "만물을 통해 순환하는 힘"과 유사하다. 커드워스와 모어는 어떤 방향성을 지니고 자연 도처에 순환하는 능동적이고 활기찬 힘을 표현함에 있어 특별히 "plastic"이라는 단어를 사용한다. 이 단어는 다양한 의미를 지니고 있으나 가장 근접한 것으로는 옥스퍼드사전(OED)에 의하면 "창조적이고 생산적인"(creative, procreative) 원리를 함축한다. "plastic"이라는 단어는 워즈워스 당시 자연과학에서 널리 쓰이던 용어로서 "스스로 활동하며, 스스로 형성하는, 혹은 독립적인 생명력을 지닌"(self-acting, self-shaping, or possessed of independent life)이라는 의미를 담고 있다(Beach 57). 이 단어는 자연의 독립적이고 자율적인 운동을 묘사할 때 과학과 종교에서 모두 선호했던 것으로서, 대표적인 기독교 시인인 포프(Alexander Pope)의 시 「인간론」("Essay on Man")에서 뿐 아니라, 다음의 코울리지 시, 「종교적 묵상」("Religious Musings")에서도 주요 핵심 어휘로 등장한다.

> 유기적인 격동 속에서
> 거대한 물질의 덩어리 속으로 깊이 침투해
> 순환하는 저 *능동적인 활기찬* 힘이여!
> 성스러운 신이여!
> 그리고 무한한 정신의 단일체인들 어떠하리.

And ye of plastic power that interfused
Roll through the grosser and material mass
In organizing surge! Holies of God!
And what if monads of the infinite mind? (128-31, 필자의 강조)

여기서 독실한 기독교 시인인 코울리지가 표현한, "거대한 물질의 덩어리 속으로 깊이 침투해 / 순환하는 저 능동적이고 활기찬 힘"은 커드워스와 모어가 주장한 바, 스스로 활기찬 힘을 발휘하면서 도처에 순환하는 자연의 능동적 원리와 상통한다. 이러한 원리는 신이 자연에 가한 직접적이고 즉각적인 지시로 인해 결정된 일정한 목적성과 방향성을 함축한다. 코울리지의 "깊이 침투해 / 순환하는"(interfused / Roll through)이라는 표현은 워즈워스의 "깊이 침투되어 있는 어떤 것"(something far more deeply interfused), "만물을 통과해 순환하는"(rolls through all things)이라는 표현과 매우 흡사한 것으로 보아, 자연에 작용하는 동일한 힘임을 알 수 있다. 커드워스와 모어가 신성한 방향성을 지녔다고 관찰한 자연의 원리는 워즈워스가 표현한 자연의 "능동적 원리"와 동일한 것으로 인식될 수 있으며 이는 「늙은 컴버랜드 거지」에서 다음처럼 묘사되어 있다.

하나의 정신, 그리고 선의 맥박,
모든 존재양식과 분리할 수 없이 서로 긴밀히 연결된
한 생명과 영혼.

a spirit and a pulse of good,
A life and soul, to every mode of being
Inseparably linked. (77-79)

자연의 영혼에 대한 커드워스와 모어의 주장은 당대 해일(Matthew Hale)과 보일(Robert Boyle) 같은 학자들에게 저항을 받기도 하였다. 17세기 대표적인 법률가이자 판사였던 해일은 자연에는 어떤 지적인 대리인이 영향력을 발휘하고 있는 듯 보이지만 실은 그것이 바로 자연의 법칙(Law)이라는 견해를 주장하였다. 그는 자연의 개념을 인과성의 문제를 해결할 수 있는 특정 원리로 보려는 논리적 분석을 시도함으로써 범신론이나 "자연의 영혼"의 가설에 모두 반대하였다. 그렇지만 그도 종국에는 커드워스와 모어와 같은 플라톤주의자의 편에 섬으로써 자연은 어떤 지적인 대리자가 자연을 통해 자신을 드러내기 때문에 "법칙"이 될 수 있다는 결론에 도달하게 된다. 해일은 자연에 관계된 두 개념을 "능산적 자연"(Natura naturan)과 "소산적 자연"(Natura naturata)으로 분류한 바 있다(344-45). "능산적 자연"이란 자연에 작용하는 "능동적 원리"를 전능한 신인 최고의 지적인 존재와 동일시하는 개념이고, "소산적 자연"이란 지적인 능동적 원리(신)에 의해 형성되고 드러난 결과를 의미한다, 즉 전자는 창조자로서의 신을, 후자는 피조물로서의 자연을 의미하고 둘은 엄연히 구별되어야 하는 것으로 본다. 이런 구별을 통해 그는 자연에 작용하는 신성을 인정하지만, 자연이 창조주인 신과 동일시될 수 없음을 분명히 하고자 하였다. 물리학자 보일 역시 자연을 여신(Goddess)이라 부르면서 자연에 찬사와 영광을 돌리는 태도를 비판한다. 해일과 다른 점이 있다면, 보일은 자연의 개념에 최대한 신의 영향력을 배제하면서 자연에 작용하는 힘을 운동의 법칙으로서 기계적으로 작용하는 것으로 설명하려는 데 최선을 다했다. 자연을 정의함에 있어 그는 신, 영혼, 정신, 등의 용어로 인해 연상되는 일체의 신비적이고 제의적인 요소를 제거하려고 했다. 그는 자연을 정의하기를, "세상을 구성하는 신체의 총체, 현 상태에서는 하나의 원리로 간주되고, 그것에 의해 모든 신체는 사물의 저자(author of things)가 처방한 운동법칙에 따라 행위하고 투쟁한다"고 말한다(113). 보일의 설명에 따르면, 자연은 운동법칙에 따라 움직이고 투쟁하는 원리로서, 세계를 구성하는 물체의 총체이다. 그런데, 흥미로운 것은 그 운동법칙은 "사물의 저자"에 의해 처방된 것이라고 함으로써, 신, 정신, 영혼이라는 단어만 쓰지 않았을 뿐 결국 보일 역시 어떤 태초사물의 창조자의 원리를 궁극적으로 인정한 것이 되어버렸다. 해일과 보일은 각자의 방식으로 커드워스와 모어의 자연관을 수정하려했으나, 결국 그들 모두 커드워스와 모어처럼 플라톤주의자요 자연철학자로 귀의하게 됨을 볼 때 종교와 과학간의 딜레마를 해결하기 위해 그 둘의 개념을 통합수용하려고 했던 것으로 추리할 수 있다.

이처럼 커드워스와 모어의 자연의 "영혼"에 대한 개념은 해일과 보일 등의 공격에도 살아남아 버클리(George Berkeley) 등의 다른 18세기 사상가들에게서 재출현한다. 버클리는 워즈워스가 가장 많이 영향 받았던 인물 중 하나로 그의 개념은 18세기 문학, 철학, 사상 등에 전반에 널리 퍼져 있었고 워즈워스는 그런 시대적인 흐름에 익숙했다. 워즈워스와 코울리지에 지대한 영향을 끼친 버클리의 유명한 저술, 『시어리즈』(*Siris*, 1744)에서 자연은 "아니마 먼디"(anima mundi)라는 라틴단어로 대체되어 등장한다. "아니마 먼디"란 "생명과 운동을 주관하는 우주정신"(universal spirit author of life and motion)(Section 341)을 의미한다. 버클리에 의하면, 인간의 신체에서 이성(mind)이 명령하고 사지를 움직이지만, 신체 운동의 즉각적인 물리적 원인이 되는 것은 인간의 원초적 정신(animal spirit)이다. 마찬가지로 이 세상도 어떤 이성적 존재가 주재하지만 모든 부분들을 움직이게 하고 활기 있게 만들어주는 즉각적 기계적인 도구적 원인이 되는 것은 바로 "원초적 불, 혹은 세계정신"(elementary fire or spirit of the world)이라는 것이다(161). 버클리가 "지성의 불"(intellectual fire)이라고 명명한 이 능동적 원리는 모든 운동의 근원을 설명함과 동시에 합리적인 목적을 위해서 물질이 스스로를 구성하고 지능적으로 행동한다는 기계론적이고 과학적인 설명을 모두 가능케 한다. 버클리는 여기서 우주의 영혼이 신과 동일시되는지는 명백히 밝히지 않는다. 다만 그가 강조하는 것은 "세계의 정신"이 본질적으로 "지적인" 것이며 "이성적 존재"에 의해 지배받고 있다는 것이다. 워즈워스가 『소요』에서 다음과 같이 우주의 영혼에 대해 묘사할 때, "자연에는 그 어떤 틈새도 없다"(there is no chasm in nature)고 한 버클리의 표현을 떠올리게 한다.

> 은신처, 틈새, 고독을 전혀 모르는 정신이요
> 모든 것을 통해 순환하는
> 전 세계의 영혼
>
> Spirit that knows no insulated spot,
> No chasm, no solitude; from link to link
> It circulates, the Soul of all the worlds. (*The Prelude: 1805* 4.13-15)

결국 워즈워스가 주장하는 자연에 내재된 "능동적 원리"란 모든 만물을 통해 순환하는 전 세계의 영혼으로서, 버클리가 주장한 "원초적 불"인 "지성의 불” 혹은 “세계정신”과 맞닿아있고, 더불어 커드워스와 모어가 자연 안에서 일관된 방향성을 지니고 활동하는 “능동적이고 활기찬 힘”과도 동일한 것으로 볼 수 있다. 그리고 이러한 설명은 특별히 ‘신’을 언급하지 않고도 어떤 지적이고 이성적인 원리가 우주 전반에 작용하여 일정한 규칙과 방향성을 지니고 자연을 지배하고 있다는 설명을 가능케 하였다.

자연의 여러 현상을 합리적이고 과학적으로 규명하려는 이러한 태도는 종교사상적으로 18세기 자연종교와 이신론을 이끌었다. 영국의 전통인 자연종교는 당시에는 프랑스혁명으로 새로운 성향과 활력을 띄게 되는데, 자연종교의 새로운 바이블이 된 것은 페인(Tom Paine)의 『이성의 시대』(*The Age of Reason*, 1794)로서(Ryan 90), 여기서 페인은 말하기를, “우리가 바라보는 모든 창조는 실제이며 현존하는 신이라는 단어이다. 그것이 신의 힘을 주장하고 신의 지혜를 증명하며 그의 선함과 자비를 드러낸다”(85)고 함으로써 자연종교의 신념을 드러내었다. 이러한 이신론적 자연종교 사상은 자연의 모든 만물 어디에나 신의 입김과 숨결이 스며있고 아무리 미천한 것에도 신의 영향력이 내재해 있다는 범신론 사상과 더불어 18세기 많은 시인들과 낭만주의 자연시인들에게 공유되었다. 당시 플라톤주의를 따랐던 많은 지성인들과 심지어 과학자들에게도 이러한 이신론과 범신론적인 특성이 공유되어 있었다. 1711년 니들러(Henry Needler)는 “자연에서 발견할 수 있는 모든 규칙적인 결과는 진정한 ‘아니마 먼디’ 혹은 자연의 능동적 원리인 신으로부터 나온 것이다.”라고 하면서 어떤 신성한 존재가 고정된 법칙이나 규율에 의거 주관하고 지휘하고 통제한다고 본다(Knight 122 재인용).

자연에서 작용하는 “능동적 원리”에 대한 워즈워스의 신념은 바로 이 시대 가장 영향력 있는 자연철학자요 과학자인 뉴턴(Issac Newton)의 견해에서도 유력한 뒷받침을 얻는다. 천체물리학 및 광학분야에서 18세기 자연과학을 성립하는 데 중추적인 역할을 하였던 뉴턴은 자신의 책 『자연철학의 수학적 원리』(*Mathematical Principles of Natural Philosophy*, 1678)에서 천체 운행의 원리를 관성과 중력의 법칙으로 설명하고 이를 수학적으로 계산하였다. 그는 달과 지구 간 중력의 관계는 예컨대 사과와 지구간의 관계처럼 모두 같은 수학적 관계를 유지한다고 봄으로써 이 같은 법칙은 모든 물질의 기계적 운동현상에 모두 똑같이 적용된다고 보았다. 그러나 과학자이면서 동시에 신학자인 뉴턴은 자연의 모든 작용과 현상에는 단순히 기계적인 차원에서만 설명할 수 없는 뭔가가 있다는 것을 함께 강조한다. 뉴턴은 『광학』(*Optiks*)에서 말하기를, "운동이 어떤 방식으로 잃어버린 것을 다시 회복하고 유지하는지 그것은 어떤 '능동적 원리'에 의해 가능하다. 예컨대 그것은 행성과 별이 궤도를 돌면서 운동이 유지되는 중력의 인과관계(Cause of Gravity)와 같은 원리이다."라고 하였는데, 뉴턴에게 중력의 법칙은 이 세상이 신이 의도적으로 모든 것을 질서와 조화 속에 있게 하려고 세밀하게 계획한 곳이라는 증거로서 작용하는 현상이다. 뉴턴은 하늘의 별들이 서로 자신의 궤도를 이탈하지 않고 규칙적인 운동을 하도록 하는 것이 신성한 법칙이라고 보았다. 이에 대해 뉴턴이 일종의 시계장치와도 같은 우주를 만들어 냈다고 설명하기도 하는데, 말하자면 그 안에서 신이 일단 태엽을 감아서 우주라는 기계장치를 가동하기만 하면 우주 전체가 자동적으로 움직이는 것처럼 보인다는 것이다. 이 같은 설명은 신을 일종의 '(완벽한) 시계 제조자'(Watch Maker)로 파악하는 18세기 신고전주의적 개념의 핵심으로 인식되고 있다. 뉴턴에 이르러 이제 지구의 운행이론에 근거하여 통일된 우주의 체계를 형성할 수 있게 되었으며, 이제 지구 같은 단단한 물체가 도대체 어떻게 해서 자율적인 운행을 할 수 있는가를 설명할 수 있게 된 것이다.

1790년대 「틴턴사원」을 쓸 무렵 종교적 신에 대한 언급 없이 자연에서의 어떤 신비스런 "존재"를 드러냈던 워즈워스는 1805년 『서곡』을 쓸 무렵부터 서서히 '신'에 대해 언급하기 시작한다. 「의무로의 송시」("Ode to Duty", 1805)에서 워즈워스는 "거침없는 자유"(uncharted freedom)에 지친 나머지, 이제는 "의무"(Duty)라는 엄격한 인도 하에 있기를 갈망한다. 시인은 이 "의무"가 "준엄한 입법자"(Stern Lawgiver)이며 "신의 음성에서 나온 준엄한 딸"(Stern Daughter of the Voice of God)이자 "신의 가장 자애로운 은총"을 입고 있다고 말한다. 그러면서 "의무"를 다음처럼 이 세상의 물리적 법칙과 연결시킨다.

준엄한 입법자여! 그러나 당신은
신의 가장 자애로운 은혜의 옷을 입고 있습니다.
당신 얼굴의 미소보다 더
아름다운 것은 없습니다.
꽃밭의 꽃들도 당신 앞에선 웃고
당신 발걸음에 꽃향기가 따릅니다
당신은 별들의 사행을 막으며
태고의 하늘도 당신이 계심으로 신선하고 강합니다.

Stern Lawgiver! yet thou dost wear
The Godhead's most benignant grace
Nor know we anything so fair
As is the smile upon thy face:
Flowers laugh before thee on their beds
And fragrance in thy footing treads;
Thou dost preserve the stars from wrong;
And the most ancient heavens, through thee are fresh and strong. (49-56)

여기서 워즈워스는 중력과 운동의 법칙으로 표현되는 이세상의 물리적 법칙을 신의 도덕률과 동일시하고 있다. 워즈워스에 의하면, 인간의 행위를 지배하는 "의무"는 하늘을 지배하고 보존하는 법칙들인 신성한 명령으로 밝혀진다. 인간의 행위를 지배하는 도덕률과 천체의 경이로운 움직임 간의 관계는 지상세계에 작용하는 신성한 힘을 강조한 뉴턴의 사고와 통한다. 하늘의 별들이 서로 자신의 궤도를 이탈하지 않고 규칙적인 운동을 하도록 하는 우주의 신성한 법칙은 버클리가 우주에서 세밀하고 면밀히 작용한다고 본 "지성의 빛"의 작용과도 흡사하다. 위에 인용된 "별들의 사행을 막는" 하늘의 힘은 뉴턴이 말한 물질에 내재된 끌어당기는 중력의 힘과 동일시 될 수 있고, 이는 우주에 작용하는 능동적 원리이자, 신학적으로는 우주를 구성하며 어디에나 존재하는 신의 개념이기도 하다. 이처럼 워즈워스에게는 뉴턴의 사고와 결합된 자연철학가로서의 면모가 두드러지는데, 『서곡』에서는 다음처럼 뉴턴에게 지대한 경외감을 표할 정도이다.

침상에 누워 달이나
사랑하는 별들의 불빛에 힘입어 나는 바라보노라
프리즘과 고요한 얼굴을 한
뉴턴의 상이 서있는 예배당 전실(前室)을,
홀로 낯선 사고(思考)의 바다를 항해하는
영원한 정신의 대리석 색인(索引)을.

And from my pillow, looking forth by light
Of moon or favouring stars, I could behold
The antechapel where the statue stood
Of Newton with his prism and silent face,
The marble index of a mind for ever
Voyaging through strange seas of Thought, alone.
(*The Prelude: 1805* 3.58-63)[11)]

「의무로의 송시」에서 물질세계에서의 법과 도덕세계의 법이 본질적으로 동일하다고 표명하였듯이, 『서곡』에서 워즈워스는 자연을 법이 지배하는 질서의 장으로 강조하고 결과적으로 자연이 도덕적인 지시까지 인간에게 주는 것으로 묘사하고 있다.

올바른 이성의 형상이요,
특성이자 모양인 강력한 힘을
존경하는 법을 배우는데
헛되지 않았노라.
그것은 자연이 소유한 것들을 견고한 법으로 성숙하게 하고
틀림이 없는 희망을 샘솟게 하노라.

not in vain
I had been taught to reverence a power
That is the very quality and shape
And image of right reason, that matures
Her processes by steadfast laws, gives birth

---

11) 본고에서 『서곡』의 인용 대부분이 1805년도 판이었으나, 여기서 1850년 판을 인용한 이유는 뉴턴에 대한 경외의 표현이 훨씬 구체화되었기 때문이다.

To no impatient or fallacious hopes. (*The Prelude: 1805* 12.19-25)

이처럼 인간의 도덕률과 우주 천체의 운행의 법칙이 서로 상통한다고 보는 견해는 샵츠베리 백작인 쿠퍼(Anthony A. Cooper, Earl of Shaftesbury)에 의해 구체적으로 명시된 바 있다. 그는 최초로 시골 자연의 사랑과 보편적 자연의 개념을 종합하고 자연 풍경의 아름다움을 사색함을 통해 어떻게 보편적 자연의 개념에 이르게 되는지, 종국에는 전체에 분산된 영혼으로서의 최고의 존재에 대한 인식에 이르게 되는지를 설명한 자로서 워즈워스 시에 막대한 영향을 끼쳤다. 낭만적 자연관에서 자연과학적 개념과 미학적 개념과의 종합을 최초로 이룬 쿠퍼의 저서, 『특성』(*Characteristics*)은 워즈워스 자연시를 포함한 18세기 자연시의 모델로서 기능하였던 유명한 저술로서, 모든 자연현상의 통합된 체계로서의 자연, 선과 미의 원천으로서의 신성한 존재로서의 자연의 개념을 정립한 것으로 유명하다. 여기서 그는 크게 두 가지를 강조한다. 첫째, 자연의 질서는 선하며 이와 조화된 인간의 삶도 선하다는 것이다. 인간의 미덕도 자연에서 온 것이며 행복도 자연을 사랑함으로써 발생하는 것이기 때문에 인간은 자연의 아름다움을 사랑하지 않을 수 없다는 것이다. 그는 자연에 생명을 주는 원리를 신성(Divinity)으로 보았고 이러한 그의 자연관은 이신론적 자연철학, 혹은 이신론적 플라톤주의로 특징 지워진다. 둘째, 모든 아름다움은 이상적인 미의 반영이며 선과도 동일시된다는 것이다. 시인과의 관련에서 플라톤적 요소 중 가장 중요한 것은, 시인은 "만물에 스며들어 활기 넘치고 모든 것에 영감을 주는 최초의 영혼"(Original SOUL, diffusive, vital in all)으로서 "모든 진실하고 완전한" (all-true and perfect) 존재이자, "독창적 천재이자 최초의 미"(Original Genius and first Beauty)를 재현해야 한다는 것이다. 그에겐 우주에 퍼져있는 것이 중재자인 세계영혼이 아닌 최고의 절대존재의 영혼으로서 이 절대존재를 우리의 이성과 사고를 통해 감지할 수 있다고 본다. 그 존재에 대해, "우리는 원초적이고 영원히 존재하는 것을 의식하며 그로부터 우리 자신을 유추한다. . . . 그는 원초적인 영혼이며 모든 것 안에 퍼져 살아있으며, 전체에 영감을 준다"고 진술한다(Cooper 112). 워즈워스가 「늙은 컴버랜드 거지」에서 모든 존재에 깃든 정신을 "선의 맥박"(a pulse of good)이라고 표현한 것은 쿠퍼가 주장한 선의 원천으로서의 자연의 특성을 묘사한 것이다. 쿠퍼가 주장한 바대로 신성한 영혼이자 도덕적 스승으로서의 자연에 관한 표현을 워즈워스 시에서 찾는 것은 어렵지 않다. 『서곡』에서 시인은 이처럼 말한다.

이 시를 통하여 지속적으로 내 마음은 바라보노니
이 땅과 하늘의 말하는 얼굴을
그것은 인간과 관계하는 자연의 최고의 스승,
주권적 지성으로 확립되어
신체 이미지 안으로 스며든,
우리가 참여하는 신성한 영혼,
영원한 정신이여.

In progress through this verse my mind hath looked
Upon the speaking face of earth and heaven
As her prime teacher, intercourse with man
Established by the Sovereign Intellect,
Who through that bodily Image hath diffused
A soul divine which we participate,
A deathless spirit. (*The Prelude: 1805* 5.12-18)

여기서 "이 땅과 하늘의 말하는 얼굴들," "자연의 최고의 스승," "주권적 지성," "신성한 영혼," "영원한 정신"은 모두 우주와 자연에 작용하는 동일한 존재이다. 여기서 짚고 넘어갈 것은, 신체 이미지와 다양한 지상의 형상은 그들에게 정보를 준 영원성으로부터 실존의 형상을 입은 것이지 완전한 영원성과는 다르다. 이는 뉴턴이 신이 시공간을 구성하지만 시공간 자체는 아니라고 한 진술과도 같은 문맥이다. 그렇기에 시인은 시간의 불완전성으로부터 영원성을 갈구하면서 쿠퍼가 주장한 바와 같이 자연에 스며든 영혼인 최고 존재에 대한 인식에 이르게 된다. 그리하여 시인은 종국에 다음과 같이 구체적인 자연의 형상을 통해 묵시와 영원의 상징을 보기에 이른다.

하나의 정신의 작용이자, 동일한 얼굴의 특징이며
하나의 나무에 핀 꽃들이고,

위대한 묵시의 성격이며,
영원의 유형이자 상징이요,
그 영원함은 처음이자 마지막이요 중간이자 끝.

Were all the workings of one mind, the features
Of the same face, blossoms upon one tree,
Characters of the great apocalypse,
The types and symbols of eternity,
Of first, and last, and midst, and with end. (*The Prelude: 1805* 6.636-40)

이는 영원한 하나님의 시간에 관한 성경적 개념과 영원성에 관한 플라톤적 개념의 조합이라고 볼 수 있다. 여기서는 분명 「틴턴사원」에서와는 달리 종교적인 색채가 훨씬 강하다. 「틴턴사원」을 쓸 무렵 한 번도 신을 언급하지도 않고 초월적 존재에 대한 어떤 암시도 주지 않았던 것에 비하면 큰 변화라고 할 수 있다. 물론 이전의 자연시에서도 자연의 아름다움과의 교감이 시인을 넓은 의미에서 우리가 종교적으로 느끼는 어떤 신비스러운 상태로 이끌었다. 그러나 그러한 신비스런 체험이 시인에게 어떤 고양된 효과를 끼치게 되든지 간에 그것은 종교적이라기보다 자연 자체의 신비함을 더 강조하는 경향이 있었다. 1798년 자연시에서는 워즈워스가 의도적이건 아니건 간에 자연을 신과 확실히 연결시키던 당대의 많은 18세기 시인들과는 달리 그런 직접적인 연결을 회피하였다고 볼 수 있다. 미학적인 이유에서 신학적인 톤을 감추려 했는지도 모르고, 혹은 자연에서 느껴지는 영혼과 운동이 신에 의해 자연에 부과된 능동적 원리라는 것이 너무나 당연한 것이어서 굳이 그 점을 밝힐 필요를 느끼지 못하였을 수도 있다. 그러던 6년 뒤에 쓴 『서곡』에서 그는 "자연 그 자체, 신의 숨결" (Nature's self, which is the breath of God)(*The Prelude: 1805* 5.221)이라며 확연하게 신을 언급하고, 신은 하늘과 땅에 널리 퍼진 "주권적 지성"(Sovereign Intellect)이자 "우리가 참여하는 영혼, / 죽지 않는 영혼"(A soul divine which we participate, / A deathless spirit)(*The Prelude: 1805* 5.17-18)과 맞닿아 있다고 말하게 된다. 이전에 자연만물에서 느껴지던 영적인 존재는 『서곡』에서 신으로 확실히 구체화되어서 "자연의 주권에서 드러나는 / 신의 신비로운 힘의 존재를 향해"(To presences of God's mysterious power / Made manifest in Nature's sovereignty)(*The Prelude: 1850* 9.234-35) 평생의 헌신을 하겠다는 선언을 하기에 이르게 되는 것이다.

IV. 맺음말

1832-42년 옥스퍼드 대학 영시교수였던 케블(John Keble)은 자신의 강연집을 워즈워스에게 헌사하면서 다음처럼 말하였다.

> 진정한 철학자요 영감 넘치는 시인 워즈워스에게 이를 바친다. 그는 특별한 재능과 전지전능한 신의 부름으로 인간과 자연에 대해 노래하면서 한 번도 인간의 마음을 신성한 것에 올리지 않은 적이 없었고 . . . 위기의 시대에도 아름다운 시와 숭고하고 신성한 진리의 성직자로 높임 받았다. (Keble iii)

케블의 시각에서는 워즈워즈가 시종일관 "신성한 진리의 성직자"로 자리매김 되고 있다. 같은 해, 킹즐리(Charles Kingsley)도 "워즈워스의 『소요』를 눈물과 기도로 읽었다"고 하면서, "나에게 그는 시인일 뿐 아니라, 하나님의 새롭고도 신성한 철학의 설교가이자 예언자"라고 극찬하면서 인간과 신에 대한 신앙으로 자신의 메시지를 전달한 사람이라고 표현했다(120). 케블과 킹즐리는 빅토리아 시대 대표적인 신앙인으로 케블이 보수적인 영국국교도인 반면 킹즐리는 저교회파(Low Church)[12] 활동가로서 기독교 사회주의 운동을 이끈 개혁신학자이다. 그들은 종교적 분파는 서로 달라도 워즈워스를 대단히 기독교적인 신앙이 투철한 시인으로 평가하고 있다는 점에서 같은 시각을 공유하고 있다. 이런 견해는 워즈워스가 복음주의적 국교주의(Evangelical Anglicanism)와 복음주의적 비순응주의(Evangelical Nonconformism) 모두에 깊이 관여하였고 그의 시는 시종일관 종교적인 언어에 흠뻑 젖어있다고 말한 브랜틀리(Richard E. Brantley)의 설명으로 요약될 수 있다(x).

반면에 워즈워스의 시를 종교적으로 읽지 않으려는 비평가들도 다수를 이

---

12) 저교회파(Low Church)란 영국 성공회의 한 파로 전통적인 의식이나 형식보다 개인적 신앙과 예배를 더 중시하는 개혁교회의 일종.

룬다. 이 같은 평가에 대해 핌(David Pym)은 아놀드(Matthew Arnold)와 후대 비평가들이 후기의 워즈워스가 당대의 역사적 사회적 현실을 벗어나 종교에 심취하였다고 보고 비교적 종교적 성향이 덜한 1805년 『서곡』을 그들의 비평적 관심사의 중심에 놓으면서부터라고 본다(191). 그 이후 점차 짙어지는 워즈워스의 종교적 색채가 시인으로서의 창조력과 상상력에 대한 '변절'이라고까지 보려는 사람들도 있다. 가장 대표적인 예가 톰슨(E. P. Thompson)으로, 그는 워즈워스의 변절이 그 이전의 작가 자신의 실존적 존재를 심각하게 훼손한 것이라며 격하게 비판하였다(153). 그러나 비평가들이 워즈워스가 후기에 종교로 귀의한 것을 두고 '변절'이라는 단어를 사용하는 것은 실로 아이러니하다. 엄밀히 말해 워즈워스는 일찌감치 1793년 자신이 세례 받았던 기독교 신앙과 국교에 등을 돌렸고 이로부터 5년간 정신적 위기를 겪으며 시인으로서 독보적인 성격을 보여준 시가 「틴턴사원」이다. 이 무렵에는 워즈워스가 기독교적인 신앙의 자세에서 거리를 두고 자연 자체에 몰입했다가, 말기에 다시 기독교적인 믿음으로 돌아간 것으로 본다면, 이는 변절이라기보다 귀의라고 해야 맞을지 모른다. 변절이건 귀의건 간에 워즈워스의 주된 관심이 자연에서 기독교의 신으로 변화했다는 관점에서는 필자도 같은 견해이다. 실제로 『서곡』 이후의 워즈워스는 「틴턴사원」에서는 다루지 않았던 인간영혼의 문제, 인간의 창조적인 능력, 상상력 등의 개념에 보다 몰두하게 된다. 이는 그가 프랑스혁명의 이상에 대한 환멸로 인해 점차 고드윈과 같은 급진적 사상가와 합리주의자의 영향으로부터 벗어나 인간내면과 상상력의 문제를 다루면서 나타나게 된 변화이다. 하트만(Geoffrey Hartman)의 요약대로 "시인의 주된 관심이 자연의 보이는 세계(the visible)로부터 신의 보이지 않는 세계(the invisible)로 이동하고 있다"고 할 수 있다(394). 워즈워스는 『서곡』 이후에도 인간의 영혼을 양육하는 주요한 역할을 자연에게 여전히 부여하긴 하지만, 관심의 주된 초점이 인간영혼 및 자연과 관계하는 신의 존재, 그리고 인간 상상력의 발현의 주제로 이동하게 된다. 이에 대한 상세한 설명은 별도의 긴 지면이 요구된다.

본고는 독보적인 '자연시인'으로 자리매김 되는 워즈워스의 자연시를 중심으로 그의 자연관에 종교와 과학의 형이상학적 개념이 어떻게 맞물려 있는지를 살펴본 것이다. 이를 위해 워즈워스 자연관 근저에 끼친 당대 형이상학적 이론들의 영향을 살펴보고 그것이 어떻게 그의 시에 반영되어 있는지를 추적해 보았다. 워즈워스 자연시의 전형으로 읽혀지는 「틴턴사원」을 쓸 당시의 워즈워스의 상상력은 17-18세기 과학을 근거로 하는 자연신학적인 경향이 짙으며 뉴턴의 사고와 결합된 자연주의 철학가로서의 면모가 두드러짐은 확연하다. 『서곡』에서 자연에 대한 관심의 무게가 줄어들었다고 해도 여전히 자연주의적 일원론(naturalistic monism)의 관점을 견지하고 있다는 견해가 있는 것도(Easterlin 83), 워즈워스가 과학적인 자연철학적 관점을 어느 정도 유지하고 있었음을 시사한다. 쉬츠(Paul Sheats)는 워즈워스가 자연에 대해 지대한 관심을 쏟은 것에 대해 "당시 정통적인 기독교 이원론의 보이지 않는 천국에서 희망을 보기보다는, 진리와 은총의 대체 질서인 자연을 통해 얻는 희망을 추구했다"고 하면서 워즈워스가 정치적으로 오염된 기독교를 오염되지 않은 자연의 종교로 대치하고자 했다고 본다(161). 그러다가 1805년 이후 프랑스혁명정신의 변질을 경험하고 환멸을 겪은 워즈워스가 자연을 통해 종교적 명상을 하는 전통적인 신학자의 자세로 돌아갔다고 보는 것이다. 그렇다고 워즈워스가 「틴턴사원」을 쓰던 시기에 극단적인 비정통주의자였다거나 비종교적이었다거나 무신론자였다고 단정해서는 안된다. 「틴턴사원」에서 신에 대한 직접적인 암시가 부재함은 자연주의의 경향에 보다 기울어져 있는 것에 대한 징후라고 볼 수 있다. 이신론적이거나 범신론적인 시각에서는, 자연적인 것을 초자연적인 것에 대한 대체로 삼거나, 둘을 동일시하거나, 자연적인 것에 좀 더 강조를 두게 됨으로써 일반적으로 비정통적인 것으로 간주되는 경향이 있다. 이런 관점에서는 신성하고 초자연적인 것도 구체적인 자연의 법칙과 운동을 통해 작용한다고 인식함으로써 우주의 물질적이고 도덕적인 모든 것도 자연의 차원에서 설명가능하다고 본다. 뉴턴과 쿠퍼에 의해 주장되었듯이, 신의 섭리는 계시나 기적에 의해서, 혹은 내세에서의 심판과 보상에 의해서가 아니라, 자연의 질서와 법칙을 통해 보다 확실히 증명될 수 있다고 봄으로써 오히려 신에 대한 이성적 접근을 가능케 하였던 것이다. 워즈워스가 표현하려고 했던 자연 역시 당대의 이런 자연에 대한 형이상학적 개념에 깊이 영향 받았고, 그 결과 그가 묘사한 자연에는 신에 대한 구체적이고 직접적인 언급이 없이도 자연의 능동적 원리로 작용하는 영혼과 존재에 대한 강한 긍정이 내포될 수 있었던 것이다. 워즈워스가 18세기 이신론과 자연종교 사상의 영향을 받고 그의 문학에서 신고전주의 문학관의 영향을 엿볼 수 있음에도[13] 워즈워스를 신고전주의 시인이라고 일컫지 않고 낭만주의 시의 선구자로 평가하는 이유는 그가 18세기 형이상학 및 문학관의 틀 안에 머물지 않고 지속적인 의문과 변화를 통해 자연 안에서 자유롭게 발현되는 인간영혼과 상상력을 강조하고 더불어 혁신적인 소재와 자유로운 시어를 주장했기 때문이다. 그러면서 17-18세기에 걸쳐 연구 축적된 다양한 자연에 대한 형이상학적 이론을 배척한 것이 아니라, 종교와 과학이 정교하게 맞물리는 자연의 형이상학을 자신의 시에 창조적으로 수용함으로써 워즈워스는 낭만시인으로서 자연에 대한 탐구를 심화시키고 독보적인 자연시인으로 자리매김하였다고 할 수 있다.

인용문헌

"Animism." *The Free Encyclopedia Wikipedia*. Web. 10 Jan. 2005. <http://en.wikipedia.org/wiki/Animism>

Beach, Joseph Warren. *The Concept of Nature in Nineteenth-Century English Poetry*. New York: Russell, 1966. Print.

Berkeley, George. *Siris*. Montana: Kessinger, 2008. Print.

Boyle, Robert. *The Philosophical Works of Robert Boyle*. Michigan: U of Michigan Lib., 2009. Print.

Brantley, Richard E. *Wordsworth's "Natural Methodism."* New Haven: Yale UP, 1975. Print.

Cooper, Anthony Ashley (Earl of Shaftesbury). *Characteristics of Men, Manners, Opinions, Times*. Montana: Kessinger, 2004. Print.

Cudworth, Ralph. *The True Intellectual System of the Universe*. New York: Gould and

13) 일례로 하트만(G. Hartman)은 내적독백 등 워즈워스 초기시는 18세기 고전문학양식에 빚진 바 크다고 보고 케이스(W. J. Keith)도 워즈워스 시의 신고전주의적 특성에 대해 논한다.

Newman, 1837. Print.

Easterlin, Nancy. *Wordsworth and the Question of "Romantic Religion."* London: Associated UP, 1996. Print.

Griggs, E. L, ed. *Collected Letters of Samuel Taylor Coleridge.* Oxford: Clarendon, 1971. Print.

Hale, Matthew. *The Primitive Origination of Mankind, Considered and Examined According to the Light of Nature.* London: William Godbid, 1677. Print.

Hartman, Geoffrey. "Wordsworth, Inscription, and Romantic Nature Poetry." *From Sensibility to Romanticism: Essays Presented to Frederick A. Pottle.* Ed. Frederick W. Hills and Harold Bloom. New York: Oxford UP, 1965, 389-413. Print.

Keble, John. *Lectures on Poetry, 1832-1841.* Ed. Edward Kershaw Francis. Oxford: Clarendon, 1912. Print.

Keith, W. J. *The Poetry of Nature: Rural Perspective in Poetry from Wordsworth to the Present.* Toronto: U of Toronto P, 1980. Print.

Kingsley, Charles. *Charles Kingsley, Letters and Memories of His Life*. London: King, 1877. Print.

Knight, William. *Lord Monboddo and Some of His Contemporaries*. New York: HP, 1900. Print.

Matlak, Richard. "Wordsworth's Reading of *Zoonomia* in Early Spring." *Wordsworth Circle* 21.2 (1990): 76-81. Print.

McGann, Jerome J. *The Romantic Ideology: A Critical Investigation.* Chicago: U of Chicago P, 1983. Print.

Pain, Tom. *The Age of Reason.* Ed. Moncure Daniel Conway. New York: Putnam's Sons, 1896. Print.

Piper, H. W. *The Active Universe*. London: Athlone, 1962. Print.

Pirie, David B. *William Wordsworth: The Poetry of Grandeur and Tenderness.* London: Methuen, 1982. Print.

Pym, David. "William Wordsworth: From Matthew Arnold to A. C. Bradley: A Study in Victorian Belief and Wordsworth's Poetry." *Durham University Journal* 51 (1990): 191-97. Print.

Roe, Nicholas. *The Politics of Nature: William Wordsworth and Some Contemporaries.* New York: Palgrave, 2002. Print.

Ryan, Robert M. *The Romantic Reformation: Religious Politics in English Literature, 1789-1824.* Cambridge: Cambridge UP, 1997. Print.

Sheats, Paul. *The Making of Wordsworth' Poetry, 1785-1798.* Cambridge: Harvard UP, 1973. Print.

Thelwall, John. *An Essay, Towards a Definition of Animal Vitality*. Farmington Hills: Gale, 2010. Print.

Thompson, E. P. "Disenchantment or Default? A Lay Sermon." *Power & Consciousness.* Ed. C. C. O' Brien. New York: New York UP, 1969. Print.

Twitchell, James B. *Romantic Horizons: Aspects of the Sublime in English Poetry and Painting, 1770-1850.* Columbia: U of Missouri P, 1983. Print.

Wordsworth, William. *The Letters of William and Dorothy Wordsworth, the Early Years, 1787-1805*. Ed. Ernest De Selincourt. Oxford: Clarendon, 1967. Print.

______. *The Poetical Works of Wordsworth*. Ed. Thomas Hutchinson. London: Oxford UP, 1959. Print.

______. *The Prelude: 1799, 1805, 1850.* Ed. Jonathan Wordsworth, M. H. Abrams, and Stephen Gill. New York: Norton, 1979. Print.

21

휘트먼의 『풀잎』에 나타난 성서적 이미저리

-종교적 자아와 기독교 휴머니스트 이미지를 중심으로

| 박선희 |

I. 들어가는 말

본 논문은 월트 휘트먼(Walt Whitman: 1819-92)의 『풀잎』(*Leaves of Grass*)에 나타난 성서적[1] 이미저리를 탐색하여, 성서가 시인의 삶과 예술에 미친 영향을 추적하고, 성서적인 주제를 인문주의적으로 확장시킨 그의 독특한 시적 예술 세계를 분석하고자 한다.

휘트먼의 『풀잎』이 성서와 깊은 관련을 맺고 있으며 그 주된 정신이 기독교적[2] 임은 본인 스스로의 여러 경로를 통한 언술과 여러 학자들의 분석에서 증명된다. 휘트먼은 "진정한 시인은 성서를 거역할 수 없다"("The Bible As Poetry" 104-09)라고 하며, "외부의 영향이 있었다면 그것은 내가 신구약을 독파했다는 것이다"("A Backward Glance o'er Travel'd Roads" 565)라고 진술함으로써 성서가 그의 시 정신의 모체임을 밝히고 있다. 휘트먼의 시와 성서와의 연계성을 찾고자 하는 시도는 그동안 여러 비평가와 학자들에 의해서 이루어져

---

* 본 글은 『문학과 종교』 9.1 (2004): 129-53에 「휘트먼의 『풀잎』에 나타난 성서적 이미저리-종교적 자아와 기독교 휴머니스트 이미지를 중심으로-」로 게재되었음.

1) '성서적'이란 용어는 기독교의 경전인 성서에 근거한 것을 말함.

2) '기독교적'이란 용어는 성서와 그 이후의 기독교적 문헌을 포괄함을 의미함.

왔다. 특히 고데(Clarence Gohdes)는 성서가 『풀잎』의 원형이라고까지 말하였으며(106), 에머슨(Ralph W. Emerson)과 카알라일(Thomas Carlyle)은 휘트먼을 "예언자 시인"(poet-prophet)(Fred 1146-64)으로 묘사하였다. 또한 윌리엄 오코너(William D. O'Connor), 리처드 M. 버케(Richard M. Buucke), 케네디(W. S. Kennedy), 존 브로우(John Burroughs), T. B. 해네드(T. B. Hanned), 호러스 트라우벨(Horace Traubel) 등 초기의 휘트먼 숭배자들은 시인의 신비적 색채를 강조하여 그를 예언자 혹은 현대의 그리스도라고 하였으며, 특히 앨런 F. 프레이(Ellen F. Frey)는 휘트먼의 "전 작품의 요지는 예수 그리스도"(46)라며 『풀잎』에 내포된 기독교 정신을 한마디로 요약하였다. 휘트먼은 본인 스스로 "나는 사랑과 동료애에 대한 복음 시를 쓸 것이다"(I will write the evangel-poem of comrades and of love)[3]라고 천명한 바와 같이 그의 작품 속에서는 기독교적 사랑과 구원과 복음에 대한 주제가 곳곳에 예술적으로 형상화 되어 있다.

그러나 휘트먼의 문학 및 종교사상은 순수한 기독교 사상이라고는 할 수 없으며 그의 작품 『풀잎』에는 기독교적 요소뿐만 아니라 자유주의적이고 초 교리적인 요소가 혼합되어 나타난다. 이것은 휘트먼이 청년기까지 배양된 기독교적 토양 위에서 그의 청년기에서 중년기(1836-60)까지의 문학 사조였던 뉴잉글랜드 초월주의(New-England Transcendentalism)와 힌두교, 불교, 도교 등 동양사상의 영향을 받았기 때문이다. 초월주의는 신비적이고 형이상학적이며 직관적인 사물에 대한 인식, 인간의 육체 속에 내재된 신성성, 그리고 신과 인간의 일치를 의미하는 일원론적 세계관 등을 주장하며 나아가 캘빈 정교주의(Calvinistic Orthodoxy)나 청교도주의(Puritanism)의 교리주의적 신앙에 대한 부정적 사유형식을 띠는 사상적 체계이다. 이와 같은 초월주의의 영향은 휘트먼으로 하여금 생명을 창조하는 주체는 신이나 성서가 아니라 개인 자신임을 주장하는 등 전통 교리적 기독교관과 상반되는 그의 사상을 노출시키게 하였으며 그의 종교적 사상을 교리의 틀 속에 가두려 하지 않았다.

---

3) Walt Whitman, *Leaves of Grass*, Ed. S. Bralley and H. Blodgett (New York: Norton, 1965), 19. 이하에서 휘트먼의 詩 인용은 *LG*로 표시하고 제목과 면수만 표시하기로 함. 시 번역은 저자가 한 것임. 이하 별도 표시가 없는 경우 본 논문에서 인용된 모든 시의 번역은 저자의 번역임.

그럼에도 불구하고 휘트먼의 문학 정신의 모체는 기독교 사상임을 부정할 수는 없다. "기독교가 타 모든 종교에 우선하는 종교"(Whitman, *The Gathering of the Forces* 212-13)라는 휘트먼 자신의 진술이나 "킹 제임스 성경보다 휘트먼에게 영향을 끼친 것은 없다"(Allen 24)라는 앨런의 주장 등을 근거해 볼 때 동서양의 어떠한 종교나 사상도 그의 기독교 사상을 폄하(貶下) 할 수 없음을 알 수 있다. 오히려 휘트먼은 초월주의와 동양철학 종교사상을 수용한 후에도 기독교적 구원과 복음에 대한 그의 태도를 일관되게 견지하였음이 그의 많은 산문들과 작품 속에서 발견되어지며, 이를 통하여서 그의 기독교적 문학 사상이 증명되고 있다. 다양한 철학 및 종교의 학습은 휘트먼으로 하여금 교리 중심적 기독교에서 벗어나 오히려 기독교 지식에 대한 더욱 깊은 이해를 도모하고, 삶과 예술의 "다면성"(Many sideness)을 배양케 하였다(Mill 290). 따라서 휘트먼의 이 같은 복합적인 문학 사상의 형성 과정은 비록 휘트먼으로 하여금 삶과 세상에 대한 인식에 있어 교리 중심적 기독교에 고착화 되지 않은 초월적인 시각을 가지게 하였지만, 시인의 기독교 정신의 근본을 변화시키지는 못하였다.

휘트먼의 이와 같은 혼합적인 기독교 사상은 다시 휘트먼이 작품 활동을 하던 당시의 미국의 휴머니즘 사조와 결합하고, 미국 국민들 사이의 보편적인 정치 이데올로기였던 민족주의 및 민주주의 이데올로기와 통합되며, 세계주의적 정치이상으로 승화되어, 그의 독특한 기독교 휴머니즘적 시 예술 세계로 발전케 된다. 휘트먼이 "휴머니즘적으로 말하면 성서와 『풀잎』은 모든 면에서 양립할 수 있다"(Gabriel 23)라고 스스로 말했듯이 휴머니즘과 기독교의 결합은 휘트먼 시의 가장 큰 특징들 중 하나이다. 휴머니즘이란 말은 '보다 인간다움'을 뜻하는 라틴어 '후마니오르'(humanior: 인간적이란 뜻의 humanus의 비교급)에서 유래되었으며, 사전적 정의에 의하면 "인간주의(人間主義), 인문주의(人文主義), 인본주의(人本主義)라고도 하며, '인간다움'을 존중하는 대단히 넓은 범위의 사상적 및 정신적 태도와 세계관," 또는 "인간과 인간의 가치, 능력, 그리고 진가에 중심을 둔 사상체계"로 정의된다. 일반적으로 휴머니즘은 신을 부정하는 반 기독교적인 사상이며 대부분의 인본주의자들이 대체로 신학에 무관심하다는 인식과는 다르게 휴머니즘은 반 기독교적 운동인 것은 아니다(Rivers

126). 기독교 휴머니즘은 시대적 상황에 따른 변천과 그것이 내포하는 다양한 사상적 성향 때문에 한마디로 정의하기 힘든 애매한 용어이다. 14-15세기 유럽에서 태동하여 16세기 초반에 에라스무스를 중심으로 한 기독교 인문주의는 르네상스 인문주의의 영향을 받은 교육 운동이다. 신의 특별한 창조물인 인간이 교육과 자기 개발을 통하여 절대자인 신의 뜻을 구현할 수 있다고 보았다. 이후 기독교 휴머니즘은 16, 17세기 영국에서 에드먼드 스펜서(Edmund Spenser: 1522-59)와 존 밀턴(John Milton: 1608-78) 같은 시인에 의해 프로테스탄트 휴머니즘으로 전개되었으며, 휘트먼이 작품 활동을 하던 19세기 미국의 휴머니즘은 청교도정신(Puritanism)의 엄격성과 경직성에 대한 반발로 에머슨, 소로우, 너대니얼 호손(Nathaniel Hawthorne), 허먼 멜빌(Herman Melvile), 휘트먼 등의 문인들이 주도한 미국 문예부흥(American Renaissance)의 정신이라 할 수 있다. 이 같은 19세기 미국 휴머니즘의 영향을 받은 휘트먼은 흑인, 수부, 창녀 등의 평민을 포함하여 모든 사람을 평등하게 여겼으며, 인간을 우주에서 스스로를 완성시켜 나가는 목적론적인 목표를 가지고 있다고 보았으며, 신을 배제하지 않고 오히려 자아와 절대자(God) 사이의 평형적 친교를 통하여 그 목표에 이를 수 있음을 지적하고 있다. 이와 같이 기독교 휴머니즘은 신을 배제하지 않으며 자아와 절대자(God) 사이에 완전한 교통을 통해 개인과 사회의 완성에 이를 수 있음을 주장한다(More 32). 이것은 휘트먼이 그의 작품을 통하여 미국 국민과 나아가 전 인류를 종교적 구원의 완성으로 인도하려는 휴머니즘적 종교정신을 나타내는 것을 통해 알 수 있다. 시인은 「푸른 온타리오 해변가에서」("By Blue Ontario's Shore")에서 "완전하고 자유로운 개인들의 정신을 위해, 음유시인은 앞서 걷는다"(For the great Idea, the idea of perfect and free individuals, the bard walks in advance)(*LG* 348)라고 함으로써 개인으로 하여금 완전하고 자유로운 정신을 개발하여 개인을 완성에 이르도록 돕는 시인의 선각자적인 역할을 강조하고 있다. 기독교 휴머니즘의 영향을 받은 휘트먼은 『풀잎』의 초판 서문에 "모든 사람은 자신의 제사장이 될 것이다"(every man shall be his own priest) (*LG* 729)라면서 '인간다움'을 회복하고 개인과 사회의 완성에 이르는 통로가 자아와 절대자 사이에 완전한 교통을 통해서 가능함을 주장한다(Warren 78-79).

이와 같이 신과 인간의 일체적 가치성을 토대로 휘트먼은 기독교 사상과 휴머니즘을 통합하고 일체화한 기독교 휴머니즘을 자신의 문학사상으로 만들었다.

따라서 지금까지 휘트먼의 시문학 분석은 전통적 기독교 시각에서 연구되거나 그 반대로 시인의 초월적 태도를 근거로 하여 탐색되어 왔다. 크롤리를 포함한 몇몇 비평가와 학자들은 휘트먼과 전통적인 기독교와의 관련성에 대한 연구를 통해 『풀잎』에서 사용된 그리스도적 화자로서의 시인의 역할을 시를 통합해주는 시적장치로 보았으며, 『풀잎』이 "복음시"(gospel)의 형식을 취한 "예언자적 메시지"(The prophet's message)의 시적 의장이라 하였다(Crawley 54). 또한 앨런이나 베르키스트는 작품의 전체적인 주제의 전개와 발전, 경향, 시적 스타일과 기교, 그리고 작품을 관통하는 정신 등에서 기독교적 요소를 발견하였으며, 성서에서 언어(language)와 상징적 이미저리(imagery)를 다수 인용하거나 의역하였다는 것을 밝힌바 있다. 그러나 이들 연구에서는 전통적인 기독교적 측면에서의 접근으로 시에 내포된 성서적 요소를 추출하여 기술적으로 분석하는 데 우선적으로 초점을 맞추어 온 것이 사실이다. 그럼에도 불구하고 휘트먼의 혼합적이고 다면적인 문학사상, 즉 초월적이고 신비적인 특성이 가미된 기독교 사상이 그의 세속적이고 인간적이며 정치적인 사상과 혼융된 독특한 기독교적 휴머니즘의 시 예술세계를 일관적이고 체계적으로 분석하는 연구가 있어야 하겠다.[4] 특히, 휘트먼은 성서적 요소들을 인문주의적으로 확장하여 시속에 형상화시켰고 기독교적 이상을 사회, 정치적 이상으로 승화시켰다. 이러한 휘트먼 기독사상의 초월적이고 인문주의적인 특성 구명과 그의 기독교 휴머니즘의 예술세계에 대한 탐색은 인간과 성서에 대한 인식의 지평을 더욱 넓게 확장시킬 것으로 기대된다.

이후 본 연구에서는 『풀잎』에서 인류를 구원하고자 하는 자신의 시적 사명을 공표함에 있어 성서적 메시지를 구축하기 위한 시적 장치로서 시인이 창조한 시적 자아를 탐색함으로써 휘트먼의 시 예술세계를 심층적으로 탐구하고자 한다. 휘트먼은 『풀잎』에서 다양한 자아상을 형상화하여 자신의 성서적 메시지

---

4) 김영호는 「휘트먼의 기독교 시학」 등의 논문에서 시의 주제분석에 초점을 두고 궁극적으로 휘트먼의 예술이 기독교적 휴머니즘의 시학 위에 축조되었음을 밝혔으며, 이를 한용운의 철학사상과 대비시켰다(30).

를 구축하고 있다. 여기에는 그리스도의 제자로서의 종교적 자아상, 그리스도적 구원자로서의 자아상, 그리고 기독교 휴머니스트로서의 자아상 등이 포함된다. 본 논문에서는 『풀잎』에 형상화된 다양한 자아상 가운데 특히, 자신의 구원의 경험과 신의 음성을 따르고 전하는 제자적 삶과 헌신 등을 반영하여 형상화시킨 종교적 자아상과 자신의 기독교적 이상을 사회적 정치적으로 현실화하여 민주주의와 세계주의적 정치 이상으로 승화시키기 위하여 시인이 작품 가운데 발현시킨 기독교 휴머니스트적 자아상에 초점을 맞추어 휘트먼의 종교적이며 인문학적인 시문학의 예술적 가치를 확인하고 시인의 문학사상적 의의를 추출하고자 한다.

II. 종교적 자아의 이미지

휘트먼은 1819년 뉴욕 서쪽에 위치한 조그만 농촌 웨스트힐(West Hills)에서 당시 무교회주의자이며 급진적 사회주의자였던 그의 아버지 왈터 휘트먼(Walter Whitman)과 정통적 기독교 신자였던 어머니 반 루이사(Van Velsor Louisa) 사이에서 태어났다. 그의 어머니는 독실한 퀘이커(Quaker)교 신자였으며 가난한 농촌의 목수였던 그의 부친은 퀘이커교의 개혁을 주장한 힉스(E. Hicks)와 급진적 사회주의자인 라이트(F. Wright), 오웬(R. D. Owen) 등의 사상과 저서를 그의 아들에게 전수하기도 하였다. 휘트먼의 이러한 가정환경은 시인의 종교사상이 복음적 기독 사상의 기초 위에 자유주의적인 초교리적 신앙관을 가미하게 된 태생적 배경이 되고 있다. 휘트먼은 독실한 퀘이커 교인이었던 어머니 루이사에 의해 어려서부터 교회예배에 인도되었으며 청년시절까지 브루클린(Brooklyn)의 St. Ann's Episcopal Church와 Dutch Reformed Church의 주일성경학교에 참석하여 성서에 관한 지식을 쌓았으며, 당시 성경읽기운동(Movement of the Book) 등의 활동을 통하여 자신의 기독교적 사상을 확립하여 나갔다(Bergquist 71-72). 이와 같은 휘트먼의 유년기부터 청년기(1836-60)까지의 기독교적 종교 환경은 시인으로 하여금 성서에 대한 체계적인 지식과 더불어 죄와 구원의 문제에 대한 기독교적 인식을 갖게 하였다. 기독교적 구원이란, 인간이 죄로 인하여 하나님께로부터 창조 받은 원래의 모습을 잃어버리고 슬픔과 고통가운데 있다가, 구원자인 예수 그리스도를 통하여 그 창조의 원형을 회복하고 기쁨과 즐거움을 누리게 됨을 의미한다. 여기에는 파괴된 인간성의 치유와 회복, 육체의 질병과 고통으로부터의 해방, 악의 세력으로부터의 승리, 정치적 경제적 억압으로부터의 해방 등이 포함된다. 실제로 휘트먼은 작품 속에서 연약하고 유한한 자신의 존재를 인식하고 그리스도를 영접하고 그와 연합함으로써, 죄의 본성을 벗고 참된 자아로 회복케 되는 구원의 기쁨과 감격을 시현한다. 아울러 제자적 삶을 위한 희생과 헌신, 신의 음성을 따르려는 신앙적 의지, 사랑과 성령의 음성을 전파하여 다른 사람을 구원으로 인도하려는 사명 등 종교적 자아상을 그의 작품 속에서 형상화시킨다.

이러한 시적 모티브는 인간의 죄악과 구원 문제에 대한 시인의 깊은 관심에서 출발한다고 볼 수 있다. P. D. 웨스터브룩(P. D. Westbrook)은 인간사회의 죄악과 도덕적 의무에 대한 시인의 고심을 다음과 같이 적절히 표현하고 있다.

> 휘트먼은 인간 사회의 죄성, 일반인들의 도덕적 책임감, 그리고 그것에 관련된 개인의 책임을 그의 습작을 통하여 반복적으로 제기하고 있다. (Westbrook 58)

이러한 인간의 죄성과 그에 따른 구원 문제에 대한 깊은 관심은 휘트먼으로 하여금 그의 작품 『풀잎』 속에서 예수 그리스도의 정신 곧 사랑, 희생, 구원, 그리고 천국에 대한 희망을 가장 중심적인 시적 주제로 삼는 동기가 되었다고 볼 수 있다. 특히 휘트먼의 시 「인도로의 여행」(*LG* 418-19)에는 전지전능하고 영원한 하나님과 자연 앞에서 연약하고 유한한 존재인 자신을 깨닫고 그리스도에게로 돌아섬으로써 참된 자아를 발견하는 시인의 심상이 잘 나타나 있다.

> 나는 하나님의 생각 앞에서 순식간에 움츠려 드노니,
> 자연과 그 경이, 시간과 공간, 그리고 죽음 앞에서,
> 그러나 나는, 돌아서서 당신에게 외칩니다 오 영혼이여, 당신은 실질적인 나입니다,
>
> Swiftly I shrivel at the thought of God,

At Nature and its wonders, Time and Space and Death,
But that I, turning, call to thee O soul, thou actual Me, (*LG* 419)

인용시의 1-2행에서 시인은 전지전능한 "하나님의 생각," "자연과 그 경이," 영원하고 무한한 "시간과 공간," 그리고 시공을 넘어선 "죽음" 등의 절대자의 이미지를 대비시켜 연약하고 유한한 자아의 이미지를 강조함으로써 구원의 필요성을 현현시킨다. 이어 3행에서 시인은 "그러나 나는 돌아서서 당신에게 외칩니다. 오 영혼이여, 당신은 실질적인 나입니다"라고 외치며 죄의 본성을 벗은 참된 자아가 바로 자신 가운데 있는 영혼임을 발견하는 구원의 감격을 시화하고 있다. 이 같은 창조 원형적인 자아 발견과 구원의 감격적 외침은 다음의 인용시에서 자신과 그리스도와의 일체성의 경험으로 이어진다.

오 영혼이여, 무 억압이여, 나는 당신과 함께 당신은 나와 함께 하도다,
. . . .
(당신은 나를, 나는 당신을 부둥켜안고, 오 영혼이여,)
. . . .
웃음과 그리고 많은 키스로서,
오 영혼이여 당신은 나에게, 나는 당신에게 기쁨을 줍니다.
아 어떤 성직자보다도 오 영혼이여 우리는 역시 하나님을 믿습니다,

O soul, repressless, I with thee and thou with me,
. . . .
(thou pressing me to thee, I thee to me, O soul,)
. . . .
With laugh and many a kiss,
O soul thou pleasest me, I thee.
Ah more than any priest O soul we too believe in God, (*LG* 418)

인용시의 1행에서 시인은 "오 영혼이여, 나는 당신과 함께, 당신은 나와 함께 하도다"라고 하며 자아와 그리스도와의 연합 혹은 신인합일(神人合一)의 경험을 시화하고 있다. 이 구절은 신약에 나오는 "나는 포도나무요 너희는 가지니 저가 내 안에, 내가 저 안에 있으면 이 사람은 과실을 많이 맺나니 나를 떠나

서는 너희가 아무것도 할 수 없음이라"[5](I am the vine, ye are the branches: He that abideth in me, and I in him, the same bringeth forth much fruit: for without me ye can do nothing)[6](요 15:5)라는 성서구절과 시적 운율과 리듬이 동일할 뿐 아니라 내용적인 면에서도 유사하다. 그러나 인용시에 나타난 "영혼"(Soul)을 시인의 동양사상적 편향을 고려하여 휘트먼이 세계 문화 문명의 발상지이며 영원한 귀향지로 여겼던 인도(India)로 보는 시각도 있다(김영호, 『한용운과 휘트먼의 문학과 종교』 38). 하지만 시인의 초교리적인 태도와 동서양의 모든 신을 하나로 보는 초월적 태도로 볼 때 인도의 신으로 한정하는 것은 무리가 있다고 하겠다. 오히려 휘트먼의 작품에 미친 기독교의 영향과 인용시의 마지막 행에서 "우리는 역시 하나님을 믿습니다"라는 고백을 볼 때 이 영혼(Soul)은 하나님(God) 혹은 그리스도로 보는 것이 더욱 타당하다. 즉 인용시에서 시인은 자신의 연약함과 죄성을 깨닫고 그리스도에게로 돌아섬으로써 참된 자아를 발견할 수 있었으며 그 참된 자아는 바로 자신 속에 계신 그리스도라는 고백을 발현한다. 이러한 그리스도와의 일체적 연합은 휘트먼으로 하여금 『풀잎』에서 자신을 그리스도와 동일시할 수 있게 만드는 근거를 제공한다.

죄의 본성을 벗고 그리스도와의 연합된 참된 자아의 이미지를 작품 가운데 형상화하였던 휘트먼은 이제 그리스도의 가르침을 따르고 헌신하는 그리스도의 제자로서의 자신의 정체를 작품 속에서 형상화하고 있다. 아래의 시 「자아의 노래」에서는 그리스도적 자아와 제자적 자아의 다중적인 시적 장치의 사용이 선명하다.

> 오천년 후에 이 땅에 나는 다시 올 것임을 믿으며,
> 복음을 흠숭하고, 십자가에서 순절하신 그분을 믿으며, 그분의 신성하심을 확신하고
> 교회당 좌석에서 무릎을 꿇었다가 일어서서 혹은 앉아서 기도하는 청교도

---

5) 톰슨성경편찬위원회, 『관주톰슨성경』, 개역한글판 (서울: 기독지혜사, 1984). 이후의 한글성경 인용은 이 책에서 함.

6) *Companion Bible* (Grand Rapids: Michigan Zondervan Bible, 1974), King James Vers. 시 작품과의 비교를 위해 King James Version의 영어 원문을 병기하며, 이후의 영어 성경 인용은 이 책에서 함.

들을 따르며.

Believing I shall come again upon the earth after five thousand years,
Accepting the Gospels, accepting him that was crucified, knowing assuredly
that he is divine
To the mass kneeling or the puritan's prayer rising, or sitting patiently in a
pew. (*LG* 78)

인용시에서 시인은 5천년 후에 재림할 예수의 이미지를 자신의 형상과 병행시킴과 동시에 자신을 교회당에서 신실하게 기도하는 헌신된 청교도로 묘사함으로써, 그리스도와 그의 가르침에 대한 시인 자신의 신앙심을 표출한다. 이 같은 개인적 신앙고백과 자아의 종교적 정체성 확인은 시인이 비록 형식적인 면에서는 교리의 틀을 초월한 자유주의적인 면을 따른다 하더라도 작품의 모티브와 맥은 기독교 사상에 근거한다는 증거이다.

그리스도와의 연합을 통한 구원의 감격을 시현하며 그리스도를 따르는 신실한 제자의 모습으로 시적 복음 전파의 사명을 공표하였던 휘트먼은 삼위일체의 한 위인 성령(Holy spirit)을 자신의 시에 도입하여 시적 사명의 종교성을 확장시키고 있다. 이러한 예는 그의 시 「신성한 광장을 찬양하며」("Chanting Square Deific")에서 성령을 직접적으로 언급하며 그 추상적인 실체를 객관적인 관찰자의 입장에서 아름답게 시현하는 것으로 나타난다.

성령이여, 호흡이여, 생명이여,
빛 너머, 빛보다도 가볍게,
지옥의 불꽃 너머, 지옥 위를 즐겁고 가뿐하게 넘나들며,
천국 너머, 나의 것 자신의 향기로 홀로 향기롭게 되나니,
지상의 모든 생명에게, 그 향기가 미치리니, 하나님을 포함하여, 구세주와
사탄을 포함하여,
영묘하게 아름다우며, 만물에 충만하니, (내가 없었다면 만물은 무엇이었을
까? 하나님은 무엇이었을까?)

Santa Spirita, breather, life,
Beyond the light, lighter than light,

Beyond the flames of hell, joyous, leaping easily above hell,
Beyond Paradise, perfumed solely with mine own perfume,
Including all life on earth, touching, including God, including Saviour and
  Satan,
Ethereal, pervading all, (for without me what were all? what were God?)
(*LG* 445)

휘트먼은 위의 시에서 남성어인 "Holy Spirit"을 여성어인 "Santa Spirita"로 변형시켜 직접적으로 성령을 언급하고 있다. 여기서 휘트먼은 "성령"을 "호흡"과 "생명"으로 은유함으로써 성령을 호흡과 같은 근원적인 생명현상으로 여긴다. 이것은 휘트먼이 그의 시 「국가!」("States!")에서 성령을 지칭하여 "생명의 오래된 호흡이여, 언제나 새롭도다"(The old breath of life, ever new)(*LG* 609)라고 함으로써, 호흡과 성령을 동일한 차원에서 다루고 있는 것과 일관성을 유지하고 있다. 따라서 시인의 이 같은 시적 은유는 구약에서 "하나님이 흙으로 사람을 지으시고 생기를 그 코에 불어 넣으시니"(And the LORD God formed man of the dust of the ground, and breathed into his nostrils the breath of life; and man became a living soul.)(창 2:7)라는 기록과 신약의 "저희를 향하여 숨을 내쉬며 가라사대 성령을 받아라"(And when he had said this, he breathed on them, and saith unto them, Receive ye the Holy Ghost:)(요 20:22)라는 구절로부터 착상되었음을 알 수 있다. 인용시의 2행과 3행에서 시인은 "빛"과 "불꽃"의 시각적 이미지를 사용하여 천국과 지옥을 각각 상징하고 있다. 이러한 상징을 통하여 시인은 "천국"과 "지옥"을 자유롭게 넘나들며 지상의 모든 생명에게 영향을 미치는 성령의 속성을 묘사함으로써 성속(聖俗)을 일체화하는 시인의 초월주의적인 특성을 드러내고 있다. 이러한 시인의 초월적 특성은 5행에서 "지상의 모든 생명에게 그 향기가 미치리니, 하나님을 포함하여, 구세주와 사탄을 포함하여"라고 함으로써 더욱 직접적으로 시현되고 있다. 또한 6행에서 시인은 "영묘하게 아름다우며, 만물에 충만하니"라고 노래함으로써 성령의 범신론적인 묘사가 나타난다. 여기에 근거해서 알렌은 이 "Santa Spirita"를 두고서 우주의 생명력이며 진화의 원동력인 버거슨(Bergson)의 "elan vital"과 같은 것으로 보았다(Allen, *The Solitary Singer* 161). 그러나 베르키스트 같은 연구자는 시인의 초월주의적 특성에도 불구하고 휘트먼이 자신의 시에서 언급하는 성령은 다름 아닌 기독교적 삼위일체의 성령에 해당하는 것이라고 하였다(Bergquist 177). 본 논문에서 밝혔던 시인의 성서적 배경과 작품 곳곳에서 예술화 된 시인의 기독교적인 정신을 놓고 볼 때 베르키스트의 주장이 더욱 자연스럽다고 하겠다. 또한 인용시에서 사용된 "그 향기"는 성령의 은총, 도움, 능력을 반영하며 4행에서 "지상의 모든 생명에게 그 향기가 미치리니"라고 함으로써 만인에게 베푸는 신의 일반적인 은총을 노래하고 있다. 이와 같이 시인은 교리적 정형화에서 탈피하여 성령을 절묘하게 예술화하여 묘사하여 초교리적이고 자유주의적이며 초월적인 자신의 시적 특성을 표출시킨다.

객관적인 관찰자의 입장에서 성령을 예술화하여 아름답게 묘사함으로 생명의 근원으로 간주하였던 시인은 이제 바로 그 성령에 대한 자신의 주관적 체험을 작품 가운데 시현한다.

> 오 나를 그토록 떨리게 만든 목소리, 내 속에 있는 것은 무엇인가?
> 정의로운 목소리로 내게 말하는 이가 누구이든지, 나는 그를 따르리니,
> 바닷물이 달을 따르듯이, 고요히, 유동적인 단계로, 지구 주위 어느 곳에서
> 든지
>
> O what is in me that makes me tremble so at voices?
> Surely whoever speaks to me in the right voice, him or her I shall follow,
> As the water follows the moon, silently, with fluid steps, anywhere Around
> the globe (*LG* 384)

인용시에서 시인은 자신 속에 내주(內住)하는 성령을 가리켜 "신의 목소리"라고 표현하고 있다. 또한 시인은 자신에게 말하는 그 "정의로운 목소리"를 "바닷물이 달을 따르듯이 따르겠다"며 절묘한 시적 비유를 통하여 자신의 신앙 의지를 선포한다. 이러한 선포는 신약에서 "무릇 하나님의 영으로 인도함을 받는 그들은 곧 하나님의 아들이라"(For as many as are led by the Spirit of God, they are the sons of God.)(롬 8:14)라는 바울의 설교와 동일한 신앙의지를 반영한 것이다. 즉 자신이 시를 쓰고 복음의 메시지를 전하는 것은 성령의 음성을 따르는 것이며 또한 썰물이나 밀물과도 같이 필연적이고 자연적인 것임을 예술

적으로 시현한 것이다. 따라서 위의 인용시는 바울이 신약에서 말한 "만일 우리가 성령으로 살면 또한 성령으로 행할지니"(If we live in the Spirit, let us also walk in the Spirit.)(갈 5:25)라는 성서 구절을 시화하여 제자의 삶은 성령과 동행하는 삶이며, 진정한 제자도의 실천과 복음 전파에의 헌신은 오직 성령과의 연합으로 가능하다는 자신의 종교적 인식을 자신의 작품 속에 예술화하여 나타낸 것이다. 이와 같이 시인은 성령에 대한 객관적인 인식과 더불어 내적인 성령 체험을 통하여 자신의 시적 과업 수행이 신의 목소리를 재창하는 것임을 스스로 인정함으로써 자신의 시적 과업을 그리스도의 사도로서 기독교적 순례를 위한 상징으로 구축하고 있다.

III. 기독교 휴머니스트 이미저리

종교적 자아 이미지를 통하여 구원의 경험과 성령에 대한 체험 등 자신의 종교적 내면세계를 반영하였던 휘트먼은 이제 시 예술을 통하여 사랑과 성령의 음성을 전파하고 개인과 사회를 완성시켜 나가려는 기독교 휴머니스트로서의 꿈을 형상화 시킨다.

이와 같은 기독교 휴머니스트로서의 자신의 시적 사명의 발견은 「동일한 종족을 가진 그대 어머니여」에서 자신의 내부로부터 들려오는 성령의 목소리에 대한 체험과 순종의 다짐으로부터 다른 사람을 "구원으로 인도하는" 자신 속에 내재된 "헤아릴 수 없는 잠재력"을 발견하고 신의 "목소리"를 재창하는 자신의 시적 기능이 성서와도 같이 독자들을 구원으로 인도하는 신성한 것임을 깨닫는다.

> 구원으로 인도하는 헤아릴 수 없는, 그대 자신 속에 내재된 잠재력, 그대 자신 속에 그칠 새 없는 그대의 성서, 어떤 것과도 동일하며, 어떤 것만큼 신성하도다

> Thy saviours countless, latent within thyself, thy bibles incessant within thyself, equal to any, divine as any "Thou Mother with Thy Equal Brood" (*LG* 459)

시인이 자신 속에서 발견한 "구원으로 인도하는 헤아릴 수 없는 . . . 잠재력"은 궁극적으로 시를 통하여 표출된다. 시인은 자신 속에서 "그칠 새 없이" 분출하는 자신의 시를 "그대의 성서들"(thy bibles)로 묘사함으로써 자신의 시를 기독교의 경전인 성경(Bible)과 동일하며 또한 신성하다고 여긴다. 이것은 그 신의 "목소리"를 재창하는 자신의 시적 과업 수행이 개인적, 혹은 심미적 예술의 차원을 넘어 자신의 기독교적 이상을 사회적 정치적으로 현실화하였음을 암시하는 것이다. 이와 같이 휘트먼은 자신의 시집을 "성서"라고 묘사하듯이 교리적인 측면에서 보면 반 기독교적 이단으로 단정될 수 있는 시적 표현을 통하면서까지 자신의 시 예술을 통한 '인간다움'의 회복, 즉 인간의 구원과 개인과 사회의 완성이라는 목표를 이루고자 하는 사명을 시현하고 있으며, 종교적 구원과 천국회복 또는 재창조의 주제를 인간적이고 보편적인 존재로 병치해 보임으로써 자신의 휴머니즘적 기독교관을 표출시키고 기독교적 휴머니스트로서의 자아상을 발현시키고 있다.

자신의 시적 과업 수행이 신의 음성을 따르는 것임을 천명하였던 시인은 자신의 조국인 미국과의 영적인 교감을 통하여 생명의 호흡인 성령의 음성을 전하겠다는 의지를 공고히 함으로써 자신의 기독교적 이상이 사회적 정치적 이상으로 현실화하였음을 더욱 분명히 시현한다.

> 생명의 오래된 호흡이여, 언제나 새롭도다,
> 여기서 나는 그대와 교제함으로 그것을 전하노라, 미국이여.
>
> The old breath of life, ever new,
> Here I pass it by contact to you, America. (*LG* 609)

인용시에서 시인은 "나는 그대와 교제함으로 그것을 전하노라, 미국이여." 라고 표현하였듯이 "생명의 호흡," 즉 '성령'을 전함으로 미국을 구원케 하는 것이 시인의 사명이라고 생각한다. 인용시의 구절은 「자아의 노래」에서 "나는 세상의 지붕위로 원시적인 고함을 지른다"(I sound my barbaric yawp over the roofs of the word)(*LG* 89)라고 구절과 함께 그의 복음적인 메시지를 전파하기를 기대하는 시인의 열망을 담고 있다. 이 구절은 신약에서의 예수의 말인 "집 위에서 전파하라"(Preach ye upon the housetops)(마 10:27)라는 것과 내용과 시적 형식에 있어 매우 흡사하다. 여기서 시인이 사용한 "원시적 고함"이라는 청각적 이미지는 바로 태초의 원시적 세계, 즉 생명이 창조되고 그 순수한 원형적인 모습이 간직 된 에덴동산에서 울려 나오는 생명의 소리를 상징한다. 따라서 "나는 세상의 지붕위로 원시적인 고함을 지른다"라고 하였듯이 시인이 시를 통하여 전하고자 하는 메시지는 다름 아닌 태초의 생명을 되찾고 에덴동산을 회복시키는 복음인 것이다. 이와 같이 휘트먼은 자신의 시를 생명의 복음으로 여기며 그것을 전함으로 미국 국민을 구원하고자 하는 자신의 시적 사명을 공표하기 위하여 성서적 이미저리를 사용하고 있다.

자신의 시를 에덴동산을 회복시키는 새로운 복음으로 상징화하였던 시인은 「열린 길의 노래」에서 성전에서 구걸하는 앉은뱅이를 고치는 베드로와 요한의 이미저리를 자신에게 투영시켜 자신이 전파하는 복음으로서의 시의 본질은 다름 아닌 "사랑"임을 시현한다.

동료여, 나는 그대에게 나의 손을 내미노니!
나는 돈보다 더욱 귀중한 나의 사랑을 네게 전하노라,
나는 설교나 율법 이전에 먼저 나 자신을 네게 주노니;
그대 자신을 내게 주지 않으려오? 나와 여행하지 않으려오?
우리가 살아있는 동안 한 몸을 이루지 않으려오.

Camerado, I give you my hand!
I give you my love more precious than money,
I give you myself before preaching or law;
Will you give me yourself? Will you travel with me?
Shall we stick by each other as long as we live. (*LG* 159)

인용시의 첫 행에서 사용된 "Camerado"는 라틴어로서 "동료"(comrade)라는 의미이며 미국 국민, 나아가 세계 인류를 지칭한다. 인용시의 2행은 사도행전에서 베드로와 요한이 나면서부터 앉은뱅이로 성전에 앉아 구걸하던 사람을 고쳐주면서 말한 "금과 은은 내게 없거니와 내게 있는 것으로 네게 주노니 곧 나사렛 예수 이름으로 걸으라"(Then Peter said, Silver and gold have I none; but such as I have give I thee: In the name of Jesus Christ of Nazareth rise up and walk.)(행 3:6)라는 구절을 연상시킨다. 이어서 3행에는 "나는 설교나 율법 이전에 먼저 나 자신을 네게 주노니"라는 시인의 선포는 시인이 전하고자 하는 것은 동료를 향한 아가페적인 사랑의 복음임을 공표한 것이다. 시인은 여기서 "나 자신을 네게 주노니"라는 구절을 통하여 인류를 위하여 자신의 몸을 속죄물로 드리는 예수 그리스도를 연상케 함으로써 자신이 전하는 복음으로서의 시의 본질이 그리스도의 완전한 사랑임을 현현한다. 또한 시인은 4행에서 "그대 자신을 내게 주지 않으려오? 나와 여행하지 않으려오?"라고 하면서 바울이 성도들에게 그리스도와 동행할 것을 권면하듯이 독자들이 자신과 동행할 것을 권유하고 있다. 또한 마지막 행에서 "한 몸을 이루자"는 표현은 신약에서 바울이 설교한 "이와 같이 우리 많은 사람이 그리스도 안에서 한 몸이 되어 서로 지체가 되었느니라"(So we, being many, are one body in Christ, and every one members one of another.)(롬 12:5)라는 성서구절을 인유하여 성도와 그리스도가 연합하듯이 시인과 독자가 연합해야 함을 촉구하는 것이다. 이와 같이 시인은 성서적 인유와 이미저리를 다수 사용하여 자신이 전하는 시의 본질은 사랑임을 공표하고 성도가 그리스도의 지체가 되듯이 독자들이 자신과 한 몸을 이룰 것을 촉구하고 있다.

자신의 시의 궁극적인 기능이 독자들을 구원으로 인도하는 것임을 밝혔던 시인은 「인도로의 여행」에서 자신의 시를 "신성서"라고 명명하면서 자신의 시를 통하여 정신적인 방황을 끝내고 흠 없는 창조의 원형적 모습으로 회복되어 에덴으로 돌아오는 독자들의 영혼을 노래하고 있다.

> 신성서의 왕국으로,
> . . . .
> 마음의 항해에서 그가 돌아온다,
> 이성의 첫 에덴동산으로,
> 지혜가 탄생된 곳으로, 순결한 직관력으로 되돌아온다,
> 다시 흠 없는 창조의 모습으로,

To realms of budding bibles,
. . . .
the voyage of his minds return,
To reason's early paradise,
Back, back to wisdom's birth, to innocent intuitions,
Again with fair creation. (*LG* 418)

인용시에서 "신성서의 왕국," "이성의 첫 에덴동산," "흠 없는 창조의 모습," "지혜가 탄생된 곳," "순결한 직관력" 등의 이미저리는 타락 이전에 하나님이 창조한 인간의 원래의 모습을 반영한다. 또한 인용시에서 사용된 "마음의 항해"는 세상의 거친 물결과 풍랑 속에서 사람들이 겪고 있는 정신적인 방황을 시현한다. 여기서 "마음의 항해에서 그가 돌아온다"라고 하듯이 신성서로 명명된 자신의 시의 궁극적 기능은 이전의 억압되고 타락한 독자의 영혼을 참된 자유와 기쁨을 누리는 하나님이 약속한 땅 즉, "새로운 에덴동산"(the Garden New Ascending)(*LG* 90)으로 인도하는 정신적 지표로서 혹은 새로운 세대를 만들어 내는 토양으로서의 역할이다. 여기서 "이성의 첫 에덴동산"이라고 표현하였듯이 하나님으로부터 창조된 후 타락하기 전까지 완전한 낙원에서 인간이 누렸던 하나님의 보호와 축복, 그리고 그로 인한 기쁨은 순간적이고 감상적인 것이 아니라 이성적이며 지속적인 것이다.

자신의 시를 통한 독자들의 종교적 구원과 천국회복의 모습을 시현하였던 휘트먼은 통일된 천국의 구체적인 모습을 1885년에 쓰인 시, 「잠자는 사람들」("The Sleeper")에서 잘 묘사하고 있다. 이 시의 마지막 장에는 구약에서 예언된 메시아 시대의 도래를 연상케 하는 다음 구절들이 나타난다.

죄인이 감옥으로부터 걸어 나오고, 미친 사람이 제정신으로 돌아오고, 병자의 고통이 감해지며,
발한과 발열이 멈추고, 건강치 못한 인후가 건강하게 되며, 폐병이 회복되고, 가난한 자의 곤궁한 머리가 자유 함을 얻고,
류머티즘성 관절이 전과 같이 부드럽게 움직이고, 전보다 더욱 부드러워지며,
숨막힘과 통행이 트이고, 마비된 자가 유연해지며,

> The felon steps forth from the prison, the insane becomes sane, the suffering
>   of sick persons is reliev'd,
> The sweatings and fevers stop, the sloat that was unsound is sound, the lungs
>   of the consumptive are resumed, the poor distress'd head is free,
> The joints of rheumatic move as smoothly as ever, and smoother than ever,
> Stiflings and passages open, the paralyzed become supple, (*LG* 433)

인용시에서 시인은 잠자는 사람들을 보면서 잠이 어떻게 그들의 병을 치유하고 그들의 잘못을 바로잡는가를 관찰하는 형식을 빌려 미래 통일된 천국의 모습을 그리고 있다(Bergquist 204-05). 인용시에서 사용된 전체적인 이미지는 구약에서 메시아 시대를 희망하는 이사야 선지자가 쓴 이사야서의 다음 구절들과 아주 비슷하며, 사용된 운율 또한 유사하다. "너희는 약한 손을 강하게 하여주며 떨리는 무릎을 굳게 하여주며, . . . 그 때에 소경의 눈이 밝을 것이며 귀머거리의 귀가 열릴 것이며, 그 때에 저는 자는 사슴 같이 뛸 것이며 벙어리의 혀는 노래하리니 이는 광야에서 물이 솟겠고 사막에서 시내가 흐를 것임이라" (Strengthen ye the weak hands, and confirm the feeble knees, . . . Then the eyes of the blind shall be opened, and the ears of the deaf shall be unstopped. Then shall the lame man leap as an hart, and the tongue of the dumb sing: for in the wilderness shall waters break out, and streams in the desert.)(사 35:3, 5-6), "나를 보내 사 마음이 상한 자를 고치며 포로 된 자에게 자유를, 갇힌 자에게 놓임을 전파하며"(he hath sent me to bind up the brokenhearted, to proclaim liberty to the captives, and the opening of the prison to them that are bound)(사 61:1). 구약에서 선지자 이사야가 기록하였던 위의 구절들은 신약성서에서 그리스도가 자신의 사역을 지칭하는 말로 다음과 같이 다시 인용되고 있다. "주의 성령이 내게 임하셨으니 이는 가난한 자에게 복음을 전하게 하시려고 내게 기름을 부으시고 나를 보내 사 포로 된 자에게 자유를, 눈먼 자에게 다시 보게 함을 전파하며 눌린 자를 자유케 하고, 주의 은혜의 해를 전파하게 하려 하심이라 하였더라"(The Spirit of the Lord is upon me, because he hath anointed me to preach the gospel to the poor; he hath sent me to heal the brokenhearted, to preach deliverance to the captives, and recovering of sight to the blind, to set at liberty them that are bruised, To preach the acceptable year of the Lord.)(눅 4:18-19). 이와 같이 시인은 자신이 꿈꾸고 있는 다가올 통일 천국의 시대에 죄인이 풀려나며, 병든 자가 질병에서 놓임을 받는 것과 같은 인류 구원의 모습을 형상화하고 있다.

구약에 나타난 메시아 시대의 이미저리를 통하여 통일된 천국의 모습을 시현하였던 시인은 동서 화합의 이상사회 실현은 다름 아닌 사랑에 의해서 가능해 진다는 것을 다음 인용시에서 육체적이고 인간적인 사랑의 이미저리를 통하여 시현한다.

> 소녀의 벗은 팔을 연인의 벗은 가슴 위에 교차되게 놓고, 욕정 없이 그들은
> 　몸을 밀착하여, 그의 입술은 그녀의 목을 살며시 누르노니,
> 아버지는 측량할 수 없는 사랑으로 어리거나 장성한 아들을 두 팔로 껴안고,
> 　아들은 측량할 수 없는 사랑으로 아버지를 껴안으니,
> 어머니의 흰 머리칼은 딸의 흰 손목 위에서 반짝이며,
> 소년의 호흡은 남자의 호흡과 함께하며, 친구는 친구를 포옹하니,
>
> The bare arm of the girl crosses the bare breast of her lover, they press close
> 　without lust, his lips press her neck,
> The father holds his grown or ungrown son in his arms with measureless
> 　love, and the son holds the father in his arms with measureless love,
> The white hair of the mother shines on the white wrist of the daughter,
> The breath of the boy goes with the breath of the man, friend is inarm'd by
> 　friend, (*LG* 433)

인용시에서 시인은 남녀간, 부자간, 모녀간, 친구간의 사랑의 행위를 이미지화하여 인류의 구원은 다름 아닌 인간적인 사랑의 행위에 의해서 가능함을 현현한다. 하지만 여기서 시인은 "욕정 없는," "측량할 수 없는" 등과 같은 의도적인 수식어를 사용함으로써 시인이 의미하는 육체적이고 인간적 사랑이 쾌락적이고 탐욕적인 사랑이 아니라 아름답고 순수한 것이며 신의 무한한 아가페적인 사랑과 동등한 것임을 암시한다. 이러한 시 창작의 모티브는 에덴동산에서의 "옷을 벗은" 아담과 이브와 같이 창조 원형을 회복하고 지리적, 종족적, 학식적, 성적(性的)인 장벽을 넘어 함께 화합하는 인류의 모습을 상징적으로 묘사하는

다음의 구절들에서 더욱 선명하게 극대화된다.

> 그들은 옷을 벗은 채 누워서 손에 손을 잡고 동에서부터 서에 이르기까지 온 지구 위를 넘쳐 나나니,
> 아시아인들과 아프리카인들이 손에 손을 잡고, 유럽인들과 아메리카인들이 손에 손을 잡고,
> 배운 자와 못 배운 자가 손에 손을 잡고, 남자와 여자가 손에 손을 잡고,

> They flow hand in hand over whole earth from east to west as they lie unclothed,
> The Asiatic and African are hand in hand, the European and American are hand in hand,
> Learn'd and unlearn'd are hand in hand, and male and female are hand in hand, (*LG* 432)

인용시에서 시인은 에덴동산에서의 아담과 이브처럼 "옷을 벗은" 개인들이 "손에 손을 잡은" 화합의 이미지를 통하여 하나님으로부터 창조되었을 때의 원형을 회복한 사람들이 함께 화합하는 미래의 천국을 형상화하고 있다. 여기서 옷을 벗은 개인이 주는 이미지는 에덴동산에서의 아담과 이브, 혹은 구원 받은 개인의 모습이다. 인용시는 원형적 속성을 회복한 개인들이 지리적, 민족적, 학식적, 성적(性的)인 장벽을 뛰어 넘어 하나로 연합하는 동서화합과 세계 통일의 모습을 상징화한다. 이러한 시적 상징에는 인류의 창조원형의 회복을 통하여 동서화합과 세계통일의 천국을 이룰 수 있다는 시인의 신념이 담지되어 있다. 여기서 시인은 육체적이고 성적인 이미지를 사용하여 인류의 구원과 화합 이미저리를 유도함으로써 성을 종교적 구원의 단계로 승화시키고 있다. 이와 같이 휘트먼은 사랑의 복음 전파를 통한 하나님 나라와 통일된 천국 건설이라는 시 창작의 모티브 아래 자신의 세계주의 이상 실현에 대한 신념과 희망을 성서적 이미저리에 담지함에 있어 성을 종교적 구원의 단계로 승화시키는 등 인간적으로 접근함으로써 자신의 시 창작의 모티브가 기독교적 휴머니즘에 근거함을 실제로 극화 시키고 있다.

IV. 나가는 말

우리는 휘트먼의 시에 나타난 성서적 이미저리의 연구를 통하여 그의 시의 보편적 가치와 아름다움을 더 깊이 이해하게 되었을 뿐 아니라, 그의 시의 위대성의 또 다른 정신의 근거를 더욱 구체적으로 확인하게 되었다. 그의 시는 성서의 메시지를 있는 그대로 전달하기보다는 성서의 내용에 대한 인유와 유사한 표현, 또는 의역 등의 기법을 사용하여 그것을 새롭게 조명하거나 변용시켜 예술적으로 재구성함으로써, 그리스도의 정신을 더욱 다양한 스펙트럼 속에서 새롭게 체험할 수 있도록 우리를 자극한다. 그는 기독교적 주제와 메시지를 이분법적이고 교리적인 시각이 아니라 초월적이고 인문주의적인 입장에서 변증법적으로 승화시키고 확장시킨다. 뿐만 아니라, 인류 구원의 기독교적 이상을 당대의 미국의 정치 이데올로기와 결합시켜 민주주의적 인류구원의 완성이라는 정치적 이상으로 그것을 삶의 현실 속에 구체화시키려 한다. 이 같은 기독교 사상의 인문주의적인 확장과 현실적 정치 이상으로의 변환을 위한 시적 장치로서 휘트먼은 사랑, 구원, 소망의 그리스도 이미지를 자신에게 투영시키고, 자신의 시집에 신성서의 이미지를 투사시킨다.

휘트먼이 기독교적인 시적 주제를 전개함에 있어 드러나는 특징은 그가 인간적이고 자유스러우며 초월적인 문학사상적 특성을 작품 속에 보이고 있다는 사실이다. 시인은 정신과 육체를 일체적으로 인식하는 초월주의적인 특성을 작품 곳곳에 반영시키기도 하고, 인간적이고 자유로운 자신의 종교적 사상의 특성을 드러내기도 하며, 육체적이고 성적인 이미지를 종교적 구원의 단계로 끌어올리기도 한다. 뿐만 아니라 신을 배제하지 않고 오히려 자아와 절대자(God) 사이의 친교를 통하여 개인의 완성에 이를 수 있다는 기독교적 휴머니즘 사상을 작품 속에서 발현시킨다. 또한 개인으로 하여금 완전하고 자유로운 정신을 개발하여 완성에 이르도록 돕는 것이 시인의 선각자적인 역할임을 강조하고 다른 사람을 구원으로 인도하려는 자신의 시인으로서의 사명을 시로서 표출하기도 한다.

시인이 『풀잎』에서 창조한 시적 자아는 인류를 구원하고자 하는 자신의 시적 사명을 공표함에 있어 성서적 메시지를 구축하기 위한 시적 장치로 중요한 역할을 한다. 작품 속에서 휘트먼은 연약하고 유한한 자신의 존재를 인식하고 그리스도와 연합함으로써 죄의 본성을 벗고 참된 자아로 회복케 되는 구원의 기쁨과 감격을 종교적 자아 이미지에 담아 시화하고 있다. 아울러 제자적 삶을 위한 희생과 헌신, 신의 음성을 따르려는 신앙적 의지, 사랑과 성령의 음성을 전파하여 다른 사람을 구원으로 인도하려는 사명 등의 종교적 자아상을 작품 속에 형상화 시킨다. 휘트먼은 자신이 시로서 예술화하여 승화시킨 기독교 사상의 실천과 전파가 인류의 완성과 이상사회 실현을 위한 도로임을 밝힘으로써 자신의 기독교적 휴머니즘 사상을 나타낸다. 시인은 사랑의 복음전파를 통한 하나님나라와 통일된 천국 건설이라는 시 창작의 모티브아래 개인과 사회의 구원과 완성을 목표로 휴머니스트로서의 자아상을 형상화한다. 이를 위하여 시인은 자신의 세계주의 이상 실현에 대한 신념과 희망을 성서적 이미저리에 담지하여 기독교 사상과 융합함으로써 자신의 문학 사상이 초월적인 기독교적 휴머니즘임을 발현시킨다. 이와 같이 휘트먼은 개인의 완성을 사회의 완성 개념과 결부시켜 새로운 현대적 복음인 자신의 시집을 통하여 인류를 새로운 천국인 민주국가와 동서통일의 세계로 나아가게 하려는 커다란 야망을 가지고 있었다. 『풀잎』 전체를 관통하고 있는 그의 정신의 기저에는 이러한 그의 야망이 도도하게 흐르고 있다. 그는 인류가 '인간다움'을 회복하고 새로운 에덴으로 나아가는 일이 기독교 정신 속에서 가능하다고 믿었으며, 그의 시는 이 확고한 믿음 위에 핀 현란한 꽃들이었던 것이다.

인용문헌

톰슨성경편찬위원회. 『관주톰슨성경』. 개역한글판. 서울: 기독지혜사, 1984. Print.
김영호. 「한용운과 휘트먼의 문학과 종교」. 『문학과 종교』 1.1 (1995): 5-62. Print.
______. 「휘트먼의 기독교 시학」. 『숭실대학교 논문집』 24 (1994): 27-51. Print.
Allen, Gay Wilson. *A Reader's Guide to Walt Whitman.* New York: Farrar, 1970. Print.
______. *The Solitary Singer*. Rev. ed. New York: NYUP, 1967. Print.
Bergquist, Bruce A. *Walt Whitman and the Bible: Language Echoes, Images, Allusions,*

And Ideas. Diss. Nebraska U, 1979. Print.

Companion Bible. Michigan: Zondervan, 1974. King James Vers. Print.

Crawley, Thomas Edward. *The Structure of Leaves of Grass*. Austin: U of Texas P, 1970. Print.

Fred, Manning Smith. "Whitman's Poet-Prophet and Carlyle's Hero." *PMLA* 55 (1940): 210-26. Print.

Frey, Ellen Frances. *Catalogue of the Walt Whitman Collection*. Durham: Duke U Lib., 1945. Print.

Gabriel, Ralph Henry. *The Course of American Democratic Thought*. New York: Ronald, 1956. Print.

Gohdes, Clarence F. "A Note on Whitman's Use of the Bible as a Model." *Modern Language Quarterly* 2 (1941): 103-12. Print.

Mill, John Stuart. "On Liberty." *Great Books of the Western World*. Ed. Robert Maynard Hutchins. Chicago: Britanica, 1952. Print.

More, William L. *Walt Whitman's Complete Leaves of Grass.* Tokyo: Taibundo, 1966. Print.

Rivers, Isabel. *Classical and Christian Ideas in English Renaissance Poetry*. London: George Allen & Unwin, 1979. Print.

Warren, Robert P. *Poetry and Democracy.* Cambridge: Harvard UP, 1975. Print.

Westbrook, Perry D. *The Greatness of Man: An Essay on Dostoyevsky and Whitman.* New York: Thomas Yoseloff, 1961. Print.

Whitman, Walt. "A Backward Glance o'er Travel'd Roads." *Walt Whitman's Backward Glances*. Ed. Sculley Bradley and John A. Stevenson. Freeport. New York: Book for Lib., 1947. 563-66. Print.

______. *Leaves of Grass.* Ed. S. Bralley and H. Blodgett. New York: Norton, 1965. Print. (*LG*로 표기함)

______. "The Bible As Poetry." *Prose Works: 1892*. Ed. Floyd Stovall. New York: New York UP, 1964. 104-09. Print.

______. *The Gathering of the Forces*. Ed. C. Rodgers and J Black. New York: Putnam's Sons, 1920. Print.

22

T. S. 엘리엇의 작품에 나타난 신에게 도달하는 세 가지 길에 대한 고찰

| 김신표 |

I. 들어가는 말

엘리엇(T. S. Eliot)의 작품을 통일된 하나로 보고 그 심연에 흐르고 있는 주제를 찾는다면, 그것은 바로 절대자와의 합일이라고 하겠고, 그 대표적 심상은 '정점'이라고 할 수 있다. 작가 엘리엇에게 있어서 '정점'에 도달하려는 노력은 곧 인간의 정신이 신(God)에게 도달하려는 노력과 유사하다고 할 수 있다. 그러므로 '정점'의 개념을 '신'의 개념과 연결시키려는 시도는 상당히 공감을 받을 수 있는 것이라고 생각한다. 한 인간이자 작가인 엘리엇은 이 '정점'에 도달하는 것을 그의 문학 작업에 있어, 필생의 목표로 여기고 있는 듯이 보이며, 동시에 이것을 문학과 비평, 철학의 목표로 확대하고 있는 듯이 보인다.

엘리엇은 『네 사중주』(*Four Quartets*)에서 '정점'에 이르는 길, 즉 절대자에게 도달하는 방식에 대해 다양한 시적인 이미지들을 제시하고 있다. 우리는 그 대표적인 이미지로 '장미원'(rose garden)과 '암흑'(darkness) 그리고 '갑작스러운 광휘'(the sudden illumination) 등을 찾을 수 있다. 이것들은 단순한 하나의 이미

* 이 글은 『문학과 종교』 9.2 (2004): 135-61에 「T. S. 엘리엇의 작품에 나타난 신에게 도달하는 세 가지 길에 대한 고찰」로 게재되었음.

지라기보다는 기독교 신학의 핵심을 찌르는 신을 인식하는 세 가지의 방법을 구체적으로 드러내고 있는 표상일 수 있을 것이다. 신을 인식하는 세 가지 방법은 엘리엇의 작품 속에서 구체적으로 드러나고 있다. 우리는 이것을 중세 기독교 철학적 전통에 근거하여 위 디오니시우스[1](Pseudo Dionysius)가 말하는 '긍정적 방법,' '부정적인 방법,' '초월적인 방법'과 연결시킬 수 있을 것이다.

본고에서는 먼저 엘리엇의 작품을 분석함에 앞서서, 이런 기독교 사상에 입각하여 전통적인 기독교 사상의 맥락에서 신을 인식할 수 있는 근거와 방법을 살펴볼 것이다. 이런 방향으로의 출발점은, 자연 속의 이미지와 밀접성이 있는 바, 자연과 이성에서 신에 대한 인식의 단초를 찾는 자연신학적 신론이다. 다음으로 중세 기독교 사상가들인 위 디오니시우스, 토마스 아퀴나스 및 아우구스티누스의 기독교 사상들을 살펴보고 엘리엇의 작품에 나타난 이런 각각의 사상들이 어떻게 연계성을 지니면서 제시되어 있는지를 고찰해 볼 것이다. 마지막으로 엘리엇의 작품 속에 나타난 이미지, 내용, 의미들을 통해 이런 기독교 사상들이 어떻게 구현되어 있는지를 살펴볼 것이다.

이런 연구 과정을 통해 본다면, 엘리엇에게 있어 비평적, 철학적, 문학적, 혹은 종교적인 추구는 넓은 의미에서 볼 때 하나의 탐구의 장, 즉 하나의 지평에서 조명되어질 수 있음을 알 수 있다. 따라서 상기의 각각의 추구의 일면도 어떤 완전과 절대(the absolute)의 개념을 추구하는 개별화의 면모, 즉 확장의 일면이라고 볼 수 있을 것이다. 이러한 면에서 우리는 엘리엇에게서 탈지평적, 탈주의적, 나아가서 상호텍스트(intertextuality)성의 면모 등 확장된 해석의 폭과 사고의 깊이를 발견할 수 있는 것이다.

II. 신에게 접근하는 세 가지 방법

이제 중세 시대에 있어서 지속적으로 신학의 중요한 관심의 대상이 되었던

1) 위 디오니시우스는 바울의 제자인 디오니시우스 아레오파기타(Dionysius Areopagita)로 알려져 왔으나 『천상의 교계에 관하여』, 『신의 명칭에 관하여』, 『신비 신학에 관하여』 등의 저작 연대가 6세기로 밝혀짐에 따라 디오니시우스 아레오파기타의 저작물이 아님이 밝혀졌다. 그래서 그 명칭을 위 디오니시우스(Pseudo-Dionysius)로 부르게 된 것이다.

신의 존재 양식에 대해 논의해 보기로 하자. 신의 존재 양식은 신의 증명에 대한 관점과 밀접한 연관성을 지니는 것으로 볼 수 있다. 당시의 신학자들 및 철학자들에 의해서 끊임없이 논의되었던 당시의 신의 존재를 증명하는 방법은 크게 세 가지 방향에서 접근되었다. 첫째는 자연과 이성을 중시하여 신의 존재를 논증하는 자연신학적 논증이요, 그 다음은 성서에 비중을 두는 성서적인 논증이며, 마지막으로는 두 가지 논증방식을 결합하는 신학적인 논증방식이었다.

이 중에서도 당시 중세 시대에 크게 교부들의 관심을 가지게 했던 양식은 역시 자연 신학적인 논증방식이었다. 이 자연 신학적인 논증방식에도 몇 가지의 갈래가 있으며, 또한 공통적으로 플라톤(Plato)의 이데아 이론과 아리스토텔레스(Aristotle)의 형상과 질료 개념에 깊이 관계되어 있다. 이는 다시 네오플라토니즘의 유출이론과도 연계됨은 두말할 나위가 없는 것이다. 이것은 "만물은 신의 형상을 닮아 창조되었으므로 형상 속에는 신의 품성이 존재한다."라는 전제를 가지고 있다(김광식 79-125). 그 예로 성 안셀무스(Anselmus Cantaberiensis)는 『모놀로기움』(*Monologium*)에서 "피조물의 각 단계마다 하나님의 완전성이 다양하게 존재한다"라는 '경험론적인(a posteriori) 논증'과 『프로슬로기움』(*Proslogium*)에서의 "하나님에 대한 관념으로부터 하나의 실재, 즉 존재하는 자로서의 하나님으로 나아가고 있다"는 '본체론적인 증명'을 전개하고 있다(코플스톤 215-23). 이런 유사한 논증은 역시 성 보나벤튜라(St. Bonaventura)도 그대로 계승하여, 신의 존재증명을 '감각 세계로부터' 혹은 '선험적인 지식으로부터' 이끌어내고 있다.

아퀴나스(St. Thomas Aquinas)는 이러한 논증들을 종합적으로 정리하며 다섯 가지로 신의 존재를 증명하고 있다. 이것은 현재까지 가톨릭 신학의 골격을 이루고 있으며, 개신교 신학에서도 핵심 요소로 여전히 인정되고 있다. 아퀴나스는 첫째, '운동인으로서의 신의 존재증명'을, 둘째, 다른 것의 원인이 되는 '작용인으로서의 신의 존재증명'을, 셋째, 우연자의 원인이 되는 '필연자로서의 신의 존재 증명'을 넷째, '완전성의 단계로서의 신의 존재 증명'을, 마지막으로 사람과 사물은 목적성을 가지고 존재한다는 '목적성에 의한 신의 존재증명'을 주창하고 있다(코플스톤 395-410). 안셀무스와 아퀴나스 등에서 이루어지는 이런 논증들을 크게 나누어 정리해 보면, 존재론적인 논증, 우주론적인 논증, 목적론적인 논증, 도덕-존재론적인 논증, 종교-역사적인 논증 등으로 정리해 볼 수 있다(김광식 85-88). 이런 제 증명들의 특징은 이것들이 사물과 인간 이성의 완전함을 인정하는 자연 신학적인 면모와 관련되어 있다는 것이다. 그래서 이런 방향의 증명은 자연 신학적인 증명에 속하는 것이다.

이런 논증을 통해 알 수 있는 것은, 인간의 마음속에는 신의 존재에 대한 인정의 본성이 있다는 것이며, 어떻게 하든지 그것을 증명하고 싶은 욕망을 가지고 있다는 것이고, 인간의 이성은 그것을 명시적으로 드러내고 싶어 한다는 것이다. 이러한 전제에서 우리는, 다양한 필요와 요구, 또한 합리성에 의해서 신의 존재가 당위성을 지닌다는 것을 알 수 있다. 이제 관건은 이런 신의 존재를 어떻게 이성적으로, 감정적으로 느끼느냐라는 것이다. 그것에 대한 대답을 동양의 신비주의자인 위 디오니시우스(Pseudo Dionysius)와 십자가의 성 요한, 그리고 탁월한 중세 신학자인 토마스 아퀴나스(Thomas Aquinas)가 해 주고 있다. 이제 논의의 핵심은 신의 존재에 관한 탐구에서 신의 존재를 인식하는 인식론적인 탐구로 이동한다.

먼저 가톨릭 신학의 핵심을 이룰 뿐만 아니라 엘리엇의 시에 드러난 사상과 직접적인 연결고리를 형성하고 있는 위 디오니시우스의 사상을 살펴보고자 한다. 위 디오니시우스의 사상을 형성하는 것은 니사의 그레고리(Gregory of Nyssa), 플라톤 그리고 플로티누스이다. 위 디오니시우스의 사상은 그레고리로부터는 '신비적 봄'이 신의 인식에 대립되는 것이 아니라 인식을 초월한다는 것을, 플라톤으로부터는 우리가 선의 이데아를 직접 인식할 수 있다는 것을, 그리고 플로티누스로부터는 일자가 이성을 초월하여 존재한다는 것을 빌려온 것이다(강영계 108). 위 디오니시우스는 인간이 사색의 중심이 되면서 신에게 나아가는 방법을 세 가지로 설명하고 있다. 첫째는 '긍정적인 방법'(the affirmative way)으로 불리는데, 이것은 피조물 가운데서 발견되는 완전성, 즉 하나님의 영적인 본성과 일치되는 그 완전성을 하나님께 돌리면서 신의 존재를 인지할 수 있다는 방법이다. 이 방법은, '만물은 완전자에게서 출발한다'는 사상에 기초하므로, 어떤 개념과 형상은 긍정되며 '존재한다' 혹은 '있다'라고 하는 긍정적인 사유형태가 성립된다. 따라서 엘리엇의 작품에 드러나는 신의 존재를 제시해 주는 이미지들과 개념들은 자연스럽게 신의 존재를 암시하는 아우구스티누스 식의 '표지'의 역할을 하는 것이라고 볼 수 있다. 장미원과 빛, 새, 등의 사물, 혹은 기억, 애정 등의 개념도 신을 긍정하는 매체로 사용될 수 있는 것이다.

다음으로 살펴볼 것은 '부정적인 방법'(the negative way)이다. 이것은 '존재한다' 혹은 '있다'의 '긍정적인 사유형태'로는 신의 속성을 설명하기가 불가능하다고 보는 방법이다. 그래서 사유는 '...이 아니다'의 형태로 전개된다. 이것은 일반적으로, 긍정신학보다 한 차원 높은 단계의 신에 대한 인식을 말한다고 받아들여진다. 신의 존재는 초월되어 있으므로 어떠한 묘사와 표현으로도 '신(神) 자체'를 표현함이 불가능하다는 것이다. 이 부정적 방법의 실천사항으로서 '제거의 길'과 '초 본질적인 암흑'이 제시된다. 엘리엇의 시와 극에서 대두되는 '내려가라'는 어구, 혹은 '암흑'의 개념은 신(神) 자체를 드러내는, 제거의 방식의 대표적인 예들로 볼 수 있는 것이다.

마지막으로 위 디오니시우스가 말하는 신에 대한 인식의 방식은 '탁월한 방법'(the eminent way) 즉 '초월의 방법'이다. 이것은 '신은 이렇게 존재한다 혹은 저렇게 존재한다'는 식의 '긍정적인 길'과 '신은 이런 것도 아니요 저런 것도 아니라'는 식의 '부정적인 길'의 어느 하나의 방식을 택하는 것이 아닌 이 두 가지 방식을 초월하며 두 가지 방식들을 가능하게 만드는 그 원리가 되는 방식이다. 이 '초월의 길'은 다른 두 방식의 기초 위에 건설되는 상위건축물에 지나지 않는 것이 아니라, 긍정과 부정이 제 역할을 수행할 수 있도록 해주는 근원적인 토대역할을 하고 있다(박승찬 44)고 볼 수 있다. 엘리엇 작품에서는 후술하겠지만 이 '탁월한 길'은 '주로 A도 아니고 B도 아니다'는 식으로 양자 부정의 형태라든가 이성과 감성을 초월하는 영혼 믿음, 혹은 신앙, 빛 혹은 선구적인 영혼들, 예술적 선구자들, 성령, 수태고지, 혹은 성육화 등 인간 이성이 도달하지 못하는 형태로 제시된다.

아퀴나스 역시 전술한 신비 사상가들의 논의와 유사하게 신을 알 수 있는 방법을 다음과 같이 세 가지로 설명하고 있다. 첫째는 만물 속에서 '신성한 속성'(divine effects)을 볼 수 있다는 '긍정적인 방법'으로, 다음으로는 사물의 지각에 의해서가 아니라 저속한 것에서 고귀한 것을 구분하는 인간의 정신 능력을 말하는 '탁월한 방법'(the way of eminence)으로, 마지막으로는 역시, 앞서 언급한 위 디오니시우스에서처럼 소유와 육체를 내어버리는 '부정적 방법'으로 신의 존재를 증명할 수 있다는 것(Hay 169)들이 그것이다. 이 세 가지 방법은 기독교 신론에 가장 굳건한 기초를 제공하고 있다. 아퀴나스의 이런 인식 방법은 위 디오니시우스의 사상과 거의 유사한 바, 플라톤과 아리스토텔레스의 철학을 이용하여 당시의 기독교 신비주의를 자연신학적으로 좀 더 확장-심화시킨 것으로 볼 수 있다.

엘리엇은 이런 위 디오니시우스 등의 신비주의자들과 아퀴나스의 사상을, 어느 한 편의 입장에서가 아니라 모두 수용하는 입장에서, 여러 작품에서 다양하게 표현하고 있다. 크게는 부정적 신비주의가 주조를 이루고 있으나 엘리엇의 작품 속에는 아퀴나스가 주장한 대로 부정, 긍정 그리고 탁월한 방법이 모두 나타나 있음을 알 수 있다. 장미원, 빛, 기억, 성육, 사랑 등의 이미지는 '긍정적 방법'의 표현이며, 기독교 성자들을 등장시켜 인간 정신의 고귀한 능력을 표현한 것은 '탁월한 방법'이고, 「번트 노튼」 III 등에 나타나고 있는 자기 방기, 욕망의 소멸 등은 주로 '부정적 방법'의 표현이라 여겨진다.

이제 신비주의자들과 아퀴나스에 의해서 거의 공통적으로 구분되어진 '긍정적 방법', '부정적 방법'과 '탁월한 방법'을 서로 연관시켜 엘리엇의 핵심 심상인 '정점'에 도달하는 방법을 고찰해 보기로 한다. 헤이(Eloise Knapp Hay)도 엘리엇의 작품에 나타나는 세 가지 방법을 위와 같은 관점에서 구분하여 설명한다.

> 위 디오니시우스와 십자가의 성 요한은 부정적인 방법을 위한 훈련에 대하여 똑 같은 이미지를 사용해 왔다 — 보여지거나 지각될 수 있는 것이 남지 않을 때까지 껍질을 벗겨내는 방법으로 . . . 긍정적인 방법은 자연 속에서 신성한 속성을 발견하는 것이다. . . . 엘리엇은 역시 지속적으로 과거의 목소리, 장소들 또한 물건들을 서로 섞어 짜면서 초월적인 방법도 견지하고 있다.

Dionysius and John of the Cross has used the same image for their discipline on the via negativa－a stripping way of husks until there is nothing visible or perceptible left . . . The affirmative way of seeing divine effects in nature is . . . Eliot has steadily kept the eminent way in sight by his interweaving of voices, places and things from the past. (Hay 183-84)

엘리엇이 추구하고 있는 이 세 가지 방법은 경로는 다르지만 인간의 정신 능력 정도에 따라 신의 세계와 결합할 수 있는 동일한 진입로라 할 수 있다. 우리는 여기에서 엘리엇이 가지는 사상의 깊이와 그 폭을 가늠할 수 있다고 할 것이다.

III. 엘리엇의 작품에 표현된 신에게의 도달 방법

1. 긍정적 방법(The Affirmative Way)

긍정적 방법(the affirmative way)은 앞서 인용한 바에서도 알 수 있는 것처럼, 자연 만물에서 신성한 요소들을 발견함으로써 생겨난다. 위 디오니시우스의 '긍정적인 방법'에 대한 설명은 『신명론』(*The Divine Name*)에 잘 나타나 있다. 위 디오니시우스는 아래와 같이, 하나님의 선하심을 우주의 창조의 원리이자 목적으로 보고 있다.

> 그것(초월적 신의 선함)은 그 신성을 수용할 수 있는 모든 것을 밝힌다. 그것은 만물을 창조하며, 만물을 생기 있게 하며, 보존하게 하며 완전하게 한다. 만물은 초월적 선함에 그 척도, 영원성, 다수성, 그리고 그 질서를 의존하고 있다. 초월적 선함이 우주를 감싸 안고 있다. 그것은 우주의 궁극 원인이며 그 최종 목적지이다.

> It (The goodness of transcendent God) gives light of everything capable of receiving it, it creates them, keeps them alive, preserves and perfects them. Everything looks to it for measure, eternity, number, order. It is the power which embraces the universe. It is the Cause of the universe and its end. (Pseudo-Dionysius 74)

이 방법은 아퀴나스(Thomas Aquinas)의 "모든 만물은 완전의 최고점인 신으로부터 왔기에 인간은 점차적으로 신에 대한 지식에 도달할 수 있다"(1)라는 진술 등에 의해서 더욱 설득력을 얻고 있다. '긍정적 방법'으로 절대자에게 도달하게 하는 매체들은 『네 사중주』를 비롯한 엘리엇의 전 작품에 골고루 나타나 있다. 『황무지』의 히아신스 소녀(the hyacinth girl), 『네 사중주』의 아이들의 웃음소리(childish laughter), 새의 노래(the bird's song), 장미원(rose garden), 겨울 번개(winter lighting), 폭포(waterfall) 등은 감각적이고 육체적인 신의 숨결의 표현으로 볼 수 있다. '장미원 안에 있는 순간,' '비가 내리치는 정자에 있는 순간,' '연기가 오를 때 바람 잘 통하는 교회에 있을 때 찾아올 수 있는 순간' 등은 '긍정적 방법'에서의 신의 존재를 인지할 수 있는 순간들이다. 신의 섭리와 숨결을 느낄 수 있는 순간은 '갑작스런 광휘'(the sudden illumination)이며, '시간과 무시간의 교차점'이며, '햇빛에 조는 무심과 초연의 순간'(moments of inattention and detachment, drowsing in sunlight)인 것이다.

이런 '긍정적 방법'들의 예들인 자연의 형상 및 존재들은 아우구스티누스(Augustinus)가 말하는 '표지'의 개념과도 상통한다. 아우구스티누스에 따르면 '표지'란 그것이 가리키는 사물 자체는 아니지만 우리의 사유 속에 사물의 존재를 감지하게 하는 매개체이다. 일체의 사물은 존재의 위계 속에서 나름대로 '진리의 영상'을 갖추고 있으며 그 영상은 궁극자를 가리켜 보이는 표지로서의 의미를 가진다는 것이다(아우구스티누스, 『참된 종교』 144). 즉, 발자국을 보고서 우리는 그 발자국의 임자가 지나갔음을 알게 되고, 연기를 보고 그 밑에 불이 있음을 알게 되며, 사람의 목소리를 듣고 그 사람의 심정을 알 수 있는 것이다. 만물은 신 안에서 영원히 존재하는 개념을 모형으로 하고 있으므로 개별 사물들은 각각의 존재 형태와 존재 이유를 가지고 있는 것이다(가이슬러 311).

이렇듯, 만물은 선한 것이며 그 속에서 신의 속성을 찾을 수 있다는 추론이 가능하다. 하나님의 형상은 영혼, 사람을 통하여, 또한 만물을 통하여 발견될 수 있는 것이다. 아우구스티누스 역시 "나는 당신께서 창조하신 모든 피조물들의 일치된 증거를 통해서 우리의 창조주가 되시는 당신, 그리고 당신과 더불어 당신의 말씀을 발견하셨습니다. 당신은 그 말씀으로 만물을 창조하셨습니다"라고 말한다.[2] '신이 자신의 형상을 통해 만물을 창조했다'는 명제는 당연히 만물에 편재한 신의 속성을 증거하는 근거가 된다. "만민의 아버지이신 하나님도 한 분이시다. 그는 만물 위에 계시고, 만물을 통해 일하시고, 만물 안에 계신다"(엡 4:6)라는 성경 구절은 이 진술을 뒷받침해 줄 수 있다.

엘리엇의 "있을 수 있었던 일과 있었던 일은 항상 현존하는, 한 점을 가리킨다"(*CPP* 171)는 시구는 인간의 사고 및 역사 속에 있는 시간 세계가 신을 가리키는 표지 역할을 하고 있음을 말해 주는 것으로 볼 수 있다. 사색에 남아 있는 '있을 수 있었을 세계'는 『황무지』의 히아신스 정원과 『네 사중주』의 장미원의 경험으로 볼 수 있는 것이다. 장미원은 개념적 논리가 아닌 환상과 직관으로 보는 시인의 과거 경험 속에서 영원의 상을 발견하는 직관의 방법에 속한다고 볼 수 있다. 이것은 베르그송(Bergson)이 주장한 '기억(memory)의 중요성'을 되살리는 듯하다. 버그스턴(Bergsten)은 엘리엇의 직관적 방법을 프로스트(Proust)와 비교하면서 아래와 같이 설명한다.

> 엘리엇은 시간의 문제에 대한 최근의 철학적, 신학적인 접근을 거절한다. . . . 하지만 심리학적인 접근이 남아 있다. . . . 베르그송의 시간철학에 대한 주요한 문학적인 해석자로서의 프로스트는, 삶에 대한 견해에 있어서는 엘리엇과는 다르지만 문학적 방법론에 있어서는 유사한 면을 가지고 있다. 창조적인 기억을 통하여 과거를 회복하기를 원하면서, 프로스트는 자신의 정체성을 의식의 불연속적인 조각들로 나누도록 위협하는 시간의 파괴적인 힘을 극복하기를 원했다. 또한 이렇게 과거의 것들을 회상함으로써 그는 통일성과 자신의 연속성에 대한 확신을 가질 수 있었다.
>
> Eliot thus rejects . . . the current philosophical and theological approaches to the problem of time. There remains however the psychological approach . . . As the chief literary exponent of Bergson's philosophy of time, Proust subscribed to a view of life completely different from Eliot's but their literary

---

2) 아우구스티누스에 따르면 그는 천지창조에 있어서 플라톤이 말하는 데미오고스(神)-형상(idea)-질료라는 이원론도 배격하고, 신플라톤주의에서 말하는 일원론적인 유출설도 부인한다. 그는 "세계는 신으로부터 나온 것도 아니며, 또한 신이 아닌 물질에서 나온 것도 아니다"라고 말하며 창조적 활동으로서 '무로부터의 창조'를 주장한다. 그는 절대무로부터 빛, 어둠 등의 무형의 질료를, 이 무형의 질료로부터 피조물을 만드는 신의 창조 활동과 형성적 활동을 동시에 주장한다. 따라서 만물은 시간과 더불어 같이 창조되었으며 그 만물 속에서 그 창조주의 본성을 찾을 수 있다는 주장이 나온다(선한용 52).

methods have certain affinities. In trying to recapture the past by means of the creative memory, Proust hoped to overcome the destructive power of time, which threatened to divide the identity of the self into discontinuous pieces of consciousness, and thus in the recollection of things past he saw the only guarantee of the unity and continuity of his own self. (Bergsten 34)

장미원은 개념적 논리가 아닌 환상과 직관으로 영원을 보는 순간의 이미지이다. 「번트 노튼」("Burnt Norton")의 처음에 시작된 명상은 곧 장미원의 이미지로 바뀐다. 시인의 기억 속에서, 경험에서 비롯된 한 순간이 지복과 법열, 황홀한 순간으로 변하는 것이다. 번트 노튼(Burnt Norton)은 영국의 글로체스터셔(Gloucestershire)주의 키핑 캠던(Chipping Camden) 근처의 장원의 이름인데, 엘리엇은 1834년 여름 그 곳을 방문한 적이 있다. 엘리엇은 그 기억을 지금 되살리며 장미원의 이미지와 연관시키고 있는 것이다. 엉거(Unger)는 「번트 노튼」("Burnt Norton")의 주요 구조를 이루고 「이스트 코우커」("East Coker"), 「드라이 셀베이지즈」("The Dry Salvages")에서 가볍게 나타나는 장미원의 이미지를 황홀의 순간으로 보며, 이것을 신과의 결합의 순간으로 이끄는 어린 시절의 성적인 경험의 황홀함으로 설명하고 있다(Unger 387-90). 이것은 마치 단테가 정신적인 상징으로서 베아트리체의 미를 사용하고 그것을 신에게 이끌리는 힘으로 보았다는 엘리엇의 주장과 유사하다.

내가 믿기로 그것(초월적 경험)은 베아트리체를 만났을 때에 그가 느꼈던 것에 대한 묘사가 아니라, 차라리 그것에 대한 성숙한 회상의 묘사라고 할 수 있다. 최종적인 원인은 신에 대한 이끌림이다.

It is not, I believe, meant as a description of what he consciously felt on his meeting with Beatrice, but rather as a description of what that meant on mature reflection on upon it. The final cause is the attraction towards God. (*SE* 38)

엘리엇은 「가족의 재회」("The Family Reunion")에서도 장미원을 신의 존재를 제시해 주는 장소로 보고 있다. 아가싸(Agatha)는 해리(Harry)에게 장미원의 문을 열어 주는데, 이는 곧 '정점'에 도달하는 방법과 그 의미를 밝혀 주는 것이라고 할 수 있다. 그녀가 진술하는 장미원의 경험에 이끌리어 해리는 재생의 길을 걷게 되고, '회전하는 세계가 멈추고 시간의 사슬이 풀어지는' 장미원에서 아가씨와 영적인 교제의 시간을 갖는다. 아가씨와의 강렬한 순간은 두 가지의 의미를 가지는데, 하나는 그 순간이 너무나 강렬하여 견디기 힘들다는 것이고, 다른 하나는 그 평화와 기쁨이 '평생의 여행'(a lifetime's march)의 산물이라는 것이다.

> 과거도 미래도 아닌 것 같은 그런 시간이 있다. 다만 예리한 불빛이
> 비치는 현재의 순간이 있는 것 같고 그 순간에 그대가 불을 켜고 싶어 한다.
> 다른 종류의 시간이 있으니 곧 우리 앞에 가로놓인 깨어진 돌무더기의
> 티벳 사막을 건너 평생 동안을 가야만 하는 때가 있다.
> 나는 이렇게 믿어왔다.
>
> There are hours when there seems to be no past or future,
> Only a present moment of pointed light
> When you want to burn...
> Perhaps there is another kind,
> I believe, across a whole Thibet of broken stones
> That lie, fang up, a lifetime's march. I have believed This. (*CPP* 332)

이런 깨달음은 『대성당에서의 살인』(*Murder in the Cathedral*)에서 부인들로 구성된 코러스(chorus)가 느꼈던 고통의 순간 이후에 이어지는 '전체 통찰'(whole vision)이 계시된 후에 그들이 느꼈던 기쁨의 순간과 유사한 것이다. 엘리엇이 주는 암암리의 메시지는, 이렇듯 다른 것을 부정하지 않으면서 내심으로는 좀더 적극적인 방법에 주안점을 주는 인상을 주고 있는 것이다. 막스웰(Maxwell)의 지적처럼(Maxwell 172-82) 장미원은 『황무지』이래로 엘리엇의 시의 핵심적인 상징인 '정지점'(still point)의 개념의 구상화라고 할 수 있는 것이다. 그것은 『네 사중주』에서 본격적으로 나타나고, 『대성당에서의 살인』에서는 베케트(Becket)에 의해서 '평화의 정지점'으로 나타나고, 결국 죽음에 의해 완성된다고 볼 수 있다.

엘리자베스 드류(Elizabeth Drew)는 장미원을 에덴동산과 결부시켜서 에덴동산을 신과 인간, 자연의 완전한 관계가 가리어지고 어두워지기 전의 상태로 보고 있다. 또한 그는 「번트 노튼」("Burnt Norton")의 새(bird)와 장미(rose)를, 「리틀 기딩」("Little Gidding")의 비둘기(dove), 불의 장미(rose of fire), 그리고 빛과 연결시키고 있다(Drew 187-88). 자연의 현실태는 '이 사랑의 이끌림과 부름의 목소리에 의하여'(with the drawing of this love and the voice of this calling)(*CPP* 197) 그것을 초월하는 정신적인 진실로 바뀌기 때문이다. 지상의 사랑의 상징인 장미는 영원의 죽음을 나타내는 주목나무(yew tree)로 승화되어진다. 이로써 삶과 죽음은 영원의 개념에서 동일한 기간으로 되는 것이다.

> 장미의 순간과 주목나무의 순간은
> 동일한 기간이다.
>
> The moment of the rose and the moment of the yew-tree
> Are of equal duration. (*CPP* 197)

이제까지 '긍정적인 방법'의 예로 장미원의 속성 및 시-공간성에 대해 살펴보았다. 또 한 가지 지적할 것은, '긍정적인 방법'에는 신이 창조한 장미원과 같은 자연 만물뿐만이 아니라 자연의 속성, 즉 인간의 '기억'도 포함될 수 있으며 그것 역시 하나의 '표지 개념'에 속할 수가 있다는 것이다. 아우구스티누스에게 있어서는, 기억은 과거를 현재화시키는 하나의 방법이다. 그는 인간은 기억을 통하여 태초의 에덴동산을 기억하고 신의 형상을 찾을 수 있다고 주장한다. 기억은 신의 영원성을 발견할 수 있는 하나의 매개체가 되는 것이다. 아우구스티누스는 시간을 희랍 시대의 시간관에 입각한 순환적인 것으로 보지 않고 과거-현재-미래가 일직선에 놓이는 '직선적'인 것으로 본다. 그에 의하면 시간도 천지창조와 더불어 신이 창조한 것이다. 만약 시간이 영원한 것이라면 이것은 바로 신의 통제와 창조의 영역을 벗어나는 것이기 때문이다. 아우구스티누스에게 있어서 과거는 '기억'으로서의 현재이며 현재는 '지각'으로서의 현재이며 미래는 '기대'로서의 현재이다. 이것을 그는 '과거의 현재,' '현재의 현재,' '미래의 현재'라고 부른다(Augustine, *Confession* 235). 여기서 중요한 것은 과거가 기억을 통하여 현재로 나타난다는 것이다. 인간은 신의 형상을 통해 피조되었으므로 인간에게는 신의 속성이 있다. 에덴동산과 신을 닮은 완전함이 인간 속성의 내면에 존재한다고 볼 수 있는 것이다. 기억을 통해 잃어버린 낙원은 회복될 수 있고 미래에 대한 소망과 기대가 현실태로 나타날 수가 있다. 그 원동력은 사랑이고 사랑의 구체화는 예수 그리스도의 현현(epiphany)으로 나타난다. 아우구스티누스에게 있어서 기억은 다름 아닌 아리스토텔레스에게 있어서의 가능태이며 신의 계획이며 태초에 있어서의 창조 행위의 반영이다. 엘리엇은 기억을 "욕망을 넘은 사랑의 확장"(*CPP* 195)으로 보고 있는데, 이것은 분명 태초의 신의 의도이며 인간이 형상을 부여받았을 때 최초로 받은 근본적인 성품이라고 할 수 있다.

엘리엇의 시에 자주 등장하는 기억은 애착이나 욕망을 '풍부하고 기이한 진주'로 변형시키는 패턴이다. 이 패턴 속에서 "역사는 노역일 수도 있고 자유일 수도 있는 것이다"(History may be servitude / History may be freedom)(*CPP* 195). 기억은 엘리엇이 차용한 또 하나의 변형의 마술을 지닌 매개체라 할 수 있다. 결국 기억은 현재의 시간을 해탈의 경지로 바꿀 수 있고, 현실의 경험을 새로운 의미와 실재에 접근할 수 있게 해 주는 하나의 긍정적인 방법이 될 수 있는 것이다.

또한 우리는 여기서 '긍정적인 방법'의 하나의 예로, 장미원에 관련된 하나의 동양 종교에서의 하나의 모형을 생각해 볼 수 있다. 밀교는 신비주의의 면모를 드러내고 있는 동양종교의 하나의 분파라고 할 수 있다. 그 밀교의 교리를 표현하고 있는 만달라의 도상을 그것과 연결하여 설명할 수 있는 것이다. 기독교적 '표지' 개념과 밀접성을 지니는, '정점'의 심상으로 나타나는 장미원은, 밀교의 만달라 도상과도 외관상 유사성을 지닐 수 있음을 보여주고 있다. 이런 신의 창조물의 흔적인 자연, 신의 말씀의 하나의 '표지'인 피조물과, 만달라에서 말하고 있는 그 의미구조와 표면구조인 도상 사이에는 분명 유사점이 있다. 장미원의 구조는 "만달라의 구조"(김용환 73-158)와 그 표면 구조상 유사점이 있는 것이다. 따라서 그 내면적인 의미를 파악하여 적용하여 보는 것도 어렵지 않을 것이다. 자연 속에서 여래의 진리를 표출하고 있음을 나타내는 '갈마 만달라'나 '자성 만달라'의 개념은 크게 보면, 아우구스티누스가 말하는 '표지' 개념과 논리적으로 유사함이 있는 것이다. 이것은, 물론 「번트 노튼」에서 엘리엇이 의도한 것은 아니겠지만, 그의 작품 속에 나타나는 동-서양의 철학적 관계성, 혹은 밀교-불교와 기독교 사상 간에는 적어도 외관 구조상으로는 연결해 봄직한 관계성이 있음을 말해 주는 것으로 볼 수 있다. '긍정적인 방법'은 피조물의 존재 속에서 긍정적인 속성을 찾아 그 존재의 창조자를 찾아갈 수 있다는 점에서 그 해석의 지평을 열어주고 있다고 볼 것이다. 의미구조상 기독교와 병립할 수 없는 밀교의 만달라의 도상이, 표면 구조상으로는 '표지'개념과 연결될 수 있는 근거가 여기에 있다고 할 것이다.

장미원은 신의 표지이자 진리의 도상이라고 해석하는 패러다임은, 탈구조주의에서 말하는 흔적의 개념과도 자연스럽게 연결된다. 해체주의의 대명사라 할 수 있는 자크 데리다(Jacques Derrida)는 존재의 개념을 포함하고 있는 실존의 개념을 부정하고 그 자리에 대신 흔적을 올려놓고 있는 것이다. 그가 말하는 "근원적 존재는 흔적에 기초해서 생각되어야 하며 그 반대로 생각되어서는 안되며"(Derrida, *Speech and Difference* 85), "흔적은 실재에 앞서 생각되어져야 한다"(Derrida, *Of Grammatology* 47)는 언설은 이런 표지의 개념과 도상의 패러다임을 설명하기에 적절한 것이다. 장미원, 연꽃 등은 실재에 대한 흔적으로도 볼 수 있을 것이고 그것이 근원적인 존재를 반향한다고 본다면, 현존의 논리 대신 흔적의 논리를 내세우는 데리다식의 사고 패턴은, 결국 살해당한 주체라고 볼 수 있는 근원적인 존재를 오히려 복원시키는 것이 아닌가 하는 생각을 가지게 하는 것이다.

엘리엇이 사용한 이런 '긍정적인 방법'을 한 마디로 말하자면 자연 속에 표현된 신의 암시적인 모습들과, 욕망, 애정, 기억과 같은 인간의 내재적 성질들을 통하여 신의 존재를 발견하고, 구원의 가능성을 찾을 수 있는 것을 말한다고 하겠다. 엘리엇은 그 방법을 실현함에 있어서 자연, 철학, 기독교의 성육 등의 개념은 물론, 밀교와 불교의 사상까지 예술적 신비경의 용기 속에서 녹여 절대자와의 합일이라는 경지를 드러내는, 그만의 독창적인 미학의 세계를 구축했다고 할 수 있다.

2. 부정적 방법(The Negative Way)

이제 부정성과 연관시켜 정점에 어떻게 도달될 수 있는지를 논의해 볼 차례이다. 엘리엇이 제시하고 있는 주된 방법은 부정성을 위주로 하는 기독교 신비주의라고 볼 수 있다. 「번트 노튼」의 III에서는 신비주의의 '부정적 방법'(the negative way)이 "더 아래로 내려가라 다만 / 영원한 고적의 세계로 / 세계가 아닌 세계, 아니 세계가 아닌 그 곳으로,"(Descend lower descend only / Into the world of perpetual solitude / World not world, but that which is not world,)(*CPP* 174)라고 직접적으로 언급되어 있다

엘리엇의 작품에 있어서 '정점'을 기독교 신비주의와 연결 지을 수 있는 근거가 「이스트 코우커」 III의 마지막 10행에서 무소유, 무지, 무환희의 길로 잘 나타나 있다.[3] 이것의 특이한 점은, 십자가의 성 요한(St. John of the Cross)의 논저 『갈멜산의 오름』(*Ascent of Carmel*) I권 13장의 내용을 거의 그대로 반향하고 있다는 것이다. 이것은 엘리엇이 십자가의 성 요한의 부정적 신비주의 사상으로부터 영향을 받은 증거라고 볼 수 있다. 엘리엇을 부정적 신비주의적 관점으로 접근하여 할 때에, 상기의 10행의 시구는 결정적인 인용의 근거가 되는 것이다. 십자가의 성 요한의 인용은 엘리엇과 연관된 기독교 신비주의 신학을 추적하게 만드는 확고한 출발점이 된다.

부정적 신비주의의 사상은 십자가의 성 요한에 있어서 핵심적으로 나타나지만, 근원적으로 신학적인 근거는 위 디오니시우스에 의해서 구체화되었고 체

---

3) 본문 내용은 아래와 같다.

Shall I say it again? In order to arrive there,
To arrive where you are, to get from where you are not,
    You must go by a way wherein there is no ecstasy.
In order to arrive at that you do not know
    You must go by a way which is the way of ignorance.
In order to possess what you do not possess
    You must go by the way of dispossession.
In order to arrive at what you are not
You must go through the way in which you are not. (*CPP* 181)

계화되었다. 위 디오니시우스의 주장을 인용해 보는 것이 보다 큰 설득력을 가질 것이라고 생각한다. 그는 신의 본질은 알려지지 않는 것이며 신과 결합하기 위해서 영혼은 '창조된 일체'(created beings)를 버려야 한다고 주장한다. 그는 『신의 이름들과 신비 이론』(*The Divine Names and the Mystical Theology*)에서 다음과 같이 말한다.

> 개체에서 보편적인 개념으로 상승하면서, 현 존재자의 형태로 지식의 대상물들에 의해서 싸여 있는 미지의 존재에 대한 적나라한 지식을 가지기 위하여, 또한 현 존재들 안에 있는 빛에 의해 갇힌 초 본질적 암흑을 볼 수 있기 위하여, 우리는 모든 자질들을 제거한다.
>
> Ascending upward from particular to universal conceptions we strip off all qualities in order that we may attain a naked knowledge of that Unknowing which in all existent things is enwrapped by all objects of knowledge, and that we may begin to see that super-essential Darkness which is hidden by all the light that is in existent things. (Hay 159 재인용)

위 디오니시우스는 그 예로 예수(Jesus)를 '부정적 방법'의 전형이라고 생각한다. 즉 인간들을 구원하기 위하여 모든 소유와 육체까지 버림으로써 초월적 실재를 실현했다는 것이다. 앞에서 인용된 16세기 스페인의 신비가 십자가의 성 요한은, 부정적 신비주의의 사상의 핵심을 보여준 대표적인 인물이다. 그의 사상은 앞에서 본 대로 엘리엇에게 큰 영향을 끼쳤다. 엘리엇의 작품 「성회 수요일」("Ash-Wednesday")과 『네 사중주』에서는 자주 그 내용들이 인용되고 있다. 대표적 저서인 『갈멜산의 오름』(*Ascent of Carmel*)과 『영혼의 암야』(*The Dark Night the Soul*)에서 십자가의 성 요한은 인간이 신과 결합하기 위하여 육체와 정신의 모든 욕망을 끊고 무소유의 길을 가야 한다고 하며, 두 가지의 상태를 말하고 있다. 첫째는 초심자들을 위한 방법으로서, '감성의 암야'(the night of the sense)를 통과해야 한다는 것이다. '감성의 암야'는 영혼이 신과 결합하기 위하여 불필요한 오관을 통한 욕망을 제거하는 상태를 말한다. 둘째는 고도의 숙련된 묵상에 잠긴 자들(experienced contemplatives)을 위한 방법으로서, '영혼의 암야'(the dark night of the soul)를 통과해야 한다는 것이다. '영혼의 암야'란 신과의 가장 직접적인 결합 수단으로서 이성의 모든 기능과 의지를 진멸시킨 영혼의 상태를 말하는 것이다. 『대성당의 살인』에서의 토마스 베케트, 『가족의 재회』에서의 해리 몬첸시(Harry Monchensey), 『칵테일 파티』의 실리아(Celia) 등은 '영혼의 암야'의 상태를 나타내는 인물들이라고 볼 수 있다.

'부정적 방법'은 「스위니 에고니스테스」("Sweeny Agonistes")(1924-25)의 서문에서도 "영혼이 신과의 결합을 이루기 위해서는 피조물에 대한 모든 애정을 버려야한다"(Hence the soul can not be possessed of the divine union, until it has divested itself of the love of created beings.)(*CPP* 115)고 표현되어 있다. 영혼이 신과 결합하기 위해서는 그 영혼은 능동적으로 완전한 정화와 고통과 무소유의 과정을 거쳐야 한다. 왜냐하면 영혼은 창조물에 대한 사랑을 신에 대한 사랑으로 혼동하는 경향이 있기 때문이다. 그 과정에서 격심한 고통이 뒤따르지만 영혼은 바로 빛으로 인도되지 않고 신의 어둠의 심연으로 향하게 된다. 신의 빛은 그런 격심한 고통을 견디는 영혼에게만 주어진다고 한다. 십자가의 성 요한은 아래와 같이 말한다.

> 그래서 정화는 극소수의 영혼들, 즉 신이 묵상을 통하여 결합의 어느 단계까지 끌어올리기를 의도하는 사람들의 몫이다, 더 고양의 단계가 높을수록 정화의 정도는 강렬하다. 각 개인의 그 불완전성의 정도에 비례하여 고통이 따른다.
>
> So powerful a purgation is the lot of but few souls, namely of those whom He intends to lift by contemplation to some degree of union; the more sublime that degree; the fiercer the purification... Each one suffers in proportion to his imperfections. (Hay 154 재인용)

완성의 정도에 따라 정화의 길이 정해지고 영혼의 감당 능력에 따라 고통의 정도가 다르다는 것은 「네 사중주」와 『칵테일 파티』에서의 정화의 길의 차이에서도 발견된다. 「번트 노튼」 III은 '하나의 길'(one way)인 '감성의 암야'에 강조점을 둔 반면 '다른 길'인 '영혼의 암야'는 뒷부분에 간단히 언급되어 있을 뿐이다. 엘리엇은 「이스트 코우커」 V에서는 '단지 시도하는 것'으로, 「드라이 셀베이지즈」 V에는 '추측과 암시'로, 『칵테일 파티』에서는 '알려지지 않고 신앙이 요구되는 길'로 '영혼의 암야'를 표현하고 있다. 『네 사중주』에서 주조를 이루는 길은 '감성의 암야'를 의미하는 '부정적 방법'이다. 창조물의 부정을 통한 신과의 합일의 모형은 맨 처음 「시므온을 위한 노래」("A Song for Simeon")에서 '죽음의 나라로 향한 찬 바람'으로 나타난다(Dust in the sunlight and memory in corners / Wait for the wind that chills towards the dead land)(*CPP* 105). 여기서 먼지는 육체의 죽음을 상징한다. '구석에 쌓인 기억'은 한 노인인 게론촌의 육체적 불모와 파괴를 나타낸다. 빛은 모든 먼지와 더러운 물질 속에서 나타나고 깨끗한 진공 속에서는 보이지 않는다. 즉 육체적 욕망, 창조물에 대한 애착을 제거할 때에 비로소 빛은 신의 어두움이 됨을 암시한다. 아래와 같은 '능동적인 암야'에 관한 십자가의 요한의 주장은 이런 주장을 뒷받침하여 준다.

> 이런 논지는 아래의 비유를 통하여 명쾌히 이해되어질 수 있을 것이다. 우리가 유리창을 통하여 들어오는 햇빛의 광선을 생각하여 본다면, 그 빛이 물질의 원자와 분자의 입자들로 채워지면 질수록, 그 만큼 더 감각적인 눈에 있어서는 더 또렷하고, 밝게 나타나는 것이다. . . . 만약 광선이 완전히 깨끗하고 그러한 원자나 입자들을 가지지 않는다면, 가장 작은 먼지의 흔적도 가지지 않는다면, 그 빛은 완전히 어둡게 되고 가시적인 눈에 있어서는 보이지 않게 된다. 왜냐하면, 보여질 수 있는 모든 것—소위 시각의 대상물들—은 그 빛으로부터 보이지 않게 된다.

> This will be clearly understood by the following comparison. If we consider a ray of sunlight entering through a window, we see that, the more the said ray is charged with atoms and particles of mater, the more palpable, visible and bright it appears to the eye of sense . . . And if the ray were completely pure and free from all these atoms and particles, even from the minutest specks of dust, it would appear completely dark and invisible to the eye, since everything that could be seen would be absent from it—namely, the objects of sight. (St. John of the Cross 142)

신과 결합하기 위한 정화의 경험도 각 쿼테트(Quartet)마다 약간씩 다른, 발전적 형태를 취한다. 「번트 노튼」에서는 개인의 경험으로 나타나며 '헛된 슬픈 시간'(waste sad time)으로 종결되고 이어지는 3편의 쿼테츠(Quartets)에서는 개인의 경험이 역사적, 보편적 경험으로 확장되어 간다. 「드라이 셀베이지」에서는 '옳은 행동은 과거와 미래의 해방'이라고 표현되어 있고 '묘지송 가까이의 의미 있는 거름'으로 종결되어 정화의 의미가 강조되어 있다. 「리틀 기딩」에 이르러 정화의 모습은 역사의 무시간적 패턴으로 확장되어 나간다. '이 사랑(신)과 부름의 목소리에 이끌려' 인간은 처음에 출발했던 곳(Garden of Eden)을 향하여 탐구를 게을리 하지 않는다. 인간적 사랑과 자연적 미인 장미가 정화와 욕망 제거의 불로 변형될 때, 일시적 육체적 기간은 영원과 죽음의 상징인 주목나무의 순간으로 변형되는 것이다. 자아 방기와 욕망의 포기를 통한 정화에 의해 인간은 처음에 출발했던 장소인 '신의 왕국'(God's kingdom)에 도달하게 되는 것이다.

3. 탁월한 방법(The Way of Eminence)

엘리엇이 마지막으로 제시하는 구원의 모델은 고도의 숙련된 성자들에게 해당되는 '탁월한 방법,' 혹 '초월의 길'이다. 아퀴나스와 위 디오니시우스가 말하는 신을 알 수 있는 방법 중의 하나인 '탁월한 방법'은 종교적이면서 신의 빛에 바로 올라갈 수 있는 순수 신앙에 의한 방법이다. 엘리엇은 주로 시극의 주인공들에게 이 방법을 적용하였는데, 「시므온을 위한 노래」("A Song for Simeon")에서 처음으로 '당신 말씀에 따르는 것'(According to thy word)으로 나타나고 순수한 신앙에 의해 신의 빛을 찾아가는 것은 『성회 수요일』과 『네 사중주』에서는 '조용히 기다림'으로 표현되고 있다. 신의 뜻 속에서 조용히 기다리는데서, 즉 "이 바위들 사이에서나마 조용히 앉아 있는"(to sit still Even among these rocks)(*CPP* 98-99) 데서 평화를 발견한다는 것이다.

앞에서 언급된 방법에서도 적용되겠지만, 수동성은 특히, 신의 사랑에 도달하기 위한 필수적인 요건이라고 할 수 있다. 믿음과 소망, 사랑은 모두 기다림 속에 있다(*CPP* 180). 사유조차도 할 필요 없이 신의 뜻에 의지할 때 어둠은 광명이 되고 고요는 춤이 되는 것이다. '탁월한 방법'은 수동적이고, 동작이 아니고 동작으로부터의 이탈이지만, 엘리엇은 이 방법에 특히 '믿음'과 '신의 섭리에 호응'을 강조하고 있다. '탁월한 방법'은 '긍정적 방법'과 '부정적 방법'과 확연히 구분되는 것이라기보다는 그 두 방법을 존재하게 만드는 근원이 될 수 있는 것이다. 위 디오니시우스에게 있어 최초의 이 방법은 '긍정'과 '부정'의 방법의 한계를 극복하고 새로운 인식의 틀을 제공하는 것에서 출발한 것을 보면, 그 개념 설정에 있어서 명증성을 가지기가 어려운 것이다. '탁월한 방법'은 '긍정적 방법'과 '부정적 방법'의 상위 구축물인 동시에 근원적 토대이며 그 힘의 근원이라고 보는 것이 일반적이다(박승찬 참조). '부정적 방법'에서의 '일반적인 결합'(natural union)은 곧 성자에게 가능한 '완전한 초월적인 결합'(total supernatural union)으로 나아갈 수 있는 것이다(*SE* 455). 신은 모든 영혼, 즉 악한 영혼에게도 잠정적으로 존재한다는 것이 요한의 주장이다(Hay 156). 초월적 결합은 '－은 －이다'의 논리와 '－은 －이 아니다'의 논리를 넘어 신의 관점에서의 가능성을 제시해 주고 있다. 그것은 "－이지도 않고, －아니지도 않다"라는 논리를 지닌다고 보아야 할 것이다. '탁월한 방법'에서는 이성과 감정의 판단구조는 자리를 내어 놓고 있다고 볼 것이다. 그 자리에는 믿음과, 순교, 신의 의지와의 결합 등의 초월적 속성이 차지하고 있다.

엘리엇은 '탁월한 방법'을 「드라이 셀베이지즈」 V에서는 '무시간과 시간의 교차점'(The point of intersection of the timeless with time)이라고 했으며, "사랑과 정열, 비이기, 자기 방기 속에서 일생의 죽음에서 이루어지는 그 무엇"(something given / And taken, in a lifetime's death in love / Ardour and selflessness and self surrender)(*CPP* 190)으로 표현한다. 『대성당에서의 살인』(*Murder in the Cathedral*)에서는 베케트의 의식 세계를 통하여 시간과 무시간, 인간의 의지와 신의 의지의 교차점을 제시하면서 '탁월한 방법'의 모형을 보여주고 있다. 그 모형은 신의 뜻과 하나가 되는 순교를 통해 실현된다. 인간의 의지나 노력조차도 신의 뜻을 파악하는 데 집중되어야 하는 것은, 「번트 노튼」 III에서 말한 "운동에서가 아니라 운동에서부터의 이탈 상태"(not in movement but abstention from movement)를 가리킨다고 볼 것이다. 이 때의 운동은 인간적 의지와 행동으로 보기 때문이다. 1막과 2막 사이의 막간(interlude)에서 엘리엇은 순교를 "신의 계획"으로 . . . 순교자를 "자기를 위해서 어떤 것도 바라지 않는,

심지어 순교의 영광까지도 바라지 않는 사람"으로 정의하고 있다(A martyrdom is always the design of God . . . It is never the design of man; for the true martyr is he who no long desires anything for himself, not even the glory of being a martyr)(*CPP* 261). 신의 뜻을 파악하는 데에 있어 자신의 순교에 대한 소망조차 유보시킴으로써, 상충, 모순되는 것은 화해되고, 초극될 수 있다. 또한 행동은 인내가 되고, 인내는 행동이 되는 경지에 머물게 된다. 그것은 결국 신의 뜻 안에서는 은혜 받은 경지로 될 수 있다는 것이다.

회전하는 바퀴의 둘레인 현상계에서는 행동과 인내, 즉 능동과 피동은 대립 개념이지만, 신의 의지(will)인 '회전하는 세계의 정지점' 속에서는 서로 화합되고 귀일한다. 신의 "영원한 섭리"(the eternal design)를 이루기 위해 "만물과 현상계의 인간은 필요할 때에 응해야 하고 받아들여질 때까지 인고해야 한다" (*CPP* 256). 이렇게 볼 때에, 「이스트 코우커」 III에서도 나타나듯이 "나는 영혼에게 조용하라고 말했다"(I said to my soul, be still.)(*CPP* 180)라는 진술은 '신의 의지를 파악하게 하는' 영혼의 준비작업이라고 볼 수 있을 것이다. 그것은 더 높은 차원을 열어주는 단계의 표현이라고 할 수 있을 것이다. "탁월한 방법"에 특히 "수동성"(passivity)이 짙게 깔리어 있음은 헤이도 지적하는 것이다(Hay 156). 또한, 「번트 노튼」 III의 "행동과 고뇌로부터의 해방, 내적 외적 제약으로부터의 해방"(The release from action and suffering, release from the inner / And the outer compulsion, yet surrounded / By a grace of sense)(*CPP* 173)이라는 구절도 수동성 이후에 찾아오는 '희열'을 말한다고 볼 것이다.

'탁월한 방법'은, 또한 은총에 의하여 '지금 여기에서' 인간의 삶과 의지가 변형되어지는 확증을 주는 '상처난 외과 의사'(christ)를 통해서도 표현되어 있다. 그것은 시공간을 초월하는 '오순절의 불'(Pentecostal fire) 속에서 '신자와의 통화 이상으로 불타는 기도'의 형식으로 나타나기도 한다. 특히 순교(martyrdom)는 그 어원이 말해주듯 증언(witness)하는 것으로서, 신의 사랑과 대속의 피를 흘린 그리스도의 피가 헛되지 않다는 것을 보여주는 가장 확실한 '탁월한 방법'으로 간주될 수 있을 것이다.[4] 인간 정신의 고귀함과 신의 실재에 대

4) 이 속죄의 대속은 신약성서 로마서 8장의 성령의 증보 기도와 유사하다. "for we know not

한 확신을 주는 '탁월한 방법'은 죽음으로써 신의 사랑을 증언하고, 무감한 영혼을 각성시키고, 믿음으로 신과 합일할 수 있는 영혼의 최고의 수단이다. 이것은 곧 엘리엇의 의식에 잠재한 신앙심의 일면을 보여준다고 할 것이다.

엘리엇은 전 작품을 통하여 절대자와의 합일을 모색하며 꾸준히 구원의 모형을 찾았다. 그는 자연 속에서의 신의 속성의 표현(effects)을 통해서, 자아 방기, 욕망의 소멸을 통해서, 혹은 직접적 수단인 신앙을 통해서, 신의 의지와의 합일을 통해서 신과의 합일이 가능하다는 것을 보여주고 있다. 마르츠(Martz)의 아래의 진술은 엘리엇의 작품에 나타나는 '긍정적 방법,' '부정적 방법,' '탁월한 방법'을 잘 요약하며 결론으로 차용할 만한 것이라고 할 수 있을 것이다.

> 보통 사람들은 두 가지의 접근할 수 있는 방법이 있으니, 곧 하나는 육체적이고 감각적인 길을 통하는 방법이다; 장미원과 자연의 미, 신선함, 그리고 풍요로움 등과 같은 그와 관련된 상징물 들을 통해서 나아갈 수 있다. . . . 두 번째의 방법은 정반대의 길로서 어두운 밤이라는 종교적인 방법인 것이다. 세 번째의 방법은 탁월한 개인들을 위해 마련된 길로서 역시 종교적인 방법이다. 이 방법은 직접적으로 신에게로 상승할 수 있다.
>
> The average man has two approaches, the first is through the physical and sensuous; through the rose-garden and its related symbols of natural beauty, freshness and fertility . . . The second is the opposite, religious way of the Dark Night. The third way, reserved for superior individuals, is also religious, but it leads directly upward. (Unger 455)

'긍정적 방법'과 '부정적인 방법'으로 신에게 나아가는 인간의 정신은 최후의 방법인 '탁월한 방법' 아래에서 하나의 길로 통합된다고 할 수 있다. 따라서 인간 정신이 '긍정적 방법'으로, 혹은 '부정적 방법'으로 신과 합일할 수 있다면, 그것은 그 저변에 초월적 결합을 가능하게 하는 '탁월한 힘과 사랑'이 있기 때문에 가능할 것이라고 하는 소박한 결론에 이르게 될 것이다.

---

what we should pray for as we ought; but the Spirit itself maketh intercession for us with groanings which can not be uttered" (Rom. 8:26).

IV. 맺는 말

엘리엇의 시와 극, 비평을 통틀어 '하나의 작품'으로 보고 그 저변에 흐르는 주제를 찾아본다면 그것은 바로 인간과 사회의 유한성을 극복하고, 절대자의 의지 속에서 합일하며, 정신적 재생을 추구하는 구원의 과정이라고 볼 수 있다. 절대자와의 결합의 모형은 '정점'으로 표현되어 있음은 너무나 잘 알려진 사실이다. 관념적 기질의 소유자로서, 철학적 사고를 하는 엘리엇은 자신의 감정과 사상을 표현하기 위한 하나의 '틀'을 찾았는데, 그것이 바로, 사상체계를 담아낼 수 있는 '기독교 신비주의'라는 장치일 것이다.

우리는 엘리엇의 신과의 합일에 대한 소망을, 하나의 '객관적 상관물'인 '정점'이라는 대표적 심상에 일치시킬 수 있는 바, 그의 비평 이론, 하버드 대학 시절 때 연구한 철학, 시와 극에서 나타난 주제 등은 모두 그 특성과 도달 과정에 있어 '정점'에 대한 특성과 유사점이 있다고 할 것이다. 그 특성은 바로 상반된 개념의 화합이며, 현상 저편에 있는 실재, 절대자에로의 접근, 생성, 변화하는 세계에 대조되는 영원 세계의 추구이다. 그 도달 과정은 인식 주체와 객체를 구분하지 않고 통합된 하나로 본다는 점에 있어서나 작가의 개성을 소멸시킨다는 점에 있어서 작가 자신의 의지를 소멸시키고 절대적 존재인 신과 합일하는 '정점'에 도달하는 과정과 유사한 것이다.

엘리엇에게 있어 '정점'은 상반되는 개념의 합일점이라는 점에 있어서 아리스토텔레스의 '부동의 동인'이라는 중심점적인 개념과 밀접한 연관성을 지닌다. 몰개성 이론의 핵심개념인 '누스'는 '수동적 무념 상태'로 이성과 감정이 갈등을 일으키지 않고 제3의 성질로 바뀌게 만드는 촉매제이다. 이것은 그의 시론의 수동성을 종교적인 부정성과 연결시킬 수 있는 통로가 될 수 있다. 엘리엇의 시에 표현된 바퀴와 장미원은 '정점'의 전형적인 예이다. 바퀴의 중심인 자축은 '부동의 동인'이며, 그 모형은 대립 개념의 화합의 상징이다. 장미원은 유한한 인간이 시간 세계에서 무시간의 세계로 합일하는, 심리적으로 초월된 순간의 심상으로 볼 수 있다.

'정점'에의 도달 방법은 십자가의 성 요한, 위 디오니시우스를 비롯한 기독교 신비주의자들과 토마스 아퀴나스 및 아우구스티누스의 신학이론으로 설명할 수 있고 엘리엇의 비평적 철학적 개념인 '몰개성 이론,' '직접 경험' 등도 그런 신비주의적인 '부정적인 방법'을 적용하여 설명할 수 있다. '누스' 상태나 '전통'의 개념에도 인식주체와 개인의 개성의 소멸이 요구되고 질서에 순응하는 '수동성'이 요구된다. 여기에서 중시되는 것은 엘리엇의 비평에서 나타나는 '수동적 집중'과 개성 소멸, 그의 철학에서 나타나는 인식주체의 소멸, 전통 이론에서 나타나는 '질서에의 순응' 등은 모두 기독교 신비주의의 부정성과 맥이 통한다는 것이다.

기독교적 신비주의는 십자가의 성 요한과 토마스 아퀴나스의 이론에서 비롯되는데 엘리엇은 이것을 '긍정적 방법,' '부정적 방법' 그리고 '탁월한 방법'으로 나누어 '정점'에 도달할 수 있음을 설명하고 있다. '긍정적 방법'에는 자연 속에 숨어 있는 신의 계시, 신의 사랑, 구원의 방편들인 기억, 애정 등이 포함된다. 이런 자연 속에 숨어 있는 신의 계시 및 숨결은 바로 아우구스티누스가 말하는 '표지' 개념과 유사하다. '표지' 개념에는 신이 창조한 피조물 및 인간의 내면세계의 기억 사랑 등도 포함될 수 있다. '부정적 방법'은 십자가의 성 요한의 이론인 자아 방기와 욕망의 탈각을 통해 표현되어져 있으며, '탁월한 방법'은 순교를 통해서 신에게로 바로 접근할 수 있는 기독교적 성자의 모형과 초월적 신과의 합일로 제시되어 있다.

엘리엇은 그러나 어느 하나의 신비주의적인 방향에 초점을 맞추지 않고 때론, 여기에 때론 저기에, 혹은 상호 관련시켜 그 초점을 비치고 있다. 결국 사고와 감성의 한계를 넘는 '탁월한 방법'에 의해 그 최후의 통합을 시도하고 있다. 그것이야말로 엘리엇이 도달하고 싶었던 최후의 단계이었는지도 모를 것이다. 이것이 어느 한 방향에서만 그의 작품을 해석하게 하는 것을 어렵게 만들고 있다. 이것은 어쩌면 엘리엇에게 있어서는, 그의 비평, 종교, 철학 그리고 시론에 있어서의 경계선이 무너지고, 안과 밖이 어우러져 뫼비우스의 띠처럼 연결될 수 있는 가능성을 열어 보이게 하는 것이라고 할 수 있을 것이다. 엘리엇에게 있어서는 '모든 작품이 하나의 작품'이듯이, 모든 이론은 하나의 이론이라는 지평 위에 세워진 분파적 양상이 될 수 있을 것이다. 엘리엇이 한 평생 추구한 철학, 시, 비평, 그리고 종교적 신념은 모두 절대적 존재에 대한 긍정성과 부정성의 단계를 넘어 초월적 결합을 시도하는 실천 과정이라 생각된다.

'정점'의 이미지는 패턴, 장미원, 바퀴, 춤, 빛, 눈 등의 이미지로 나타나 있으며, 그리스도의 성육화로 구현되어 있다. 「번트 노튼」에서의 각성, 고양된 순간은 「이스트 코우커」에서 정화의 단계를 거치고, 「드라이 셀베이지즈」에서 수태 고지의 부름에 호응하여 「리틀 기딩」에서의 성육에 의해 완성된다. 『네 사중주』(*Four Quartets*)는 에덴동산인 「번트 노튼」에서 출발하여 실락원인 「이스트 코우커」, 「드라이 셀베이지즈」를 거쳐 복락원인 「리틀 기딩」에 진입하는 장대한 영혼의 순례 여행기라고 볼 수 있을 것이다.

인용문헌

가이슬러, 노만 편. 『어거스틴의 사상』. 박일민 역. 서울: 성광문화사, 1994. Print.

강영계. 『기독교 신비주의 철학』. 서울: 철학과현실사, 1992. Print.

김광식. 『조직신학(I)』. 서울: 대한기독교서회, 1992. Print.

김용환. 『만다라－깨달음의 영성 세계』. 서울: 설화당, 1991. Print.

박승찬. 「하느님의 명칭의 올바른 사용: '하느님의 이름을 함부로 부르지 마라'에 관한 철학적 성찰」. 『가톨릭신학과사상』 32 (2000): 27-54. Print.

선한용. 『시간과 영원』. 서울: 성광문화사, 1986. Print.

코플스톤, 프레드릭. 『중세철학사: 아우구스티누스에서 스코투스까지』. 박영도 역. 서울: 서광사, 1988. Print.

Augustine, Aurelius. *Confessions*. Oxford: Oxford UP, 1991. Print.

______. 『(성 어거스틴의) 고백론』. 선한용 역. 서울: 대한기독교서회, 1990. Print.

______. 『참된 종교』. 성염 역주. 왜관: 분도, 1989. Print.

Bergsten, Staffan. *Time and Eternity: A Study in the Structure and Symbolism of T. S. Eliot's Four Quartets*. Bonniers: Scandinavian U, 1960. Print.

Derrida, Jacques. *Speech and Phenomena*. Trans. David B. Allision. Evanston: Northwestern UP, 1973. Print.

______. *Of Grammatology*. Trans. Gayatri Chakravorty Spivak. Boltimore: Johns Hopkins UP, 1974. Print.

Drew, Elizabeth. *T. S. Eliot: The Design of His Poetry*. London: Eyre Spottiswoods, 1954. Print.

Eliot, T. S. *Selected Essays*. London: Faber, 1969. Print. (*SE*로 약함)

______. *The Complete Poems and Plays of T. S. Eliot*. London: Faber, 1969. Print. (*CPP*로 약함)

Hay, Eloise Knapp. *T. S. Eliot's Negative Way*. Cambridge: Harvard UP, 1982. Print.

John of the Cross, Saint. *Ascent of Mount Carmel.* Trans. E. Allison Peers. Westminster: Newman, 1946. Print.

Martz, Louis L. "The Wheel and the Point: Aspects of Imagery and Theme in Eliot's Later Poetry." *Sewanee Review* 55.1 (1947): 126-47. Print.

Maxwell, D. E. S. *The Poetry of T. S. Eliot.* London: Routledge, 1966. Print.

Pseudo-Dionysius. *Pseudo-Dionysius: The Complete Works*. Trans. Colm Luibheid. New York: Paulist, 1987. Print.

Unger, Leonard, ed. *T. S. Eliot: A Selected Critique*. New York: Rinehart, 1918. Print.

23

로렌스의 『채털리 부인의 연인』에 나타난 숲과 자궁의 의미 상관성

| 서명수 |

I. 시작하는 말

20세기 영국의 작가 중 로렌스만큼 사회적 논란의 대상이 된 작가는 찾아보기 어렵다. 그의 작품이 당대의 압도적인 사회 분위기와 성에 대한 사람들의 고정관념에 반대하는 내용을 담고 있기 때문이다. 어느 시대 어느 사회에서나 저항적인 사람은 이단아 취급을 받기 마련인데, 로렌스는 이러한 경우의 한 전범(典範)이라 할 수 있다. 로렌스는 무엇에 대해 저항하였는가? 무엇보다도 육체에 대한 정신의 우위를 강조하는 서구 기독교의 가르침과 인간 이성의 우월성을 강조하는 이성주의, 그리고 산업혁명 이후 팽배해진 영국 산업사회의 비인간적인 파괴성에 대해 저항하면서 나름의 대안을 모색해나갔다. 그리고 그의 모색의 초점은 생명의 본래적 의미와 가치로 모아진다. 그가 모색했던 대안의 첫 번째는 인간 육체의 긍정성이다. 존재론적 관점에서 육체를 하찮게 여기거나 사회적 관점에서 육체활동을 하찮게 여기는 풍조 모두에 대해 로렌스는 반기를 들었다. 그는 육체의 가장 본원적인 욕구인 성에 대한 욕구와 행위에서 인

* 이 글은 『문학과 종교』 17.1 (2012): 65-83에 「로렌스(D. H. Lawrence)의 『채털리 부인의 연인』에 나타난 숲과 자궁의 의미 상관성」로 게재되었음.

간의 생명성을 찾고자 했다. 정신과 육체의 완벽한 통합체로서 인간이 갖게 되는 성에 대한 욕구는 가장 기본적인 생명 현상임에도 불구하고, 저급하고 부끄러운 육체의 욕구로 간주하는 분위기 속에서, 로렌스는 성을 근원적인 생명성의 표출로 이해하고자 했다.

둘째, 로렌스는 인간 이성의 우월성을 강조하는 이성주의에 반기를 들었다. 본래 기독교와 철학적 이성주의는 인간의 사유능력, 즉 정신성을 매개로 결합되어 발전하다가 데카르트의 방법적 회의에 이르러 갈라서게 되었다. 그 이전에는 초월적 존재가 이성적 사유의 중심을 차지하였으나 데카르트에 이르러 인간이 사유의 중심에 놓이게 된 것이다. 이성이 생각하는 존재로서 인간 정신활동의 핵심 축으로 설정되자 상대적으로 육체적 활동은 평가절하 되었다. 예를 들어 "나는 걷는다, 그러므로 나는 있다"라든가, "나는 땀을 흘린다, 그러므로 나는 있다"라든가, "나는 섹스를 한다, 그러므로 나는 있다"라는 진술은 데카르트에게는 가당치 않은 말이다. 데카르트적 사유에서 신체적 행위는 그 어느 것이나 인간의 본질적 활동이 될 수 없다. 인간의 본질적 행위는 어디까지나 "생각한다"는 사실, 즉 사고행위에 있는 것이지 다른 어떤 행위에 있지 않기 때문이다(최명관 156). 서구의 지적 전통으로 자리 잡은 이러한 데카르트적 사유는 간접적으로 인간의 성에 대해 부정적인 태도를 취하게 했다.

셋째, 명석(clara), 판명(distincta)을 지향하는 데카르트적 사유는 종합적, 직관적 사유보다는 분석적 사유를 촉진하였으며, 그 결과 서구의 과학기술문명의 발흥을 가져왔다. 이러한 사유의 외재화 과정에서 영국 특유의 경험적 사유가 가미되어 나타난 분명한 가시적인 결과가 바로 산업혁명이다. 그리고 산업혁명의 발원지인 19세기 영국사회를 특징짓는 역사적 사건은 제국주의와 산업화의 교호적 진행이라 할 수 있다. 발 빠른 산업화는 제국주의의 원동력이 되었고, 제국주의적 지향은 영국사회의 산업화를 더욱 가속시켰으며, 20세기 초까지도 영국사회는 이러한 분위기와 탄력의 연장선상 위에 있었다. 사회전반에서 생산성이 강조되었고, 하드웨어적 생산성의 강조는 노동인력의 도구화와 자연에 대한 파괴를 정당한 것으로 간주하였다. 이러한 현상을 목도한 로렌스는 산업문명에 대해 회의적인 시각을 갖게 되었으며, 그 대안으로 원시적 생명성의 회복을 외치게 되었다.

이상의 이유들은 그간 로렌스의 작품에 대한 해석의 경향성과 일치한다. 특별히 그의 후기 작품인 『채털리 부인의 연인』에 대한 해석이 그렇다. 그간의 해석은 먼저 성의 건강성과 생명성에 대한 재발견이라는 관점에서 점차 산업문명에 대한 비판의 관점으로 이행하였고, 최근에는 생태학적인 관점에서 새롭게 해석하려는 시도들이 주종을 이루고 있다. 그러나 위에서 언급한 세 가지 요소들은 개별적이면서도 유기적으로 연결되어 있기 때문에 얼마든지 동시적인 관점에서 다루어질 수 있으며, 독자로서 해석자의 위치에 따라 또 다른 관점에서 다루어질 수 있을 것이다.

본 소고는 전체적인 맥락에서는 로렌스에 대한 기존의 해석의 궤도를 따르되 특별히 생태학적인 관점에서 『채털리 부인의 연인』에서 숲과 자궁이 내포하고 있는 의미와 이 둘이 어떻게 연관되는지에 초점을 맞추어 살펴보고자 한다.

II. 가이아(Gaia)와 "성공의 암캐 여신"(the Bitch-Goddess of Success)

클리포드는 1차 대전 중인 1917년 한 달간 휴가를 얻어 코니(콘스탄스의 애칭)와 결혼하고, 유럽에서 신혼여행을 마친 후 Flanders로 귀대하여 복무하다, 전투에서 큰 부상을 입고 군병원에서 이년간 치료를 받았으나, 하반신 마비라는 영구 장애를 안고 집으로 돌아오게 된다. 차남인 그는 형이 전쟁에서 전사하자 채털리가의 락비(Wragby)저택과 딸린 숲을 물려받아 정착하게 된다. 그는 명문 케임브리지대학 출신이며 한 때 독일에서 탄광기술에 관해 공부한 적도 있는 엘리트이다. 그리고 소설을 써 문단으로부터 인정을 받고 나름의 성공을 거두기도 한다.

그러나 그의 세계관은 대체로 당시 상류계층이 공유하고 있던 세계관의 범위에서 크게 벗어나지 않는다. 인간관계는 곧 사회적 계층관계로 파악하고, 남녀관계는 남성중심의 가부장적 관계의 틀 안에서 조정하며, 인간에 대한 이해에서는 육체보다는 정신의 우위를 강조한다. 나아가 자연과의 관계에서도 자연을 언제든지 인간이 필요에 따라 이용하고 훼손할 수 있는 객체화된 물질세계로 인식한다. 그의 부친은 일차 대전이 발발하자 전쟁터의 참호버팀목으로 팔기 위해 숲의 상당부분을 벌목한 적이 있는데, 숲에 대한 그의 경제적 효용성 위주의 생각은 아들에게도 전수되어, 그는 숲을 생명의 보금자리로 보지 않고 가문의 경제적, 정치적 전통을 과시하고 이어주는 물질적 기능체로만 바라본다 (김정매 61).

> 그래! 여기가 바로 옛날 그대로의 영국이고, 그 심장이야. 그리고 난 이곳을 그대로 지킬 거야.
> "아, 그러세요!" 코니가 말했다. 그러나 그렇게 말했을 때 그녀는 11시에 터지는 스택스 게이트 탄광의 가스 배출 폭발음을 들었다. 클리퍼드는 그 소리에 너무 익숙해져 듣지 못했다.
> "나는 이 숲을 완전하게, 누구도 손대지 못하게 하여 이대로 보존하고 싶어. 어느 누구도 이 숲에 침입하지 못하게 하고 싶어." 클리퍼드가 말했다.
>
> "I do! This the old England, the heart of it: and I intend to keep it intact."
> "Oh yes" said Connie. But as she said it, she heard the eleven-o'clock blower at Stacks Gate colliery. Clifford was too used to the sound th notice.
> "I want this wood perfect-untouched. I want nobody to trespass in it," said Clifford. (42)

코니와의 대화에서 엿볼 수 있는 것처럼 클리퍼드는 숲을 보존하고자 하는 강한 의지를 가지고 있으면서도 궁극적으로는 그 숲을 위협하는 탄광의 가스 배출 폭발음에 대해서는 무감각하다. 그러므로 숲을 보존하려는 그의 강한 의지는 자연에 대한 사랑에서가 아니라 어디까지나 영국 상류층의 전통을 유지시켜나가야 한다는 생각에서 비롯된 것일 뿐이다. "어느 누구도 이 숲에 침입하지 못하게 하고 싶어"라는 단호한 의지의 표명은 '어느 누구도 우리 상류층의 전통과 가치를 침해하지 못하게 하고 싶어'에 다름 아니다. 클리퍼드에게 있어 '숲'은 '상류층의 전통과 가치'의 상징으로 인식된다. 그런 까닭에 그는 코니와 숲을 산책하면서도 갓 피어난 봄꽃의 경이로움보다는 숲을 물려줄 후손을 생각하고, 자신은 성적 불구이니 코니가 누구를 통해서든지 아기를 낳아 가문을 이어가게 되기를 바란다. 그런 그에게 아기는 인격체가 아니라 가문을 이어줄 기능체에 지나지 않는다. 그의 이런 물화된 반생명적 사고는 아기를 간단히 "그것"(it)이라고 부르는 데서 역력히 드러난다.

> "당신이 다른 남자에게서 자식을 낳게 된다면 나쁠 것 없지." 그는 말했다. "우리가 락비에서 그 애를 기른다면. 그 앤 우리 자식이 될 거고 이곳 우리 집안의 아이가 될 테니. 친부의 혈통이란 것을 난 별로 믿지 않아. 우리가 기른 자식이라면 그 앤 우리 자식이 되는 것이니. 우리 집안을 이어가게 될 거야. 한번 고려해 볼 만하다고 생각하지 않아?"
> 코니는 마침내 그를 쳐다보았다. 자식이, 그녀가 낳을 자식이 그에게 그저 물건 같은 '그것'에 불과했다. 그 것-그 것-그 것이라니!

> "It would almost be a good thing if you had a child by another man" he said. "If we brought it up at Wragby, it would belong to us and to place. I don't believe very intensely in fatherhood. If we had the child to rear, it would be our own. And it would carry on. Don't you think it's worth considering?"
> Connie looked up at him at last. The child, her child, was just an "it" to him. It-it-it! (43-44)

필요한 물건을 구입하여 집 안에 들이듯 아이를 물건 취급하며 밖에서 낳아 데리고 와도 괜찮다고 대수롭지 않게 말하는 클리퍼드에게 코니는 다시 한 번 실망을 금치 못한다. 그가 아이를 원하는 것은 단지 상속인을 얻기 원해서이다. 하지만 코니는 클리퍼드 가문의 상속인을 낳기 위해 아이를 가지려는 것이 아니라 본성적 모성애와 생명체의 아름다움에 대한 감격 때문에 아이를 가지려 한다(김인수 67). 코니의 몸에서 태어날 생명마저도 하나의 기능체로 정도로 치부하는 클리퍼드의 이러한 사고방식은 그가 육체적으로만 불구가 아니라 정신적으로도 결핍되어 있음을 보여준다. 클리퍼드의 이러한 냉혈적인 모습 때문에 코니는 그에게 더욱 멀어지게 된다. 이것은 로렌스 자신의 진술을 통해 분명히 확인된다.

> 클리퍼드는 주변의 남성이나 여성들과의 관습적 연결을 제외하고는 그들과 어떤 연결도 갖지 않은 전적으로 고립된 인물이다. 따뜻함이란 흔적도 없고, 가슴은 차갑기만 하고, 가슴은 인간적으로는 존재하지 않는다. 그는 우리 시

대 문명의 산물이나 세계의 위대한 인간성의 죽음이다. 그는 기계적으로 친절할 뿐 따뜻한 인정이 무엇을 의미하는지에 대해서는 알지 못한다. 현실의 위상이 곧 그일 뿐이다. 그래서 그는 자기가 선택한 여성을 잃게 된다.

Sir Clifford, who is purely a personality, having lost entirely all connections with his fellow-men and women, except those of usage. All warnth is gone entirely, the heart is cold, the heart does not humanly exist. He is a pure product of our civilisation, but he is the death pf the great humanity of the world. He is kind by rule, but he does not know what warm sympathy means. He is what he is. And he loses the woman of his choice. (*Propos* 333)

클리퍼드의 이러한 모습과는 달리 코니는 아주 가냘프고 조그만 꿩 새끼들이 뿜어내는 생명체의 신비로움으로 인해 황홀경에 빠진다. 이 조그만 생명체들을 보기 위해 숲 속 오두막을 찾는 코니에게는 꿩의 알을 품고도 희생적인 사랑으로 모성을 발휘하는 암탉들만이 그녀의 마음을 따뜻하게 해주는 유일한 존재처럼 느껴진다(이옥 176). 그래서 그녀는 자주 숲을 찾게 된다. 그녀는 자연으로부터 측량할 수 없는 위로를 받고, 생명의 소중함을 새삼 느끼며, 점차 수많은 생명체들이 어우러져 이루는 숲(자연)의 신비로움에 눈을 뜨게 된다. 숲 속에서 그녀는 어머니의 자궁 속과 같은 안온함을 느낀다. 클리퍼드는 지배욕에서 비롯되는 "분리의 망상"(illusion of separation) 때문에 정신과 물질, 인간과 자연, 남자와 여자, 상류층과 하류층을 분리하여 파악하는 반면, 코니는 점차 양극성을 극복하고 숲의 신비와의 만남, 멜러즈와의 참 생명의 만남을 통해 "존재의 충만"(fullness of being)으로 나아간다.

그렇다. 코니가 터득해가듯이 인간을 포함하여 자연과 그 안의 모든 생명체들은 상호의존적인 유기적 관계 속에서 살아간다. 이 생명체의 유기적 관계는 비단 살아있는 생명체와 유기물에만 국한되는 것이 아니라 흔히 생명이 없는 것으로 간주되기 쉬운 무기물까지를 포함한다. 유기물과 무기물은 생명체를 구성하는 두 요소이다. 죽어 썩어가는 고목의 우듬지는 이끼류와 균류(菌類)가 태어나고 자라는 모태가 되고, 그 이끼류와 균류는 또 다른 생물의 소중한 먹이가 된다. 유기물과 무기물이 뒤섞여 있는 한 줌의 흙은 모든 생명이 태어나고 자라는 근원적인 에너지원이며, 이 흙에서 자양분을 흡수하며 자라는 초목은 죽어 다시 그 흙의 에너지원으로 되돌아간다. 이처럼 이 지구의 대지는 모든 유기물과 무기물, 모든 생명들의 순환이 이루어지는 장이자 생명흐름의 과정 그 자체이다. 생태적 상상력에서 모든 생명현상은 순환구조를 띤다(허상문 151).

로렌스는 「죽었던 남자」("The Man Who Died")에서 순환적 생명현상을 분명히 보여준다. 죽었던 남자는 봄이 되면 무덤에서 부활하고, 여름에는 농부의 집에서 태양열로 상처를 치유하고, 여사제를 만나 결합을 하는데, 탄생-성장-죽음-부활이라는 순환구조로 제시된다.

> 오얏나무에서 꽃잎이 떨어지고, 수선화의 시절이 지나가면 아네모네 꽃들이 들판에 활짝 피었다 사라지고, 콩밭의 향기는 대기 속에 가득했다. 모든 것이 변했다. 우주의 꽃들은 꽃잎의 모양이 변해서 다른 방식으로 모습을 드러내었다.
>
> Plum-blossom blew from the trees, the time of the narcissus was past, anemones lit up the ground and were gone, the perfume of bean-field was in the air. All changed, the blossom of the universe changed its petals and swung round to look another way. (599)

이처럼 모든 생명체가 살아가는 지구 자체를 또 하나의 거대한 생명체로 인식하는 것이 생태적 관점이며, 이러한 관점에서 볼 때 지구는 우주 공간에 떠 있는 수많은 행성 중 하나의 행성이 아니라 우주 그 자체를 압축하고 있는 축소판이다. 하나의 과학 이론으로 '가이아 이론'(Gaia Theory)[1]이 주창되기 전에 고대 그리스인들은 '대지의 여신' 가이아에 관한 신화를 발전시켰다. 그리스 신화에서 대모지신(大母地神)인 가이아는 모든 생명체의 어머니이다. 모든 생명체는 그의 자궁에서 태어나고 그의 품안에서 성장하고 소멸한다. 유기적으로 반복되는 탄생과 성장과 소멸의 과정은 그 자체가 하나의 생명의 순환과정이다. 가이아의 자녀들인 모든 생명체들은 어머니의 품 안에서 상보적인 관계 속에서

---

1) 가이아 이론(Gaia Theory)은 영국의 과학기술자인 러브 룩(James Lovelock)이 주장한 가설로 지구 자체가 하나의 거대한 생명체로서 그 위에 살고 있는 모든 생명들은 생존에 필요한 최적의 조건을 유지하기 위해 언제나 자기조절을 하며 스스로 변한다는 것을 핵심으로 하고 있다. 이러한 가이아 이론에 대해 시적 상상력의 과학일 뿐이라고 비판하는 학자들도 있다.

살아간다. 자연계의 생존 법칙인 적자생존도 생태계의 먹이사슬과 생태 고리의 한 순환방식으로 이해되며 거대한 공생공존의 관계의 한 방식일 뿐이다.

인간의 삶도 예외는 결코 아니다. 생태적 관점에서 볼 때 인간도 살아있는 모든 동식물처럼 자연의 한 부분으로 태어나고 성장하고 소멸하여 다시 대모지신의 몸인 흙으로 되돌아간다. 그러나 인간은 가이아의 자녀로서 자연에의 소속감과 일체감을 상실하고 자신을 주체화하고, 어머니인 가이아를 객체-대상화하여 자연의 주인이 되려는 교만한 마음을 갖기 시작했으며, 대모지신에 대한 인간의 이러한 교만은 서구 역사에서 계몽주의 이후 산업혁명과 더불어 본격화되었다. 과학기술문명의 힘과 효용성을 신뢰하고 그것을 극대화하려는 교만한 인간들은 대모지신의 몸인 자연을 자신들의 농장으로 간주하기 시작하였다. 필요하다면 언지든지 기계를 동원하여 숲의 나무들을 베어내고, 아름다운 풀꽃들의 삶을 짓이기며, 언제든지 자신들의, 자신들에 의한, 자신들을 위한 어떤 목적에 따라 이용하고 수탈할 수 있다고 생각한다. 『채털리 부인의 연인』에서 클리포드와 볼턴 부인은 바로 이런 사람들의 전형으로 묘사되고 있다. 새로 고용한 간호부인 볼턴 부인은 코니가 해줄 수 없는 영역의 일들을 능수능란하게 처리하여 점차 클리퍼드의 신뢰를 얻어가면서, 보이지 않는 가운데 심리적으로 그에게 영향력을 행사한다. 코니를 향하던 클리퍼드의 유아성(childishness)은 점차 볼턴 부인에게로 향한다.

> 오직 볼턴 부인과 단둘이 있을 때만 그는 정말로 자신이 주인이고 지배자라고 느꼈고, 그의 목소리는 그녀를 말상대로 할 때 그녀의 목소리처럼 재잘거리며 술술 흘러나왔다. 그러고는 그녀에게 면도를 해달라고 하거나, 마치 어린애같이, 정말 꼭 어린애같이, 씻겨달라고 온몸을 맡기는 것이었다.

> Only when he was alone with Mrs Bolton did he really feel a lord and a master, and his voice ran on with her almost as easily and garrulously as her own could run. And he let her shave him or sponge all his body as if he were a child, really as if he were a child. (109)

볼턴 부인은 클리퍼드를 자신의 품에 받아들임으로써, 전쟁으로 인해 상실된 그의 남성성을 심리적으로 회복시켜 강력한 기계적 남성성을 갖추도록 유도한다. 클리퍼드는 어린아이처럼 볼턴 부인의 품으로 파고들면서 자신을 어린아이의 모습으로 축소시키는 한편, 그 안에서 냉혹한 산업사회의 현실에서 성공적으로 살아가기 위해 자신을 차갑고 거대한 기계의 모습으로 확대시켜나간다 (Ben-Ephraim 143). 볼턴 부인은 클리포드의 대모(大母, Magna Mater) 역할을 확실히 수행하면서 그를 "성공의 암케 여신"에게로 인도해간다.

> 그러나 볼턴 부인의 영향으로 클리퍼드는 이 치열한 다른 쪽의 싸움에 뛰어들고 싶은, 즉 산업 생산의 잔혹한 수단을 이용해 암케 여신을 사로잡고 싶은 마음이 생겼다. 어떻게 해서인지 그는 흥분하여 발기된 듯했다. 볼턴 부인은 어느 면에서 그를 남자로 만들었던 것이다. 코니가 결코 하지 못했던 일이다.

> But under Mrs Bolton's influence, Clifford was tempted to enter this other fight, to capture the bitch-goddess by brute means of industrial production. Somehow, he got his pecker up. In one way, Mrs Bolton made a man of him, as Connie never did. (107)

정신적 대모인 볼턴 부인을 통해 심리적으로 남성성을 회복한 클리퍼드는 성공의 암케 여신을 숭배하기 시작한다. 그는 탄광 산업에 관한 전문 서적을 다시 읽기 시작하고, 정부의 보고서를 검토하며, 채탄 기술과 석탄 및 암석의 화학적 성분에 관해 알기 위해 독일어 서적들을 탐독하기 시작한다. 그러면서 매일 같이 갱도에 내려가 총감독과 갱내 강독, 갱외 감독을 들볶아 생산성을 높이도록 하면서 수많은 광부들을 지배하고, 일과 사태를 장악해나가는 힘! 힘을 소유했다는 의식이 전신에 흐르는 것을 느낀다(107-08). 클리퍼드의 이러한 변화와 산업 활동은 그를 "기계처럼 강철로 된 껍질을 하고 안쪽의 몸은 부드러운 과육으로 된 갑각류 무척추 동물이나 다름없는 존재"(110)로 만들어간다. 그럴수록 코니는 그와의 관계에서 질식할 듯한 답답함을 느끼며 자신의 이성이 무너져버리든지 아니면 자신이 죽든지 하리라는 느낌에서 벗어나기 위해 할 수 있는 한 자주 숲으로 들어가게 된다.

III. 가이아의 자궁으로서의 숲과 코니의 확대자궁으로서의 숲

로렌스는 "우리는 우주 삼라만상과 생생하고도 양호한 관계를 맺어야 한다" (we must get back into relation, vivid, nourishing relation, to the cosmos and the universe)(*Propos* 329)고 말한 바 있다. 모이나한(Moynahan)이 "숲은 로렌스 파노라마의 핵심부"(The Wood is the vital center of Lawrence's panorama)라고 지적했듯이(146), 『채털리 부인의 연인』에서 숲은 우주의 상징이며 기계문명에 아직 오염되지 않은 유일한 곳으로 생명창조의 근원지이자 상처받은 영혼의 진정한 안식처로 제시되어 있다.

> 콘스탄스는 어린 소나무에 등을 기대고 앉았는데, 소나무는 그녀의 기댄 몸을 받치고 묘한 생명력으로 있고 힘차게 솟구치듯이 흔들렸다. 꼭대기를 햇살 속에 드러낸 채 꼿꼿하게 살아 서 있는 존재였다! 그녀는 쏟아지는 햇살을 받아 수선화가 황금빛으로 변해가는 모습을 바라보았다. 햇살은 그녀의 손과 무릎에도 따사롭게 쏟아져 내렸다. 타르 냄새 비슷한 희미한 꽃향기가 맡아졌다. 그러자 너무도 고요히 혼자 있는 이 순간 그녀는 본래 자신의 운명의 물결 속으로 흘러 들어온 것처럼 느꼈다.

> Constance sat down with her back to a young pine-tree, that swayed against her with curious life, elastic and powerful rising up. The erect alive thing, with its top in the sun! And she watched the daffodils so sunny in a burst of sun, that was warm on her hands and lap. Even she caught the faint tarry scent of the flowers. And then, being so still and alone, she seemed to get into the current of her proper destiny. (86)

이 숲은 "자연적 조화와 생명의 재생의 이미지"(an image of natural harmony and renewal of life)(Fjågesund 151)를 가지고 있으며 에덴동산을 연상시킨다. 이 숲에서 상처받은 두 사람이 만나 심신의 회복을 경험하고 마침내는 참 생명의 합일에 이르러 잉태된 새 생명과 새로운 삶의 출발을 꿈꾸게 된다.

코니에게는 인간미 없이 인공적으로 완벽하고, 오래 동안 일을 해온 가정부와 하인들의 수고로 인해 흠잡을 데 없이 청결하고 정리정돈이 잘 되어 있는 락비 저택은 오히려 "조직적인 무질서"(a methodical anarchy)로 느껴질 뿐이다.

그래서 그녀는 숨 막히는 저택에서 벗어나고, 점증하는 내면의 불안을 종식시키기 위해 저택에 딸린 숲을 자주 찾게 된다. 그리고 그 숲에서 숲지기인 멜러즈를 만나게 된다. 어느 날 클리퍼드의 심부름으로 숲지기를 찾아간 코니는 뜻밖에 오두막 뒤에서 상체를 벗고 몸을 씻고 있는 멜러즈의 모습을 보고 당황하면서도 자기도 모르게 인간 육체의 아름다움에 충격을 받는다. 그녀는 집에 돌아와 전에 하지 않던 행동을 하는데 옷을 다 벗어버리고 거울 앞에서 전라(全裸)의 모습을 비춰 보다가 자신의 몸이 예전의 풍만하고 윤기 흐르던 모습과는 달리 늘어지고 윤기가 사라진 것을 발견하고는 남편 클리퍼드에 대해 모종의 분노를 느낀다. 멜러즈 역시 군 장교시절에 경험한 사회의 부조리와 중상류층의 경직되고 위선적인 매너에 환멸을 느꼈을 뿐만 아니라, 주지주의적이고 물질주의적이며, 기계적인 현대 문명사회에 염증을 느껴 세속적이며 육체적인 욕구만을 추구하는 아내 카우츠(Coutts)와 별거를 선언하고, 숲으로 들어와 외롭게 생활하고 있었다. 정신적 내상을 갖고 있는 두 사람이 숲에서 만나 성적 결합을 통해 정령과 아름다움, 그리고 인간적인 온기를 소생시켜나간다. 멜러즈 자신은 고립상태에서 생명력과 따뜻한 가슴의 사랑을 회복하게 된다(김명섭 161).

이처럼 두 사람에게 만남의 장을 제공하고, 두 사람 사이에 진정한 만남을 주선하여 "존재의 충만"(fullness of being, Phoenix 714)을 성취하여 거듭나게 하는 숲은 가이아의 자궁으로 기능한다. 대모지신의 자궁인 숲에서 둘은 이성쌍태아(fraternal twins)로 잉태된다. 숲은 수많은 생명체들이 짝짓기를 통해 생명을 잉태하고, 생명체를 탄생시키고, 생명체를 키워나가도록 자신의 가장 깊숙한 곳을 허락해준다. 숲은 생명의 모태이며, 생명의 젖줄이다. 그러므로 오염되지 않은 숲은 처녀림이며, 대모지신은 이 처녀림에서 새로운 생명체들을 잉태시키고 탄생시킨다. 숲은 대모지신의 자궁이다. 그러나 이 자궁도 인간의 탐욕으로 인해 상처를 입고 있으며, 불임의 자궁으로 만들어버리려는 위협에 노출되어 있다. 클리퍼드의 아버지는 전쟁 참호 지지목으로 사용하기 위해 숲에서 참나무를 베어낸 적이 있다. 그의 벌목행위는 대모지신의 자궁에 칼을 들이 댄 행위이며, 클리퍼드가 본격적으로 매달리는 탄광산업은 점차 대모지신의 자궁을 오염시키고 질식시키는 행위이다. 이처럼 숲은 상처를 받고, 더 큰 위협에 직면해 있지만 여전히 근원적인 생명력으로 수많은 생명체들을 잉태하고 탄생시킬 뿐만 아니라, 인간사회에서 상처받고 발을 들여놓은 두 사람을 치유하여 본원적인 생명력을 회복하도록 품어준다.

대모지신의 자궁인 숲에서 만나 숲에서 사랑의 생명력을 경험하게 된 코니와 멜러즈는 대모지신의 자녀로 다시 태어난다. 코니가 처음으로 멜러즈의 벗은 모습을 보고 어떤 충격에 휩싸였을 때 묘하게도 그것은 "하나의 환상 같은 경험"(a visionary experience)으로 느껴졌다.

> 코니는 이 모든 충격을 바로 자궁 속으로 받아들였으며, 그녀도 이를 깨달았다. 그것은 그녀의 몸 안으로 들어와 있었다. 그러나 의식적으로는 이것을 우습게 여기려 했다.
>
> Connie had received the shock of vision in her womb, and she knew it. It lay inside her. But with her mind, she was inclined to ridicule. (66)

코니가 받은 충격은 의식이 작용하기 이전에 전광석화처럼 파고든 충격인데, 그것이 "환상적 경험"으로 느껴지는 것은 무의식의 성적 경험을 암시한다. 다시 말해 성적 결합의 절정이 무의식 속에서 이루어진 것이다. 무의식의 절정 이후 뒤늦게 의식이 작동하여 별 것 아닌 것으로 속삭인다. 의식의 이러한 작동은 무의식의 본원적 갈망과 충동을 이기지 못한다. 그런 까닭에 코니는 마침내 대모지신의 자궁 안에서 멜러즈와 성적 결합을 갖게 된다. 그리고 그녀는 "마치 그녀의 자궁이 이제까지 항상 닫혀만 있다가 마침내 열려서 새로운 생명, 거의 묵직한 짐과도 같지만 사랑스러운 생명으로 꽉 채워진 느낌"(As if her womb, that had always been shut, had opened and filled with a new life, almost a burden, yet lovely.)을 갖게 되고, 그로 인해 "바코스의 여신을 섬기는 여사제처럼, 숲 속을 질주하는 바코스의 신도처럼 정열적인 존재가 된다"(Ah yes, to be passionate like a bacchante, like a bacchanal, fleeing wild through the woods, 136). 멜러즈와의 성적 결합을 통해 그녀의 여성성이 활짝 눈을 뜨게 되고, 그로 인해 자궁에서부터 꿈틀거리는 생명의지의 약동을 느끼게 된다. 잉태와 생명에 대한 그의 인식은 멜러즈와의 성적 결합을 통해 인간과 자연에 대한 보편적 인식으로 확대된다. 먼저 자신의 자궁 안에 새 생명이 잉태된 것은 세상이 봄을 맞아 새로운 생명을 잉태하는 것과 같은 동일한 차원으로 이해되며, "모든 여성성의 중심으로, 창조의 깊은 잠으로 깊숙이, 아주 깊이 가라앉은 듯한"(as if she was sinking deep, deep to the centre of all womanhood, and the sleep of creation, 135) 느낌으로 확대된다. 뿐만 아니라 멜러즈와의 합일을 통해 "코니의 의식이 숲 자체와 더불어 하나의 메타포"(Moynahan 148)를 이루며, 우주적 신비를 체험하는 순간으로 확대된다.

> 그녀는 숲과 같았고, 수런대며 무수한 새순을 틔워내며 들리지 않게 콧노래를 부르는, 뒤엉키듯 서 있는 검은 참나무 같았다. 그러는 사이 욕망의 새들이 그녀 몸 안에 있는 거대한 뒤섞임 속에 고이 잠들었다.
>
> She was like a forest, like the dark interlacing of the oakwood, humming inaudibly with myriad unfolding buds. Meanwhile the birds of desire were asleep in vast interlaced intricacy of her body. (143-44)

이처럼 생명의지의 진정한 표출인 성적 합일을 통해 대모지신의 자궁인 숲과의 의식적 동일화를 체험한 코니는 숲 속에서 실오라기 하나 걸치지 않은 몸으로 이리저리 뛰어다니고, 멜러즈 역시 뒤를 쫓아 같이 뛰어다니다 빗속에서 결합을 한다. 빗속에서의 결합은 지금까지의 물질문명에 젖어 살아온 삶을 정화하고 새롭게 태어나는 세례의식과 같은 것이며, 빗속에서 두 팔을 치켜 올리고 마치 찬양하듯 춤을 추는 모습은 자연과의 합일을 암시한다. 그리고 세례행위가 끝난 후 꽃으로 서로의 몸을 장식하는 행위는 각자의 몸이 신성한 제단이 되었다는 것을 암시한다(최희섭 115-17). 코니와 멜러즈의 이러한 모습은 에덴동산에서 아담과 하와가 생명나무 열매와 선악을 알게 하는 열매를 따 먹기 이전 서로 벗었으나 부끄러움을 모르던 모습으로의 회귀를 암시하기도 한다. 비는 순환의 상징이다. 지상의 물과 수증기가 증발하여 구름이 되고, 마치 남성의 정액처럼 구름이 물방울을 대지의 여신에게 쏟아 부으면 자궁 깊은 곳으로 스미어 수많은 생명들이 잉태된다. 이처럼 생명 순환의 상징인 비를 맞으며 대모지신의 자궁인 숲에서 두 남녀는 벌거벗은 모습으로 성적 합일을 통해 자연과의 합일에 이른다. 이 시점에서 코니의 자궁은 대모지신의 자궁으로 확대되고 대모지신의 자궁인 숲은 코니의 자궁 속으로 수렴되어 일치된 생명의 보금자리로 자리 잡는다.

IV. 클리퍼드의 탈자궁(ex-womb)과 멜러즈의 입자궁(eis-womb)[2]

전쟁에서 다쳐 불구의 몸이 되고 남성성을 상실한 클리퍼드는 심리적 양면성을 드러낸다. 몸과 마음의 상처를 치유받기 위해서는 포근하고 부드러운 모성애적 돌봄이 필요한데 그의 주변에는 그런 역할을 수행할만한 인물이 없다. 아버지와 전사한 형에 관한 짤막한 언급이 있을 뿐 그의 어머니나, 고모나, 할머니나, 누나나 여동생이나, 여자 동창이나 혹은 어느 시기의 여자 친구에 관한 언급은 전혀 없다. 그의 주변에는 비슷한 부류의 남성들만이 두루 등장할 뿐이다. 그의 생활권 안에 있는 여성으로는 코니와 볼턴 부인이 전부이다. 상처받은 그에게 내면적으로 가장 필요한 사람은 모성애적 사랑을 가진 여성이지만 코니와 볼턴 부인은 이 역할을 충실히 수행하지 못한다. 코니는 행복한 결혼생활을 한순간도 누려보지 못한 채 하반신 마비의 장애를 안고 돌아온 남편을 받아들이지 않으면 안 되는 상황에 직면하여, 형식적으로는 그에게 충실한 모습을 보이나, 마음 깊은 곳에서 우러나오는 사랑이나 연민의 정은 느끼지 못한다. 아니 훨씬 그 이전부터 코니와 클리퍼드는 여러 가지 면에서 잘 어울리는 짝은 아니었다. 코니는 권위 있는 왕립미술원에 봉직하는 아버지와 점진적 사회개혁을 지향하는 페이비언 협회 회원인 어머니 사이에서 태어나, 예술적 분위기가 농후한 드레스덴에서 언니와 함께 학교를 다녔다. 그런 까닭에 개방적으로 사고하고, 풍부한 예술적 감수성으로 인생을 즐기며, 다정다감하게 살기를 원한다. 반면 클리퍼드는 영국 상류 사회의 전형적인 엘리트 남성의 의식구조와 체질화된 생활태도를 보여준다.

---

2) 탈자궁(ex-womb)과 입자궁(eis-womb)은 필자가 처음으로 그리스어와 영어를 합성하여 만든 조어(造語)이다. 'ex'는 '~로부터 나오다(coming out from~)', 'eis'는 '~으로 들어가다(going into~)'의 뜻이다.

볼턴 부인은 과거 상류층에 대한 안 좋은 기억으로 인해 마음 깊은 곳에 상류층에 대한 적개심을 간직하고 있으나, 영악하여 현실에서 성공적으로 살아남기 위해 겉으로는 너그럽고 이해심 많은 모성애적인 모습을 보여준다. 그러나 그녀 역시 상처받은 클리퍼드의 영혼을 위로하고 감싸주는 모생애적인 사랑의 소유자는 결코 아니다. 그녀는 어디까지나 기능적 역할을 수행하고 있을 뿐이다. 이 점에서 클리퍼드는 육체적 장애로 인한 불행과 더불어 정신적으로도 불행한 사람이다. 코니와 볼턴 부인은 클리퍼드를 깊이 받아들여 회복과 재생의 토대를 마련해줄 수 있는 깊고 포근한 자궁을 가지고 있지 않다. 상류층 집안에서 태어나 모성애가 결여된 가정환경과 분위기에서 성장한 클리퍼드는, "성공의 암케 여신"을 신봉하는 반자궁적인 사회의 일원으로 성장해나간다. "성공의 암케 여신"의 여사제격인 볼턴 부인을 만난 후에는, 결핍된 모성애에 대한 욕구를 충족하려는 듯 마치 어린아이처럼 자신을 그의 품에 내맡기며 그의 가르침에 충실히 따르지만, 볼턴 부인은 그의 좌절된 성적 욕망을 사회적 성취의 욕망으로 바꾸어줄 뿐, 진정으로 그를 자궁과 가슴으로 품어주지는 않는다. 클리퍼드의 정신적 불행의 원인은 바로 여기에 있다. 진정으로 자신을 받아줄 자궁을 가진 여성이 주변에 없다는 점, 어머니의 자궁에서 빠져나와 한 사회적 인간으로 살아가면서 크게 상처받았을 때 다시 들어가 재생의 기회를 가질 자궁을 찾지 못하고 계속 탈자궁 상태에 머물러 있는 것이다. 그런 까닭에 그는 상처받은 혹은 유기된 짐승처럼 체념과 분노의 눈동자를 희번덕거리며 주변에 대해 적개심을 드러내기도 한다. 게다가 그는 숲의 소유주이면서도 자신의 숲에서 그 어떤 위로도 찾지 못하고 있다.

반면 멜러즈는 자궁에서 빠져나온 후 다시 자궁 속으로 들어가 성공적으로 자신의 상처를 치유 받고 재생의 길을 걷게 된다. 그는 클리퍼드와는 정반대로 노동자의 아들로 태어나 불리한 여건에도 불구하고 문법학교를 나왔고, 군 장교가 되어 신분상승의 길을 걷다가, 그 길에 대해 크게 실망한 후에는 모든 미련을 버리고 대모지신의 자궁인 숲으로 들어간다. 그리고 그곳에서 코니를 만나 그녀의 깊고 부드러운 자궁 속에서 회복과 재생의 길을 걷게 된다. 그 결과 멜러즈는 새로운 삶에 대한 희망과 비전을 가지고 미래를 준비하게 된다. 코니가 먼저 락비저택을 떠나 스코틀랜드로 간 후 멜러즈는 어느 시골마을로 가 버틀러 앤드 스미섬 탄광회사(Butler and Smitham Colliery Company) 소속 농장에서 농업기술을 배우며, 돈을 벌고 소비하는 법이 아닌 사는 법에 대해 터득하게 된다. 작품의 마지막에는 작품의 에필로그 역할을 하는 코니에게 보내는 멜러즈의 편지가 나오는데 여기에서 그는 다음과 같이 쓰고 있다.

> 인생을 사는 것과 돈을 쓰는 것이 같지 않다고 사람들에게 말해줄 수 있다면 얼마나 좋겠소! 하지만 소용없는 일이오. 돈을 벌고 쓰는 것 대신에 인생을 사는 법을 배워 깨우치기만 한다면 그들은 25실링으로도 아주 행복하게 생활을 꾸려나갈 수 있을 것이오.
>
> If you could only tell them that living and spending aren't the same thing! But it's no good. If only they were educated to live instead of earn and spend, they could manage very happily on twenty-five shillings. (299)

V. 끝맺는 말

모이나한(Moynahan)이 적절히 지적했듯이 숲은 『채털리 부인의 연인』에서 핵심 장치로 설정되어 있다. 이야기의 공간적 배경의 대부분은 숲에 할애된다. 숲에서 코니는 멜러즈를 만나고, 숲에서 사랑을 나누며, 숲에서 재생의 길을 열어간다. 이 숲은 단순히 테버살(Tevershall) 탄광촌 옆에 있는 하나의 제한된 공간으로서의 숲을 넘어서, 대모지신인 가이아의 자궁의 상징으로, 기계문명에 오염되지 않은 생명창조의 근원지로 제시된다. 경직된 사회와 탐욕적이며 반생명적인 기계문명의 부산물들에 의해 상처받은 코니와 멜러즈는 이 숲에서 진정한 성적 결합을 통해 "존재의 충만"(fullness of being)에 도달하게 되며, 나아가 자연과의 우주적 교감을 성취하게 된다. 특별히 코니는 숲을 자신의 확대자궁으로 인식하여, 숲의 생명력을 자신의 생명력의 원천으로 받아들인다. 숲이 없었다면 이러한 성취는 불가능할 것이다. 그러므로 이들에게 숲은 회복된 낙원일 뿐만 아니라 생명 탄생의 자리인 자궁의 의미를 갖는다.

최초에 어머니의 자궁에서 빠져나와 이 세상에 던져지는 순간부터 인간실존은, 여러 가지 비본래적인 것들과 반생명적인 것들로 인해 존재의 왜곡을 경험하기도 하고 고통을 받기도 한다. 이러한 인간이 진정으로 돌아가 다시 회복의 기회를 갖고 재생의 길을 찾는 방법은 무엇인가? 거듭남의 의미에 대해 고민하던 니고데모에게 예수님이 물과 성령으로 거듭나야 한다고 대답하자 어떻게 어머니 뱃속에 다시 들어가 태어날 수 있느냐고 니고데모는 반문한 바 있는데(요 3:11), 로렌스는 차원을 달리하여 경직되고 반생명적인 사회에서 상처받은 사람이 다시 태어나기 위해서는 가이아의 자궁으로 들어갈 것을 제시한다. 또한 사회문화적 편견과 지적 의식에서 벗어나 생명활동의 극치인 참다운 성적 결합을 통해 점화되는 성령(Holy Ghost)의 불꽃에서 가능성을 찾고 있다. 코니와 멜러즈가 각자의 정신적 내상을 극복하고 새로운 삶의 길로 접어들게 된 것은 바로 이런 경험 때문인데 이 경험은 그들이 가이아의 자궁 속으로 '입자궁(eis-womb)' 했기 때문에 가능한 것이다. 그들은 가이아의 자궁에서 양성 쌍생아로 다시 태어난 것이다.

반면 클리퍼드는 어머니의 자궁에서 빠져나온 이후 상처받은 자신의 심신을 다시 품어 소생시켜줄 여성을 찾지 못하고, 반대로 "성공의 암케 여신"의 여사제라 할 수 있는 볼턴 부인의 품에 퇴행적 유아의 모습으로 안겨 심리적 위로를 찾으며, 그녀의 도움으로 열렬한 암케 여신의 숭배자가 된다. 클리퍼드의 정신적 불행은 그가 '탈자궁(ex-womb)'만 했을 뿐 다시 입자궁하지 못한 데서 비롯된다. 그는 한 남성으로서 한 여성의 자궁 속으로 들어가 성령의 불꽃을 체험하지 못했을 뿐만 아니라 진정 가이아의 자궁인 숲으로 들어가 모든 생명의 참모습과 비밀을 터득하지 못했다. 그는 다만 가문의 전통과 경제적 상징으로서 숲을 소유하고 있을 뿐이다.

인용문헌

김명섭. 『D. H. Lawrence 연구』. 서울: 한신문화사, 1991. Print.

김인수. 「D. H. 로렌스의 주요 장편소설에 나타난 성서적 이미저리」. 『D. H. 로렌스 연구』 16.2 (2008): 53-71. Print.

김정매. 「『채털리 부인의 연인』 다시 읽기: 생태학적 텍스트로서의 의의」. 『D. H. 로렌스 연구』 9.2 (2001): 55-77. Print.

이옥. 「『채털리 부인의 연인』과 『월든』: 인간 삶의 본질적 실상에 대한 통찰」. 『D. H. 로렌스 연구』 13.1 (2005): 163-85. Print.

최명관. 『방법서설 · 성찰 · 데까르트 연구』. 서울: 서광사, 1983. Print.

최희섭. 「『채털리 부인의 연인』에 나타난 코니의 생명력」. 『D. H. 로렌스 연구』 18.2 (2010): 103-20. Print.

허상문. 「로렌스와 녹색사유」. 『D. H. 로렌스 연구』 17.1 (2009): 143-66. Print.

Ben-Ephraim, Gavriel. "The Achievement of Balance in Lady Chatterley's Lover." *D. H. Lawrence's "Lady."* Ed. Michael Squires and Dennis Jackson. Athens: U of Georgia P, 1985. 136-53. Print.

Fjågesund, P. *The Apocalyptic World of D. H. Lawrence*. Norway: Norwegian UP, 1991. Print.

Lawrence, D. H. *Lady Chatterley's Lover*. London: Penguin, 1994. Print.

______. *Lady Chatterley's Lover: A Propos of Lady Chatterley's Lover.* London: Penguin, 1994. Print. (*Propos*로 표기)

______. "The Man Who Died." *The Complete Short Novels*. Harmonsworth: Penguin, 1982. Print.

______. *Phoenix: The Posthumous Papers of D. H. Lawrence.* Ed. Edward Mcdonald. Harmonsworth: Penguin, 1978. Print.

Moynahan, J. *Deed of Life: The Novels and Tales of D. H. Lawrence*. Princeton: Princeton UP, 1963. Print.

24

엘리아데의 『젊음 없는 젊음』에 나타난 종교적 상상력 연구

—종교심리학적 재평가

| 안 신 |

I. 서론: 엘리아데 다시 읽기

미르치아 엘리아데(Mircea Eliade: 1907-86)는 종교학계에 거대한 성상(icon)으로 남아 있다. 그의 신앙적 배경이 루마니아정교회라는 사실은 그의 신비적 행보와 깊은 연관성을 맺고 있지만 정작 엘리아데를 연구하는 학자들은 그 중요성을 간과하곤 한다. 이러한 이유 때문에 그의 종교학적 노작들과 신비적인 문학작품들이 그가 살았던 구체적인 시대와 역사의 맥락(context)들에 대한 충분한 고려 없이 제대로 된 평가를 받지 못하기도 한다. 이는 엘리아데가 종교현상을 연구하던 종교학자(historian of religions)라는 사실은 분명하지만 그 자신이 이미 그의 추종자들의 기억 속에 일종의 종교(a religion)가 되어버렸기 때문이기도 하다. 따라서 그의 학문적 위치와 가치를 자서전과 일기에서 잘 드러나듯이 그가 실존적으로 경험한 삶의 자리에서 재조명하는 일이 무엇보다 시급하다.[1)]

---

* 본 논문은 『문학과 종교』 17.1 (2012): 115-37에 「엘리아데의 젊음 없는 젊음에 나타난 종교적 상상력 연구: 종교심리학적 재평가」로 게재되었음.

1) 동방정교회의 성상은 단순한 감정을 일으키는 종교적 그림이 아니다. 계시의 방식으로서 교회의 정신을 반영한다. 종교학자는 종교현상을 분석하고 이해하려고 하지만 그(그녀) 자신이 종

1976년 여름 엘리아데는 이집트를 방문하던 중에 갑작스럽게 하나의 소설을 구상하게 되었다. 문학적 열정에 사로잡혔던 엘리아데는 그해 11월 6일에 시작한 소설을 46일이 지난 12월 22일에 탈고하였다. 이미 70세가 되어 기력이 쇠약해지고 있었던 엘리아데는 당시 자신의 학문적 노작들을 이후 일생의 대작이라 간주될 『종교사상사』(*A History of Religious Ideas*)의 시리즈 가운데 1권을 출판함으로써 정리해 낸 상태였다(Eliade, *Journal* 256-57). 이 저서는 종교의 기원을 탐색하고 있는데 시대별로 그리고 순차적으로 구석기의 신비체험에서 시작된 인류의 종교경험을 이집트, 인도, 그리스, 신비주의의 순서로 다루고 있다. 이러한 주제들은 그해 집필된 그의 소설에도 분명하게 드러난다.

본 논문에서 필자는 노년기에 접어든 엘리아데의 소설 『젊음 없는 젊음』(*Youth without Youth*, 1978-79)에 나타난 종교적 상상력을 심리학적 관점에서 분석하고자 한다.[2] 이 소설을 마무리 한 후에 그의 건강은 점차 악화되었고 1983년 시카고대학교의 명예교수가 된 이후에 1986년 4월 22일에 뇌출혈로 사망한다. 당시 엘리아데의 문학적 명성은 대단하였다. 1979년에 이어 1980년에도 노벨문학상 후보로 추천될 만큼 그의 문학적 영향력이 유럽에서 확산되고 있었기 때문이다(Ricketts, “Response” 92). 엘리아데는 대부분 그의 소설들처럼 그의 일상적 삶을 담아내는 자전적 스타일의 작품에 자신이 갖고 있던 세계종교에 대한 학문적 지식들을 쏟아 내고 있다(안신, 「문학적 상상력」 254-57). 『젊음』의 줄거리는 루마니아에 사는 한 노교수의 회춘과 죽음을 다루고 있다. 소설의 주인공은 자아의 정신이 혼미해지는 ‘의식의 위기’를 맞게 되지만 예상치 못한 ‘무의식의 출현’으로 양자 사이에 전에 없었던 소통과 대화의 기회가 찾아온다. 그 결과 인류가 위기에 봉착한 종말론적 분위기 속에 ‘새로운 인간’(new

---

교가 되는 순간 그러한 작업은 실패하게 마련이다.

2) 엘리아데는 1978년과 1979년 루마니아 잡지 *Revista scriitilorilor romani*에 *Tinereti fara de Tinereti*라는 작품을 나누어 출판하였다. 연재된 내용을 묶어 1982년 불어로 *Le Temps d'un centenarire*를 출판하였고 이 프랑스판은 2010년 기영인에 의하여 『백년의 시간』으로 한글로 번역되었다. 1988년 Mac Linscott Ricketts가 루마니아판을 영어로 처음 번역하여 *Youth without Youth*를 출판하였는데, 본 논문에서는 2007년 발행된 시카고대학교판을 사용하였으며 『젊음 없는 젊음』으로 번역하였다. 프란시스 코폴라 감독이 2009년에 『영원한 젊음』(*Youth without Youth*)이란 영화로 제작하였다. 이후에 본 논문에서 『젊음』이라 표기한다.

human)의 탄생이 가능하게 된다는 내용이다. 필자는 이 소설에서 작가 엘리아데가 의식과 무의식을 어떻게 묘사하고 있는지, 그리고 양자 사이의 관계를 어떻게 설정하고 이해하고 있는지에 주목할 것이다. 엘리아데는 보이지 않는 세계와 보이는 세계, 나아가 성(sacred)과 속(profane)의 세계가 중첩되어 있으며 양자 사이에 끝없는 상호 침투와 교류 그리고 융합의 과정이 계속된다고 보았다. 특히 주목할 점은 이 소설에서 지그문트 프로이트(Sigmund Freud)와 칼 구스타프 융(Carl Gustav Jung)의 심리학적 관점이 복합되어져서 나타나고 있다는 사실이다(안신, 「무의식과 시간」 96). 나아가 주인공의 삶에 갑자기 출현한 수호천사와 위기에 처한 그를 생명으로 이끄는 여신들의 도움을 받음으로써, 모든 에너지를 소진한 절망적 자아가 점진적으로 그의 영성을 회복하고 성숙하게 된다는 신화적 주제를 담고 있다.

II. 의식의 붕괴: 젊음, 기억, 사랑의 상실

> 주의를 기울이지 않고 나오면서 우연히 문을 완전히 닫지 않아 그는 듣게 되었다.
> “그 노인네는 정말 쇠약해졌나봐! 같은 내용을 서너 번씩 우리에게 말했어.” (7)

한 노교수가 방을 나서다가 그의 친구가 내뱉은 말을 우연히 듣고 충격을 받는다. 이제 종교학자로서도 은퇴를 앞 둔 엘리아데는 자신과 같은 나이의 70세 노교수 도미닉 마테이(Dominic Matei)를 『젊음』에 주인공으로 등장시켜 그가 직면한 노년의 위기를 소설화한다. 비교종교학의 태동에 비교언어학이 지대한 영향을 준만큼 언어학자는 종교학자의 고민을 드러내기에 충분했다. 언어학자였던 도미닉은 주변의 친구들에게 같은 말을 반복하기도하며 추운 성탄절 전날 밤에 잠옷차림으로 거리를 배회함으로써 치매든 노인으로 여겨진다. 『젊음』의 1장에서 젊음과 기억의 아름다움을 완전히 상실하게 된 좌절과 슬픔의 수렁에 빠져 고뇌하는 노교수는 어느 날 일상의 삶에서 탈출을 결심하고 결연히 행동한다. 먼저 그에게 익숙한 고향을 뒤로하고 자신의 삶을 스스로 마감하려고 자살을 계획한다. 노인에게 고향은 정서적이며 영적인 차원에서 안정과 평화를 의미하므로 탈향만으로도 자살의 분위기를 형성하는데 충분하다.

그러나 도미닉이 선택한 죽음의 날은 자살과는 전혀 어울리지 않는 바로 부활절 밤이었다. 기독교의 세계관에서 역사상 가장 어두웠던 암흑의 시간은 예수가 십자가에 달려 사망한 후에 3일 간이었다. 인류의 구원자는 세상에 왔지만 철저히 외면과 박해를 당하다 형틀 위에서 사망한다. 이러한 역사의 최저점이 극적으로 최고점으로 전도되는 개벽의 시간은 기독교 공동체 안에서 주기적으로 축제로 기억되고 있었다. 마찬가지로 소설의 배경이 된 루마니아에서도 부활절은 진지하게 반복되고 있는 것이다. 엘리아데는 이 소설에서 의도적으로 부활의 모티브를 도미닉의 자살시도와 교차시키고 있다. 거의 정지된 인생에 머물고 있었던 도미닉이 빠르게 죽음을 향하여 돌진할 때에 맞추어 신의 개입이 일어난 것이다.

결국 도미닉은 부활절 밤에 파란 봉투에 담긴 살충제(strychnine)로 자살하려다가 번개에 맞아 실패한다. 맑던 날씨가 순식간에 변하여 폭우가 내리자 도미닉은 자신을 보호하는 "방패처럼"(like a shield) 우산을 폈다가 그 위로 떨어진 번개에 감전되어 온 몸에 심각한 화상을 입고 거리에 쓰러진다(3). 그가 자살을 감행하려던 순간에 역사를 가르는 신적인 개입이 일어난 것이다. 처음에 사람들은 번개에 맞은 도미닉이 죽었을 것이라 생각한다. 아마도 그가 보통사람이었더라면 그렇게 되었겠지만 예수부활의 모티프는 도미닉을 회춘이라는 엉뚱한 방향으로 이끈다.

이제 도미닉에게 의식의 경계는 무너지고 연속되는 꿈과 회상 속에 과거의 사건들이 퍼즐을 맞추듯이 그 윤곽을 드러낸다. 병원의 침상에 누워 사경을 헤매는 가운데 도미닉은 지나간 사건들을 하나둘씩 회상한다. 수면 중에 꿈을 통하여 무의식에 잠재되어 있던 기억들이 되살아나는 것이다. 시간의 흐름이 현재에서 미래로 가지 않고 현재에서 과거로 뒤바뀐다. 도미닉이 그렇게도 원했던 기적이 예상치도 못한 시간과 장소에서 일어났지만 이러한 기적이 불가능함을 확신했기 때문에 그는 자살을 결심했던 것이다. 그러나 엘리아데의 메시지는 풀 수 없는 난제의 실타래를 풀어갈 실마리를 내면의 여행에서 찾는 것이다.

엘리아데는 신이 개입한 이유에 대해서 소설의 처음부터 끝까지 침묵하고 있다. 기적은 일방적으로 전혀 예상하지 못한 상황에서 일어나는 것으로 묘사된다. 과거와 현재의 상황이 교차되면서 망각되어 왔던 의미의 고리들이 서로 연결되어지고 그에게 모호했던 사태가 순식간에 분명해진다. 여기서 부활의 모티브는 석가모니가 경험했던 깨달음의 사건과도 교차된다. 이 점에서 그의 소설은 기독교와 불교의 핵심사건이 녹아있는 듯하다. 도미닉은 번개를 맞음으로써 잃었던 건강과 젊음 그리고 기억을 다시 회복하게 된다. 바로 치유의 과정이 시작된 것이다. 그가 기적적으로 살아나는 것처럼 보이지만, 엘리아데는 분명한 외부의 개입을 번개라는 매체로 암시함으로써, 절망적 사태에 대한 인간의 주체적인 극복이라는 해석보다는, 신의 은총과 구원의 손길이라는 설명으로 소설의 분위기를 이끌어 나간다. 여기에 여전히 그의 기독교적 세계관이 생생히 반영되고 있는 것이다.

도미닉은 인생의 무상함을 느끼며 더 이상 상실감과 외로움을 참아낼 수 없게 되자 자살을 선택한다. 그가 오랫동안 의지해왔던 일과 동료들은 그가 노년에 봉착한 난관의 해결에 별 도움이 되지 않는다. 오히려 그러한 난관을 더욱 심화시키는 촉매제로서 역할을 할 뿐이었다. 엘리아데는 소설에서 젊음의 상실과 그로 인한 의식의 붕괴를 '의식의 위기'(crises of consciousness)로 규정한다(28). 그는 사실 의식의 정점을 향하여 누구보다도 부단히 노력해 왔고, 심지어 그의 젊음과 첫사랑을 희생하면서까지 욕망의 지향점을 향해 달려던 인물이다. 그의 지적인 욕망은 회상에서 드러나듯이 끝이 없었다. 젊은 시절에 도미닉은 중국어, 산스크리트어, 티베트어, 일본어를 두루 습득함으로써 뛰어난 동양학자가 되려던 야심 찬 청년이었다. 서양문화의 한계와 범주를 넘어서 동양문화의 신비와 지혜를 탐닉하려던 도미닉의 거대한 비전은 동서양을 전체적으로 아우르며 통합적 지식에 도달하려는 것이었다. 그 과정에서 그는 학문적 이상에 이끌려 사랑하던 여인도 떠나보냈지만, 이제 인생의 황혼에 이르자 지금까지 이루어놓은 학문적 명성도 빛을 바래고 대중의 관심도 서서히 사라지면서, 허무함과 무의미만 남게 된 것이다.

한편 엘리아데의 소설에서 도미닉은 목적을 상실한 비겁자로 그려진다. 자신을 알 만한 사람들의 눈을 피해 굳이 고향 피아트라 넘츠(Piatra Neamt)를 떠나서 익명성이 보장되는 루마니아(Romania)의 수도 부카레슈티(Bucharest)로 향한다. 그러나 그가 번개를 맞은 곳은 세상과 구별된 곳이었다. 바로 성스러운 공간이며 재단이라고 할 수 있는 교회 앞에서 부활절 밤에 번개를 맞아 도미닉은 쓰러진다. 엘리아데의 이론처럼 세계의 중심에서, 단절되었던 신과의 소통, 잊혔던 무의식과의 대화가 시작된 것이다. 불에 탄 도미닉은 신의 제물로 제단에 바쳐진 모습과도 같다. 아니면 스스로 생명을 버릴 각오를 한 영웅처럼 보이기도 한다. 완전한 치매와 절대적 절망을 담대히 맞서기보다는 두려운 미래에 대하여 덜 두려운 방법, 바로 자살을 선택한 것이다. 기독교에서 자살은 예수를 팔았던 제자 가롯 유다(Judah Iscariot)의 선택이었다.

자살 전에 번개를 맞아 병원에 입원한 도미닉은 현대의학을 상징하는 의사들에 의하여 치료된다. 의사들이 반복해서 도미닉에게 질문을 던지고 그는 병상에서 과거를 회상하며 여러 가지 꿈을 반복해서 꾼다. 그가 평생 동안 가르쳤던 학생들이 줄지어 어딘가를 향하고 있는 꿈이 그 중 하나이다. 그는 마테이(Matei) 교수의 사망 백 주기를 기리는 모임에 참석하려는 학생을 만난다. 도미닉은 이 꿈을 싫어했지만 수차례 반복해서 꾼다. 꿈은 인간이 의식적으로 통제할 수 없으며 과거와 미래를 연결해 주는 무의식의 통로이다. 엘리아데에게 미래에 대한 꿈은 아직 실현되지 않는 환상이지 결코 허구가 아니다. 이 점에서 과거와 연관된 꿈은 일종의 미래에 일어날 사건에 대한 예언인 셈이다.

엘리아데는 노년에 반셈족주의자(anti-semitist)로 주변의 의심을 받고 있었다. 소설의 도미닉도 병상에서 "나는 매우 조심해야 해"(22)라는 말을 반복한다. 우리는 여기서 작가가 당시 처했던 역사적 상황을 살펴볼 필요가 있다. 『젊음』은 엘리아데가 1970년대에 받았던 반유대주의자라는 정치적 오해를 벗기 위한 개인적인 해명을 담고 있기 때문이다. 1930년대 후반에 루마니아에서는 반유대주의와 반사회주의 그리고 반공산주의를 표방했던 우파 민족주의운동이 일어나고 있었다. 이 혁신운동을 주도했던 철위대(鐵衛隊, Iron Guard)에 엘리아데는 당시 루마니아의 미래를 고민하는 한 젊은 지식인으로서 깊이 관여하고 있었다. 그는 미국에서 교수생활을 이어가면서 과거 루마니아에서의 정치활동을 그의 지인들에게 알리지 않았다. 그에게는 잊고 싶었던 과거였겠지만 그의 비판자들에게는 거인 엘리아데를 결정적으로 넘어뜨릴 수 있는 아킬레스건과 같은 것이었다. 루마니아의 신비주의자 코드레아누(Corneliu Codreanue: 1899-1938)가 설립한 '천사장 미카엘의 군단'이라고도 불리던 철위대는 루마니아 정교회의 종교적 전통을 정치이데올로기로 결합하여 사용한 정치단체였다. 철위대는 루마니아 정교회에 충실하면서도 개인의 도덕적 갱신과 루마니아 민족의 정체성 회복을 추구했다. '신인류'의 탄생이 당시 위기에 쳐해 있던 루마니아 민족의 구원을 위하여 필요하다고 확신했기 때문이다. 따라서 이러한 민족적 과업을 이룩하기 위하여 철위대는 어떠한 폭력과 희생도 정당화될 수 있다고 보았다. 당시 엘리아데를 포함하여 철위대 회원들은 부패한 루마니아의 정치지도자들과 시장경제활동을 독점하고 있었던 유대인들을 주적으로 간주하였다. 그들의 정치사회개혁은 자본주의를 거부하고 경제적 유물론을 확립하는 데 있었다(Strenski 97-103).

코드레아누는 조국 루마니아를 지키기 위하여 개인의 희생이 필요하며 당시 정계를 장악하고 있었던 유대인과 그들을 정신적으로 지탱하고 있던 유대교를 제거하려고 했다. 루마니아사회에서 종교는 정치적 변혁을 이루기 위한 근본적인 사안이었던 것이다. 철위대는 루마니아인의 민족성을 쇄신하기 위하여 유대인이 점유하고 있었던 토지, 문화, 언론, 교육 등 모든 사회영역에서 철저히 개혁을 통한 정화가 이루어져야 한다고 믿었다. 코드레아누는 제자들에게 일주일에 두 번씩 금식을 하도록 시켰고 전쟁에 최종적으로 승리하기 위해서는 하나님과 루마니아 조상들의 힘에 의지하며 그들에게 간절히 기도하는 것을 중시하였다.

철위대의 급진적인 인종차별과 사회파괴를 우려했던 루마니아 정부는 1938년에 비밀경찰을 동원하여 정부를 비판하던 철위대의 회원들을 일제히 대대적으로 검거했다. 그 과정에서 주동자들이 체포되어 처형되었다. 철위대의 이념을 적극적으로 대변했던 젊은 작가 엘리아데는 함께 체포된 다른 대부분의 주요 간부들이 사형되었던 것과는 달리 해외로 추방되어 목숨을 부지할 수 있었다. 군인이었던 그의 부친이 정부에 상당한 영향력이 있었기 때문에 그가 생존할 수 있었던 것이다. 이처럼 엘리아데가 철위대의 사상적 영향을 받은 것은 분명하지만 그가 추방된 이후인 1940년대부터 루마니아 전역에서 벌어진 유대인에 대한 인종대학살에 직접적으로 가담하지는 않았다. 이러한 1938년의 위기상황이 『젊음』의 배경이 되었고 역사처럼 소설에서도 철위대 대원들에 대한 정부의 체포가 전개되면서 도미닉은 신변의 위협을 느꼈다.

엘리아데는 자전적 인물 도미닉이 "그들이 나를 비밀경찰이 찾고 있는 숨어 있는 군단으로 오해할 수 있다"(22)고 독백하게 함으로써, 당시 반유대주의자로 오해를 받고 있었던 자신의 처지에 빗대어 불편한 심경을 드러낸다. 물론 엘리아데가 철위대의 이념처럼 종말론적 세계관을 가지고 새로운 '인류의 탄생'을 문화적 패러다임으로 제시하였던 것은 분명하다. 그가 중세 말 이탈리아의 르네상스철학을 공부하고 인도의 요가를 직접 수학하면서 탐색했던 이상적 인간상이, 바로 수련과 자각을 통해 변화되는 인간이었기 때문이다(안신, 「인도철학」 140-45).

이러한 우주를 포함한 변혁적 세계관은 그의 종교학과 문학에 명확히 나타나고 있다. 그러나 그들의 인간개조와 문명진보에 대한 변혁사상이 인종적으로 루마니아 민족에게만 국한되는 편협하고 배타적인 시각을 제시지 않고, 오히려 전체 인류의 도덕적 회복을 지향했다는 점에서, 철위대의 사상은 이후 엘리아데의 사상에서 큰 변화를 겪는다. 그의 소설에 등장하는 다양한 문화권을 대표하는 인물들이 이러한 의미의 변화를 잘 보여준다. 마지막 6장에서 깨달음에 도달한 초인으로서 도미닉은 1장에서 나타나는 노쇠와 죽음의 공포에서 완전히 자유로워지며 그의 현실을 의연히 수용한다. 엘리아데가 극복하고자 했던 역사의 폭력(terror of history)은 문학작품이 시간과 공간의 한계를 비교적 쉽게 초월하듯이 종교의례가 작동하는 반복적 법칙의 효용과 기능에 의하여 철저히 무화되어지는 어떤 것이었다.

자신의 민족을 사랑했고 무엇보다도 민족의 문화적 회복과 영적 부활을 꿈꾸던 엘리아데는 정작 루마니아 정부에 의하여 철저하게 외면되어지고 버림을 받았다. 망명생활을 하면서 발표된 그의 작품들은 프랑스에서 큰 호평을 받았지만 자신의 조국에서는 금서가 되었고 청년의 기억 속에 점차 잊혀졌다. 혹자는 엘리아데의 사상적 변화로 그가 초기에 보였던 반셈족주의를 해명할 수 있다고 주장하지만 철위대 대원들 안에 다양한 목소리들이 존재하고 있다고 보는 것도 하나의 설득력 있는 대안이 될 수 있을 것이다. 그가 유대인을 반대하는 이념을 강화했지만 원칙적으로 무력을 동원한 인종 학살에 대해선 반대했을 것이라는 것이다.

엘리아데가 지향하던 이상적 인간은 '종교적 인간'(*homo religiosus*)이었으며 바로 종교적 상징과 의례의 반복을 통하여, 역사적 폭력과 죽음의 공포에서 인류가 대자유[3]의 경지에 도달하는 초인이었다(Eliade, *Sacred* 163-65). 그러므로 그에게 종교는 가시적인 제도종교에 국한된 것이 아니라 종교적 상상력이 담겨진 인류의 문화 전체와 우주의 구성물이면 무엇이든 가능한 것이었다.

III. 의식의 깨달음: 왜 인생은 반복되는가?

장	1장	2장	3장	4장	5장	6장
내용	번개경험/회춘	무의식과의 대화	은둔생활/성장	여신과의 만남	유사체험의 발견	귀환/사망
장소	루마니아/병원	루마니아/병원	스위스/제네바	인도/말타	아일랜드	고향/카페

〈소설 『젊음』의 장별 주요 내용과 장소〉

엘리아데는 이집트의 룩소(Luxos)에서 덴더라(Dendera)로 이동하면서 소설 『젊음』을 구상하였다. 그는 새벽에 일어나 걷는 과정에서 줄거리에 대한 새로운 상상력을 얻었다고 일기에 기록하였다. 그는 소설을 써 내려가면서 4장과 5장을 마무리하기 전에 마지막 장인 6장을 몇 시간 만에 먼저 완성하였다고 고백한다. 결론부분이 갑자기 그에게 떠올랐기 때문이다. 그는 처음으로 소설 집필과 관련된 모든 메모, 초고, 습작, 원고들을 보관하기로 결심했다고 회상한다(Eliade, *Journal* 257).

엘리아데는 1장과 6장의 구조와 내용이 대칭을 이루도록 배치하였다. 신화적 영웅이 고향을 떠나 온갖 고난과 역경을 극복한 후에 결말에 다시 고향으로 돌아오도록 구성했다. 그리고 그 영웅은 회춘의 특이한 경험을 하면서 인생을

3) 불교의 열반도 가능한 표현일 것이다.

열정적으로 다시 살다가 다시 죽음의 운명을 목전에 둔 노년의 삶으로 복귀한다. 그러므로 1장에서 도미닉의 의식이 무너져 내렸듯이 6장에서도 무의식과의 새로운 단절이 이루어지면서 의식의 위기가 다시 찾아온다. 정확히 말하면 의식과 무의식 사이의 갈등과 회피가 아니라 양자의 화해가 완성되면서 새로운 의미를 가지고 인생의 종착역이면서 출발점에 다시 돌아 온 셈이다. 영웅의 귀향처럼 도미닉은 친구들과 자주 가던 카페 셀렉트(Select)를 찾아간다. 그곳에서 친구들의 환영을 받으면서 도미닉은 다음과 같이 말한다.

> "이야기는 모두 다시 처음부터 시작하지. 나는 꿈을 꾸고 있는 거냐. 내가 깨어나면 지금 막 꿈꾼 것처럼 보이겠지. 장자와 호랑나비의 이야기처럼." . . . "베타는 그냥 놔둬." 그는 말했다. "나는 베타 없이도 너희들을 믿을 거니까. 나는 내가 꿈을 꾸고 있다는 것을 잘 알고 있어. 일이 분 후면 곧 깨어나겠지." (133)

고향에서 사라진 도미닉은 번개를 맞아 회춘한 후에 경험했던 역사적 행적들을 친구들에게 상세히 설명하려고 하지만 카페에 모인 친구들은 그의 말을 믿으려 하지 않는다. 사실 그는 '공간적으로' 고향으로 돌아왔을 뿐만 아니라 '시간적으로도' 그가 떠났던 1938년 겨울의 그 시간으로 다시 돌아왔기 때문이다. 시간여행은 소통불가능의 문제를 일으킨다. 과거의 시간 안에 갇혀있는 사람들은 미래의 시간을 경험하고 돌아온 도미닉의 말을 이해할 수 없었다. 그는 믿으려 하지 않는 친구들에게 회춘의 경험을 다음과 같이 설명한다.

> "지금 나는 너희들에게 진실을 말할 수 있어. 내가 번개를 맞은 후에, 번개가 나의 정수리를 정확히 강타한 후에 나는 젊어졌어. 25세에서 30세정도로 보였으니까. 그 후에 나는 변치 않았지. 30년 동안 나는 동일한 나이처럼 보였거든." (135)

오히려 1938년 12월 20일의 시간이 머물고 있던 친구들은 미래를 경험하고 귀환한 도미닉의 말을 허풍에 불과하며 의식불명의 상태에서 거리를 헤매다가 과거의 기억을 회복하고 친구들이 있는 카페로 돌아온 것이라고 믿는다. 도미닉의 설득은 필사적이지만 1969년 7월에 있었던 암스트롱(Neil Armstrong)의 달 착륙 사건을 공유하지 못했던 친구들에게는 별 수 없는 일이다.

도미닉은 갑자기 그의 몸과 정신이 급속도로 쇠약해지는 것을 느끼고 감당하기 힘든 피곤이 그에게 몰려온다. 그는 그러한 피곤을 곧 꿈에서 깨어날 징후로 해석한다. 회춘 후에 새로 난 치아들이 모두 흔들려 빠지는 순간 그는 문득 과거에도 그런 일이 반복되었다는 사실을 감지한다. 소설은 불교적 윤회의 개념을 토대로 진행된다. 영혼불멸과 동양의 윤회사상이 중첩된다고 본 것이다. 그리고 도미닉은 영웅처럼 장엄하게 다음 기회 즉 다음 생애를 기약하며 친구들을 떠나 카페를 나간다. 결국 눈 위에서 죽음을 맞은 도미닉의 주머니에는 미래에 출생한 마틴 오드리고(Martin Audricourt)의 여권이 발견된다. 1939년 11월 18일에 남미 온두라스에서 태어난 사람이 1938년 12월 20일에 루마니아에서 사망한 것이다. 엘리아데는 소설에서 미래의 시간이 과거의 시간으로 침입하는 기괴한 구조를 소설에 설치해 놓았다. 엘리아데는 꿈과 현실을 창조적으로 교차시킴으로서 소설에서 몽환적인 분위기를 조성한다. 서로 공존할 수 없는 다른 시간들, 1938년, 1939년, 1969년 등을 같은 시간과 장소에 배치시킴으로써, 인간이 지닌 독특한 초의식의 구조를 보여준다. 해탈한 부처의 모습처럼, 부활한 예수의 모습처럼, 히말라야의 동굴에서 탄트라 요가를 수행하는 수사처럼, 친구들 앞에 귀환한 도미닉은 인간의 가장 근본적인 문제인 죽음의 문제, 즉 시간의 문제를 가지고 씨름하면서 자신감과 독립성을 회복하고 다음 생애를 준비하며 죽음을 맞는다. 이러한 의미에서 시간은 인격적 도야와 성숙을 가능케 하는 기회와 도전의 장이며 단순히 순환하지도 그렇다고 종말을 향하여 진행하지도 않는 일종의 가능성이다.

도미닉이 깨달은 것은 불교의 윤회에서처럼 바로 인생을 통하여 무엇인가가 계속 반복되어진다는 사실이다. 그는 소설에서 과거에 이미 경험한 바를 반복하고 있다는 말을 자주 내뱉는다. 창조의 시점에서 운명적 종말로 뻗어가는 기독교의 직선적 시간관과는 달리 동양을 대표하는 힌두교와 불교의 인생관에서는 인간의 삶과 세계의 운명이 업(karma)의 인과관계로 서로 얽혀서 끝없이 재생과 소멸이 반복된다는 순환적 시간관을 갖는다. 그러나 엘리아데의 소설에서는 이러한 직선적 시간관과 순환적 시간관이 상호 결합된 나선형의 시간관이 창조적으로 등장한다.

엘리아데는 바로 그 시간관에서 반복되어지는 삶의 무거움을 자신의 소설에 표현하려고 했던 것이다. 젊은 시절에 도미닉이 인생과 사랑을 걸고 탐색하려던 의식과 언어의 기원(origin)은 이처럼 반복되어지는 세계관에서는 별다른 의미를 가질 수 없는 것이다. 현재가 바로 의식의 기원이며 언어의 시작이기 때문이다. 따라서 삶의 반복을 깨닫는 순간 도미닉은 다가올 죽음을 더 이상 두려움의 대상으로 파악하지 않고 새로운 도전, 새로운 젊음, 새로운 삶이 준비되어 있는 거룩한 장소와 시간으로의 영적 여행이며, 삶의 필연적인 한 단계(stage)로서 파악한다. 그는 가벼운 마음으로 죽음을 준비하고 반복되는 삶의 매듭을 감내하는 용기를 얻는다. 그는 썰매를 타고 가라는 친구의 권유를 단호히 거절하면서 "내 발로 걸어가겠어. 다음에 문제가 일어나면 꼭 풀고 말거야"(136)라고 단언한다. 도미닉은 회춘한 후에 발생한 무의식의 생령과 여신에 대한 의존성을 죽음의 단계에서 극복해 내며 독립적 의지를 성취한 단독자로서 새로운 삶을 향하여 나아간다. 그 삶이 죽음을 향하는 순간이라도 이제는 한 인간으로서 도미닉은 죽음을 공포와 미지의 대상이 아닌 도전과 필연의 대상으로 맞는다.

IV. 의식과 무의식의 대화: 자서전적 글쓰기

엘리아데의 소설에는 인간의 원초적 불안이 담겨있다. 인간의 근원적 고통에 대한 무기력감 때문이라기보다는 인류가 역사 속에서 영속적으로 폭력에 노출되는 상황을 극복하기 위하여 언제나 새로운 종교적 탈출구를 모색해 왔다는 기억 때문이다. 따라서 인간은 그러한 해결책을 발견하기 위하여 포기하지 않고 노력해야 하며 그러한 해결책의 발견을 통하여 문제를 극복하는 과정에서 스스로를 강하게 훈련해야 한다.

『젊음』의 3장에서 도미닉은 자신을 보호해 주는 사람들이 하나 둘 살해된다는 사실을 깨닫게 되면서 불안과 두려움에 사로잡히고 결국 루마니아에서 스위스로 이동한다. 예수가 자신의 메시아로서의 정체성을 권력자와 종교지도자들에게 철저히 숨겼듯이, 도미닉은 자신의 '초인적 정체성'을 주변사람에게 숨기면서 내면의 자신과 진지한 대화를 이어 나간다. 이미 2장에서 도미닉은 그의 오랜 친구가 될 내부의 자아, 무의식과 대화를 시작하게 된다.

> "생령." [도미닉]은 웃으며 속삭였다. "그는 내가 질문하려고 하는 모든 질문에 답을 주지. 진정한 수호천사처럼." *그것은 적절하고 유용한 공식인데.* 다른 존재들도 있니? *많지. 그들 가운데 몇몇 존재들은 시대에 뒤처져 더 이상 사용되지 않지. 다른 존재들은 오히려 현재 유행하고 있는데, 특히 기독교 신학과 의식이 태고의 신화적 전통들을 유지하는 방법을 알아 온 장소들에서 유행하고 있지.* 예를 들면? [도미닉]은 기뻐서 물었다. *예를 들어, 천사들과 수호천사들과 더불어, 역천사들, 천사장들, 치품천사들* ***(Seraphim)****, 지품천사****(Cherubim)****. 중재하는 전형적인 영들.* 의식과 무의식의 중재를 의미하니? *물론이지. 그러나 또한 자연과 인간, 인간과 신, 이성과 에로스, 여성과 남성, 어둠과 빛, 물질과 영혼을 중재하지.* (59-60, 필자강조)

이와 같은 진지한 무의식과의 대화는 도미닉을 무지로부터 해방시키고 성숙시키며 자신의 과거와 현재를 성찰하는 계기를 제공한다. 보이지 않는 천사의 세계는 가시적인 인간의 세계만큼 복잡하게 소개된다. 인간의 문명들처럼 천사들에게도 흥망성쇠의 역사가 있고 그들에게 부여된 준엄한 역할이 있는 것이다.

엘리아데는 인간과 신의 영역이 서로 분리되어 있는 것이 아니라, 인간이 신이 될 수 있는 통로가 열려 있는 것으로 제시한다. 여기서 우리는 동방정교회가 강조해 온 신성화(theosis)의 교리를 발견한다. 소설에 나타나는 장소의 이동은 추방이나 유랑이 아니라 분명한 목표가 정해져 있는 순례로 간주될 수 있다. 어둠은 빛과 연결되어 있으므로 필요한 부분이고, 자연과 인간은 신의 피조물로서 공존과 상생을 모색해야 한다. 엘리아데는 기독교의 종교적 상상력 안에 망각되어 온 고대인의 지혜가 여전히 살아있다고 주장한다. 기독교의 범세계적 확산은 그러한 지혜를 구조 안에 유지하면서도 적절히 문화와 상황에 맞게 변형시키는데 성공하였기 때문인 것이다.

엘리아데는 도미닉이 루마니아에서 스위스로 이주할 수밖에 없었던 역사적 당위성을 당시 루마니아와 독일의 정치적 긴장관계로 설명한다. 루마니아의 비밀경찰은 도미닉을 "철위대의 지도자"(43, 56)로 간주하여 체포하려고 노력하지만 독일의 게슈타포는 그의 초인적 능력을 과학적 가치가 있는 것으로 여기고 생체실험의 대상으로 납치하기를 원한다. 소설에서 엘리아데는 전체주의와 과학주의로 구성되는 역사주의를 거부하며, 초월적 인간주의(transcendent humanism)를 제시한다. 엘리아데의 소설에서 개인의 자유는 집단에 의하여 억압되고 파괴되는 위험에 처해 있다. 유대인의 왕으로 탄생한 예수가 헤롯왕의 학살을 피했듯이, 계시를 받은 무함마드가 우상을 숭배하던 메카인의 위협을 피해 메디나로 이주했듯이, 신적인 경험을 하게 된 도미닉은 자신에게 익숙한 고향을 떠남으로써 스스로의 정체성을 찾아가는 본격적인 여행을 시작한다.

부활절 밤에 맞은 번개는 도미닉에게 새로운 힘과 통찰력을 부여한다. 신체적으로는 성적 욕망이 회복된 건강한 젊은이로 변하였을 뿐만 아니라, 정신적으로도 기억력이 폭발적으로 증가하여 세계의 거의 모든 언어를 습득할 수 있게 된다. "교육적 꿈"(didactic dream)을 통하여 도미닉은 낮에 받은 교육을 자는 동안에도 계속 숙지하는 능력을 갖게 된 것이다(48). 꿈은 단순히 의식이 중지된 상태가 아니라 무의식이 활동하는 교육의 기회를 제공한다. 그 때문에 불면증에 시달리면서 깨어있을 때뿐만 아니라 꿈속에서도 중국어, 라틴어, 고대 이탈리아어 등 다양한 언어와 지식을 습득한다. 그러나 이러한 무의식과의 교류와 대화는 계속되는 꿈을 통하여 그의 신비한 능력이 일종의 신적 계시를 체험하는 것임을 드러낸다.

> *우리는 꿈에서 대화하는 게 좋겠어.* [도미닉]은 들었다. *당신이 자는 동안 더 빨리 그리고 더 깊게 이해하지. 당신은 교수에게 자는 동안 낮 동안의 공부를 계속한다고 말했지. 사실, 당신은 오래전에 이미 항상 그렇지만은 않다는 사실을 확신했어. 당신은 자거나 깨어있을 때조차도 어떤 것도 배우지 않았어. 점차 당신은 중국어를 통달하게 된 사실을 발견하게 되었지. 똑같은 방식으로 나중에 관심을 갖게 된 다른 언어들도 통달하게 되었잖아. 당신이 더 이상 젊은 시절 배웠다가 잊어버렸던 것을 이제 기억하게 되었다고는 믿을 순 없을 거야. 알바니아어 문법을 생각해봐!* (51-52, 필자의 강조)

대화를 이끌어가는 생령은 번개를 맞은 후 만들어진 내면의 새로운 인격체이며 의식 앞에 등장한 무의식이다.[4] 꿈을 꾸는 가운데 대화하는 반려자가 생겼지만 왜 이러한 사건이 도미닉에게 일어났는지는 그 자신은 도무지 이해할 수 없다. 따라서 그의 질문은 '의식의 기원이 무엇인가'라는 문제에서 이러한 일련의 사건이 그 많은 사람들 가운데 하필이면 왜 그에게 일어났느냐를 묻는 물음으로 전환되어진다. 도미닉은 그의 변화를 유발시킬만한 그 어떤 요인도 혹은 책임도 그 자신에게서 발견할 수 없다고 말한다.

엘리아데는 신의 선택이며 일종의 운명으로 이러한 상황을 설명한다. 일방적이며 부조리한 그래서 신비한 역사의 흐름을 소설에서 전개시키고 있는 것이다. 그는 자서전적 소설쓰기를 통하여 역사의 흐름에서 일종의 구원론을 구축한다. 그가 역사 속에서 경험했던 불가항력적인 폭력이 지닌 의미를 되묻는 것이다. 이러한 점에서 무의식의 존재는 선험적인 경험과 지식의 가능성을 확인해 준다. 따라서 자서전쓰기는 무의식과의 지속적인 대화이며 그러한 대화를 통한 자아의 성숙이다. 그리고 의식과 무의식이 만나는 꿈의 영역은 허구가 아니라 자아가 무의식을 대면하는 거룩한 장소이다. 문제는 망각된 그래서 회복해야 하는 인간의 기억 속에 인간의 참된 모습이 내재되어 있다는 점이다.

그렇다면 인간이 후천적으로 배우지 않은 지혜는 어디에서 오는 것인가? 엘리아데는 그러한 영감을 신비체험으로 설명한다. 천사와의 만남, 내적 자아와의 만남, 여신과의 만남이 분열된 자아에 통합을 가져오는 것이다.

V. 초자아로서의 여신들: 라우라, 베로니카, 루피니

엘리아데는 『젊음』에서 세 명의 여성을 추락한 도미닉의 삶을 지속적으로 천상으로 이끄는 여신(goddess)으로 설정하고 있다. 그녀들은 도미닉이 위기와 절망에 처할 때마다 내적으로 성장시키고, 무의식이 제안하는 욕망의 노예가 되지 않도록 제어하는 초자아(super-ego)로서의 역할을 담당한다.[5] 라우라는 세

4) 무의식은 정신 안에 있지만 의식되지 않는 정신의 한 영역이다. 무의식 속 이드는 억압되어 있는 욕망이나 충동으로, 사소한 실수, 자기도 모르게 내뱉은 말, 꿈을 통해서나 드러난다. 그러나 엘리아데의 소설에서 번개경험을 하면서 주인공 도미닉은 이러한 의식과 무의식의 경계가 무너져 자유롭게 무의식의 생령이 의식의 자아에게 대화를 걸게 된다.

5) 초자아는 이드 즉 쾌락원칙에 따라 움직이는 욕망과 충동을 통제하려는 사회적 질서나 도덕적

속적 지식의 무가치함을, 베로니카는 사랑하는 이를 위한 희생의 고귀함을, 루피니는 삶의 환상적 존재론을 깨닫도록 도미닉을 돕는다. 욕망과 명예 그리고 힘의 노예로 전락하도록 끝없이 유인하는 무의식의 노력에도 불구하고 도미닉은 노년에 이르러 자아(ego)가 의식의 위기를 맞게 되는 상황에서 무의식의 이드(Id)로서 생령(double)[6]의 유혹을 단계적으로 극복한다.[7] 여성은 남성의 성적 욕망을 만족시키는 대상이 아니라 남성을 완전에 이르게 하는 구원자로 묘사된다.

먼저 1장에 등장하는 라우라(Laura)는 젊은 시절 도미닉의 학문에 대한 열정을 이해하여 동행하던 첫사랑의 여성이다. 처음에는 그의 곁을 지키며 격려를 해 주지만 그의 학문적 열정이 그녀가 감당할 수 없을 정도로 타오르자 그의 곁을 떠나고 만다. 라우라는 도미닉을 지탱하는 이해할 수 없는 신비로 묘사된다.

> "그러면 더 좋지." 라우라는 그녀의 손을 [도미닉]의 어깨에 다시 기대며 끼어들었다. "위대한 학자들이 발견한 것을 즐길만한 충분한 상상력을 지닌 몇몇 지식인들이 있어야만 하니까. 당신이 중국어를 그만둔 것은 잘 한 일이야. 그러나 당신이 말하는 또 다른 비극은 무엇인데. [도미닉]은 그녀를 오랫동안 응시했다. 그녀는 그가 알아왔던 아름다운 여학생이 결코 아니었지만, 그녀는 *달랐다*. 그는 무엇이 그를 이끄는지 이해할 수 없었다. 왜 졸업한 이후에 3-4년 동안 가지 않았던 강의실을 지나가며 계속해서 그녀를 따라다녔는지 이해할 수 없었다. . . . "내가 고등학교에 있을 때 수학과 음악을 좋아했다고 말했지. 나는 역사, 고고학, 철학도 좋아했어. 나는 그 모든 것을 공부하고 싶었지. 분명히 전문가로서는 아니지만 보다 열정을 가지고 원전에서 직접 연구하려고 했지. 왜냐하면 나는 즉흥성과 풍문으로 배우는 것을 두려워하거든. (8-9, 필자의 강조)

질서를 내면화한 것이다. 소설에서 라우라는 이성의 여신으로, 베로니카는 사랑의 여신으로, 루피니는 통찰의 여신으로 도미닉의 욕망을 견제하고 비판하고 승화시킨다.

6) 의식의 자아와 구별되는 새로운 자아가 무의식으로부터 등장했다는 점에서 생령(double)으로 볼 수 있다.

7) 무의식은 소설에서 두 가지 상반된 역할을 하는 것으로 보인다. 의식의 자아를 유혹하면서도 동시에 자아가 그러한 유혹을 극복하면 자아를 보다 성숙시키는 촉매자의 역할을 수행한다.

둘째 회춘을 통하여 초인이 된 도미닉은 4장에서 알프스를 여행하던 베로니카(Veronica)를 처음 만난다. 베로니카도 도미닉과 같이 번개경험을 통하여 또 다른 종교적 신비를 체험한다. 도미닉이 그의 생령을 만났듯이 베로니카는 그녀 안에 새로운 자아 루피니(Rupini)의 영혼을 얻게 된다. 그러나 도미닉의 경우와는 달리, 이 새로운 자아가 베로니카의 의식에 등장하게 되면 베로니카의 원래 자아는 사라지듯 감추어진다. 베로니카는 다중인격적인 존재로 거듭난 것이다. 소설에서 베로니카의 과거는 엘리아데의 소설적 착상이 이집트에서 이루어졌음을 암시한다. 베로니카는 이집트에서 태어났지만 유년기에 부모의 이혼을 경험한다. 그녀가 종교체험을 할 당시에 이집트에 남아 재혼한 친부와 미국으로 이주한 친모와는 연락이 되지 않는 상태였다. 25세의 베로니카는 독일어와 불어를 말할 수는 있었지만 인도문화와 산스크리트어에 대해서는 전혀 모르는 상태이며 윤회를 믿지 않는 지적인 학교교사로 등장한다. 첫사랑 라우라는 루마니아 여성이었지만 두 번째 여성 베로니카는 이집트 출신의 독일여성이다. 회춘한 도미닉은 베로니카와 사랑에 빠져 지중해에 위치한 말타의 발레타에서 밀월여행을 즐긴다. 그러나 그곳에서 베로니카는 무당(shaman)처럼 고대의 영들과 접신(possession)을 경험하면서 사라진 고대의 언어들을 토해내기 시작한다. 엘리아데는 언어의 기원으로까지 거슬러 올라가는 신비경험을 이렇게 묘사한다.

> [베로니카는 말한다] "나는 생각해 봤는데요. 항상 우리가 함께 있고 같은 집에 있는 것을 보면 사람들이 우리가 사랑에 빠진 줄 알 것 같아요." [도미닉은] 그녀의 손을 잡고 부드럽게 쥐었다. "그러나 그렇잖아. 베로니카. 우리는 사랑하고 있고 같은 방, 같은 침대에서 잠을 자고 있잖아." "그게 사실인가요?" 그녀는 속삭이듯 물었다. 그런데 그녀가 깊은 한숨을 쉬며 고개를 그의 어깨로 기대고 눈을 감았다. 얼마 후 그녀는 고개를 갑자기 쳐들면서 그를 알아보지 못하는 듯이 그를 응시하며 외국어로 말하기 시작했다. 전에 결코 들어본 일이 없었던 언어를. (104-05)

신들린 베로니카는 고대의 언어들을 거침없이 말하게 되지만 에너지의 지나친 소모로 인하여 노화가 걷잡을 수 없이 진행된다. 25세의 나이가 무색하게 그녀를 진찰한 의사는 그녀가 40세가 되었다고 진단한다. 첫사랑 라우라를 떠나보냈던 것처럼 도미닉은 베로니카를 사랑하지만 그녀를 살리기 위하여 떠나며 제임스 조이스(James Joyce)의 아일랜드로 향한다.

셋째 4장에 등장한 인도여성 루피니는 루마니아 출신인 라우라와 북아프리카 출신인 베로니카와는 달리 12세기 중앙 인도의 문화적 토양에서 성장한 불자이다. 힌두교에서 불교로 개종한 크샤트리아 가문에서 태어나 교육을 받아오다가 12세에 불교의 아비달마(Abhidharma)론에 심취하여 비구니(bhikuni) 출가승의 길을 걷게 된다. 그녀는 산스크리트어와 논리학 및 대승불교의 형이상학을 공부하고 5만여 개의 경전을 암기하여 나란다대학교의 명망 있는 교수가 되어 40세의 나이에 유명한 철학자 찬드라키르티(Chandrankirti)의 제자가 된다. 루피니는 동굴에서 수개월 동안 명상을 하고 스승의 어록을 정리하다가 갑자기 폭풍 가운데 번개가 쳐서 동굴입구가 막히게 된다. 이 때 도미닉이 나타나 알 수 없는 언어를 말하며 그녀에게 다가왔다고 그녀는 진술한다. 이슬람의 창시자 무함마드(Muhammad)가 히라(Hira)동굴에서 가브리엘 천사의 계시를 받아 꾸란(Qur'an)이 형성되었듯이, 세계의 중심으로서 산의 동굴에서 12세기의 루피니는 베로니카를 통하여 20세기의 도미닉을 만나는 신비경험을 하게 된다.

이 소설을 읽는 독자는 루피니가 어떻게 베로니카의 몸에 들어 온 것인지를 묻게 될 것이다. 소설에서는 인도의 방송사들이 윤회의 신비를 밝힐 수 있는 과학적 증거로서 베로니카의 루피니로의 전이를 연일 보도한다. 루피니의 문제를 해결하기 위하여 로마대학교의 저명한 동양학자 투치(Tucci)교수와 스위스의 분석심리학자 융이 설립한 연구소가 참여한다. 엘리아데는 투치의 설명을 통해 힌두교에 있는 마야(Maya)의 개념을 소개한다. 인간이 경험하는 시간과 공간은 우주의 본질로서 불변하는 실재의 그림자에 불과하다는 이론이다. 이 개념은 6장에 나오는 도교적 상상력으로서 '장자의 호접몽'과 유사하게 소설에서 실재와 비실재의 경계를 모호하게 만든다.

> "당신은 그녀에게 무슨 이야기를 하나요?" [도미닉은] 저녁에 투치교수에게 질문을 했다. "물론, 나는 항상 그녀에게 마야(Maya), 위대한 마법, 우주적 환상을 상기시키며 시작합니다. 그것은 정확히 말해서 꿈이 아니라고 그녀

에게 말하죠. 그러나 그것은 꿈꾸기의 환상적 본성에 참여합니다. 왜냐하면 그것은 미래의 문제이고 따라서 시간의 문제이기 때문입니다. 이제, 시간은 전형적인 비실재이지요." (98)

엘리아데는 인도에서의 요가에 대한 연구와 수련의 직접적인 경험을 토대로 시간과 공간의 좌표에 고정시킬 수 없는 신비경험의 가능성을 소설에 형상화하고 있다. 라우라, 베로니카, 루피니, 세 여신들은 소설에 등장하는 장미 세 송이[8]처럼 도미닉을 혼돈과 절망 가운데에서도 영원한 이상과 꿈으로 이끄는 강력한 지남차의 역할을 한다. 장미의 종교적 상징성은 유럽의 신비주의를 대표하는 장미십자교(Rosicrucianism)에서 잘 드러나며 연금술의 변화와 예수의 부활 등으로 상징된다(김종서, 『현대 신종교의 이해』 53-57). 도미닉은 1938년에 70세의 나이로 고향을 떠나 1968년에 100세가 되어 과거를 회상하다가 1938년 그가 떠났던 고향의 그 시간과 그 공간으로 다시 돌아온다. 소설은 비가 내리는 밤에 시작되었지만 마지막 장면에서는 눈이 내리는 아침으로 끝을 맺는다.

『젊음』에서 부활절에 시작된 영웅의 여행은 성탄절에 종지부를 찍는다. 여기서 우리는 부활절을 회춘의 상징으로 나아가 성탄절을 새로운 인류의 탄생으로 해석할 수 있다. 반면에 생령이나 수호천사로 대표되는 무의식은 지속적으로 의식의 표면에 등장하여 자아가 선택의 문제에서 사회적 선행보다는 개인적 욕망에 몰입하도록 유혹하고 자극을 준다. 엘리아데는 인간이 욕망으로부터 완전히 초연해질 수는 없지만 그러한 가능성만은 여전히 열어 놓은 채 죽음에 맞서는 초인의 새로운 출발을 보여준다. 도미닉도 장자가 꿈에서 깨어나는 것처럼 현실의 무지에서 깨어나 절대 평화에 도달한다.

VI. 결론: 종교학자의 문학적 상상력

70대 초반에 완성한 엘리아데의 『젊음』은 초기 작품들과 마찬가지로 자전적 성격을 매우 강하게 드러낸다. 서구문화의 초월주의와 동양문화의 신비주의

8) 장미십자교에서 장미는 연금술을 통한 변화와 부활을 통한 죽음의 극복을 상징한다. 세 송이의 장미는 삼일 만에 부활한 예수를 의미하기도 한다.

가 복잡하게 혼재되어 있기 때문에, 엘리아데의 종교적 상상력은 초월과 내재, 서양과 동양, 기독교와 불교, 남성과 여성, 의식과 무의식, 실재와 비실재, 꿈과 현실, 과거와 미래 등의 이분법적인 대립의 차원들이 변증법을 통하여 하나의 통합된 형태로 승화되어 드러난다. 이 점에서 그의 소설은 헤겔의 역사철학에 크게 의존하고 있다. 다만 그의 지향점은 개신교의 칭의론(稱義論)이 아닌 정교회의 신화론(神化論)에 기초하고 있다.

일상에서 당연하게 여겨지는 시간의 경계들이 엘리아데의 문학세계에서는 쉽게 무너지고 서로 다른 인물들이 지닌 독특한 정체성의 경계들도 사라지기 때문에 등장인물에 나타나는 여성과 남성의 이미지도 역사적인 측면에서 상당히 모호하다. 특히 세속적 욕망에 사로잡힌 도미닉을 구원하는 세 명의 여신들은 자아를 이끄는 초자아로서의 역할을 해낸다. 인격의 영역을 초자아, 자아, 이드로 구분하는 프로이트적 삼분법은 『젊음』을 이해하는데 큰 도움을 준다. 그러나 심리학에서 프로이트를 극복하려던 칼 융의 원형이론이나 집단무의식의 개념에서 잘 드러나듯이 엘리아데는 개인과 문화에 나타나는 고립된 섬(isolated island)으로서의 독특성과 그 차이보다는 역의 일치(coincidencia oppositorum)로서의 통합과 융합에 더 큰 관심을 기울인다(샤프 267).[9]

따라서 엘리아데는 학자와 작가의 길을 동시에 걸어간 예술가였다. 엄밀한 의미에서 그는 이론적 종교학자로 남기보다는 자신의 폭넓은 연구에서 획득한 다양한 인류문화의 종교적 상상력을 자신의 창작활동에 자유롭게 사용한 독특한 판타지 작가였다. 과학주의와 물질주의에 의한 급격한 세속화로 "타락한" 대중문화와의 소통을 위하여 자신의 내면과의 화해를 모색하는 과정에서 현대 대중문화에 소통될 수 있는 새로운 엘리트의 신화(myth of elites)를 만들었던 것이다. 엘리아데는 학문과 문학을 통하여 새로운 인류(new human)의 출현을 갈구했지만 그가 말년에 받았던 이데올로기적 의심처럼 철위대가 지향하던 루마니아 민족주의의 테두리에 머물지는 않았다. 오히려 고국에서 추방된 이방인으로서 경험한 다양한 체험을 토대로 초역사적이며 초문화적인, 엘리아데의 표현

9) 에릭 샤프(Eric Sharpe)는 엘리아데의 종교이론이 칼 융의 집단무의식(collective unconsciousness)과 원형(archtype) 이론을 모방한 데 불과하다는 극단적인 평가를 내리기도 한다.

을 빌리자면 "후기 역사의"(91) 인간성을 회복하는 것을 그의 궁극적인 삶의 목적으로 삼았던 것으로 보인다.

인용문헌

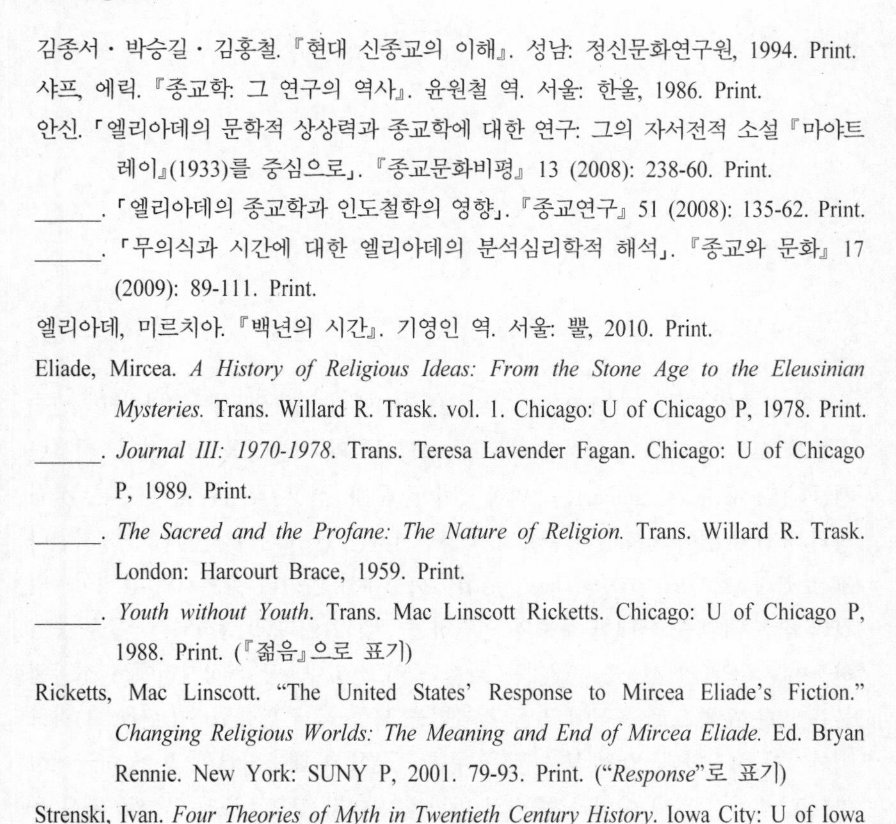

김종서 · 박승길 · 김홍철. 『현대 신종교의 이해』. 성남: 정신문화연구원, 1994. Print.

샤프, 에릭. 『종교학: 그 연구의 역사』. 윤원철 역. 서울: 한울, 1986. Print.

안신. 「엘리아데의 문학적 상상력과 종교학에 대한 연구: 그의 자서전적 소설 『마야트레이』(1933)를 중심으로」. 『종교문화비평』 13 (2008): 238-60. Print.

______. 「엘리아데의 종교학과 인도철학의 영향」. 『종교연구』 51 (2008): 135-62. Print.

______. 「무의식과 시간에 대한 엘리아데의 분석심리학적 해석」. 『종교와 문화』 17 (2009): 89-111. Print.

엘리아데, 미르치아. 『백년의 시간』. 기영인 역. 서울: 뿔, 2010. Print.

Eliade, Mircea. *A History of Religious Ideas: From the Stone Age to the Eleusinian Mysteries.* Trans. Willard R. Trask. vol. 1. Chicago: U of Chicago P, 1978. Print.

______. *Journal III: 1970-1978.* Trans. Teresa Lavender Fagan. Chicago: U of Chicago P, 1989. Print.

______. *The Sacred and the Profane: The Nature of Religion.* Trans. Willard R. Trask. London: Harcourt Brace, 1959. Print.

______. *Youth without Youth.* Trans. Mac Linscott Ricketts. Chicago: U of Chicago P, 1988. Print. (『젊음』으로 표기)

Ricketts, Mac Linscott. "The United States' Response to Mircea Eliade's Fiction." *Changing Religious Worlds: The Meaning and End of Mircea Eliade.* Ed. Bryan Rennie. New York: SUNY P, 2001. 79-93. Print. ("*Response*"로 표기)

Strenski, Ivan. *Four Theories of Myth in Twentieth Century History.* Iowa City: U of Iowa P, 1987. Print.

25

북미 인디언의 여성주의적 영성과 상징
－린다 호건의 『파워』에서

| 김영희 |

I. 들어가는 글

린다 호건(Linda Hogan)은 『파워』(*Power*)에서 서구의 기독교와 북미 원주민들의 토속 종교를 융합시킨 새로운 여성신학의 가능성을 제시한다. 캐서린 챈들러(Katherine Chandler)는 "미국 원주민 문화, 신학, 페미니즘, 환경론, 사회정의가 함께 엮어진 호건의 글쓰기가 영성이라는 단 하나의 목적"(17)을 지닌다고 보았다. 호건도 『거주』(*Dwellings*)의 서문에서 자신의 글쓰기의 목적이 "인간의 작은 세계를 거대한 우주와 연결하는 것"(12)이라고 말하였다. 이를 증명하듯이 『파워』의 서두는 "대지는 피를 흘리고 있다. 땅 가장자리에서 시작된 붉은 빛은 위쪽으로 움직여 결국 하늘빛을 모두 붉게 만들었다"(*Power* 1)라고 이야기가 시작한다. 땅의 붉은 빛은 푸른 하늘빛과 대조되면서, 빛이 하늘에서 땅으로 떨어진 것이 아니라, 중력의 방향을 거슬러 땅으로부터 하늘로 다시 올라가는 역전이 과정을 보여준 것이다. 이는 『파워』를 관통하는 원주민들의 이야기가 창조 이래로 지금까지 진행되어왔던 땅과 하늘의 연결 과정과 순서를

---

* 본 논문은 『문학과 종교』 15.2 (2010): 221-42에 「린다 호간의 『파워』에 나타난 인디언 영성－여성 신학의 관점에서」로 게재되었음.

전환시킬 새로운 신화를 제시할 것을 암시한다.

호건은 우주와 신, 그리고 인간을 하나로 융합하는 연결이 필요하다 여긴다. 그리고 하늘에서 내려오는 일방적인 은총이나 가부장적 교리가 아닌, 땅위의 부족 여성들의 경험과 실천의 역사들로 이루어질 수 있는 새로운 방식을 보여주려 하였다. 즉, 인디언들의 전통적인 신화와 제식의 작은 이야기들로 땅의 영성회복을 시작을 하려는 것이다. 이를 위해 호건에게 언어란, 분리된 자아를 현실에 맞게 조화롭고 균형있게 만들어 주며, 만물의 주권과 우주를 숭배하는 신비한 감정과 진리를 표하는 주요 수단으로 사용된다. 즉 어려서부터 글쓰기를 사랑하고, 자연과 함께 했던 자신의 경험을 글로 표현해왔던 그녀는(Allen, "Sacred Hoop" 4), 자연과 인간의 삶에 관한 이야기들을 큰 물줄기를 이루며 내리는 홍수처럼 『파워』에서 쏟아낸다. 따라서 『파워』는 무엇보다도 종교성과 영성을 이해하려는 노력에 초점을 맞추어, 텍스트의 간극에 쏟아 놓은 호건의 신비한 언어들에 주의를 집중하면서 읽을 필요가 있다. 이는 호건이 자신의 작품에 "자연의 법칙에 따라 순응하며 사는 인디언들의 삶"을 통하여, 인간도 결국 자연의 일부이며, "만물이 가족"(김옥례 376, 381)이라는 통합된 시선을 증명하며, 땅의 영성과 이야기를 통해 새로운 신성의 원리를 선보이기 때문이다.

이는 유대인들이 성경을 통한 신화에서 이야기들을 통하여 후손에게 가르침을 주고 역사를 이루어 나아가는 것처럼, 호건도 그녀의 부족 신화와 이야기들을 통하여 인디언들의 존재의식과 자존감을 심고, 독자들과 함께 세상을 파악하고 역사를 이루려는 노력의 일환이다. 특히 어린 인디언 소녀, 오미슈토(Omishto)의 시각에서 세상을 관찰하고 경험한 이야기들로, 호건은 여성의 경험과 실천에 이르러 본질에 접근하려는 여성신학과 영성에 관한 현상학적인 노력을 하고 있는 것이다. 따라서 『파워』는 독자들에게 세상에 신은 존재하는가? 우리에게 신은 무엇인가? 인간은 어떤 존재인가? 자연과 세상은 우리에게 어떤 의미인가? 진정한 "파워"란 무엇인가? 죽음의 진정한 의미는 무엇인가? 라는 인간의 근원을 추구하는 내면의 목소리를 반향시키는 종교적 소설로 볼 수 있다. 따라서 『파워』는 인디언 소녀의 성장소설로 단순히 분류되기보다 인디언들의 전통적이고 생태적인 땅의 영성에 초점을 두고, 첫째 오미슈토를 둘러싼 물질세계와 환경, 즉 그녀와 어머니와 언니 그리고 서구화된 도시 인디언들의 의식을 지배하고 있었던 기독교 영성을 비교분석할 것이다. 두 번째로는 오미슈토와 부족 인디언들의 근원적 정신세계를 이루는 종교를 심층 생태학적인 관점에서 조명하면서, 특히 표범을 살해하고 추방당한 아마의 행동의 원인들을 인디언 신화와 성경적 모티프를 비교하여 살펴보겠다. 세 번째로는 모든 사건을 조망하던 오미슈토가 자신을 둘러싼 외부 경계점들을 지나서 인디언으로서 자신의 정체성을 자각하고, 부족의 진정한 계승자이자 치유자, 샤먼이 되는 전 과정을 여성주의적 영성과 신학의 관점에서 파악해 볼 것이다.

II. 기독교 영성을 넘어서

『파워』는 원주민의 삶과 종교를 효과적으로 담아내고 있지만, 이면에 성경과 유사한 구조를 지니고 있다. 또한 기독교적 용어와 모티프들을 풍성히 제시한다. 66권으로 구성된 성경이 천지 창조, 인간의 타락, 심판과 구원의 약속, 예언서 등으로 이루어져 있는 구약과, 예수의 탄생 십자가 고난과 부활, 재림과 종말의 기독교의 역사에 관한 이야기의 신약으로 이루어져 있는 것처럼, 호건의 『파워』도 창조와 타락과 홍수의 역사적 사건뿐만 아니라, 구원과 부활에 관한 메시지의 성경의 구조를 지닌다. 하지만 결론에서 그녀는 주인공이 이야기의 중심에 있던 기독교를 거부하고, 부족의 전통종교를 선택하는 주인공을 그린다. 호건은 이야기를 통하여 기독교의 가부장적 남신인 하나님의 교리를 버리고, 여성 신학적 해석방법으로 새로운 여신의 이야기를 시작하고 공유한다. 이것은 유대인들은 "성서적 전통을 가지고 회당과 교회에서 조상들의 신을 체험했던 이야기들을 반복적으로 고백함으로 후대에 존속" 시키고 자신의 신앙적 체험을 이야기 형식으로 전승시켜왔던 것처럼, "성서의 이야기를 오늘 우리의 현실 속에서 다시 재현"(김대식 137)하는 방법을 호건이 『파워』에서 차용한 것으로 볼 수 있다.

주인공 오미슈토(Omishto)는 기독교와 인디언 전통 종교 사이에서 갈등을 느끼던 16세의 인디언 소녀이다. 그녀의 어머니와 언니로 대표되는 서구화된 도시 인디언들, 그리고 그 대척점에 있는 제니 소토(Janie Soto)나 애니 하이드

(Annie Hide)와 같이 전통적인 삶을 고집하는 킬리 습지 인디언들 사이에서, 오미슈토는 주의 깊게 관찰하는 관찰자였다. 이런 오미슈토의 상황은 린다 호건 자신의 정체성과 깊은 관련이 있었다. 백인과 인디언의 피를 가진 혼혈 인디언 호건은 어머니의 집을 떠나 백인 마을과 인디언 마을의 접경지대인 아마의 집에서 살거나, 하늘과 땅과 물이 서로 만나는 호숫가에서 아버지의 빈 배를 드리우고 살았던 주인공처럼 경계에 선 사람이었기 때문이다(Wilson 88). 따라서 『파워』는 소설 이전에 호건 자신의 실제 경험이기도 하고, 변화의 물결에 휩쓸려 살아가던 그녀의 부족의 이야기이다.

육체적 어머니와 정신적 어머니가 둘로 나뉜 것처럼, 오미슈토의 갈등은 그 두 사람 가운데서 시작되었다고 해도 과언이 아니다. 정통 인디언 혈통이었던 친어머니와 달리, 정신적 어머니 아마는 네델란드계 백인과 인디언의 혼혈로써 인디언 전통 종교와 문화의 신봉자이자 계승자이었다. 오미슈토의 어머니는 서구문화와 기독교의 열렬한 신도로서 오미슈토에게 그녀의 종교관과 회개를 강요한다. 그녀는 아마와 오미슈토가 타락한 인물이라고 부정하게 여기기 때문이었다. 오미슈토는 어머니와 그녀의 기독교를 거부하지만 그녀 안에 내재된 기독교의 깊은 영향력까지 배제하지는 못한다. 이런 오미슈토의 상황은 호건의 상황을 대변한다. 호건은 급진적 페미니스트들처럼 성경을 완전히 반대하지 않았고(*WEFT* 9), 단지 성경의 재해석과 새로운 재창조를 추구하는 듯, 오미슈토의 두 명의 어머니들처럼 호건의 삶속에서 함께 공존하는 듯하다.

『파워』에서 호건의 글쓰기 방식은 로즈마리 류터(Rosemary Ruther)의 성경해석 방식과 유사하다. 류터는 전통적인 신학의 주제들인 하나님, 창조, 인간, 죄, 구원, 그리스도, 교회를 취급하면서 여성의 관점에서 논의하고 재해석하려 하였다(앤카 25). 『파워』에서도 호건은 전반에 걸쳐 성경에 관한 영향과 재해석을 한다. 첫 번째 증거로, 오미슈토가 폭풍우가 몰아칠 때 죽음을 무릅쓰고 호숫가에 묶어둔 아버지의 배를 찾아갔다가 심한 바람에 생명의 위협을 느끼고 되돌아왔을 때, 아마의 집 뒤에 있는 500년 된 무드셀라 나무를 찾아간 사건이다. 무드셀라는 구약성서에서 에녹의 아들이며 라멕의 아버지요, 노아의 할아버지로서, 성서에 나오는 인물 중 최고령인 969년을 살았던 인물이다(창 5:21-27).

이름의 의미는 “그가 올 때 심판이 온다”란 뜻인데, 소설 속에서 홍수사건과 무드셀라 나무는 성경과 노아의 홍수를 연상시키는 연결점이다.

두 번째 증거로는 기독교인들이 악을 상징하는 뱀을 거부하듯이 오미슈토도 본능적으로 뱀을 두려워하고 공포를 느끼는 인물로 그린 점이다. 오미슈토는 보트에 다가오는 뱀을 막대기로 밀어내거나(*Power* 2), 폭풍우를 피하여 뱀들이 아마의 집에 들어오려고 하자 두려워하며 집에 못 들어오도록 아마에게 당부를 하는 모습을 보인다. 세 번째 증거로는 나무에 달린 오미슈토의 옷에 관한 추측이다. 그 사건을 두고 비평가들은 십자가에 달린 그리스도의 표상이라고 말하기 때문이다. 네 번째 증거로는 인디언의 신과 기독교의 신의 유사점이다. 예수의 모티프를 차용하여 여신이 하늘에서 땅으로 육화되어 표범인 시사로 내려온 점과 바람과 생명을 상징하는 “오니”와 기독교의 “성령”이 다른 소리와 같은 의미로 사용되고 있다고 설명한 점이다. 호건은 오미슈토의 어머니가 기도할 때 그녀를 관통하는 것이 오니라고 말한다(*Power* 188). 오니는 『파워』에서 성령과 같은 의미로 사용되고 있는데, 성경은 성령에 관하여 창세기 2장부터 이미 “바람, 신의 숨결은 성령(Holy Spirit)”이라고 명시하고, 또한 사도행전 1장에서 오순절 다락방의 성령이 하늘에서 각 사람에게 임하는 장면을 설명하였다. 이것을 호건은 오니・성령・아트만등이 모두 “같은 의미의 다른 이름”의 “파워를 지닌 공기”(*Power* 188)로 “신”(God)을 의미하고 있음을 보인 것이다.

호건은 궁극적으로 추구하는 신의 모습을 시사・표범・예수의 모습으로 그려내기도 하고, 등을 서로 붙이고 거북 등껍질을 부딪히는 시끄러운 소리를 내며 노래를 부르면서 습지 위쪽의 길에서 내려오는 “네 명의 여신들의 모습”으로 그리기도 한다. 네 명의 여신들이 서로 등을 붙이고 노래하는 모습은 신성에 관한 기독교의 “삼위일체설”을 연상시킨다. 삼위일체란 이것은 삼신이나 세가지 양태를 가리키는 것이 아닌, 하나님은 한분이지만 성부, 성자, 그리고 성령의 세 위격을 가지고 있고 그 각각은 동일한 본질을 공유한 하나님의 실체로서 존재한다는 기독교 교리이다(이종성 602). 따라서 네 명의 전통 옷을 입고 물위를 걷는 듯한 모습의 노래하는 여신들은 호건이 전통 인디언의 신을 시각화시킨 개념으로 해석된다.

다섯 번째 증거는 앞에서 잠깐 언급한 아마와 표범의 역할과 깊은 관련이 있다. 표범은 죽어가는 세상을 구원할 구원자이고 신으로 그려진다. 그리고 소설에서 표범은 기독교 신, 예수의 모티프를 따른다. 따라서 표범 살해 사건은 예수의 십자가와 부활, 그리고 재림의 사건을 재현했다고 볼 수 있다. 특히 표범을 살해하기 전에 물속에 잠기는 의식, 부활한 표범, 아마를 기다리는 오미슈토와 사람들의 모습을 통해 재림 예수를 기다리는 기독교인들의 모습을 보여주기도 한다. 호건은 "아마도 또한 그들은 예수를 기다리고 있어"라는 말을 반복함으로써, 그들의 모습을 직접 묘사한다. 마이클 하딘(Michael Hardin)은 자기를 희생하는 아마를 예수로(148), 관찰자인 오미슈토를 종말을 지켜보는 계시록의 저자인 요한으로 적용한다(144). 호건도 직접 표범을 죽이기 전에 아마가 물속에 들어가는 모습을 세례라고 기독교 용어로 묘사하기도 한다(*Power* 63).

하지만 호건은 오미슈토를 통하여 기독교를 인정하면서도 동시에 강한 거부와 혐오를 숨기지 않는다. 첫째, 폭풍우가 몰아칠 때, 사슴들, 뱀, 새, 집기들, 나무들이 휩쓸려 날아가는 와중에 무드셀라 나무도 힘없이 뿌리째 뽑혀지게 만든다. 노아의 홍수는 기독교 역사에서 두 번째 인류의 탄생으로 볼 수 있을 만큼 의미 깊은 사건이다. 기독교에서는 노아의 자손인 셈, 함, 야벳에서 백인종, 황인종, 흑인종 등 여러 인종들이 발생되었다고 보기 때문이다. 즉 인종차별의 시작점인 것이다. 호건은 뽑혀진 무드셀라처럼 노아의 홍수까지 역사를 거슬러 올라가서 기독교의 신화와 역사를 뒤집고 바꾸려는 시도를 보인다. 또한 폭풍이 끝나고 아마의 집에 돌아온 오미슈토는 마당에 스페인 말이 죽어 있는 것을 보고 혼신의 힘을 다하여 장사지낸다. 스페인 말은 유럽에서 미국 대륙으로 메이플라워호를 타고 온 콜럼버스와 스페인 사람들을 상징하는 모티프이다. "그들이 올 거라고 우리 선조들에게 말해준 것은 바로 차가운 바람이었다. . . . 거짓된 이야기를 믿으며 아름다운 육체를 지닌, 다리가 넷인 종족처럼 말을 타고 왔다고"(*Power* 179). 그 스페인의 말을 오미슈토가 매장시키는 모습을 통하여, 호건이 미국 기존 역사의 종말과 함께 새로운 역사의 시작을 그녀의 이야기로 다시 쓰려는 시도를 한다. 이것에 관하여 "오니에 의하여 표범의 역사와 세계도 오니에 의해 우리에게 전달된 것 같다"(*Power* 190)고 작은 소녀, 오미슈토의 말을 통해 정당성을 추구하기도 한다.

결국 폭풍이 끝난 후, 아마의 집에서 엄마의 집으로 되돌아온 오미슈토는 자신의 세계가 완벽하게 둘로 나뉘어 있음을 인식한다. 마치 지독한 환상에서 풀려나 진실을 보게 된 사람처럼, 폭풍은 태초에 시작하여 종말에 닫히는 시작과 끝을 여는 문이 되어서 오미슈토에게 새로운 깨달음을 준 것이다. 비로소 오미슈토는 엄마의 신과 자신이 믿는 신의 차이를 알게 되었다. 엄마의 신은 용서를 가지고 있지만 이 용서 때문에 신이 타락한 것을 알게 되었고, 엄마는 자신의 신이 청결하다고 주장하는 반면 신의 사제인 교회의 목사는 지저분한 사람으로 그들의 모순이 관찰되었다. 그리고 엄마의 신과 신앙이 거짓말과 틈을 보이며 그 속에 "신의 냉혹한 파워"를 감지한다(*Power* 136). 무엇보다도 오미슈토는 자신이 전에는 백인처럼 되려고 노력하던 학교에서도 부유한 백인 그룹과 어두운 피부를 가진 인디언 그룹으로 이미 나뉘어 철저히 구별되어왔음을 알게 된다. 학교는 작은 세상이고 축소판이다. 마치 폭풍이 지난간 뒤 만물이 모두 파괴되고 어지럽혀진 것이 아니라 오히려 감춰진 세상의 본연의 모습을 파헤치고 드러낸 것이다.

이처럼 『파워』는 성경전체의 흐름을 유지하면서 성경에 나타난 사건들, 성차별적인 가부장적인 요소, 또는 인종차별적인 부분을 발견하여 하나하나 재해석하였다. 두 가지 문화와 종교의 경계점에 갈등하던 오미슈토가 신약 성경의 노아의 홍수, 예수의 십자가 고난과 부활의 유사한 사건들의 참여자와 증인이 되어서, 여성들로 이루어진 새로운 여성들의 성경을 쓰는데 주도적으로 동참하고 있는 셈이다. 이것은 호건이 급진적 페미니즘적 사고로 여성중심의 새로운 사회로 개혁을 꿈꾸기 때문이 아니라, 불완전한 가부장적인 사회의 구조를 되돌려서, 남자와 여자가 평등한 관계를 갖는 완전하고 원초적인 사회로 되돌리려는 의도가 있기 때문이라고 여겨진다.

III. 인디언 영성과 전통 제식

오미슈토에 관하여 그녀의 할머니는 소녀의 가슴속에 강한 바람이 있다고 말한다. “감시하는 눈이 있는 바람”인 오니이다. 오니는 바람, 공기, 노래, 기도, 호흡, 파워, 성령을 상징하는 인디언의 신이다. 그리고 인간 이전의 태초에 신들 가운데 숨결을 소유한 거친 신이기도 하다. 오니는 만물인 인간, 동물, 식물가운데에서 숨 쉬고 말하고 순환하며 영원히 존재하는 어떤 존재였다. 따라서 만물 속에 존재하는 오니 때문에 “자연과 인간은 동등해지고 합일”(*Power* 178)이 될 수 있다고 호건은 설명한다.

눈에 보이지 않는 존재이지만 강력한 힘을 지니기 때문에 에이브럼 스왈로는 회오리바람, 오니에 의해서 죽었다(*Power* 168). 호건은 스왈로의 이야기를 통하여 인디언들이 가진 강력한 영적인 파워의 증거를 보여주는데 바로 노래였다. 스왈로는 조지프의 노래가 신비스럽게도 “사람들이 따르도록 명령하는 노래”이고, 공기 중의 “악도 제거”하고, “땅도 변화”시키며, “사랑과 희망”(*Power* 184)을 주는 노래라는 것이다. 오니의 파워를 지닌 조지프는 아마도 샤먼의 역할을 하였던 것을 추측하게 한다.

> 인간은 우아하게 서서 자신만만하고 충만한 아름다운 노래를 불렀다. 인간이 어떻게 노래 불렀는지 기억한다. 온 세상이 사람들의 목소리를 듣고 즐거워했다. 그들은 바람처럼 호흡하는 능력과 목소리들을 지녔다. 오니. 그것은 시사의 선조들이 사람들에게 가르친 말. 호흡. 자신의 동료 표범들이 인간들에게 삶과 파워, 치유할 약을 주었던 것을 기억한다. (*Power* 192)

하지만 조지프는 지쳐서 힘과 노래의 소용돌이를 더 이상 부를 수 없었다. 인간이 지닌 힘은 대지의 힘에 좌우되는데, 지나친 농사로 인해서 땅과 물이 고갈되었기 때문이라는 것이다(*Power* 184-85). 여기서 호건은 인간의 진정한 파워란 하늘에서 오는 것이 아닌 땅에서 오는 것, 인간의 내면에서 오는 것임을 보인다. 인간은 지구위에서 홀로 살 수 없고 자연과 공생하는 존재이다. 이처럼 인디언들은 인간이 자연물을 먹고 마시며 공기를 숨 쉬고 생명을 유지하다가, 죽으면 자연물의 일부가 되어서 다른 동식물의 먹이가 되는 삶의 진리를 이미 인식하였다. 인간이 지상에서 자연과 함께 영원한 삶을 영유하기 위해서는 자연뿐만 아니라 우주적 존재와의 조화로운 삶을 함께 지향하며 살아야 할 것이다.

하지만 바닥이 보이지 않는 욕망으로 인하여, 인간들은 자신들의 삶의 근간인 자연을 수치심 없이 착취하고 황폐하게 만들었기 때문에 자연의 위기뿐만 아니라 인간들 스스로가 붕괴되는 삶의 위기를 불러온 것이다. 인간의 탐욕은 인간의 성스러움과 생명적 가치까지 앗아가 버린다. 『파워』를 통하여, 호건은 비단 자연과 인디언들만이 사라져가는 것이 아니라 지구위에 살고 있는 우리들 모두, 인류가 사라질 수 있는 위기를 경고한다. 그녀의 물음들이 외재화되어 드러나고 우리의 마음속에서 공명이 되게 하는 것이다.

호건은 『파워』에서 구원자의 표상인 예수의 모티프도 간과하지 않는다. 아마 이튼(Ama Eaton)이 살해한 황금색 표범은 시사(Sisa)인데, 타이가(Taiga) 부족의 신화에서 시사는 다른 세상으로부터 이 세상에 와서 인간들에게 생명, 숨결, 바람의 의미인 오니(Oni)를 가르쳐준 최초의 여자이고 여신이었다(*Power* 73). 호건은 서구의 그리스 신화와 기독교 신화의 핵심을 차지하는 반인반신의 구원신화, 인류에게 불을 전하고 코카서스 바위에서 고통의 벌을 받은 프로메테우스(Prometheus)나 인간에게 구원의 복음을 주고 십자가에 처형되고 부활한 예수의 사건들을 인디언 전통여신의 신화로 치환한다.

> 오니를 통해서 내가 깨닫는 것은, 인간이 본래 아름답고 완전해서 표범이 인간들을 부러워하고 그들처럼 되기를 원했다는 사실을 표범이 기억한다는 점이다. 그들은 인간을 숭배했다. (*Power* 191)

호건은 인간의 원래의 모습이 완전하고 아름다운 존재였다는 것이다. 하지만 세상이 일부 인간들의 탐욕으로 병들자 신들이 모두 떠나고, 시사도 병들어서 겨우 목숨만 유지하게 되었다고 설명한다.

인디언들의 신화에서 대개 우주의 창조주와 우주에 충만한 영은 남신이 아니라 여성화된 여신이 특징을 보이고, 인디언들이 상상하는 파워의 개념은 인간만의 것이 아닌 인간과 비인간과의 관계성의 인식임을 알 수 있다(Allen, "Grandmother" 26). 시사와 세상이 병든 이유는 이런 파워를 상실했기 때문인데, 아미는 파워를 회복하기 위하여 부족의 전통신화와 제식에 따라 시사를 저 세상으로 보낼 수밖에 없게 된다. 그녀는 시사가 다시 건강하게 되돌아오면 세상도 다시 건강해질 수 있다고 믿는다. 호건은 신화가 거짓 이야기가 아닌 진리의 높은 형태로써, 가장 내적이고 영적이며 정신적인 성장의 인간 여정에 관한 이야기라고 말한다(*Dwellings* 51). 신화를 통해서 세상의 균형을 유지하고 우주의 균형을 유지하며 땅의 회복함을 추구하는 것은 바로 인간의 임무이기 때문이다.

IV. 새로운 여성 신학을 찾아서

호건은 『파워』에서 기존의 기독교와 성경을 부족 고유의 전통과 접목시켜 여성의 경험과 실천을 바탕으로 한 여성신학의 원리를 소개하고 있다. 『파워』는 인디언 여인들의 삶과 고통, 그리고 치유와 회복에 관한 여성들의 역사이자 신학이다. 제니소토와 에니하이드, 아마, 오미슈토, 더 나아가 그들의 할머니와 그 할머니의 할머니들의 이야기, 현대를 살아가는 우리들의 이야기이다. 오미슈토는 호수에 띄운 배안에서 하늘과 땅을 바라보며, "자기 안에 소녀가 있고, 동시에 성숙한 여자와 노파가 함께 존재하고, 그리고 핏줄과 같은 강과 습지가 공존하는 대지가 됨"(207)의 신비를 깨닫는다.

> 하늘은 더 이상 붉은 색이 아니다. 폭풍이 다가올 것 같은 조짐을 보이면서 이제는 거의 초록색이다. 대지도 엷은 청록색이며 곰팡이 냄새가 난다. . . . 물도 초록색이다. . . . 해조류로 뒤덮인 이 보트 안에서 나는 돋아나는 나뭇잎 안에 감겨있는 것 같았다. 마치 이제 막 태어난 것처럼 . . . 여기는 아름답다. 나는 이곳을 나만의 장소라 부르는데 구름이 물에서 태어난 곳이다. (1-2)

보트는 마치 대지의 아이가 탄생하는 자궁처럼 오미슈토를 초록빛 따뜻한 물위에 띄우고 있다. 그리고 신의 모습은 가부장적인 모습을 탈피하여 어머니와 모습을 하고 "모성적 상징인 우주출산과 섬김"으로 균형을 이룬다. 이는 우주를 하나의 "자궁"으로 보고, 그곳에서 새 생명이 움터 나오려고 몸부림 치고, 불의와 억압과 증오가 가득 찬 세상을 신의 구원 사명과 자유와 사랑으로 생명을 탄생시키는 곳으로 인식하는 "자궁의 신학"(김대식 181)과 호건의 여성 신학사상이 연결됨을 보인다. 호건은 우주 자체가 엄한 아버지와 같은 불변의 법칙과 원리만이 존재하는 것이 아니라, 어머니와 같은 따뜻한 모성성과 돌봄과 생명이 충만한 신으로 채워져 있는 공간임을 보여주기 때문이다. 그 공간은 집이란 단어로 표현 된다.

그렇다면 호건은 우리에게 말하는 진정한 집과 가족은 무엇인가? 호건의 글에서 집은 특별한 의미를 지닌다. 오미슈토의 경우 그녀의 배 · 자궁 · 집은 아마의 쓰러져 가는 집이다. 호건은 인간인 자신의 진정한 집, 상상의 집에 관한 생각을 늘 해왔고, 한때 호건은 메너토우(Manitou)라는 대령(Great Spirit) 또는 혼령, 마, 초자연적인 존재라는 뜻을 지닌 마을에서 살았던 것을 기억한다 (*Dwellings* 119). 여기서 진정한 의미의 땅의 거주에 대한 호건의 생각들은 땅의 영성을 강화시키고 실천하게 되었다고 한다. 즉 그녀의 집은 인간들만을 위한 집과 인간들만으로 구성된 가족이 아닌, 땅위에서 만물이 함께 공존하는 의미의 지구 공동체적인 가족의 개념을 포함한다. 이것이 바로 호건이 그리는 땅의 영성의 완성점이다. 아마의 집은 어머니가 죽어가는 집이라고 했음에도 불구하고, 실제로는 많은 생명체들이 공존하는 살아있는 집이었던 것이다. 그리고 그 집은 죽어가는 지구를 암시하기도 한다.

원래 오미슈토는 어머니와 아버지와 언니와 남동생과 함께 살았었다. 오미슈토가 처음 세상에 태어나서 사흘이 되었을 때, 어머니는 오미슈토의 눈빛이 모두에게 고통을 주는 존재가 될 거라고 말했다. 아버지는 그녀의 이름을 "관찰자"란 의미의 오미슈토라고 지었다(3-4). 호건은 자신도 오미슈토와 같은 "이방인"이고 "관찰자"라고 말하면서, 해바라기와 새, 벌레의 언어를 알지 못하고 관찰만 하지만, 자연에 존재하는 고대의 목소리가 자신에게 유전자와 세포 속에서 어떻게 살아야할지 알려준다고 말하고 있다고 고백하기도 하였다(*Dwellings* 157). 이처럼 소설속의 오미슈토와 수필속의 호건은 마치 동일인인 것처럼 일치되는 점이 많아서 『파워』를 성장소설로 보는 보기도 한다.

오미슈토는 결코 행복한 인디언 소녀가 아니었다. 그녀를 통해 호건은 인종차별과 성차별적 요소들, 원주민 부족내의 가부장적인 억압의 구조와 불평등의 사건들을 여과없이 그려낸다. 오미슈토는 더럽고 마른 표범을 보면서 새아버지인 험의 손에서 벗어나려는 자신의 모습과 같다고 여긴다. 오미슈토의 친아버지는 어머니와 그녀를 떠나 백인여자와 살다가 죽었다. 어머니는 험이란 남자와 재혼하지만 오미슈토는 그 새아버지로부터 성적 착취를 당한다.

> 그가 나를 알몸으로 벗겨 놓고 벽에 기대서게 했던 때가 떠오른다. 벨트로 나를 때리는 동안 그 벨트의 버클이 내 피부에 상처를 내고 뱀 껍질의 얼룩덜룩한 무늬 같은 자국을 내게 남겼지만 나는 두 손으로 내 자신을 가리려고 가슴과 몸을 가리려고 애썼다. 내가 그에게 너무 친절하게 대해왔다고 생각한다. (*Power* 209)

옷을 벗기고 태형을 가하는 행위는 가부장제에서 여성 노예에게 가하는 억압의 방법이었다(*WEFT* 37). 험으로부터 오미슈토는 성적 착취뿐만 아니라 노예와 같은 취급을 당했다는 사실을 알 수 있다. 오미슈토의 어머니는 그 사실을 눈치 챘지만, 오히려 딸의 잘못으로 여길 뿐이었다. 가부장제에 편승한 여성은 남성의 제도와 지배를 도와서 다시 가부장제를 재생산하는 도구가 되고 있음을 보여준다.

> "엄마는 내가 어디 있는지 알아요." 엄마는 그렇다. 나는 확신한다. "나는 돌아가지 않을 거예요. 엄마의 남편이 나를 늘 쫓아 다녀요. 그는 나에게 상처를 줘요." 나는 엄마가 안다고 생각하지만 엄마에게 직접 말한 적은 없다. . . . 험이 필요로 하는 마음 한편에서 엄마는 이 사실을 부인할 것이다. 틀림없이 부정할 것이다. 엄마는 자기 자신에게 거짓말을 한다. (*Power* 204)

어머니는 다른 여자와 바람난 새 남편 험에 의해 정신병원에 감금된 일이 있어서 그를 두려워한다. 험은 자신의 말, 명령을 거부하는 오미슈토마저 정신병원에 넣어 자신에 맞게 순화시키려고 하였다. 여기서 유색 여성들이 받는 성차별은 백인 여성의 경우와 확연하게 다름을 알 수 있다. 오히려 그들은 유색인들에 대한 노예제도를 강화하는 경향이 있고, 유색인종의 여성들은 노예제도를 옹호하는 제도와 인종차별을 옹호하는 사회구조의 맥락 속에서 무력하게 방치되어 있기 때문이다(*WEFT* 35). 즉 흑인 여성들이나 인디언 여성들은 백인들로부터 인종 차별을 받을 뿐만 아니라 인디언 남성들에게서도 성차별을 받는 이중적 억압을 당하기 때문이다. 오미슈토는 어머니의 집에서 그런 억압과 상처를 입은 아이였다. 그리고 표범도 상처 입은 땅이 되기도 하고, 아마의 모습이기도 하다. 표범은 그들의 "위태로운 상황"(*Power* 69)을 대변해준다.

반면, 『파워』에서 아마는 오미슈토와 부족 전체에 희망과 사랑의 메시지를 주는 여성이다. 하지만 아마의 방식은 세상 사람들이 이해하기 어려운 것이었다. 서구의 법은 희귀한 동물은 죽이면 안 되는 법이 있고, 원주민의 법에도 아마가 땅에 어긋나고 동물을 적대시하는 자연법 위반의 죄를 지었다고 규정한다(*Power* 169). 아마는 결국 부족장들의 회의에 의하여 4년간 추방형을 받고 추방된다. 아마가 표범의 비참한 모습을 은폐하는 점에 관하여 오미슈토도 아마를 이해하지 못했다. 표범이 죽어가고 있다는 사실을 부족민들에게 알린다면 아마는 죽음과 같은 추방을 면할 수 있기 때문이다. 하지만 아마는 그들에게 표범의 불쌍함을 보게 하지 않았다. 표범의 실제 모습을 알게 된다면 타이가 부족의 삶은 표범처럼 무너지고, 세상은 반으로 나뉘며, 병과 죽음으로 치달을 수 있기 때문이다. 표범은 그들에게 희망적이고 성스러운 존재였기에(*Power* 166-67), 그들의 죄와 고통의 무거운 짐을 모두 져야하는 것은 아마의 몫이었다. 아마는 부족의 법을 위반하고 화가 난 영혼들을 달래는 "희생양이자 구원자로써 표범과 동일시"(*Power* 186)되었고 이는 성경의 예수와 같은 인물로 병치된 것이다. 캐리 보언-머서(Carrie Bowen-Mercer)는 소설 속에서 시공간이 함께 있는 통시적 관점에서 표범이 신화인 것과 마찬가지로 아마도 신화의 일부로 본다. 신화의 이야기는 바로 부족을 이끄는 힘이 되고 있기 때문이다.

오미슈토는 아마가 우는 모습을 보고 그녀도 이 일을 원하지 않았지만 숙명이기 때문에 하는 것을 알게 된다(*Power* 61). 아마의 이름의 의미는 스페인어로 주부, 사랑, 영혼과 같은 의미를 가진다(Hardin 146). 호건은 그녀의 모든 행동이 어머니의 사랑(motherhood)에서 나온 용기임을 암시한다. 그리고 아마 때문에 미래는 백인과 인디언을 나누는 인간의 피부가 더 이상 사물의 경계선이 될 수 없고(*Power* 188), 세상의 갈라진 틈을 잇는 바느질로 두 세계를 하나로 연결될 수 있다고 본다(*Power* 198). 『주술서』(*The Book of Medicines*)에서 호건의 「모으기」("Gathering")는 이런 그녀의 의견을 언급한다. 어머니와 딸이 "바느질이라는 여성의 일을 통하여 두 개로 나뉜 세상의 간극을 치유하며 합일하는 작업"(김영희 19)을 하는데, 여성들의 힘으로 이분화 된 세상의 경계와 벽을 허물고 융합과 화합을 노래한다.

> 자신과 시사가 희생되었다 할지라도 자신과 인간과 신들을 또 한 번 가까워지게 하고 그들을 하나되게 하여 같은 영역에 함께 있게 했으며 그곳에 꼭 맞게 했다고 아마는 믿는다. 이 세계와 보이지 않는 세계를 하나로 만들었다고 그녀는 믿는다. 우리가 조용히 나무처럼 꼼짝 않고 있을 때 우리는 두 세계가 통합된 것, 즉 하나된 것을 볼 수 있으며 그것들을 함께 모으고 외로운 산들 바람이 부는 밤에 하나 된 그 소리를 듣는다. 개미의 작은 소리까지 듣는다. 이런 점에서 아마는 표범과 같은 종이라고 볼 수 있다. (*Power* 190)

오미슈토가 신기루처럼 보았던 킬리에서 내려오던 "네 명의 여신"의 모습은 표범, 아마, 오미슈토, 땅이 하나 된 모습을 상징한다. 호건은 후기 기독교 여성신학자 스타호크(Starhawk)의 "땅은 살아있는 여신의 몸이고 신성하다" (*WEFT* 52)는 주장에 동의하지만, 땅의 영성은 인간의 인식의 한계를 넘어서는 영역이므로 세상과 존재의 의미사이에서 인식하려는 노력과 책임이 뒤따른다고 보았고, 호건은 이것을 새로운 의미의 청지기 정신으로 본 것이다(Dreese 11). 즉 오미슈토가 아마의 집을 홀로 지키며 바닥을 닦는다던지 마당을 치우며 집을 보존하려는 모습은 인간이 자연과 더불어 살아가면서 무너져가는 땅을 보존하려는 인간의 노력을 예시한다고 볼 수 있다. 그녀는 여신들의 모습과 폭풍속에서 벌어졌던 아마의 표범 살해 사건을 통하여 자신이 바로 땅이라는 일체감과 그 땅을 지켜야한다는 사명감을 아마로부터 물려받는다. 여기서 표범, 아마, 오미슈토와 땅이 여신의 모습으로 하나로 일치하는 모습에서 호건은 땅의 영성을 통하여 인간과 자연을 연결시킨다.

아마의 타이가 부족을 지극히 사랑하는 마음은 인간과 자연의 파괴를 저지하고 구원에 이르게 하는 첩경을 만들었다. 백인의 법정과 인디언들의 법정에서 표범의 생명에 관한 논의들 가운데 백인들과 인디언들은 각자의 법과 논리들을 내세우며 아마가 유죄임을 증명하려 한다. 하지만 결국 그들은 자신들이 정한 경계선을 넘지 못하고 이야기는 결론에 이르지 못하였다. 아마는 그 금지의 선을 넘었다. 자신의 생명과도 같은 사랑하는 표범을 살해하고 그 죽음에 얽힌 진실을 땅에 묻음으로써 타이가 사람들에게 죽음을 통한 더 큰 생명을 얻게 만든 것이다. 즉 신화를 믿는 그들에게 희망을 주게 된 것이다. 이것은 진정한 성스러움이 남자와 여자, 영혼과 육체, 땅과 하늘, 삶과 죽음이 모두가 단절된 것이 아니라 연결된 것을 깨달을 때 성스러운 것이고, 그 성스러움은 카트린 클레망 의하면 선과 악, 순수와 불순, 허락된 것과 금기, 정신적인 것과 감각적인 것 사이의 균열을 건너뛰는 것이다(김명주 189, 200). 하지만 사람들에게 표범에 관한 진실을 말하지 않는 것이 옳은 일인 것인가? 사람들은 진실을 알 권리가 있지 않는가? 라는 질문을 다시 할 수 있다. 그렇다면 백인들의 법과 인디언들의 법을 어긴 그녀의 행위는 더더욱 용납될 수 없는 범죄처럼 여겨진다. 하지만 이런 금지의 선을 넘을 수 있을 만큼 아마의 땅과 부족에 대한 사랑과 성스러움이 극치에 이른 것이고, 그녀는 "믿음과 희망을 주는 파워"를 원하기 때문이다(*Power* 174). 그 진실을 알고 있는 오미슈토와 제인도 역시 아마와 공범자들이다. 그들은 부족과 인류를 구하기 위하여 서로 묵언으로 연대하여 약속을 했고 그것을 서로의 힘으로 지켜낸 것이다. 호건이 말하고 싶은 진정한 파워는 바로 이것이 아닌가 생각된다.

『파워』의 전면에 흐르는 사상은 여성 신학이다. 대부분의 여성주의자들은 가부장적인 종교와 여성들의 경험 사이에는 불연속이 있다고 주장하지만, 호건은 개혁주의 여성신학자인 슐러 피오렌자(Schussler Fiorenza)와 로즈마리 류터(Rosemary Radford Ruether)에 동조한다. 그들은 기독교와 여성주의 사이에 불연속이 있는 것이 아니라 오히려 기독교와 가부장제가 불연속성을 가지고 있음을 주장한다(*WEFT* 12). 그리고 특히 호건이 류터와 동의하는 점은 인간을 역사 속에 배제시키기보다, 그 속에 의미 있게 위치시켜야 성공적으로 비평할 수 있고 여성해방 전통을 일으킬 수 있다고 보았다.

류터는 동시대의 경험과 성경과 전통에서 체계화된 경험을 분석하였다. 그녀가 기독교의 요소가 성차별의 구속으로부터 여성을 초월시킬 수 있는 메시지가 있다고 확신한 것처럼, 호건도 『파워』에서 기독교를 배제시키려는 노력보다 오히려 부족의 전통과 여성의 경험과 실천을 접목시키려 한다. 오미슈토를 통하여, 호건은 여성의 경험과 실천을 제시하고 인디언 영성의 깨달음과 실천의 관점으로 해결하려는 것으로 보인다. 결국 자신이 세상의 경계가 아니라 세상의 중심임을 확인한 오미슈토는 기독교를 내재하고 킬리 습지의 부족 원로들을 찾아가서, 그곳에서 그녀는 땅을 치유하는 부족의 치유사와 계승자가 되는 의식을 거행한다. 호건은 『파워』를 통하여 오미슈토의 육체와 정신의 정체성 혼란과 회복의 서사가 비단 그녀 자신의 문제만이 아님을 보이고, 현대를 살아가는 경계선에 있는 모든 인디언들, 사람들에게 땅의 영성의 회복을 통하여 용기있게 살아갈 희망과 사랑을 담은 메시지를 보낸다.

V. 나가는 글

『파워』에서 주인공 오미슈토라는 인디언 소녀의 눈으로 바라본 서구 사회와 전통 북미 인디언 사회가 지닌 영성과 가치관의 갈등을 살펴보았다. 기독교적 가치관을 내면화한 도시 인디언들은 표범 살해란 사건을 두고 아마와 킬리 습지의 인디언들과 첨예하게 대립한다. 아마가 살해한 표범 시사는 도시 인디언들은 보호해야 할 희귀 동물로 생각하지만, 킬리습지 인디언들은 신으로 생각하기 때문이다. 즉 그들은 시사를 다른 세상에서 이 세상으로 와서 인간들에게 생명과, 숨결의 오니를 가르쳐준 신이라고 여긴다.

아마는 세상이 병들자 신들이 떠나고, 시사도 병들어서 겨우 목숨만 유지하고 있어서, 시사를 저 세상으로 보낸다. 시사가 되돌아오면 세상도 다시 건강해질 수 있을 거라고 믿었기 때문이다. 이런 아마의 표범살해는 땅의 영성을 회복하고 세상의 균형을 유지하고, 우주의 균형을 유지하기 위한 인디언의 전통의식이다. 그리고 호간이 쓴 새로운 인디언 신화는 성서에 관한 새로운 재해석으로 볼 수 있다. 즉, 호건은 『파워』에서 인디언의 땅의 영성을 서구 역사와 기독교 전통과 접목시켜서, 아마의 후계자인 오미슈토의 깨달음을 통하여 여성적 경험과 실천으로 사랑의 완성을 향해 나아가는 진화과정을 보여준 것이다

인용문헌

Allen, Paula Gunn. "The Sacred Hoop: A Contemporary Perspective." *Studies in American Indian Literature: Critical Essays and Course Designs.* Ed. Paula Gunn Allen. New York: MLA, 1983. 3-22. Print.

______. "Grandmother of the Sun." *Weaving the Visions: New Patterns in Feminist Spirituality*. Ed. Judith Plaskow and Carol P. Christ. San Francisco: Harper, 1989. 22-28. Print.

Bowen-Mercer, Carrie. "Dancing the Chronotopes of Power." Ed. Barbara J. Cook. *From the Center of Tradition*. Colorado: UP of Colorado, 2003. Print.

Chandler, Katherine R. "Hogan's Terrestrial Spirituality." Ed. Barbara J. Cook. *From the Center of Tradition*. Colorado: UP of Colorado, 2003. Print.

Dreese, Donelle N. "The Terrestrial and Aquatic Intelligence of Linda Hogan." *Studies in American Indian Literature* 11.4 (1999): 6-22. Print.

Hogan, Linda. *Dwellings*. New York: Norton, 1995. Print. (*Power*로 약기함)

______. *From Women's Experience to Feminist Theology*. Sheffield: Sheffield Acad., 1997. Print. (*FWEF*로 약기함)

______. *Power*. New York: Norton, 1998. Print.

Wilson, Norma C. *The Nature of Native American Poetry*. Albuqueroue: U of New Mexico P, 2001. Print.

김대식. 『환경과 생태영성』. 파주: 한국학술정보, 2006. Print.

김명주. 「여성과 성스러움: 토니 모리슨의 『솔로몬의 노래』」. 『문학과 종교』 13.1 (2008): 185-203. Print.

김영희. 「린다 호건의 『주술서』에 나타난 역사관과 치유제식」. 『문학과 환경』 7.2 (2008): 7-22. Print.

레티 M. 러셀 · J. 샤논 클락슨. 『여성신학사전』. 황애경 옮김. 서울: 이화여자대학출판부, 2003. Print.

린다 호건. 작품해설. 『파워』. 김옥례 옮김. 서울: 솔, 2008. Print.

성경전서. 표준새번역 개정판. 서울: 대한성서공회, 2001. Print.

앤카. 「여성신학의 새로운 전망」. 『신학. 그 막힘과 트임』. 캐서린 모우리 라커그나 엮음. 강영옥 · 유정원 옮김. 칠곡: 분도, 2004. 25. Print.

이종성 외. 『기독교 낱말 큰 사전』. 서울: 한국문서선교회, 1999. Print.

26

종교 경전의 성상적 차원과 수행적 차원

| 유요한 |

I. 서론: 경전의 본문을 넘어서

'문학과 종교'라는 연구 분야의 가장 중요한 주제 중 하나는 문학 작품에 나타난 인간의 종교적인 모습들일 것이다. 인간의 종교적 열망이나 종교적 삶의 다양한 양상이 문학 작품만큼 생생하게 표현되는 장은 드물다.[1] 경전의 문헌적인 특징에 초점을 맞춘 연구도 활발히 진행되어왔다. 많은 학자들이 종교 경전의 형성 과정과 역사적, 사회적, 문화적 배경을 연구하기도 하고, 좀 더 문학적

---

* 본 논문은 『문학과 종교』 19.3 (2014): 87-107에 「종교 경전의 성상적 차원과 수행적 차원」으로 게재되었음.

1) 지금까지 필자를 비롯한 국내의 몇몇 종교학자들은 문학 작품에 나타난 종교적 요소들을 밝히는 작업을 꾸준히 진행해왔다. 다음을 참조할 것. 박규태, 「엘리 비젤과 "이야기"의 구원론적 의미」, 『문학과 종교』 5.2 (2000), 65-91; 안신, 「엘리아데의 『젊음 없는 젊음』에 나타난 종교적 상상력 연구: 종교심리학적 재평가」, 『문학과 종교』 17.1 (2012), 115-37; 유요한, 『우리 시대의 신화: 현대 소설 속 종교적 인간의 이야기』 (서울: 서울대학교 출판부, 2012); 「소설은 여전히 '종교적 인간'을 이야기한다: 김훈 소설 속 인물들의 종교성에 대하여」, 『문학의 오늘』 1 (2011), 352-58; 「인간의 고통과 세상의 부조리의 의미를 묻는 소녀 영웅: 황석영의 『바리데기』」, 『문학의 오늘』 2 (2012), 374-78; 「내 엄마 이야기, 우리 모두의 어머니 신화: 신경숙의 『엄마를 부탁해』」, 『문학의 오늘』 3 (2012), 287-92; 정진홍, 「문학적 상상의 구원론적 함의: 멀치아 엘리아데의 『만툴리사 거리』를 중심으로」, 『문학과 종교』 4 (1999), 67-96; 「문학과 종교」, 『문학과 종교』 6.2 (2001), 111-26.

인 면에 집중하여 경전의 장르를 따지거나 수사법을 분석하기도 한다. 그러나 나는 이 논문에서 종교 경전의 '비문학적' 차원들에 초점을 맞추고자 한다. 비교종교학적 관점에서 종교 경전의 비문학적인 측면을 조명하는 연구는 '문학과 종교 학회'에서 발표하기에 적합하지 않은 것으로 보일 수도 있다. 하지만 종교 경전에 대한 이해의 폭을 넓히는 연구는 '종교 교양'을 쌓는데 반드시 필요하며, 따라서 경전의 비문학적 측면을 밝히는 이 논문이 "문학과 경전, 종교 교양" 이라는 이번 '한국문학과종교학회'의 주제에 어느 정도 부합하지 않을까 생각한다.

경전의 비문학적 차원을 다루는 것은 본문과 직접 관련되지 않은 경전의 측면들을 밝히는 일이다. 지금까지 종교 경전의 연구는 본문을 중심으로 이루어져왔다. 경전에 담긴 사상과 교리, 경전의 역사적 배경 등 내용적인 면이나 경전을 구성하는 언어와 문체 등의 형식적인 측면 모두 본문과 관련된 것들이 대부분이라고 해도 과언이 아니다. 이번 문학과 종교학회 주제 중 "문학과 경전" 이라는 부분도 경전의 본문을 염두에 둔 것이 아닌가 한다. 제임스 왓츠(James W. Watts)의 표현을 빌려 말하자면, 많은 학문적인 경전 연구들은 경전의 내용과 의미를 중심으로 하는 의미론적 차원(semantic dimension)에만 집중하고, 경전 자체의 성스러운 지위를 강조하는 성상적 차원(聖像的, iconic dimension)이나 의례를 통해 신자에게 의미 있는 결과를 유발하는 경전의 수행적 차원(performative dimension)은 간과해온 것이다.[2]

그러나 경전의 본문이 정작 많은 종교인들의 삶에 그다지 중요하지 않을 수도 있다는 것을 기억해야 한다. 일련의 과정을 거쳐 특정 종교 집단이 중시하는 문헌이 형성되고 그것이 경전으로 일단 수용되면, 본문은 구성원들에게 가장 중요한 위치를 차지하지 못하는 경우가 많다. 고려시대나 조선시대 불교신자들 중 불경 내용을 이해하거나 읽을 수 있는 사람들의 비율은 그리 높지 않았을 것

2) Watts(2006)를 볼 것. 왓츠는 종교 경전에는 의미론적 차원, 수행적 차원, 성상적 차원이 있으며 종교공동체들은 이 세 차원에 의거하여 경전에 의미를 부여하고 경전을 의례적 맥락에서 사용한다고 지적한다. 이 세 차원들을 서로 확실히 구분하는 것이 어려우며 때로는 경계가 명확하지 않지만, 왓츠의 범주가 경전의 속성을 종합적으로 이해하는 데 유용하다는 것은 분명하다.

이다. 중세 유럽의 기독교신자들 중 라틴어 성서를 읽을 수 있는 능력이 있거나 내용에 대해 논할 수 있는 사람들 역시 많지 않았다. 기록되지 않은 채 구전되어온 경전들도 마찬가지이다. 힌두교인 중 베다를 암송할 수 있는 사람은 브라만 계급에 엄격히 제한되었고, 제주도 토착종교의 "본풀이"를 기억하고 외워서 전하는 사람들은 제주 무속인인 심방들뿐이었다.

이 논문은 종교 신자들이 경전을 이해하고 수용하는 방식, 나아가 경전을 이용하는 방식들을 밝힘으로써 경전의 성상적 차원과 수행적 차원을 설명하는 것을 목표로 한다. 먼저 경전의 의미론적 차원에만 집중해온 기존 경향을 극복하고 새로운 방향에서 경전에 접근해야 한다고 주장한 종교학자들의 입장을 간략히 살필 것이다. 이어서, 현대 한국인들에게 가장 익숙한 두 종교라고 할 수 있는 불교와 개신교의 사례를 통해 경전의 성상적 차원과 수행적 차원에 대하여 설명하겠다.[3)]

II. 경전의 다양한 의미와 역할에 주목하기: 캔트웰 스미스의 영향과 한계

윌프레드 캔트웰 스미스(Wilfred Cantwell Smith)는 경전의 본문을 넘어선 연구를 발전시켜야 한다는 주장을 설득력 있게 제시한 선구적 종교학자이다. 그는 비교종교학적 관점의 성경 연구가 교리적인 내용 위주로 이루어져서는 안 되며 성경이 신자들의 삶에서 어떤 역할을 하며 어떤 의미를 갖는지를 다루어야 한다고 주장한다. 그는 특히 "우리 시대의 사람들이 현재 성경으로 무엇을 하는가?"라는 질문에 답하는 연구를 해야 한다고 지적했다("The Study"

---

3) 경전의 성상적 차원과 수행적 차원에 대한 문제의식과 사례들은 필자가 국내외에서 몇 차례 발표한 논문들에서 이미 논한 바가 있었음을 밝혀둔다. 이 논문이 근거로 하고 있는 필자의 선행 연구들은 다음과 같다. YOO Yohan, "Public Scripture Reading Rituals in Early Korean Protestantism: A Comparative Perspective," *Postscripts* 2.2 (2006), 226-40; 유요한, 「한국 개신교 전통의 경전읽기에 나타난 수행적 발화: 종교의례로서 성경읽기의 비교종교학적 설명」, 『인문논총』 59 (2008), 451-81; 유요한 · 윤원철, 「"반복"과 "소유" – 한국불교 재가신자들의 불경 이용 방식: 비교종교학적 관점의 경전 연구의 한 예」, 『종교와 문화』 17 (2009), 113-32; YOO Yohan, "Possession and Repetition: Ways in Which Korean Lay Buddhists Appropriate Scriptures," *Iconic Books and Texts*, Ed., James W. Watts (Sheffield, UK: Equinox, 2013), 299-314.

131-40). 나는 그가 이미 40여 년 전에 제기한 이 주장에 전적으로 동의한다. 종교인들의 삶에서 경전이 갖는 의미와 행하는 역할은 그 내용에만 근거한 것이 아니기 때문이다. 종교인들은 많은 경우 경전 자체를 성스럽게 여기면서 본문 내용과 상관없이 그 성스러운 힘을 이용하려고 시도한다. 또한 스미스는 서구의 학자들이 경전의 여러 형태, 개념, 역할을 무시해왔다고 비판하며, 경전을 "기록된 성스러운 책"으로만 볼 것이 아니라 "구술적/청각적 전통"의 관점에서도 이해해야 한다고 지적했다("Scripture" 30, 35-36). 스미스가 주장한 비교종교학적 관점의 경전 연구는 『경전 재고하기: 비교종교학적 관점의 논문들』(*Rethinking Scripture: Essays from the Comparative Perspective*)에서 더 발전된 형태로 나타난다. 이 책은 스미스에게 영향을 받은 여러 학자들이 자신의 연구 분야에 그의 비교종교학적 관점을 적용하려고 시도한 논문들로 구성되었다. 그 중에서도 윌리엄 그래엄(William Graham)의 업적을 가장 주목할 만하다. 그는 『경전 재고하기』에 수록된 논문과, 다른 저서 『기록된 말을 넘어서』(*Beyond the Written Word: Oral Aspects of Scripture in the History of Religion*)에서 "일상적인 생활 속에서 구술적이고 청각적인 영역의 텍스트"로 기능하는 경전의 측면을 강조했다. 그래엄은 개인이 성스러운 텍스트를 구술하고 암송하는 방식으로 종교 공동체에 열성적으로 참여하는 모습들을 통해 경전의 구술적인 면을 효과적으로 보여주었다(*Beyond* 156, 162).

캔트웰 스미스는 중요한 문제를 제기한 선구자이기는 하지만 자신의 문제의식을 반영한 구체적 연구를 수행하지는 않았다. 또한 스미스의 관점을 적용한 연구를 발전시키고자 한 학자들도 경전이 모든 계층의 종교인들에게 어떤 의미와 역할을 갖는지에 대한 종합적인 연구를 충분히 발전시켰다고 평가하기는 어렵다. 예컨대, 그래엄은 "경전이 지식인 또는 글을 읽고 쓸 줄 아는 사람으로 구성된 엘리트 집단 외부에 있는 사람들의 종교 생활 영역에 어떻게 침투했는지"를 연구해야 한다는 매우 중요한 주장을 제기했다(*Beyond* 163). 하지만 그는 "구술적이고 청각적인 영역"에만 집중함으로써 진정한 의미에서 엘리트 집단 외부의 사람들은 논의에서 배제하고 말았다. 그래엄은 스미스의 문제의식을 발전시켜, 경전을 성스러운 말의 한 종류로 보고 경전의 다양한 "기능적 의미"

를 구술적 차원과 연결하여 설명하였다. 그는 경전의 구술적인 면이 종교인들의 삶에서 "경전 텍스트가 가지는 기능적 의미"를 보여주며, 이 기능적 의미는 문자 그대로의 의미나 지적인 내용뿐 아니라 "대중들이 점(占)이나 병의 치료 등의 목적으로 텍스트를 사용한 것"과 관련된다고 주장한다(*Beyond* 111). 그러나 그는 "대중들의 텍스트 이용"을 경전 구술 및 주술적 사용과 동일시하여 그 범위를 축소시켰다. 여러 종교 공동체 내에서 경전을 구술하여 주술적 힘을 이용하는 일은 소수의 종교 전문인들이 담당한 몫이었다는 점을 고려하면, 그래엄이 공동체 내의 엘리트들의 경전 이용 방식만 논의한 것을 알 수 있다. 경전의 다양한 형태와 역할을 이해하려면 스미스와 그래엄이 강조한 구술적, 청각적 차원에 대해서도 알아야 한다. 그러나 서론에서도 언급했듯이, 대부분의 전통 사회에서는 경전을 낭송하거나 읽을 수 있는 사람의 비율이 높지 않았고, 경전이 낭송되는 소리를 일상적으로 혹은 정기적으로 들을 수 있는 사람들도 그다지 많지 않았다. 이러한 연구로는 대다수의 평신도들에게 경전이 어떤 의미가 있었고 이들이 경전을 어떻게 이용했는지를 설명할 수 없다.

이러한 문제점은 스미스의 제자인 미리엄 레버링(Miriam Levering)의 연구에도 나타난다. 그녀는 『경전 재고하기』에 실린 「경전과 그 수용: 불교의 한 사례」("Scripture and Its Reception: A Buddhist Case")에서 대만 승가 공동체 구성원들이 경전의 성스러운 힘을 이용하는 다양한 모습들을 보여준다. 그녀는 경전을 암송하고 필사함으로써 "과거의 나쁜 업보들을 제거할 수 있다"는 승려들의 진술을 바탕으로, 경전의 가르침과 내용 대신 경전 자체의 힘을 의례적 맥락에서 이용하는 방식을 강조한다(73). "개인과 공동체가 [경전의] 말들과 텍스트를 수용하는 모든 방식을 조사하여 경전의 본질적인 특징을 결정짓는 것"을 보이고자 한 레버링의 의도는 훌륭했다(59). 하지만 그녀가 경전의 본질적인 특징을 결정짓는 요소를 밝히기 위해 제시한 사례가 일종의 종교적 엘리트 집단인 대만의 비구니 공동체뿐이라는 점은 아쉽다. 불교 경전의 특징을 설명하기 위해서는 승가 집단 외부의 재가신자들이 경전을 어떻게 이용하고 경전에 대해 어떻게 생각하는지를 살펴봐야만 한다. 근대 이전 한국의 경우, 경전을 읽거나 쓸 수 있었던 불교신자들은 매우 소수에 국한되었다. 의례적 낭송과 읽기는 한국으로 도입된 당시의 언어로 행해졌으며 승려들에 의해 독점되었다.

요컨대, 『기록된 말을 넘어서』나 『경전 재고하기』의 논의는 소수의 읽고 쓸 수 있는 사람들에 초점이 맞추어졌다. 이 연구들을 스미스의 비교종교학적 문제의식이 균형 잡힌 설명으로 이어진 성과물로 볼 수 없는 것이다.[4] 경전을 이용하는 다양한 방식들을 발전시켜온 한국불교의 사례들을 살펴보면 종교 엘리트에 제한된 연구 범위의 문제를 확장하는 것이 가능하다. 다시 레버링의 예를 들어 보겠다. 그녀가 연구한 종교인들은 경전을 성스러운 존재의 상징으로 받아들였으며, 나아가 의례적 방법으로 경전의 힘을 이용하여 초월적 존재를 만나거나 스스로가 초월적으로 변화되는 경험을 하고자 했다(60, 72-90). 레버링이 만난 대만의 승려들은 경전을 읽고 암송함으로써 평화로운 마음을 얻었을 뿐 아니라, 몸도 "놀라울 정도로 따뜻해지게" 만들 수 있다고 말했다(84). 읽고 암송하는 과정에서 불경에 있는 특별한 힘을 경험한 것이다. 그러나 그녀는 승려들이 경전을 읽고 쓰는 방식으로 경전의 힘을 이용하는 것만 언급한다. 근대 이전의 한국불교에서도 엘리트들은 독송이나 사경(寫經)을 통해 경전의 특별한 힘, 또는 붓다의 힘을 경험했다. 그러나 경전을 읽거나 암송할 수 없었던 한국의 재가신자들은 이러한 방법을 사용하지 못했다. 이들이 경전의 힘을 경험한 방법들도 주목해야만 불교인들이 경전을 인식하고 이용한 방식을 포괄적으로 이해할 수 있는 것이다.

III. 성상적 차원: 경전을 읽을 수 없는 한국불교 재가신자들의 경전 소유

경전의 성상적 차원은 경전 자체의 성스러운 지위를 가리킨다. 사원의 불탑에 붓다의 사리와 유물 대신에 법신불(法身佛)이라고 불리는 불경을 넣어두었

4) 이러한 문제를 인식하고 연구의 범위를 확장시키려는 움직임이 매우 최근에 진행되고 있다. 예를 들어, 경전 자체의 성스러운 지위와 의례적 맥락에서 경전이 사용되는 다양한 방식에 주목하는 연구를 지향하는 학회 "The Society for Comparative Research on Iconic and Performative Texts"(SCRIPT)는 2010년 창설되었다. 이 학회를 중심으로 출판된 『성상적 책과 텍스트』(*Iconic Books and Texts*)에서 그래엄이 논의의 범위를 확장하는 것도 볼 수 있다. 그는 이 책에 실린 논문에서 경전의 성상적 지위에 초점을 맞추어 이전에는 다루지 않았던 경전의 속성을 설명한다(Graham, *Beyond* 33-46).

던 것에서 잘 드러나듯이, 불교전통에서 경전이 붓다와 같은 지위를 가진 것으로 생각되어 왔다는 것은 널리 알려진 사실이다.

한국불교 재가신자들은 경전의 성스러운 힘이 발휘되도록 하기 위해 경전을 "소유"하고 "반복"하는 두 가지 방법을 주로 사용해왔다. 그 중에서 경전 자체의 성스러운 지위 및 힘을 가리키는 "성상적" 차원과 직접적으로 관련된 방식은 "소유"일 것이다. 불교전통에서는 오랜 세월 동안 경전 "소유"의 다양한 방식들을 통해 매우 효율적으로 경전의 지위와 힘을 이용해왔다. 고려시대『대장경』(*Tripitaka*)을 편찬한 것은 경전의 가르침을 널리 알리고 교육시키기 위해서가 아니라, 이 방대한 경전을 가지고 있음으로써 북방 민족의 침략으로부터 나라를 보호하는 불력(佛力)을 획득하고자 하는 목적에서였다. 대장경 제작이 경전의 "반복"을 위한 것이라고 해석하는 학자도 있다. 예를 들어, 윌 털라다-더글라스(Will Tuladhar-Douglas)는 경전의 인쇄가 "오래 남는 낭송"이자 "성공적인 의례적 반복"이라고 설명하면서, 고려대장경과 같이 동아시아의 국가들이 지원한 경판 제작이 경전을 "반복"하는 방식의 사례라고 주장했다(250-72). 11세기 몽골의 침략을 막을 붓다의 힘을 얻기 위해 고려대장경을 제작했다는 것은 분명하다. 그러나 경판을 제작한 사람들이나 제작을 지원한 조정이 "반복"을 통해 붓다의 힘이 발휘되도록 하고자 했던 것은 아니다. 고려대장경의 엄청나게 많은 분량 때문에 이를 대량으로 인쇄하여 반복하는 것은 불가능했다. 이 대장경은 붓다의 가르침을 담은 경판을 정확하게 제작하여 이를 "소유"하는 것을 목적으로 만들어졌다. 오늘날의 불교인들은 지금은 책을 찍지 않는 대장경판으로는 경전을 "반복"할 수 없다는 것을 알고 있지만, 이 대장경판이 있다는 것만으로 붓다의 힘이 발휘될 수 있다고 믿는 것이다.

근대 이전부터 한국의 재가신자들은 불경 출판을 재정적으로 지원함으로써 경전의 힘을 이용하며 공덕을 쌓고자 했다. 또한 신자들은 출판된『법화경』,『반야심경』,『금강경』,『화엄경』 등의 경전을 지인들에게 선물하는 이른바 "법보시(法布施)"를 하기도 한다. 그 바탕에는 남에게 가장 귀한 것을 선물함으로써 자신이 공덕을 쌓을 수 있다는 믿음과, 경전의 소유가 붓다의 지위와 힘을 가지고 있게 해 준다는 생각이 깔려있다. 여러 대승경전들 본문에도 그 경전을 지니고 독송하면 유익을 얻는다는 내용이 포함되어 있다는 점에서 '의미론적 차원'과 연결 지점이 있는 것은 사실이지만, 많은 재가신자들은 본문을 확인하지 않은 채 경전을 선물하거나 소유한다. 요즘은 소장을 목적으로 만들어진 경전이나 경전의 어구가 담긴 다양한 상품들이 판매된다. 전통적인 책의 형태로 만들어진 것은 물론 화려하게 장식된 경전들도 있다. "금동반야심경"이라는 상품은 많은 재가신자들에게 인기가 있다. "불자님의 가정에 꼭 필요한 소장품"이며 "사람의 기를 북돋워주는 것은 물론 모든 액운을 소멸시켜" 준다는 한 온라인 판매 사이트의 상품 소개에는 이 경전을 소유함으로써 그 힘을 이용할 수 있음이 강조되고 있다(사찰몰). 또한 경전의 어구가 적힌 각종 상품들도 많은 재가신자들의 관심을 끈다. 온라인 및 오프라인 불교용품 판매점에서는 문구, 식기, 다기(茶器), 수건 등 일상생활에 필요한 상품들이 많이 팔린다. 각종 매체의 광고란에서도 『반야심경』 구절이 적힌 손목시계, 『천수경』에 실려 있는 "신묘장구다라니"가 적힌 수건, 상보(床褓), 시계, 지갑, 휴대폰 장식품 등을 쉽게 찾을 수 있다. 얼마 전부터 과장 광고의 규제가 본격화되면서 신문 광고는 줄어들었지만, 몇 년 전까지 경전의 소유를 강조하는 광고가 아주 많았다. 2007년에는 "성불화"라는 운동화가 시장에 나왔다. 2007년 10월 24일자 『불교신문』 광고에는, 이 신발에는 "옴마니 반메홈 만트라"가 새겨져 있어 "좋은 인연 좋은 길로만 인도"하며 "삼재소멸하고 좋은 길로 가서 하는 일이 술술 잘 풀리"도록 하는 효험이 있다는 내용이 포함되어 있다. 2008년 3월 18일자 『금강신문』에는 "신묘장구다라니 복 지갑"이 "평생 부자 지갑"이라는 광고가 실렸다. 이 광고에는 "원하는 재물을 얻고 갖가지 소원이 성취되는 영험!"이라는 부제가 달려있으며, "동서사방에서 돈이 들어오게 하는 비방의 법구가 지갑 내부 상단에 들어있고, 막혔던 모든 일들이 풀리게 하는 영험의 법구가 내부에 들어있다"고 말한다.

위의 사례들에서 볼 수 있던 것처럼, 불교 신자들은 경전 자체의 성스러운 힘이 삶에 긍정적인 영향을 끼치도록 하는 다양한 방식들을 발전시켰다. 경전 또는 경전의 일부 구절을 가지고 있는 것만으로도 국가 공동체로부터 개인에 이르기까지 긍정적인 효과를 볼 수 있다는 믿음은 경전의 "성상적 차원"이 부각된 것이라고 볼 수 있다. 이는 경전의 본문 내용과 직접 관련된 "의미론적 차원"과 구별되며, 종교적인 의례 수행의 중심적인 목적이자 수단으로서의 경전을 가리키는 "수행적 차원"과도 다른 것이다.

IV. 수행적 차원: 경전을 읽을 수 없는 경우와 읽을 수 있는 경우

경전의 수행적 차원은 성상적 차원과 불가분의 관계에 있다. 좀 더 자세히 말하자면, 경전의 성상적 지위에 대한 인식을 근거로 경전의 성스러운 힘이 의미 있는 결과를 도출하는 의례들이 수행된다. 경전의 성스러운 지위와 힘을 인정하기 때문에 경전을 의례적으로 반복하고 암송하는 것이다. 경전 자체의 존재와 지위에 더 주목할 때 성상적 차원이 강조된다면, 경전의 성스러운 힘이 발휘되도록 하는 다양한 의례에 더 정성을 쏟는 많은 종교인들은 경전의 수행적 차원의 의미를 더 중요시한다고 할 수 있다. 고려시대 왕실의 지원을 받아 시행된 "가구경행(街衢經行)"에는 불경의 성상적 차원과 수행적 차원이 동시에 잘 나타난다. 가구경행은 질병과 재앙을 수도 개경으로부터 몰아낼 목적으로 행해진 것으로, 화려하게 꾸민 가마에 『인왕반야경』(仁王般若經)을 실어 승려, 관원, 시민들이 함께 개경 시내를 도는 행렬이 중심인 의례였다. 붓다의 자리인 가마에 오른 불경이 붓다와 동일시되는 것이 경전의 성상적 차원에 근거했다면, 불경 행차 의례를 통해 나쁜 것을 몰아내는 일을 행하고자 한 것은 경전의 수행적 차원에 대한 인식이 반영된 것이다.

1. 읽지 않고 경전을 반복하기: 불교의 사례들

신자들은 종종 의례적 맥락의 반복을 통해 경전의 수행적 차원에 접근한다. 불교에서 경전을 "반복"하는 다양한 방식에 대해서는 세계 여러 학자들이 설명해왔다. 예를 들어, 앞서 언급한 털라다-더글라스는 대승불교 전통에서 발전된 경전을 반복하는 의례적인 방법들에 대한 연구를 발표했다. 그는 기록된 경전이 다르마(dharma)가 물질화된 형태이며 붓다 유물과 같은 신성성을 획득한 것임을 확인하며 논의를 시작한다(250-72). 경전의 성스러움은 의례를 통해 확인되고 실현된다. 초기 반야바라밀 경전들은 책이면서 동시에 신성한 존재의 화신으로 숭배되었다. 이 경전들에는 그것을 어떻게 의례적으로 사용해야 하는지에 대한 지침들이 포함되어 있다. 털라다-더글라스는 경전을 찢어서 나누고 각 부분을 여러 사람들이 함께 독송하여 짧은 시간 안에 경전이 여러 차례 반복되도록 하는 네팔 불교공동체 의례 수행을 소개한다. 그는 경전의 여러 부분이 한꺼번에 독송되기 때문에 내용은 전혀 알아들을 수 없다는 것을 지적하며, 경전 내용의 "이해가능성"과 경전이 지닌 "의미"가 구별되어야 한다고 주장한다. 경전이나 경전의 일부를 반복해서 암송하는 행위 자체에 의미가 있으며, 내용을 알아듣거나 이해할 수 없다고 해서 의미가 없는 것은 아니라는 것이다. 그는 본문 내용을 아는 것과 상관없이 경전을 반복하는 다양한 의례의 사례들을 보여준다. 티베트에서는 경전을 암송하는 대신 대략 1000년 전부터 마니차(法輪, prayer wheel)를 사용했고, 이보다 앞선 시기부터 중국, 한국, 일본에서는 사원에 윤장대(輪藏臺)를 만들었다. 또한 텍스트를 높은 곳에 매달아 더 먼 곳까지 공덕을 퍼뜨리도록 하는 티베트의 경문기(經文旗, 다루초[darchor] 혹은 룽타[lungta]: prayer flag), 일본에서 쇼토쿠 태자 통치기(718-70)에 금속 판본으로 엄청나게 많이 찍은 다라니, 하나의 경전만 넣은 것이 아니라 84,000개에 이르는 벽돌 각각에 인쇄된 경전을 넣어 쌓은 10세기 중국의 불탑 등은, 경전 내용과는 상관없이 경전을 반복하기 위한 의례적 방법들을 분명히 보여준다. 그는 오디오 턴테이블이나 선풍기에 마니차를 연결하고, 레이저 프린트를 이용하여 가능한 한 작은 글씨로 출력한 경전을 마니차에 집어넣으며, 경전 활자를 흐르는 시냇물에 대고 있는 등 최대한 많이 경전을 반복하기 위한 방법이 다양하게 발전되고 있다는 것을 보여준다. 털라다-더글라스에 따르면, 최근에는 컴퓨터로 경전을 반복하여 낭송하는 장치가 개발되었고, 마니차의 아이콘이 돌아가는 애니메이션이 만들어지기도 했다.

한국불교에서도 "반복"의 사례들을 찾을 수 있다. 최근 불경이 한글로 번역되어 널리 보급된 이후 불경을 필사하는 사람들이 많아졌다. 많은 신자들은 인터넷에서 한글로 번역된 경전을 쓰는 일을 통해 공덕을 쌓고자 한다. 예를 들어, 몇몇 불교 관련 사이트들은 경전이나 만트라를 반복하여 쓸 수 있는 공간을 제공한다. 인터넷 카페들은 주로 게시판에 한글로 번역된 경전 구절을 써서 올리거나 댓글의 형식으로 경전을 쓰도록 하고 있고, 마우스를 움직여 붓글씨를 쓰도록 하는 사이트도 있다. 갈수록 더 많은 재가신자들이 경전을 반복하기 위해 인터넷 공간을 사용한다. 인터넷의 발전으로 경전을 "반복"하는 것이 훨씬 쉬워졌으며 많은 불교 신자들이 이 새로운 방식을 통해 경전의 힘을 이용하고자 한다.[5)]

읽거나 쓰는 행위 없이도 더 손쉬운 방법으로 불경을 반복하기도 한다. 과거에 새로운 집을 건축하거나 이사했을 때 또는 관혼상제 등의 통과의례를 행할 때, 독실한 재가신자들은 가까운 사원의 승려를 불러서 경전을 암송하도록 했다. 하지만 이는 매우 부유한 사람들만 할 수 있었던 행사였을 뿐 아니라 일상적으로 일어나는 일도 아니었다. 경전 읽기를 대신하는 다른 방식은 몇몇 절에 있는 윤장대를 돌리거나 해인도(海印圖)를 따라 걷는 정도 밖에 없었다. 그러나 현대 한국에서는 전자기기들과 인터넷의 발전 덕분에 누구나 언제든지 손쉽게 경전을 반복할 수 있게 되었다. 많은 신자들이 일상생활을 하면서 음악을 듣듯이 경전 독송을 녹음한 CD나 테이프를 반복해서 틀어놓는다. 최근에는 재가신자들을 위한 인터넷 사이트들에서 독경 녹음 파일이 무료로 제공된다. 많은 신자들은 유명 사찰들이 운영하는 인터넷 홈페이지와 개인적으로 운영되는 웹사이트에 방문하여 경전을 반복해서 듣는다.

불교 신자들은 전통적인 방식으로 경전을 읽지 못하고 경전 본문 내용을 알지 못하면서도 다양한 방식으로 경전의 성스러운 힘을 이용해 왔다. 소유를 통해 경전의 힘을 얻는 것이 경전의 성상적 차원에 대한 인식에 근거하고 있다면, 경전을 의례적으로 반복하는 것은 수행적 차원과 관련되었다고 볼 수 있다. 불교 재가신자들은 읽고 쓰는 능력 없이도 경전 자체가 지닌 성스러운 힘을 이용할 수 있는 방식을 발전시켜왔다. 물론 최근에는 많은 재가신자들이 한글로 번역된 불경을 쉽게 접할 수 있게 된 이후, 경전을 직접 읽거나 쓰는 방식을 통하여 경전을 반복하고 있다. 그러나 한문으로 쓰인데다가 내용도 어려운 불경을 읽거나 이해할 수 없었던 불교 재가신자들이 읽고 쓰는 능력이 없이도 가능한 경전 소유와 반복의 다양한 방식들을 오랜 세월 동안 발전시켜왔다는 것은 분

5) 인터넷을 이용한 경전 반복의 사례들을 보려면 유요한 · 윤원철, 「"반복"과 "소유"」, 123-24 참조.

명하다.

2. 수행적 경전 읽기: 한국 개신교 신자들의 성경읽기 의례

반면, 한국 개신교 신자들은 초기부터 읽기를 통해 경전을 반복했다. 최초의 개신교 선교 과정은 한글 성서의 반포 과정과 일치한다. 예를 들어, "서울의 전도는 1883년 초 상경한 서상륜이 . . . 4백 권의 복음서를 후반기 6개월 간 반포하면서 시작되었다. 그 결과 그는 여러 명의 개종자를" 얻었다(한국기독교역사연구소 155). 이는 미국에서 건너온 알렌, 언더우드, 아펜젤러, 스크랜튼 등의 개신교 선교사들이 처음으로 한국에 정착한 1884-85년보다도 앞선 시기이다. 성경읽기 모임에 열심히 참석하다가 글을 깨우치는 사람들이 많았을 정도로 한글 성경은 쉽게 대중들에게 퍼졌다.

초기 한국 개신교의 급속한 확장에 기여한 의례로 평가되는 '사경회(査經會)'는 성경읽기를 중심으로 이루어졌다. 19세기 말과 20세기 초에 한국 개신교인들이 말하던 '사경(査經)' 즉 '성경공부'는 경전을 가르치고 배우는 방식의 공부뿐 아니라 단순하게 경전을 읽는 것을 의미하기도 했다. 소규모 '사경회'는 참여자들이 계속 성경을 읽는 것으로 이루어졌다. 큰 교회에서 주도한 대규모 사경회에는 성경 강해나 전도 훈련 등 여러 프로그램이 포함되었으나 여기서도 가장 중요한 순서는 성경읽기였다. 주로 낭독 담당자가 성경 본문 중 미리 택한 부분을 먼저 소리 내어 읽거나 암송한 다음, 그 구절을 회중이 큰소리로 다시 한 번 반복해서 따라 읽었고, 간혹 낭독자의 소리를 들으며 눈으로만 따라 읽는 경우도 있었다.[6] 그 후에 초빙된 목사나 강사가 읽은 내용을 해석하고 설명했다. 요컨대, 성경을 소리 내어 읽는 행위가 곧 성경공부로 인식되었으며, 단순히 읽기만 하는 행위만으로도 강력한 종교적 체험이 따르는 종교의례가 될 수 있었다.

소리 내어 성경을 읽는 행위가 공식적인 성경공부 방법이자 의례로 인정되는 데에는 두 가지 배경요소가 있다. 첫째는 한국 개신교가 1893년 '네비우스

---

6) 사경회 및 성경읽기 의례의 절차와 속성에 대해서는 유요한, 「한국 개신교 전통의 경전읽기에 나타난 수행적 발화」에 자세히 설명했다.

선교방법(the Nevius Method Mission Work)'을 발표한 이래 외국인 선교사보다 한국인 평신도의 역할을 강조해왔던 것이다. 이 방법의 주요 원칙 중 하나가 '자원봉사 체제'로, 모든 한국인 기독교 신도들이 다른 사람들을 위해 성경 교사가 될 것이 장려되었다. 하지만 평신도들이 다른 사람들을 가르칠 수 있을 정도로 성경 본문에 대한 지식을 갖추는 일이 현실적으로 어려웠기 때문에, 성경을 함께 읽는 행위 위주로 성경공부를 진행하게 된 것이다(J. Moore 113-20; Clark 95-124, 236-43; Moffett 59-61; 김광수 293; 김인수 193). 둘째, 이러한 읽기 중심의 성경공부는 한국의 전통적인 경전 공부의 방식과 연속성을 지녔다고 볼 수 있다. 유교의 경전 공부가 소리를 내어 읽고 외우는 방식으로 진행되었고 승려들의 불경 공부가 독송과 암송으로 이루어진 것을 보면 알 수 있듯이, 한국에서 전통적인 경전 공부는 본문을 소리 내어 죽 읽어 내려가고 그것을 암송하는 방식으로 이루어졌다. 읽기 방식의 공부가 한국 사람들에게 당연하게 여겨졌기 때문에 성경을 낭독하는 것이 성경공부와 동일시되고 나아가 공식적인 종교의례로 자리 잡을 수 있었던 것이다(이덕주 509).

내용에 대한 충분한 해설이나 설명 없이 그냥 읽기만 하는 의례가 신자들을 감화시킬 수 있었을지 의심스러울 수 있지만, 많은 신자들은 읽는 것만으로도 강렬한 종교적 체험을 할 수 있었다고 주장했다. 이 사경회 참석자들은 자신의 신앙이 강화되고 있음을 느꼈으며, 심지어 모임에 초청되었던 비기독교인들 중 개종하는 사람들도 많이 있었다고 한다. 1900년대의 급속한 교세의 확장, 즉 '대부흥'이 사경회와 관련되었다고 보는 이유가 바로 이것이다(S. Moore 115).

나는 이전에 발표한 논문에서, 성경읽기 의례에 나타나는 성경의 수행적 차원의 두 방향에 대해 자세히 논한 바 있다.[7] 여기서는 그 중에서 신자들이 읽은

7) 유요한, 「한국 개신교 전통의 경전읽기에 나타난 수행적 발화」를 볼 것. 성경읽기 의례는 두 가지 의미에서 수행적(performative)이라고 할 수 있지만 이 논문의 본문에는 그 중 하나인 '발화된 내용과 그 결과가 직접 관련이 없는 경우'에 대해서만 논했다. 한편, '서로 사랑하라'라는 구절을 읽으면서 실제로 서로 사랑하는 결과가 생기는 것처럼, '발화된 성경의 내용이 의례의 결과와 관련이 있는 경우'도 분명히 있다. 나는 이를 오스틴의 "수행적 발화" 이론과 같은 의미에서 '수행적'이라고 설명했다. 오스틴은 어떤 발화들이 특정한 '필요조건' 아래에서만 수행적 힘을 발휘한다고 지적한다(J. L. Austin, *How to Do Things with Words* (1962) (Cambridge: Harvard UP, 1975), 13-15). 성경의 '의례화'와 성경을 읽는 행위의 '의례화'를 통

성경의 내용이 수행의 결과와 직접 관련이 없는 경우에 대해서만 언급하도록 하겠다. 많은 개신교인들은 성경읽기의 효능이 성경 본문 내용의 감화력뿐 아니라 성경 자체가 지닌 성스러운 힘과 지위에서 비롯되었다고 생각한다. 이는 이미 한국 개신교 초기에 교리로 정립되었다. 1916년 7월 12일자 <기독신보>의 교리교육 기사는 성경의 힘을 다음과 같이 설명한다.

> 성경책과 같이 세력이 있는 글을 하나도 보지 못하였느니라. 이 성경이 발행하며 발전하는 것을 볼 것 같으면 신자나 불신자 간에 노소를 무론하고 감화하게 할 수 있는 능력이 많은 줄을 알지며 . . . 이 성경 말씀으로 말미암아 흥망성쇠 할 줄 곧 알지니라. 이 성경 말씀을 자세히 살펴볼 지경이면 여덟 가지 감화하는 권능이 있나니. . . .

이 기사에는 성경 자체의 성스러운 지위와 수행적 능력에 대한 개신교인들의 인식이 잘 나타난다. 무엇보다도, 성경의 내용과 가르침은 언급되지 않고, 성경 자체의 힘과 능력이 부각된다. 이러한 성경의 성상적 차원이 "발행"하며 "발전"하여 사람들을 "감화"시키는 결과를 유발하기 위해서 꼭 필요한 것이 바로 성경을 중심으로 하는 의례의 '수행'이다. 사경회의 사례에서 본 것처럼, 많은 성경읽기 의례는 내용과 직접 관련 없이, 그냥 읽어가는 것만으로 의미 있는 결과를 발생시킨다.

오늘날 '성경통독집회'에 참여하는 개신교인들 중에도 성경 내용에 대한 언급은 하지 않고 그저 읽는 행위에 의해 변화가 일어났다는 것을 강조하는 사람

해 오스틴이 규정한 수행적 언어를 위한 필요조건들이 충족되고, 수행적 힘이 획득된다(벨이 주장하듯이, "의례화는 당면한 상황을 넘어선 것에서 유래하였다고 여겨지는 힘의 권위를 증진시키는 경향이 있는 행위의 방식이다"(Catherine Bell, *Ritual Theory, Ritual Practice* (Oxford: Oxford UP, 1992), 92; *Ritual: Perspectives and Dimensions* (Oxford: Oxford UP, 1997), 138-39). 예컨대, 오스틴이 말하는 필요조건 중 참여자들이 스스로가 발화된 말의 청중이라고 인정해야 한다는 것이 있다. 이는 성경읽기 의례가 참여자들을 발화된 말의 의도된 청중으로 '지시'하고 참여자들은 이를 수용하기 때문에 가능하다(의례의 지시적인[indexical] 역할에 대해서는 Roy A. Rappaport, *Ritual and Religion in the Making of Humanity* (Cambridge: Cambridge UP, 1999), 15, 54-58, 109-14 참조). 이로써 의례에서 읽혀지거나 암송된 성경의 말들이 수행적으로 기능하고 상징화된 의미를 실제화하여 '종교경험' 또는 '부흥'과 같은 결과가 발생한다.

들이 있다. 한 블로그에 기록된 간증에 따르면, '성경통독집회'에 참여한 "어떤 이는 가정 경제의 문제가 해결되었으며, 어떤 이는 병 고침을 받았고, 어떤 이는 성령의 불을 받았고, 어떤 이는 하나님의 능력을 경험했다."[8] 성경읽기 의례를 수행함으로써 비일상적이고 기적적인 결과가 생긴 것이다.

성경 본문 내용과 직접적인 관련이 없는 성경읽기 의례 수행의 결과를 좀 더 분명히 보이기 위하여, 최근에도 많은 개신교인들이 참여하는 '성경통독수련회'의 사례를 검토해 보겠다. 다음은 어떤 교회에서 성경통독을 중심으로 하는 신년수련회를 소개한 내용이다.

> 이번 예수대축제의 성경읽기 훈련은 3박 4일간 하나님의 말씀을 통독합니다. 3박 4일, 이 짧은 기간 동안에 신구약 성경을 완독하는 중 여러분은 하나님의 말씀에 엄청난 위력과 함께, 생애 단 한번 맛보지 못한 기쁨과 환희를 체험하게 될 것입니다. 성경은 '이 말씀은 곧 하나님이시니라'(요 1:1)고 말씀하고 있습니다. . . . 하나님의 말씀을 1독하는 것보다 좋은 것은 세상에 하나도 있을 수 없습니다. 하나님의 말씀은 곧 하나님이시기 때문입니다. 성경을 1독하신 분들의 간증과 체험은 다음과 같았습니다. 뜨거운 감격과 기쁨을 통해 새로워지는 체험을 합니다. (시 119:74) 말씀의 맛이 "꿀송이" 보다 달아집니다. (시 119:103) 영육의 질병을 치료받습니다. (히 4:12-13) 우둔한 머리가 천재로 바뀝니다. (시 119:98-100) 2004년도의 소원이 이루어집니다. (시 103:5)[9]

유의미한 종교학적 논의로 이어질 수 있는 여러 표현들 중에서도, 특히 "성경을 1독하신 분들의 간증과 체험" 부분에 주목할 필요가 있다. 이들은 그저 성경 전체를 읽는 모임에 참여했더니 "뜨거운 감격과 기쁨을 통해 새로워지는" 기독교의 종교적 체험을 하게 되고, "영육의 질병"을 치료받으며, 머리가 좋아지고, 소원이 이루어진다고 말한다.[10] 성경을 읽는 의례가 특정한 본문의 내용과 직접

---

8) <http://blog.ohmynews.com/pretty645/131062> (2014. 6. 20.) 참조함.

9) <http://mid.or.kr/board/list_detail.asp?bo(ard=freeboard&no=109&step=0&reno=0&nowpage=26> (2007. 12. 8.) 참조함. 2014년 6월 현재에는 이 웹페이지가 존재하지 않는다.

10) 위 인용문의 저자는 "하나님의 말씀은 곧 하나님"이라고 말함으로써, 성경을 하나님과 동일시할 정도로 신성시한다. 이런 점에서 왓츠가 말하는 성경의 성상적 측면이 분명히 드러난다. 또한 통독수련회에 참여한 사람이 얻게 된다는 체험과 '기적'들의 근거로 성경 본문 내용

관련되지 않은 어떤 일을 수행하고 결과를 유발한다는 것은 성경의 수행적 차원에 대한 분명한 인식에 근거하고 있다.

V. 결론

지금까지 불교신자들이 경전을 소유하고 반복하는 방식과 한국 개신교의 성경읽기 의례에 나타난 경전의 성상적 측면과 수행적 측면을 간략하게나마 설명했다. 먼저, 한국불교에서 경전의 성스러운 지위가 강조되는 다양한 사례들을 통해 성상적 측면을 확인하였다. 경전 자체가 붓다를 대신한다는 사고는 초기 불교로부터 이어진 것으로, 불탑에 사리 대신 불경 넣기, 외적의 침입을 막기 위해 대장경 축조하기, 불경을 가마에 태우고 행진하기 등은 경전의 성스러운 지위에 대한 분명한 인식을 근거로 한다. 또한 재가신자들은 경전 인쇄 지원하기, 경전 선물하기, 다양한 형태의 경전이나 경전 어구가 새겨진 상품 소장하기 등의 방식을 통해, 경전의 성스러운 힘을 이용하고자 한다. 이처럼 경전의 성상적 차원은 본문 내용에 종속되지 않는다는 것에 주의해야 한다.

경전의 수행적 차원 역시 경전 자체의 힘과 지위, 즉 경전의 성상적 차원에 대한 인식을 근거로 한다. 경전의 성스러운 지위를 인정하기 때문에 경전을 의례적으로 수행하는 것이라고 할 수 있다. 하지만 경전의 성스러움은 의례를 통해서만 드러난다고 생각하거나 경전보다도 경전을 반복하는 의례를 중시하는 종교인들은 경전의 수행적 차원을 더 강조하는 것이다. 불교의 엘리트들은 인쇄나 암송 등의 방식으로 경전을 반복하기도 했지만, 경전을 읽고 쓸 줄 모르는 불교 재가신자들도 마니차나 윤장대를 돌리고 CD나 녹음파일을 반복해서 듣는 등 다양한 방식으로 경전을 반복해왔다. 이들의 경전 반복은 경전의 성스러운 힘을 이용하기 위해 반드시 필요한 의례라고 할 수 있다. 또한 한국개신교의 성경읽기를 중심으로 하는 종교의례들에는 경전의 수행적 차원이 잘 나타난다. 본문의 내용과 직접 관련 없이 성경을 읽기만 하는 의례를 통해 종교적 경험이

이 계속 강조된다는 점에서 성경의 의미론적 차원도 나타난다. 그러나 성경의 능력이 그것을 읽음으로써 발휘된다고 말하며 읽기 의례에 참여할 것을 독려한다는 점에서 수행적 차원이 더 강조되고 있다고 할 수 있다.

유발되었다는 증언이나 성경통독을 통해 머리가 좋아지고 질병이 치료되었다는 간증은, 경전을 읽는 의례가 종교적으로 의미 있는 일을 수행한다고 믿는 개신교인들의 입장을 반영하고 있다.

경전의 내용에만 집중하면 경전이 종교인들에게 수용되고 인식되는 여러 방식들을 놓치게 된다. 종교 경전의 다양한 의미, 지위, 역할로 시야를 확대하는 것은 종교에 대한 이해의 폭을 넓히는 일이며, 따라서 이번 학회의 주제인 "종교 교양"을 쌓아가는 일이다. 이는 곧 학자들이 경전의 성상적 차원과 수행적 차원에 대한 연구를 계속해야 하는 이유이기도 하다.

인용문헌

안신. 「엘리아데의 『젊음 없는 젊음』에 나타난 종교적 상상력 연구: 종교심리학적 재평가」. 『문학과 종교』 17.1 (2012): 115-37.

[Ahn, Shin. "A Psychological Study on Eliade's Religious Imagination: Focusing on *Youth without Youth*." *Literature and Religion* 17.1 (2012): 115-37. Print.]

Austin, J. L. *How to Do Things with Words: The William James Lectures Delivered at Harvard University in 1955.* Rpt. New York: Oxford UP, 1962. Cambridge: Harvard UP, 1975. Print.

Bell, Catherine. *Ritual Theory, Ritual Practice*. Oxford: Oxford UP, 1992. Print.

______. *Ritual: Perspectives and Dimensions*. Oxford: Oxford UP, 1997. Print.

정진홍. 「문학적 상상의 구원론적 함의: 멀치아 엘리아데의 『만툴리사 거리』를 중심으로」. 『문학과 종교』 4 (1999): 67-96.

[Chung, Chin-Hong. "Literary Imagination and Its Soteriological Implication in Mircea Eliade's *Pe Strada Mantuleasa*." *Literature and Religion* 4 (1999): 67-96. Print.]

______. 「문학과 종교」. 『문학과 종교』 6.2 (2001): 111-26.

[______. "Literature and Religion." *Literature and Religion* 6.2 (2001): 111-26. Print.]

Clark, A. D. *The Korean Church and the Nevius Methods.* New York: Fleming H. Revell, 1930. Print.

『금동반야심경』. 사찰몰. 2005. Web. 19 Jun. 2014. <http://www.sachal.kr/sachal/mall.htm

l?back=/index.html&code=F1300017&doc=mall/detail.php&main=detail>
[*Gilt Bronze Heart Sutra*. Sachal Mall. 2005. Web. 19 June 2014.]

Graham, William. *Beyond the Written Word: Oral Aspects of Scripture in the History of Religion*. Cambridge: Cambridge UP, 1987. Print. (*Beyond*로 약기)

______. "'Winged Words': Scriptures and Classics as Iconic Texts." *Iconic Books and Texts*. Ed. James W. Watts. Sheffield: Equinox, 2013. Print.

김광수. 「사경회, 한국교회」. 『기독교대백과사전』. 제4권. 서울: 기독교문사, 1996.
[Kim, Gwang-Su. "Bible Study." *Encyclopedia of Christianity*. Vol. 4. Seoul: Christian Lit., 1996. Print.]

김인수. 『한국 기독교회의 역사』 I. 서울: 장로회신학대학교 출판부, 2002.
[Kim, In-Su. *History of the Christian Church in Korea* I. Seoul: Presbyterian U and Theological Seminary P, 2002. Print.]

이덕주. 『초기 한국 기독교사 연구』. 서울: 한국기독교역사연구소, 1995.
[Lee, Deok-Ju. *A Study on the Early Christian History in Korea*. Seoul: The Inst. of the History of Christianity in Korea, 1995. Print.]

Levering, Miriam. "Scripture and Its Reception: A Buddhist Case." *Rethinking Scripture: Essays from a Comparative Perspective*. Ed. Miriam Levering. Albany: SUNY P, 1989. Print.

Moffett, S. H. *The Christians of Korea*. New York: Friendship, 1962. Print.

Moore, J. Z. "The Great Revival Year." *The Korea Mission Field* 3.8 (1907): 113-20. Print.

Moore, S. F. "The Revival in Seoul." *The Korea Mission Field* 2.6 (1906): 115. Print.

박규태. 「엘리 비젤과 "이야기"의 구원론적 의미」. 『문학과 종교』 5.2 (2000): 65-91.
[Park, Kyu-Tae. "Elie Wiesel and the Soteriological Meaning of 'Storytelling'." *Literature and Religion* 5.2 (2000): 65-91. Print.]

Rappaport, Roy A. *Ritual and Religion in the Making of Humanity*. Cambridge: Cambridge UP, 1999. Print.

Smith, Wilfred Cantwell. "The Study of Religion and the Study of the Bible." *JAAR* 39 (1971): 131-40. Print.

______. "Scripture as Form and Concept: Their Emergence for the Western World." *Rethinking Scripture: Essays from a Comparative Perspective*. Ed. Miriam

Levering: SUNY P, 1989. Print.

『존재의 테이블』. Web. 20 Jun. 2014. <http://blog.ohmynews.com/pretty645/131062>

[*Table of Existence*. Web. 20 Jun. 2014.]

『한국 기독교의 역사 I』. 한국기독교역사연구소. 서울: 기독교문사, 1989.

[*The History of Christianity in Korea I*. The Institute of the History of Christianity in Korea. Seoul: Christian Lit., 1989. Print.]

Tuladhar-Douglas, Will. "Writing and the Rise of Mahayana Buddhism." *Die Textualisierung der Religion*. Ed. Joachim Schaper. Tübingen: Mohr Siebeck, 2009. 250-72. Print.

Watts, James W. "The Three Dimensions of Scriptures." *Postscripts: The Journal of Sacred Texts and Contemporary Worlds* 2.2-3 (2006): 135-59. Print.

유요한. 『우리 시대의 신화: 현대 소설 속 종교적 인간의 이야기』. 서울: 서울대학교 출판부, 2012.

[Yoo, Yohan. *Myths of Our Era*. Seoul: Seoul National UP, 2012. Print.]

______. 「소설은 여전히 '종교적 인간'을 이야기한다: 김훈 소설 속 인물들의 종교성에 대하여」. 『문학의 오늘』 1 (2011): 352-58.

[______. "Novels and *Homo Religiosus*: Religiosity of Characters in KIM Hoon's Novels." *Today's Literature* 1 (2011): 352-58. Print.]

______. 「인간의 고통과 세상의 부조리의 의미를 묻는 소녀 영웅: 황석영의 『바리데기』」. 『문학의 오늘』 2 (2012): 374-78.

[______. "On HWANG Seok-Yeong's *Baridegi*." *The Literature of Today* 2 (2012): 374-78. Print.]

______. 「내 엄마 이야기, 우리 모두의 어머니 신화: 신경숙의 『엄마를 부탁해』」. 『문학의 오늘』 3 (2012): 287-92.

[______. "On SHIN Kyeong-Sook's *Please Look after Mom*." *The Literature of Today* 3 (2012): 287-92. Print.]

______. 「한국 개신교 전통의 경전읽기에 나타난 수행적 발화: 종교의례로서 성경읽기의 비교 종교학적 설명」. 『인문논총』 59 (2008): 451-81.

[______. "Performative Force of Public Scripture Reading in Korean Protestantism: Comparative Analysis of Religious Scripture Reading Ritual." *Journal of Humanities* 59 (2008): 451-81. Print.]

______. "Possession and Repetition: Ways in Which Korean Lay Buddhists Appropriate Scriptures." *Iconic Books and Texts*. Ed. James W. Watts. Sheffield: Equinox, 2013. 299-314. Print.

______. "Public Scripture Reading Rituals in Early Korean Protestantism: A Comparative Perspective." *Postscripts: The Journal of Sacred Texts and Contemporary Worlds* 2.2 (2006): 226-40. Print.

유요한 · 윤원철. 「"반복"과 "소유"—한국불교 재가신자들의 불경 이용 방식: 비교종교학적 관점의 경전 연구의 한 예」. 『종교와 문화』 17 (2009): 113-32.

[Yoo, Yo-Han and Yun Won-Cheol. "Repetition and Possession, Two Ways of Korean Lay Buddhists' Appropriation of Scriptures: An Example of Studying Scriptures from the Perspective of Comparative Religion." *Religion and Culture* 17 (2009): 113-32. Print.]

문학 연구와 종교적 상징

초판 1쇄 발행일 2015. 7. 8

저 자 한국문학과종교학회 편
펴낸곳 도서출판 동인
펴낸이 이성모
주 소 서울시 종로구 혜화로3길 5 118호
전 화 (02) 765-7145, 55
팩 스 (02) 765-7165
E-mail dongin60@chol.com

등록번호 제1-1599호
ISBN 978-89-5506-660-9
정 가 38,000원

|필자소개|

강옥선	동서대학교
김신표	동국대학교
김영숙	부산대학교
김영희	충남대학교
김용성	삼육대학교
김인섭	숭실대학교
김주언	단국대학교
김희선	성결대학교
노승욱	포항공과대학교
노양진	전남대학교
박상민	가톨릭대학교
박선영	서울신학대학교
박선희	인제대학교
방민화	숭실대학교
서명수	협성대학교
안 신	배재대학교
양병현	상지대학교
유요한	서울대학교
윤원준	침례신학대학교
이용권	부산대학교
이인성	숭실대학교
이준학	전남대학교
정재림	고려대학교
조회경	성결대학교
차봉준	숭실대학교
한승옥	숭실대학교
홍옥숙	한국해양대학교